READER'S DIGEST
AUSWAHLBÜCHER

Die Kurzfassungen in diesem Buch erscheinen
mit Genehmigung der Autoren und Verleger

Verlag Das Beste GmbH,
Stuttgart, Zürich, Wien

304 (254)
Printed in Germany
ISBN 3 89915 171 2

READER'S DIGEST AUSWAHLBÜCHER

Reader's Digest

DEUTSCHLAND · SCHWEIZ · ÖSTERREICH

INHALT

Seite 7

Frederick Forsyth

Der Rächer

Er ist nach Bosnien gekommen, um den unschuldigen Opfern des Bürgerkriegs zu helfen, doch am Ende wird der junge Amerikaner Ricky Colenso selbst zum Opfer. Seine verzweifelte Familie muss erleben, wie der skrupellose Täter ungestraft untertauchen kann. Die US-Behörden sind machtlos, nur eine letzte Hoffnung bleibt: der Rächer, ein geheimnisvoller Verbrecherjäger. Aber jemand hält eine schützende Hand über Rickys Mörder.

Seite 155

Emily Grayson

Ein ganzes Leben lang

Ein ganzes Leben lang wollen sich Martin und Claire lieben. Doch ihr Wille zählt nicht, denn sie kommen aus unterschiedlichen Schichten. Im Neuengland der 50er-Jahre stößt eine Verbindung zwischen ihnen auf erbitterten Widerstand. Martin und Claire geben nicht auf und fliehen gemeinsam nach Europa, um dort in Paris und Florenz ihr Glück zu finden. Bis unerwartete Familienprobleme Claire nach Hause rufen …

Klaus Wanninger

Schwaben-Angst

Ein harmloser Winzer wird in seinem Weinberg vor den Toren Stuttgarts tot aufgefunden – vergiftet durch Blausäure. Und tags darauf ereilt den Organisten in der Kirche von Großaspach dasselbe Schicksal. An beiden Tatorten findet sich ein auffällig kleiner Fußabdruck. Giftmorde – die Taten einer Frau? Kommissar Braig weiß, dass er unbedingt die Verbindung zwischen den Opfern finden muss, um der Mordserie Einhalt gebieten zu können.

Geraldine Brooks

Das Pesttuch

Die junge Mutter Anna genießt ein bescheidenes Glück, bis 1665 der schwarze Tod in ihrem friedlichen Dorf Einzug hält. Plötzlich ist nichts mehr, wie es einmal war. Auf Wunsch des Pfarrers verpflichten sich die Dorfbewohner dazu, den Kontakt zur Außenwelt abzubrechen, damit sich die Seuche nicht weiter ausbreiten kann. Während viele Menschen verzweifeln, nimmt Anna entschlossen den Kampf auf.

Frederick

Forsyth

Der Rächer

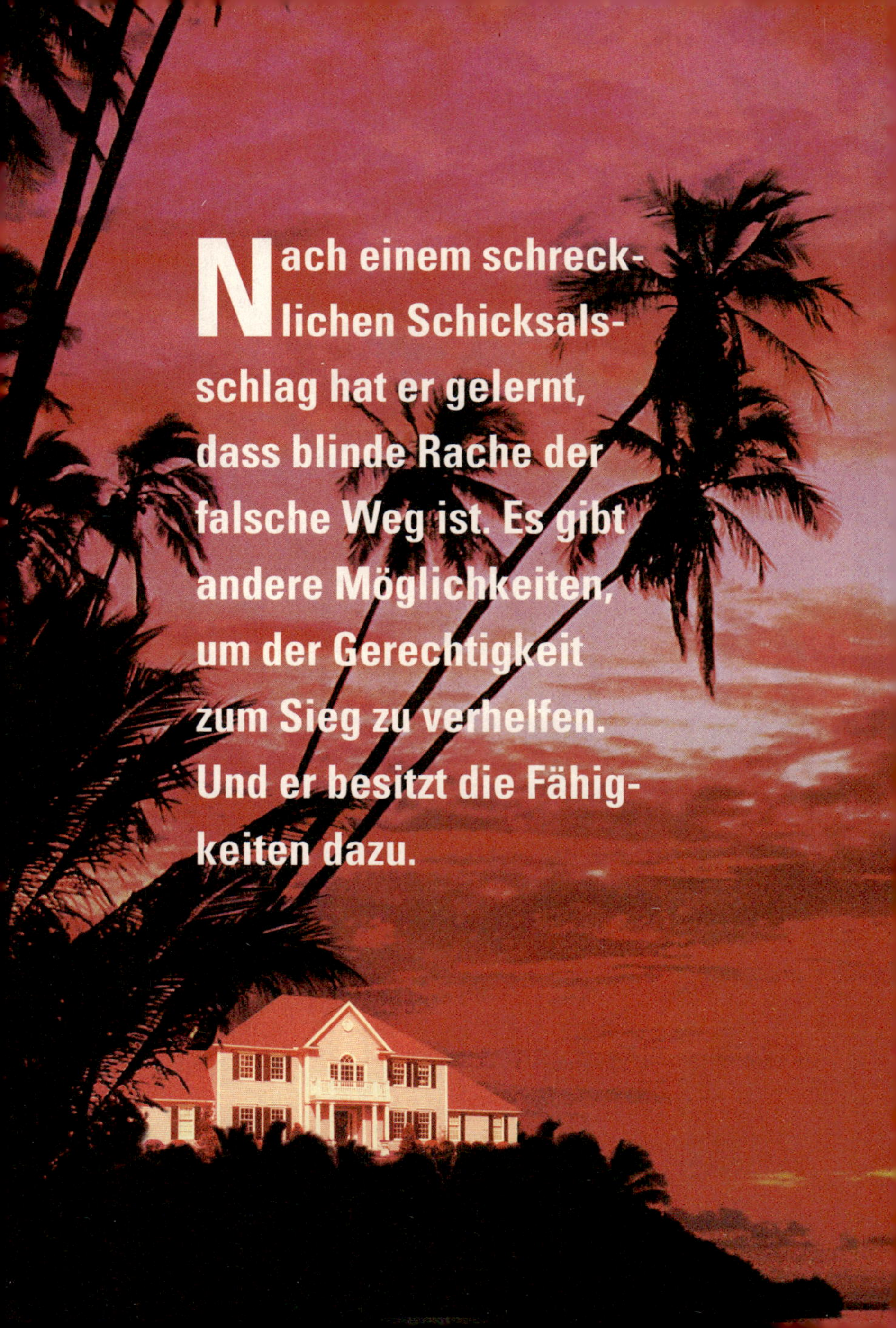

Nach einem schrecklichen Schicksalsschlag hat er gelernt, dass blinde Rache der falsche Weg ist. Es gibt andere Möglichkeiten, um der Gerechtigkeit zum Sieg zu verhelfen. Und er besitzt die Fähigkeiten dazu.

1 DER BAUARBEITER

Er nahm die Steigung in Angriff und kämpfte gegen seinen Feind an, den Schmerz. Es war zugleich Tortur und Therapie. Deswegen lief er. Nach Meinung derer, die es wissen müssen, ist keine sportliche Disziplin so brutal wie das Triathlon. Ein Zehnkämpfer muss zwar mehr Techniken beherrschen, aber was die schiere Ausdauer und die Fähigkeit angeht, Schmerzen auszuhalten und zu besiegen, gibt es nur wenige Sportarten wie den Dreikampf.

Wie an jedem Trainingstag war der Mann lange vor dem Morgengrauen aufgestanden. Er war mit seinem Pick-up zu einem entlegenen See gefahren, hatte unterwegs sein Rennrad abgeladen und es sicherheitshalber an einen Baum gekettet. Zwei Minuten nach fünf hatte er auf die Stoppuhr an seinem Handgelenk gedrückt, den Ärmel seines Neopren-Schwimmanzugs darüber gestülpt und war ins eisige Wasser gewatet.

Er trainierte das olympische Triathlon. 1500 Meter Schwimmen, dann raus aus dem Wasser, rasch ausziehen bis auf Radlerhose und Trikot und rauf auf das Rennrad. Danach 40 Kilometer geduckt über dem Lenker, die gesamte Distanz im Sprinttempo. Die abschließende Laufstrecke war zehn Kilometer lang, das Gatter einer Farm kennzeichnete den Beginn der letzten beiden Kilometer. Sie führten bergauf, der letzte Härtetest, der sich gnadenlos in die Länge zog.

Für einen 21-Jährigen ist das Triathlon bereits mörderisch, doch 51-Jährige sollten durch die Genfer Konvention davor geschützt werden. Der Mann war im Januar 51 geworden. Er riskierte einen Blick auf die Uhr, und seine Miene verfinsterte sich. Nicht gut. Mehrere Minuten über seiner Bestzeit. Er kämpfte noch verbissener.

Hinter einer Kurve kamen die ersten Häuser seines Wohnorts in Sicht. Die Straße führte mitten durch das alte, in vorrevolutionärer Zeit gegründete Pennington, New Jersey, eine ganz gewöhnliche Kleinstadt, nur eine größere Kreuzung im Zentrum, mehrere gut besuchte Kirchen, eine Bank und eine Hand voll Geschäfte.

Der Läufer steuerte auf die Kreuzung zu. Noch ein halber Kilometer.

Südlich der Kreuzung kam er an dem aus der Bürgerkriegszeit stammenden, mit Schindeln verkleideten Haus vorbei, neben dessen Tür das Schild CALVIN DEXTER, RECHTSANWALT hing. Es war sein Schild und seine Kanzlei, in der er tätig war, wenn er sich nicht gerade wieder freinahm, um seiner zweiten Beschäftigung nachzugehen. Klienten und Nachbarn akzeptierten, dass er hin und wieder zum Angeln fuhr, nicht ahnend, dass er in New York unter einem anderen Namen eine kleine Wohnung gemietet hatte.

Mit schmerzenden Beinen quälte er sich über die letzten 500 Meter bis zur Abzweigung in den Chesapeake Drive am Südende der Stadt. Dort wohnte er, und an der Ecke endete sein selbst auferlegtes Martyrium. Er blieb stehen und sog, an einen Baum gelehnt, Sauerstoff in seine Lungen. Zwei Stunden und 36 Minuten. Weit von seiner Bestzeit entfernt. Wahrscheinlich gab es im Umkreis von 150 Kilometern niemanden, der in seinem Alter noch an diese Zeit herankäme, aber das bedeutete ihm nichts. Auch wenn er es seinen Nachbarn, die ihn anfeuerten oder belächelten, niemals würde erklären können: Ihm kam es nur darauf an, mit dem einen Schmerz den anderen zu bekämpfen, jenen immer währenden Schmerz, der niemals verging, den Schmerz über den Verlust eines Kindes, den Verlust einer Liebe, den Verlust von allem.

Dexter bog in seine Straße ein und ging die letzten zweihundert Meter. Vor sich sah er den Zeitungsjungen einen Packen auf seine Veranda werfen. Der Junge winkte im Vorbeiradeln, und Dexter winkte zurück. Auf der Veranda angelangt, hob er den Packen Zeitungen auf und nahm ihn mit ins Haus. Später würde er sich auf seinen Motorroller schwingen und den Pick-up holen, mit dem Roller hinten auf der Ladefläche wieder nach Hause fahren und unterwegs das Rennrad und den Schwimmanzug auflesen. Vorher aber brauchte er eine Dusche, ein paar Energieriegel und frisch gepressten Orangensaft.

Calvin Dexter, der drahtige, rotblonde, freundliche Anwalt aus Pennington, New Jersey, war nicht auf der Sonnenseite des Lebens geboren worden. Er kam im Januar 1950 als Sohn eines Bauarbeiters und einer Kellnerin in einem Slum in Newark zur Welt.

Er war fünf, als seine Mutter die Familie verließ. Er wusste nichts von dem Handelsvertreter, der ihr das Blaue vom Himmel und schönere Kleider versprochen hatte. Ihm wurde nur gesagt, sie sei „fortgegangen“. Und er akzeptierte es einfach, dass ihn nun sein Vater jeden Abend versorgte, statt nach der Arbeit ein paar Bierchen zu trinken.

Calvin war sieben, als sein Vater in der näheren Umgebung keine Jobs mehr fand und auf die Idee kam, ihre schäbige Wohnung in Newark aufzugeben und sich einen gebrauchten Wohnwagen zuzulegen. Mit ihm zogen Vater und Sohn von Baustelle zu Baustelle. Zwischen seinem achten und seinem 16. Lebensjahr besuchte Cal neun Schulen. Was er dort lernte, passte auf eine Briefmarke. Dafür sammelte er anderweitig Erfahrungen und lernte, sich auf der Straße durchzuboxen. Wie seine Mutter wurde er nicht groß, gerade mal 1,72 Meter, und auch nicht so schwer und muskulös wie sein Vater. Doch in seinem schmächtigen Körper steckte eine unglaubliche Kraft und in seinen Fäusten ein mörderischer Punch.

Für Urlaub fehlte natürlich das Geld, und so begleitete der Junge seinen Vater in den Ferien auf die jeweilige Baustelle. Er erledigte Botengänge und übernahm Gelegenheitsarbeiten. Auf der Baustelle trug er einen Helm, und alle gingen davon aus, dass er nach der Schulzeit in die Fußstapfen seines Vaters treten und Bauarbeiter werden würde. Doch ihm schwebte etwas anderes vor. Ganz gleich, so schwor er sich, was für ein Leben er führen würde, Hauptsache weit weg von dem Krach eines Presslufthammers und dem beißenden Staub einer Betonmischmaschine. Doch dann begriff er, dass er für ein besseres Leben nichts vorweisen konnte.

Mit 17 verließ er die Schule und fing am nächsten Tag auf der aktuellen Baustelle seines Vaters an.

Einen Monat später erkrankte der Raupenführer, einen Ersatzmann gab es nicht. Es war ein Facharbeiterjob. Cal sah sich das Führerhaus von innen an. Kein Problem. „Das könnte ich hinkriegen", verkündete er.

Doch der Vorarbeiter hatte Bedenken. So etwas war streng verboten. Wenn jemand von der Bauaufsicht aufkreuzte, war er seinen Job los. Andererseits konnte der Bautrupp erst wieder arbeiten, wenn jemand die Erdberge bewegte.

„Da drin sind wahnsinnig viele Hebel."

„Vertrauen Sie mir", sagte der Junge.

Er brauchte zwanzig Minuten, um herauszufinden, wofür welcher Hebel war. Er begann, die lose Erde zu bewegen. Dafür gab es eine Zulage, aber es war noch immer kein richtiger Beruf.

Im Januar 1968 wurde er 18, und der Vietcong startete die Tet-Offensive.

Cal saß in einer Bar vor dem Fernseher. Auf die Nachrichten folgten

Reklamespots und dann ein Werbefilm der Armee. Wer sich gut mache, so die Botschaft, bekomme eine Ausbildung.

Am nächsten Tag ging Cal ins Rekrutierungsbüro der US-Army in Princeton. „Ich möchte Soldat werden."

Zur damaligen Zeit wurde jeder Amerikaner, sofern er nicht außergewöhnliche Umstände geltend machen konnte oder das Land verließ, nach Vollendung des 18. Lebensjahrs zum Wehrdienst eingezogen. Dem zu entgehen war der Wunsch der meisten Teenager und ihrer Eltern. Der Stabsfeldwebel hinter dem Schreibtisch streckte die Hand aus, um den Einberufungsbefehl entgegenzunehmen.

„Ich habe keinen. Ich möchte mich freiwillig melden", sagte Cal.

„Na wunderbar, mein Junge. Eine weise Entscheidung. Darf ich Ihnen als alter Haudegen einen Rat geben?"

„Klar."

„Verpflichten Sie sich für drei Jahre und nicht nur für zwei. Das verspricht bessere Berufschancen." Der Feldwebel beugte sich vor wie einer, der ein Staatsgeheimnis ausplaudert. „Bei drei Jahren kommen Sie eventuell sogar um Vietnam herum."

„Aber ich möchte nach Vietnam", erwiderte Cal.

DREIUNDDREISSIG JAHRE später drückte der ehemalige Bauarbeiter und Soldat vier Orangen in der Saftpresse aus, rubbelte sich mit dem Handtuch das nasse Haar trocken und ging mit dem Saft und den Zeitungen ins Wohnzimmer. Der Stapel enthielt das Lokalblatt, die *New York Times* sowie eine Fachzeitschrift in einer Hülle. Er riss sie auf.

Historische Maschinen hat keine große Auflage und war in Pennington nur über Postversand zu beziehen. Das Magazin wendet sich an Liebhaber alter Flugzeuge aus dem Zweiten Weltkrieg und anderen Epochen. Dexter blätterte bis zum Kleinanzeigenteil und studierte die Kaufgesuche. Plötzlich hielt er inne, stellte das Glas ab und las eine Annonce noch einmal.

> AVENGER gesucht. Seriöses Angebot. Keine Preisgrenze. Bitte um Anrufe.

Aber da draußen gab es keine Torpedobomber vom Typ Grumman Avenger, auch „Rächer" genannt, aus dem Pazifikkrieg zu kaufen. Die standen in Museen. Jemand hatte den Kontaktkode benutzt. Eine Telefonnummer stand dabei. Mit Sicherheit eine Handynummer.

Es war der 13. Mai 2001.

2 DAS OPFER

Ricky Colenso hatte es nicht verdient, mit 20 in einer Jauchegrube in Bosnien zu sterben. Er war dazu ausersehen, einen Collegeabschluss zu machen und sein Leben in den USA zu verbringen, ein Leben in Freiheit, mit Frau und Kindern und einer passablen Perspektive auf Glück. Doch daraus wurde nichts, weil er zu gutmütig war.

Im Jahr 1970 hatte der junge und brillante Mathematiker Adrian Colenso eine Berufung an die Georgetown-Universität erhalten. Mit seinen 25 war er bemerkenswert jung für eine Professur.

Drei Jahre später hielt er im kanadischen Toronto ein Sommerseminar. Zu den Teilnehmern gehörte eine Studentin namens Annie Edmond, die fantastisch aussah. Sie verliebte sich in ihn und arrangierte über Freunde ein Rendezvous. Colenso hatte nie von ihrem Vater gehört, was sie erfreute. Sie war bereits von einem halben Dutzend Mitgiftjägern bedrängt worden. Auf der Fahrt zurück ins Hotel stellte sie fest, dass Adrian nicht nur brillant im Quantenrechnen war, sondern auch ziemlich gut küssen konnte.

Eine Woche später flog er nach Washington zurück. Doch Miss Edmond war eine junge Dame, die nicht lockerließ. Sie kündigte ihren Job, besorgte sich einen Posten beim kanadischen Konsulat in Washington, mietete ein Apartment und reiste mit zehn Koffern an. Zwei Monate später heirateten sie und Adrian Colenso. Als Hochzeitspräsent schenkte der Brautvater ihnen ein großes Landhaus in Georgetown.

Ihr Sohn Richard wurde im April 1975 geboren und bekam bald den Spitznamen Ricky. Er wuchs in einem behüteten und liebevollen Elternhaus auf, tat die Dinge, die alle Jungs tun, verbrachte die Ferien in Sommerlagern, entdeckte die aufregende Welt der Mädchen und der Sportwagen, sorgte sich um Noten und Prüfungen.

Vom Vater hatte er das verschmitzte Lächeln, von der Mutter das gute Aussehen geerbt. Er war allseits beliebt. Wenn ihn jemand um Hilfe bat, tat er stets, was er konnte.

Nur hätte er nie nach Bosnien gehen dürfen.

Im März 1995 schloss er die Highschool ab und wurde für den darauf folgenden Herbst in Harvard angenommen. Im gerade zu Ende gegangenen Winter hatte er im Fernsehen Berichte über die brutalen so genannten ethnischen Säuberungen und das daraus resultierende Flüchtlingselend in Bosnien gesehen, und so fasste er den Entschluss, sich irgendwie nützlich zu machen.

Seine Mutter flehte ihn an, in den Staaten zu bleiben. Es gebe doch auch karitative Einrichtungen im Land, wenn er unbedingt Menschen helfen wolle. Doch die Fernsehbilder von niedergebrannten Dörfern, weinenden Waisenkindern und der Verzweiflung der Vertriebenen hatten ihn tief erschüttert. Es musste unbedingt Bosnien sein.

Sein Vater fand durch ein paar Telefonate heraus, dass die führende humanitäre Hilfsorganisation das UNHCR war, das Flüchtlingshochkommissariat der Vereinten Nationen, das in New York ein großes Büro unterhielt. Ricky bettelte um die Erlaubnis, wenigstens im Sommer mithelfen zu dürfen, und fuhr nach New York, um sich nach den Einstellungsbedingungen zu erkundigen.

Nach dem Zerfall Jugoslawiens und drei Jahren Bürgerkrieg war die Republik Bosnien-Herzegowina im Frühjahr 1995 verwüstet. Das UNHCR tat mit 400 internationalen Helfern und mehreren tausend im Land angeworbenen Mitarbeitern alles, was in seiner Macht stand.

Im New Yorker Büro war man freundlich, aber nicht besonders begeistert von Rickys Anfrage. Es trafen säckeweise Bewerbungen von Hilfswilligen ein, und täglich sprachen Dutzende persönlich vor. Alles würde seinen bürokratischen Gang gehen, das hieß Monate Bearbeitungszeit und unzählige Formulare. Da Ricky im Herbst in Harvard antreten musste, war eine Ablehnung wahrscheinlich.

Als der junge Mann ernüchtert mit dem Aufzug wieder nach unten fuhr, lächelte ihn eine Sekretärin mittleren Alters freundlich an. „Wenn Sie wirklich helfen wollen", sagte sie, „müssen Sie ins Außenbüro Zagreb gehen. Dort werden die Leute direkt eingestellt. An Ort und Stelle sieht man alles nicht so eng."

Auch Kroatien hatte einst zu Jugoslawien gehört, aber es hatte seine Abspaltung erzwungen und war jetzt ein unabhängiger Staat, in dessen Hauptstadt Zagreb viele Organisationen ein Büro eingerichtet hatten. Eine davon war das UNHCR.

Ricky telefonierte lange mit seinen Eltern und flog, nachdem sie widerstrebend eingewilligt hatten, von New York über Wien nach Zagreb. Doch die Reaktion dort war dieselbe: Wirklich gefragt waren nur langfristige Engagements. Ferienhelfer bürdeten der Organisation eine große Verantwortung auf und leisteten herzlich wenig.

„Vielleicht sollten Sie es bei einer der NGOs versuchen", schlug der Regionalleiter vor. „Die sitzen in dem Café gleich um die Ecke."

Katastrophenhilfe ist ein regelrechter Wirtschaftszweig und für viele ein Beruf. Neben den Vereinten Nationen und einzelstaatlichen Bemühungen gibt es außerdem die so genannten Nichtregierungsorganisationen. In Bosnien waren über dreihundert NGOs vertreten. Einige waren religiös, andere weltlich ausgerichtet, und viele hatte man erst wegen des Bosnienkriegs gegründet.

Ricky fand das Lokal, bestellte einen Kaffee und sah sich nach jemandem um, den er ansprechen konnte. Zwei Stunden später trat ein bärtiger Mann mit der kräftigen Statur eines Fernfahrers ein und bestellte mit einem Akzent, den Ricky in North oder South Carolina ansiedelte, Kaffee und Kognak. Ricky ging zu ihm hinüber, stellte sich vor und landete prompt einen Glückstreffer.

John Slack beförderte und verteilte Hilfsgüter im Auftrag einer kleinen amerikanischen Einrichtung namens Brot und Fische, einer unlängst von einem Fernsehprediger aus Charleston in South Carolina gegründeten Organisation.

Slack lauschte Ricky wie jemand, der das alles schon einmal gehört hatte. „Kannst du einen Lkw fahren, Junge?"

„Ja." Das entsprach zwar nicht ganz der Wahrheit, aber in Rickys Augen waren ein großer Lkw und ein Kleinlaster so ziemlich dasselbe.

„Kannst du eine Karte lesen?"

„Klar."

„Und du willst ein dickes Gehalt?"

„Nein. Ich habe einen Zuschuss von meinem Großvater bekommen."

Slack zwinkerte. „Du willst also nichts? Nur helfen?"

„Ja."

„Okay, du bist dabei. Unser Laden ist klein. Ich kaufe Lebensmittel, Kleider, Decken und so, hauptsächlich in Österreich. Ich bringe alles mit dem Lastwagen hierher nach Zagreb, mach den Tank wieder voll, und dann geht es weiter nach Bosnien. Wir sitzen in Travnik. Dort gibt es tausende von Flüchtlingen."

„Das ist genau das Richtige für mich", erwiderte Ricky. „Ich komme auch selbst für meinen Unterhalt auf."

Slack kippte den Rest seines Kognaks hinunter. „Dann mal los, mein Junge."

Der Laster war ein Zehntonner, und noch vor der Grenze zu Bosnien hatte Ricky den Dreh raus. Sie wechselten sich am Steuer ab und brauchten zehn Stunden bis Travnik. Es war Mitternacht, als sie auf das Gelände von Brot und Fische am Rand der Stadt rollten.

Slack warf Ricky ein paar Decken zu. „Schlaf im Führerhaus“, sagte er. „Morgen früh suchen wir dir eine Bleibe.“

Die Organisation von Brot und Fische war in der Tat bescheiden. Sie bestand aus einem zweiten Lastwagen, mit dem ein wortkarger Schwede gerade gen Norden aufzubrechen gedachte, um weitere Hilfsgüter zu holen, einem kleinen Gelände, das ein Maschendrahtzaun vor Dieben schützte, einem winzigen Büro, einem als Lagerhaus bezeichneten Schuppen für Nahrungsmittel, die bereits abgeladen, aber noch nicht verteilt waren, und drei bosnischen Helfern aus dem Ort. Dazu kamen zwei nagelneue schwarze Geländewagen für die Verteilung der Hilfsgüter.

Am nächsten Morgen machte Slack Ricky mit allem und allen bekannt, und am Nachmittag fand der junge Mann in der Stadt bei einer bosnischen Witwe ein Zimmer. Für die Fahrt zur Arbeit kaufte er sich von seinem Geld, das er in einer Gürteltasche aufbewahrte, ein Fahrrad.

Slack bemerkte den Gürtel. „Macht es dir was aus, mir zu sagen, wie viel du da drin hast?“

„Tausend Dollar“, antwortete Ricky. „Nur für Notfälle.“

„Wedle bloß nicht damit herum, sonst gibt's Ärger. Damit kann man sich hier für den Rest des Jahres zur Ruhe setzen.“

Ricky versprach, vorsichtig zu sein. Ein Postamt, so stellte er bald fest, gab es nicht. Von Slack erfuhr er, dass jeder Mitarbeiter, der nach Kroatien oder Österreich fuhr, für die anderen Briefe und Postkarten beförderte. Rasch schrieb Ricky eine Karte. Der Schwede nahm sie mit nach Norden, und die Colensos erhielten sie eine Woche später.

Travnik war einst eine blühende Marktstadt gewesen, die von Serben, Kroaten und bosnischen Muslimen bewohnt worden war, wie noch an den Gotteshäusern zu erkennen war. Es gab eine katholische Kirche für die mittlerweile geflüchteten Kroaten, eine orthodoxe Kirche für die gleichfalls geflüchteten Serben und ein Dutzend Moscheen für die muslimische Mehrheit, für jene, die immer noch Bosnier genannt wurden.

Mit Beginn des Bürgerkriegs war die Gemeinschaft der drei ethnischen Gruppen, die lange friedlich zusammengelebt hatten, auseinander gebrochen. Die Serben flohen nach Norden über das Vlasic-Gebirge, das Travnik überragt, und zogen sich nach Banja Luka jenseits des Lasva-Tals zurück. Von den ebenfalls vertriebenen Kroaten suchten die meisten im 15 Kilometer entfernten Vitez Zuflucht. So entstanden drei ethnische Hochburgen, und in jede strömten Flüchtlinge der jeweiligen Bevölkerungsgruppe.

Zu der Zeit, als Ricky nach Travnik kam, konnte man noch überall die

Einschläge der vielen Granaten sehen, die von serbischen Stellungen in den Bergen unbarmherzig auf den Ort abgefeuert worden waren.

Dessen augenblickliche Bewohner, deren Zahl durch die Flüchtlinge die ursprüngliche Einwohnerschaft um ein Dreifaches überstieg, waren von den Feldern und Äckern des Umlandes praktisch abgeschnitten und daher auf Nahrungsmittelhilfe angewiesen. Deswegen war es so wichtig, dass Brot und Fische sowie ein Dutzend anderer kleinerer NGOs sich der Stadt annahmen. Die beiden Geländewagen konnten bis zu fünf Zentner Hilfsgüter laden, um sie in abgelegene Dörfer und Weiler zu karren, in denen die Not noch größer war als in Travnik selbst. Mit Freuden erklärte sich Ricky bereit, Säcke mit Lebensmitteln zu schleppen und mit dem Geländewagen in die Berge im Süden zu fahren.

Er war glücklich, das zu tun, wofür er gekommen war. Er war gerührt über die Dankbarkeit der knorrigen Bauern und ihrer Kinder, die große Augen machten, wenn er Säcke mit Weizen, Milchpulver und Suppenkonzentrat in ein von der Außenwelt abgeschnittenes Dorf brachte, in dem es seit einer Woche nichts Essbares mehr gegeben hatte. Er konnte weder ein Wort Serbokroatisch, noch verstand er den bosnischen Dialekt. Er hatte keine Ahnung, wie die Gegend geografisch beschaffen war. John Slack stellte ihm einen der bosnischen Helfer zur Seite, einen jungen Mann namens Fadil Sulejman, der ein passables Schulenglisch sprach und sich als Führer, Dolmetscher und Beifahrer nützlich machte.

Den ganzen April hindurch und in der ersten Maihälfte schickte Ricky seinen Eltern jede Woche einen Brief oder eine Postkarte.

In der zweiten Maiwoche war er plötzlich allein und für das gesamte Lager verantwortlich. Der Schwede war hinter der kroatischen Grenze auf einer einsamen Bergstraße mit schwerem Motorschaden liegen geblieben, und Slack hatte sich sofort mit einem der Geländewagen auf den Weg gemacht, um den Laster wieder flott zu bekommen.

Fadil Sulejman bat Ricky um einen Gefallen.

Wie tausende in Travnik hatte Fadil auf der Flucht vor dem Krieg sein Zuhause verlassen müssen. Seine Familie, so erzählte er, habe auf einem Bauernhof in einem Hochtal an den Hängen des Vlasic-Gebirges gelebt. Er müsse unbedingt wissen, ob von dem Hof etwas übrig sei. Kurzum, er wolle zum ersten Mal seit drei Jahren sein Elternhaus aufsuchen.

Bereitwillig gab Ricky ihm frei, aber das war nicht der springende Punkt. Da der Frühjahrsregen die unbefestigten Bergstraßen aufgeweicht hatte, war die Fahrt nur mit einem Geländewagen zu schaffen. Deshalb wollte sich Fadil den zweiten Landcruiser ausleihen.

Ricky war hin- und hergerissen. Er wollte helfen. Aber war es in den Bergen sicher? Vor nicht allzu langer Zeit hatten dort oben noch Serben patrouilliert und mit ihrer Artillerie das im Tal liegende Travnik beschossen.

Das sei ein Jahr her, entgegnete Fadil. Die Südhänge, wo sein Elternhaus stehe, seien inzwischen ziemlich sicher. Ricky fragte sich, wie es wohl war, wenn man sein Zuhause verlor. Schließlich ließ er sich durch Fadils Bitten erweichen und willigte ein. Unter einer Bedingung: Er wollte mitfahren.

Die Frühlingssonne schien, die Fahrt war angenehm. Sie fuhren aus der Stadt hinaus und 15 Kilometer auf der Hauptstraße entlang, dann bogen sie rechts ab. Die Straße kroch den Berg hinauf, verengte sich zu einem Waldweg und führte weiter bergan, gesäumt von Buchen, Eschen und Eichen in ihrem Frühlingskleid. In den Kurven gerieten sie ins Schleudern, und Ricky musste zugeben, dass sie es ohne Allradantrieb nicht geschafft hätten.

Die Eichen wichen Nadelbäumen, und in 1500 Meter Höhe gelangten sie in das Hochtal, das von der Straße weit unten nicht zu sehen war. Mitten im Tal stand das Bauernhaus. Das heißt, nur den Schornstein gab es noch, der Rest war niedergebrannt und dem Erdboden gleichgemacht worden. Hinter den alten Viehkoppeln ragten mehrere windschiefe Scheunen empor.

Ricky blickte Fadil an. „Das tut mir Leid."

Sie stiegen aus, und Ricky folgte Fadil, der herumstapfte und begutachtete, was von seinem Zuhause noch übrig geblieben war. Sie gingen an den Koppeln und der bis zum Rand mit Brühe und Regenwasser gefüllten Jauchegrube vorbei zu den Scheunen.

In diesem Augenblick hörten sie ein Wimmern.

Die beiden entdeckten die Kinder unter einer nassen Abdeckplane. Es waren sechs, zwischen vier und zehn Jahre alt. Vier Jungen und zwei Mädchen, von denen die Ältere offenbar die Mutter ersetzte und die Gruppe führte. Beim Anblick der zwei Männer, die sie entgeistert ansahen, erstarrten sie vor Schreck. Fadil redete sanft auf sie ein. Nach einer Weile antwortete das Mädchen.

„Sie kommen aus einem kleinen Weiler, ungefähr sechs Kilometer von hier", erklärte Fadil.

„Was ist passiert?"

Fadil sprach weiter in der lokalen Mundart. Das Mädchen antwortete, dann brach es in Tränen aus.

„Männer kamen, Serben, Milizionäre. Letzte Nacht." Fadil seufzte.

„Es war ein sehr kleiner Weiler. Vier Familien, 20 Erwachsene, etwa zwölf Kinder. Alle tot. Ihre Eltern schrien, sie sollten weglaufen, als die ersten Schüsse fielen. Sie entkamen in der Dunkelheit."

„Großer Gott, was für ein Land! Wir müssen sie zum Wagen bringen, runter ins Tal."

Sie führten die Kinder, von denen jedes das nächstältere an der Hand hielt, sodass sie eine Kette bildeten, aus der Scheune in die strahlende Frühlingssonne. Vögel zwitscherten. Es war ein schönes Hochtal.

Da erblickten sie am Waldrand die Männer – es waren zwölf – und dazu zwei russische Jeeps mit militärischem Tarnanstrich. Die Männer trugen Tarnanzüge und waren schwer bewaffnet.

STEPHEN EDMOND, Rickys Großvater, war 75, steinreich und der größte Bergbaumagnat in Kanada. Doch er war nicht in Reichtum geboren. Er stammte aus den Bergarbeiter-Camps in Ontario und hatte sich, um der Arbeitslosigkeit im Bergbau zu entgehen, 1938 zur Königlichen Kanadischen Luftwaffe gemeldet. Die Welt hatte damals keine Verwendung für kanadisches Nickel. Später sollte dieses Metall Bestandteil jedes Flugzeugmotors sein, der Stephen und seine Maschine in der Luft hielt.

Nach dem Krieg war es ein anderes Kanada, in das er heimkehrte, und er selbst auch ein anderer Mann, ein hoch dekorierter Kriegsheld, der eine boomende Wirtschaft vorfand. Er ging aufs College und studierte Bergbautechnik und Hüttenkunde. 1948 schloss er als einer der Besten seines Jahrgangs ab und wurde von der INCO, der Internationalen Nickel-Handelsgesellschaft, dem wichtigsten Arbeitgeber im Sudbury-Becken im östlichen Kanada, mit Handkuss genommen.

Die 1902 gegründete INCO hatte maßgeblich dazu beigetragen, aus Kanada den größten Nickelproduzenten der Welt zu machen. Und das Herz des Unternehmens schlug in der riesigen Lagerstätte bei Sudbury in Ontario. Stephen Edmond begann als Management-Trainee und wäre wohl Minenmanager geblieben, hätte ihm sein rastloser Geist nicht unentwegt eingeflüstert, dass es noch einen „besseren Weg" geben müsse. Auf dem College hatte er gelernt, dass der wichtige Eisennickelkies nicht nur Nickel, sondern auch andere Elemente wie Platin, Palladium, Iridium, Kobalt, Silber und Gold enthält. Er begann, sich mit diesen Seltenerdmetallen, ihrer Anwendung und möglichen Vermarktung zu beschäftigen. Kein anderer machte sich diese Mühe, denn ihre Gewinnung durch Extraktion war wegen ihrer geringen Konzentration zu unrentabel, sodass sie auf den Abraumhalden landeten.

Fast alle großen Vermögen sind einer bahnbrechenden Idee und dem Mut zu verdanken, sie in die Tat umzusetzen. Auch harte Arbeit und Glück sind nicht von Nachteil. Stephen Edmonds bahnbrechende Idee bestand darin, ins Labor zurückzukehren, während die anderen jungen Bergbaumanager einen trinken gingen. Das Ergebnis, das er präsentierte, war ein Verfahren namens saure Drucklaugung. Im Wesentlichen ging es darum, die sehr geringen Anteile an seltenen Metallen aus der Schlacke herauszulösen und aufzubereiten.

Wäre er damit zur INCO gegangen, hätte man ihm allenfalls auf die Schulter geklopft. Also kündigte er, löste eine Eisenbahnkarte nach Toronto und suchte dort das Patentamt auf. Er war 30 und auf dem Weg nach oben.

Natürlich musste er einen Kredit aufnehmen, wenn auch keinen sehr großen, denn das, was er im Sinn hatte, kostete nicht viel. Wenn der Eisennickelkies in einem Gebiet abgebaut war, hinterließ die Bergbaugesellschaft riesige Abraumhalden, Schutt, den keiner wollte – außer Stephen Edmond. Er kaufte ihn für ein Butterbrot und gründete die Edmond Metals.

Mit 40 war er Multimillionär und mit 65 Milliardär. Doch er prahlte nie damit, vergaß nie seine Wurzeln, spendete viel für wohltätige Zwecke und galt als guter Familienvater. Er heiratete nur einmal, 1949, kurz vor seiner großen Entdeckung. Er und Fay waren ein Liebespaar und blieben es, bis sie 1994 starb. Sie hatten ein Kind, die 1950 geborene Annie. Edmond vergötterte sie, hielt große Stücke auf Professor Colenso, seinen Schwiegersohn, und liebte seinen einzigen Enkel Ricky über alles, der sich im Augenblick irgendwo in Europa herumtrieb, ehe er das Studium aufnehmen wollte.

Am 10. Juni 1995 klingelte das Telefon auf Edmonds Schreibtisch. „Ja, Jean?"

„Mrs Colenso ruft aus Virginia an."

„Stellen Sie sie durch." Er lächelte und lehnte sich in seinem gepolsterten Drehstuhl zurück, während er verbunden wurde. „Hallo, mein Schatz. Wie geht es dir?" Sein Lächeln erstarb, während er zuhörte. Er lehnte sich vor und stützte sich auf den Schreibtisch. „Was meinst du mit ‚vermisst'? … Hast du versucht, ihn anzurufen? … Keine Verbindung … Annie, du weißt doch, dass die jungen Leute heutzutage nicht schreiben … Ja, ich weiß, er hat es versprochen … In Ordnung, überlass die Sache mir. Für wen arbeitet er?"

Er nahm einen Kugelschreiber und schrieb auf, was sie diktierte. Einen Augenblick später rief er seinen Generaldirektor an. „Haben Sie unter Ihren Jungs einen, der im Internet recherchieren kann?"

Der Direktor war verdutzt. „Selbstverständlich. Dutzende."

„Ich brauche den Namen und die Privatnummer des Leiters einer Hilfsorganisation namens Brot und Fische."

Beides hatte Edmond nach zehn Minuten. Eine Stunde später beendete er ein langes Telefonat mit einem Fernsehprediger in Charleston, South Carolina. Wenn Ricky als Freiwilliger für Brot und Fische in Bosnien arbeite, so hatte Edmond von dem Mann erfahren, dann in dem Verteilungszentrum der Organisation in einer Stadt namens Travnik.

„Jean, erinnern Sie sich an den Mann in Toronto, dem vor ein paar Jahren bei einem Einbruch in sein Landhaus ein paar wertvolle alte Gemälde gestohlen wurden? Es stand in der Zeitung. Später tauchten sie wieder auf. Jemand im Klub sagte, er habe eine diskrete Agentur damit beauftragt, sie aufzuspüren. Ich brauche seinen Namen."

Der gesuchte Name war mit Sicherheit nicht im Internet zu finden, doch es gab andere Netzwerke. Jean Searle, seit vielen Jahren Edmonds Privatsekretärin, nutzte das der Sekretärinnen – eine ihrer Freundinnen saß im Vorzimmer des Polizeichefs.

„Rubinstein? Schön. Finden Sie Mr Rubinstein, in Toronto oder sonst wo."

Das dauerte eine halbe Stunde. Der Kunstsammler weilte gerade in Amsterdam, um sich im Rijksmuseum umzusehen. Wegen der sechs Stunden Zeitunterschied wurde er beim Abendessen gestört. Dennoch war er sehr hilfsbereit.

„Jean", bat Edmond nach dem Telefonat, „rufen Sie den Flughafen an. Sie sollen die Grumman startklar machen. Ich möchte nach London fliegen. Sowie es hell wird."

3 DER SOLDAT

Kaum hatte Cal Dexter seinen Fahneneid geleistet, war er auch schon auf dem Weg ins Grundausbildungslager. Er brauchte nicht weit zu fahren, Fort Dix liegt in New Jersey.

Im Frühjahr 1968 rückten zehntausende junger Amerikaner ein, 95 Prozent davon widerwillige Wehrpflichtige. Den Ausbildern war das völlig schnuppe. Ihre Aufgabe bestand darin, aus dieser Masse von kahl geschorenen jungen Männern so etwas wie Soldaten zu machen, ehe sie, nur drei Monate später, an einen anderen Standort versetzt wurden.

Dexter war von Natur rebellisch, aber auch cleverer als die meisten. Das Essen war bescheiden, aber immer noch besser als das, was er auf vielen Baustellen bekommen hatte, und so aß er mit Appetit. Im Gegensatz zu den Jungs aus behütetem Haus hatte er keine Probleme mit dem Schlafsaal, den offenen Toiletten oder dem Befehl, seine Montur in dem kleinen Spind pieksauber zu halten. Gleichwohl sah er in den meisten Vorschriften und Ritualen keinen Sinn, doch er war klug genug, seine Meinung für sich zu behalten.

Nach zwei Wochen musste er zu seinem ersten Beurteilungsgespräch erscheinen – vor einem Offizier, genauer gesagt, einem Major.

„Irgendwelche besonderen Qualifikationen?", fragte dieser.

„Ich bin vor einem Jahr Bulldozer gefahren, Sir", antwortete Dexter.

Der Major sah auf. „Ihren Papieren zufolge sind Sie 18. Demnach waren Sie damals erst 17."

„Jawohl, Sir."

„Das ist verboten."

„Sir, das tut mir Leid. Ich hatte keine Ahnung."

Dexter spürte, wie sein Ausbilder, ein Unteroffizier, der stocksteif neben ihm saß, sich nur mühsam ein Grinsen verkniff. Doch das Problem des Majors war gelöst.

„Schätze, die Pioniere wären das Richtige für Sie, Soldat. Irgendwelche Einwände?"

„Nein, Sir."

Sehr wenige scheiden mit Tränen von Fort Dix. Ein Ausbildungslager ist keine Sommerfrische. Aber die meisten verließen den Ort mit geradem Rücken, breiten Schultern und Bürstenschnitt, in der Uniform eines einfachen Soldaten, mit Seesack und einem Marschbefehl, in dem der nächste Standort eingetragen war. In Dexters Fall handelte es sich um Fort Leonard Wood in Missouri, wo er eine weiterführende Ausbildung erhalten sollte. Diese bestand in einer Basisausbildung zum Pionier, und das hieß nicht nur Bulldozer fahren, sondern alles, was Räder oder Ketten hatte. Außerdem musste Dexter Motoren reparieren und Fahrzeuge warten lernen. Nach weiteren drei Monaten wurde er nach Fort Knox in Kentucky versetzt.

Die meisten kennen Fort Knox nur als Goldlager der amerikanischen Zentralbank. Es ist aber auch ein großer Militärstützpunkt und Heimat einer Panzerschule. Dexter diente dort sechs Monate als Standortpionier, ehe man ihn auf die Kommandantur bestellte. Er hatte unlängst seinen 19. Geburtstag gefeiert und bekleidete den Rang eines Gefreiten.

Der Offizier blickte grimmig wie jemand, der eine Todesnachricht zu überbringen hat, und Cal befürchtete schon, seinem Vater sei etwas zugestoßen.

„Sie gehen nach Vietnam", teilte der Major ihm mit.

„Großartig, Sir."

Der Major, der den Rest seines Soldatenlebens glücklich in Kentucky verbringen würde, blinzelte. „Tja, dann ist ja alles in bester Ordnung."

Drei Wochen später marschierte Dexter die Rampe einer C5-Galaxy-Transportmaschine hinunter und trat in die drückende Schwüle auf dem militärischen Sektor des Flughafens Saigon. Auf der Fahrt vom Flugfeld saß er vorn neben dem Busfahrer. „Und was machst du so?", fragte der Unteroffizier, als er den Bus zwischen den Hangars hindurchlenkte.

„Bulldozer fahren", antwortete Dexter.

„Wohin kommst du?"

„Erstes Pionierbataillon bei der *Big Red One*."

Der Fahrer quiekste wie ein verschreckter Flughund. „Das bedeutet Lai Khe. Am Rand des Eisernen Dreiecks. Ich möchte nicht mit dir tauschen, Kamerad."

„Ist es da schlimm?"

„Dantes Inferno, Kumpel."

Dexter kannte keinen Dante. Er zuckte die Schultern.

Ein Hubschrauber brachte ihn in das riesige befestigte Lager, das die Erste Infanteriedivision, die *Big Red One*, beherbergte. Wieder schulterte er den Seesack und fragte sich zur Kommandantur des Ersten Pionierbataillons durch. Auf dem Weg dorthin kam er am Fuhrpark vorbei, und was er dort sah, verschlug ihm den Atem. Er sprach einen vorbeikommenden GI an und fragte: „Was zum Teufel ist das?"

„Eine Schweineschnauze", antwortete der Soldat lakonisch. „Zur Bodensäuberung."

Zusammen mit der 25. Infanteriedivision aus Hawaii, der *Tropic Lightning*, bemühte sich die *Big Red One*, ein Gebiet unter Kontrolle zu bringen, das nach allem, was man hörte, das gefährlichste auf der gesamten Halbinsel war, das Eiserne Dreieck. Die dichte Vegetation war so undurchdringlich für die Invasoren und bot der Guerilla so viele Verstecke, dass die einzige Möglichkeit, eine Art Chancengleichheit herzustellen, darin bestand, den Dschungel platt zu walzen.

Zu diesem Zweck hatte man zwei eindrucksvolle Maschinen entwickelt. Die erste war der Panzerdozer, ein mittelgroßer M-48-Panzer, der vorn mit einem Bulldozerschild versehen war. Aber viel größer war die so genannte Schweineschnauze – ein Furcht erregendes Ungetüm, wenn man zufällig ein Baum, ein Strauch oder ein Stein war. Ein 60 Tonnen schweres Kettenfahrzeug vom Typ D7E, ausgestattet mit einem speziell geschmiedeten, gekrümmten Schild, dessen vorspringende untere Kante aus gehärtetem Stahl Baumstämme von einem Meter Durchmesser knicken konnte. Der Fahrer thronte hoch oben in seiner vergitterten und gepanzerten Kabine. Der Zweck der Schweineschnauze bestand darin, jedes Stück Land, dem sie ihre ungeteilte Aufmerksamkeit widmete, als Zufluchtsort für den Vietcong ein für alle Mal unbrauchbar zu machen.

Dexter ging in die Kommandantur des Bataillons und salutierte. „Guten Morgen, Sir. Gefreiter Calvin Dexter meldet sich zum Dienst, Sir. Ich bin der neue Fahrer der Schweineschnauze, Sir."

Der Leutnant hinter dem Schreibtisch seufzte müde. Seine einjährige Dienstzeit neigte sich dem Ende zu. Er verabscheute dieses Land, den unsichtbaren, aber todbringenden Vietcong, die feuchte Hitze, die Moskitos. Das Letzte, was er brauchen konnte, war ein Witzbold.

Doch Dexter war ein hartnäckiger junger Mann. Er gab keine Ruhe und bohrte so lange, bis er zwei Wochen nach seinem Dienstantritt seinen Dschungelpflug bekam. Vor dem ersten Einsatz gab ihm ein erfahrener Fahrer Tipps. Dexter hörte zu, kletterte in die Kabine hinauf und fuhr die Schweineschnauze bei einer Operation mit Infanterieunterstützung, die den ganzen Tag dauerte. Er bediente die hoch aufragende Maschine auf seine Weise, anders und besser.

Immer häufiger sah ihm dabei ein Oberleutnant zu, ebenfalls ein Pionier, ein junger Mann, der wenig sprach, aber umso mehr beobachtete.

„Ein zäher Bursche", sagte er sich. „Von sich überzeugt, ein Einzelgänger, und er hat Talent. Mal sehen, ob er schnell kneift."

Der groß gewachsene MG-Schütze hatte keinen Grund, den viel kleineren Pflugführer zu schikanieren. Er tat es trotzdem. Als er den Gefreiten aus New Jersey zum dritten Mal piesackte, setzte es Schläge. Allerdings nicht in der Öffentlichkeit. Das war gegen die Vorschrift. Hinter der Kantine war ein freier Platz. Sie vereinbarten, die Sache dort auszutragen, mit bloßen Fäusten, nach Einbruch der Dunkelheit.

Sie trafen sich im Licht von Scheinwerfern, umringt von 100 Kameraden, die Wetten abschlossen, die meisten gegen den kleineren Mann.

Niemand sprach von den Queensberry-Regeln, die seit 1867 für den internationalen Boxsport gelten, und so ging Dexter direkt auf den MG-

Schützen zu, tauchte unter dessen erstem hartem Schwinger durch und trat ihm fest gegen die Kniescheibe. Dann umkreiste er seinen „einbeinigen“ Kontrahenten, verpasste ihm zwei Nierenschläge und rammte ihm das Knie in die Weichteile. Als der Kopf des großen Mannes auf seine Höhe herabsank, schmetterte er ihm die Faust gegen die linke Schläfe – und bei dem MG-Schützen gingen die Lichter aus.

„Du kämpfst nicht fair“, protestierte der Verwahrer der Wetteinsätze, als Dexter ihm die Hand hinstreckte, um seinen Gewinn zu kassieren.

„Nein, aber ich verliere auch nicht“, erwiderte er.

Außerhalb des Lichtkreises nickte der junge Oberleutnant den beiden Militärpolizisten zu, die er mitgebracht hatte, und sie nahmen die Verhaftung vor. Die Strafe lautete dreißig Tage Bau, und sie fiel deshalb so hoch aus, weil Dexter den Namen seines Kontrahenten nicht preisgab.

In der ersten Nacht schlief er ausgezeichnet auf der harten Pritsche in der Zelle und tat es noch, als jemand mit einem Löffel aus Metall an den Gitterstäben entlangschrappte. Der Morgen dämmerte bereits.

„Aufstehen, Soldat!“, rief eine Stimme. Dexter erwachte, glitt von der Pritsche und stand stramm. Der Mann hatte die silbernen Balken eines Oberleutnants am Kragen. „Dreißig Tage in diesem Loch können ganz schön langweilig werden“, sagte der Offizier.

„Ich werd's überleben, Sir“, erwiderte der zum einfachen Soldaten degradierte Exgefreite.

„Sie könnten auch sofort rausspazieren.“

„Und wo ist der Haken, Sir?“

„Sie vergessen das dämliche große Spielzeug und kommen zu meinem Haufen. Dann wird sich zeigen, ob Sie wirklich so hart sind, wie Sie glauben.“

„Was für ein Haufen, Sir?“

„Man nennt mich Ratte Sechs. Gehen wir?“

Der Offizier holte den Gefangenen mit einer Unterschrift heraus, und gemeinsam begaben sie sich zum Frühstück in die kleinste und exklusivste Kantine der gesamten Ersten Division. Unbefugte hatten keinen Zutritt, und zu jener Zeit zählte die Einheit nur 14 Mitglieder. Dexter war das 15., doch schon eine Woche später fielen wieder zwei.

An der Tür zur „Hütte“, wie sie ihren kleinen Klub nannten, hing ein seltsames Emblem. Es zeigte ein aufrecht sitzendes Nagetier mit gefletschten Zähnen, eine Pistole in der einen und eine Schnapsflasche in der anderen Hand. Dexter war den Tunnelratten beigetreten.

Seit sechs Jahren machten sie mit ständig wechselndem Personal den schmutzigsten, gefährlichsten und schaurigsten Job im Vietnamkrieg, doch ihr Tun war so geheim und ihre Zahl so gering, dass sie den meisten Leuten bis heute kein Begriff sind. Wahrscheinlich gab es in all den Jahren nicht mehr als 350 von ihnen, eine kleine Einheit bei den Pionieren der *Big Red One* und eine entsprechende Einheit bei der *Tropic Lightning*. Hundert kamen nie wieder nach Hause. Weitere hundert wurden schreiend aus der Gefechtszone geschleppt und in die Traumatherapie gesteckt. Der Rest kehrte in die Staaten zurück, und da sie von Natur aus verschlossene Einzelgänger waren, sprachen sie selten darüber, was sie getan hatten.

Die Amerikaner waren keineswegs die ersten Eindringlinge in Vietnam. Vor ihnen waren die Franzosen da gewesen und hatten ein Kolonialreich errichtet. Die japanischen Invasoren verdrängten sie 1942, und nach Japans Niederlage 1945 glaubten die Vietnamesen sich nun endlich ohne Fremdherrschaft. Doch die Franzosen hatten andere Pläne und kamen zurück. Der führende Unabhängigkeitskämpfer war der Kommunist Ho Tschi Minh. Er hatte schon gegen die Japaner die Widerstandsarmee Vietminh gegründet, deren Angehörige nun in den Dschungel zurückkehrten und den Kampf gegen die Franzosen fortsetzten.

Eine Hochburg des Widerstands war das dicht bewaldete und landwirtschaftlich genutzte Gebiet nordwestlich von Saigon, das bis zur kambodschanischen Grenze reichte. Die Franzosen, wie später auch die Amerikaner, widmeten ihm besondere Aufmerksamkeit und führten eine Strafexpedition nach der anderen durch.

Die ansässigen Bauern suchten ihr Heil nicht in der Flucht, sondern buddelten. Sie besaßen keine Maschinen, nur ihre ameisenartige Fähigkeit zu harter Arbeit. Und sie hatten Hacken, Schaufeln und aus Palmblättern geflochtene Körbe. Nach der Niederlage und dem Abzug der Franzosen 1954 bestand das gesamte Dreieck aus einem Labyrinth aus Stollen und Tunneln.

Dann kamen die Amerikaner und stützten ein Regime, das für den Vietminh nur die Marionette einer weiteren Kolonialmacht darstellte. Sie kehrten in den Dschungel zurück und nahmen den Guerillakrieg wieder auf. Bis 1964 hatten sie ein 300 Kilometer langes System aus Tunneln, Stollen und Verstecken angelegt, alles unter der Erde.

Die Komplexität des Systems erwies sich als atemberaubend, nachdem die Amerikaner endlich dahinter gekommen waren, was da unten vor sich ging. Die Schachteingänge waren so gut getarnt, dass man sie auch aus nächster Nähe am Dschungelboden nicht erkennen konnte.

Darunter lagen bis zu fünf Ebenen, alle durch schmale, gewundene Gänge miteinander verbunden, durch die nur ein Vietnamese oder ein drahtiger kleiner Weißer kriechen konnte. Zwischen den Ebenen gab es Falltüren. Und es gab Vorratslager, Versammlungshöhlen, Schlafräume, ja sogar Lazarette.

Ab dem Frühjahr 1964 trafen die Amerikaner in beachtlicher Zahl ein, und diesmal nicht mehr nur als Militärberater, sondern auch als Kämpfer. Sie verfügten über die besseren Waffen, das bessere Gerät, die höhere Feuerkraft – und trafen nichts, weil sie nichts fanden, nur dann und wann, wenn sie Glück hatten, die Leiche eines Vietcong. Doch sie selbst erlitten Verluste, und die Zahl der Gefallenen stieg.

Zunächst lag der Gedanke nahe, dass die Vietcongkämpfer tagsüber Bauern waren und nachts auf Guerilla umsattelten. Woher aber am Tag die hohen Verluste, wenn niemand da war, auf den man schießen konnte? Im Januar 1966 beschloss die *Big Red One*, im Eisernen Dreieck ein für alle Mal aufzuräumen.

Die Soldaten begannen an einem Ende, schwärmten fächerförmig aus und rückten vor. Sie erreichten das andere Ende und hatten niemanden entdeckt. Doch dann begannen hinter der vorrückenden Linie Scharfschützen zu feuern, und die GIs verloren fünf Mann. Sie machten kehrt und durchkämmten das Gebiet ein zweites Mal. Doch sie trafen auf keinen Feind. Dafür erlitten sie weitere Verluste, stets durch Schüsse in den Rücken. Sie entdeckten ein paar Schützenlöcher und Luftschutzbunker, alle leer.

Am vierten Tag der Operation setzte sich ein Feldwebel hin, um zu verschnaufen. Nach zwei Sekunden fuhr er wieder hoch und hielt sich den Hintern. Feuerameisen, Skorpione, Schlangen, in Vietnam gab es alles. Er war überzeugt, dass ihn etwas gebissen oder gestochen hatte. Doch es war nur ein Nagelkopf. Der Nagel steckte in der getarnten Tür zu einem Schacht, der senkrecht in die Dunkelheit hinabführte. Die US-Army hatte entdeckt, wohin die Heckenschützen verschwanden. Seit zwei Jahren marschierte man über ihren Köpfen herum.

Die Nation, die drei Jahre später zwei Männer auf einen Mondspaziergang ins All schicken sollte, hatte keine technische Antwort auf das Tunnelsystem von Cu Chi. Es gab nur eine Möglichkeit, den unsichtbaren Feind zu bekämpfen. Jemand musste hinunter in dieses stockfinstere, stinkende, stickige, unerforschte, klaustrophobisch enge und mit Fallen gespickte Labyrinth, um die Vietcong im eigenen Versteck zu töten.

Ein spezieller Typ Kämpfer musste her. Große, stämmige Kerle waren nicht zu gebrauchen. Die 95 Prozent mit Klaustrophobie ebenfalls nicht. Maulhelden und Angeber auch nicht. Diejenigen, die es taten, waren ruhige, zurückhaltende Typen, unauffällig und selbstbeherrscht, häufig Außenseiter. Sie benötigten eiserne Nerven, mussten abgebrüht, ja kaltblütig sein und nahezu immun gegen Panik, den eigentlichen Feind unter Tage. Die Armeebürokratie nannte sie Tunnelerkundungspersonal. Sie selbst nannten sich Tunnelratten.

Zu der Zeit, als Dexter nach Vietnam kam, gab es die Einheit seit drei Jahren, und sie war die einzige, deren Verwundetenquote bei hundert Prozent lag. Der jeweilige befehlshabende Offizier war stets unter dem Namen Ratte Sechs bekannt. Auch alle anderen hatten eine Nummer. Einmal zusammen, blieben sie unter sich, und jedermann betrachtete sie mit einer Art Ehrfurcht.

Die aktuelle Ratte Sechs hatte einen guten Riecher bewiesen. Der zähe kleine Bursche aus New Jersey war ein Naturtalent. Der Oberleutnant nahm ihn mit in die Tunnel von Cu Chi, und schon nach einer Stunde erkannte er, dass der Neue der bessere Kämpfer war. Dort unten, wo es keinen Dienstgrad und kein „Sir" gab, wurden sie Partner, und fast zwei Jahre lang kämpften und töteten sie in der Dunkelheit, bis Henry Kissinger sich mit Le Duc Tho an einen Tisch setzte und den amerikanischen Abzug aus Vietnam aushandelte.

Innerhalb der *Big Red One* wurde das Paar zu einer Legende, über die man nur im Flüsterton sprach. Der Offizier war „der Dachs" und der frisch beförderte Feldwebel „der Maulwurf".

IN DER Armee können ein paar Jahre Altersunterschied fast eine Generation ausmachen; der Ältere stellt eine Art Vaterfigur dar. So war es auch zwischen dem Dachs und dem Maulwurf. Mit seinen 25 war Ratte Sechs sechs Jahre älter. Zudem kam er aus ganz anderen sozialen Verhältnissen und hatte eine weitaus bessere Ausbildung genossen.

Seine Eltern waren Akademiker. Er war vier Jahre aufs College gegangen, ehe er einberufen worden war. Auch er hatte sich für drei Jahre verpflichtet und war sofort auf die Offiziersschule in Fort Belvoir in Virginia gekommen. Neun Monate nach seiner Verpflichtung ging der Dachs als Leutnant ab und wurde zum Oberleutnant befördert, als man ihn zum Ersten Pionierbataillon der *Big Red One* nach Vietnam versetzte. Auch er war für die Tunnelratten angeworben worden und aufgrund seines Dienstgrads wenig später zur Ratte Sechs aufgestiegen, als sein Vorgänger Vietnam verlassen hatte. Er hatte noch neun Monate der geforderten einjährigen Dienstzeit in diesem Land abzuleisten, zwei Monate weniger als Dexter.

Doch schon in den ersten vier Wochen tauschten die beiden Männer, wenn sie in die Tunnel hinabstiegen, die Rollen. Der Dachs beugte sich dem Urteil des Maulwurfs, weil er erkannte, dass der Junge aus New Jersey eine Art sechsten Sinn für Gefahren besaß, der ihnen das Leben retten konnte.

Bevor die beiden nach Vietnam gekommen waren, hatte das amerikanische Oberkommando begriffen, dass der Versuch, das Tunnelsystem zu sprengen, reine Zeitverschwendung war. Das Labyrinth war einfach zu weit verzweigt. Dann versuchte man, die Tunnel zu fluten, doch das Wasser sickerte einfach durch die Ebenen. Und wegen eines raffinierten Systems von Wasserverschlüssen, die mit dem Knie eines Abflussrohrs vergleichbar waren, schlug auch der Einsatz von Gas fehl. Folglich blieb nur eine Möglichkeit, den Feind zu bekämpfen: Man musste hinabsteigen und versuchen, die Befehlsstände des Vietcong in der gesamten Kriegszone C aufzuspüren.

Dieses Kommandonetz vermutete man irgendwo zwischen der Südspitze des Eisernen Dreiecks am Zusammenfluss der Flüsse Saigon und Thi Tinh und den Boi-Loi-Wäldern an der kambodschanischen Grenze. Tatsächlich befand sich die Kommandozentrale jedoch unter den Ho-Bo-Wäldern im Landesinneren am Saigon und wurde nie gefunden. Doch jedes Mal, wenn der Panzerdozer oder die Schweineschnauze einen Tunneleingang freilegten, stiegen die Ratten in die Hölle hinab und setzten die Suche fort.

Die Eingänge waren immer vertikal, und darin lag bereits die erste Gefahr. Stieg man mit den Füßen voran hinunter, bot man die untere Körperhälfte schutzlos jedem Vietcong dar, der möglicherweise in einem Seitenstollen lauerte. Und kletterte man mit dem Kopf voran hinab, riskierte man, einen Speer, ein Bajonett oder eine aus nächster Nähe abgefeuerte Kugel in den Hals zu bekommen.

Das Sicherste war, langsam hinabzusteigen, sich die letzten anderthalb Meter fallen zu lassen und bei der geringsten Bewegung in den Tunnel zu feuern. Doch der Boden des Schachts konnte aus Zweigen und Blättern bestehen, unter denen sich eine Fallgrube mit *Punji*-Stäben verbarg. Das waren fest verankerte Bambusspeere mit vergifteten Spitzen, die durch die Sohle jedes Kampfstiefels drangen.

War man einmal im Tunnel und kroch vorwärts, konnte die Gefahr hinter der nächsten Biegung in Gestalt eines wartenden Vietcong lauern, doch wahrscheinlicher war, dass man auf eine Falle stieß, von denen es unterschiedliche gab. Sie waren raffiniert und mussten unschädlich gemacht werden, bevor man weiterkriechen konnte.

Doch auch ohne Zutun des Vietcong gab es Schrecken genug. Die Langzungenfledermaus und die schwarzbärtige Glattnase, ein Grabflatterer, waren Höhlenbewohner und schliefen tagsüber in den Tunneln, bis sie gestört wurden. Ebenso die Riesenkrabbenspinnen, von denen die Wände wimmelten. Keines dieser Tiere war jedoch lebensgefährlich. Diese Ehre gebührte allein der chinesischen Baumviper, deren Biss innerhalb von 30 Minuten zum Tod führt.

Die GIs kamen aus einem Land, das besser gerüstet war als jedes andere auf der Welt, doch wer Tunnelratte wurde, musste auf jegliche Technik verzichten. Ein Kampfmesser, eine Handfeuerwaffe, eine Taschenlampe, ein Ersatzmagazin und zwei Ersatzbatterien, mehr taugte nicht für dort unten. Gelegentlich kam eine Handgranate zum Einsatz, doch das war gefährlich und kostete manchen Werfer das Leben. In der räumlichen Enge konnte der Knall die Trommelfelle zum Platzen bringen, aber noch schlimmer war, dass bei der Explosion der gesamte Sauerstoff im Stollen verbraucht wurde und man erstickte, ehe Atemluft nachströmte.

Die Wasserverschlüsse schützten die Anlagen vor Gasangriffen, und die vorankriechenden Tunnelratten stießen des Öfteren auf einen Pfuhl mit einer übel riechenden Brühe. Das Wasser verhinderte das Vordringen des tödlichen Gases. Das bedeutete, dass der Tunnel auf der anderen Seite des Wassers weiterging, und es gab nur eine Möglichkeit, dorthin zu gelangen: Man musste sich auf den Rücken drehen, mit dem Kopf voran eintauchen und sich mit den Händen an der Decke entlanghangeln in der Hoffnung, wieder aufzutauchen, bevor einem die Luft ausging. Sonst ertrank man 15 Meter unter der Erdoberfläche in der Finsternis. Das Überleben hing vom Partner ab.

Bevor der Vordermann ins Wasser tauchte, band er sich eine Leine um die Füße und reichte sie seinem Kameraden nach hinten. Wenn er nicht innerhalb von 90 Sekunden nach dem Untertauchen mit einem kräftigen Ruck Entwarnung gab und signalisierte, dass er drüben Luft vorgefunden hatte, musste ihn sein Partner unverzüglich herausziehen.

Von Zeit zu Zeit wurden die Tunnelratten für all die Strapazen, Qualen und Ängste belohnt und stießen auf eine Hauptader – eine Höhle, die als Befehlsstand gedient hatte und erst kurz zuvor in aller Eile verlassen worden war. Dann wurden kistenweise Unterlagen, Dokumente, Karten und andere Souvenirs in die Etappe zu den Experten vom militärischen Geheimdienst G2 geschafft.

Zweimal entdeckten der Dachs und der Maulwurf eine solche Schatzhöhle. Die vorgesetzten Offiziere, unsicher, wie sie mit diesen sonderbaren jungen Männern umgehen sollten, verteilten Orden und lobende Worte. Doch die PR-Leute, die üblicherweise auf militärische Erfolge ganz versessen waren, wurden zum Stillschweigen vergattert. Keiner erwähnte die Tunnelratten mit einem Wort.

Wie für alle anderen GIs in Vietnam gab es aber natürlich auch für sie längere Kampfpausen. Die einen verschliefen diese Stunden oder schrieben Briefe. Andere verkürzten sich die Zeit mit Trinken, spielten Karten oder würfelten. Viele rauchten, und nicht nur Zigaretten. Einige wurden süchtig. Andere lasen.

Zu Letzteren gehörte Dexter; er wollte seine kümmerliche Schulbildung verbessern. Geschichte faszinierte ihn besonders. Der Bibliothekar des Stützpunkts war hocherfreut und beeindruckt. Er erstellte eine lange Liste von Büchern, die man gelesen haben musste, und beschaffte sie aus Saigon.

Wenn der Monsun oder Befehle ihn für längere Zeit an den Stützpunkt fesselten, tat Dexter noch etwas anderes als lesen. Mithilfe des älteren Vietnamesen, der ihre „Hütte“ putzte, lernte er so lange dessen Sprache, bis er sich selbst verständlich machen konnte.

Neun Monate nach Beginn seines ersten Vietnamjahrs geschahen zwei Dinge. Dexter wurde zum ersten Mal verwundet, und der Dachs beendete seine zwölfmonatige Dienstzeit.

Die Kugel stammte aus dem Gewehr eines Vietcongs, der in einem Tunnel lauerte. Dexter erwiderte das Feuer mit drei Schüssen aus seiner Pistole. Der Vietcong ging zu Boden und kroch weg, wurde später aber tot aufgefunden. Dexter hatte es am linken Oberarm erwischt, eine Fleischwunde, die gut verheilte, ihn aber einen Monat lang von Ausflügen in die Unterwelt abhielt.

Der Dachs hatte dadurch ein ernstes Problem. Soldaten werden es bestätigen, Polizisten werden es bestätigen: Es geht nichts über einen Partner, auf den unbedingter Verlass ist.

„Ich möchte mit keinem anderen da runtergehen“, sagte Dexter zu seinem Partner, als dieser ihn im Lazarett besuchte.

„Ich auch nicht“, erwiderte der Dachs. Sie trafen eine Absprache. Wenn der Dachs ein zweites Jahr dranhängte, wollte der Maulwurf in drei Monaten dasselbe tun. Gesagt, getan. Beide verpflichteten sich für ein zweites Jahr und kehrten in die Tunnel zurück.

Im Sommer 1970 wurde der Dachs lebendig begraben. Die beiden GIs hätten nicht dort unten sein oder die in Guam gestarteten B-52-Bomber nicht aus 10000 Meter Höhe ihre tödliche Fracht abwerfen dürfen. Irgendjemand hatte die Bomber angefordert, aber vergessen, den Tunnelratten Bescheid zu geben.

Sie krochen gerade durch die zweite Ebene einer Anlage bei Ben Suc, als sie mehr spürten als hörten, wie über ihnen die erste Bombe einschlug. Dann eine zweite, während die Erde um sie herum bebte. Sie vergaßen den Vietcong und krochen in Panik zu dem Schacht zurück, der in die erste Ebene führte. Der Maulwurf schaffte es und war nur noch zehn Meter vom rettenden Schacht entfernt, durch den man ins Freie gelangte, als hinter ihm die Decke einstürzte. „Dachs!“, brüllte er, aber erhielt keine Antwort. Zwanzig Meter weiter befand sich eine Stelle, wo der Gang sich verbreiterte. Schweißgebadet robbte Dexter zu der Nische, drehte sich um und kroch zurück, bis er mit den Fingern an den Erdhaufen stieß. Er spürte eine Hand, dann eine zweite.

Er brauchte fünf Minuten, um den Kopf seines Partners freizulegen, fünf weitere für seinen Oberkörper. Das Bombardement hatte inzwischen aufgehört, doch Trümmer verstopften oben die Luftlöcher. Der Sauerstoff wurde knapp.

„Sieh zu, dass du hier rauskommst“, zischte der Dachs im Dunkeln. „Hol Verstärkung. Ich werde schon durchhalten.“

Doch Dexter wühlte weiter mit den Händen in der Erde. Er würde über eine Stunde brauchen, um Hilfe zu holen, und bis dahin wäre der Dachs erstickt. Er knipste seine Taschenlampe an und drückte sie seinem Partner in die Hand. „Richte sie nach hinten über deine Schulter.“

Im gelben Lichtschein konnte er die Erde sehen, die die Beine des Dachses bedeckte. Er brauchte eine weitere halbe Stunde, um sie abzutragen. Dann robbten sie in Richtung Tageslicht. Dexters Lungen pumpten, alles um ihn drehte sich. Sein Partner war halb ohnmächtig. Dann kroch er um die letzte Ecke und spürte den Luftstrom.

IM JANUAR 1971 endete die zweite Dienstzeit des Dachses. Eine Verlängerung auf drei Jahre war verboten, aber er hatte ohnehin genug. An dem Abend, bevor er in die Staaten zurückkehrte, holte der Maulwurf die Erlaubnis ein, seinen Partner nach Saigon zu begleiten, damit er sich von ihm verabschieden konnte. Sie fuhren mit einem gepanzerten Konvoi in die Hauptstadt. Dexter vertraute darauf, dass er am nächsten Tag mit einem Hubschrauber würde zurückfliegen können.

Die beiden jungen Männer gingen fein essen und zogen anschließend durch die Bars. Gegen zwei Uhr morgens landeten sie irgendwo in Cholon, dem Saigoner Chinesenviertel auf der anderen Flussseite. Eine Tätowierstube hatte noch geöffnet.

Bevor die beiden Amerikaner sie verließen und mit der Fähre wieder über den Fluss setzten, hatten sie sich eine Tätowierung am linken Oberarm machen lassen. Sie stellte eine Ratte dar, nicht die aggressive, die an der Tür der „Hütte“ in Lai Khe prangte, sondern eine kesse, die dem Betrachter den Rücken zukehrte, ihm über die Schulter zuzwinkerte und mit heruntergelassener Hose den nackten Hintern präsentierte. Maulwurf und Dachs kicherten, bis sie wieder nüchtern wurden. Da war es zu spät.

Der Dachs flog am nächsten Morgen zurück in die Staaten. Der Maulwurf folgte ihm zehn Wochen später, Mitte März. Am 7. April hörten die Tunnelratten offiziell auf zu existieren.

Dies war der Tag, an dem Dexter, obwohl ihn mehrere hohe Offiziere umzustimmen versuchten, aus der Armee ausschied und ins Zivilleben zurückkehrte.

4 DER SPÜRHUND

Die Firma, deren Namen Stephen Edmond von Mr Rubinstein erfahren hatte, jenem Kunstsammler aus Toronto, der auf mysteriöse Weise seine Gemälde wiederbekommen hatte, hieß Hazard Management und war eine sehr diskrete Agentur mit Sitz im Londoner Stadtteil Victoria.

Sie hatte sich auf drei Tätigkeitsfelder spezialisiert und beschäftigte zahlreiche ehemalige Angehörige der britischen Spezialkräfte. Die wichtigste Dienstleistung war der Vermögensschutz, bei dem es, wie der Name schon sagte, um den Schutz besonders wertvoller Objekte ging, deren Eigentümer auch weiterhin in ihrem Besitz bleiben wollten. An zweiter Stelle rangierte der Personenschutz. Die kleinste Abteilung war unter dem Kürzel A&W für Aufspüren und Wiederbeschaffen bekannt. Genau die hatte Mr Rubinstein gebraucht.

Zwei Tage nach dem Anruf seiner verzweifelten Tochter traf sich Stephen Edmond mit dem Geschäftsführer von Hazard Management und trug ihm sein Anliegen vor. „Finden Sie meinen Enkel. Kosten spielen keine Rolle."

Der frühere Kommandeur der Spezialkräfte strahlte. Auch pensionierte Soldaten brauchen Geld für die Ausbildung ihrer Kinder. Der Mann, den er daraufhin anrief, war Phil Gracey, ehemals Hauptmann bei den Fallschirmjägern und zehn Jahre lang in Diensten einer streng geheimen Aufklärungseinheit der Armee. Innerhalb der Agentur nannte man ihn einfach den „Spürhund".

Gracey traf sich mit dem Kanadier und stellte ihm sehr detaillierte Fragen. Für den Fall, dass der Junge noch am Leben war, wollte er möglichst viel über seine Gewohnheiten, Neigungen, Vorlieben und auch Laster wissen. Er ließ sich zwei Fotos von Ricky und die private Handynummer des Großvaters geben. Dann nickte er und ging.

Die beiden nächsten Tage hing der Spürhund fast ununterbrochen am Telefon. Er dachte nicht daran, sich von der Stelle zu rühren, solange er nicht genau wusste, wohin die Reise ging und mit wem er am besten in Kontakt treten sollte. Stundenlang las er Berichte über den bosnischen Bürgerkrieg, die Hilfsprogramme und die im Land stationierten nichtbosnischen Truppen. Was Letztere anging, hatte er Glück.

Die Vereinten Nationen hatten eine Friedens- und Schutztruppe geschaffen, die UNPROFOR, in der die Briten ein großes Kontingent stellten. Sie war in Vitez stationiert, nur 15 Kilometer von Travnik entfernt. Das Regiment, das im Juni 1995 dort Dienst tat, befand sich noch nicht lange vor Ort; das Vorgängerregiment war erst zwei Monate zuvor abgezogen worden. Der Spürhund machte den Oberst, der es befehligt hatte, auf einem Militärstützpunkt in Surrey ausfindig, und der Offizier gab ihm viele wertvolle Auskünfte.

Am dritten Tag nach seinem Gespräch mit Stephen Edmond flog der Spürhund nach Split an der kroatischen Adriaküste. Er reiste als freischaffender Journalist, eine nützliche Tarnung, und hatte auch den Brief einer Londoner Sonntagszeitung im Gepäck, in dem er um eine Artikelserie über die Effektivität der Hilfsmaßnahmen gebeten wurde.

In Split besorgte er sich einen Geländewagen und eine Pistole. Die Fahrt über die Berge nach Travnik war lang und beschwerlich.

Dort bekam der Spürhund den ersten Dämpfer. John Slack war nicht mehr da; das Programm von Brot und Fische war eingestellt worden. Ein freundlicher Mensch von einer anderen Hilfsorganisation glaubte zu wissen, dass der Amerikaner zu einer viel größeren NGO gewechselt sei und jetzt in Zagreb arbeite. Der Spürhund machte sich am nächsten Tag auf die ebenfalls anstrengende Fahrt gen Norden in die kroatische Hauptstadt. Er fand Slack im Lagerhaus der NGO, doch der Mann war ihm keine große Hilfe.

„Ich habe keine Ahnung, was passiert oder wo Ricky hingefahren ist und warum", beteuerte der Amerikaner. „Er ist mit einem meiner beiden nagelneuen Geländewagen verschwunden. Außerdem hat er einen meiner bosnischen Helfer mitgenommen. In Charleston war man nicht gerade begeistert. Sie haben den Laden dichtgemacht. Ich kann von Glück sagen, dass ich hier einen Job gefunden habe."

„Und was ist mit dem Bosnier?"

„Fadil? Der hat bestimmt nichts damit zu tun. Ein netter Bursche. Hat oft um seine verschollenen Angehörigen getrauert. Wenn er jemand gehasst hat, dann die Serben, nicht die Amerikaner."

„Irgendeine Spur von dem Geldgürtel?"

„Also das war wirklich eine Dummheit. Ich habe Ricky gewarnt. So viel Geld kann man nicht mit sich herumschleppen. Aber ich glaube nicht, dass Fadil ihn deswegen umgebracht hätte."

„Wo waren Sie eigentlich, John?"

„Das ist es ja gerade. Wenn ich da gewesen wäre, hätte ich ihnen verboten, irgendwohin zu fahren. Aber ich war auf einer Bergstraße in Südkroatien und habe einen Lastwagen mit schwerem Motorschaden in die nächste Stadt abschleppen lassen."

„Was haben Sie herausgefunden?"

„Als ich wieder zurück war? Dass Ricky sich einen Geländewagen geschnappt hat und mit Fadil weggefahren ist. Das war vier Tage vor meiner Rückkehr. Ich habe versucht, ihn über sein Handy zu erreichen, aber er ist nicht rangegangen. Ich war stocksauer. Ich dachte, die gönnen sich ein paar schöne Tage. Anfangs war ich nur wütend, aber dann hab ich mir Sorgen gemacht."

„Haben Sie eine Theorie?"

„Schon. Ich schätze, Ricky hat einen Anruf gekriegt. Oder Fadil, was mir plausibler erscheint, und dann hat er mit Ricky gesprochen. Der war ein herzensguter Junge. Wenn man aus irgendeinem Dorf im Hinterland angerufen und einen medizinischen Notfall gemeldet hätte, wäre er sofort losgefahren, um zu helfen. Hätte nicht mal dran gedacht, eine Nachricht zu hinterlassen. Zu impulsiv. Das Hinterland ist gebirgig, voller Täler und Flüsse. Ich könnte mir vorstellen, dass sie verunglückt und in einen Abgrund gestürzt sind. Im Herbst, wenn das Laub von den Bäumen fällt, wird man wahrscheinlich in irgendeiner Schlucht zwischen den Felsen das Autowrack entdecken. Hören Sie, ich muss los. Und viel Glück! Er war ein netter Junge.“

Der Spürhund fuhr nach Travnik zurück und engagierte den Bosnier Ibrahim als Führer und Dolmetscher.

Nach Ansicht des Spürhunds gab es mehrere Theorien.

Die eine war, dass Fadil den jungen Amerikaner zu einer Spritztour überredet und dann ermordet hatte, um den Geldgürtel und den Wagen zu stehlen. Denkbar. Aber als Bosnier ohne Pass würde Fadil nicht weit kommen. Kroatien oder Serbien waren für ihn Feindesland, und ein zum Verkauf angebotener neuer Geländewagen würde auffallen.

Eine andere Möglichkeit war, dass die beiden an eine oder mehrere unbekannte Personen geraten und aus demselben Grund umgebracht worden waren. Serbische Milizionäre zogen durch die Gegend, aber auch Mudschaheddin-Gruppen, muslimische Fanatiker aus dem Nahen Osten, die nach Bosnien gekommen waren, um ihren verfolgten Glaubensbrüdern beizustehen.

Doch am wahrscheinlichsten erschien Gracey John Slacks Theorie.

Zusammen mit Ibrahim befuhr der Spürhund in den folgenden Tagen jede Straße, die von Travnik ins Hinterland führte, und suchte die Straßenränder über jedem infrage kommenden Steilhang ab. Gründlich, langsam und geduldig hielt er nach Reifenspuren, zerbröckelten Rändern, Schleuderspuren und umgeknickter Vegetation Ausschau. Mit einem Feldstecher suchte er die Täler unter sich nach dem Glitzern von Metall oder Glas ab. Nichts. Nach zehn Tagen kam er zu dem Schluss, dass Slack Unrecht hatte. Wenn ein Geländewagen von der Straße abkommt und in die Tiefe stürzt, hinterlässt er Spuren, die, so unauffällig sie sein mögen, auch nach 40 Tagen noch zu erkennen sind. Doch in keinem der Täler um Travnik lag ein verunglücktes Auto.

Nach zwei Wochen brach der Spürhund die Aktion ab und fuhr nach Vitez, wo das Hauptquartier des kürzlich eingetroffenen britischen Kontingents lag. Da er wusste, was Soldaten im Allgemeinen von der Presse hielten, verzichtete er darauf, sich als Journalist auszugeben, und bat den kommandierenden Oberst in seiner Eigenschaft als ehemaliger Angehöriger der Spezialkräfte um eine Unterredung.

Der Oberst hatte einen Bruder bei den Fallschirmjägern. Gleicher Hintergrund, gleiche Interessen. Was könne er für Gracey tun? Ja, er habe von dem vermissten jungen Amerikaner gehört. Böse Sache. Seine Patrouillen hätten sich umgesehen, aber nichts gefunden.

„Am 15. Mai, sagen Sie? Da waren wir erst zwei Wochen hier. Haben noch die Lage sondiert. Doch laut Akten war hier in der Gegend nichts los. Sie könnten es aber mal mit den ECMM-Lageberichten versuchen. Nicht sehr ergiebig, aber ein Stapel liegt in meinem Büro. Der 15. Mai müsste dabei sein."

Die ECMM, die Überwachungsmission der Europäischen Union, war der Versuch der EU, sich in eine Angelegenheit einzumischen, auf die sie keinerlei Einfluss hatte. Bosnien war Sache der UN, bis die verärgerten USA die Sache in die Hand nahmen und das Problem lösten. Doch Brüssel wollte nicht außen vor bleiben, und so wurde ein Beobachterteam zusammengestellt, eben jene ECMM.

Der Spürhund sah den Stapel Berichte am nächsten Tag durch. Bei den EU-Beobachtern handelte es sich in der Regel um Offiziere aus Mitgliedsstaaten, die von ihren Verteidigungsministerien abgestellt worden waren. Sie wurden auf ganz Bosnien verteilt.

Der Spürhund konzentrierte sich auf die Einträge vom 15. Mai und die der folgenden drei Tage. Einer vom 16. Mai aus Banja Luka, der nördlich von Travnik hinter dem Vlasic-Gebirge gelegenen Serben-Hochburg, stach ihm ins Auge. Der ECMM-Offizier, ein dänischer Major namens Lasse Bjerregaard, schrieb, dass er am Abend zuvor in der Bar des Hotels „Bosna" etwas getrunken habe und dabei Zeuge eines heftigen Streits zwischen zwei Serben in Tarnanzügen geworden sei. Der Ältere habe den anderen laut in der Landessprache beschimpft und ihm zweimal ins Gesicht geschlagen. Hinterher erkundigte sich der Major bei dem Barkeeper, der im Gegensatz zu ihm selbst nur stockend Englisch sprach, nach dem Grund für den Streit. Doch der Mann zuckte nur die Schultern und ließ ihn rüde stehen, was sonst nicht seine Art war. Am nächsten Morgen waren die Uniformierten fort.

Obwohl der Spürhund sich nicht das Geringste davon versprach, rief er im ECMM-Büro in Banja Luka an. Ein Grieche meldete sich. Der Däne sei vorige Woche nach Hause zurückgekehrt. Der Spürhund telefonierte daraufhin mit London und bat die Zentrale, im dänischen Verteidigungsministerium nachzufragen. Drei Stunden später rief London zurück. Major Bjerregaard weilte im Urlaub und hatte eine Telefonnummer in Odense hinterlassen.

Der Spürhund erreichte ihn am Abend, als der Däne gerade vom Strand zurückkam, wo er mit seiner Familie den Tag verbracht hatte. Er war sehr hilfsbereit. Ja, er erinnere sich noch gut an den Abend des 15. Mai. Schließlich gebe es für einen Dänen in Banja Luka herzlich wenig zu tun. Es sei ein sehr abgeschiedener und langweiliger Posten gewesen.

Wie jeden Abend war er gegen 19.30 Uhr in die Bar gegangen, um vor dem Essen noch ein Bier zu trinken. Etwa eine halbe Stunde später betrat eine kleine Gruppe von Serben in Tarnanzügen die Bar. Milizionäre, keine regulären Armeeangehörigen. Sie waren sehr großspurig und schmissen eine Lokalrunde, Sliwowitz mit Bier zum Nachspülen, eine tödliche Kombination. Nach einer Weile wollte der Major in den Speisesaal umziehen, weil das Gegröle unerträglich wurde, als noch ein Serbe die Bar betrat. Er war anscheinend der Anführer, denn der Rest verstummte. Er sagte etwas auf Serbisch zu ihnen. Offenbar hatte er ihnen befohlen mitzukommen, denn die Männer kippten ihr Bier hinunter und steckten ihre Zigarren und Feuerzeuge ein. Dann machte einer von ihnen Anstalten zu zahlen. Der Anführer geriet in Rage und brüllte den Untergebenen an. Die Übrigen schwiegen betroffen, ebenso der Barkeeper. Die Schimpfkanonade ging weiter, begleitet von zwei Ohrfeigen. Noch immer kein Protest. Schließlich stürmte der Anführer hinaus, die anderen folgten ihm kleinlaut. Keiner erbot sich, die Zeche zu bezahlen.

Der Major stand mit dem Barkeeper auf gutem Fuß, da er seit Wochen sein Bier bei ihm trank, und bat ihn um eine Erklärung. Der Mann war erbleicht und schien Angst zu haben. Als Bjerregaard ihn fragte, um was es bei dem Streit gegangen sei, zuckte er bloß die Schultern, ging ans andere Ende der mittlerweile leeren Bar und sah demonstrativ weg.

„Hat der Anführer auch einen von den anderen angebrüllt?“, fragte der Spürhund.

„Nein, nur den, der bezahlen wollte“, antwortete der Däne.

„Wieso nur ihn, Major? Sie führen in Ihrem Bericht keinen möglichen Grund an.“

„Ach, habe ich das nicht erwähnt? Verzeihen Sie. Ich glaube, weil der Mann mit einem Hundertdollarschein bezahlen wollte.“

DER SPÜRHUND packte seine Sachen und fuhr von Travnik aus nach Norden. Er wechselte von muslimischem in serbisches Gebiet. Doch über dem Lada wehte ein britischer Union Jack, mit dem er Heckenschützen abzuschrecken hoffte. Und für den Fall, dass er angehalten wurde, verließ er sich auf seinen Pass, den Brief, der belegte, dass er nur über Hilfsprogramme schrieb, und die amerikanischen Zigaretten, die er großzügig zu verteilen dachte. Wenn alle Stricke rissen, hatte er immer noch die Pistole, die griffbereit neben ihm lag.

Er wurde wirklich einmal angehalten, von einer Patrouille der jugoslawischen Armee südlich von Banja Luka. Seine Erklärungen, Dokumente und Präsente erfüllten ihren Zweck. Fünf Stunden später erreichte er Banja Luka.

Das „Hotel Bosna" war sicherlich keine Konkurrenz für das „Ritz", dafür aber das einzige in der Stadt. Der Spürhund nahm ein Zimmer und ging noch am selben Abend in die Bar. Es waren nur drei Gäste da, alle Serben, die an Tischen saßen, und der Barkeeper.

Der Spürhund schwang sich auf einen Hocker. „Hallo, Sie müssen Dusko sein."

Der Barkeeper drückte die ihm dargebotene Hand. „Sie schon waren hier?"

„Nein, es ist das erste Mal. Nette Bar. Angenehm."

„Woher Sie kennen meinen Namen?"

„Ein Freund von mir war bis vor kurzem hier stationiert. Ein Däne. Lasse Bjerregaard. Er hat mich gebeten, Sie von ihm zu grüßen, wenn ich hier vorbeikomme."

Der Barkeeper war sichtlich erleichtert. Hier drohte keine Gefahr. „Sie sind Däne?"

„Nein, Brite. Journalist. Ich schreibe eine Artikelserie über Hilfsorganisationen. Trinken Sie ein Glas mit mir?"

Dusko schenkte sich von seinem besten Cognac ein. „Ich auch möchte Journalist werden. Irgendwann. Reisen. Die Welt sehen."

„Warum nicht? Sammeln Sie bei der Lokalzeitung Erfahrung, und dann gehen Sie in die Großstadt. So habe ich es jedenfalls gemacht."

Dusko zuckte resigniert die Schultern. „Hier? Gibt keine Zeitung."

„Dann versuchen Sie es in Sarajevo. Sie können hier weg. Der Krieg dauert nicht ewig."

„Fortgehen kostet Geld."

„Ach ja, das liebe Geld. Immer hat man zu wenig. Oder auch nicht."

Der Engländer zückte ein Bündel Banknoten, lauter Hundertdollarscheine, und blätterte sie auf den Tresen. „Ich bin altmodisch. Ich finde, die Menschen sollten einander helfen. Das macht das Leben leichter. Wollen Sie mir helfen, Dusko?"

Der Barkeeper starrte die Dollarnoten an, die nur wenige Zentimeter von seinen Fingern entfernt lagen. Er senkte die Stimme zu einem Flüstern. „Was Sie wollen? Sie nicht sind Reporter."

„Nun ja, in gewisser Weise schon. Ich stelle Fragen. Aber ich bin ein reicher Fragensteller. Wären Sie gern so reich wie ich, Dusko?"

„Was Sie wollen?", wiederholte der Barkeeper. Sein Blick wanderte nervös zu den anderen Gästen, die zu ihnen herübersahen.

„Sie haben schon einmal einen Hundertdollarschein gesehen. Vergangenen Mai. Ich glaube, am 15., oder? Ein junger Soldat wollte damit die Zeche bezahlen und bekam deshalb mit jemandem Krach. Sagen Sie mir, was genau passiert ist."

„Nicht hier, nicht jetzt", zischte der Serbe erschrocken. Einer der Gäste war vom Tisch aufgestanden und trat an den Tresen. Ein fachmännisch geworfener Putzlappen begrub das Geld unter sich. „Bar schließt um zehn. Sie kommen wieder."

Um halb elf saßen die beiden Männer im Halbdunkel einer Nische.

„Sie nicht von jugoslawischer Armee waren", berichtete der Barkeeper. „Keine Soldaten, Milizionäre. Schlechte Menschen. Sie bleiben drei Tage. Beste Zimmer, bestes Essen, viel trinken. Sie gehen, aber nicht zahlen."

„Einer wollte bezahlen."

„Stimmt. Nur einer. Er war guter Junge. Nicht wie anderen. Er hatte Bildung und Benehmen. Die anderen waren Banditen."

„Haben Sie nicht dagegen protestiert, dass sie nicht bezahlt haben?"

„Protestiert? Diese Tiere sogar töten serbische Brüder. Mörder."

„Und wer war der Kerl, der den netten Jungen geohrfeigt hat, als er bezahlen wollte?"

„Weiß nicht. Er war Anführer. Aber kein Name. Sie nennen ihn nur Chef."

„Diese Milizionäre haben alle Namen. Sie lieben es, berühmt zu sein. Sie prahlen mit ihren Namen."

„Dieser nicht. Ich schwöre."

Der Spürhund wusste, dass Dusko dennoch log.

„Und der nette Junge, hatte der einen Namen?"

„Ich habe nicht gehört."

„Wir reden über eine Menge Geld, Dusko. Sie sehen den Kerl nie wieder, Sie sehen mich nie wieder, und Sie bekommen so viel, dass Sie nach dem Krieg in Sarajevo neu anfangen können. Den Namen des Jungen."

„Er an dem Tag bezahlt hat, wann er ist abgereist. Vielleicht er sich geschämt hat für andere. Ist zurückgekommen und hat mit Scheck bezahlt. Jugoslawische Dinar. Aus Belgrad. Ich die Nummer von Ausweis habe aufgeschrieben, falls Scheck ist nicht gedeckt."

„Wo? Wo haben Sie die Nummer aufgeschrieben?"

„Auf Rückseite von Bestellblock. Mit Kugelschreiber."

Der Spürhund sah sich den Block an. Er hatte nur noch zwei Blätter. Einen Tag später, und er wäre weggeworfen worden. Auf die Rückwand aus Pappe waren mit Kugelschreiber sieben Ziffern und zwei Großbuchstaben gekritzelt. Acht Wochen alt, noch lesbar.

Der Spürhund ließ 1000 von Mr Edmonds Dollars springen und reiste ab. Er nahm den kürzesten Weg, fuhr in Richtung Norden nach Kroatien und stieg in Zagreb in ein Flugzeug.

Das aus sechs Teilrepubliken und zwei autonomen Provinzen bestehende Jugoslawien war in den vorausgegangenen Jahren in einem blutigen, chaotischen und brutalen Krieg auseinander gebrochen. Die Republik Slowenien im Norden hatte sich 1991 als Erste abgespalten, glücklicherweise ohne Blutvergießen, und im Süden hatte sich Mazedonien im selben Jahr für unabhängig erklärt.

Doch die dazwischen liegenden Landesteile Kroatien, Bosnien-Herzegowina, Kosovo, Montenegro und Serbien versuchte der serbische Diktator Slobodan Milosevic mit allen Mitteln zusammenzuhalten und schreckte dabei vor keiner Brutalität zurück. Auch der spätere Verlust Kroatiens vermochte seinen Machthunger und seine Kriegslust nicht zu zügeln.

Das Belgrad, in dem der Spürhund 1995 eintraf, war bislang noch verschont geblieben. Die späteren Zerstörungen waren eine Folge des Kosovo-Krieges, der erst noch kommen sollte.

Vom Londoner Büro wusste der Spürhund, dass es in Belgrad eine private Detektei gab, die von einem ehemaligen Polizeibeamten geleitet wurde, dessen Dienste London schon einmal in Anspruch genommen hatte. Sie trug – inspiriert von dem berühmten amerikanischen Kriminalschriftsteller – den nicht übermäßig originellen Namen Chandler und war leicht zu finden.

„Ich bin auf der Suche nach einem jungen Mann“, erklärte der Spürhund dem Detektiv Dragan Stojic. „Ich weiß nicht, wie er heißt, ich habe nur seine Ausweisnummer.“

Stojic grunzte. „Was hat er verbrochen?“

„Nichts, soweit ich weiß. Aber er hat etwas gesehen.“

„Ist das alles? Sie wollen nur den Namen?“

„Außerdem würde ich gern mit ihm sprechen. Ich habe keinen Wagen und kann auch kein Serbokroatisch.“

Stojic grunzte abermals. Das war offenbar seine Spezialität. Anscheinend hatte er alle von Chandlers Philipp-Marlowe-Romanen gelesen und jede Verfilmung gesehen. Er versuchte sich als Robert Mitchum in „Tote schlafen fest“, doch mit seinen 1,60 und seiner Glatze wollte ihm das nicht recht gelingen.

Der Spürhund schob zehn Hundertdollarscheine über den Tisch. „Ich brauche Ihre ungeteilte Aufmerksamkeit“, murmelte er.

Stojic war entzückt. „Die haben Sie.“

Der untersetzte Exinspektor verschwendete keine Zeit. Sein Ruß speiender Wagen der Marke Jugo rollte, mit dem Spürhund auf dem Beifahrersitz, quer durch die Stadt zum Belgrader Polizeipräsidium.

„Sie warten besser hier.“ Stojic blieb eine halbe Stunde fort, und als er wiederkam, brachte er einen Zettel mit.

„Der Ausweis gehört einem gewissen Milan Rajak, 24, als Jurastudent eingeschrieben. Vater erfolgreicher Rechtsanwalt, Familie aus der gehobenen Mittelschicht. Sind Sie sicher, dass das der richtige Mann ist?“

„Wenn er keinen Doppelgänger hat, waren er und sein Ausweis vor zwei Monaten in Banja Luka.“

„Was um alles in der Welt hätte er dort tun sollen?“

„Er trug eine Uniform und hielt sich in einer Bar auf.“

Stojic vergegenwärtigte sich noch einmal die Akte, die er lesen, nicht aber hatte kopieren dürfen. „Er hat seinen Wehrdienst abgeleistet. Das müssen alle Jugoslawen zwischen 18 und 21.“

„Bei einer Kampftruppe?“

„Nein, bei den Fernmeldern. Als Funker.“

„Dann ist er nie im Gefecht gewesen. Vielleicht wollte er das nachholen, hat sich einer Gruppe angeschlossen, die nach Bosnien ging, um für die serbische Sache zu kämpfen. Ein irregeleiteter Freiwilliger? Wäre das denkbar?“

Stojic zuckte mit den Schultern. „Möglich. Aber diese Milizionäre sind Abschaum. Warum sollte sich ein Jurastudent mit solchen Leuten einlassen?“

„Abenteuerurlaub?“

„Sollen wir ihn fragen?“ Stojic zog den Zettel zurate. „Eine Adresse in Senjak, keine halbe Stunde von hier.“

Sie fanden die Anschrift mühelos: eine gediegene Mittelstandsvilla. Jahrelange Pflichterfüllung unter Marschall Tito und dann unter Milosevic hatte Rajak senior offensichtlich nicht geschadet. Eine blasse und nervös wirkende Frau in den Vierzigern öffnete die Tür. Es wurden ein paar Worte auf Serbokroatisch gewechselt.

„Milans Mutter“, erklärte Stojic. „Er ist da. Was Sie wollen, fragt sie.“

„Ein Interview. Für die britische Presse.“

Sichtlich verwirrt ließ Frau Rajak sie eintreten und rief nach ihrem Sohn. Sie führte sie ins Wohnzimmer. Schritte kamen die Treppe herunter, ein junger Mann erschien in der Diele. Er tuschelte mit seiner Mutter und trat ein. Er wirkte überrascht und ängstlich. Der Spürhund schenkte ihm sein freundlichstes Lächeln und drückte ihm die Hand. In der Diele sprach Frau Rajak aufgeregt ins Telefon.

Der Engländer zückte den Bestellblock aus der Bar. Auf den beiden verbliebenen Blättern stand oben HOTEL BOSNA. Er schlug die beiden Blätter um und zeigte Rajak die sieben Ziffern und die beiden Initialen.

„Es war sehr anständig von Ihnen, die Zeche zu bezahlen, Milan." Er ging davon aus, dass der junge Mann Englisch konnte. „Der Barmann wusste es zu schätzen. Bedauerlicherweise ist der Scheck geplatzt."

„Nein, das kann nicht sein. Er war…" Milan hielt inne und wurde weiß wie ein Laken.

„Niemand wirft Ihnen etwas vor. Sagen Sie mir nur eins: Was haben Sie in Banja Luka gemacht?"

„Freunde besucht."

„Im Tarnanzug? Das ist Kriegsgebiet. Was ist an jenem Tag vor zwei Monaten passiert?"

„Ich weiß nicht, was Sie meinen. Mama …" Er fiel ins Serbokroatische, sodass der Spürhund nichts mehr verstand. Mit hochgezogenen Brauen schaute dieser zu Stojic.

„Papi ist im Anmarsch", raunte der Detektiv ihm zu.

„Sie waren mit zehn Männern zusammen, alle in Uniform und bewaffnet", bohrte der Spürhund unbeeindruckt weiter. „Was waren das für Leute?"

Milan lief der Schweiß übers Gesicht. Er sah aus, als würde er gleich in Tränen ausbrechen. „Sie sind kein Journalist. Was wollen Sie hier? Warum verfolgen Sie mich? Ich weiß nichts."

Reifen quietschten vor dem Haus. Frau Rajak riss die Tür auf, und ihr Mann stürmte aufgebracht herein. Er sprach kein Englisch. Dafür brüllte er etwas auf Serbokroatisch.

„Er will wissen, wieso Sie seinen Sohn belästigen", übersetzte Stojic.

„Ich belästige niemanden", erwiderte der Spürhund ruhig. „Ich stelle nur Fragen. Was hat dieser junge Mann vor acht Wochen in Banja Luka getan, und wer waren die Männer, mit denen er zusammen war?"

Stojic übersetzte. Rajak senior brüllte wieder etwas.

„Er sagt, dass sein Sohn nichts wisse und nicht dort gewesen sei. Er habe sich den ganzen Sommer hier aufgehalten. Und wenn wir nicht sofort das Haus verlassen, ruft er die Polizei. Ich persönlich finde, wir sollten jetzt gehen. Der Mann hat Einfluss."

„Okay", lenkte der Spürhund ein. „Eine letzte Frage, Milan." Er erinnerte sich an etwas, was er bei seinen Recherchen vor der Abreise gelesen hatte. „Waren diese Männer Zorans Wölfe? War der Mann, der Sie geohrfeigt hat, Zoran Zilic selbst?"

Stojic brauchte nicht mehr als die Hälfte zu übersetzen. Milan verstand alles auf Englisch. Die Reaktion erfolgte in zwei Schritten. Einen Moment herrschte verblüfftes eisiges Schweigen. Und was dann folgte, glich einer explodierenden Granate.

Frau Rajak stieß einen Schrei aus und stürzte aus dem Zimmer. Ihr Sohn sank in einen Sessel und schlug die Hände vors Gesicht. Der Vater wurde zuerst blass, dann rot, deutete zur Tür und brüllte nur ein Wort, das, wie Gracey vermutete, „Raus!" bedeutete.

Stojic steuerte zur Tür. Der Spürhund folgte ihm. Als er an dem zitternden jungen Mann vorbeikam, steckte er ihm unauffällig eine Karte in die Brusttasche seines Jacketts. „Falls Sie es sich anders überlegen", raunte er ihm zu. „Rufen Sie mich an. Oder schreiben Sie mir. Ich werde kommen."

Auf der Fahrt zum Flughafen herrschte beklommenes Schweigen im Wagen. Stojic war davon überzeugt, dass er jeden Cent seiner 1000 Dollar verdient hatte. Vor der internationalen Abflughalle angekommen, sagte er übers Autodach hinweg zu dem Engländer: „Sollten Sie jemals wieder nach Belgrad kommen, mein Freund, rate ich Ihnen, diesen Namen nicht zu erwähnen. Was sich heute ereignet hat, ist nie passiert."

48 Stunden später hatte der Spürhund seinen Bericht an Stephen Edmond zu Papier gebracht. Im letzten Absatz schrieb er:

> Zu meinem Bedauern muss ich Ihnen mitteilen, dass die Ereignisse, die zum mutmaßlichen Tod Ihres Enkels führten, die genauen Umstände seines Todes und der Verbleib des Leichnams voraussichtlich niemals geklärt werden. Und ich würde nur falsche Hoffnungen wecken, wollte ich der Meinung Ausdruck verleihen, es bestehe eine Chance, dass Ihr Enkel noch am Leben sei.
>
> Ich glaube nicht, dass er und sein bosnischer Begleiter mit dem Wagen von der Straße abgekommen und in eine Schlucht gestürzt sind. Ebenso wenig glaube ich, dass der Bosnier ihn ermordet hat, um sich in den Besitz des Wagens und/oder des Geldgürtels zu bringen.
>
> Ich bin vielmehr der Ansicht, dass sie sich unwissentlich in Gefahr begeben haben und von einem oder mehreren Unbekannten ermordet worden sind. Es besteht die Wahrscheinlichkeit, dass es sich bei diesen Unbekannten um eine Bande krimineller serbi-

scher Milizionäre handelt, die sich in dem betreffenden Gebiet aufgehalten haben soll. Aber ohne Beweise, Identifizierung, ein Geständnis oder gerichtliche Zeugenaussagen kann keine Anklage erhoben werden.

Ich bedauere zutiefst, dass ich Ihnen diese Mitteilung machen muss, glaube aber, dass sie mit an Sicherheit grenzender Wahrscheinlichkeit der Wahrheit entspricht.

Ihr ergebenster Philip Gracey

Es war der 22. Juli 1995.

5 DER ANWALT

Den Hauptgrund für sein Ausscheiden aus der Armee behielt Dexter für sich, denn er wollte sich nicht zum Gespött der Kameraden machen. Er hatte nämlich beschlossen, aufs College zu gehen und Rechtsanwalt zu werden. Er hatte in seiner Vietnamzeit mehrere tausend Dollar gespart und konnte zusätzlich eine Ausbildungsbeihilfe nach dem GI-Gesetz beantragen.

Er bewarb sich an der Fordham-Universität in New York. Zunächst erhielt er einen Platz für ein vierjähriges Studium in politischer Geschichte und begann sein Studium 1971. Der junge Veteran mietete eine billige Einzimmerwohnung in der Bronx, unweit des Campus. Wenn er zu Fuß ging oder öffentliche Verkehrsmittel benutzte, so rechnete er sich aus, wenn er genügsam lebte und in den Sommerferien auf dem Bau arbeitete, konnte er bis zum Examen über die Runden kommen.

Das Jahr 1974 war von zwei Ereignissen geprägt, die sein Leben verändern sollten. Er lernte Angela Marozzi kennen, eine schöne, temperamentvolle und lebenslustige Italoamerikanerin, die in einem Blumenladen arbeitete, und verliebte sich in sie. Sie heirateten noch im Sommer, warfen ihr Geld zusammen und zogen in eine größere Wohnung.

Im darauf folgenden Herbst, ein Jahr vor dem Examen, bewarb Dexter sich an der juristischen Fakultät von Fordham. An dem Tag, als er die Zulassung erhielt, lagen er und Angela im Bett. Er streichelte ihren gerundeten Bauch und träumte laut davon, eines Tages ein wohlhabender Anwalt zu werden und in Westchester ein schönes Haus zu besitzen.

Ihre Tochter Amanda Jane wurde im Frühjahr 1975 geboren.

Im selben Frühling legte Dexter als einer der fünf Besten seines

Jahrgangs die Abschlussprüfung in politischer Geschichte ab und trat im Herbst sein dreijähriges Jurastudium an. Es war hart, aber die Marozzis unterstützten die junge Familie. Mama passte auf Amanda Jane auf, damit Angela als Kellnerin arbeiten konnte. Dexter arbeitete die ersten beiden Jahre den Sommer über auf der Baustelle, doch im dritten ergatterte er eine Stelle als Anwaltsgehilfe in der hoch angesehenen Kanzlei Honeyman Fleischer in Manhattan.

In diesem Sommer, 1978, starb sein Vater. Ein schwerer Herzanfall streckte ihn auf einer Baustelle nieder. Dexter hatte gehofft, er würde noch seine Abschlussfeier erleben und stolz auf ihn sein, doch es kam anders. Noch im selben Sommer legte Dexter das Examen ab und erhielt eine feste Anstellung bei Honeyman Fleischer.

Der Anwalt legte großen Wert auf seinen makellosen Ruf als Liberaler und unterhielt als sichtbaren Ausdruck seines sozialen Gewissens eine Abteilung, die Armen und Bedürftigen unentgeltlich Rechtsbeistand leistete. Gleichwohl sahen die Seniorpartner der Kanzlei keinen Grund, des Guten zu viel zu tun, und besetzten die Abteilung mit schlecht bezahlten Neulingen. Im Herbst 1978 rangierte Dexter in der Hackordnung der Kanzlei ganz unten.

Doch er beklagte sich nicht. Er brauchte Geld, und die Stelle gefiel ihm, denn als Anwalt der Habenichtse konnte er weitaus mehr Erfahrungen sammeln als in einem eng begrenzten Spezialgebiet.

Im folgenden Winter streckte eine Sekretärin den Kopf in sein Bürokabuff und wedelte mit einer Akte. „Ein Einspruch gegen einen Abschiebungsbescheid."

Dexter seufzte und vertiefte sich in die neue Akte. Die mündliche Verhandlung war für den nächsten Tag anberaumt.

Die Akte betraf ein aus Kambodscha geflüchtetes Ehepaar, Mr und Mrs Hom Moung. In einer langatmigen, aus dem Französischen, der bevorzugten Sprache der französisch erzogenen Kambodschaner, übersetzten Erklärung schilderte Mr Moung seine Geschichte.

Seit 1975 herrschte in Kambodscha ein wahnsinniger Despot und Völkermörder namens Pol Pot mit seiner Armee, den Roten Khmer.

Moung erzählte, er sei Rektor an einem Gymnasium in der Hauptstadt Phnom Penh gewesen und seine Frau Krankenschwester in einer Privatklinik. Damit gehörten beide zu der Gruppe, die auf der Abschussliste der Roten Khmer stand, welche nach einer Art Steinzeitkommunismus strebten. Zur Verwirklichung dieses Ziels gehörte die Liquidierung aller Städter und Intellektuellen, die mit krankhaftem Hass verfolgt wurden.

Als die Lage der Moungs unerträglich geworden sei, so berichtete der Kambodschaner weiter, sei es ihm gelungen, einen Lastwagenfahrer zu bestechen, der sie aus Phnom Penh herausgeschmuggelt und in die Hafenstadt Kompong Som gebracht habe. Mit seinen letzten Ersparnissen habe er den Kapitän eines südkoreanischen Frachters dazu „überredet“, sie nach New York mitzunehmen. Nach der Ankunft habe er nicht versucht, illegal einzureisen, sondern sich umgehend bei den Behörden gemeldet und eine Aufenthaltserlaubnis beantragt.

Nach Moungs Erklärung nahm Dexter sich den Bescheid der Einwanderungsbehörde vor, der ziemlich harsch war. Der Sachbearbeiter hatte den Asylantrag mit der befremdlichen Begründung abgelehnt, die Moungs hätten sich an die Botschaft oder das Konsulat der Vereinigten Staaten vor Ort wenden und, gemäß der amerikanischen Tradition, warten müssen, bis sie an der Reihe gewesen wären. In diesem Argument sah Dexter kein allzu großes Problem, denn die US-Diplomaten waren bereits Jahre zuvor vor dem Ansturm der Roten Khmer aus der kambodschanischen Hauptstadt geflüchtet.

Seine Aufgabe bei der Verhandlung würde darin bestehen, beim Richter eine Aussetzung der Abschiebung gemäß einem Artikel des Gesetzes über Einwanderung und Staatsbürgerschaft zu beantragen.

Dexter fand sich über eine Stunde vor Verhandlungsbeginn im Gebäude der Einwanderungsbehörde ein, um mit seinen Mandanten zu sprechen. Er selbst war schon kein groß gewachsener Mann, aber die Moungs waren von noch kleinerer Statur, und Mrs Moung wirkte wie eine zierliche Puppe. Laut Akte waren die beiden 44 respektive 45 Jahre alt. Mr Moung wirkte ruhig und gefasst. Da Dexter kein Französisch sprach, hatte die Asylhilfeorganisation *Refugee Watch* eine Dolmetscherin geschickt.

Die Verhandlung fand in einem geräumigen Büro statt, das man zusätzlich bestuhlt hatte. Fünf Minuten vor Sitzungsbeginn wurden sie hineingeführt.

Dexter hörte, wie hinter ihm Moung seiner Frau zuraunte: „Wir können nur hoffen, dass der junge Mann Erfolg hat, sonst schicken sie uns zurück in den Tod.“ Er hatte sich dabei seiner Muttersprache bedient.

Dexter zerpflückte das Argument der Gegenseite, und der Asylrichter beschloss: „Abschiebung ausgesetzt. Nächster Fall.“

Die Dame von *Refugee Watch* teilte den Moungs aufgeregt auf Französisch mit, was entschieden worden war. Ihre Organisation konnte ab sofort den Fall übernehmen. Die Moungs durften unter dem Schutz der

Regierung in den Vereinigten Staaten bleiben und auf eine Arbeitserlaubnis, Asyl und, zu gegebener Zeit, eine Einbürgerung hoffen.

Dexter lächelte die Dame an und sagte, dass sie jetzt gehen könne. Dann wandte er sich an Moung. „Lassen Sie uns in die Cafeteria gehen, dann können Sie mir erklären, wer Sie wirklich sind und was Sie hier tun."

Er hatte in Moungs Muttersprache gesprochen. Vietnamesisch.

AN EINEM Ecktisch in der Cafeteria nahm Dexter die kambodschanischen Reisepässe und Ausweise in Augenschein. „Sie wurden von Experten geprüft und für echt befunden. Woher haben Sie die?"

Der Flüchtling warf einen Blick auf seine kleine Frau. „Sie hat sie gemacht. Sie ist eine *Nghi*."

In Vietnam gibt es einen Klan namens Nghi, aus dem seit Jahrhunderten die Mehrzahl der Gelehrten in der Region Hué kam. Sie besaßen große kalligraphische Kunstfertigkeit, die von Generation zu Generation weitergegeben wurde. Sie fertigten Dokumente für die Höfe ihrer Kaiser. In neuerer Zeit und insbesondere nach dem Beginn des Krieges gegen die Franzosen 1945 wurden die Nghi dank ihrer erstaunlichen Fertigkeiten als Zeichner die besten Fälscher der Welt.

Dexter gab die Pässe zurück. „Ich habe Sie oben schon gefragt: Wer sind Sie wirklich, und warum sind Sie hier?"

Die Frau begann leise zu weinen, und ihr Mann fasste nach ihrer Hand. „Mein Name ist Nguyen Van Tran", antwortete er. „Ich bin hier, weil ich drei Jahre nach meiner Internierung aus einem vietnamesischen Konzentrationslager geflüchtet bin. Zumindest dieser Teil stimmt."

„Aber warum geben Sie sich als Kambodschaner aus? Amerika hat viele Südvietnamesen aufgenommen, die im Krieg an unserer Seite gekämpft haben."

„Weil ich Major beim Vietcong war."

Dexter nickte bedächtig. „Das könnte ein Problem werden", räumte er ein. „Erzählen Sie. Alles."

Im Laufe der nächsten Stunde erfuhr er, dass Nguyen Van Tran als junger Mann der Widerstandsbewegung Vietminh beigetreten war, um zuerst gegen die Franzosen und später gegen die Amerikaner zu kämpfen. Aber mit dem Sieg kamen Ernüchterung und Verfolgung.

„Nach Ho Tschi Minhs Tod fielen Partei und Staat in andere Hände. Viele von uns kämpften noch für ein Land, von dem wir uns mehr Toleranz erhofften. Ho Tschi Minhs Nachfolger aber hatten anderes im Sinn.

Ein Patriot nach dem anderen wurde verhaftet und hingerichtet. Ich war einer der letzten überlebenden Nationalisten aus dem Süden. Ich wollte ein freies und wieder vereinigtes Land, ja, aber auch kulturelle Freizügigkeit, einen Privatsektor, Bauern mit Landbesitz. Das erwies sich als Fehler."

„Was ist passiert?"

„Nun ja, nach der endgültigen Eroberung des Südens 1975 begannen die eigentlichen Pogrome. Zwei Millionen Chinesen wurden ihres gesamten Besitzes beraubt und entweder zur Sklavenarbeit gezwungen oder aus dem Land gejagt. Dann wurden Lager für vietnamesische Dissidenten errichtet. Ich kam in eines davon, etwa 60 Kilometer von Hanoi entfernt. Sie schickten einen immer weit weg von zu Hause, das hält von Fluchtversuchen ab."

„Sie sind trotzdem geflohen?"

„Mithilfe meiner Frau. Sie ist tatsächlich Krankenschwester, nicht nur Fälscherin. Und ich war in den wenigen Jahren, in denen Frieden herrschte, wirklich Schulleiter. Wir lernten uns im Lager kennen. Sie arbeitete im Krankenrevier. Wir verliebten uns. Sie schmuggelte mich hinaus. Sie hatte etwas Goldschmuck versteckt. Damit haben wir das Ticket für den Frachter bezahlt. So, jetzt wissen Sie alles."

„Und das soll ich Ihnen nun glauben?", fragte Dexter.

„Sie sprechen unsere Sprache. Waren Sie dort?"

„Ja."

„Haben Sie gekämpft?"

„Ja."

„Dann sage ich Ihnen von Soldat zu Soldat: Man muss wissen, wann man verloren hat. Sie sehen einen Mann vor sich, der auf der ganzen Linie verloren hat. Gehen wir?"

„Wohin denn?"

„Zu den Leuten von der Einwanderungsbehörde natürlich. Sie müssen uns anzeigen."

Dexter leerte seine Kaffeetasse und erhob sich. Nguyen Van Tran wollte ebenfalls aufstehen, doch Dexter drückte ihn auf den Stuhl zurück. „Der Krieg ist vorbei, Major. Das alles ist in einer anderen Zeit und in einer anderen Welt passiert. Versuchen Sie, den Rest Ihres Lebens zu genießen."

Der Vietnamese stand wie unter Schock. Er nickte stumm. Dexter wandte sich zum Gehen.

Es war der 22. November 1978.

1985 KÜNDIGTE Dexter bei Honeyman Fleischer, allerdings nicht um eine Stelle anzunehmen, die es ihm ermöglicht hätte, sich das hübsche Haus in Westchester zu kaufen. Vielmehr wechselte er ins Büro der Pflichtverteidiger und wurde das, was man in New York einen Armenanwalt nennt. Damit war kein Staat und schon gar kein Vermögen zu machen, aber der Job erfüllte ihn mit einer Befriedigung, die er im Steuer- oder Unternehmensrecht nie hätte finden können.

Angela nahm seine Entscheidung positiver auf, als er erwartet hatte. Im Grunde war es ihr egal. Die Marozzis hingen wie Kletten aneinander und waren waschechte Bronx-Leute. Amanda Jane ging auf eine Schule, die ihr gefiel, und hatte viele Freundinnen.

An seinem neuen Arbeitsplatz musste Dexter unzählige Überstunden leisten und Menschen verteidigen, die durch ein Loch im Netz des amerikanischen Traums gefallen waren. Für ihn war der Arme und Ungebildete nicht zwangsläufig auch schuldig.

Es war eine heiße Sommernacht im Jahr 1988, als er Washington Lee kennen lernte.

Allein in Manhattan werden jährlich über 110 000 Strafrechtsfälle bearbeitet, die Zivilprozesse nicht mitgerechnet. Der Justizapparat ist permanent überlastet und steht immer kurz vor dem Kollaps, doch irgendwie überlebt er. In jenen Jahren war das nur möglich, weil in dem großen Granitbau des Strafgerichtsgebäudes in der Central Street 24 Stunden am Tag wie am Fließband verhandelt wurde.

In jener Nacht im Juli 1988 hatte Dexter Bereitschaftsdienst, was bedeutete, dass er jederzeit von einem viel beschäftigten Richter einem Mandanten zugewiesen werden konnte. Es war zwei Uhr morgens, und er wollte sich gerade fortstehlen, als ihn eine Stimme in den Gerichtssaal AR2A rief. Er seufzte. Mit Richter Hasselblad legte man sich besser nicht an.

Er trat an die Richterbank, wo bereits der stellvertretende Bezirksstaatsanwalt mit einer Akte in der Hand stand.

„Sie sind müde, Mr Dexter."

„Das sind wir wohl alle, Euer Ehren."

„Zweifelsohne, aber wir haben hier noch einen Fall. Ich möchte, dass Sie ihn übernehmen. Nicht morgen, jetzt. Hier ist die Akte. Der junge Mann ist offenbar in ernsten Schwierigkeiten."

„Ihr Wunsch ist mir Befehl, Euer Ehren."

Hasselblads Gesicht verzog sich zu einem breiten Grinsen. „Das hört man gern."

Dexter nahm dem Staatsanwalt die Akte ab, und gemeinsam verließen sie den Gerichtssaal. Auf dem Aktendeckel stand: DAS VOLK DES BUNDESSTAATES NEW YORK GEGEN WASHINGTON LEE.

„Wo ist er?"

„Gleich hier in der Verwahrungszelle", antwortete der Staatsanwalt.

Der Angeklagte war magere 18 Jahre alt und wohnhaft im tristen Bedford Stuyvesant, einem Stadtteil von Brooklyn, der praktisch ein Schwarzengetto ist. Das allein schon weckte Dexters Interesse. Warum wurde er in Manhattan angeklagt? Er vermutete, dass der Junge über den Fluss gekommen und ein Auto gestohlen oder den Besitzer einer dicken Brieftasche überfallen und ausgeraubt hatte.

Mitnichten. Die Anklage lautete auf Bankbetrug in Höhe von „mehr als 10 000 Dollar", eine merkwürdig vage Formulierung. Das Opfer war die East River Bank, die ihren Sitz mitten in Manhattan hatte, was erklärte, weshalb hier und nicht in Brooklyn Anklage erhoben wurde. Das Sicherheitspersonal der Bank hatte den Betrug entdeckt, und das Geldinstitut wünschte, dass die Sache mit aller Entschiedenheit verfolgt wurde.

Dexter lächelte aufmunternd, stellte sich vor und setzte sich. Lee war, wie er feststellte, nicht nur unansehnlich, sondern nachgerade hässlich. Wie hatte er einer Bank so viel Geld abjagen können?

Dexter brauchte mehr Zeit, als ihm jetzt zur Verfügung stand, um der Akte die nötige Aufmerksamkeit zu widmen. Zunächst galt es, die Formalitäten der Anklageerhebung hinter sich zu bringen und zu klären, ob auch nur im Entferntesten die Möglichkeit einer Freilassung gegen Kaution bestand. Eine Stunde später trafen sich Dexter und der Staatsanwalt wieder im Gerichtssaal. Washington Lee, der völlig verdattert aussah, wurde ordnungsgemäß unter Anklage gestellt.

„Können wir fortfahren?", fragte Richter Hasselblad.

„Mit Erlaubnis des Gerichts möchte ich eine Vertagung beantragen", antwortete Dexter.

„Treten Sie nach vorn!", befahl Hasselblad. Als die beiden Parteien vor der Richterbank standen, fragte er: „Wo drückt der Schuh, Mr Dexter?"

„Der Fall ist komplizierter, als es zunächst den Anschein hatte, Euer Ehren. Hier geht es nicht um Radkappenklau. Ich brauche mehr Zeit, um mich in die Akte einzuarbeiten."

Der Richter blickte zum Staatsanwalt, der mit einem Achselzucken sein Einverständnis signalisierte.

„Von heute an haben Sie eine Woche", entschied der Richter.

„Ich möchte eine Kaution beantragen", fuhr Dexter fort.

„Einspruch, Euer Ehren", warf der Staatsanwalt ein.

„Ich setze die Kaution auf 10 000 Dollar fest“, verkündete Hasselblad, „die in der Anklage erwähnte Schadenssumme.“

Der Betrag war viel zu hoch, das wussten alle. Washington Lee besaß nicht mal zehn Dollar. Das hieß für ihn, zurück in die Zelle.

Dexter ging nach Hause, schlief drei Stunden, verabschiedete sich von Amanda Jane, als sie zur Schule ging, gab Angela einen Kuss und kehrte in die Central Street zurück. In einem Vernehmungsraum in dem Untersuchungsgefängnis neben dem Gerichtsgebäude gelang es ihm, dem schwarzen Jungen dessen Geschichte zu entlocken.

In der Schule hatte Lee auf der ganzen Linie versagt. Seine Zeugnisse waren eine Katastrophe. Sein Lebensweg schien vorgezeichnet. Verwahrlosung, Verbrechen, Gefängnis. Doch dann erlaubte ein Lehrer dem Nichtsnutz, seinen Computer zu benutzen. Das war so, als hätte er dem jungen Yehudi Menuhin die Chance gegeben, eine Geige in die Hand zu nehmen. Lee betrachtete die Tastatur, den Bildschirm und begann dann Musik zu machen. Der Lehrer, ein Computerfreak, war fasziniert. Fünf Jahre war das jetzt her. Lee fing an zu lernen. Und er begann zu sparen. Wenn er Automaten knackte, gab er das Geld nicht mehr für Alkohol oder Drogen aus, sondern er sparte, bis er einen billigen Computer erstehen konnte.

„Und wie haben Sie die East River Bank betrogen?“

„Ich bin in ihren Zentralrechner eingedrungen.“

Dexter bat seinen Mandanten um eine genauere Erklärung.

Zum ersten Mal kam Leben in den Jungen. „Mann, haben Sie eine Ahnung, wie schwach manche Sicherheitssysteme sind, mit denen Datenbanken geschützt werden?“

Die East River Bank hatte jedes Detail über jeden Kontoinhaber in einer riesigen Datenbank gespeichert. Lee hatte nicht nur die Codes geknackt, ohne den Alarm auszulösen, sondern den Großrechner im Keller der Bank auch dazu gebracht, seine Befehle auszuführen. Die waren einfach gewesen. Er wies den Computer an, jedes Spar- und Depositenkonto von Kunden der Bank sowie die monatlichen Zinsgutschriften zu identifizieren. Dann gab er den Befehl ein, von jeder Zinsgutschrift einen Vierteldollar abzuziehen und auf sein eigenes Konto zu überweisen.

Da er kein Konto besaß, eröffnete er eines bei der örtlichen Chase Manhattan. Hätte er gewusst, wie man Geld auf die Bahamas transferiert, wäre man ihm wahrscheinlich nie auf die Schliche gekommen. Doch als sich ein Bankkunde darüber beschwert hatte, dass ihm für vier Monate ein Dollar zu wenig an Zinsen gutgeschrieben worden war, überprüften die Informatiker der Bank den Hauptrechner und stellten fest, dass der Computer monatlich bei allen Konten einen Vierteldollar abbuchte und auf ein Konto bei der Chase Bank umleitete. Den Namen des Kontoinhabers zu ermitteln war dann leicht gewesen.

„Und wie viel hat Ihnen das eingebracht?", fragte Dexter.

„Eine knappe Million."

Der Anwalt kaute auf seinem Kuli herum. Kein Wunder, dass die Anklage so vage blieb. „Mehr als 10 000 Dollar", in der Tat.

LOU ACKERMAN ließ sich sein Frühstück schmecken. Nach seinem Dafürhalten war es die schönste Mahlzeit des Tages. Keine Hetzerei wie beim Mittagessen, keine Völlerei wie bei abendlichen Banketten. Ein Frühstück auf seinem Balkon über dem Central Park West an einem Sommermorgen, ehe es richtig heiß wurde, war eine wahre Wonne. Und er fand es empörend, von Calvin Dexter dabei gestört zu werden.

Als sein Diener die Visitenkarte auf den Balkon brachte, streifte Ackerman das Wort RECHTSANWALT mit einem Blick, runzelte die Stirn und fragte sich, wer der Besucher wohl sein mochte. Er wollte dem Diener gerade sagen, er solle den Mann bitten, ihn am späten Vormittag in der Bank aufzusuchen, als eine Stimme hinter ihm ertönte.

„Ich weiß, es ist ungehörig, Mr Ackerman, und ich entschuldige mich dafür, aber wenn Sie zehn Minuten erübrigen könnten, schätze ich, Sie werden froh sein, dass ich jedes Aufsehen vermieden und Sie nicht in Ihrem Büro aufgesucht habe."

Ackerman zuckte mit den Schultern und deutete auf einen Stuhl gegenüber am Tisch. „Fassen Sie sich kurz, Mr Dexter."

„Das werde ich. Sie drängen auf die strafrechtliche Verfolgung meines Mandanten, Mr Washington Lee, der annähernd eine Million Dollar von den Konten Ihrer Kunden abgeschöpft haben soll. Ich glaube, Sie wären gut beraten, wenn Sie die Anzeige zurückziehen würden."

Der Vorstandsvorsitzende der East River Bank hätte sich in den Hintern beißen können. Da war man ein bisschen freundlich, und was war der Dank dafür? „Das können Sie vergessen, Mr Dexter. Gespräch beendet. Kommt überhaupt nicht infrage. Der Junge wandert in den Knast. Wir müssen ein Exempel statuieren."

„Schade. Wie er es gemacht hat, war nämlich faszinierend. Er ist in Ihren Zentralrechner eingedrungen. Er hat spielend all Ihre Firewalls und Sicherheitssysteme überwunden. Das hätte eigentlich nicht möglich sein sollen."

„Ihre Zeit ist um, Mr Dexter."

„Noch eine Sekunde. Sie haben etwa eine Million Kunden. Die glauben, ihr Geld sei bei Ihnen sicher. Noch in dieser Woche wird ein magerer schwarzer Junge aus dem Getto vor Gericht stehen und behaupten, dass, wenn er es geschafft hat, jeder blutige Anfänger nach ein paar Stunden Herumprobieren am Computer das Konto jedes x-beliebigen Ihrer Kunden leer räumen könnte. Wie, glauben Sie, würde denen das gefallen?"

Ackerman setzte die Kaffeetasse ab und ließ seinen Blick über den Park schweifen. „Das ist nicht wahr, warum sollten sie es also glauben?"

„Weil die Pressebänke voll besetzt sein werden und Fernsehen und Rundfunk draußen warten. Ich schätze, dass ein Viertel Ihrer Kunden beschließen könnte, die Bank zu wechseln."

„Wir werden bekannt geben, dass wir ein völlig neues Sicherheitssystem installieren. Das beste, das es auf dem Markt gibt."

„Aber das haben Sie angeblich doch schon bislang gehabt. Und ein junger Schulversager aus Bedford Stuyvesant hat es geknackt. Sie hatten noch mal Glück, denn Sie bekommen die ganze Million zurück. Aber nehmen wir an, es passiert wieder, und an einem einzigen unheilvollen Wochenende verschwinden zig Millionen auf die Cayman-Inseln. Wie würde Ihrem Verwaltungsrat eine solche Demütigung gefallen?"

„Ist es so schlimm?"

„Ich fürchte, ja."

„Na schön. Ich rufe bei der Staatsanwaltschaft an, um ihr mitzuteilen, dass uns an einem Verfahren nicht länger gelegen ist, da wir unser Geld restlos zurückbekommen haben. Allerdings kann die Staatsanwaltschaft dann immer noch einen Prozess anstrengen, wenn sie will."

„Dann müssen Sie eben sehr überzeugend wirken, Mr Ackerman." Dexter stand auf und wandte sich zum Gehen.

Ackerman war ein guter Verlierer. „Wir können immer einen guten Anwalt brauchen, Mr Dexter."

„Ich habe eine bessere Idee. Stellen Sie Washington Lee ein. 50 000 Dollar Jahresgehalt wären wohl angemessen."

Ackerman fuhr in die Höhe. „Warum um alles in der Welt sollte ich diesen Typ einstellen?"

„Weil er am Computer der Beste ist. Er hat es bewiesen. Er ist durch Ihr Sicherheitssystem geschlüpft, das Sie ein Heidengeld gekostet hat, und das mit einer Sardinenbüchse für 50 Dollar. Er ist in der Lage, Ihnen ein bombensicheres System zu installieren, mit dem Sie Werbung machen könnten: die sicherste Datenbank außerhalb der Schweiz."

24 Stunden später wurde Washington Lee auf freien Fuß gesetzt. Er wusste nicht, wie ihm geschah. Da ging es ihm ganz ähnlich wie dem stellvertretenden Bezirksstaatsanwalt. Doch die Bank litt unter plötzlicher Amnesie, und seine Behörde war wie üblich im Rückstand. Wozu die Sache weiterverfolgen?

Die Bank schickte eine Stretchlimousine zum Untersuchungsgefängnis, um ihren neuen Mitarbeiter abzuholen. Lee war noch nie in einem solchen Wagen gefahren. Er saß im Fond und schaute seinen Anwalt an, der den Kopf durchs Fenster streckte.

„Mann, wie haben Sie das bloß hingekriegt? Vielleicht kann ich mich eines Tages revanchieren."

„Okay, Washington, eines Tages vielleicht."

6 DER MÖRDER

Unter Marschall Tito hatte Jugoslawien eine sehr niedrige Kriminalitätsrate. Die Belästigung eines Touristen war undenkbar, Frauen konnten gefahrlos durch die Straßen gehen, und Schutzgelderpressung gab es nicht. Das war insofern eigenartig, als diese Region seit jeher einige der ruchlosesten und gewalttätigsten Kriminellen Europas hervorgebracht hatte. Der Grund bestand darin, dass die jugoslawische Regierung nach 1948 mit der heimischen Unterwelt einen Pakt geschlossen hatte. Der Handel war ganz simpel. Ihr könnt tun, was ihr wollt, und wir drücken beide Augen zu, solange ihr es im Ausland tut. Belgrad exportierte das Verbrechen einfach, denn Mitte der Sechzigerjahre gehörten viele Jugoslawen der ersten Gastarbeiterwelle an, die in die reichen europäischen Länder im Norden schwappte.

Im Inneren ging Titos Regime brutal gegen Dissidenten und Oppositionelle vor, sorgte aber für Ruhe und Ordnung. Der Pakt mit den Gangstern wurde weniger von der Zivilpolizei geschlossen und überwacht als vielmehr vom Staatssicherheitsdienst DB. Dieser diktierte auch die Bedingungen. Gangster, die im Ausland lebende Landsleute ausnahmen, durften straffrei zurückkehren und sich in der Heimat von ihren Geschäften erholen. Was sie auch taten. Sie bauten sich Ferienhäuser an der Küste und prunkvolle Villen in der Hauptstadt, spendeten in die Pensionskasse des DB, und von Zeit zu Zeit wurde von ihnen verlangt, dass sie einen Job erledigten, ohne dass sich eine Spur zurückverfolgen ließ – ein für beide Seiten vorteilhaftes Arrangement.

Doch sofern nicht vom Staat ausgeübt, war Gewalt verboten. Wer sich in diesem Punkt uneinsichtig zeigte, konnte sich in einem entlegenen Straflager wieder finden und dort versauern.

Doch Marschall Tito lebte nicht ewig. Als er 1980 starb, zerfiel sein Staat.

1956 bekam ein Automechaniker namens Zilic aus dem Belgrader Arbeiterviertel Zemun einen Sohn und nannte ihn Zoran. Schon in jungen Jahren entpuppte sich dieser als boshafter und äußerst gewalttätiger Charakter. Doch er besaß eine Eigenschaft, die ihn später von anderen Belgrader Gangstern unterscheiden sollte: Er war intelligent.

Mit 14 gab er die Schule auf und wurde Anführer einer Jugendbande. 1972 wurden bei einer Straßenschlacht zwischen zwei Banden drei Mitglieder der gegnerischen Seite mit Fahrradketten so brutal zusammengeschlagen, dass sie tagelang in Lebensgefahr schwebten. Für den örtlichen Polizeichef war das Maß jetzt voll. Er veranlasste, dass Zoran Zilic geschnappt und verprügelt wurde, um ihn daran zu erinnern, den Worten der Behörden mehr Beachtung zu schenken. Anschließend gab der Polizeichef ihm einen Rat.

Eine Woche später verließ der 16-Jährige das Land. Er hatte eine Einladung, auf die er nun zurückkam, und schloss sich in Deutschland der Bande Ljuba Zemunacs an, der ebenfalls aus Zemun stammte. Zilic blieb zehn Jahre bei ihm und errang die Bewunderung des Älteren als sadistischster Geldeintreiber, den dieser jemals beschäftigt hatte.

1982 machte sich Zilic selbstständig und gründete eine eigene Bande. Er beherrschte längst Deutsch und Englisch und führte seine Gang in Deutschland und Österreich fünf Jahre lang.

Doch in der Heimat blieb nichts, wie es war. Es gab keinen gleichwertigen Ersatz für Marschall Tito. Die Achtzigerjahre standen im Zeichen einer Reihe von Koalitionsregierungen, doch der Geist der Abspaltung und Unabhängigkeit wehte durch die Republiken Slowenien und Kroatien im Norden und Mazedonien im Süden.

1987 tat sich Zilic mit einem miesen kleinen Hinterbänkler der ehemaligen kommunistischen Partei zusammen, den andere übersehen oder unterschätzt hatten. Er bot Slobodan Milosevic an, sich um dessen Gegner zu „kümmern".

Jugoslawien brach auseinander, und Milosevic trat als Retter der nationalen Einheit auf, ließ allerdings unerwähnt, dass er seine Ziele durch Völkermord zu erreichen gedachte. Seine Popularität in der Teilrepublik Serbien beruhte auf dem Glauben, dass er Serben vor der Verfolgung durch andere Volksgruppen schützen würde. Dazu mussten sie allerdings erst einmal verfolgt werden. Und wenn die Kroaten oder Bosnier etwas schwer von Begriff waren, so musste man ihnen eben auf die Sprünge helfen. Normalerweise genügte ein kleines örtliches Massaker, um die Mehrheit der Einwohnerschaft gegen die serbische Minderheit aufzubringen. Dann konnte Milosevic die Armee schicken, um die Serben zu retten. Zu „patriotischen" Milizionären mutierte Gangster agierten für ihn als *agents provocateurs*.

Wie so viele mittelmäßige Menschen, die an die Macht gelangen, war auch Milosevic vom Geld fasziniert, weil es eine andere Form der Macht darstellte. Bis zu seinem Sturz unterschlugen er und seine Komplizen nach Schätzungen der jugoslawischen Nachfolgeregierung rund 20 Milliarden Dollar und verschoben sie auf Auslandskonten.

Zoran Zilic wurde Milosevics Mann fürs Grobe. Bezahlt wurde unter dem Diktator allerdings nie mit Bargeld, sondern mit einer Art Lizenz für besonders einträgliche Geschäfte, verbunden mit der Zusicherung völliger Straffreiheit.

Zilic gründete eine kleine Einheit von Freischärlern, die er Zorans Wölfe nannte. Es gab andere, wie die finsteren und brutalen Frankies Boys und Arkans Tiger. Doch während Arkan einige hundert Freischärler um sich geschart hatte, begnügte sich Zilic mit einer kleinen Gruppe, mit der er sich im Hintergrund hielt, und mied jedes öffentliche Aufsehen. Doch im Verlauf des Bosnienkriegs führte er seine Leute dreimal plündernd und mordend durch das geschundene Land nach Norden.

Im April 1995, beim dritten Mal, hatte er nicht mehr als ein Dutzend Mann dabei, alles kampferprobte Schlägertypen. Bis auf einen. Zilic fehlte ein Funker, und von einem Kumpan erfuhr er, dass ein Freund von dessen jüngerem Bruder, ein Jurastudent, Funker in der Armee gewesen war. Über diesen Bruder nahm man Kontakt zu ihm auf, und der junge Mann erklärte sich bereit, auf seine Osterferien zu verzichten und sich den Wölfen anzuschließen.

Die Bande brach in der ersten Maiwoche Richtung Norden auf. Sie machten die Serbenhochburg Banja Luka zu ihrer Operationsbasis. Von dort aus durchstreiften sie das Umland und hielten nach so genannten weichen Zielen unter muslimischen Gemeinden Ausschau, die ohne bewaffneten Schutz waren.

Am 14. Mai entdeckten sie im Vlasic-Gebirge einen Weiler, massakrierten die Bewohner, verbrachten die Nacht in den Wäldern und kehrten am Abend des 15. wieder nach Banja Luka zurück.

Am nächsten Tag heulte der Neue, er wolle wieder an die Universität zurück. Zilic ließ ihn ziehen, aber nicht ohne ihn vorher zu warnen, dass er ihn höchstpersönlich verstümmeln und dann umbringen werde, falls er nicht den Mund halte.

Das Abkommen von Dayton beendete die Jagd in Bosnien, doch dann wurde im Kosovo die Saison eröffnet. 1998 operierte Zilic auch dort, konzentrierte sich weiter auf ländliche Gemeinden und wirklich lohnende Kriegsbeute. Bei alldem verlor er jedoch niemals den eigentlichen Zweck seines Pakts mit Slobodan Milosevic aus den Augen. Die wichtigsten Pfründen bestanden aus illegalem Handel mit Zigaretten und Parfüm, Cognac, Whisky und allen erdenklichen Luxusgütern. Trotz der notwendigen Schmiergelder an Polizei und Politik war Zilic Mitte der Neunzigerjahre Millionär. Dann stieg er in die Prostitution und den Handel mit Drogen und Waffen ein, sodass selbst die amerikanische Antidrogenbehörde DEA, der Auslandsgeheimdienst CIA, der militärische Nachrichtendienst DIA und das Bundeskriminalamt FBI, das Ermittlungsdezernat des Justizministeriums, Akten über ihn anlegten.

Die Gefolgschaft Milosevics, durch Unterschlagung reich, korrupt, mächtig und protzig, wurde bequem und selbstzufrieden. Sie glaubte, die Party würde ewig so weitergehen. Nicht so Zilic. Fast jeden Dollar, den er einkassierte, verschob er über Banken im Ausland. Und er achtete auf erste verdächtige Risse im Putz.

Als Milosevic im Juni 1999 als Folge der Nato-Bombardements dem internationalen Friedensplan zustimmte und die serbische Armee aus dem Kosovo abrückte, brachte Zilic die letzten Reste seines Vermögens in Sicherheit und bereitete seine Flucht vor. Sein Vermögen belief sich auf nicht weniger als 500 Millionen Dollar, und er kannte einen Zufluchtsort, an dem er sicher sein würde.

Als Milosevic nach der verlorenen Präsidentenwahl 2000 und seinem schmollenden Rückzug in seine Villa im April 2001 schließlich verhaftet wurde, hatte Zilic seine Zelte längst abgebrochen. Im Januar 2000 war er einfach verschwunden, ohne Abschied. Er hatte nichts und niemanden mitgenommen, nur seinen ihm treu ergebenen Leibwächter, einen bulligen Riesen namens Kulac. Innerhalb einer Woche hatte er sich in seinem neuen Versteck häuslich eingerichtet.

Niemand bei den Geheimdiensten schenkte seinem Untertauchen Beachtung. Niemand bis auf einen. Ein stiller, verschwiegener Mann in Amerika nahm den neuen Aufenthaltsort des Gangsters mit großem Interesse zur Kenntnis.

ES WAR der Traum, immer wieder der Traum. Der Traum ließ ihn nicht los. Nacht für Nacht erwachte er schreiend und schweißgebadet, und seine Mutter stürzte herein, nahm ihn in die Arme und versuchte, ihn zu trösten.

Milan Rajak war seinen Eltern ein Rätsel und bereitete ihnen Sorgen, denn er konnte oder wollte nicht über seinen Albtraum sprechen. Doch seine Mutter war überzeugt davon, dass er vor seiner Rückkehr aus Bosnien niemals solche Träume gehabt hatte.

Er träumte immer dasselbe. Von dem blassen Gesicht in der schlammigen Brühe. Es flehte um Gnade, bettelte um sein Leben.

In diesem Augenblick erwachte Milan stets, schrie und weinte, bis seine Mutter die Arme um ihn schlang und flüsterte, dass alles gut und er zu Hause sei. Doch er konnte nicht sagen, wobei er mitgemacht hatte, als er glaubte, seine patriotische Pflicht gegenüber Serbien zu erfüllen.

Im Herbst 1995 hatte Milan seine erste Sitzung bei einer Psychotherapeutin. Zweimal in der Woche ging er zu ihr in das beste psychiatrische Krankenhaus in Belgrad. Doch auch die Fachleute konnten ihm nicht helfen, denn er wagte es nicht zu beichten. Milosevic war noch an der Macht, doch mehr Angst machten ihm die zornigen Augen, mit denen ihn Zoran Zilic an jenem Morgen angeblickt hatte, als er ihm gesagt hatte, er wolle aussteigen, und Zilics Drohung, ihn zu verstümmeln und zu töten, falls er jemals den Mund aufmachte.

Milans Vater war überzeugter Atheist, seine Mutter hingegen hatte ihren serbisch-orthodoxen Glauben bewahrt. All die Jahre war sie, von Ehemann und Sohn belächelt, jeden Morgen in die Kirche gegangen. Ende 1995 begann Milan, sie zu begleiten. Der Ritus spendete ihm Trost; in der Kirche schien das Grauen nachzulassen.

1996 fiel er durch das Juraexamen, und sein Vater tobte zwei Tage lang durchs Haus. War schon der Bescheid aus der Hochschule nicht nach seinem Geschmack, so verschlug ihm das, was sein Sohn ihm wenig später eröffnete, vollends den Atem.

„Ich möchte kein Anwalt werden, sondern in die Kirche eintreten." Milan wollte Mönch werden, ein abgeschiedenes Leben führen und allem Materiellen entsagen.

15 Kilometer südlich von Belgrad fand er, was er suchte: das kleine Kloster Heiliger Erzdiakon Stefan in Slanci. Im Sommer 1996, als der Bosnienkrieg zu Ende war, kam Milan zu ausgedehnten Exerzitien hierher, zog Tomaten und Gurken, meditierte und betete. Er träumte nicht mehr so oft.

Nach einem Monat forderte der Abt ihn sanft auf, die Beichte abzulegen, und er tat es im Schein einer Kerze neben dem Altar. Der Abt bekreuzigte sich inbrünstig und betete für die arme Seele des Jungen in der Jauchegrube und für den Reumütigen neben sich. Er forderte Milan eindringlich auf, zu den Behörden zu gehen und die Verantwortlichen anzuzeigen. Doch Milosevics Macht war ungebrochen und Milans Angst vor Zoran Zilic unvermindert groß. Also schwieg er weiter.

Die Schmerzen begannen im Winter 2000, und bei jeder Bewegung wurden sie stärker. Nach zwei Monaten fragte Milan seinen Vater um Rat, der für seinen Sohn daraufhin einen Termin beim Belgrader Allgemeinen Krankenhaus vereinbarte.

Fachärzte für Proktologie, Urologie und Onkologie führten an Milan eine Reihe von Untersuchungen durch. Der Professor der dritten Fachrichtung war es schließlich, der ihn zu sich bestellte.

„Wie ich höre, wollen Sie Mönch werden?“, fragte der Arzt. „Dann glauben Sie an Gott?“

„Ja.“

„Manchmal wünschte ich, ich könnte das auch. Leider kann ich es nicht. Aber Ihr Glaube wird nun auf eine harte Probe gestellt. Ich habe keine gute Nachricht für Sie.“

„Sprechen Sie, bitte.“

„Sie haben ein kolorektales Karzinom, wie wir es nennen. Einen Tumor im Dickdarm.“

„Ist er operabel?“

„Bedauere, nein.“

„Ist er heilbar? Mit Chemotherapie?“

„Zu spät. Tut mir Leid, aufrichtig Leid.“

„Wie viel Zeit bleibt mir noch, Professor?“

„Mit etwas Bestrahlung ein Jahr. Vielleicht mehr. Aber nicht viel.“

Das war im März 2001. Am 1. April verhaftete die Belgrader Polizei Slobodan Milosevic. Zoran Zilic war verschwunden. Milans Vater nutzte seine guten Beziehungen zur Polizei und brachte in Erfahrung, dass der erfolgreichste Kriminelle Jugoslawiens jetzt irgendwo im Ausland lebte, genauer Aufenthaltsort jedoch unbekannt.

Am 2. April suchte Milan aus seinen Papieren eine alte Visitenkarte heraus. Er nahm ein Blatt Papier und schrieb auf Englisch einen Brief an eine Londoner Adresse.

Ich habe meine Meinung geändert. Ich bin bereit auszusagen …

Innerhalb von 24 Stunden, nachdem er den Brief erhalten hatte, kehrte der Spürhund nach Belgrad zurück.

Die Aussage Milans wurde im Beisein eines vereidigten Übersetzers sowie eines Notars in englischer Sprache aufgenommen, unterzeichnet und beglaubigt.

1995 glaubten junge Serben noch, was man ihnen sagte, und ich bildete keine Ausnahme. Heute mag offenkundig sein, welche schrecklichen Dinge in Kroatien und Bosnien und später im Kosovo geschahen, uns aber wurde gesagt, die Opfer seien in diesen Landesteilen von der Außenwelt abgeschnittene serbische Gemeinden – und ich glaubte dies. Ich wäre nie auf den Gedanken gekommen, dass unser Militär Massenmorde an alten Menschen, Frauen und Kindern verübte. So etwas taten nur Kroaten und Bosnier, hieß es. Serbische Soldaten hätten nur die Aufgabe, serbische Minderheiten zu schützen.

Als mir im April 1995 ein Kommilitone erzählte, dass sein Bruder und einige andere nach Bosnien gehen wollten, um die Serben dort zu beschützen, und noch einen Funker brauchten, willigte ich ein, meine Osterferien zu opfern und meinen Landsleuten in Bosnien zu helfen.

Als ich zu den anderen stieß, stellte ich fest, dass sie zu der ganz rauen Sorte gehörten, führte das aber darauf zurück, dass sie Kampfsoldaten waren.

In der Kolonne aus vier Geländewagen fuhren mit mir zwölf Männer mit, darunter auch der Anführer, der erst in letzter Minute zu uns gestoßen war. Erst da erfuhr ich, dass er Zoran Zilic war. Ich kannte ihn vom Hörensagen; er war geheimnisumwittert.

Wir fuhren zwei Tage lang bis nach Mittelbosnien. Als wir in Banja Luka, das unser Stützpunkt wurde, eintrafen, quartierten wir uns im „Hotel Bosna“ ein, wo wir auch aßen und tranken.

Von Banja Luka aus unternahmen wir drei Patrouillen, nach Norden, Osten und Westen, fanden aber weder Feinde noch bedrohte serbische Dörfer. Am 14. Mai machten wir uns nach Süden in das Vlasic-Gebirge auf.

Am späten Nachmittag fuhren wir einen Waldweg entlang, als vor uns plötzlich zwei kleine Mädchen auftauchten. Zilic stieg aus und redete mit ihnen. Er lächelte. Ich fand, er war richtig nett zu ihnen.

Eine sagte ihm, dass sie Laila heiße. Ich begriff nichts. Es war ein muslimischer Name. Sie hatte damit ihr eigenes Todesurteil gesprochen und ihr Dorf zum Untergang verurteilt.

Zilic ließ die Mädchen in den Führungsjeep einsteigen, und sie führten uns zu dem Weiler, in dem sie wohnten. Er lag in einem von Wäldern umgebenen Tal und war nicht groß, nur ungefähr 20 Erwachsene und ein Dutzend Kinder lebten dort. Erst als ich die Moschee sah, begriff ich, dass sie Muslime waren, doch sie stellten nicht die geringste Bedrohung dar.

Die anderen sprangen aus den Jeeps und umstellten den Weiler. Ich wurde immer noch nicht stutzig, als sie die Häuser durchsuchten. Ich hatte von muslimischen Fanatikern gehört, Mudschaheddin aus dem Nahen Osten, die plündernd durch Bosnien zogen und jeden Serben auf der Stelle töteten. Vielleicht, so dachte ich, hielten sich hier welche versteckt.

Als die Durchsuchung beendet war, kehrte Zilic zum Führungsfahrzeug zurück und stellte sich an das Maschinengewehr, das auf einen Drehzapfen hinter den Vordersitzen montiert war. Er brüllte seinen Männern zu, sich zu verteilen, und eröffnete das Feuer auf die Bauern, die zusammengedrängt in einer Koppel standen. Alles ging so schnell, dass ich gar nicht begriff, was geschah. Die anderen Soldaten feuerten mit ihren Maschinenpistolen. Mehrere Kinder rannten zwischen den Erwachsenen hindurch und verschwanden unter den Bäumen, ehe die Kugeln sie trafen. Später erfuhr ich, dass sechs Kinder entkommen waren.

Mir war speiübel. Ich hatte noch nie Menschen sterben sehen.

Als alles vorbei war, zeigten sich die anderen enttäuscht. Sie hatten weder Alkohol noch irgendwelche Wertsachen gefunden. So steckten sie die Häuser und Scheunen in Brand und ließen sie brennend zurück.

Wir übernachteten im Wald. Als ich im Schlafsack lag, begriff ich, dass ich einen furchtbaren Fehler begangen hatte. Meine Begleiter waren keine Patrioten, sondern Kriminelle, die aus Vergnügen töteten.

Am nächsten Morgen fuhren wir zurück in Richtung des Passes, der über die Berge nach Banja Luka führt. Dabei entdeckten wir ein Bauernhaus. Es stand allein in einem kleinen Tal mitten im Wald. Ich sah, wie Zilic im ersten Jeep vom Sitz aufstand und mit der Hand das Zeichen zum Anhalten und zum Abstellen der Motoren gab. Stille trat ein. Dann vernahmen wir Stimmen.

Ganz leise stiegen wir aus, bewaffneten uns und krochen bis zum Rand der Lichtung. In etwa 100 Meter Entfernung führten zwei Männer sechs Kinder aus einer Scheune. Die Männer waren unbewaffnet und trugen keine Uniformen. Hinter ihnen ragten die Reste des abgebrannten Bauernhauses empor, und daneben stand ein neuer schwarzer Geländewagen mit der Aufschrift BROT UND FISCHE an der Tür. Die beiden Männer drehten sich um und starrten uns an. Das Älteste der Kinder, ein etwa zehnjähriges Mädchen, begann zu weinen. Ich erkannte sie an ihrem Kopftuch. Es war Laila.

Zilic schritt mit erhobener Waffe auf die Gruppe zu, wir Übrigen schwärmten aus und bildeten einen Halbkreis um die Gefangenen. Der größere der beiden Männer sagte etwas, und ich erkannte, dass er Amerikaner war. Zilic erkannte es auch. Von den anderen verstand keiner ein Wort Englisch.

Der Amerikaner fragte: „Wer sind Sie?"

Zilic antwortete nicht. Er schlenderte zu dem Geländewagen und nahm ihn in Augenschein. In diesem Augenblick versuchte Laila wegzurennen. Zilic wandte sich von dem Wagen ab, zog seine Pistole, zielte und schoss ihr den Hinterkopf weg.

Der Amerikaner stand drei Meter von Zilic entfernt. Mit zwei Sätzen war er bei ihm, holte mit aller Kraft aus und schlug ihm die Faust ins Gesicht. Sofern er überhaupt eine Chance gehabt hatte, mit dem Leben davonzukommen, so war sie jetzt verspielt.

Zilic ging zu Boden, Blut rann aus seiner Lippe. Sekundenlang waren alle fassungslos. Dann fielen sechs seiner Leute über den Amerikaner her und traktierten ihn mit Stiefeln, Fäusten und Gewehrkolben. Ich glaube, sie hätten ihm den Rest gegeben, wenn Zilic nicht dazwischengegangen wäre. Er war wieder auf die Beine gekommen, tupfte sich das Blut vom Mund und befahl ihnen aufzuhören.

Der Amerikaner lebte noch, doch er war übel zugerichtet. Unter dem offenen Hemd war an seiner Hüfte ein Geldbeutel zu sehen. Zilic deutete mit einer Hand darauf, und einer seiner Männer riss ihn ab. Der Geldbeutel enthielt Hundertdollarscheine.

Zilic musterte den Mann, der es gewagt hatte, gegen ihn die Hand zu erheben. „Du liebe Zeit", höhnte er, „so viel Blut! Du brauchst ein kühles Bad, mein Freund, das wird dir gut tun." Er wandte sich an seine Männer, und auf seinen Befehl wurde der Amerikaner in die Jauchegrube geworfen. Doch er fand Grund unter den Füßen und rappelte sich auf.

In der Nähe befand sich eine Viehkoppel. Der Holzzaun war alt und zerfallen, aber ein paar lange Stangen waren noch ganz. Die

Männer holten sich welche und stießen den Amerikaner damit in die schlammige Brühe zurück. Immer wenn sein Gesicht wieder aus dem Dreck auftauchte, schrie er um Gnade, flehte um sein Leben. Beim sechsten oder siebten Mal ergriff Zilic eine Stange und drückte ihn so lange nach unten, bis er tot war.

Ich verzog mich unter die Bäume und erbrach mich. Am liebsten hätte ich sie alle umgebracht, aber es waren zu viele, und ich hatte zu viel Angst. Während ich noch würgte, hörte ich mehrere Salven. Sie hatten die übrigen fünf Kinder und den anderen Mann erschossen. Alle Leichen wurden in die Grube geworfen. Langsam verschwanden sie unter der Oberfläche.

Einer der Männer stellte fest, dass der Schriftzug an den Türen des Geländewagens nur aus Haftfolie bestand, die sich ziemlich leicht abziehen ließ. Als wir abfuhren, deutete nichts darauf hin, was hier geschehen war.

Noch am selben Abend teilte Zilic das Geld auf. Er gab jedem Mann 100 Dollar. Ich lehnte sie ab, doch er bestand darauf. Am Abend in der Bar versuchte ich, den Schein loszuwerden, aber er bemerkte es und geriet darüber in Wut.

Tags darauf sagte ich ihm, dass ich nach Belgrad zurückkehren würde. Er drohte mir, mich zu finden, zu verstümmeln und dann zu töten, wenn ich auch nur ein Wort darüber verlor, was ich gesehen hatte, und aus Angst vor ihm habe ich all die Jahre geschwiegen. Doch jetzt bin ich bereit, vor jedem Gericht auszusagen, solange mir Gott, der Allmächtige, die Kraft gibt, am Leben zu bleiben.

Milan Rajak, Belgrad-Senjak, den 7. April 2001

Noch am selben Abend schickte der Spürhund eine ausführliche Nachricht an Stephen Edmond in Ontario, und die Anweisung, die zurückkam, war eindeutig:

Scheuen Sie keine Mittel und Wege, um meinen Enkel oder was von ihm übrig ist, zu finden, und bringen Sie ihn heim.

Zwei Tage nach Milans Geständnis fuhr der Spürhund nach Travnik. Dank Rajaks Informationen brauchte der Engländer nicht lange, um die nötigen Vorbereitungen zu treffen, und schon bald war die Grube gefunden und das Massengrab freigelegt. Nach all den Jahren waren von den acht Leichen nur noch Knochen übrig, doch die Größe der Skelette und ihre Lage lieferten Hinweise auf ihre Identität. Die Überreste eines der Männer und die der sechs Kinder lagen über- oder dicht nebeneinander – genauso, wie sie auf den Boden gesunken waren, nachdem man sie tot in die Grube geworfen hatte.

Das Skelett des zweiten Mannes lag dagegen ein wenig abseits am Rand. Dort fand man auch eine Uhr. Die Gravur auf ihrer Rückseite lautete: FÜR RICKY VON MOM. ZUM SCHULABSCHLUSS 1994.

Die Überreste wurden nach Sarajevo überführt, und schon nach zwei Tagen lagen die Ergebnisse der DNA-Analyse vor. Sie bestätigten, dass es sich bei dem Toten tatsächlich um Richard Colenso handelte.

In der Zwischenzeit hatte der Spürhund auf Anweisung aus Ontario im besten Bestattungsunternehmen von Sarajevo einen Sarg gekauft. Die Leichenbestatter beschwerten ihn mit Ballast und verteilten ihn so, dass man den Eindruck haben konnte, er würde nicht nur ein Skelett, sondern einen richtigen Leichnam enthalten. Dann wurde er versiegelt.

Am 16. April landete die Grumman des kanadischen Bergbaumagnaten mit einer Übernahmevollmacht. Der Spürhund übergab dem Piloten den Sarg und die dicke Akte. Dann kehrte er nach England zurück.

STEPHEN EDMOND wartete am Flughafen Washington Dulles, als sein Firmenjet am Abend des 16. landete.

Die Beerdigung fand am 18. auf dem äußerst exklusiven Friedhof Oak Hill in Georgetown statt und erfolgte im engsten Familienkreis. Annie Colenso, die Mutter des Toten, weinte leise. Ihr Mann, Professor Colenso, hielt sie im Arm, tupfte sich die Augen und blickte von Zeit zu Zeit Hilfe suchend zu seinem Schwiegervater. Der 81-Jährige stand im schwarzen Anzug wie eine Säule aus seinem Eisennickelkies auf der anderen Seite des Grabes und starrte regungslos auf den Sarg seines Enkels hinab.

Nach dem Ende der Zeremonie lief Mrs Colenso zu ihrem Vater und schlang die Arme um ihn. „Daddy, wer immer meinem Jungen das angetan hat, ich möchte, dass er gefasst wird. Er soll keinen schnellen und leichten Tod haben, sondern für den Rest seines Lebens jeden Morgen im Gefängnis aufwachen und wissen, dass er dort nie wieder herauskommt. Und er soll immer daran denken, dass alles so gekommen ist, weil er kaltblütig mein Kind ermordet hat."

Der alte Mann hatte bereits einen Entschluss gefasst. „Vielleicht muss ich Himmel und Hölle in Bewegung setzen", knurrte er. „Und wenn nötig, werde ich es auch tun."

Er ließ sie los, nickte dem Professor zu und schritt zu seinem Wagen.

Während der Chauffeur zum Friedhofstor hinausfuhr, nahm Edmond sein Telefon aus der Halterung und wählte eine Nummer auf dem Kapitolshügel. Sie gehörte einem alten Freund und Kriegskameraden aus dem Zweiten Weltkrieg, Peter Lucas, dem Senator des Bundesstaates New Hampshire.

Ein paar Augenblicke später erklang seine Stimme in dem fahrenden Wagen. „Steve! Wie schön, wieder mal von dir zu hören. Wo bist du?"

„Hier in Washington. Peter, ich muss mit dir reden. Es ist wichtig. Kannst du mich zum Mittagessen treffen?"

„Natürlich. Ich sage alle Termine ab. Im ‚Hay Adams'. Ein Uhr."

Als der Senator den Vorraum betrat, erwartete ihn der Kanadier dort bereits. „Ich komme soeben von einer Beerdigung in Georgetown. Ich habe gerade meinen einzigen Enkel zu Grabe getragen."

Der Senator starrte ihn teilnahmsvoll an. „Mein Gott, alter Freund, das tut mir schrecklich Leid. Ich kann's nicht fassen. War er krank? Oder hatte er einen Unfall?"

„Reden wir am Tisch weiter."

Als sie Platz genommen hatten, beantwortete Edmond die Frage des Freundes. „Er wurde ermordet. Vor knapp sechs Jahren. In Bosnien." Er erzählte von 1995, von Rickys Wunsch, den bosnischen Flüchtlingen zu helfen. Dann gab er dem Senator Milan Rajaks Geständnis zu lesen.

Lucas war es gewohnt, schnell zu lesen, doch nach der Hälfte des Geständnisses pfiff er leise durch die Zähne und las langsamer. Schließlich hob er den Kopf. „Ich weiß nicht, was ich sagen soll, Steve. Das ist wahrscheinlich das furchtbarste Dokument, das ich jemals gelesen habe. Was kann ich für dich tun?"

Edmond betrachtete seine Hände, die auf dem weißen Tischtuch lagen. Altmännerhände, von Adern durchzogen und voller Leberflecke.

Lucas fing seinen Blick auf und ahnte, was in ihm vorging. „Ja, wir sind alt geworden. Aber noch nicht tot. Was kann ich für dich tun?"

„Mein Enkelsohn war amerikanischer Staatsbürger. Die USA haben das Recht, die Auslieferung dieses Unmenschen zu verlangen, egal, wo er steckt. Damit er hier wegen Mordes vor Gericht gestellt werden kann. Das bedeutet, Justiz- und Außenministerium müssen gemeinsam auf jede Regierung einwirken, die diesem Schwein Unterschlupf gewährt. Kannst du das in die Hand nehmen?"

Der Senator hob sein Glas. „Mein Freund, wenn die Regierung der USA dir nicht Gerechtigkeit verschaffen kann, dann kann es niemand."

Doch er irrte.

7 DER VATER

Es war nur ein Familienkrach, der eigentlich mit einem Versöhnungskuss hätte enden müssen. Doch er fand zwischen einer temperamentvollen Tochter mit italienischem Blut und einem starrköpfigen Vater statt.

Im Frühjahr 1991 wurde Amanda Jane 16, und sie sah hinreißend aus. Die neapolitanischen Gene der Marozzi hatten sie mit einer Figur ausgestattet, die sogar einem Bischof den Seelenfrieden hätte rauben können. Und von Dexters blonden angelsächsischen Vorfahren hatte sie das Gesicht der jungen Bardot geerbt. Die Jungen aus der Gegend liefen ihr in Scharen hinterher, und ihr Vater musste sich damit abfinden. Aber diesen Emilio mochte er nicht.

Er hatte nichts gegen Latinos, aber Emilio besaß etwas Verschlagenes, ja Brutales, auch wenn er wie ein Filmstar aussah. Doch Amanda Jane war bis über beide Ohren in ihn verknallt.

Zu dem Streit kam es in den Sommerferien. Emilio wollte mit ihr ans Meer fahren. Er tischte eine hübsche Geschichte auf, erzählte, es seien noch andere junge Leute und auch erwachsene Aufsichtspersonen da. Er schwärmte von den Strandsportarten und der gesunden Atlantikluft. Das klang gut, normal und harmlos. Doch als Dexter dem jungen Mann in die Augen sah, wich dieser seinem Blick aus. So verweigerte Dexter seine Erlaubnis.

Eine Woche später brannte Amanda Jane durch und hinterließ eine Nachricht. Ihre Eltern sollten sich keine Sorgen machen, schrieb sie. Sie sei jetzt eine Frau und lasse sich nicht mehr wie ein Kind behandeln.

Sie kehrte nicht zurück. Die Schulferien gingen zu Ende, und sie tauchte noch immer nicht auf. Dexter und Angela wussten nicht, wer dieser Emilio eigentlich war. Sie kannten weder seine Familie noch sein Zuhause. Die Adresse in der Bronx, die er ihnen genannt hatte, entpuppte sich als Pension. Sein Auto war in Virginia zugelassen, doch als Dexter in Richmond, der Hauptstadt dieses Bundesstaates, nachfragte, erfuhr er, dass der Wagen im Juli gekauft und bar bezahlt worden war. Selbst Emilios Nachname, Gonzales, war ein Allerweltsname wie Smith.

Dexter nutzte seine Anwaltskontakte und wandte sich an einen Beamten von der Vermisstenstelle der New Yorker Polizei. Der Beamte war mitfühlend, konnte ihm aber nicht weiterhelfen. „Mit 16 ist man heutzutage erwachsen, Mr Dexter. Sie schlafen miteinander, fahren zusammen in Urlaub, gründen einen Hausstand.“ Solange kein hinreichender Verdacht auf Nötigung, Freiheitsberaubung oder gewaltsames Fernhalten vom Elternhaus vorliege, könne die Polizei keine Fahndung einleiten. Und angesichts von Amanda Janes Nachricht lag kein Notfall vor.

Weihnachten kam, doch es war trostlos. Seit 16 Jahren das erste Fest im Haus der Dexters ohne ihr Kind.

EIN JOGGER fand die Tote am kalten und unfreundlichen Morgen des 18. Februar 1992. Das Mädchen lag in einem Graben am Wegrand in Virginia Beach. Der Gerichtsmediziner vermutete, dass es nicht am Fundort zu Tode gekommen war, sondern dass man die Leiche mit dem Auto hergebracht und in den Graben geworfen hatte. Er wies die Ambulanz an, die Tote ins staatliche Leichenschauhaus nach Norfolk zu bringen, wo man sich bemühte, sie zu identifizieren.

Die Leiche selbst lieferte außer einem ziemlich abgetragenen hautengen Kleid keinen Hinweis. Kein Armband, keine Tätowierung, keine Handtasche. Das Gesicht wies Verletzungen und Prellungen auf, wie sie nach heftigen Schlägen auftreten. Es wurde, so gut es ging, in seinen alten Zustand versetzt, geschminkt und fotografiert. Fingerabdrücke wurden genommen und nach Richmond und an das FBI geschickt.

Der Bericht des Pathologen verursachte selbst abgebrühten Beamten der Mordkommission Übelkeit. Das Mädchen war vermutlich nicht älter als 18 gewesen, eher jünger, und musste einmal außergewöhnlich hübsch gewesen sein. Die Schläge, die ihren Tod herbeigeführt hatten, waren nicht die ersten gewesen. Sie war schon zuvor misshandelt worden. Hinzu kam Heroinmissbrauch, wahrscheinlich bereits seit über sechs Monaten. Sowohl die Mordkommission als auch das Sittendezernat von Norfolk tippten in ihren Berichten auf eine Prostituierte.

Nach der Autopsie wurde der Leichnam in den Kühlraum gebracht, und die Suche nach der Identität der Toten ging weiter. Noch war sie ein unbekanntes Mordopfer. Dann glaubte ein Beamter vom Sittendezernat im benachbarten Portsmouth, in der Toten auf dem durch die Dienststellen kursierenden Foto eine Hure wieder zu erkennen, die unter dem Namen Lorraine gearbeitet hatte. Nachforschungen ergaben, dass sie seit Wochen nicht mehr gesehen worden war. Davor hatte sie für eine berüchtigte Latinogang angeschafft, die, um Nachwuchs zu rekrutieren, gut aussehende Bandenmitglieder in die Städte im Norden schickte, wo sie Mädchen aufgabelten und mit Heiratsversprechen, Einladungen zu einem schönen Urlaub und anderen attraktiven Angeboten in den Süden lockten.

Die Sitte in Portsmouth ermittelte gegen die Bande, jedoch ohne Erfolg. Die Zuhälter behaupteten, Lorraine sei aus freien Stücken an die Westküste gewechselt, und das Foto der Toten war einfach nicht deutlich genug, um das Gegenteil zu beweisen.

Aber das FBI konnte die Tote anhand der Fingerabdrücke zweifelsfrei identifizieren. Amanda Jane Dexter war einmal bei dem Versuch, einen Artikel im Supermarkt zu stehlen, von der Überwachungskamera überführt worden. Das Jugendgericht hatte es bei einer Verwarnung bewenden lassen, aber die New Yorker Polizei hatte sie erkennungsdienstlich behandelt, ihre Fingerabdrücke nach Washington geschickt und im IAFIS, der digitalen Fingerabdruck-Datenbank des FBI, speichern lassen.

„Vielleicht kann ich diese Schweine jetzt endlich schnappen", knurrte Sergeant Austin vom Sittendezernat in Portsmouth, als er die Neuigkeit erfuhr.

Es war ein weiterer scheußlicher Wintermorgen, als das Telefon in der Bronx klingelte, aber vielleicht war er gerade recht, um einen Vater zu bitten, 450 Kilometer zu fahren, um die Leiche seines einzigen Kindes zu identifizieren.

Dexter ließ sich auf die Bettkante sinken. Lieber wäre er in den Tunneln von Cu Chi krepiert, als diesen Schmerz ertragen zu müssen. Schließlich sprach er mit Angela und hielt sie im Arm, während sie herzzerreißend schluchzte. Dann rief er seine Schwiegermutter an, die sofort herüberkam, stieg in den Wagen und fuhr los gen Süden.

Im Leichenschauhaus von Norfolk starrte er in das einst so schöne und geliebte Gesicht und nickte dem Beamten von der Mordkommission wortlos zu. Bei einer Tasse Kaffee erfuhr er im Anschluss die wichtigsten Fakten. Amanda Jane war misshandelt worden und an schweren inneren Blutungen gestorben. Der oder die Täter hatten die Leiche vermutlich im Kofferraum eines Wagens in den ländlichen Teil des ersten Polizeibezirks von Virginia City transportiert und dort ausgeladen. Die Ermittlungen gingen gut voran.

Aber Dexter wusste, dass das nur die halbe Wahrheit war. Er erzählte von Emilio, doch der Name sagte den Polizisten nichts. Am Ende bat Dexter um den Leichnam seiner Tochter.

Die Beerdigung fand in der Bronx statt. Amanda Jane wurde drei Tage vor ihrem 17. Geburtstag begraben.

Eine Woche später kehrte ihr Vater nach Virginia zurück. Jetzt wusste er genau, wen er wegen der Ermittlungen ansprechen musste.

Sergeant Austin saß in seinem Büro im Polizeipräsidium in der Crawford Street, als der Diensthabende anrief und ihm mitteilte, dass ein Mr Dexter ihn zu sprechen wünsche. Der Name war Austin nicht bekannt. Er fragte nach Mr Dexters Anliegen und erfuhr, dass der Besucher eine Aussage zu den laufenden Ermittlungen machen wollte. So wurde er vorgelassen. Der Mann blieb einfach vor dem Schreibtisch stehen und sagte: „Erinnern Sie sich an das tote Mädchen von vor vier Wochen? Eine Bande hat sie heroinsüchtig gemacht, zur Prostitution gezwungen und tot geprügelt. Ich bin ihr Vater."

Beim Sergeant schrillten jetzt die Alarmglocken. Er war schon aufgestanden und hatte die Hand zum Gruß ausgestreckt. Jetzt zog er sie zurück. Aufgebrachte, rachsüchtige Bürger hatten sein vollstes Verständnis, aber mehr durften sie nicht erwarten. Sie waren jedem Polizisten, der seine Arbeit tat, ein Gräuel und konnten gefährlich werden.

„Das tut mir Leid, Sir. Ich kann Ihnen versichern, dass wir alles …"

„Keine Sorge, Sergeant. Ich möchte nur eine Auskunft. Dann lasse ich Sie in Ruhe."

„Mr Dexter, ich kann mir vorstellen, wie Ihnen zumute ist, aber ich bin nicht befugt …"

Der Besucher hatte die rechte Hand in die Jackentasche geschoben und zog etwas hervor. Hatten die Kollegen am Empfang geschlafen? Besaß der Mann eine Waffe?

„Was tun Sie denn da, Sir?"

„Ich lege nur etwas Blech auf Ihren Schreibtisch, Sergeant."

Austin starrte auf zwei Silver Stars, drei Bronze Stars, die Verdienstmedaille der Army und vier Verwundetenabzeichen. So etwas hatte er noch nie gesehen.

„Vor langer Zeit und in einer anderen Welt habe ich mit meinem Blut das Recht erworben zu erfahren, wer mein Kind umgebracht hat. Sie schulden mir diesen Namen, Sergeant."

Der Polizist trat ans Fenster und blickte hinaus. Das war gegen die Vorschriften, gegen alle Vorschriften. Es konnte ihn den Job kosten.

„Madero, Benyamin ‚Benny' Madero. Der Chef einer Latinogang. Skrupellos und äußerst gewalttätig. Ich weiß, dass er es getan hat, aber ich habe nicht genug gegen ihn in der Hand."

„Haben Sie vielen Dank." Der Mann hinter ihm sammelte seine Orden wieder ein.

„Falls Sie sich mit dem Gedanken tragen, ihm einen privaten Besuch abzustatten, Mr Dexter – Sie kommen zu spät. Er ist in seine Heimat Panama zurückgekehrt."

EINE Hand stieß die Tür zu dem kleinen Laden für fernöstliche Kunst in Manhattan auf. Über dem Empfang bimmelte ein Glöckchen. Der Blick des Besuchers wanderte über die Regale, die mit Kunstgegenständen aus Jade, Porzellan, Elfenbein und unzähligen Buddhas voll gestopft waren. Aus dem Hintergrund des Ladens tauchte eine Gestalt auf.

„Ich muss jemand anders werden", sagte Dexter. Es war 14 Jahre her, dass er dem einstigen Vietcong-Kämpfer und seiner Frau ein neues Leben geschenkt hatte.

Der Asiate zögerte keine Sekunde und verneigte sich. „Selbstverständlich. Wenn Sie mir bitte folgen würden."

Es war der 15. März 1992.

DAS SCHNELLE Fischerboot *Chiquita* setzte seinen amerikanischen Charterkunden an einem Küstenstrich von Panama ab. Hier gab es nur einen Sandstrand mit zwei Strohhütten. Einheimische Fischer benutzten solche Hütten zum Übernachten, folglich musste es dort einen Pfad geben, der ins Landesinnere führte, mit dem Auto nicht befahrbar, nicht einmal mit einem Geländewagen, wohl aber mit einem geländegängigen Motorrad.

Ächzend wuchteten sie die Maschine vom Boot ins seichte Wasser. Dann setzte der Skipper die *Chiquita* zurück und fuhr mit voller Kraft dem Heimathafen von Costa Rica entgegen. Auch wenn dieser merkwürdige Gringo unter Umgehung gewisser Grenzformalitäten beabsichtigte, von einem einsamen Strand aus mit dem Motorrad nach Panama einzureisen, war ihm das angesichts des Bündels Dollarscheine, das ihm der Mann vor ihrer Abfahrt auf den Tisch gelegt hatte, reichlich egal.

Am Strand nahm Dexter einen Schraubenzieher aus seinem Rucksack, montierte das costaricanische Nummernschild des Motorrads ab, das er vor ein paar Tagen in Palmar Norte gekauft hatte, und schleuderte es weit hinaus ins Wasser. Dann zog er ein Nummernschild, wie es hierzulande für Motorräder üblich war, aus dem Rucksack und schraubte es an.

Seine Papiere waren perfekt. Dank Mrs Nguyen besaß er einen amerikanischen Pass, der nicht auf den Namen Dexter lautete und scheinbar vor wenigen Tagen auf dem Flughafen von Panama-Stadt mit einem Einreisestempel versehen worden war, sowie einen entsprechenden

Führerschein. Nun war er ein amerikanischer Tourist, der ins Hinterland fuhr, um sich einen Ort zum Sportfischen auszusuchen.

Der schmale Trampelpfad, der vom Strand in den dichten Regenwald führte, verbreiterte sich 15 Kilometer landeinwärts zu einem Weg und schließlich zu einer unbefestigten, von vereinzelten Höfen gesäumten Straße. Dexter wusste, dass er früher oder später auf den Panamerican Highway gelangen musste, der als technische Großtat Alaska mit der Südspitze Patagoniens verbindet.

In David City tankte Dexter und machte sich danach auf die 500 Kilometer lange Fahrt in die Hauptstadt den Panamerican Highway hinunter. Als es dunkel wurde, aß er in einem Fernfahrerlokal, tankte abermals und fuhr weiter. Schließlich überquerte er die Mautbrücke nach Panama-Stadt, bezahlte in Pesos und erreichte bei Sonnenaufgang den Vorort Balboa. Dort suchte er sich eine Parkbank, kettete die Maschine an und schlief drei Stunden.

Den Nachmittag nutzte er für eine ausgiebige Erkundung. Mithilfe des Stadtplans, den er sich in New York besorgt hatte, verschaffte er sich einen Überblick über die Stadt und den berüchtigten Slum Chorillo, in dem Benyamin Madero aufgewachsen war.

Aber erfolgreiches Pack bevorzugt das vornehme Leben, und nach Dexters Informationen lagen Maderos Stammlokale, deren Mitinhaber er zudem war, beide im exklusiven Paitilla, abseits der Altstadtslums auf der anderen Seite der Bucht.

ES WAR zwei Uhr morgens, als der nach Panama Heimgekehrte von der Bar-Diskothek „Papagayo“ genug hatte und nach Hause wollte. Die unauffällige schwarze Tür mit diskretem Messingschild, Gitter und Guckloch schwang auf, und zwei Männer traten heraus, kräftig gebaute Leibwächter. Der eine stieg vom Gehweg aus in die Lincoln-Limousine und ließ den Motor an. Der andere suchte mit den Augen die Straße ab.

Der Penner, der neben ihm auf der Bordsteinkante hockte, die Füße im Rinnstein, drehte sich um und entblößte grinsend seine faulig braunen Zahnstümpfe. Fettige graue Locken fielen ihm auf die Schultern, ein stinkender Regenmantel umhüllte seinen Körper. Langsam steckte er die rechte Hand in eine braune Papiertüte, die er vor der Brust hielt. Der Gorilla schob die Hand in seine linke Achselbeuge und straffte sich. Der Penner zog langsam die Hand aus der Tüte. Sie umklammerte eine Flasche mit billigem Rum. Er nahm einen kräftigen Schluck und hielt sie in der Spendierlaune des Volltrunkenen dem anderen hin.

Der Gorilla spuckte auf den Gehsteig, entspannte sich und sah weg. Bis auf den Säufer war die Straße leer, die Luft rein. Er klopfte an die schwarze Tür. Emilio, der Mann, der Amanda Jane den Kopf verdreht hatte, trat als Erster heraus, gefolgt von seinem Boss, Benny Madero.

Der Penner wartete, bis die Tür zugefallen und das Schloss eingeschnappt war, dann stand er auf. Als er die Hand das zweite Mal aus der Papiertüte zog, hielt sie einen Revolver der Marke Smith & Wesson, Kaliber .44 Magnum, die einen verkürzten Lauf hatte.

Der Gorilla, der ausgespuckt hatte, erfuhr nie, was ihn traf. Das Geschoss zerfiel nach Verlassen des Laufs in vier Projektile, die in seinen Oberkörper drangen und dort üble Verwüstungen anrichteten.

Der überaus attraktive Emilio öffnete den Mund zum Schrei, als ihn der zweite Schuss gleichzeitig in Gesicht und Hals, eine Schulter und einen Lungenflügel traf.

Der zweite Gorilla war schon halb aus dem Wagen heraus, als er nach einer unerwarteten Begegnung mit vier wirbelnden, rotierenden Metallsplittern vor seinen Schöpfer trat.

Madero war derweil zu der schwarzen Tür zurückgeeilt und schrie um Einlass, als die Schüsse vier und fünf fielen. Madero glitt an dem Hochglanzpaneel zu Boden, und sein durchtränktes Hemd hinterließ lange rote Schmierstreifen auf dem Holz.

Ohne besondere Eile trat der Penner zu ihm, drehte ihn auf den Rücken und sah ihm ins Gesicht. Madero lebte noch, lag aber in den letzten Zügen.

„Amanda Jane, *mi hija*. Sie war meine Tochter.“ Der Penner gab einen sechsten Schuss ab, der Madero die Eingeweide zerfetzte. Die letzten 90 Sekunden seines Lebens waren alles andere als ein Vergnügen.

Eine Frau, die im Haus gegenüber wohnte, sagte später der Polizei, sie habe von ihrem Fenster aus gesehen, wie der Penner um die Ecke gerannt sei, und gleich darauf habe sie das Geknatter eines Motorrades gehört. Das war alles.

Noch bevor es hell wurde, lehnte die Motocrossmaschine zwei Stadtbezirke weiter an einer Mauer. Sie war nicht angekettet, und der Zündschlüssel steckte. Es würde nicht länger als eine Stunde dauern, bis sie einen neuen Besitzer fand.

Die Perücke, die falschen Zähne und der Regenmantel steckten, zu einem Bündel verschnürt, in der Abfalltonne eines öffentlichen Parks. Der Rucksack lag, von den restlichen Kleidern befreit, im Müllcontainer einer Baufirma.

Um sieben winkte ein amerikanischer Manager in Slippern, Baumwollhose, Polohemd und leichtem Sportjackett, in der Hand eine Reisetasche, vor dem Hotel „Miramar" einem Taxi und gab den Flughafen als Fahrziel an. Drei Stunden später saß derselbe Amerikaner in der ersten Klasse einer Linienmaschine von Continental Airlines, die in Richtung Newark, New Jersey, startete.

Der Revolver, der für den Nahkampf umgebaute Smith & Wesson, dessen Geschosse in vier tödliche Projektile zerfielen, lag in einem Gully irgendwo in der Stadt, die jetzt unter der Tragfläche verschwand.

Im Tunnelsystem von Cu Chi mochte sein Einsatz verboten gewesen sein, doch zwanzig Jahre später hatte er in den Straßen von Panama gute Dienste geleistet.

DEXTER spürte sofort, dass etwas nicht stimmte, als er den Schlüssel in seine Wohnungstür in der Bronx steckte. Er öffnete und blickte in das tränenüberströmte Gesicht seiner Schwiegermutter, Mrs Marozzi.

Sie trauerte um ihre Tochter. Angela Dexter hatte das Haus ihrer Eltern, in dem sie seit dem Begräbnis ihrer Tochter wohnte, verlassen, war mit einem großen Vorrat Schlaftabletten in die Wohnung zurückgekehrt und hatte sich das Leben genommen.

Der ehemalige Bauarbeiter, Soldat, Student, Rechtsanwalt und Vater fiel in eine tiefe Depression. Schließlich gelangte er zu zwei Erkenntnissen. Die erste war, dass er als Armenanwalt keine Zukunft mehr hatte. Er reichte seine Kündigung ein, verkaufte seine Wohnung, nahm tränenreichen Abschied von der Familie Marozzi, die immer gut zu ihm gewesen war, und kehrte nach New Jersey zurück. Er fand Pennington, eine beschauliche Kleinstadt im Grünen, aber ohne örtlichen Anwalt, mietete ein kleines Einmannbüro und hängte sein Kanzleischild auf. Dann kaufte er sich ein Holzhaus am Chesapeake Drive und einen Pickup. Und er begann, für die mörderische Disziplin Triathlon zu trainieren, um den Schmerz zu betäuben.

Seine zweite Erkenntnis war, dass Madero einen zu leichten Tod gehabt hatte. Er hätte vor ein US-Gericht gehört, um zu lebenslanger Haft verurteilt zu werden. Das wäre eine gerechte Strafe gewesen. Jeden Morgen aufwachen, nie den Himmel sehen und wissen, dass er bis zum Ende seiner Tage dafür büßen musste, was er einem unschuldigen Mädchen angetan hatte.

Dexter wusste, dass er bei der Army und während der zwei Jahre in der stinkenden Hölle unter dem Dschungelboden von Cu Chi Fertigkeiten erworben hatte, die ihn zu einer Gefahr für andere machten. Er konnte lautlos sein, geduldig, nahezu unsichtbar wie ein Jäger, beharrlich wie ein Spürhund.

Als er aus der Zeitung von einem Mann erfuhr, der seine Tochter durch einen Mörder verloren hatte, welcher außer Landes geflohen war, nahm er heimlich Kontakt mit dem Vater auf, ließ sich nähere Informationen geben, reiste ins Ausland und brachte den Mörder zurück. Danach tauchte er ab und wurde wieder der freundliche, harmlose Anwalt aus Pennington. Dreimal in sieben Jahren hängte er das Schild IM URLAUB an seine Bürotür und machte sich auf den Weg, um einen Mörder aufzuspüren und zurückzuholen, damit dieser vor ein ordentliches Gericht gestellt werden konnte. Dreimal verständigte er die Bundesmarshals und schlüpfte anschließend wieder zurück in die Anonymität.

Doch immer, wenn die Zeitschrift *Historische Maschinen* auf seiner Fußmatte landete, sah er die Kleinanzeigen durch, denn nur auf diesem Weg konnten die sehr wenigen, die von seiner Existenz wussten, Kontakt zu ihm aufnehmen.

So auch an jenem sonnigen Morgen des 13. Mai 2001.

SENATOR PETER LUCAS war ein alter Hase auf dem Kapitolshügel. Er wusste, dass er sich mit der Akte über Ricky Colenso gleich an die höchsten Stellen wenden musste, wenn er die Gewähr haben wollte, dass in der Sache offizielle Schritte eingeleitet wurden. An Außenminister Colin Powell und Justizminister John Ashcroft also.

Doch Auslieferungsfragen waren nicht sein Spezialgebiet. Von einem Rechercheur aus seinem Team erfuhr er von dem Mantelgesetz zur Sicherheit im diplomatischen Dienst und zur Terrorbekämpfung von 1986, mit dem die Vereinigten Staaten sich das Recht zubilligen, zunächst höflich um die Auslieferung eines Mörders zu bitten, der einen Amerikaner auf dem Gewissen hat. Wird das Ersuchen abgelehnt oder seine Bearbeitung so lange verschleppt, dass sie einer Abfuhr gleichkommt, ist es mit den Nettigkeiten vorbei. Die USA haben sich selbst ermächtigt, ein verdeckt operierendes Team von Agenten zu entsenden, um den Täter zu ergreifen und der eigenen Justiz zu überantworten. Das gemeinsam von FBI und CIA durchgeführte Ergreifen des mutmaßlichen Mörders eines Amerikaners wird „Übergabe" genannt.

Aber noch dachte niemand daran, dass eine „Übergabe" im Fall Zilic erforderlich werden könnte. Nach Milosevics Sturz drängte Jugoslawien in die Gemeinschaft der zivilisierten Nationen zurück und benötigte für den Wiederaufbau seiner Infrastruktur nach 70 Tagen Nato-Luftkrieg umfangreiche Kredite durch den Internationalen Währungsfonds und andere Institutionen. Der neue Präsident würde die Auslieferung Zilics an die USA sicher als Bagatelle betrachten.

Senator Lucas wollte den Ministern Powell und Ashcroft zunächst vorschlagen, einen Auslieferungsantrag zu stellen. Wenn alle Stricke rissen, konnte er immer noch um grünes Licht für eine verdeckte Operation bitten. Er ließ seinen Redenschreiber den umfassenden Bericht des Spürhunds von 1995 für die Minister zusammenfassen. Ende April durfte er bei ihnen vorsprechen. Beide lauschten mit ernstem Gesicht und versicherten ihm, das Papier zu lesen und an die zuständigen Abteilungen ihrer Ministerien weiterzuleiten. Und sie hielten Wort.

Die USA verfügen über 13 größere Nachrichtendienste, die Tag für Tag Informationen sammeln. Der Bericht des Senators ging an sechs davon, und jeder durchforstete gehorsam seine Archive nach Erkenntnissen über einen jugoslawischen Kriminellen namens Zoran Zilic.

Das Bundesamt für Alkohol, Tabak und Feuerwaffen (ATF) konnte keine Informationen liefern. Zilic hatte in den Vereinigten Staaten niemals Geschäfte getätigt, und das ATF operierte nur selten im Ausland. Die anderen fünf involvierten Dienste waren der militärische Nachrichtendienst DIA, die Nationale Sicherheitsagentur NSA, die Antidrogenbehörde DEA und natürlich FBI und CIA.

Die Leute von DIA, DEA und NSA verfügten alle über dicke Akten. Zoran Zilic war ihnen seit Jahren in verschiedener Hinsicht bekannt. Dass er im Bosnienkrieg einen jungen Amerikaner ermordet hatte, war ihnen allerdings neu. Alle Dienste hätten in dieser Sache gern geholfen, aber ihren Akten war eines gemeinsam: Die Einträge endeten 15 Monate vor der Anfrage des Senators.

Zoran Zilic hatte sich in Luft aufgelöst.

Im Hauptquartier der CIA in Langley leitete der Direktor die Anfrage an den Chef der Abteilung für verdeckte Operationen weiter. Dieser konsultierte fünf Unterabteilungen, und zwar die vier Ressorts Balkan, Terrorismus, Sonderoperationen und Waffenhandel. Und nur der Form halber fragte er auch in der fünften nach, dem kleinen und geradezu zwanghaft geheimniskrämerischen Büro, das knapp ein Jahr zuvor nach dem Terroranschlag auf den Zerstörer *USS Cole* im Hafen der jemenitischen Stadt Aden unter dem Namen Projekt Wanderfalke eingerichtet worden war.

Doch die Antwort war überall dieselbe. Sicher, man habe Akten, aber nichts aus den letzten 15 Monaten. Zilic halte sich nicht mehr in Jugoslawien auf, aber wo er sei, wisse man nicht.

Die andere große Hoffnung ruhte auf dem FBI. Direktor Robert Mueller leitete Akte und Anfrage nach unten weiter, wo sie auf dem Schreibtisch des stellvertretenden Direktors Colin Fleming landeten, eines altgedienten FBI-Mitarbeiters. Er stammte aus einer schottischen Presbyterianerfamilie, und sein Glaube war ebenso unerschütterlich wie seine Auffassung von Recht und Ordnung. In Sachen Polizeiarbeit war er Fundamentalist. Kompromisse und Zugeständnisse beim Kampf gegen das Verbrechen kamen in seinen Augen einer Duldung gleich. Dafür hatte er nur Verachtung übrig. Doch was ihm an Feingefühl fehlen mochte, machte er durch Zähigkeit und persönlichen Einsatz wett. Er stammte aus New Hampshire, war überzeugter Republikaner, und Peter Lucas war sein Senator.

Nach der Lektüre der dünnen Akte rief er im Büro des Senators an und bat um den vollständigen Bericht des Spürhunds sowie das komplette Geständnis Milan Rajaks. Noch am selben Nachmittag wurde ihm per Bote eine Kopie zugestellt.

Er las die Papiere mit wachsender Wut. Das FBI war das geeignete Instrument, um Zilic der Gerechtigkeit zuzuführen, entweder auf dem Wege einer Auslieferung oder durch eine verdeckte Operation. Und als Leiter der Abteilung, die für jede Form von Terror ausländischer Herkunft zuständig war, würde Fleming persönlich ein Team bevollmächtigen, den Mörder heranzuschaffen.

Doch das FBI befand sich in derselben Lage wie alle anderen. Solange man nicht wusste, wo Zilic steckte, konnte man keine ausländische Regierung um seine Auslieferung ersuchen, und eine „Übergabe"-Aktion war nur möglich, wenn das FBI seinen Aufenthaltsort kannte. In einem persönlichen Brief an den Senator entschuldigte sich der stellvertretende Direktor, dass dem nicht so war.

Doch Fleming ließ die Sache nicht auf sich beruhen. Zwei Tage später kontaktierte er Fraser Gibbs, einen früheren leitenden FBI-Beamten, der beinah Kultstatus genoss. Er hatte zu Beginn seiner Karriere als Undercoveragent das organisierte Verbrechen ausgeforscht und später die Leitung der Abteilung übernommen, die sich mit käuflichen Killern, Söldnern und anderen „Freiberuflern" beschäftigte.

Mit gerunzelter Stirn sann er über Flemings Frage nach. „Mir ist da mal was zu Ohren gekommen. Von einem Mann, der Verbrecher jagt. Eine Art Kopfgeldjäger. Er hat einen Decknamen."

„Ein Killer? Sie wissen, so etwas ist strikt verboten."

„Nein, das ist es ja gerade. Angeblich bringt er niemanden um. Er findet sie, schnappt sie, bringt sie zurück. Teufel, wie war noch mal sein Name? Es war schrecklich geheimnisumwoben. Mein Vorgänger versuchte, ihn zu identifizieren. Er setzte einen verdeckten Ermittler auf ihn an, als Auftraggeber getarnt. Aber irgendwie roch der Bursche den Braten, verließ das Treffen unter einem Vorwand und kam nicht wieder. Ich habe ihn nie zur Strecke gebracht."

„Der Agent müsste einen Bericht geschrieben haben", warf Fleming ein.

„Ja. Wahrscheinlich hat er ihn unter dem Decknamen des Mannes abgelegt. Einen anderen Namen haben wir nie herausgekriegt. Ach ja, so hieß er: Avenger. Der Rächer. Geben Sie ‚Avenger' ein. Mal sehen, was dabei herauskommt."

Die Akte, die der Computer ausspuckte, war in der Tat dünn. Man hatte im Kleinanzeigenteil einer technischen Zeitschrift für Liebhaber alter Flugzeuge eine Annonce aufgegeben – anscheinend die einzige Möglichkeit der Kontaktaufnahme –, sich eine Geschichte ausgedacht und ein Treffen arrangiert.

Der Kopfgeldjäger hatte darauf bestanden, im Dunkeln hinter einer hellen Lampe zu sitzen, die nach vorn strahlte. Der Agent beschrieb ihn als mittelgroß, von schmaler Statur, nicht schwerer als 80 Kilo, doch sein Gesicht konnte er nicht sehen. Nach drei Minuten schöpfte der Rächer Verdacht. Er knipste die Lampe aus, und als der Agent, in der Dunkelheit zunächst blind, zu blinzeln aufhörte, war der Mann verschwunden.

Alles, was der Agent darüber hinaus berichten konnte, war, dass der Kopfgeldjäger einmal die linke Hand auf den Tisch zwischen ihnen gelegt hatte. Dabei war der Ärmel nach oben gerutscht und hatte eine Tätowierung auf dem Unterarm entblößt: eine Ratte, die grinsend über die Schulter blickte und dem Betrachter ihren nackten Hintern zeigte.

Nichts davon würde für Senator Lucas oder seinen Freund in Kanada von Interesse sein. Doch Fleming wollte sie wenigstens über den Decknamen und die Art der Kontaktaufnahme informieren. Die Erfolgschancen standen eins zu hundert, aber mehr hatte er nicht zu bieten.

Drei Tage später öffnete Stephen Edmond in seinem Büro in Ontario den Brief seines Freundes aus Washington. Er war bereits über die Erkenntnisse der sechs Dienste informiert und hatte die Hoffnung praktisch schon aufgegeben.

Er las den Brief und runzelte die Stirn. Er war davon ausgegangen, dass die mächtigen Vereinigten Staaten ihren Einfluss geltend machen und eine ausländische Regierung zwingen würden, den Mörder in Handschellen an die USA auszuliefern. Nie wäre er auf den Gedanken gekommen, dass er zu spät kam, dass Zilic einfach untergetaucht war und die Washingtoner Behörden mit ihren Milliardenetats schlicht und ergreifend nicht wussten, wo er steckte.

Er dachte zehn Minuten darüber nach, zuckte mit den Schultern und drückte auf die Taste der Sprechanlage. „Jean, ich möchte in einer technischen Zeitschrift in den Staaten eine private Kleinanzeige aufgeben."

26 Männer in den Nachrichtendiensten in und um Washington hatten die Anfrage gelesen. Alle hatten geantwortet, dass ihnen der Aufenthaltsort Zoran Zilics unbekannt sei.

Einer hatte gelogen.

SEIT das FBI vor sechs Jahren versucht hatte, ihn zu enttarnen, verzichtete Dexter auf persönliche Treffen mit seinen Auftraggebern. Stattdessen hatte er mehrere Maßnahmen ergriffen, um seinen Wohnort und seine Identität noch effektiver zu verschleiern. Dazu gehörte, dass er sich in New York eine kleine möblierte Einzimmerwohnung mietete und die Miete stets in bar bezahlte. Außerdem benutzte er nur Mobiltelefone, die mit SIM-Karte funktionierten. Er besorgte sie sich in großen Mengen außerhalb des Bundesstaates, benutzte jedes nur ein- oder zweimal und warf es dann in den East River. Selbst die NSA, die mit ihrer technischen Ausstattung ein Telefonat abzuhören und den Sprecher aufzuspüren vermag, ist nicht in der Lage, den Käufer eines solchen Ex-und-hopp-Handys zu ermitteln.

Ein weiterer Trick besteht in der Benutzung der guten alten öffentlichen Telefonzellen. Natürlich lässt sich feststellen, welche Nummern aus einer Zelle angerufen werden, aber es gibt davon zahllose, und solange nicht eine bestimmte im Verdacht steht, ist es sehr schwer, das Gespräch abzuhören, den Anrufer als einen Gesuchten zu identifizieren, den Standort der Zelle zu ermitteln und rechtzeitig einen Streifenwagen hinzuschicken.

Schließlich nutzte Dexter auch noch die viel geschmähte US-Post und ließ sich Briefe postlagernd an eine Poststelle in Gestalt eines harmlosen koreanischen Obst-und-Gemüse-Ladens schicken, der zwei Blocks von seiner New Yorker Wohnung entfernt lag.

Er rief den neuen Interessenten unter der angegebenen Handynummer an. Dazu fuhr er in New Jersey weit aufs Land hinaus und benutzte ein Mobiltelefon, das er gleich anschließend wegzuwerfen gedachte.

Stephen Edmond nannte ohne Zögern seinen Namen und erklärte in fünf Sätzen, was mit seinem Enkel geschehen war.

Dexter dankte ihm und beendete das Gespräch. Dann befragte er die Pressedatenbank Lexis Nexis. Er fand genug Material über Stephen Edmond, das die Angaben des Gesprächspartners bestätigte, und zwei Artikel über das Verschwinden seines Enkels, beide aus dem *Toronto Star*. Dieser Inserent schien echt zu sein.

Dexter rief den Kanadier zurück und nannte ihm seine Bedingungen: beträchtliche Spesen, Vorauskasse des Honorars und eine Prämie, die fällig würde, wenn man Zilic an die US-Justiz auslieferte, die aber im Fall eines Misserfolgs nicht zu zahlen war.

„Das ist viel Geld für einen Mann, den ich nicht kenne und der ein persönliches Treffen scheut", wandte Edmond ein. „Sie könnten es nehmen und verschwinden."

„Und Sie, Sir, könnten sich wieder an die US-Regierung wenden, bei der Sie, wie ich vermute, bereits gewesen sind."

Es entstand eine Pause. „Also gut, wohin soll ich das Geld schicken?"

Dexter nannte ihm eine Kontonummer bei einer Bank auf den Cayman-Inseln und die Adresse einer New Yorker Poststelle. „Die Überweisung auf das Konto, das gesamte bereits vorliegende Recherchematerial an die Adresse", sagte er und beendete das Gespräch.

Drei Tage später traf in dem koreanischen Gemüseladen in Brooklyn ein dicker Umschlag ein. Er wurde vom Adressaten, einem Mr Armitage, abgeholt und enthielt eine vollständige Fotokopie der Berichte des Spürhunds und des Geständnisses von Milan Rajak. Die US-Geheimdienste hatten dem Kanadier die Akten über Zoran Zilic aus ihren Archiven vorenthalten, daher waren seine Kenntnisse über den Serben vage. Erschwerend kam hinzu, dass er kein Foto von ihm besaß.

Dexter durchforstete verschiedene Zeitungsarchive. Aber Zilic hasste es, fotografiert zu werden. Allem Anschein nach vermied er bewusst jedes Aufsehen. In der *Newsweek* fand Dexter allerdings einen längeren Artikel aus der Zeit des Bosnienkriegs. Er beschäftigte sich mit der Rolle der so genannten serbischen *Warlords*. Zilic wurde darin am Rande erwähnt. Der Artikel enthielt auch zwei Fotos von ihm. Das erste, offensichtlich ein vergrößerter Ausschnitt, denn es war etwas unscharf, zeigte einen Mann auf einer Cocktailparty, das zweite, das aus den Belgrader Polizeiakten stammte und aus der Zeit der Straßenbanden in Zemun datierte, einen Teenager. Dexter hätte ihn anhand dieser Fotos nicht erkannt, wenn er ihm auf der Straße begegnet wäre.

Der Spürhund hatte in seinem Bericht eine Detektei in Belgrad erwähnt, und so hielt es Dexter für das Beste, in der jugoslawischen Hauptstadt, in der Zilic geboren und aufgewachsen und aus der er verschwunden war, mit seinen Nachforschungen zu beginnen.

Er flog nach Belgrad, wo er im „Hyatt" abstieg. Dann fuhr er mit dem Taxi zur Detektei Chandler. Sie wurde immer noch von Dragan Stojic, dem Möchtegern-Philipp-Marlowe, geleitet. Dexter stellte sich als Journalist vor, der im Auftrag des *New Yorker* einen Artikel über die Belgrader Unterwelt schreiben sollte.

Stojic nickte. „Und was wollen Sie von mir?"

„Eigentlich habe ich alles beisammen, was ich für den Artikel brauche", erwiderte Dexter, dessen US-Pass auf den Namen Alfred Barnes lautete. „Mir fehlt nur noch etwas Information über Zoran Zilic."

Stojic tat einen langen Seufzer. „Das war vielleicht ein übler Typ. Er hat sich nie fotografieren lassen und es auch nicht gemocht, wenn über ihn geschrieben oder auch nur geredet wurde. Wer in dieser Hinsicht seinen Unmut erregte, bekam … Besuch. Es gibt nicht viel Gedrucktes über ihn."

„Kann ich mir vorstellen. Welches Belgrader Zeitungsarchiv ist das beste?"

„Es gibt nur eins. Es heißt VIP, und der Leiter ist Slavko Markovic."

Dexter stand auf.

„War das alles?", wunderte sich der Balkan-Marlowe. „Das ist ja kaum eine Rechnung wert."

Der Amerikaner zückte einen Hundertdollarschein und legte ihn auf den Tisch. „Jede Information hat ihren Preis, Mr Stojic. Und wenn es nur ein Name und eine Adresse sind."

Er nahm sich ein neues Taxi zum Pressearchiv VIP. Markovic war ebenso pessimistisch wie der Privatdetektiv. Doch er sah nach, was seine Datenbank zu bieten hatte. „Einen Artikel und zufällig auf Englisch."

Es war der von *Newsweek*. „Mehr haben Sie nicht?", wunderte sich Dexter. „Der Mann war mächtig, wichtig, prominent. Er muss doch irgendwelche Spuren hinterlassen haben."

„Das ist der springende Punkt", erwiderte Markovic. „Er war das alles. Und obendrein gewalttätig. Anscheinend hat er alle Akten über sich vernichtet, bevor er sich aus dem Staub gemacht hat – bei der Polizei, bei der Justiz, beim Staatsfernsehen und bei der Presse, überall. Verwandte, ehemalige Schulkameraden – keiner will über ihn reden. Sind alle eingeschüchtert worden."

„Wissen Sie noch, wann der letzte Versuch unternommen wurde, über ihn zu schreiben?“

Markovic überlegte eine Weile. „Jetzt, wo Sie es erwähnen, fällt es mir wieder ein. Eine Zeitschrift hier in der Stadt soll es mal versucht haben. Sie heißt *Ogledalo*, das bedeutet ‚Spiegel‘.“

Die Zeitschrift existierte noch, und ihr Herausgeber war immer noch ein gewisser Vuk Kobac. Obwohl die neue Ausgabe heute in Druck ging, war er bereit, dem Amerikaner ein paar Minuten seiner Zeit zu opfern. Doch seine Begeisterung verflog, als er hörte, um wen es ging.

„Dieser verfluchte Kerl“, knurrte er. „Ich wünschte, ich hätte nie von ihm gehört.“

„Was ist passiert?“

„Es ging um einen meiner freien Mitarbeiter. Netter Junge. Ehrgeizig, fleißig. Er wollte eine Redakteurstelle. Ich hatte keine frei. Doch er bettelte um eine Chance. Also gab ich ihm einen Auftrag. Er hieß Srechko Petrovic. Gerade mal 22. Armer Teufel.“

„Was ist mit ihm passiert?“

„Er ist überfahren worden. Gegenüber dem Wohnblock, in dem er mit seiner Mutter wohnte. Selbst aus dem Exil kann Zilic in Belgrad einen Mord in Auftrag geben.“

„Kennen Sie die Adresse der Mutter?“

„Warten Sie. Wir haben einen Kranz geschickt.“ Er fand sie und verabschiedete sich von dem Besucher.

„Eine letzte Frage“, bat Dexter. „Wann war das?“

„Vor sechs Monaten. Kurz nach Neujahr. Wenn ich Ihnen einen Rat geben darf, Mr Barnes, lassen Sie die Finger von Zilic. Er wird Sie umbringen.“

Die Adresse lautete Block 23, Novi Beograd. Dexter kannte Novi Beograd von dem Stadtplan, den er sich im Hotel besorgt hatte. Es war derselbe ziemlich triste Stadtteil, in dem auch das Hotel stand. Block 23 war einer der riesigen Wohnblocks aus Gießbeton, die in der kommunistischen Ära für die Werktätigen hochgezogen worden waren. Frau Petrovic wohnte im neunten Stock, und der Aufzug war außer Betrieb.

Es hatte wenig Sinn, allein hinaufzusteigen. Wahrscheinlich sprach sie kein Englisch, und Dexter konnte kein Serbokroatisch. So bat er Anna, eines der hübschen, klugen Mädchen an der Hotelrezeption, ihm zu helfen. 200 Dollar für eine Stunde Mehrarbeit nach Feierabend waren für sie mehr als akzeptabel.

Sie trafen um sieben ein. Gerade noch rechtzeitig, denn Frau Petrovic ging jeden Abend um acht auf der anderen Seite des Flusses Büros putzen. Sie gehörte zu den vom Schicksal geschlagenen Menschen. Der Mann bei einem Arbeitsunfall ums Leben gekommen, der Sohn unter ihrem Fenster ermordet. Sie reagierte zunächst mit Argwohn.

Dexter hatte einen großen Blumenstrauß mitgebracht. Anna verteilte ihn auf drei Vasen in dem schäbigen kleinen Wohnzimmer.

„Ich möchte über das schreiben, was Srechko zugestoßen ist", begann Dexter. „Ich weiß, das macht ihn nicht wieder lebendig, aber vielleicht kann ich den Mann entlarven, der ihm das angetan hat. Wollen Sie mir helfen?"

Frau Petrovic zuckte mit den Schultern. „Ich weiß nichts."

„Hatte er am Abend seines Todes etwas bei sich?"

„Ich weiß nicht. Der Leichnam wurde durchsucht. Sie haben alles mitgenommen."

„Man hat den Leichnam durchsucht? Da unten auf der Straße?"

„Ja."

„Hatte Ihr Sohn Unterlagen? Hat er Notizen hinterlassen, hier in der Wohnung?"

„Ja, er hatte ganze Stapel von Papieren, aber ich habe sie nie gelesen. Sie haben sie alle mitgenommen."

„Die Polizei?"

„Nein, die Männer. Zwei Tage später sind sie wiedergekommen. Ich musste mich dort in die Ecke setzen. Sie haben alles durchwühlt. Sie haben seine ganzen Sachen mitgenommen."

„Und von dem Artikel, den er für den *Ogledalo* geschrieben hat, ist gar nichts mehr übrig?"

„Nur das Foto. Das Foto hatte ich ganz vergessen."

„Erzählen Sie mir bitte von dem Foto."

Mithilfe von Anna musste er ihr jede Information einzeln aus der Nase ziehen. Drei Tage vor seinem Tod hatte Srechko eine Silvesterparty besucht und seine Jeansjacke mit Rotwein bekleckert. Seine Mutter hatte sie in den Wäschesack gesteckt, um sie später zu waschen. Als die Männer kamen, vergaß sie den Wäschesack, und die Gangster dachten nicht daran, auch dort zu suchen. Erst als sie die Kleider ihres toten Sohnes später auf einen Haufen legte, fiel ein Foto aus der Jeansjacke mit den Weinflecken heraus.

„Haben Sie es noch?", fragte Dexter. „Kann ich es sehen?"

Sie nickte, huschte wie eine Maus zu einem Nähkästchen in der Ecke und kehrte mit dem Foto zurück.

Es war schwarz-weiß, leicht verschwommen, aber scharf genug, und zeigte einen Mann, der erst in letzter Sekunde bemerkt hatte, dass er fotografiert worden war. Er hatte die Hand gehoben, um sein Gesicht zu verdecken, doch es war zu spät gewesen. Er stand in kurzärmligem Hemd und Freizeithose da und blickte direkt in die Kamera.

Dexter vergegenwärtigte sich die Fotos von dem Teenager und dem Mann auf der Cocktailparty, die er im Futter seines Aktenkoffers bei sich führte. Sie waren grobkörnig, aber es war derselbe Mann. Es war Zoran Zilic.

„Ich würde Ihnen das Foto gern abkaufen, Frau Petrovic."

Sie zuckte mit den Schultern und erwiderte etwas auf Serbokroatisch.

„Sie sagt, Sie können es haben", übersetzte Anna. „Ihr liegt nichts daran. Sie weiß nicht, wer das ist."

„Eine letzte Frage. War Srechko vor seinem Tod eine Zeit lang weg?"

„Ja, im Dezember. Eine Woche. Er wollte nicht sagen, wo er gewesen war, aber er hatte einen Sonnenbrand auf der Nase."

Frau Petrovic brachte sie zur Tür und auf den windigen Außenflur, der zu dem defekten Aufzug und zum Treppenhaus führte. Anna ging voraus. Als sie sich außer Hörweite befand, drehte Dexter sich noch einmal zu der serbischen Mutter um, die wie er ihr Kind verloren hatte, und sagte sanft auf Englisch zu ihr: „Sie können mich nicht verstehen, aber wenn ich dieses Schwein jemals in den Staaten hinter Gitter bringe, dann auch für Sie."

Natürlich verstand sie kein Wort, aber sie antwortete auf sein Lächeln und sagte: „*Hvala.*" Nach einem Tag in Belgrad wusste er, dass das „danke" bedeutete.

Er hatte den Taxifahrer gebeten zu warten und setzte Anna vor ihrem Haus in einem Außenbezirk ab.

Auf der Fahrt zurück ins Zentrum betrachtete Dexter noch einmal eingehend das Foto. Zilic stand auf einem betonierten Platz. Hinter ihm waren große Flachbauten zu erkennen, die aussahen wie Lagerhäuser. Auf einem Gebäude wehte eine Flagge im Wind. Und etwas ragte ins Bild, ein langes, flaches Objekt. Es war die Tragfläche eines Flugzeugs, aber nicht mehr als zwei Meter über dem Boden. Also kein Verkehrsflugzeug, sondern eine kleinere Maschine. Nun begriff Dexter auch, was die Gebäude im Hintergrund waren. Keine Lagerhäuser, sondern Hangars, wie man sie für Privatflugzeuge oder Firmenjets benötigte. Zilic stand also auf einem Privatflugplatz oder im Firmenjetbereich eines Flughafens.

Im Hotel half man Dexter weiter. Ja, in Belgrad gebe es mehrere Internetcafés, und alle hätten bis spät in die Nacht geöffnet.

Er aß in der Imbissstube des Hotels zu Abend und fuhr dann mit dem Taxi zu dem nächstgelegenen Café. Dort loggte er sich in die von ihm bevorzugte Suchmaschine ein und fragte alle Nationalflaggen, die es auf der Welt gab, ab. Es dauerte nicht lange, bis er herausfand, dass Zilic auf einem Flugplatz irgendwo in den Vereinigten Arabischen Emiraten fotografiert worden war.

Selbst im Dezember konnte sich ein hellhäutiger Slawe in den Emiraten einen Sonnenbrand auf der Nase holen.

ALS LETZTE Unternehmung in Belgrad machte Dexter einen Porträtfotografen ausfindig, der über die technische Ausstattung verfügte, um das Bild von Zoran Zilic abzufotografieren, seine Schärfe zu verbessern und es anschließend von Spielkarten- auf Taschenbuchformat zu vergrößern. Während der Fotograf bei der Arbeit war, kehrte Dexter in das Internetcafé zurück und lud alles, was er über die Vereinigten Arabischen Emirate fand, herunter.

Am nächsten Tag flog er nach Dubai, einem der sieben Scheichtümer, aus denen die Emirate bestehen.

Alfred Barnes hatte sich mittlerweile in den Mitarbeiter eines großen amerikanischen Reiseunternehmens verwandelt, der nach exotischen Konferenzorten mit Flughafenanlagen für Firmen- und Privatjets Ausschau hielt. Da er mehrere Bündel Hundertdollarscheine mit sich trug, erhielt er bald die Information, die er brauchte.

Zoran Zilic war auf dem Rollfeld des einzigen Flughafens des am wenigsten bekannten Emirats, Ras al-Khaymah, fotografiert worden. Allem Anschein nach flog er regelmäßig dort ein und aus, und zwar im eigenen Firmenjet, einer Hawker 1000. Sie hatte die Registriernummer P4-ZEM und gehörte der Zeta Corporation mit Sitz auf den Bahamas.

Das war der Hinweis, den Dexter gewollt hatte; er beschloss, in die Staaten zurückzukehren. Auf der Fahrt zurück zum Flughafen von Dubai grübelte er über eine Bemerkung nach, die er einmal gehört hatte: dass Leute, die sich eine völlig neue Identität zulegen, bisweilen der Versuchung erliegen, in Erinnerung an alte Zeiten an einem winzigen Detail festzuhalten. ZEM entsprach zufällig den ersten drei Buchstaben von Zemun, dem Belgrader Viertel, in dem Zilic geboren und aufgewachsen war. Und Zeta war zufällig das griechische oder spanische Wort für den Buchstaben Z.

Aber Zilic hatte sich und seine Tarnfirma – ganz zu schweigen von seinem Flugzeug, wenn es denn seines war – bestimmt gegen allzu viel neugieriges Interesse abgeschirmt. Aber irgendwo da draußen gab es die Daten, nur waren sie mit Sicherheit in Datenbanken gespeichert, an die ein unbedarfter Wahrheitssucher nicht herankam.

Dexter konnte einen Computer wie jeder andere bedienen, aber er war nicht in der Lage, in eine geschützte Datenbank einzudringen. Doch er erinnerte sich an jemanden, der das konnte.

8 DIE KONFRONTATION

Niemals aufzugeben lag dem stellvertretenden FBI-Direktor Colin Fleming in den Genen. Nachdem er gelesen hatte, unter welchen Umständen Ricky Colenso ums Leben gekommen war, hatte er ein Foto von Zoran Zilic an die 38 im Ausland stationierten *Legats* geschickt.

Dieses Foto war viel besser als die in den Pressearchiven, wenn auch nicht ganz so neu wie das, welches Dexter von der trauernden Mutter erhalten hatte. Die Qualität war deshalb so gut, weil es fünf Jahre zuvor, als der kamerascheue Zilic noch eine mächtige und einflussreiche Figur in Milosevics Umfeld gewesen war, auf Anweisung des CIA-Stationschefs in Belgrad mit einem Teleobjektiv aufgenommen worden war.

Der Fotograf hatte Zilic in dem Moment erwischt, als dieser aus seinem Auto gestiegen war, den Kopf gehoben und in Richtung Kamera geblickt hatte. Im Anschluss hatte der FBI-Legat in der Belgrader Botschaft von seinem CIA-Kollegen einen Abzug erhalten, sodass jetzt beide Nachrichtendienste dieselbe Aufnahme besaßen.

Im Allgemeinen operiert die CIA außerhalb und das FBI innerhalb der Vereinigten Staaten. Gleichwohl ist das FBI im steten Kampf gegen Spionage, Terrorismus und Kriminalität auf eine enge Zusammenarbeit mit anderen, insbesondere verbündeten Staaten angewiesen und entsendet zu diesem Zweck Verbindungsbeamte, so genannte *Legal Attachés*, kurz Legats, ins Ausland.

Jedem von ihnen schickte Fleming das Foto von Zilic mit der Anweisung, es in der Hoffnung auf einen Glückstreffer in den jeweiligen Botschaften auszuhängen. Das Glück kam unverhofft in Gestalt von Inspektor Bin Zayeed.

Moussa Bin Zayeed diente seinem Emir, Scheich Maktoum von Dubai, in treuer Ergebenheit. Und wenn er in seiner Freizeit einer Nebentätigkeit nachging und seinem Freund von der amerikanischen Botschaft nützliche Informationen zukommen ließ, so war das schlicht und einfach Kooperation mit einem Verbündeten und durfte nicht missgedeutet werden.

So kam es, dass er im Juli bei Außentemperaturen von über 40 Grad in der angenehmen Kühle der klimatisierten Botschaftslobby Zuflucht suchte und darauf wartete, dass sein Freund herunterkam und ihn zum Essen ausführte. Sein Blick wanderte zum schwarzen Brett. Er stand auf und ging hinüber. Zwischen den üblichen Hinweisen auf bevorstehende Ereignisse hing ein Foto, versehen mit der Frage: HABEN SIE DIESEN MANN GESEHEN?

„Und, haben Sie?", fragte eine fröhliche Stimme hinter Bin Zayeed. Es war Bill Brunton, der hiesige Legat, sein Kontaktmann und Gastgeber am heutigen Abend. Sie begrüßten sich freundlich.

„Oh ja", erwiderte der Inspektor. „Vor zwei Wochen."

Bruntons Fröhlichkeit war wie weggeblasen. Das Restaurant konnte warten. „Gehen wir in mein Büro", schlug er vor. „Wissen Sie noch, wo und wann?", fragte er, als sie dort angekommen waren.

„Selbstverständlich. Vor ungefähr 14 Tagen. Ich besuchte einen Verwandten in Ras al-Khaymah. Es war in der Faisalstraße, der Küstenstraße, die aus der Stadt hinausführt, zwischen Altstadt und Meer. Ein Lastwagen stieß rückwärts in eine enge Baustelle. Ich musste anhalten. Links lag ein Straßencafé. Drei Männer saßen an einem Tisch. Einer von ihnen war der da." Bin Zayeed deutete auf das Foto, das nun auf dem Schreibtisch des Attachés lag.

„Sind Sie sich ganz sicher?"

„Absolut sicher. Es war dieser Mann."

„Und haben Sie die beiden anderen gekannt?"

„Einen mit Namen, den zweiten nur vom Sehen. Der eine heißt Bout."

Bill Brunton sog geräuschvoll die Luft ein. Wladimir Bout war ein ehemaliger KGB-Major und mittlerweile einer der größten Waffenschieber der Welt, ein Händler des Todes ersten Ranges.

Brunton maß der Beobachtung des Inspektors große Bedeutung bei. Er wusste zwar nicht, warum sich sein Vorgesetzter, Colin Fleming, für den verschwundenen Serben interessierte, aber sein Bericht würde ihm in der FBI-Zentrale sicherlich ein paar Pluspunkte einbringen.

„Und der dritte Mann?", fragte er. „Sie sagten, Sie kennen ihn vom Sehen. Wissen Sie noch, wo Sie ihn gesehen haben?"

„Natürlich. Hier. Es ist einer Ihrer Kollegen."

Wenn Brunton gedacht hatte, der Tag hätte keine Überraschungen mehr zu bieten, so sah er sich nun getäuscht. Behutsam zog er eine Akte aus der unteren Schreibtischschublade. Sie enthielt eine Liste der Botschaftsangehörigen samt Fotos.

Inspektor Bin Zayeed deutete ohne Zögern auf ein Gesicht. „Der da. Das war der dritte Mann am Tisch. Kennen Sie ihn?“

Und ob Brunton ihn kannte. Es war der Kulturattaché. Und hinter dieser Fassade leitete er zudem die hiesige CIA-Station.

Die Neuigkeit aus Dubai brachte Colin Fleming zur Weißglut. Nicht weil der Geheimdienst in Langley zu einem Mann wie Wladimir Bout Beziehungen unterhielt. Das mochte im Rahmen der Informationsbeschaffung notwendig sein. Was ihn erzürnte, war, dass ein führender Beamter der CIA Außenminister Powell und Flemings eigenen Vorgesetzten, den Justizminister, ganz offensichtlich belogen hatte. Hier spielte jemand mit gezinkten Karten, und Fleming glaubte auch zu wissen, wer. Er rief in Langley an und bestand auf einem sofortigen Treffen.

Die beiden Männer waren sich schon einmal begegnet und hatten wenig füreinander übrig.

Paul Devereaux entstammte jenen alteingesessenen Familien, die in Massachusetts lange Zeit fast so etwas wie eine Aristokratie darstellten. Er war ein typischer Spross der gebildeten konservativen Bostoner Elite. Schon früh bewies er herausragende Intelligenz. Ende der Sechzigerjahre und nur eine Woche nach seinem Abschluss am Boston College wurde er als neuer Mitarbeiter der CIA vereidigt. Er machte eine steile Karriere. Den Anfeindungen seiner Neider nahm er mit einer Mischung aus natürlichem Charme und schierer Cleverness die Spitze.

Im Sommer 1998 wurden in Afrika zwei US-Botschaften in die Luft gesprengt. Es war kein Geheimnis mehr, dass seit dem Ende des Kalten Krieges 1991 ein neuer Kalter Krieg gegen den sich ausbreitenden Terrorismus geführt wurde, und damit rückte innerhalb der Hauptabteilung für verdeckte Operationen die Abteilung Terrorbekämpfung in den Mittelpunkt.

Devereaux arbeitete jedoch nicht in dieser Abteilung. Da er unter anderem Arabisch sprach, umfasste seine Karriere drei Einsätze in arabischen Ländern, und er war zu jener Zeit die Nummer zwei in der Abteilung Naher Osten.

Nach dem Bombenanschlag auf die *USS Cole* in Aden im Oktober 2000, bei dem 17 Seeleute den Tod fanden, wurde er zum Leiter einer kleinen Spezialeinheit ernannt, die nur eine einzige Aufgabe hatte und unmittelbar dem CIA-Direktor unterstand. Die Aufgabe, um die es dabei ging, wurde Operation Wanderfalke genannt, nach jenem Vogel, der lautlos und hoch in der Luft über seiner Beute schwebt, bis er sich seiner Sache sicher ist und dann mit verblüffender Schnelligkeit und tödlicher Präzision hinabstößt.

Auf seinem neuen Posten hatte Devereaux unbeschränkten Zugang zu allen gewünschten Informationen aus jeder erdenklichen Quelle und verfügte über ein kleines, aber hoch qualifiziertes Team. Er machte Kevin McBride, der ihm intellektuell zwar nicht das Wasser reichen konnte, aber erfahren, willig und loyal war, zu seiner rechten Hand.

McBride war es denn auch, der den Anruf Flemings entgegennahm und mit der Hand die Sprechmuschel bedeckte. „Der stellvertretende FBI-Direktor. Klingt nicht sehr fröhlich."

„Colin, hier Paul Devereaux. Was kann ich für Sie tun?" Seine Stirn legte sich in Falten, während er lauschte. „Aber selbstverständlich, ich glaube, ein Treffen wäre eine gute Idee."

Es fand in einem so genannten sicheren Haus statt, das sich für einen lauten Wortwechsel gut eignete. Es wurde täglich „entwanzt", mit Wissen der Gesprächsteilnehmer nahm man aber jedes Wort auf.

Fleming hielt Devereaux den Bericht Bill Bruntons unter die Nase und ließ ihn lesen.

Die Miene des Arabisten verriet keine Regung. „Und?"

„Jetzt sagen Sie bloß nicht, dass der Inspektor in Dubai sich geirrt hat", erwiderte Fleming. „Zilic war der größte Waffenschieber Jugoslawiens. Er ist getürmt. Und jetzt wird er zusammen mit dem größten Waffenhändler überhaupt gesehen. Es gibt nur eine logische Schlussfolgerung."

„Mir würde nicht im Traum einfallen, diese Logik in Abrede zu stellen", erwiderte Devereaux.

„Und er plaudert mit Ihrem Mann am Golf."

„Dem CIA-Vertreter am Golf", korrigierte Devereaux freundlich. „Warum kommen Sie damit zu mir?"

„Weil Sie im Nahen Osten praktisch das Sagen hatten, auch wenn Sie angeblich nur die zweite Geige spielten. Und weil damals alle CIA-Mitarbeiter am Golf Ihnen Bericht erstatteten. Daran hat sich nichts geändert, auch wenn Sie jetzt an einem Sonderprojekt arbeiten. Und ich bezweifle stark, dass Zilic vor zwei Wochen zum ersten Mal in der Region aufgetaucht ist. Ich glaube, dass Sie genau wussten, wo er steckte, als die Anfrage kam. Zumindest wussten Sie, dass er an einem bestimmten Tag wieder am Golf aufkreuzen würde. Man hätte ihn schnappen können, aber Sie haben geschwiegen."

„Selbst in unserem Geschäft ist ein Verdacht noch lange kein Beweis."

„Die Sache ist ernster, als Sie anzunehmen scheinen, mein Freund. Wie man es auch dreht und wendet, Sie und Ihre Agenten unterhalten Kontakte zu bekannten Kriminellen der übelsten Sorte. Das verstößt gegen die Vorschriften, eindeutig gegen alle Vorschriften."

„Und wenn schon. Ein paar alberne Vorschriften sind verletzt worden. In unserem Geschäft darf man nicht so zimperlich sein. Auch das FBI sollte begreifen, dass man manchmal das kleinere Übel wählen muss, wenn man das übergeordnete Gute erreichen will."

„Belehren Sie mich nicht!", bellte Fleming.

„Das möchte ich gar nicht", erwiderte Devereaux. „Na schön, Sie sind aufgebracht. Was gedenken Sie in dieser Sache zu tun?"

Es bestand kein Grund mehr, höflich zu bleiben. Der Fehdehandschuh war geworfen und lag auf dem Boden.

„Ich kann die Sache nicht auf sich beruhen lassen", antwortete Fleming. „Dieser Zilic ist ein sadistischer Irrer. Sie müssen doch gelesen haben, was er mit dem Jungen aus Georgetown angestellt hat. Wofür zum Teufel benutzen Sie ihn?"

„Falls ich das tatsächlich tue, ist es geheim. Selbst für einen stellvertretenden Direktor des FBI."

„Liefern Sie das Schwein aus. Sagen Sie uns, wo wir ihn finden."

„Selbst wenn ich es wüsste – was ich nicht zugebe –, nein."

Fleming zitterte vor Wut und Abscheu. „Wie können Sie nur so verdammt selbstgefällig sein?", brüllte er.

Devereaux seufzte. Das Gespräch begann ihn zu langweilen. „Ich frage Sie noch einmal, was gedenken Sie zu tun?"

„Ich werde Ihren Direktor davon unterrichten", antwortete Fleming.

Devereaux erhob sich. Es war Zeit zu gehen. „Ich will Ihnen mal was sagen: Letzten Dezember wäre ich erledigt gewesen, heute kann mir keiner mehr. Die Zeiten ändern sich."

Er spielte darauf an, dass im Dezember 2000 der Präsident noch Bill Clinton geheißen hatte. Doch im Januar 2001 war ein gewisser George W. Bush zum Präsidenten vereidigt worden, und sein glühendster Anhänger war CIA-Direktor George Tenet.

„Das letzte Wort ist noch nicht gesprochen!", rief Fleming Devereaux nach. „Man wird Zilic finden und herbringen."

Auf der Fahrt zurück nach Langley dachte Devereaux über diese Bemerkung nach. Er hatte sich soeben einen Feind gemacht, vielleicht einen gefährlichen. Er würde Colin Fleming mit Adleraugen beobachten müssen – besser noch mit Falkenaugen. Er lächelte über den Scherz, aber nicht lange.

BEIM Anblick des Hauses musste Dexter über die Ironie des Schicksals schmunzeln.

Nicht er nannte ein hübsches Haus in Westchester sein Eigen, sondern der magere Junge aus Bedford Stuyvesant. In den letzten 13 Jahren hatte es Washington Lee offensichtlich weit gebracht. Als er an jenem Sonntagmorgen im späten Juli die Haustür öffnete, fiel Dexter sofort auf, dass Lees wilde Afrofrisur sauber gestutzt war. Außerdem hatte er sich die vorstehenden Zähne richten und die breite Nase verkleinern lassen. Vor Dexter stand ein 31-jähriger Geschäftsmann mit Frau und zwei Kindern, einem netten Haus und einer bescheidenen, aber gut gehenden EDV-Beratung.

„Treten Sie ein, Herr Anwalt", sagte der ehemalige Hacker.

Drei Tage später wusste sein ehemaliger Verteidiger, was er wissen wollte: den Standort der Hawker 1000 mit der Registriernummer P4-ZEM.

Washington Lee deutete mit einem Stift auf einen Punkt auf der Landkarte. „Hier ist es. Republik San Martin. Etwa 80 Kilometer östlich von San Martin City. Und der Flugkapitän ist ein Jugoslawe. Ich schätze, Sie haben Ihren Mann. Viel Glück."

DEXTER kaufte sich die detailliertesten Karten, die er finden konnte. Direkt am Ende des eidechsenförmigen Isthmus, der Nord- und Südamerika verbindet, beginnt die große Landmasse des Südkontinents mit Kolumbien im Westen. Venezuela liegt direkt in der Mitte. Östlich davon reihen sich die vier Guayanas. Zuerst das frühere Britisch-Guayana, das heute schlicht Guyana heißt. Dann das ehemalige Niederländisch-Guayana und heutige Surinam. Am weitesten östlich liegt Französisch-Guayana, das heute den europäischen Weltraumbahnhof Kourou beherbergt.

Zwischen Surinam und Französisch-Guayana fand Dexter das Dschungeldreieck des einstigen Spanisch-Guayana, das seit seiner Unabhängigkeit San Martin heißt. Weitere Nachforschungen ergaben, dass das Land als die letzte richtige Bananenrepublik galt, regiert von einem brutalen Militärdiktator, arm, heruntergewirtschaftet und malariaverseucht. Die Art von Land, in dem man mit Geld Protektion kaufen konnte.

In der ersten Augustwoche flog eine Piper Cheyenne II in einer Höhe von vierhundert Metern an der Küste von San Martin entlang. Sie war in Georgetown, Guyana, gechartert worden. Der Kunde, dessen US-Pass auf den Namen Alfred Barnes lautete, gab vor, nach geeigneten Bauplätzen für Feriendomizile zu suchen. Der guyanische Pilot dachte zwar bei sich, dass er für einen Urlaub in San Martin niemals Geld ausgeben würde, doch zu einer lukrativen Charter, die in harten Dollars bezahlt wurde, sagte er natürlich nicht Nein. Wie gewünscht, blieb er mit der Piper dicht an der Küste, sodass sein Passagier, der neben ihm auf dem Platz des Kopiloten saß und eine Kamera mit Teleobjektiv bereithielt, bei jeder sich bietenden Gelegenheit durchs Fenster fotografieren konnte.

Sie überflogen die Hauptstadt, San Martin City. Der einzige Strand lag östlich der Stadt in La Bahia, doch dieser Ferienort war für die Reichen und Mächtigen von San Martin reserviert. Am Ende der Republik, 15 Kilometer bevor Französisch-Guayana begann, lag El Punto. Wie ein Haifischzahn ragte die dreieckige Halbinsel ins Meer hinaus, zur Landseite hin von einer Bergkette geschützt, die von Küste zu Küste reichte und nur von einer einzigen Passstraße durchschnitten wurde.

Dexter begann zu fotografieren. Beim ersten Überfliegen nahm er die Hazienda an der Spitze der Halbinsel auf, die von einer Schutzmauer mit einem großen Tor umgeben war; außerdem die Äcker, auf denen Menschen arbeiteten, zahlreiche landwirtschaftliche Gebäude sowie den Maschendrahtzaun, der die Felder von einer Ansammlung würfelförmiger weißer Hütten trennte, die anscheinend das Dorf der Arbeiter bildeten. Mehrere Leute schauten nach oben, und Dexter sah zwei Uniformierte losrennen. Dann hatten sie die Halbinsel überflogen und näherten sich französischem Gebiet.

Auf dem Rückweg ließ Dexter den Piloten über die Landseite der Küste fliegen, sodass er das Anwesen auch von dieser Perspektive aus betrachten konnte. Von den Gipfeln der Bergkette blickte er hinab auf die Ebene, die sich bis zur Hazienda und zum Meer erstreckte.

Doch am Pass stand ein Wächter, der sich die Nummer der Piper notierte.

Den zweiten Film benutzte Dexter, um den privaten Flugplatz am Fuß der Berge zu fotografieren. Ein Flugzeugschlepper schob einen zweistrahligen Firmenjet in den Hangar. Die Heckflosse war schon fast nicht mehr zu sehen. Dexter erhaschte gerade noch einen Blick auf sie, ehe sie ganz im Dunkel verschwand. Die Nummer lautete P4-ZEM.

Paul Devereaux glaubte zwar nicht, dass man dem FBI erlauben würde, das Projekt Wanderfalke zu Fall zu bringen, doch seit dem heftigen Wortwechsel mit Colin Fleming war er beunruhigt. Intelligenz, Einfluss und Beharrlichkeit dieses Mannes waren nicht zu unterschätzen. Devereaux fürchtete, dass es zu Verzögerungen kommen könnte.

Seit zwei Jahren leitete er ein Projekt, das so geheim war, dass nur CIA-Direktor George Tenet und Richard Clarke, der Terrorismusexperte im Weißen Haus, davon wussten. Er hatte Himmel und Hölle in Bewegung gesetzt, um eine Falle zu stellen, und stand jetzt kurz davor, sie zuschnappen zu lassen. Die Zielperson mit dem Nachnamen Bin Laden wurde einfach UBL genannt. Und zwar deshalb, weil in den Washingtoner Geheimdienstkreisen der Vorname des Mannes, Usama, mit U geschrieben wurde, während die Medien ein O bevorzugten.

Im Sommer 2001 war die gesamte Geheimdienstgemeinde fest davon überzeugt, dass ein Anschlag UBLs gegen die USA bevorstand. 90 Prozent glaubten, dass sich der Angriff gegen eine größere US-Einrichtung im Ausland richten würde, nur zehn hielten einen Anschlag auf amerikanischem Boden für möglich. Alle Dienste waren von diesem Gedanken besessen, insbesondere die Antiterrorabteilungen von CIA und FBI. Ihr Ziel war herauszufinden, was UBL im Schilde führte, um seinen Plan zu vereiteln.

Ungeachtet der Präsidentenorder 12333, die Liquidierungen verbot, versuchte Paul Devereaux nicht wie die anderen, UBL zuvorzukommen. Er versuchte, ihn zu töten.

Als an Weihnachten 1979 sowjetische Truppen in Afghanistan einmarschierten, war Devereaux' Karriere in Schwung gekommen, denn er vertrat als einer der Ersten die Meinung, dass die Sowjetunion sich übernommen habe und dass sich mit US-Waffenhilfe in den Bergen ein erbitterter Widerstand entfachen lasse, an dem sich die Sowjets die Zähne ausbeißen würden. Im Laufe des Krieges organisierte er die Verteilung amerikanischer Waffen im Wert von einer Milliarde Dollar pro Jahr an die Freischärler. Bei den Märschen und Kämpfen in den afghanischen Bergen konnte er beobachten, wie hunderte von jungen, idealistischen und sowjetfeindlichen Freiwilligen aus dem Nahen Osten ins Land strömten.

Devereaux wusste, was er dort tat. Er kämpfte gegen eine Supermacht, die auch sein Land bedrohte. Was aber hatten die jungen Saudis, Ägypter und Jemeniten dort verloren? Washington schenkte ihnen ebenso wenig Beachtung wie seinen Berichten. Aber er war von ihnen fasziniert. Er gab vor, nur ein paar Brocken Arabisch zu können, um so stundenlang ihren

Gesprächen zu lauschen. Dabei gelangte er zu der Einschätzung, dass sie nicht den Kommunismus, sondern den Atheismus bekämpften. Damit nicht genug: Ebenso leidenschaftlich hassten und verachteten sie das Christentum, den Westen und insbesondere die Vereinigten Staaten.

Unter ihnen gab es einen Hitzkopf und verwöhnten Spross aus einer steinreichen saudischen Familie, der mit Millionenbeträgen Trainingslager in Pakistan errichtete. Sein Name war Usama. Devereaux behielt ihn im Auge. Der junge Mann führte ständig den Namen Allahs im Mund, doch hinter seinen frommen Reden verbarg sich ein lodernder Hass, der sich eines Tages nicht mehr nur gegen die Russen richten würde.

Nach dem Abzug der Sowjets kehrte Devereaux in die Staaten zurück und erntete viel Lob. Er warnte davor, Afghanistan dem Bürgerkrieg zu überlassen, doch in der Euphorie über den Fall der Berliner Mauer glaubten alle, dass sich die letzte Bedrohung der einzig verbliebenen Supermacht verflüchtigt habe wie Dunst in der Sonne.

Doch im August 1990 fielen Saddam Husseins Truppen in Kuwait ein. Der saudische König Fahd erlaubte daraufhin in seinem Land die Stationierung einer halben Million Soldaten aus einer Koalition von 50 Staaten mit dem Ziel, die irakischen Truppen aus Kuwait zu vertreiben und die saudischen Ölfelder zu schützen. 90 Prozent dieser Soldaten waren Christen, die mit ihren Stiefeln den Boden entweihten, auf dem die heiligen Städte Mekka und Medina stehen. Fast 400 000 waren Amerikaner. Der lodernde Hass, den Devereaux in den Bergen des Hindukusch bemerkt hatte, fand nun sein Objekt. Usama erklärte Amerika den Krieg und begann mit seinen Planungen.

Am 26. Februar 1993 stellten vier arabische Terroristen im zweiten Untergeschoss des Parkhauses unter dem World Trade Center einen gemieteten Kleinbus ab, voll gepackt mit 600 bis 750 Kilogramm eines Sprengstoffs namens Harnstoffnitrat, den sie aus Kunstdünger selbst hergestellt hatten. Zum Glück gibt es weitaus stärkere Sprengstoffe. Gleichwohl sorgte er für einen lauten Knall, und sechs Menschen starben. Was niemand mit Sicherheit wusste und kaum ein Dutzend Leute ahnten: Die Detonation war der Auftakt zu einem neuen Krieg.

Devereaux war damals stellvertretender Leiter der Abteilung Naher Osten. Seine Dienststelle lag zwar in Langley, er selbst befand sich aber ständig auf Reisen. Er bat die Stationen in der arabischen Welt um zusätzliche Berichte, aber nicht darüber, was der jeweilige Regierungschef gerade tat, sondern über die Stimmung auf der Straße, in den Moscheen und Koranschulen. Je mehr er sah, und je mehr ihm zu Ohren kam, desto lauter schrillten bei ihm die Alarmglocken. Sie hassen uns wie die Pest, sagte seine innere Stimme. Sie brauchen nur einen fähigen Koordinator.

In seiner Freizeit nahm er die Spur des saudischen Fanatikers wieder auf und fand heraus, dass Saudi-Arabien Usama nicht mehr ins Land ließ, da er sich erdreistet hatte, den Herrscher dafür zu rügen, dass dieser Ungläubigen Einlass ins heilige Land des Islam gewährt hatte. Devereaux erfuhr auch, dass Usama eine Zeit lang im Sudan weilte. Khartum bot den Amerikanern zwar die Auslieferung des Eiferers an, doch niemand war interessiert. Dann verschwand er wieder in den Bergen Afghanistans, wo die fanatischste Gruppe, die radikalislamischen Taliban, den Bürgerkrieg mittlerweile für sich entschieden hatte.

Devereaux nahm zur Kenntnis, dass der Saudi die Taliban überaus großzügig mit Millionenspenden aus seinem Privatvermögen bedachte und rasch zu einer Schlüsselfigur im Land aufstieg. In den Basaren der pakistanischen Grenzstädte Quetta und Peshawar wurde gemunkelt, der Rückkehrer arbeite fieberhaft an dem Bau von Höhlensystemen und an der Errichtung von Trainingslagern, die aber nicht für das afghanische Militär, sondern für freiwillige Terroristen gedacht seien. Der Hass der Islamisten auf Amerika hatte seinen Koordinator gefunden.

Devereaux suchte CIA-Direktor George Tenet auf. „Lassen Sie mich in die Antiterrorabteilung wechseln", bat er.

„Die Abteilung ist komplett und leistet gute Arbeit. Ich will Sie im Nahen Osten haben, da brauche ich Sie dringender. In Palästina spitzt sich die Lage zu."

Am 7. August 1998 detonierten zwei Autobomben vor den US-Botschaften in Nairobi, Kenia, und Daressalam, Tansania. Nach kurzer Zeit stand fest, dass hinter beiden Bombenanschlägen Usamas al-Qaida-Netzwerk steckte. Endlich bekam Devereaux seine Versetzung und wechselte in die Antiterrorabteilung.

Bald darauf wurde das Projekt Wanderfalke ins Leben gerufen. Zunächst einmal erhielt Devereaux die Erlaubnis, sich über das Verbot, die Zielperson zu töten, hinwegzusetzen und zu diesem Zweck notfalls auch „Aktivposten" zu benutzen, die möglicherweise zutiefst verabscheuungswürdig waren. Die Erlaubnis kam aber nicht aus dem Oval Office, sondern vom Chef der Antiterrorabteilung im Weißen Haus. Von diesem Augenblick an vollführte Devereaux einen heimlichen Drahtseilakt ohne Sicherheitsnetz.

Er scharte einen engen Kreis von Spezialisten um sich und bezog drei Büros im sechsten Stock des Hauptgebäudes in Langley. Er brauchte einen guten und zuverlässigen Mann als rechte Hand. Seine Wahl fiel auf Kevin McBride.

Beide Männer waren „Lebenslängliche“, als Mittzwanziger zur CIA gestoßen, seit 30 Jahren in ihren Diensten, aber sonst so verschieden wie Tag und Nacht. Devereaux hatte nie geheiratet. Er war schlank und rank und trainierte jeden Tag zu Hause im eigenen Fitnessraum. McBride hatte mit den Jahren einen Bierbauch angesetzt, doch führte er eine stabile Ehe, hatte zwei Kinder, die seit kurzem aus dem Haus waren, und besaß ein Häuschen in einem Neubaugebiet jenseits der Ringautobahn. Einen Großteil seiner Laufbahn hatte er in Auslandsbotschaften verbracht, war aber nie zum Stationschef aufgestiegen. Er war kein Konkurrent, aber eine erstklassige Nummer zwei. Wenn man etwas erledigt haben wollte, wurde es erledigt. McBride vertrat traditionelle, bodenständige, amerikanische Werte.

Nach dem hitzigen Treffen mit Colin Fleming sann Devereaux im Wagen einmal mehr über die ethische Seite seines Tuns nach. Es galt, das übergeordnete Gute gegen das kleinere Übel abzuwägen. Was UBL anging, hatte er keine Skrupel. Er war bereit, einen Präventivschlag auszuführen, um sein Land zu schützen, und dazu brauchte er die Hilfe von Bundesgenossen, so verabscheuungswürdig sie auch sein mochten. Fleming hatte Unrecht, er brauchte Zilic.

Als er in sein Büro kam, erwartete ihn McBride mit finsterem Gesicht. „Unser Freund hat sich gemeldet. Er tobt und schiebt Panik. Er glaubt, dass jemand hinter ihm her ist.“

Devereaux dachte nach, nicht über den Mann, der sich beschwert hatte, sondern über Fleming vom FBI. „Zur Hölle mit dem Kerl!“, fluchte er. „Ich hätte nicht gedacht, dass er es tun würde, noch dazu so schnell.“

Es gab eine abhörsichere Computerverbindung zwischen der bewachten Enklave an der Küste der Republik San Martin und einem Rechner in McBrides Büro.

Devereaux las den vollständigen Text der Nachricht aus dem Süden. Sie stammte vom Sicherheitschef des Anwesens, dem Südafrikaner Van Rensberg. Es ging um eine Piper, die am Morgen zuvor die Hazienda zweimal überflogen hatte, zuerst ostwärts in Richtung Französisch-Guayana und 20 Minuten später in der entgegengesetzten Richtung. Jemand hatte im rechten Fenster ein Kameraobjektiv in der Sonne aufblitzen sehen und die Registriernummer der Maschine notiert.

„Kevin, finden Sie das Flugzeug! Ich muss wissen, wem es gehört, wer es gestern geflogen hat und wer der Passagier gewesen ist. Und Beeilung.“

9 DIE STIMME

In seiner anonymen Wohnung in Brooklyn hatte Dexter die 72 Fotos entwickelt und davon so große Abzüge gemacht, wie er konnte, ohne dass sie unscharf wurden. Dann hatte er sie zu einer Art Panoramakarte zusammengeklebt, die im Wohnzimmer eine ganze Wand einnahm. Stundenlang saß er davor und studierte sie. Wer immer für das Projekt verantwortlich zeichnete, er hatte viel Grips darauf verwendet, die vormals unbewohnte Halbinsel zu einer uneinnehmbaren Festung auszubauen.

Die Natur hatte ihm dabei geholfen. Die Landzunge war ganz anders beschaffen als das Hinterland mit seinem feuchtheißen Dschungel, der weite Teile der kleinen Republik bedeckte. Wie die Klinge eines Dolchs ragte sie aus der Küste heraus, war auf der Landseite aber durch die Bergkette geschützt. Diese reichte von Ufer zu Ufer, und an beiden Enden stürzten Klippen senkrecht ins blaue Meer. Niemand konnte sie umrunden und vom Dschungel aus auf die Halbinsel spazieren.

Es gab nur einen Pass in der Hügelkette. Ein schmaler Weg führte aus dem Hinterland zu ihm hinauf und wand sich dann den Steilhang bis zu dem Anwesen hinunter. Auf der Passhöhe stand ein Wachhaus mit Schranke.

Dexter erstellte eine Liste der Ausrüstungsgegenstände, die er benötigte. Das Hineingelangen war kein Problem, aber mit der Zielperson wieder herauszukommen, das grenzte ans Unmögliche.

„Die Maschine gehört einer Einmannfirma in Georgetown, Guyana", verkündete McBride am selben Abend. „Lawrence Aero Services. Eigentümer und Geschäftsführer ist der guyanische Staatsbürger George Lawrence. Alles sieht ganz legal aus."

„Haben Sie die Telefonnummer von diesem Lawrence?", fragte Devereaux.

„Selbstverständlich. Hier."

„Haben Sie ihn angerufen?"

„Nein. Die Leitung wäre nicht geschützt. Und warum sollte er mit einem wildfremden Menschen am Telefon über einen Kunden sprechen? Er könnte ihn warnen."

„Da haben Sie Recht. Sie müssen hinfliegen. Nehmen Sie einen Linienflug. Lassen Sie sich einen Platz in der nächsten Maschine buchen.

Machen Sie Lawrence ausfindig. Finden Sie heraus, wer unser neugieriger Freund mit der Kamera war und was er dort wollte.“

McBride flog am nächsten Morgen direkt nach Georgetown, wo er um 14 Uhr landete. Die Abfertigung am Flughafen ging reibungslos vonstatten, und da er nur leichtes Handgepäck mit dem Nötigsten für eine Übernachtung dabeihatte, saß er bald in einem Taxi.

Lawrence Aero Services waren leicht zu finden. Das kleine Büro lag in einer Seitengasse der Waterloo Street. McBride klopfte, erhielt aber keine Antwort. Er spähte durchs Fenster und pochte erneut.

„Keiner da, Mann!“, rief eine Stimme hinter ihm. Der Sprecher war alt und bucklig. Er hockte ein paar Türen weiter in einer schattigen Ecke und fächelte sich mit einem Palmwedel Luft zu.

„Ich suche George Lawrence“, erklärte ihm der Amerikaner.

„Ist seit gestern nicht mehr hier gewesen“, antwortete der Alte. „Seit sie ihn geholt haben.“

„Wer hat ihn geholt, die Polizei?“

„Nein, die nicht. Es waren Weiße. Sie kamen mit einem Mietwagen.“

„Touristen? Kunden?“

„Möglich.“ Dann kam dem alten Mann eine Idee. „Vielleicht versuchen Sie es am Flughafen. Dort steht seine Maschine.“

Fünf Minuten später fuhr der schweißgebadete McBride zum Flughafen zurück. Am Schalter für Privatflüge erkundigte er sich nach George Lawrence – und machte stattdessen die Bekanntschaft von Inspektor Floyd Evans von der Kriminalpolizei Georgetown.

Er wurde in die Stadt zurückgefahren, diesmal in einem Streifenwagen, und in ein klimatisiertes Büro geführt, dessen Kühle so erfrischend war wie ein lang ersehntes Bad.

Inspektor Evans spielte mit dem Pass des Amerikaners. „Was genau führt Sie nach Guyana, Mr McBride?“, fragte er.

„Ich wollte dem Land einen Kurzbesuch abstatten, um später eventuell mit meiner Frau hier Urlaub zu machen.“

„Im August? Im August verkriechen sich hier sogar die Salamander. Wussten Sie das, Mr McBride?“

„Nun ja, nein. Ein Freund in Washington meinte, ich sollte mal herkommen. Er sagte, wenn ich ins Landesinnere fliegen wolle, sei Mr Lawrence einer der besten Charterpiloten. Ich war gerade in seinem Büro, um zu fragen, ob er noch frei ist. Aber er war nicht da. Wissen Sie, wo ich Mr Lawrence finden kann?“

„Aber gewiss. Er liegt drüben im Allgemeinen Krankenhaus, in der Leichenhalle. Wie es aussieht, haben ihn gestern drei Männer mit einem gemieteten Wagen in seinem Büro abgeholt. Am Abend haben sie den Wagen zurückgegeben und sind außer Landes geflogen. Sagen Ihnen diese drei Namen etwas, Mr McBride.“ Er schob ein Platt Papier über den Tisch.

McBride las die Namen. Er wusste, dass alle drei falsch waren, denn er hatte sie selbst ausgesucht. „Nein, tut mir Leid, die sagen mir nichts. Warum liegt Mr Lawrence in der Leichenhalle?“

„Weil man ihn am frühen Morgen tot in einem Straßengraben gefunden hat, draußen vor der Stadt.“

„Das ist ja schrecklich. Ich habe ihn zwar nicht gekannt, aber trotzdem tut es mir Leid.“

„Schrecklich, ja. Mr Lawrence hat nicht nur sein Leben verloren, sondern zufälligerweise auch acht Fingernägel. Sein Büro hat man ausgeräumt und alle Unterlagen mitgenommen. Was, glauben Sie, haben seine Entführer von ihm gewollt, Mr McBride?“

„Ich habe keine Ahnung.“

„Natürlich, ich vergaß, Sie sind ja nur Tourist. Dann schlage ich vor, Sie fliegen in die Staaten zurück. Sie dürfen gehen.“

Paul Devereaux pflegte seit langem den Kontakt zu einem Informanten innerhalb des FBI, denn in seinem Gewerbe konnte man gar nicht genug Quellen haben. Er hatte seinen „Spion“ gebeten, in der Datenbank des Archivs nachzusehen, auf welche Dateien Colin Fleming seit der Anfrage bezüglich eines in Bosnien ermordeten jungen Mannes zugegriffen hatte. Eine der Dateien war unter dem Stichwort „Avenger“ abgelegt.

Am nächsten Morgen kehrte McBride von seiner Reise zurück, mitgenommen und erschöpft. Devereaux saß hingegen wie aus dem Ei gepellt zu gewohnt früher Stunde in seinem Büro. Er reichte McBride eine Akte.

„Das ist er. Unser Eindringling. Ich habe mit unserem Freund im Süden gesprochen. Natürlich waren es drei von seinen Schlägern, die den Piloten durch die Mangel gedreht haben. Es sind Bestien. Aber im Moment brauchen wir sie. Bedauerlich, aber nicht zu ändern.“ Er tippte auf die Akte. „Codename Avenger. Alter um die 50. Größe, Statur – steht alles da drin. Im Moment reist er unter dem Namen Alfred Barnes, US-Bürger. Das war der Mann, der sich von Lawrence über die Hazienda unseres Freundes hat fliegen lassen. Doch das Außenministerium führt in seinen Akten keinen Passinhaber mit dem Namen Alfred Barnes, auf den die Beschreibung passt. Finden Sie ihn, Kevin, und ziehen Sie ihn aus dem Verkehr. Sofort.“

„Sie wollen ihn doch nicht etwa liquidieren?“

„Wo denken Sie hin? Sie sollen nur seine Identität feststellen. Wenn er einen falschen Namen benutzt, hat er vielleicht noch weitere. Finden Sie heraus, unter welchem er in San Martin einreisen will. Und dann informieren Sie den grässlichen, aber nützlichen Oberst Moreno in San Martin. Er wird tun, was getan werden muss.“

McBride kehrte in sein Büro zurück. Er kannte den Chef der Geheimpolizei von San Martin. Jeder Gegner des Diktators, der diesem Mann in die Hände fiel, hatte sein Leben verwirkt und starb vermutlich einen langsamen Tod. McBride las die Avenger-Akte mit gewohnter Sorgfalt.

IN BROOKLYN wurde der Pass von Alfred Barnes den Flammen übergeben. Dexter hatte nicht den kleinsten Beweis dafür, dass er gesehen worden war, doch als er mit dem Charterpiloten über den Pass geflogen war, hatte er zu seinem Schrecken einen Mann bemerkt, der zu ihnen hinaufgeblickt und die Nummer des Flugzeugs notiert hatte. Deshalb hörte Alfred Barnes auf zu existieren, nur für alle Fälle.

Am anderen Ende der Stadt, in Manhattan, hockte Mrs Nguyen Van Tran bereits über drei neuen Pässen und anderen Dokumenten.

Dexter wandte sich wieder der Fotowand zu. Er sah keine Vorgärten, keine Läden, keine Frauen, keine Kinder, keine Schule. Dies war kein richtiges Dorf, sondern ein Arbeitslager.

Er hatte noch eine lange Liste von Fragen, welche die Halbinsel und die Hazienda betrafen, und die meisten ließen sich nur durch Beobachtung vor Ort klären. Gleichwohl hatte er bereits einen Schlachtplan entworfen und sich entschieden, wie er hinein- und wieder herauszukommen gedachte. Er ging auf Einkaufstour. Stiefel, Dschungelbekleidung, Verpflegung, Seitenschneider, Fernglas, ein neues Mobiltelefon. Er füllte damit einen Rucksack, bis dieser annähernd 40 Kilo wog. Und das war noch längst nicht alles. Für einige Besorgungen musste er in Bundesstaaten mit laxeren Gesetzen fahren, für andere in die Unterwelt hinabsteigen. Am 10. August 2001 hatte er alles beisammen, und auch seine ersten neuen Ausweise waren fertig.

„HÄTTEN Sie einen Moment Zeit, Paul?“ McBride steckte dienstbeflissen den Kopf durch den Türspalt, und Devereaux winkte ihn herein. Sein Stellvertreter hielt eine Landkarte der Nordküste Südamerikas in der Hand. Er breitete sie aus und tippte auf die Republik San Martin.

„Ich vermute, dass er auf dem Landweg hineinwill. Der einzige Flughafen befindet sich in San Martin City, und der ist klein. Die politischen Zustände sind so beschissen, dass sich kaum ein Geschäftsmann ins Land verirrt und Touristen schon gar nicht. Unser Mann ist Weißer, Amerikaner, und wir kennen seine ungefähre Größe und Statur. Oberst Morenos Schergen würden ihn wenige Minuten nach der Landung schnappen. Außerdem brauchte er ein gültiges Visum, und dazu müsste er ein Konsulat aufsuchen. San Martin hat nur zwei, eins in Paramaribo, Surinam, und eins in Caracas, Venezuela. Ich glaube nicht, dass er es auf dem Luftweg probieren wird."

„Ganz Ihrer Meinung", stimmte Devereaux zu. „Aber Moreno soll den Flugplatz trotzdem überwachen lassen. Vielleicht versucht er es mit einer Privatmaschine."

„Ich werde den Oberst entsprechend instruieren. Dann der Seeweg. Es gibt nur einen Hafen, ebenfalls in San Martin City. Touristenschiffe laufen ihn nie an, nur Frachter. Die Crews bestehen aus Filipinos und Kreolen. Der Kerl würde auffallen wie ein bunter Hund, wenn er als Matrose an Land ginge."

„Er könnte in einem Schnellboot übers Meer kommen."

„Möglich, aber wo geht er an Land? In San Martin gibt es keine Strände, nur hier in La Bahia. Aber dort stehen die Villen der Reichen, und die haben Bodyguards, Nachtwächter und Hunde. Die übrige Küste besteht aus Mangrovensümpfen, in denen es von Schlangen und Kaimanen wimmelt. Und da soll er durchmarschieren?"

„Könnte er nicht direkt auf der Halbinsel unseres Freundes landen, wenn er auf dem Seeweg kommt?"

„Nein, unmöglich. Sie ist auf allen drei Seiten von Klippen geschützt, und die Brandung ist sehr stark. Selbst wenn er mit Steigeisen die Klippen hinaufklettert, sind da immer noch frei laufende Hunde. Sie würden ihn aufspüren und erwischen."

„Dann kommt er also auf dem Landweg. Aus welcher Richtung?"

„Vermutlich Westen, aus Surinam. Mit der Fähre über den Commini-Fluss direkt zum Grenzübergang nach San Martin. Mit einem fahrbaren Untersatz und falschen Papieren."

„Dazu braucht er aber ein Visum für San Martin."

„Und wo ist das leichter zu bekommen als in Surinam?"

„Was schlagen Sie also vor?"

„Wir wenden uns an die surinamische Botschaft hier in Washington und an das Konsulat in Miami. Auch für Surinam braucht er ein Visum. Sie sollen die Augen offen halten und mir die Personalien von jedem durchgeben, der in der letzten Woche ein Besuchervisum beantragt hat oder in den nächsten Tagen beantragen wird."

„Sie setzen alles auf eine Karte, Kevin."

„Nicht ganz. Oberst Moreno und seine Geheimpolizisten können die Ostgrenze, den Flughafen, den Hafen und die Küste überwachen."

„Okay, das gefällt mir. Machen Sie es so. Aber Beeilung."

McBride stutzte. „Stehen wir denn unter Zeitdruck, Boss?"

„Mehr, als Sie ahnen, mein Freund."

DER HAFEN von Wilmington, Delaware, gehört zu den größten an der Ostküste der USA und wird nicht nur von Ozeanriesen angelaufen, sondern auch von tausenden von kleinen Küstenfrachtern. Die Carib-Coast-Transportgesellschaft war eine Frachtagentur, die für Dutzende solcher kleinerer Schiffe Aufträge annahm, und so stellte der Besuch Ronald Proctors keine Überraschung dar. Er war freundlich, und sein Kleintransporter stand direkt vor der Tür, mit der Kiste auf der Ladefläche.

Der Angestellte, der ihn bediente, hatte keinen Grund, an seiner Lauterkeit zu zweifeln, zumal er als Antwort auf die Frage: „Haben Sie Papiere, Sir?" das Gewünschte vorlegte. Es handelte sich um einen Diplomatenpass. Beglaubigungsschreiben und Marschbefehl vom Außenministerium bestätigten, dass Ronald Proctor an die Botschaft in Paramaribo, Surinam, versetzt wurde.

„Natürlich wird unser Gepäck kostenlos befördert. Da meine Frau auf unseren Reisen jedoch leidenschaftlich gern Souvenirs sammelt, fürchte ich, dass wir eine Kiste über dem Limit sind. Sie wissen ja, wie Frauen sind. Was die so alles zusammentragen!"

„Wem sagen Sie das", pflichtete der Angestellte bei. Wenige Dinge bringen fremde Männer einander so nahe wie die Klage über ihre Frauen. „In zwei Tagen läuft ein Frachter aus, über Miami und Caracas nach Parbo." Er benutzte den kürzeren und geläufigeren Namen für die Hauptstadt von Surinam.

Der Auftrag wurde angenommen und sofort bezahlt. Die Kiste sollte innerhalb von zwei Tagen, also bis zum 20., per Schiff in ein Zolllagerhaus im Hafen von Parbo gebracht werden. Da es sich um Diplomatenfracht handelte, unterblieb eine Zollkontrolle, wenn Mr Proctor sie abholte.

DIE SURINAMISCHE Botschaft in Washington liegt in der Connecticut Avenue, und als Kevin McBride dort vorsprach, zückte er seinen Dienstausweis, der ihn als hohen Beamten der CIA auswies, und nahm gegenüber dem Leiter der Visa-Abteilung Platz. „Wir sind der Meinung, dass der Mann mit Drogen handelt und mit Terroristen paktiert“, führte McBride aus. „Bisher hat er sich sehr im Hintergrund gehalten. Sein Name tut nichts zur Sache, denn er wird den Antrag, wenn überhaupt, unter einem falschen Namen stellen. Aber wir glauben, dass er versuchen wird, nach Surinam einzureisen, um von dort zu seinen Komplizen nach Venezuela zu gelangen.“

„Haben Sie ein Foto von ihm?“, fragte der Beamte.

„Leider noch nicht. Aber wir hoffen, dass Sie uns in dieser Hinsicht behilflich sein können, falls er Sie aufsucht. Wir haben eine Beschreibung von ihm.“

McBride schob ein Blatt Papier über den Tisch mit der Beschreibung eines Mannes um die fünfzig, 1,75 Meter groß, kräftig gebaut, blaue Augen, sandfarbenes Haar.

McBride verließ die Botschaft mit Fotokopien der 19 Visumanträge, die in der vorausgegangenen Woche eingereicht und genehmigt worden waren. Drei Tage später waren sie überprüft. Alle Antragsteller waren registrierte US-Bürger. Wenn der mysteriöse Rächer, dessen Akte auswendig zu lernen Devereaux seiner rechten Hand aufgetragen hatte, der Vertretung tatsächlich einen Besuch abstatten wollte, so hatte er es bislang noch nicht getan.

In Wahrheit war McBride in der falschen Vertretung gewesen. Surinam unterhält eine in Washington und eine in Miami, ferner eine in München und zwei in den Niederlanden, der ehemaligen Kolonialmacht. Eine befindet sich in Den Haag, die größere in Amsterdam.

In dieser Vertretung war es, wo eine einheimische Angestellte den vor ihr sitzenden Antragsteller freundlich bediente. „Sie sind Brite, Mr Nash?“, erkundigte sie sich, obwohl aus dem Pass in ihrer Hand hervorging, dass Mr Henry Nash in der Tat Brite und von Beruf Geschäftsmann war. „Was ist der Zweck Ihres Besuchs in Surinam?“

„Meine Firma erschließt neue Gebiete für den Tourismus. Ich möchte feststellen, ob es in Surinam passende Küstenlagen für Ferienhotels gibt.“

„Sie sollten das Ministerium für Tourismus aufsuchen.“

„Genau das habe ich gleich nach der Ankunft vor.“ Er bezahlte 15 Euro, bekam das Visum und ging.

McBRIDE flog erneut nach Süden, diesmal nach Surinam. Ein Wagen aus San Martin holte ihn am Flughafen Parbo ab und brachte ihn nach Osten zum Grenzübergang am Commini-Fluss. Die Geheimpolizisten, die ihn begleiteten, fuhren einfach an der Warteschlange vorbei, nahmen die Fähre in Beschlag und bezahlten keine Gebühren für die Fahrt auf die andere Seite.

Vom Grenzfluss führte eine holprige, mit Schlaglöchern übersäte Straße aus der Kolonialzeit ins 60 Kilometer entfernte San Martin City.

Oberst Hernan Moreno, Chef der Geheimpolizei, dessen Aufgabe es war, den pompös ausstaffierten, ordenbehangenen Präsidenten Muñoz in seinem Palast auf dem Hügel hinter der Hauptstadt der letzten Bananenrepublik zu beschützen und im Amt zu halten, war fett wie eine aufgeblasene Kröte, aber alles andere als lustig. Er hatte das kleine und verarmte Land fest im Griff. Seine Geheimpolizisten waren unter dem Namen „Schwarzaugen" bekannt, weil sie mit ihren an den Seiten geschlossenen schwarzen Sonnenbrillen unter den Peons, den armen Tagelöhnern von San Martin, Angst und Schrecken verbreiteten.

Der Oberst wusste vom Besuch des Mannes aus Langley und beschloss, ihn zum Mittagessen in den Jachtklub einzuladen. Das Restaurant lag an der Hafenmauer mit Blick auf das glitzernde blaue Meer.

Moreno lauschte seinem Gast, ohne ihn zu unterbrechen. Er wusste alles über die Beziehung zwischen Präsident Muñoz und dem Flüchtling aus Jugoslawien, von dessen riesigem Vermögen und der jährlichen Gebühr, die er an Muñoz für Schutz und Asyl entrichtete. Was der Oberst nicht wusste, war, was einen hohen Beamten aus Washington dazu bewogen hatte, den Flüchtigen und den Despoten zusammenzubringen. Es spielte auch keine Rolle. Der Serbe hatte über fünf Millionen Dollar für den Bau seines Hauses ausgegeben und weitere zehn in sein Anwesen gesteckt, und für Moreno war bei jedem Auftrag eine fette Provision abgefallen. Auf direktem Weg kassierte er außerdem dafür, dass er Zilic durch immer neue Verhaftungen Arbeitssklaven lieferte. Der CIA-Mann brauchte daher nicht um seine Kooperation zu betteln.

„Wenn er einen Fuß nach San Martin setzt", stieß Moreno keuchend hervor, „habe ich ihn. Sie werden ihn nie wieder sehen, aber jede Information, die er preisgibt, wird an Sie weitergeleitet. Darauf gebe ich Ihnen mein Wort."

Auf der Rückfahrt zum Grenzfluss und nach Parbo, wo sein Flugzeug bereits wartete, sann McBride über die Aufgabe nach, die sich der Kopfgeldjäger gestellt hatte. Er dachte an den Preis, den der Rächer im Fall eines Scheiterns würde bezahlen müssen, den Tod durch Oberst Morenos Folterspezialisten, und ihn schauderte.

DANK der Errungenschaften der modernen Technik brauchte Dexter nicht nach Pennington zurückzukehren, um den Anrufbeantworter in seinem Büro abzuhören. Das konnte er aus einer öffentlichen Telefonzelle in Brooklyn erledigen. Er tat dies am 15. August.

Die meisten Anrufer waren Nachbarn und Klienten, die ihm einen schönen Angelurlaub wünschten und wissen wollten, wann er wieder an seinen Schreibtisch zurückkehren würde.

Doch beim zweitletzten Anruf fiel ihm fast der Hörer aus der Hand, und er starrte, ohne etwas wahrzunehmen, in den regen Verkehr hinter der Glasscheibe. Nachdem er aufgelegt hatte, streifte er eine Stunde lang umher und versuchte zu begreifen, wie so etwas hatte geschehen können. Woher wusste der Anrufer, wer er war und was er tat? Und noch wichtiger: Gehörte die fremde Stimme einem Freund oder einem Gegner?

Der Anrufer hatte seinen Namen nicht genannt. Seine Stimme hatte flach geklungen, monoton, als hätte er durch mehrere Lagen von Papiertaschentüchern gesprochen. Er hatte einfach nur gesagt: „Rächer, seien Sie auf der Hut. Sie wissen, dass Sie kommen."

ALS PROFESSOR MEDVERS WATSON ihn verließ, war der surinamische Konsul so konfus, dass er beinahe vergessen hätte, den Wissenschaftler auf die Liste der Visumantragsteller zu setzen, die er an Kevin McBrides Privatadresse schicken sollte.

„*Callicore maronensis*", hatte der Professor strahlend auf die Frage nach dem Grund seines Besuchs in Surinam geantwortet. Der Konsul blickte verständnislos. Professor Watson bemerkte seine Verwirrung, griff in seinen Aktenkoffer und zog den Bildband „Die Schmetterlinge Venezuelas" hervor.

„Er ist gesichtet worden, müssen Sie wissen. Typ V. Unglaublich." Er schlug das Standardwerk auf und zeigte dem Konsul eine Seite mit Farbfotos von Schmetterlingen, die für den Konsul alle ziemlich gleich aussahen. „Er gehört zu den *Limetidinae*, müssen Sie wissen. Die Unterfamilie der *Nymphalidae*, wie Ihnen bekannt sein dürfte."

„Aber was haben Sie mit ihnen vor?", fragte der Konsul verdutzt.

Professor Watson klappte das Buch zu. „Sie finden und fotografieren. *Agrias narcissus* wurde im Dschungel Ihres Hinterlandes bereits gefunden, aber *Callicore maronensis*? Das würde Geschichte machen. Deshalb muss ich unverzüglich hin. Die Regenzeit steht vor der Tür."

Der Konsul blätterte in dem US-Pass. Er enthielt viele Stempel für Venezuela. Andere für Brasilien und Guyana. Er faltete das Schreiben mit dem Briefkopf des Smithsonian Institute auseinander. Professor Watson wurde vom Leiter des Fachbereichs Entomologie wärmstens empfohlen. Der Konsul nickte bedächtig, stempelte das Visum und gab den Pass zurück.

Professor Watson erbat den Brief nicht zurück, und so blieb das Schreiben auf dem Tisch liegen.

„Na dann, Weidmannsheil", wünschte der Konsul halbherzig.

Zwei Tage später trat Kevin McBride mit einem breiten Grinsen in das Büro von Paul Devereaux. „Ich glaube, wir haben ihn." Er legte einen ausgefüllten und genehmigten Visumantrag des surinamischen Konsulats auf den Tisch. Ein Passfoto klebte auf der Seite.

Devereaux las die Personalien. „Und?"

McBride legte einen Brief neben das Antragsformular.

Devereaux las ihn ebenfalls. „Und?"

„Er ist ein Schwindler. Nach Auskunft des Außenministeriums gibt es keinen Passinhaber namens Medvers Watson. Er hätte einen gängigeren Namen nehmen sollen. Der hier fällt aus dem Rahmen. Und die Wissenschaftler vom Smithsonian haben nie von ihm gehört."

Devereaux sah sich das Foto des Mannes an, der versuchte, seine verdeckte Operation zu ruinieren. Die Augen glotzten eulenhaft hinter der Brille hervor, und der zottelig vom Kinn abstehende Spitzbart ließ das Gesicht nicht etwa energischer, sondern weicher erscheinen.

„Gut gemacht, Kevin. Brillante Strategie. Alle Einzelheiten sofort an Oberst Moreno in San Martin, wenn ich bitten darf."

„Und an die surinamische Regierung in Parbo?"

„Nein, an die nicht. Die sollen ruhig weiterschlafen."

„Paul, die könnten ihn festnehmen, sowie er in Parbo landet. Sie können ihn des Passbetrugs beschuldigen und ihn in die nächste Maschine nach Hause setzen. Wir verhaften ihn dann gleich nach der Landung."

„Kevin, hören Sie zu. Wenn unser Mann eine dicke Brieftasche hat, könnte er sich einer Festnahme in Surinam entziehen. Und hier könnte er nach einem Tag gegen Kaution wieder freikommen und untertauchen."

„Aber Moreno ist eine Bestie. Dem würden Sie nicht mal Ihren schlimmsten Feind ausliefern."

„Und Sie wissen nicht, wie wichtig der Serbe für uns alle ist. Und was für ein Paranoiker. Er muss wissen, dass für ihn nicht die geringste Gefahr mehr besteht, sonst steigt er womöglich aus. Doch ich brauche ihn."

„Und Sie können mir immer noch nicht sagen, wofür?"

„Bedauere, Kevin. Noch nicht."

McBride zuckte unglücklich mit den Schultern, fügte sich jedoch. „Aber das müssen Sie mit Ihrem Gewissen abmachen, nicht ich."

PAUL DEVEREAUX wusste, dass ein Anschlag bevorstand. Jeder wusste es, Richard Clarke im Weißen Haus, der neue FBI-Direktor Tom Pickard, George Tenet hier in Langley. Die Spatzen pfiffen es von den Dächern, dass „etwas Großes" im Busch war. Nur wusste niemand, wo, wann und wie es passieren würde.

Devereaux beabsichtigte, den Feind zu vernichten, bevor dieser zuschlagen konnte. Er hatte zigtausend Seiten über den Terrorismus im Allgemeinen und al-Qaida im Besonderen gelesen, und dabei war immer wieder eines deutlich geworden: Die islamistischen Terroristen würden sich mit den wenigen Amerikanern, die in Aden, Daressalam und anderswo ums Leben gekommen waren, nicht zufrieden geben. UBL wollte hunderttausende von Toten.

Um Zahlen dieser Größenordnung zu erreichen, benötigte die Führung von al-Qaida eine Technologie, die sie noch nicht besaß, aber verzweifelt in ihren Besitz zu bringen versuchte. Devereaux wusste, dass in den Höhlenkomplexen Afghanistans mit Krankheitserregern und Giftgasen experimentiert wurde. Aber noch war man weit von einem System zur flächendeckenden Verbreitung entfernt.

Darüber hinaus gab es für al-Qaida, wie für alle Terrorgruppen dieser Welt, eine Kostbarkeit von unschätzbarem Wert: spaltbares Material, der Grundstoff für einen nuklearen Sprengsatz.

Der heimliche Krieg wurde nunmehr seit zehn Jahren mit viel Geld und viel Aufwand geführt. Bislang hatte der Westen die Oberhand behalten und überlebt. Er hatte riesige Summen für den Aufkauf auch kleinster Mengen Uran 235 oder Plutonium ausgegeben, die in den privaten Handel zu gelangen drohten. Ganze Länder, ehemalige Sowjetrepubliken, hatten jedes von Moskau zurückgelassene Gramm ausgehändigt, und die lokalen Diktatoren waren dabei sehr wohlhabend geworden. Aber dennoch war viel zu viel Material einfach verschwunden.

Kurz nach der Gründung seiner kleinen Antiterroreinheit brachte Paul Devereaux zwei Dinge in Erfahrung. Erstens, dass im geheimen Vinca-Institut mitten in Belgrad 45 Kilo reines waffenfähiges Uran 235 lagerten. Sofort nach Milosevics Sturz verhandelten die USA über ihren Kauf. Ein Drittel davon genügte für den Bau einer Bombe.

Zweitens wollte sich ein skrupelloser serbischer Bandit und enger

Gefolgsmann Milosevics ins Ausland absetzen, bevor das Regime stürzte. Er brauchte eine Tarnung, neue Papiere, Schutz und ein Versteck. Devereaux war klar, dass die USA ihn unmöglich aufnehmen konnten. Aber eine Bananenrepublik... Er schlug dem Serben einen Handel vor und nannte ihm seinen Preis. Der lautete Zusammenarbeit.

Bevor Zilic Belgrad verließ, wurde im Vinca-Institut eine daumennagelgroße Probe Uran 235 gestohlen, und die Unterlagen wurden dahingehend frisiert, dass volle 15 Kilo abhanden gekommen seien. Vor sechs Monaten nun hatte der flüchtige Serbe durch Vermittlung des Waffenhändlers Wladimir Bout diese Probe zusammen mit Unterlagen weitergegeben, die scheinbar bewiesen, dass sich auch die übrigen 15 Kilo in seinem Besitz befanden. Die Probe war an den Ägypter Abu Khabab, den führenden Chemiker und Physiker von al-Qaida, gegangen und löste große Aufregung aus. Nur vier Wochen bevor der Bericht eines kanadischen Grubenbarons über seinen getöteten Enkel zirkulierte, hatte Devereaux die Nachricht erhalten, dass al-Qaida auf den Handel eingehen wollte. Er musste sich zwingen, ganz ruhig zu bleiben.

Erst wenn alles vorbereitet war, konnte der Serbe die Einladung nach Peshawar in Pakistan annehmen, um sich dort mit Abu Khabab zu treffen. In seinem Gepäck würden sich 15 Kilo Uran befinden, allerdings kein waffenfähiges. Normaler Reaktorbrennstoff mit einem U-235-Anteil von drei Prozent statt der erforderlichen 88 taten es auch.

Bei dem entscheidenden Treffen sollte sich Zilic für all die Gefälligkeiten revanchieren, die man ihm erwiesen hatte. Er sollte unvermittelt den Preis verdoppeln und mit seiner Abreise drohen, falls man auf seine Forderung nicht einging. Devereaux spekulierte darauf, dass nur ein einziger Mann diese Entscheidung treffen konnte und daher konsultiert werden musste. Der irgendwo im fernen Afghanistan weilende UBL würde daraufhin einen Telefonanruf erhalten. Ein Abhörsatellit, der hoch über ihm im Weltraum schwebte und mit der NSA in Verbindung stand, würde das Gespräch auffangen und die Position des Adressaten bis auf zehn Quadratmeter genau bestimmen. Vor der Küste der südpakistanischen Provinz Belutschistan würde ein Atom-U-Boot seine Klappen öffnen und ein Cruisemissile auf die Reise schicken. Noch im Flug würde der Marschflugkörper vom Globalen Positionierungssystem, dem Zielleitsystem und dem Abgleichsystem mit Daten gefüttert werden. Mithilfe dieser drei Navigationssysteme würde er zu jenen zehn Quadratmetern fliegen und die gesamte Umgebung um das Mobiltelefon in die Luft jagen, zusammen mit dem Mann, der auf den Rückruf aus Peshawar wartete.

Devereaux stand unter Zeitdruck. Der Augenblick, in dem Zilic nach Pakistan fliegen sollte, rückte immer näher. Er durfte nicht zulassen, dass der Serbe in Panik geriet und einen Rückzieher machte, weil jemand hinter ihm her war. Der Rächer musste aufgehalten werden.

AM 20. AUGUST stieg auf dem Flughafen Paramaribo ein Mann aus einer Passagiermaschine der niederländischen Fluggesellschaft KLM. Es war nicht Professor Medvers Watson, auf den ein Stück weiter die Küste hinunter ein Empfangskomitee wartete. Es war auch nicht der US-Diplomat Ronald Proctor. Es handelte sich vielmehr um den britischen Tourismusmanager Henry Nash. Mit seinem in Amsterdam ausgestellten Visum passierte er mühelos die Zoll- und Passkontrolle und nahm sich ein Taxi in die Stadt.

Im Hotel „Krasnopolsky" hatte er sich in der obersten Etage ein Zimmer reservieren lassen, mit Balkon nach Osten. Die Sonne stand hinter ihm, als er hinaustrat und über die Stadt blickte. In dieser Höhe wehte eine leichte Brise, die den Abend erträglich machte. Weit im Osten, über 100 Kilometer entfernt jenseits des Flusses, wartete der Dschungel von San Martin.

10 DER DSCHUNGEL

Es war Ronald Proctor, der den gebrauchten Cherokee-Geländewagen bei einem Privatmann kaufte, der in der Lokalzeitung inseriert hatte. Der Handel, den er dem Besitzer vorschlug, war einfach und verlockend. Er sei bereit, 10000 Dollar in bar zu bezahlen, brauche das Fahrzeug aber nur für einen Monat, bis sein eigener Wagen aus den Staaten eintreffe. Wenn er ihn in 30 Tagen völlig intakt wiederbringe, solle der Verkäufer ihn zurücknehmen und die Hälfte der Summe zurückerstatten. Dem Besitzer winkten leicht verdiente 5000 Dollar in einem Monat. Der Käufer war ein sympathischer amerikanischer Diplomat, und da er den Cherokee in 30 Tagen zurückzubringen gedachte, konnte man sich den üblichen Papierkram schenken.

Proctor mietete zudem eine Einzelgarage und einen Schuppen hinter dem Blumen-und-Gemüse-Markt. Anschließend fuhr er zum Hafen und holte seine Kiste ab. In der Garage packte er sie sorgsam aus und verteilte den Inhalt auf zwei Seesäcke aus Segeltuch.

Danach hörte Ronald Proctor auf zu existieren.

UNTEN in Paramaribo war das kleine Konsulat der Republik San Martin von Oberst Moreno vor einem Amerikaner gewarnt worden, der sich als Schmetterlingssammler ausgab und möglicherweise ein Visum beantragen würde. Man solle es unverzüglich ausstellen und Moreno sofort darüber informieren.

Doch niemand mit dem Namen Medvers Watson erschien. Der Gesuchte saß mitten in Paramaribo in einem Straßencafé. Es war der 24. August.

Die auf ihn warteten, wurden am nächsten Morgen belohnt. Die Schlange vor der Überfahrtstelle am Fluss war so lang, und die Moskitos waren so zahlreich wie immer.

In der Schlange auf der surinamischen Seite stand nur ein einziger schicker Wagen, ein schwarzer Cherokee mit einem Weißen am Steuer. Er trug ein zerknittertes cremefarbenes Leinenjackett, einen Panamahut und eine Brille mit dickem Gestell. Wie die anderen saß er da, schlug Mücken tot und fuhr jedes Mal ein paar Meter vor, wenn die Kettenfähre eine neue Ladung an Bord nahm und sich wieder über den Commini hangelte.

Drüben in San Martin reihte sich der Cherokee in die Schlange der sechs Wagen ein, die auf ihre Abfertigung warteten. Am Kontrollpunkt wuselten zwölf Grenzsoldaten umher. Eine gestreift lackierte Stange versperrte die Straße. In einem Schuppen am Straßenrand kontrollierte ein Beamter, dessen Gesicht durchs Fenster zu sehen war, alle Ausweispapiere.

Es dämmerte schon, als der Cherokee endlich vor die Schranke rollte. Ein Soldat schnalzte mit den Fingern, und der Fahrer reichte den verlangten Pass durchs Fenster. Er mied jeden Blickkontakt und sah geradeaus. Nur hin und wieder schielte er verstohlen durchs Fenster des Schuppens. Bei einem dieser Blicke bemerkte er, wie der Grenzbeamte heftig zusammenzuckte und zum Telefon griff.

In diesem Augenblick geriet der Reisende mit dem Spitzbart in Panik. Der Motor heulte auf, der schwere Geländewagen machte einen Satz, riss einen Soldaten um, schleuderte die gestreifte Stange in die Luft, umkurvte in wilden Schlenkern die Laster vor ihm und jagte in die anbrechende Nacht davon.

Hinter dem Cherokee brach Chaos aus. Der Grenzbeamte kam brüllend aus dem Schuppen und wedelte mit einem amerikanischen Pass, der auf den Namen Professor Medvers Watson ausgestellt war.

Zwei Schergen von Oberst Morenos Geheimpolizei, die hinter dem Grenzer im Schuppen gestanden hatten, stürzten mit gezückten Pistolen ebenfalls ins Freie. Doch der Cherokee war bereits verschwunden.

Kevin McBride saß in Langley an seinem Schreibtisch und sah das Lämpchen des Telefons blinken, das ihn mit Oberst Morenos Büro verband. Er nahm den Hörer ab, lauschte aufmerksam, machte sich Notizen, stellte ein paar Fragen. Anschließend suchte er Paul Devereaux auf.

„Sie haben ihn."

„Festgenommen?"

„Fast. Meine Vermutung war richtig. Er wollte von Surinam aus über den Fluss einreisen. Dort hat er die Schranke durchbrochen und ist auf und davon. Oberst Moreno sagt aber, dass er nicht weit kommen wird. Dschungel auf beiden Seiten, Patrouillen auf der Straße. Bis zum Morgen haben sie ihn, meint er."

„Armer Teufel. Er wäre besser zu Hause geblieben."

Doch Moreno war zu optimistisch gewesen. Es dauerte zwei Tage, bis die Soldaten den Cherokee knapp fünf Kilometer abseits der Straße im Dschungel hinter einem kleinen Gehöft fanden. Er war bei dem Versuch, tiefer in den Dschungel vorzudringen, in einen Graben geraten und mit 45 Grad Neigung liegen geblieben. Aus der Stadt musste ein Kranlaster angefordert werden, der den Wagen herauszog, herumdrehte und auf den Weg stellte.

Oberst Moreno erschien persönlich. Er betrachtete den aufgewühlten Boden, die umgeknickten jungen Bäume und die zerfetzten Kletterpflanzen. „Holt die Hunde!", befahl er.

Doch es wurde bereits dunkel, und die Hundeführer waren einfache Leute, die sich nachts im Wald vor Geistern fürchteten. Sie brachen erst am nächsten Morgen auf, und gegen Mittag fanden sie den Flüchtigen.

„Sie haben ihn gefunden. Er ist tot", verkündete McBride.

Devereaux blickte auf seinen Tischkalender. Heute war der 27. August. „Besser, Sie fliegen hin."

McBride stöhnte. „Es ist ein verdammt weiter Flug, Paul."

„Sie können eine unserer Maschinen nehmen. Ich muss Gewissheit haben, dass die Sache ausgestanden ist. Und auch Zilic muss davon überzeugt sein. Fliegen Sie, Kevin. Verschaffen Sie uns Gewissheit."

Der Mann, von dem man in Langley nur den Decknamen Avenger kannte, hatte den von der Straße abzweigenden Weg entdeckt, als er die Gegend mit der Piper überflogen hatte. Der Weg gehörte zu einem Dutzend, die auf den 60 Kilometern zwischen Fluss und Hauptstadt von der Hauptstraße abbogen. Jeder führte zu ein oder zwei kleinen Gehöften und verlor sich dann im Nichts.

Bis zum Gehöft verlief die Fahrt problemlos. Danach wurde es mühsam. Dexter fuhr noch anderthalb Kilometer durch dichten Dschungel, dann stieg er im Dunkeln aus, ging zu Fuß weiter, fand einen Graben, holte den Wagen und fuhr ihn hinein. Was die Verfolger finden sollten, ließ er zurück, die restlichen Sachen nahm er mit. Sie waren schwer.

Trotz der späten Stunde herrschte eine drückende Schwüle. Mit Kompass und Taschenlampe ausgerüstet, marschierte Dexter zuerst nach Westen, dann nach Süden, wobei er sich mit einer seiner Macheten einen Weg bahnte. Nach knapp zwei Kilometern ließ er den anderen Teil des Gepäcks zurück, den die Verfolger finden sollten, sodass ihm nur ein leichter Rucksack mit Wasserflasche, Taschenlampe und einer zweiten Machete blieb.

Er stapfte weiter in Richtung Fluss und erreichte den Commini im Morgengrauen, vom Grenzübergang und der Fähre aus gesehen ein gutes Stück stromaufwärts. Die marineblaue Luftmatratze war für das Übersetzen nicht gerade ideal, aber sie erfüllte ihren Zweck. Er legte sich bäuchlings darauf und paddelte mit beiden Händen, zog sie aber sofort aus dem Wasser, als eine giftige Wassermokassinotter vorüberglitt. Eine Stunde lang paddelte er in der Strömung, dann erreichte er das surinamische Ufer. Er zerstach die Luftmatratze und versenkte sie.

Der Morgen war nicht mehr ganz jung, als er völlig schmutzig und durchnässt, mit Moskitostichen übersät und voller Blutegel am Körper, die Straße nach Paramaribo erreichte. Nach ein paar Kilometern nahm ihn ein freundlicher Markthändler mit, sodass er die letzten 80 Kilometer bis zur Hauptstadt auf einem Karren mit Wassermelonen zurücklegen konnte.

Selbst die freundlichen Leute im „Krasnopolsky" wären stutzig geworden, wenn ihr englischer Gast in einem solchen Zustand aufgetaucht wäre. Deshalb zog er sich in der angemieteten Garage um, wusch sich in der Toilette einer Tankstelle, befreite sich mithilfe eines Feuerzeugs von den Blutegeln und betrat endlich sein Hotel, wo er ein Steak mit Pommes frites verspeiste. Dazu trank er mehrere Flaschen des einheimischen Parbo-Biers, dann legte er sich schlafen.

Indessen flog der Jet der CIA nach Süden, mit Kevin McBride als einzigem Passagier an Bord. Am Flughafen von San Martin City wartete ein Wagen und brachte ihn in die Zentrale der Geheimpolizei, die am Stadtrand in einem Ölpalmenhain lag.

Moreno empfing den Besucher mit einer Flasche Whisky.

„Mir ist das noch etwas früh", wehrte McBride ab. „Was haben Sie für mich, Oberst?"

„Eine kleine Ausstellung. Besser, ich zeige es Ihnen."

An das Büro grenzte ein Konferenzraum, in dem man offensichtlich alles für Morenos schauerliche „Ausstellung" vorbereitet hatte. Auf dem langen Tisch in der Mitte lag nur ein einziges Exponat, über das ein weißes Tuch gebreitet war. An den Wänden standen vier weitere Tische mit einer Sammlung unterschiedlicher Objekte. Oberst Moreno trat zuerst an einen der kleineren Tische.

„Wie gesagt, versuchte unser Freund, Mr Watson, in der ersten Panik zu entkommen, indem er mitten durch den Dschungel fuhr. Natürlich setzte er den Wagen in einen Graben und blieb dort stecken. Hier haben wir einen Teil der Sachen, die er zurückgelassen hat."

Auf Tisch eins lagen strapazierfähige Kleidung, Stiefel zum Wechseln und ein Moskitonetz. Auf Tisch zwei sah McBride ein Zelt, eine Leuchte, diverse Toilettenartikel.

„Anscheinend wollte er sich eine Zeit lang im Dschungel verstecken", fuhr der Oberst fort, „wahrscheinlich um an der Straße nach El Punto seiner Zielperson aufzulauern. Doch die benutzt die Straße so gut wie nie, und wenn, dann in einem gepanzerten Wagen. Der Killer war nicht besonders auf Draht. Trotzdem, er hat auch das hier zurückgelassen. Vielleicht war es ihm zu schwer."

Auf Tisch drei lag ein Gewehr, eine Remington 30-06, mit einem großen Zielfernrohr und einer Schachtel Patronen.

„Ihr Mann lässt also den Wagen und 80 Prozent seiner Ausrüstung zurück", erklärte Moreno, der das Ganze sichtlich genoss. „Er macht sich zu Fuß auf den Weg, wahrscheinlich will er zum Fluss. Aber er ist kein Dschungelkämpfer. Woher ich das weiß? Er besaß keinen Kompass. Nach 300 Metern war er verloren. Dort, wo wir ihn fanden, lag das überall verstreut."

Auf dem letzten Tisch stand ein leerer Wasserbehälter, daneben lagen ein Buschhut, eine Machete, eine Taschenlampe. Außerdem Kampfstiefel, Fetzen einer Tarnhose und eines ebensolchen Hemds sowie ein Ledergürtel, in dessen Scheide noch ein Kampfmesser steckte.

„Mehr hatte er nicht bei sich, als er starb. In seiner Panik hat er das zurückgelassen, was er hätte mitnehmen sollen: sein Gewehr. Damit hätte er sich verteidigen können."

„Dann haben Ihre Männer ihn gestellt und erschossen?"

Oberst Moreno hob abwehrend die Hände und setzte eine Unschuldsmiene auf. „Ihn erschossen? Wir? Einen unbewaffneten Mann? Wo denken Sie hin, wir wollten ihn lebend. Nein, nein. Er war letztlich schon tot, als er an der Grenze floh. Wer den Dschungel nicht kennt, sollte sich nicht hineinwagen. Sehen Sie."

Mit großer Theatralik zog er das Tuch von dem Tisch in der Mitte. Das Skelett war in einem Leichensack aus dem Dschungel hergebracht worden. Die Füße steckten noch in den Stiefeln, Stofffetzen hingen herab. Der Tote, vielmehr das, was noch von ihm übrig war, war bis auf die Knochen abgenagt worden.

„Hier ist des Rätsels Lösung." Der Oberst tippte mit dem Zeigefinger auf den rechten Oberschenkelknochen. Er war in der Mitte gebrochen. „Daraus können wir ableiten, was passiert ist. Er war in Panik, rannte. Er hat sich etwa zwei Kilometer von dem liegen gebliebenen Wagen entfernt. Dann blieb er mit dem Fuß an einer Wurzel, einem Baumstumpf oder einer Ranke hängen. Er stürzte zu Boden. Zack, das Bein ist gebrochen. Wussten Sie, dass es in unserem Dschungel Jaguare gibt? Nicht viele, aber doch bestand die Möglichkeit, dass ein Jaguar ihn erwischt. Was wohl auch passiert ist. Das ist eine Speisekammer da draußen. Der Waschbär frisst frisches Fleisch, der Puma und der Nasenbär auch. Und wenn es hell wird, kommen die Waldgeier. Haben Sie schon mal gesehen, was die mit einer Leiche anstellen? Kein schöner Anblick, aber sie leisten gründliche Arbeit. Und ganz am Schluss kommen die Feuerameisen, die penibelste Putzkolonne der Natur."

„Das genügt", unterbrach ihn McBride.

Wieder in Morenos Büro, breitete der Oberst mehrere kleinere Gegenstände aus. Eine Uhr, auf deren Rückseite *MW* eingraviert war, einen Siegelring. Eine Brieftasche war nicht dabei, dafür ein US-Pass auf den Namen Medvers Watson.

McBride vermutete (und durchaus zu Recht), dass kein Mensch Medvers Watson jemals wiedersehen würde. „Könnte ich meinen Vorgesetzten in Washington kontaktieren?"

„Bitte", antwortete Oberst Moreno. „Ich lasse Sie allein."

McBride nahm sein Notebook aus dem Aktenkoffer, stöpselte das Mobiltelefon in den tragbaren Computer und wartete, bis Devereaux sich meldete. In knappen Worten berichtete er seinem Vorgesetzten dann, was er mit eigenen Augen gesehen hatte.

„Kommen Sie zurück", antwortete Devereaux. „Moreno kann den ganzen Kram behalten, auch das Gewehr. Aber ich will den Pass. Ach ja, und noch etwas."

McBride lauschte. „Sie wollen *was*?"

„Tun Sie es einfach, Kevin. Und guten Flug."

McBride teilte dem Oberst mit, was ihm befohlen worden war. Der dicke Geheimpolizist zuckte mit den Schultern. „Wie Sie wollen. Nehmen Sie ruhig alle."

„Einer genügt, hat er gesagt."

AM 29. AUGUST traf McBride wieder in Washington ein. Am selben Tag ging Henry Nash mit seinem Pass ins Konsulat der Republik San Martin in Paramaribo und beantragte ein Visum.

Es gab keine Probleme. Der Konsul in dem Einmannbüro wusste von der Aufregung um einen flüchtigen Kriminellen, der vor einigen Tagen versucht hatte, in sein Land einzureisen. Aber inzwischen war der Mann tot. So stellte der Konsul das Einreisevisum aus.

DER AUGUST ging zu Ende, und es wurde September. Am dritten erhielt Devereaux die erste der beiden Antworten, auf die er wartete.

„Das ist wahrscheinlich die beste Fälschung, die uns je untergekommen ist", sagte der Mann von der Passabteilung des Außenministeriums. „Nach unserer Kenntnis gibt es keine Person dieses Namens. Ein Pass mit dieser Nummer wurde nie ausgestellt."

Aber Devereaux hatte noch immer keine Antwort von der gerichtsmedizinischen Abteilung in Bethesda, der Klinik, zu der er einige nützliche Kontakte unterhielt.

AM 4. SEPTEMBER rollte Henry Nash am Steuer eines bescheidenen Mietwagens, im Kofferraum eine Reisetasche mit leichter Sommerkleidung, in der Hand einen britischen Reisepass mit dem Visumstempel der Republik San Martin, auf die Fähre am Commini-Fluss. Da er praktisch bei jedem Wetter im T-Shirt herumlief, hatte er meist eine leichte Sonnenbräune, aber nach zwei Wochen in den Tropen war er fast bronzefarben. Ein Friseur in Paramaribo hatte sich zudem seiner blonden Haare angenommen, und jetzt waren sie dunkel, fast schwarz.

Auf der anderen Seite waren die Soldaten und Geheimpolizisten verschwunden, der Grenzposten war wieder in seinen gewohnten Dämmerschlaf gesunken.

Nash stieg aus, reichte seinen Pass durchs Fenster des Schuppens und fächelte sich Luft zu, während er wartete. In den Kofferraum seines Wagens und in seine Tasche wurden nur flüchtige Blicke geworfen, sein Pass wanderte zurück in die Brusttasche seines Hemdes, und er fuhr weiter in Richtung Hauptstadt.

Bei der dritten Abzweigung nach rechts vergewisserte er sich, dass ihn niemand beobachtete, und bog dann in den Dschungelpfad ein. Auf halber Strecke zu dem Gehöft hielt er an und wendete. Der riesige Baum war leicht wieder zu finden, und die feste schwarze Schnur klemmte noch tief in der Kerbe, die er eine Woche zuvor in den Stamm geschnitten hatte.

Als er die Schnur löste, senkte sich der Rucksack aus dem Geäst, wo er unbemerkt gehangen hatte. Er enthielt alles, was Nash in den nächsten Tagen brauchen würde, wenn er auf dem Kamm der Bergkette über der Hazienda des untergetauchten Serben kauern und schließlich in die Festung selbst hinabsteigen würde.

Der Zöllner an der Grenze hatte dem zehn Liter fassenden Plastikkanister im Kofferraum keine Beachtung geschenkt. Wasser und Rucksack waren zusammen so schwer, dass selbst ein Triathlet beim Bergsteigen an seine Grenzen stieß, aber zwei Liter am Tag waren lebensnotwendig.

Nash fuhr gemächlich durch die Hauptstadt in den Ferienort La Bahia. Es war Siestazeit, und nichts rührte sich.

Die Nummernschilder am Wagen waren mittlerweile die eines Bürgers von San Martin. Er stellte den Wagen auf einem öffentlichen Parkplatz ab, schulterte den Rucksack und marschierte aus der Stadt hinaus, ein Rucksacktourist wie jeder andere.

Die Nacht brach herein. Vor ihm ragte der Kamm der Bergkette auf, die das Landgut vom Dschungel trennte. Dort, wo die Straße landeinwärts abbog, verließ er sie und machte sich an den Aufstieg. Er sah die schmale Straße, die sich von der Passhöhe herabschlängelte, und hielt in schrägem Winkel zu ihr auf eine Bergspitze zu, die er sich auf den Luftaufnahmen als Orientierungspunkt ausgewählt hatte. Als es zu dunkel wurde, um weiterzugehen, setzte er seinen Rucksack ab, nahm ein aus hochwertigen Trockenrationen bestehendes Abendessen zu sich und trank dazu einen Becher des kostbaren Wassers. Dann lehnte er sich gegen den Rucksack und schlief ein.

Er erwachte vor Tagesanbruch, aß eine Kleinigkeit, trank einen Schluck und kletterte weiter. Noch vor Sonnenaufgang hatte er den Gipfel erreicht. 200 Meter vom angepeilten Punkt entfernt kam er aus dem Wald und bewegte sich in gebückter Haltung auf dem Kamm entlang, bis er die Stelle vom Foto fand.

Sein Auge für Geländebeschaffenheit hatte ihn nicht getrogen. Auf der Kammlinie gab es eine leichte Senke, die von spärlichen Pflanzen verdeckt wurde. Wenn er dort mit Tarnhose und Buschhut, geschwärztem Gesicht und olivgrünem Fernglas reglos unter einem Strauch lag, war er von der Hazienda aus nicht zu sehen. Wenn er eine Pause brauchte, konnte er nach hinten robben und sich aufrichten.

Er baute sich ein kleines Lager, das für maximal vier Tage sein Zuhause bilden sollte, rieb das Gesicht mit Erde ein und kroch in das Versteck. Der erste Sonnenstrahl glitt über die Halbinsel. El Punto lag ausgebreitet unter ihm – ein Haifischzahn, der in die glitzernde See hinausragte.

Von unten drang ein dumpfes metallenes Hämmern herauf, als jemand mit einer Eisenstange gegen ein aufgehängtes Stück Bahnschiene schlug. Zeit zum Aufstehen für die Zwangsarbeiter.

DER BEFREUNDETE Gerichtsmediziner, den Devereaux in Bethesda kontaktiert hatte, rief am 4. September zurück.

„Um was in aller Welt geht es bei der Geschichte, Paul?"

„Sag du es mir. Um was geht es?"

„Um Grabräuberei, wie es aussieht."

„Weiter, Gary. Was ist es?"

„Ein rechter Oberschenkelknochen. Mit einem sauberen Bruch in der Mitte. Ein komplizierter Bruch, keine Splitter."

„Die Folge eines Sturzes?"

„Nein, es sei denn, eine scharfe Kante war mit im Spiel und ein Hammer."

„Du bestätigst meine schlimmsten Befürchtungen. Und weiter?"

„Nun ja, der Knochen stammt zweifelsfrei von einem anatomischen Skelett, wie man es in jedem Medizinerladen bekommt. Ungefähr 50 Jahre alt. Der Knochen wurde erst kürzlich mit einem kurzen, kräftigen Hieb gebrochen, wahrscheinlich an einer Bank. Habe ich dir den Tag gerettet?"

„Nein, du hast ihn mir verdorben. Aber ich stehe trotzdem in deiner Schuld."

Wie alle seine Telefonate hatte Devereaux auch dieses auf Tonband aufgenommen. Als er McBride die Aufzeichnung vorspielte, fiel diesem die Kinnlade herunter. „Gütiger Gott!"

„Sie haben Mist gebaut, Kevin. Er ist nicht tot. Er hat die ganze Sache nur inszeniert. Die Lage wird kritisch. Ich möchte, dass unsere Maschine in einer Stunde startet und dass Sie sich an Bord befinden. Ich werde Moreno informieren. Bestehen Sie darauf, dass er selbst der kleinsten Spur nachgeht. Ab mit Ihnen."

Am 5. September saß McBride wieder dem Oberst gegenüber, dessen Krötengesicht fleckig war vor Wut. „Der Kerl ist clever. Einmal hat er mich reingelegt, na schön. Aber kein zweites Mal."

Seit Professor Medvers Watson an der Grenzstation durchgebrochen war, hatte der Chef der Geheimpolizei alle Personen überprüfen lassen, die in die Republik San Martin eingereist waren.

Eine fünfköpfige Gruppe französischer Techniker vom Weltraumbahnhof Kourou in Französisch-Guayana hatte auf der Suche nach billigem Sex über den Maroni-Fluss gesetzt und ein noch billigeres Zimmer in einer Staatspension bekommen. Vier weitere Nichtlatinos waren aus Richtung Surinam eingereist, darunter zwei Niederländer und ein Spanier. Alle Pässe waren sichergestellt worden.

Oberst Moreno warf sie auf den Tisch. „Welcher ist falsch?"

Fünf französische, zwei niederländische, ein spanischer. Einer fehlte.

„Wer war der vierte Besucher aus Surinam?", wollte McBride wissen.

„Ein Engländer. Wir können ihn nicht finden. Henry Nash. Der Pass ist in Ordnung, das Visum auch. Ein gemieteter Kleinwagen, ungeeignet für den Dschungel. Er ist gestern eingereist."

„Hotel?"

„Auf dem Konsulat in Parbo hat er das ‚Camino Real' angegeben. Er hat auch ein Zimmer reserviert, aber er hat nie eingecheckt."

„Klingt verdächtig."

„Der Wagen ist ebenfalls verschwunden."

McBride betrachtete den Stapel Pässe. „Nur die jeweiligen Botschaften können feststellen, welche echt und welche falsch sind. Und die befinden sich in Surinam. Das heißt, einer von Ihren Leuten muss ihnen einen Besuch abstatten."

Oberst Moreno nickte betrübt. „Habt Ihr Amerikaner unseren serbischen Gast verständigt?"

„Nein. Und Sie?"

„Noch nicht."

Beide hatten dafür gute Gründe.

Präsident Muñoz war der wohlhabende Asylant überaus willkommen, und Moreno wollte nicht daran schuld sein, dass der Serbe das Land wieder verließ und sein Vermögen mitnahm. Und McBride hatte seine Befehle.

„Halten Sie mich bitte auf dem Laufenden, Oberst." Er wandte sich zum Gehen. „Ich steige im ‚Camino Real' ab. Die haben ja anscheinend noch ein Zimmer frei."

„Da ist noch eine Sache, die mir Kopfzerbrechen bereitet", sagte Moreno, als McBride die Tür erreichte.

Dieser drehte sich um. „Ja?"

„Dieser Medvers Watson. Er hat versucht, ohne Visum in San Martin einzureisen."

„Und?"

„Er hätte ein Visum gebraucht, um über die Grenze zu kommen. Das muss er gewusst haben. Aber es war ihm egal."

„Sie haben Recht", stimmte McBride zu. „Merkwürdig."

„Und so frage ich mich als Polizist, warum? Und wissen Sie, was ich mir antworte? Weil er gar nicht die Absicht hatte, legal einzureisen. Weil er geplant hat, seinen Tod vorzutäuschen, nach Surinam zurückzukehren und dann in aller Stille wiederzukommen."

„Klingt logisch", gab McBride zu.

„Und dann sage ich mir: Er hat gewusst, dass wir ihn erwartet haben. Nur, woher hat er es gewusst?"

McBride drehte sich der Magen um, als er Morenos Gedanken zu Ende dachte.

11 DER ADLERHORST

Dexter staunte, was menschlicher Erfindungsgeist und Geld im Zusammenwirken mit der Natur auf der Halbinsel unterhalb des Steilabbruchs zuwege gebracht hatten: ein Meisterwerk der Sicherheit und Autarkie. Hätte das Ganze nicht auf Sklavenarbeit beruht, wäre es bewundernswert gewesen. Das ins Meer vorspringende Dreieck hatte eine Gesamtfläche von fast 16 Quadratkilometern. Die Fläche war in vier Bereiche unterteilt, und jeder besaß eine andere Funktion.

Unter ihm, am Fuß des Steilhangs, lagen der Privatflugplatz und das Arbeiterdorf. 300 Meter vom Hang entfernt war ein vier Meter hoher, mit Natodraht versehener Maschendrahtzaun quer über die gesamte Breite der Insel gespannt. Wo er auf das Meer stieß, ragte er über die Klippen und endete in einem Knäuel von Stacheldrahtrollen.

Zwei Drittel des Streifens zwischen Steilhang und Zaun nahm der Flugplatz ein. Neben der Startbahn, direkt unter Dexter, befand sich ein großer Hangar mit Vorfeld und mehreren kleineren Gebäuden. Am anderen Ende und nahe dem Wasser standen ein halbes Dutzend kleine Bungalows, vermutlich die Unterkünfte des fliegenden Personals und der Wartungscrew.

Der Flugplatz konnte nur durch ein einziges Stahltor im Zaun betreten oder verlassen werden. Zwei Steuersäulen und Laufräder unter der Vorderkante verrieten, dass es sich um eine elektronische Toranlage handelte, die mit einem Piepser gesteuert wurde. Um halb sieben rührte sich nichts auf dem Rollfeld.

Das restliche Drittel des Streifens nahm das Dorf ein. Es war vom Flugplatz durch einen zweiten Zaun abgetrennt, den man oben ebenfalls mit Natodraht gesichert hatte. Offensichtlich war es den Arbeitern verboten, sich dem Flugplatz zu nähern.

Das Hämmern gegen die Bahnschiene verstummte nach einer Minute, und das Dorf erwachte zum Leben. Dexter beobachtete, wie die ersten Gestalten aus den Hütten traten und zu den Waschräumen schlurften. Sie trugen cremefarbene Hosen und Hemden sowie Espandrilles mit geflochtenen Sohlen und Strohhüte. Als sie sich alle versammelt hatten, schätzte er ihre Zahl auf etwa 1200.

Offensichtlich war ein Teil der Männer von der Feldarbeit befreit und für die im Dorf anfallenden Arbeiten eingeteilt. Er sah, wie sie in Küchenschuppen, die nach vorn offen waren, das aus Brot und Haferschleim bestehende Frühstück zubereiteten. Lange Tische auf Böcken und Bänken, von Palmstrohdächern geschützt, bildeten die Kantinen. Wieder wurde gegen die Eisenbahnschiene gehämmert, und jeder Arbeiter holte sich eine Schüssel und ein Stück Brot und setzte sich zum Essen.

Es gab nur drei Gebäude außer den Hütten. Zwei Lagerhäuser, das eine für Lebensmittel, das andere für Kleidung und Bettzeug, und eine Kirche mit angebautem Pfarrhaus.

Wie der Flugplatz bildete auch das Dorf ein Rechteck zwischen Steilwand, Stacheldrahtzaun und Meer – mit einem Unterschied. Ein zerfurchter Weg schlängelte sich vom Sattel der Bergkette zum Dorf hinab. Er bildete die einzige Landverbindung mit dem Rest der Republik. Schwerlastwagen konnten ihn nicht befahren, und Dexter fragte sich, wie man unverzichtbare Güter wie Benzin, Dieselöl und Flugbenzin heranschaffte. Im weiteren Verlauf seiner Beobachtungen kam er dahinter.

Am äußersten Rand seines Blickfelds lag, noch in Frühdunst gehüllt, der dritte Sektor des Anwesens, das mit einer Schutzmauer umgebene zwei Hektar große Gelände am Ende der Landzunge, auf dem das prächtige weiße Herrenhaus stand, in welchem der frühere serbische Bandit wohnte. Die vier Meter hohe Mauer reichte von Klippe zu Klippe. Das Land ragte hier 15 Meter hoch aus dem Meer, das unten gegen die Felsen brandete.

Eine Schotterstraße führte zu einem massiven Doppeltor in der Mauer. Innen stand ein Wachhaus, in dem der Öffnungsmechanismus betätigt wurde. Und um die gesamte Innenseite der Mauer verlief eine Brüstung, auf der bewaffnete Wachen patrouillieren konnten.

Die gesamte Fläche vom Maschendrahtzaun unterhalb des Beobachters bis zu der gut drei Kilometer entfernten Mauer – der vierte Sektor – wurde landwirtschaftlich genutzt. Als es heller wurde, fand Dexter bestätigt, was er nach dem Studium der Fotos vermutet hatte: Die Hazienda produzierte nahezu alles, was die Bewohner zum Leben brauchten. Er sah weidende Rinder und Schafe, und die Ställe beherbergten zweifellos Schweine und Geflügel. Auf den Feldern wurde eine Vielzahl von Getreide, Salat und Gemüse, in den Gärten zehnerlei Obst gezogen.

Zu Dexters Linken, nahe dem Klippenrand, aber noch auf dem Gelände der Farm, standen drei große Lagerhäuser und ein Treibstofflager aus glänzendem Aluminium. Fast am Rand der Klippe ragten zwei große Lastkräne empor. Damit war ein Problem gelöst: Schwere Güter wurden auf dem Seeweg angeliefert und vom Schiff aus nach oben in die Lager gehievt oder gepumpt, die sich 13 Meter über dem Deck des Frachters befanden.

Die Arbeiter beendeten das Frühstück, und wieder ertönte das Scheppern. Diesmal löste das Geräusch mehrere Reaktionen aus. Aus den weiter hinten in Richtung Meer stehenden Baracken zur Rechten strömten uniformierte Wachleute. Einer hob eine Pfeife an den Mund. Dexter hörte nichts, aber auf den stummen Pfiff hin sprangen aus den Feldern ein Dutzend Dobermänner mit weiten Sätzen heran und liefen in einen Zwinger neben den Baracken. Sie stürzten sich auf die bereitstehenden Näpfe mit rohen Fleischabfällen und rissen das Fleisch in Stücke. Offenbar hatten sie seit 24 Stunden nichts mehr gefressen. Dexter konnte sich vorstellen, was jeden Abend geschah. Wenn alle Mitarbeiter und Arbeitssklaven sich in ihren jeweiligen Quartieren befanden, wurden die Hunde freigelassen und durchstreiften das 1200 Hektar große Farmgebiet. Offensichtlich waren sie darauf abgerichtet, das Vieh in Ruhe zu lassen, aber ein umherschleichender Eindringling hatte keine Chance.

Wieder erklang die Eisenbahnschiene, und die Arbeiter strömten zu dem hohen Tor, das die Farm vom Dorf trennte. Es bestand aus zwei Teilen und öffnete sich nach innen in Richtung Farmland. Hinter dem Tor hatte man fünf Tische aufgestellt, an denen je ein Wachmann saß. Weitere Wächter standen daneben. Die Arbeiter bildeten fünf Reihen. Auf ein lautes Kommando hin setzten sie sich in Bewegung. Der Erste jeder

Schlange beugte sich über den Tisch und hielt der sitzenden Wache die Hundemarke hin, die er um den Hals trug. Die Nummer auf der Marke wurde geprüft und in einen Computer getippt. Nachdem man den Arbeiter mit einem Kopfnicken durchgelassen hatte, meldete er sich hinter den Tischen bei einem Vorarbeiter. In Gruppen von 100 Mann wurden die Arbeiter daraufhin zu ihrem Einsatzort geführt, wobei sie unterwegs an verschiedenen Schuppen am Wegrand Halt machten und sich mit dem nötigen Werkzeug versahen. Die einen strömten auf die Felder, andere in die Obstgärten, wieder andere zu den Ställen oder zur Mühle, zum Schlachthaus, zum Weinberg oder zu dem riesigen Gemüsegarten.

Unter Dexters Augen kam Leben in das riesige Anwesen. Doch die Sicherheitsvorkehrungen blieben streng. Als das Dorf sich geleert hatte und das Doppeltor wieder geschlossen war, machten sich die verbliebenen Wachen an ihre diversen Aufgaben. Auf diese richtete Dexter sein Augenmerk. Er hoffte, eine Schwachstelle zu entdecken.

AM SPÄTEN Vormittag erhielt Oberst Moreno Nachricht von den beiden Mitarbeitern, die er mit den ausländischen Pässen losgeschickt hatte.

In Cayenne, der Hauptstadt von Französisch-Guayana, hatten die Behörden alle fünf französischen Pässe für echt erklärt und ersuchten dringend darum, ihre Inhaber freizulassen und nach Hause zu schicken. Die niederländische und die spanische Botschaft in Paramaribo forderten dasselbe für ihre Staatsbürger. Ihre Pässe seien echt.

Somit blieb nur noch der verschwundene Henry Nash aus London.

Der Chef der Geheimpolizei wies seinen Mann in Parbo an, alle Autovermietungen abzuklappern und herauszufinden, was für einen Wagen der Engländer fuhr und welches Kennzeichen das Fahrzeug hatte.

DEXTER war aufgefallen, dass alle Aktivitäten auf der Halbinsel ohne zwei Leben spendende Elixiere zum Erliegen kommen würden. Das eine hieß Benzin, mit ihm wurde die Generatorenanlage hinter den Lagerhäusern der Anlegestelle betrieben. Das andere Elixier war Wasser, das der Bergbach lieferte, den Dexter zuerst auf den Luftaufnahmen gesehen hatte. Dieser Bach lag jetzt unter ihm, leicht versetzt zu seiner Linken. Das Wasser brach in zehn Meter Höhe aus der Wand hervor, stürzte über mehrere Felsen nach unten und landete in einem betonierten Bett. Um zu den Feldern zu gelangen, war es unter der Landebahn durchgeleitet worden. Zu diesem Zweck hatte man bei ihrem Bau einen unterirdischen Kanal angelegt. Das Wasser kam jenseits der Startbahn wieder zum Vorschein und floss auch unter dem Maschendrahtzaun hindurch. Dexter zweifelte nicht daran, dass unter dem Zaun ein unüberwindliches Gitter angebracht war. Ohne eine solche Vorrichtung hätte jemand innerhalb des Flugplatzgeländes in den Bach gleiten, unter dem Zaun durchschwimmen und die Strömung dazu nutzen können, den umherstreifenden Hunden zu entgehen. Doch der Erbauer dieser Festung hatte das sicherlich nicht zugelassen. Hinter dem Zaun lief der Bach in seinem Betonbett durch das Farmgelände und nährte ein ausgeklügeltes Bewässerungssystem, bevor er über eine Klippe ins Meer stürzte.

Der Vormittag war bereits fortgeschritten, als direkt unter Dexters Adlerhorst zwei Dinge geschahen. Zum einen wurde die Hawker 1000 aus dem Hangar in die Sonne geschleppt. Im ersten Moment befürchtete Dexter, der Serbe wolle irgendwohin fliegen, doch die Maschine wurde nur ins Freie gezogen, um Platz zu schaffen. Denn als Nächstes folgte ein kleiner Hubschrauber von der Sorte, die, wenn nötig, nur wenige Zentimeter über der Felswand schweben konnte, und Dexter hätte sich schon in Luft auflösen müssen, um von den Insassen nicht bemerkt zu werden. Aber der Hubschrauber blieb am Boden. Das Triebwerk wurde gewartet.

Das zweite Ereignis war, dass von der Farm ein Quadbike, ein vierrädriges geländegängiges Motorrad, an das elektrische Tor zum Flugfeld kam. Der Fahrer öffnete es mit einem Piepser und fuhr zu der Stelle, wo der Bach unter der Startbahn verschwand. Er hielt an, nahm einen Weidenkorb von der Maschine, warf mehrere tote Hühner ins Wasser, überquerte die Startbahn und schaute auf der anderen Seite in den Bach. Die Strömung musste die Hühner mitgerissen und dort, wo er wieder zutage trat, gegen das Gitter gedrückt haben.

Was sich auch immer zwischen Hang und Gitter im Wasser tummelte, es fraß Fleisch. Dexter fiel nur ein Süßwasserbewohner ein, der in diesen Breiten lebte und Fleisch vertilgte: der Piranha. Und wer Hühner fressen konnte, fraß auch Schwimmer.

Am frühen Nachmittag lastete die Hitze wie eine schwere Decke über dem Land. Draußen auf dem Farmgelände hatten die Arbeiter von sieben bis zwölf geschuftet. Danach durften sie in den Schatten flüchten und essen, was sie in ihren kleinen Stoffbeuteln mitgebracht hatten. Die Siesta dauerte bis vier, dann wurde bis sieben weitergearbeitet.

Um vier riefen die Schläge gegen die Eisenbahnschiene die Arbeiter auf die Felder zurück. Dexter kroch bis zum Rand des Steilhangs und beobachtete, wie die kleinen Gestalten, die Gesichter unter Strohhüten verborgen, wieder zu den Hacken griffen.

Zu seiner Linken rollte ein zerbeulter Pick-up auf den Platz zwischen den Lastkränen, setzte bis zur Klippe zurück und stoppte. Ein Arbeiter mit blutbeflecktem Overall zog eine lange Stahlrutsche von der Ladefläche, befestigte sie an der Heckklappe und begann, mit einer Mistgabel etwas auf die Rutsche zu zerren. Was immer es war, es glitt in die Tiefe und stürzte ins Meer. Dexter stellte das Fernglas schärfer. Die nächste Gabel voll brachte Klärung. Es war eine schwarze Haut, an der noch ein Ochsenkopf hing.

Beim Betrachten der Fotos in New York war Dexter aufgefallen, dass man keinerlei Versuch unternommen hatte, einen Zugang zum Meer zu schaffen, keine Stufen, kein Sprungbrett, kein vertäutes Floß, keine Mole, nichts. Als er die Fleischabfälle auf der Rutsche sah, begriff er, warum. Die Gewässer rund um die Halbinsel mussten von Haien nur so wimmeln.

ETWA um dieselbe Zeit erhielt Oberst Moreno auf seinem Mobiltelefon einen Anruf von seinem Mann in Surinam. Nash, der Engländer, hatte seinen Wagen bei einer kleinen Privatfirma gemietet. Es war ein Ford Fiesta. Der Geheimpolizist gab das Kennzeichen durch.

Moreno erließ daraufhin den Befehl, jeder Parkplatz, jede Garage, jede Auffahrt, jeder Dschungelpfad solle nach einem Ford Fiesta abgesucht werden. Das Kennzeichen spiele keine Rolle. Beginn der Suche bei Tagesanbruch.

DÄMMERUNG und Nacht brechen in den Tropen mit verblüffender Schnelligkeit herein. Dexter beobachtete, wie sich die Arbeiter mit schweren Beinen nach Hause schleppten. Sie gaben ihre Arbeitsgeräte ab und wurden, ehe sie das Tor passieren durften, einer nach dem anderen kontrolliert, wieder in fünf Reihen zu jeweils 200 Mann.

Sie kehrten zu den anderen 200 zurück, die im Dorf geblieben waren. In den Bungalows und Baracken gingen die ersten Lichter an. Ein weißes Leuchten an der entfernten Spitze des Dreiecks verriet, dass die Villa des Serben mit Scheinwerfern angestrahlt wurde.

Die Mechaniker auf dem Flugplatz sperrten ab und fuhren mit ihren Mopeds zu den Bungalows am anderen Ende der Rollbahn. Als alle Tore geschlossen waren, ließ man die Dobermänner frei. Die Welt nahm Abschied vom 6. September, und Dexter bereitete sich darauf vor, den Hang hinabzuklettern.

Einen Tag lang hatte er über den Rand des Steilhangs gespäht und dabei zwei Dinge über ihn gelernt, die er den Fotos nicht hatte entnehmen können. Erstens, der Hang war nicht von oben bis unten steil und somit durchaus zu bewältigen. Erst 30 Meter über dem Boden fiel er senkrecht ab. Aber Dexter verfügte über ein langes Kletterseil.

Zweitens war das Fehlen jeglicher Vegetation nicht naturbedingt. Anscheinend hatte man jeden Bewuchs entfernt, der einem Kletterer hätte Deckung bieten können. Dünne Schösslinge waren mitsamt den Wurzeln ausgerissen worden, dickere Stämme hatte man einfach abgesägt. Aber nicht kurz genug. Hunderte von Stümpfen boten Händen und Füßen beim Auf- und Abstieg Halt.

Gegen zehn ging ein fahler Mond auf, der einem Kletterer gerade genug Licht spendete, aber nicht so viel, dass er sich deutlich von der Schieferwand abhob. Sich von Stumpf zu Stumpf hangelnd, begann Dexter zur Startbahn hinabzuklettern. Als der Hang zu steil wurde, ließ er sich an dem Seil, das er aufgerollt über der Schulter trug, vollends hinab.

Er verbrachte drei Stunden auf dem Flugplatz. Vor Jahren hatte ihm ein Mandant beigebracht, wie man ein Schloss knackt, ohne Spuren zu hinterlassen, und die Dietriche, die Dexter nun an einem Bund bei sich trug, hatte ein Meister seines Fachs angefertigt. An der Seite des Hangars befand sich eine kleinere Tür. Es kostete Dexter nicht mehr als 30 Sekunden, sie zu knacken.

Es bedarf eines guten Mechanikers, um einen Hubschrauber zu reparieren, und eines noch besseren, um ihn so zu manipulieren, dass ein guter nicht bemerkt, dass Sabotage vorliegt. Dexters Interesse galt dem Heckrotor. Wenn der versagte, war der Hubschrauber nicht mehr flugtüchtig. Und genau das war der Fall, als Dexter seine Arbeit beendet hatte.

Die Tür der Hawker 1000 stand offen, sodass er Gelegenheit hatte, das Innere des Flugzeugs zu inspizieren. Danach sperrte er den Haupthangar wieder zu, brach in die Werkstatt der Mechaniker ein und nahm sich, was er brauchte, ohne Spuren zu hinterlassen.

Schließlich lief er gemächlich ans andere Ende der Rollbahn und verbrachte die letzte Stunde hinter den Bungalows. Am Morgen würde einer der Mechaniker verärgert feststellen, dass sich jemand sein Fahrrad ausgeliehen hatte, das hier am Zaun gelehnt hatte.

Als alles erledigt war, kletterte Dexter wieder hinauf zu seinem Horst. Seine Kleider waren so schweißnass, dass er sie hätte auswringen können. Um den Flüssigkeitsverlust auszugleichen, genehmigte er sich einen halben Liter Wasser und legte sich schlafen.

UM SIEBEN Uhr wurde McBride in seinem Zimmer im Camino Real von Paul Devereaux geweckt.

„Irgendetwas Neues?“, fragte der Mann aus Washington.

„Alles deutet darauf hin, dass er mit einem englischen Pass zurückgekommen ist. Er lautet auf den Namen Henry Nash, Tourismusunternehmer. Dann hat er sich in Luft aufgelöst. Sein Wagen ist inzwischen identifiziert, ein in Surinam gemieteter Ford Fiesta. Moreno leitet in diesen Minuten eine Großfahndung danach ein. Irgendwann im Laufe des Tages müsste ich etwas Neues erfahren.“

„Das genügt mir nicht“, meckerte Devereaux. „Ich werde unseren Freund verständigen müssen. Das wird kein einfaches Gespräch. Ich warte noch bis zehn. Sollten Sie bis dahin von einer Festnahme oder einer unmittelbar bevorstehenden Festnahme erfahren, rufen Sie mich sofort an.“

„Wird gemacht.“

Es gab keine Festnahme. Um zehn griff Devereaux zum Telefon.

UM HALB elf bemerkte Dexter auf der Hazienda verstärkte Aktivitäten. Geländewagen fuhren, Staubwolken aufwirbelnd, vom Herrenhaus zur Farm, und der Hubschrauber wurde aus dem Hangar gerollt. Sieht aus, als hätte jemand Alarm geschlagen, dachte Dexter.

Die Hubschrauberpiloten trafen ein. Wenige Minuten später saßen sie hinter ihren Instrumenten, und die großen Rotorblätter begannen sich langsam zu drehen. Das Triebwerk kam auf Touren, und der Rotor erreichte in kurzer Zeit die Warmlaufdrehzahl Der Heckrotor wirbelte ebenfalls. Doch dann lief etwas in seinem Lager nicht mehr rund. Ein ungesundes Knirschen von Metall war zu hören. Ein Mechaniker winkte aufgeregt den beiden Männern in der Plexiglaskanzel und fuhr sich mit der Hand quer über die Kehle. Der Pilot stellte das Triebwerk ab. Der Hauptrotor kam zum Stehen, und die Besatzung kletterte wieder heraus. Eine Gruppe scharte sich um das Heck und starrte zu dem defekten Rotor hinauf.

Uniformierte Wachleute stürmten ins Dorf der abwesenden Arbeiter und durchsuchten die Hütten. Andere fuhren mit Quadbikes über das Anwesen und wiesen die Vorarbeiter an, die Augen nach einem Eindringling offen zu halten.

Dexter schätzte die Zahl der Wachleute auf etwa 100. Jetzt konnte er sich eine ungefähre Vorstellung davon machen, wie viele Gegner ihn erwarteten. Und noch hatte er die Villa selbst und ihre Sicherheitssysteme nicht gesehen.

KURZ vor Mittag rief Paul Devereaux seinen Mann im Zentrum des Sturms an. „Kevin, Sie müssen rüberfahren und unseren Freund besuchen. Er ist außer sich. Ich kann gar nicht genug betonen, wie wichtig es ist, dass der Kerl beim Projekt Wanderfalke seinen Part übernimmt. Er darf jetzt nicht kneifen. Eines Tages werde ich Ihnen sagen können, wie wichtig er ist. Für den Augenblick bleiben Sie bei ihm, bis der Eindringling gefasst und unschädlich gemacht ist. Anscheinend hat Zilics Hubschrauber eine Panne. Bitten Sie den Oberst um einen Jeep, der Sie über die Berge bringt. Und rufen Sie mich an, wenn Sie dort sind."

KURZ nach eins kroch ein blauer Landrover über den Berg und fuhr ächzend den gewundenen Weg ins Dorf hinunter. Er trug die Hoheitszeichen der Polizei von San Martin. Der Landrover durchquerte das Dorf und hielt vor dem Tor im Maschendrahtzaun. Der Fahrer, ein Polizist, stieg aus und zeigte den Wachen seinen Ausweis. Sie telefonierten, vermutlich um in der Villa eine Durchfahrerlaubnis einzuholen.

Unterdessen stieg auch der Beifahrer aus und blickte neugierig in die Runde. Er drehte sich um und betrachtete die Bergkette, die er soeben überquert hatte. Hoch über ihm wurde ein Fernglas scharf gestellt.

SEIT zwei Jahren arbeitete McBride mit Devereaux am Projekt Wanderfalke, seit der Kontaktaufnahme mit dem Serben und seiner Rekrutierung. Er hatte die Akten gelesen und glaubte, alles zu wissen, was es über Zilic zu wissen gab, hatte ihn persönlich aber nie getroffen. Dieses zweifelhafte Vergnügen war bislang Devereaux vorbehalten geblieben.

Der Landrover fuhr auf die hohe Schutzmauer zu, die das Grundstück auf der Landspitze umgab. Eine kleine Pforte im Tor öffnete sich, und ein stämmiger Mann in Freizeithose und Baumwollhemd trat heraus. Das Hemd hing lose über den Hosenbund. Es verbarg eine Neunmillimeterpistole. McBride kannte den Mann aus der Akte: Kulac, der Leibwächter, den Zilic aus Belgrad mitgebracht hatte. Er näherte sich der Beifahrertür und bedeutete dem Insassen auszusteigen. Nach zwei Jahren in der Fremde sprach er noch immer nur Serbokroatisch.

„*Muchas gracias. Adios*", bedankte McBride sich bei dem Polizisten, der ihn hergebracht hatte. Der Mann nickte, begierig darauf, in die Hauptstadt zurückzukehren.

Hinter dem mächtigen Holztor, das aus Balken so dick wie Eisenbahnschwellen bestand und automatisch betrieben wurde, stand ein Tisch. Zuerst wurde McBride gründlich nach versteckten Waffen durchsucht, dann seine Reisetasche. Derweil kam ein Butler von der oberen Terrasse herunter und wartete, bis die Kontrolle beendet war.

Kulac grunzte zufrieden, und geführt von dem Butler stiegen die beiden Männer die Stufen hinauf. Zum ersten Mal konnte McBride das Haus genauer in Augenschein nehmen. Es war dreistöckig, von einem gepflegten Rasen umgeben und erinnerte an die luxuriösen Villen, die man von der Côte d'Azur kennt.

In die mit Steinplatten belegte Terrasse, auf die sie gelangten, war ein schimmernder blauer Swimmingpool eingelassen. Daneben stand ein großer Tisch aus weißem Marmor, der fürs Mittagessen gedeckt war. Silber und Kristall funkelten.

Der Butler bedeutete McBride, Platz zu nehmen, während Kulac stehen blieb und ihn im Auge behielt. Aus dem schattigen Inneren der Villa trat nun ein Mann in weißer Hose und cremefarbenem Seidenhemd.

McBride erkannte den Mann kaum wieder, der einst Zoran Zilic gewesen war. Das neue Gesicht hatte mit dem in der CIA-Akte wenig Ähnlichkeit; die Schweizer Chirurgen hatten gute Arbeit geleistet. Die slawische Blässe war einer tropischen Sonnenbräune gewichen, und nur die feinen weißen Narben wollten partout nicht dunkel werden. Doch McBride hatte sich sagen lassen, dass Ohren ein ebenso eindeutiges Unterscheidungsmerkmal eines jeden Menschen sind wie Fingerabdrücke und sich, sofern sie nicht operiert werden, niemals verändern. Zilics Ohren waren dieselben, und als der Serbe seinem Besucher die Hand gab, fielen McBride außerdem die nussbraunen, wilden Tieraugen des anderen auf.

Zilic nahm am Marmortisch Platz und deutete mit dem Kopf auf den anderen freien Stuhl.

Eine sehr junge und hübsche Einheimische in einer Dienstmädchenuniform füllte zwei Champagnerflöten. Zilic musterte die bernsteinfarbene Flüssigkeit, dann trank er sie in einem Zug.

„Wer ist dieser Mann?", fragte er in gutem Englisch.

„Das wissen wir nicht genau. Er ist ein Solist. Arbeitet im Verborgenen. Wir kennen nur den Decknamen, den er sich gegeben hat."

„Und wie lautet der?"

„Avenger. Der Rächer."

Der Serbe sann darüber nach, dann zuckte er mit den Schultern. „Warum sind Sie so spät aktiv geworden, Mr McBride?"

„Wir wussten nichts von dem Mann, bis Sie sich darüber beschwerten, dass jemand Ihr Anwesen überflogen hat. Mr Devereaux dachte, wir könnten den Störenfried finden und unschädlich machen. Leider ist er uns durch die Maschen geschlüpft."

Zwei weitere Mädchen begannen, das Essen aufzutragen. Es gab Wachteleikanapees, Spargel mit zerlassener Butter sowie kalten Hummer mit Mayonnaise und zum Nachtisch Muskattrauben und Pfirsiche mit starkem schwarzem Kaffee. Der Butler bot kubanische Zigarren an, ehe er sich entfernte.

„Um diese Zeit halte ich Siesta", verkündete der Serbe schließlich. „Bevor ich mich zurückziehe, lassen Sie mich Ihnen noch etwas sagen. Ich habe diese Festung zusammen mit Major Van Rensberg entworfen. Sie werden ihn gleich kennen lernen. Meines Erachtens ist sie der sicherste Platz der Welt. Ich halte es für ausgeschlossen, dass es diesem Söldner gelingt, hier einzudringen. Wenn doch, wird er es mit dem Leben bezahlen. Die Sicherheitssysteme sind erprobt. Dieser Mann mag an Ihnen vorbeigekommen sein, aber an meinen Systemen wird er das nicht."

Er erhob sich und verschwand im Haus. Unterhalb der Terrasse ging kurz darauf die Pforte im Haupttor auf, und ein Mann kam die Stufen herauf. McBride kannte ihn aus den Akten, ließ es sich aber nicht anmerken.

Zu Zeiten, als in Südafrika noch die Nationale Partei regierte und ihre Apartheidpolitik praktizierte, hatte Adriaan Van Rensberg, ein überzeugter Anhänger der Rassentrennung, sich als übereifriger Neuling dem Büro für Staatssicherheit angeschlossen und rasch Karriere gemacht. Nach der Wahl Nelson Mandelas zum Präsidenten setzte er sich vorsichtshalber ins Ausland ab.

Jahrelang verdingte er sich bei faschistischen Gruppierungen in Europa als Sicherheitsexperte, ehe Zoran Zilic auf ihn aufmerksam wurde und ihm den lukrativen Job anbot, Festung und Hazienda El Punto zu planen, zu bauen und zu befehligen.

McBride fiel auf, dass Van Rensberg sich für den Posten selbst eine Uniform entworfen hatte, die aus Kampfstiefeln, Dschungel-Tarnanzug, Buschhut mit Leopardenfellband und schmeichelhaften Insignien bestand.

„Mr McBride? Der Gentleman aus den Staaten?"

„In Person."

„Major Van Rensberg, Sicherheitschef. Ich habe Anweisung, Ihnen das Anwesen zu zeigen. Wäre Ihnen morgen früh recht? Halb neun?"

Auf einem Parkplatz im Ferienort La Bahia fand ein Polizist schließlich den Ford. Die inländischen Nummernschilder waren gefälscht. Die Bedienungsanleitung im Handschuhfach war in niederländischer Sprache, wie in Surinam.

Viel später erinnerte sich jemand, einen Touristen gesehen zu haben, der mit einem großen Militärrucksack stadtauswärts gewandert war, in östlicher Richtung.

Oberst Moreno pfiff seine Polizeitruppe und die Armee in ihre Kasernen zurück. Am Morgen, so befahl er, sollten sie von der Landseite her die Bergkette erklimmen und den Dschungel durchkämmen, von der Hauptstraße bis hinauf zum Kamm.

12 DER COUP

Zum zweiten Mal hatte Dexter in seinem Versteck auf dem Bergkamm erlebt, wie die Sonne untergegangen und die Nacht hereingebrochen war, und dabei sollte es auch bleiben. Er beobachtete, wie in den Fenstern auf der Halbinsel unter ihm die letzten Lichter erloschen, dann rüstete er zum Aufbruch.

Er aß seine letzte Feldration und trank das restliche Wasser. Den großen Rucksack und das Regencape konnte er zurücklassen. Was er brauchte, hatte er entweder mitgebracht oder die Nacht zuvor gestohlen. Alles fand in dem kleinen Rucksack Platz. Nur das Seil, das er aufgerollt über der Schulter trug, behinderte ihn. Er würde es später gut verstecken müssen, damit niemand es fand.

Mitternacht war vorbei, als er die Reste seines Lagers, so gut es ging, beseitigte und aufbrach. Langsam und vorsichtig kletterte er den Hang hinab, von Stumpf zu Stumpf, von Wurzel zu Wurzel, bis er das Seil brauchte. Er ließ sich hinab, bis er in der Felsspalte zwischen den Klippen und der Rückseite der Kirche ankam. Er wickelte das Seil über der Schulter auf und schlich weiter.

Die Gemeinschaftslatrinen bestanden aus langen Gräben, die man mit Brettern abgedeckt hatte. In diese waren runde, mit Deckeln verschlossene Löcher gesägt. Dexter holte tief Luft, hob einen Deckel und warf das aufgerollte Seil in das schwarze Innere. Mit etwas Glück versank es und wurde nie entdeckt.

Die Hütten, in denen die Arbeiter wohnten, waren klein, doch jeder besaß eine für sich. Zwei Reihen aus jeweils 50 Hütten bildeten eine

Gasse. Jede Gasse zweigte von einem Hauptweg ab, der zu einem Platz führte, den die Waschräume, die Küchen und die von Palmstrohdächern beschirmten Esstische umgaben.

Dexter mied das Mondlicht auf dem Hauptplatz und kehrte im Schatten der Gebäude zur Kirche zurück. Das Schloss an der Eingangstür hielt ihn nicht länger als ein paar Minuten auf.

Im Vergleich zu anderen Gotteshäusern war die Kirche nichts Besonderes, aber aus Sicht der Lagerleitung war es eine kluge Maßnahme gewesen, den Gefangenen in diesem tief katholischen Land die Möglichkeit zu geben, im Glauben Trost zu finden.

Was Dexter suchte, fand er hinter dem Altar in der Sakristei. Ohne die Tür wieder abzuschließen, eilte er zu den Hütten zurück, in denen die Arbeiter schliefen.

Von oben hatte er sich eingeprägt, wo die von ihm ausgewählte Hütte stand. Er hatte ihren Bewohner zum Frühstück gehen sehen und beim Blick durchs Fernglas den Eindruck gehabt, dass der Gefangene ungefähr seine Größe und Statur besaß. Es war die fünfte Hütte von vorn auf der linken Seite in der dritten Gasse, die hinter dem Platz vom Hauptweg abzweigte. Die Tür besaß kein Schloss. Dexter trat ein und verharrte reglos, damit sich seine Augen nach dem fahlen Mondlicht draußen an die Dunkelheit gewöhnen konnten.

Die Gestalt auf der Pritsche schnarchte. Nach drei Minuten kauerte Dexter sich nieder und zog etwas aus seinem Rucksack, dann trat er ans Bett. Der getränkte Wattebausch in seiner Hand verströmte den süßlichen Geruch von Chloroform.

Der Mann grunzte und fiel in einen noch tieferen Schlaf. Dexter drückte ihm den Wattebausch noch eine Weile aufs Gesicht, damit der Mann erst nach Stunden wieder zu sich kam. Dann schulterte er den Schläfer und huschte auf demselben Weg, den er gekommen war, zur Kirche zurück. In der Sakristei angekommen, nahm er ein festes Kreppband, fesselte dem Mann damit Hände und Füße und verklebte ihm den Mund. Während er wieder absperrte, sah er die Ankündigung, die am schwarzen Brett neben der Tür hing. Sie kam ihm gerade recht.

Wieder in der leeren Hütte, riskierte er es, die Taschenlampe anzuknipsen, und untersuchte die Besitztümer des Arbeiters. Viele waren es nicht. Die Wände waren kahl bis auf Holznägel, an denen in doppelter Ausführung die Arbeitskleidung des Mannes hing – Baumwollhosen, Hemden, Espandrilles und ein Sombrero aus Stroh. Dann gab es noch den Beutel aus Segeltuch mit Zugband, in dem das Mittagessen zur

Feldarbeit mitgenommen wurde. Dexter knipste die Taschenlampe aus und blickte auf seine Uhr. Fünf nach vier.

Er entkleidete sich bis auf die Boxershorts, wickelte die Gegenstände, die er mitzunehmen gedachte, in sein verschwitztes T-Shirt und stopfte das Bündel in den Fressbeutel. Auf alles andere musste er verzichten. Es verschwand im Rucksack und wurde bei einem zweiten Latrinenbesuch entsorgt. Dann wartete Dexter auf die metallischen Schläge gegen das aufgehängte Stück Eisenbahnschiene. Sie ertönten wie immer um halb sieben, und das Dorf erwachte zum Leben.

Dexter verzichtete zunächst auf den Gang zu den Latrinen und Waschtrögen. 20 Minuten später spähte er durch eine Ritze in der Holztür. Die Gasse hatte sich geleert. Mit gesenktem Kopf, den Sombrero tief in die Stirn gezogen, huschte er nun zu den Latrinen, eine Gestalt in Hose, Hemd und Schuhen wie alle anderen. Er hockte über einem offenen Loch, während die anderen frühstückten. Erst als das dritte Anschlagen der Eisenbahnschiene die Arbeiter zum Tor rief, reihte er sich in die Schlange ein.

Die fünf Kontrolleure saßen an ihren Tischen, prüften die Hundemarken, tippten die Nummern ein und winkten die Männer durch.

Dexter trat an den Tisch, an dem seine Schlange abgefertigt wurde, nahm wie alle anderen seine Hundemarke zwischen Daumen und Zeigefinger, beugte sich vor und hustete. Der Kontrolleur drehte schnell den Kopf weg, gab die Nummer ein und scheuchte ihn weiter. Das Letzte, was der Mann jetzt vertragen konnte, war eine Nase voll Chiligeruch.

Dexter schlurfte weiter und holte sich eine Hacke. Er erhielt die Aufgabe, in den Avocadohainen Unkraut zu jäten.

UM HALB acht nahm Kevin McBride auf der Terrasse allein das Frühstück ein. Es bestand aus Grapefruit, Eiern, Toast und Pflaumenmarmelade und hätte jedem Fünfsternehotel Ehre gemacht.

Um Viertel nach acht stieß der Serbe zu ihm. „Am besten, Sie packen gleich Ihre Tasche“, sagte er. „Wenn Major Van Rensberg Ihnen alles gezeigt hat, werden Sie hoffentlich einer Meinung mit mir sein: Die Chancen dieses Söldners, hier einzudringen, stehen eins zu tausend, und die, wieder hinauszukommen, sind gleich null. Sie haben also keinen Grund, noch länger zu bleiben. Sie können Mr Devereaux ausrichten, dass ich meinen Teil der Abmachung wie abgesprochen am Ende des Monats erfüllen werde.“

Um halb neun warf McBride seine Reisetasche hinten in den offenen Jeep des Südafrikaners und stieg neben ihm ein.

„Und?“, fragte der Sicherheitschef. „Was möchten Sie sehen?“

„Man hat mir gesagt, dass es einem ungebetenen Besucher praktisch unmöglich ist, hier hereinzugelangen. Was ist mit einem Eindringen vom Meer her?“

„Das will ich Ihnen zeigen.“ Van Rensberg brauste los. In der Nähe einer Klippe fuhr er an den Rand und hielt an. „Von hier aus können Sie es sehen“, erklärte er, während sie ausstiegen. „Das ganze Anwesen ist von Wasser umgeben. Ein als Fernsehschüssel getarntes Seeradar warnt uns vor allem, was sich von See nähert.“

„Abfangkräfte?“

„Zwei Schnellboote, von denen ständig eins auf See patrouilliert. Die Gewässer um die Halbinsel sind Verbotszone. Kein Schiff darf sich ihr mehr als zwei Kilometer nähern, nur der Frachter, der gelegentlich Ware bringt.“

„Könnte jemand unter Wasser herankommen? Zum Beispiel Spezialkräfte für amphibische Operationen? Kampftaucher?“

Van Rensberg schnaubte verächtlich. „Das Meer wimmelt von Haien. Schwarzspitzenhai, Weißflossen-Hammerhai, Tigerhai, großer Hammerhai, hier sind alle vertreten.“

„Könnte jemand über die Sierra kommen, so wie ich?“

Als Antwort reichte ihm Van Rensberg einen Feldstecher. „Sehen Sie selbst. Außen herum kommt niemand vorbei. Die Klippen fallen steil ins Wasser ab. Und wenn Sie am Tag über den Hang klettern, werden Sie in Sekundenschnelle entdeckt.“

„Und bei Nacht?“

„Ach, Sie haben die Hunde nicht gesehen? Eine Meute von zwölf Dobermännern, alle messerscharf. Sie sind darauf abgerichtet, alles, was Uniform trägt, in Ruhe zu lassen und dazu noch ein Dutzend Leute vom leitenden Personal. Bei Sonnenuntergang werden sie freigelassen. Danach muss jeder Arbeiter und jeder Fremde außerhalb der Umzäunung bleiben, sonst ist er dem Tod geweiht. Das gilt auch für Ihren Söldner. Was, glauben Sie, plant er?“

„Ich habe nicht die leiseste Ahnung. Wenn er nur halbwegs bei Verstand ist, hat er wieder kehrtgemacht.“

Van Rensberg lachte. „Das wäre sehr vernünftig von ihm.“ Er sah auf die Uhr. „Elf. Ich bringe Sie jetzt zu unserem Wachhaus in den Bergen. Die Polizei von San Martin schickt einen Wagen, der Sie dort abholt und ins Hotel zurückbringt.“

Sie fuhren über das Anwesen, als es im Funkgerät des Majors knackte. Er lauschte der Meldung des Funkers, der seinen Raum im Keller unter der Villa hatte, und strahlte. Dann schaltete er ab und deutete zu den Bergen hinauf. „Oberst Morenos Leute haben das Lager des Amerikaners gefunden. Verlassen. Ich schätze, er hat genug gesehen und gekniffen."

In der Ferne konnte McBride das große Doppeltor erkennen, dahinter die weißen Hütten des Arbeiterdorfs. „Erzählen Sie mir von den Arbeitern, Major. Wie viele sind es? Woher kommen sie?"

„Etwa 1200. Lauter Sträflinge. Das hier ist eine Gefängnisfarm."

„Was ist mit den Wachleuten und dem Hauspersonal?"

„Das ist etwas anderes. Wir sind Angestellte. Jeder, der innerhalb der Mauer gebraucht wird, wohnt auch dort. Keiner darf raus, wenn unser Arbeitgeber hier ist. Nur uniformierte Wächter und ein paar Führungskräfte wie ich können die Mauer passieren. Ein Peon niemals."

„Könnte ein Fremder ins Anwesen eindringen und sich als Arbeiter ausgeben?"

„Ausgeschlossen. Der Verwalter geht jeden Abend ins Dorf und bestimmt die Arbeitskräfte für den nächsten Tag. Nach dem Frühstück müssen sich die Ausgewählten am Haupttor melden. Jeder Einzelne wird kontrolliert. Nur die festgelegte Zahl wird durchgelassen, keiner mehr."

„Und wie viele sind das?"

„Etwa 1000 pro Tag. Etwa 200 bleiben zurück: die ernstlich Kranken, Müllmänner, Köche."

Es knackte erneut im Funkgerät. Diesmal legte sich Van Rensbergs Stirn in Falten, während er lauschte. „Was soll die Aufregung? Gut, sagen Sie ihm, er soll sich beruhigen. In fünf Minuten bin ich da." Er legte das Gerät zurück. „Pater Vincente schiebt Panik. Ich muss auf dem Weg in die Berge bei der Kirche vorbeischauen."

Sie fuhren an einer Reihe von Arbeitern vorbei, die sich in der brütenden Hitze über Hacken beugten. Ein paar hoben kurz den Kopf und beobachteten den vorbeifahrenden Wagen. Ausgezehrte Gesichter, kaffeebraune Augen unter Strohkrempen. Aber ein Augenpaar war blau.

Pater Vincente hüpfte auf der obersten Treppenstufe vor der offenen Kirchentür hin und her, ein kleiner, pummeliger Mann in einer nicht ganz sauberen weißen Soutane.

„Kommen schnell, Oberst", sagte er in schlechtem Englisch und stürzte nach drinnen.

Die beiden Männer stiegen aus, rannten die Stufen hinauf und folgten ihm. Die schmutzige Soutane fegte den Mittelgang entlang und am Altar vorbei in die Sakristei. Der kleine Raum enthielt einen Schrank, der zur Aufbewahrung der Messgewänder diente. Mit theatralischer Geste riss der Priester die Tür auf und rief: „Hier!"

Sie schauten hinein. Der Peon lag noch genauso da, wie Pater Vincente ihn gefunden hatte. Seine Handgelenke waren fest mit Klebeband umwickelt, ebenso die Fußgelenke, und auch über seinem Mund klebte ein breiter Streifen. Beim Anblick Van Rensbergs weiteten sich seine Augen vor Entsetzen.

Der Südafrikaner beugte sich vor und riss den Knebel weg. „Wie zum Teufel kommt er hierher?"

Der Mann stammelte erschrocken eine Erklärung, und der Priester zuckte vielsagend mit den Schultern. „Er sagt, nicht wissen. Er sagt, er letzte Nacht schlafen gehen und hier aufwachen. Er hat Kopfschmerzen, er sich nicht erinnern an mehr."

Der Mann war bis auf seine Unterhose nackt.

„Sagen Sie ihm, dass es besser für ihn wäre, wenn er sich langsam erinnern würde!", brüllte Van Rensberg, und der Priester übersetzte.

„Major", beschwichtigte ihn McBride, „eins nach dem anderen. Zuerst brauchen wir mal den Namen."

Pater Vincente begriff, was er meinte. „Er heißen Ramón."

„In welcher Hütte wohnt er?", fragte der Amerikaner.

„Sie befinden sich 300 Meter von hier", antwortete der Priester.

„Sollen wir hingehen und nachsehen?" McBride zückte ein Taschenmesser und durchtrennte das Kreppband an Ramóns Handgelenken und Knöcheln.

Der eingeschüchterte Arbeiter führte den Major und den Amerikaner in seine Gasse. Dort deutete er auf seine Tür und blieb stehen.

Van Rensberg betrat die Hütte, gefolgt von McBride. Es war nichts zu finden außer einem zusammengedrückten Wattebausch, den der Amerikaner unter dem Bett entdeckte. Er schnupperte daran und reichte ihn dem Major.

„Chloroform", bemerkte McBride. „Er ist im Schlaf überrumpelt worden. Wahrscheinlich hat er gar nichts mitbekommen. Ich glaube, er lügt nicht."

„Und was zum Henker soll das Ganze?"

„Sagten Sie nicht, dass jeder Mann eine Hundemarke trägt? Ramón hat keine um."

Van Rensberg ging ein Licht auf. Mit großen Schritten eilte er zum Jeep und riss das Walkie-Talkie aus der Halterung am Armaturenbrett. „Wir haben einen Notfall“, bellte er, als sich der Funker meldete. „Lösen Sie Alarm aus. Niemand außer mir darf das Tor zur Villa passieren. Dann fordern Sie alle Wachleute auf dem Anwesen über Lautsprecher auf, sich am Haupttor bei mir zu melden.“

Sekunden später erfüllte das lang gezogene Heulen einer Sirene die Halbinsel. Dann ertönte die Stimme des Funkers: „Alle Wachen unverzüglich zum Haupttor! Ich wiederhole: Alle Wachen unverzüglich zum Haupttor!“

Über 60 Mann hatten Tagschicht, der Rest hielt sich in den Unterkünften auf. Dem Befehl Folge leistend, strömten sie aus allen Richtungen herbei.

Van Rensberg fuhr mit seinem Jeep durchs Tor und wartete, auf der Kühlerhaube stehend und ein Megafon in der Hand, dort auf sie. „Wir haben einen Eindringling!“, rief er, als sie vor ihm standen. „Er ist als Arbeiter verkleidet. Er hat sogar eine Hundemarke gestohlen. Die Tagschicht treibt sofort alle Arbeiter zusammen und bringt sie zurück. Alle, ohne Ausnahme. Die dienstfreie Schicht durchsucht jede Scheune, jeden Stall, jede Werkstatt. Auf jeden Flüchtigen in Häftlingskleidung wird ohne Vorwarnung geschossen. Abmarsch!“

Die 100 Männer schwärmten über das Anwesen aus.

Van Rensberg hatte völlig vergessen, dass McBride eigentlich abreisen wollte. Er war zu beschäftigt, um sich um den Amerikaner zu kümmern.

McBride saß da und grübelte. An der Kirche neben der Eingangstür hatte ein Zettel gehangen, auf dem stand: *OBSEQUIAS POR NUESTRO HERMANO PEDRO HERNANDEZ. ONCE DE LA MAÑANA.* Trotz seiner mageren Spanischkenntnisse kam der CIA-Mann dahinter, was gemeint war: TRAUERGOTTESDIENST FÜR UNSEREN BRUDER PEDRO HERNANDEZ. ELF UHR MORGENS.

Hatte der Eindringling den Zettel nicht gesehen? Hatte er ihn nicht verstanden? Der Priester musste den Gefangenen schließlich zwangsläufig entdecken, wenn er kurz vor elf in die Sakristei kam. Warum hatte der Rächer den Mann nicht in der Hütte gefesselt, wo man ihn erst am Abend gefunden hätte, wenn überhaupt?

McBride trat zum Major, der über Funk mit den Mechanikern vom Flugplatz herummoserte.

„Wo liegt denn der Fehler? Ich brauche ihn in der Luft. Also los, beeilt euch!“ Er schaltete das Gerät aus, hörte McBrides Überlegungen an und schnauzte: „Ihr Landsmann hat schlicht und ergreifend einen Fehler gemacht. Einen schweren Fehler. Er wird ihn das Leben kosten.“

Eine Stunde verging. McBride sah, wie die erste Kolonne der Arbeiter dem Tor zu ihrem Dorf zustrebte. Es war jetzt Mittag. Die Hitze war wie ein Hammerschlag auf den Hinterkopf.

Die Menge vor dem Tor wurde immer größer. Um halb zwei begann man mit der Überprüfung der Nummern. Jeder Arbeiter wurde genau kontrolliert. Als der Letzte auf das Dorf zuwankte, meldete sich einer der Kontrolleure. „Einer fehlt!“, rief er.

Van Rensberg trat an seinen Tisch und spähte ihm über die Schulter.

„Nummer 53108.“

„Name?“

„Ramón Gutiérrez.“

„Lasst die Hunde los!“, befahl Van Rensberg.

DER MANN, den er suchte, lief inmitten des Anwesens durch ein Maisfeld mit übermannshohen Stauden. Bereits am frühen Morgen war er zwei Stunden lang gerannt, um von seiner zugewiesenen Arbeitsstelle zur Schutzmauer der Villa zu gelangen. Nicht dass diese Distanz einen Mann, der imstande war, die halbe Marathonstrecke zu bewältigen, vor Probleme gestellt hätte, aber er hatte sich immer wieder vor den anderen Arbeitskolonnen und den Wächtern verbergen müssen. Er verbarg sich noch immer.

Am Rand des Maisfelds stieß er auf einen Weg, warf sich zu Boden und spähte hinaus. Zwei Wachleute donnerten auf einem Quadbike in Richtung Haupttor vorbei. Er wartete, bis sie um die Kurve waren, dann huschte er über den Weg und verschwand in einem Pfirsichhain.

Die Ausrüstung, die er am Morgen mitgebracht hatte, teils in seinem Proviantbeutel verborgen, teils in der eng geschnittenen Unterhose, die er unter den Boxershorts trug, war fast aufgebraucht. Die Taschenuhr trug er wieder am Handgelenk, den Gürtel an der Hüfte und das Messer hinten an der Taille, wo es ihn nicht behinderte, aber leicht zu erreichen war. Das Heftpflaster und der Rest steckten in dem flachen Beutel an seinem Gürtel.

Er hörte das Gurgeln von fließendem Wasser. Er kam an den Bach, ging auf demselben Weg wieder 15 Meter zurück und entkleidete sich bis auf die Unterhose und den Gürtel mit dem Messer.

Hinter den Feldern, in der stumpfen, betäubenden Hitze, hörte er das

Bellen der Hunde. Es kam näher. In wenigen Minuten würde die schwache auflandige Brise den Hundenasen seinen Geruch zutragen.

Er arbeitete behutsam, aber schnell. Dann schlich er zum Bach, glitt in das kalte Wasser und ließ sich von der Strömung davontragen, quer über das Anwesen in Richtung Flugplatz und Klippe.

TROTZ seiner Behauptung, dass die Killerhunde ihm nichts tun würden, kurbelte Van Rensberg sein Seitenfenster hoch, bevor er vom Tor aus auf einem der Hauptwege ins Kernland der Farm fuhr. Hinter ihm steuerte der stellvertretende Hundeführer einen Laster, dessen Ladefläche ein geschlossenes Eisengitter überwölbte. Der Chef der Hundeführer saß neben Van Rensberg im Landrover und streckte den Kopf aus dem Beifahrerfenster. Er hörte als Erster, dass die Hunde plötzlich einen anderen Ton anschlugen. Aus dem kehligen Bellen wurde ein aufgeregtes Kläffen.

„Sie haben was gefunden!“, rief er.

Van Rensberg grinste. „Wo, Mann, wo?“

„Da drüben!“

McBride rutschte noch tiefer in den Rücksitz, froh, dass der Jeep über Türen und Fenster verfügte. Für scharfe Hunde hatte er nichts übrig.

Sie hatten tatsächlich etwas gefunden, aber sie kläfften mehr vor Schmerz als vor Erregung. Der Südafrikaner bog um die Ecke eines Pfirsichhains – und da war sie, die komplette Meute. Sie bildete ein wildes Knäuel mitten auf dem Weg. Das Objekt ihres Interesses war ein Bündel blutiger Kleider.

„Rauf mit ihnen auf den Laster!“, brüllte Van Rensberg.

Der Hundeführer stieg aus und pfiff die Meute zurück. Gehorsam, aber immer noch kläffend sprangen sie hinten auf den Hundewagen. Der Riegel wurde vorgeschoben, dann erst stiegen Van Rensberg und McBride aus.

„So“, sagte Van Rensberg, „hier haben sie ihn also erwischt.“

Der Hundeführer, der sich über das Verhalten der Tiere wunderte, hob ein blutiges Baumwollhemd auf und hielt es sich an die Nase. Er zuckte zurück. „Dieses Schwein!“, schrie er. „Chili, fein gemahlenes grünes Chilipulver. Es ist voll mit dem Zeug. Kein Wunder, dass die armen Kerle heulen. Sie sind nicht aufgeregt, sie haben Schmerzen!“

„Und wann funktionieren ihre Riechorgane wieder?“

„Heute nicht mehr, Boss, vielleicht morgen.“

Sie fanden die Hose, die ebenfalls voller Chilipulver war, den Strohhut und sogar die Espandrilles. Aber keine Leiche, keine Knochen, nichts außer den Flecken auf dem Hemd.

„Was hat er gemacht?", fragte Van Rensberg den Hundeführer.

„Er hat sich eine Schnittwunde beigebracht und dann das Hemd voll geblutet. Er hat gewusst, dass er die Hunde damit ganz wild macht. Er hat gewusst, dass sie das Blut riechen, den Stoff packen und den Chili einatmen."

Van Rensberg sah sich die Kleidungsstücke an. „Er hat sich ausgezogen. Wir suchen also einen splitternackten Mann."

„Nicht unbedingt", meinte McBride.

Der Südafrikaner hatte auch seine Truppe militärisch eingekleidet. Alle trugen die gleiche Uniform: eine kakifarbene Drillichhose, die in Kampfstiefeln aus Kalbsleder steckte, einen breiten Ledergürtel und ein Tarnhemd mit afrikanischem Leopardenmuster. Ein oder zwei auf der Spitze stehende Winkel wiesen den Träger als Unteroffizier oder Feldwebel aus, auf den Schulterstücken der vier rangniederen Offiziere prangten Sterne aus Stoff.

An einem Dornengestrüpp neben dem Weg, der offenbar Schauplatz eines Kampfes gewesen war, hatte McBride das abgerissene Schulterstück eines Hemdes entdeckt. Es war ohne Stern.

„Ich glaube nicht, dass unser Mann nackt ist", erklärte McBride. „Ich glaube, er trägt ein Tarnhemd, dem ein Schulterstück fehlt, eine Drillichhose und Kampfstiefel. Und einen Buschhut wie Sie, Major."

Van Rensberg erbleichte. Doch die Fakten sprachen für sich. Zwei Furchen, die offensichtlich von Stiefelabsätzen herrührten, deuteten darauf hin, dass jemand durchs hohe Gras geschleift worden war. Die Spur endete am Bach.

„Wenn er hier eine Leiche reingeworfen hat", murmelte der Major, „ist sie längst über die Klippe ins Meer gestürzt."

Allmählich wurde ihm das ganze Ausmaß der Lage bewusst. Irgendwo auf dem riesigen Anwesen lauerte, getarnt durch eine erbeutete Uniform, ein professioneller Killer, der über Waffen verfügte und vermutlich den Auftrag hatte, Van Rensbergs Arbeitgeber den Kopf wegzupusten.

Der Major stellte einen Funkkontakt her. „Zwanzig neue Leute sollen die Wachen an der Villa verstärken. Sie sollen sich auf dem Gelände rund um das Haus verteilen. Sofort!"

Sie fuhren zurück zu dem umfriedeten Haus auf der Landzunge.

Es war Viertel vor vier.

Das Wasser des Bachs fühlte sich wie Balsam auf der nackten Haut an, nachdem sie so lange der sengenden Sonne ausgesetzt gewesen war. Doch die Strömung war tückisch, denn auf dem Weg zum Meer nahm sie zwischen den betonierten Ufern stetig zu. Dort, wo er ins Wasser getaucht war, hätte Dexter noch am anderen Ufer hinausklettern können, aber da wäre er noch zu weit von dem Baum entfernt gewesen, den er erreichen musste. Er hatte ihn von seinem Adlerhorst aus gesehen.

Der letzte Ausrüstungsgegenstand, von dem er noch keinen Gebrauch gemacht hatte, war ein kleiner Klappanker mit sieben Meter Leine. Während er zwischen den Ufern des sich windenden Bachs dahintrieb, klappte er die drei Flunken aus, ließ sie einrasten und legte sich die Schlaufe der Leine ums rechte Handgelenk.

Er kam um eine Biegung und sah vor sich den Baum, der am Ufer auf der Flugplatzseite stand. Zwei dicke Äste neigten sich über den Bach. Als Dexter sich ihm näherte, richtete er sich im Wasser auf, holte aus und schleuderte den Anker hoch in die Luft. Er hörte das Krachen, als das Metall gegen die Äste schlug, trieb unter dem Baum hindurch und spürte den Schmerz im rechten Schultergelenk, als die Flunken griffen und der Weg den Bach hinab jäh gestoppt wurde. Er hangelte sich an der Leine entlang ans Ufer und hievte den Oberkörper heraus, krallte die freie Hand in den Grasboden und zog sich vollends ans Ufer.

Der Klappanker hing in unerreichbarer Höhe im Geäst. Dexter fasste so weit nach oben, wie er konnte, schnitt die Leine ab und ließ den Rest über dem Wasser baumeln. Er war jetzt 100 Meter von dem Zaun entfernt, in den er 40 Stunden zuvor ein Loch geschnitten hatte. Er konnte ihn nur kriechend erreichen. Nach seiner Schätzung waren die Hunde noch anderthalb Kilometer entfernt, auf der anderen Seite des Bachs.

Zwei Nächte zuvor hatte er im Dunkeln am Zaun des Flugplatzes gelegen und einen waagerechten und einen senkrechten Schnitt angebracht, sodass die Schnitte zwei Seiten eines Dreiecks bildeten, jedoch einen Draht intakt gelassen, damit der Zaun gespannt blieb. Den Bolzenschneider hatte er darunter im hohen Gras versteckt, wo er auch jetzt noch lag.

Die beiden Schnitte hatte er mit kunststoffummanteltem grünem Gärtnerdraht wieder zusammengebunden. Es dauerte nur eine Minute, um ihn zu lösen. Er vernahm ein dumpfes Sirren, als er den letzten Draht kappte. Nun schlüpfte er durch den Zaun, drehte sich, auf dem Bauch liegen bleibend, um und flickte das Loch wieder. Aus einiger Entfernung war es nicht mehr zu sehen.

Beiderseits der Landebahn wuchs das Gras einen halben Meter hoch.

Dexter fand das Fahrrad und die anderen Gegenstände, die er gestohlen hatte, und zog sich an, um seine Haut vor der Sonne zu schützen, blieb dann aber reglos liegen und wartete. Er hörte die Hunde. Sie hatten die blutigen Kleider gefunden.

ALS VAN RENSBERG mit seinem Landrover am Tor der Villa vorfuhr, waren die von ihm angeforderten zusätzlichen Wachen bereits eingetroffen. Ein Laster wartete draußen, und die Männer sprangen nun von der Ladefläche, M-16-Sturmgewehre in den Händen. Ein junger Offizier ließ sie in Reih und Glied Aufstellung nehmen, als das Eichentor aufschwang. Dann eilten die Männer im Laufschritt hinein und verteilten sich im Park. Van Rensberg und McBride folgten ihnen, und das Tor fiel wieder zu.

Die Treppe, die McBride bei seiner Ankunft erklommen hatte, lag vor ihnen, doch der Südafrikaner bog nach rechts ab und ging um die Terrasse herum. McBride registrierte Kellertüren und die elektrischen Tore von drei Tiefgaragen.

Der Butler nahm sie in Empfang und ging voraus. Sie folgten ihm durch einen Gang, vorbei an Türen, die in die Garage führten, dann eine Treppe hinauf in den Wohnbereich.

Der Serbe wartete in der Bibliothek. Er saß an einem Konferenztisch vor einer Tasse schwarzem Kaffee und bedeutete den beiden, sich zu setzen. Kulac, sein Leibwächter, lehnte im Hintergrund an einer Wand aus ungelesenen Erstausgaben und passte auf.

„Erstatten Sie Bericht!“, befahl Zilic ohne Vorrede.

Van Rensberg sah sich zu dem peinlichen Eingeständnis genötigt, dass ein Mann in seine Festung eingedrungen sei, sich als Arbeiter verkleidet Zugang zur Farm verschafft habe und den Hunden entkommen sei, indem er einen Wachmann getötet, sich dessen Uniform bemächtigt und die Leiche in den reißenden Bach geworfen habe.

„Und wo ist er jetzt?“

„Irgendwo zwischen der Mauer, die den Park umgibt, und dem Zaun, der das Dorf und den Flugplatz sichert, Sir.“

„Und was gedenken Sie zu unternehmen?“

„Jeder meiner Leute, der diese Uniform trägt, wird über Funk kontaktiert und aufgefordert, sich auszuweisen.“

„Und wer bewacht die Wächter?“, meldete sich McBride zu Wort. „Oder anders ausgedrückt: Wer kontrolliert die Kontrolleure? Woher wollen Sie wissen, dass die Stimme am Funkgerät nicht lügt?“

Stille trat ein.

„Richtig", stimmte Van Rensberg schließlich zu. „Sie müssen in ihre Unterkünfte zurückbeordert und ihren Einheitsführern gegenübergestellt werden. Darf ich den Funkraum benutzen und die entsprechenden Befehle durchgeben?"

Zilic nickte verächtlich.

Es dauerte eine Stunde. Derweil ging die Sonne unter, und die kurze tropische Dämmerung brach an.

Van Rensberg kam zurück. „Alle 80 haben sich gemeldet, und jeder Einzelne ist von seinem Offizier identifiziert worden. Also muss er noch irgendwo da draußen sein."

„Oder innerhalb der Mauer", gab McBride zu bedenken. „Ihre fünfte Gruppe patrouilliert ums Haus."

Zilic wandte sich an seinen Sicherheitschef. „Haben Sie die 20 etwa ohne Personenüberprüfung hereingelassen?", fragte er frostig.

„Selbstverständlich nicht, Sir! Das ist meine Eliteeinheit. Sie wird von Janni Duplessis befehligt. Ein fremdes Gesicht wäre ihm sofort aufgefallen."

„Er soll zum Rapport kommen!", befahl der Serbe.

Wenige Minuten später erschien der junge Südafrikaner in der Tür zur Bibliothek und nahm zackig Haltung an.

„Leutnant Duplessis, auf meinen Befehl hin haben Sie 20 Männer, Sie selbst mitgerechnet, ausgewählt und mit dem Lkw hierher gebracht?"

„Jawohl, Sir."

„Kennen Sie jeden Einzelnen?"

„Ja, Sir."

„Verzeihen Sie, aber in welcher Marschordnung haben Sie das Tor passiert?", mischte McBride sich ein.

„Ich lief an der Spitze. Feldwebel Gray hinter mir. Dann die Männer, jeweils drei nebeneinander, sechs pro Reihe. 18 Mann."

„19", korrigierte McBride. „Sie haben den Nachzügler vergessen."

In der Stille tickte die Uhr auf dem Kaminsims aufdringlich laut.

„Welchen Nachzügler?", zischte Van Rensberg.

„Verstehen Sie mich nicht falsch, meine Herren. Ich könnte mich auch geirrt haben. Aber ich dachte, ich hätte einen 19. Mann hinter dem Laster auftauchen und den anderen nachlaufen sehen. In der gleichen Uniform. Ich habe mir zunächst nichts dabei gedacht."

In diesem Augenblick schlug die Uhr sechs, und die erste der Bomben ging hoch. Sie waren nicht größer als Golfbälle und völlig harmlos, eher Knallkörper, mit denen man Vögel erschreckt, als Kriegswaffen. Sie hatten Verzögerungszünder, die erst nach acht Stunden losgingen, und Dexter hatte alle zehn gegen zehn Uhr morgens an Stellen über die Mauer geworfen, wo sich seiner Erinnerung vom Studium der Luftaufnahmen nach die dichtesten Sträucher befanden. Der Knall, mit dem die Kracher nun explodierten, klang allerdings wie der Schuss eines Hochleistungsgewehrs.

Jemand in der Bibliothek brüllte „Deckung!“, und alle fünf Anwesenden warfen sich zu Boden. Kulac robbte herüber und blieb mit gezückter Waffe neben seinem Chef liegen. Dann erwiderte draußen der erste Wächter, der den Schützen ausgemacht zu haben glaubte, das Feuer. Zwei weitere Bomben explodierten, und mehrere Gewehre knatterten. Eine Fensterscheibe zerbrach. Kulac schoss in die Dunkelheit.

Der Serbe hatte genug. Er rannte in geduckter Haltung zum Hinterausgang der Bibliothek, dann den Korridor entlang und die Treppe hinunter in den Keller. McBride folgte ihm, Kulac bildete die Nachhut und sicherte nach hinten.

Vom Kellerflur führte eine Tür in den Funkraum. Der Funker, das Gesicht weiß im Neonlicht, versuchte gerade, aus dem konfusen Gebrüll im Frequenzbereich der Funkgeräte, welche die Wachleute in den Brusttaschen bei sich trugen, schlau zu werden, als sein Chef hereinplatzte. „Wer spricht? Wo seid ihr? Was ist los?“, rief der Funker. Keiner hörte ihm zu, als das Feuergefecht im Dunkeln heftiger wurde.

Zilic fasste nach vorn an die Konsole und knipste einen Schalter aus. Stille trat ein. „Rufen Sie den Flugplatz. Alle Piloten und das gesamte Bodenpersonal. Ich möchte meinen Hubschrauber, und zwar sofort!“

„Der ist nicht flugtüchtig, Sir. Sie arbeiten noch dran.“

„Dann eben die Hawker. Sie soll startklar gemacht werden.“

„Sofort, Sir?“

„Sofort. Nicht morgen, nicht in einer Stunde. Sofort!“

ALS DER Mann im hohen Gras in der Ferne Schüsse hörte, erhob er sich. Es war die Zeit, kurz bevor es ganz dunkel wurde. Er richtete das Fahrrad auf, stellte den Werkzeugkasten in den Frontkorb, trat in die Pedale, überquerte die Rollbahn und hielt dann an der Bergseite entlang auf die Hangars am anderen Ende zu. In dem Mechanikeroverall mit dem Z, dem Firmenlogo von Zeta Corporation, auf dem Rücken würde ihn im Dämmerlicht niemand erkennen. Und in der allgemeinen Panik über den vermeintlichen Angriff würde in den nächsten 30 Minuten auch niemand auf ihn achten.

Der Serbe wandte sich an McBride. „Hier trennen sich unsere Wege. Ich fürchte, Sie werden allein zusehen müssen, wie Sie nach Washington zurückkommen. Das Problem hier wird gelöst, und ich werde mich nach einem neuen Sicherheitschef umsehen. Sie können Mr Devereaux ausrichten, dass ich mich an unsere Abmachung halte, aber bis es so weit ist, gedenke ich die Gastfreundschaft von Freunden in den Emiraten in Anspruch zu nehmen."

Die Garage lag am Ende des Kellerflurs. Der Mercedes war gepanzert. Kulac fuhr, sein Chef saß im Fond. McBride stand hilflos in der Garage, als das Rolltor sich hob, der Wagen darunter hindurchglitt und über den Schotter durch das aufschwingende Tor in der Mauer rollte.

Der Hangar lag in Licht getaucht da, als der Mercedes vorfuhr. Der kleine Flugzeugschlepper war ans Bugrad der Hawker angekoppelt und zog sie aufs Vorfeld. Im hell erleuchteten Cockpit überprüften Flugkapitän Stepanovic und sein junger französischer Kopilot die Instrumente.

Zilic und Kulac beobachteten vom sicheren Wagen aus die Prozedur. Als die Hawker auf dem Vorfeld stand, öffnete sich die Tür, und die Falltreppe schwenkte herunter. Kulac stieg allein aus und sprang die Treppe in die Passagierkabine hinauf. Er spähte nach links zur geschlossenen Cockpittür. Zwei große Schritte, und er stand vor der Toilette im Heck. Er riss die Tür auf. Leer. Er eilte zur Treppe zurück und winkte seinem Chef. Der Serbe glitt aus dem Wagen und lief zur Treppe. Als er in der Maschine war, schloss sich die Tür, und sie waren in Sicherheit.

Draußen setzten zwei Männer Ohrenschützer auf, und Flugkapitän Stepanovic startete die Triebwerke. Die Schaufeln der beiden Pratt-and-Whitney-Turbinen begannen zu rotieren, dann zu wimmern und schließlich zu heulen. Der zweite Mann mit Ohrenschützern stand in großem Abstand vor der Maschine, wo der Pilot ihn sehen konnte, und lotste, in jeder Hand einen Neonleuchtstab, die Hawker vom Hangar zum Rand des Hallenvorfelds.

Die Maschine rollte in Startposition. Kapitän Stepanovic testete ein letztes Mal die Radbremsen, löste sie und drückte die beiden Leistungshebel für die Triebwerke nach vorn. Die Hawker setzte sich in Bewegung, wurde immer schneller. Die Nase zeigte Richtung Norden und Meer. Schließlich hob der zweistrahlige Jet von der Startbahn ab, und im nächsten Augenblick schwebte er schon über der mondhellen See.

Kapitän Stepanovic fuhr das Fahrgestell ein, übergab an den Franzosen und begann, die Flugroute bis zum ersten Tankstopp auf den Azoren zu berechnen. Er war schon mehrmals in die Vereinigten Arabischen

Emirate geflogen, aber noch nie nach nur 30-minütiger Vorbereitung. Die Hawker schwenkte nach Nordosten und stieg auf 3000 Meter.

Wie die meisten Firmenjets verfügte auch die Hawker ganz hinten über einen kleinen, aber luxuriös ausgestatteten Waschraum, der die gesamte Breite des Rumpfs einnimmt. Und wie bei einigen anderen besteht seine Rückseite aus einer Schiebewand, hinter der sich ein noch kleineres Kabuff für leichtes Gepäck verbirgt. Kulac hatte den Waschraum kontrolliert, nicht aber das Kabuff.

Fünf Minuten nach dem Start schob der Mann, der dort im Overall eines Mechanikers kauerte, die Trennwand zur Seite und trat in den Waschraum. Er nahm die SIG-Sauer, eine 9-mm-Automatikpistole, aus dem Werkzeugkasten, entsicherte und trat in den Passagierraum. Die beiden Männer, die einander dort in Klubsesseln gegenübersaßen, starrten ihn stumm an.

„Sie werden es nicht wagen, sie zu benutzen", sagte der Serbe. „Die Kugel wird den Rumpf durchschlagen, dann sind wir alle hinüber."

„Die Patronen enthalten nur ein Viertel der Treibladung", erwiderte Dexter gelassen. „Genug, um ein Loch in Ihren Körper zu bohren, stecken zu bleiben und Sie zu töten, aber nicht genug, um durch den Rumpf zu dringen. Sagen Sie Ihrem Mann, er soll sein Schießeisen auf den Teppich legen, vorsichtig zwischen Zeigefinger und Daumen."

Auf Serbokroatisch wurden ein paar Worte gewechselt. Hochrot vor Zorn zog der Leibwächter langsam seine Glock aus dem linken Schulterhalfter und ließ sie fallen.

„Schieben Sie sie mit dem Fuß zu mir rüber!", befahl Dexter. Zilic gehorchte. „Und jetzt die andere."

Kulac trug unter der Socke eine kleinere Ersatzwaffe. Sie war mit Klebeband am linken Fußknöchel befestigt. Auch sie wurde mit einem Tritt außer Reichweite befördert.

Der Rächer zog nun ein Paar Handschellen hervor und warf sie auf den Teppich. „Um den linken Knöchel Ihres Freundes, Zilic. Sie machen das. Und zwar so, dass ich Sie immer schön sehen kann, sonst haben Sie eine Kniescheibe weniger."

„Eine Million Dollar", sagte der Serbe.

„Tempo!", befahl der Amerikaner.

„In bar, bei einer Bank Ihrer Wahl."

„Ich verliere die Geduld."

Die Handschellen wurden umgelegt. Kulac zuckte zusammen, als das Metall zubiss.

„Um die Sesselstütze herum. Dann an sein rechtes Handgelenk."

„Zehn Millionen. Sie sind ein Narr, wenn Sie ablehnen."

Die Antwort war ein zweites Paar Handschellen. „An Ihr linkes Handgelenk, Zilic, um die Kette Ihres Freundes herum, dann an Ihr rechtes Handgelenk."

Die beiden Serben kauerten Seite an Seite am Boden, einer an den anderen und beide an den Sockel gefesselt, mit dem der Sessel im Boden verankert war.

Dexter ging an den beiden vorbei, trat an die Cockpittür und öffnete sie. Der Pilot nahm an, sein Chef sei nach vorn gekommen, um sich zu erkundigen, wie weit sie schon seien. Doch der Lauf einer Pistole berührte seine Schläfe.

„Kapitän", sagte Dexter, „Sie und Ihr Kollege tun nur Ihre Arbeit. Genau wie ich. Belassen wir es dabei. Profis machen keine Dummheiten, wenn es sich vermeiden lässt. Finden Sie nicht auch?"

Der Kapitän nickte, versuchte aber, nach hinten in die Kabine zu spähen.

„Ihr Chef und sein Gorilla sind entwaffnet und an einen Sessel gefesselt. Sie haben keine Hilfe zu erwarten. Tun Sie bitte, was ich Ihnen sage."

„Was wollen Sie?"

„Ändern Sie den Kurs." Dexter blickte auf die Bildschirme des Elektronischen Instrumentenflugsystems direkt über den Leistungshebeln für die Triebwerke. „Ich denke, drei-eins-fünf Grad Steuerkurs dürfte ungefähr hinkommen. Fliegen Sie dicht an der Ostspitze Kubas vorbei, da wir keinen Flugplan haben."

„Und wohin fliegen wir?"

„Nach Key West, Florida."

DEXTER hatte sich die Route von San Martin nach Key West eingeprägt, doch das wäre gar nicht nötig gewesen. Die Bordelektronik der Hawker war so klar, dass selbst ein Laie von den Anzeigen den gewünschten Kurs und die Flugroute ablesen konnte.

Nach 40 Minuten sah Dexter die verschwommenen Lichter von Grenada unter der Steuerbordtragfläche verschwinden. Dann ging es zwei Stunden nur über Wasser, ehe der Südostzipfel der Dominikanischen Republik auftauchte. Abermals zwei Stunden später, als die Maschine sich zwischen der kubanischen Küste und Andros, der größten Bahamainsel, befand, lehnte Dexter sich vor und tippte dem Franzosen mit dem Lauf der Pistole ans Ohr. „Schalten Sie den Transponder ab."

Der Kopilot gehorchte. Der Transponder hatte unablässig eine Identifizierungsnummer gesendet. Als er abgeschaltet wurde, war die Hawker nur noch ein Pünktchen auf dem Radarschirm, vorausgesetzt, man sah sehr genau hin. Für jeden, der das nicht tat, hatte sie aufgehört zu existieren.

Doch das Abschalten des Transponders machte sie auch zu einem verdächtigen Eindringling. Die Luftabwehridentifizierungszone, die den Südosten der USA vor den ständigen Attacken der Drogenschmuggler schützen soll, reicht von Südflorida weit ins Meer hinaus. Wer ohne Flugplan in diese Zone eindringt, treibt ein Versteckspiel mit einiger sehr schlauer Elektronik.

„Gehen Sie auf 130 Meter über Meer", befahl Dexter. „Runter mit der Maschine. Schalten Sie alle Navigationslichter und die Kabinenbeleuchtung aus."

„Das ist sehr tief", gab der Pilot zu bedenken, während das Flugzeug 10 000 Meter nach unten ging. Die Lichter erloschen.

140 Kilometer südöstlich von Islamorada erreichte die Hawker 130 Meter und jagte in Richtung Florida Keys. So konnte man das Radar vielleicht narren.

„Flughafen Key West, Landebahn zwei-sieben." Dexter hatte die Lage des Flughafens genau studiert. Landebahn zwei-sieben stand für Kompassrichtung 270 Grad, und das hieß, dass sie genau nach Westen zeigte.

80 Kilometer vor dem Ziel wurden sie doch noch entdeckt. Sekunden später jagten zwei F-16 über die Startbahn des Luftwaffenstützpunkts Pensacola und nahmen Kurs auf die letzte der Keys-Inseln.

In Key West wurde Alarm gegeben. Die Position des Eindringlings deutete darauf hin, dass er die Absicht hatte zu landen, und das war auch das Klügste. Eindringlinge, die von Kampfflugzeugen abgefangen werden, weil sie unbeleuchtet und mit ausgeschaltetem Transponder fliegen, werden nur einmal aufgefordert, dort zu landen, wo man es ihnen befiehlt. Eine zweite Warnung gibt es nicht. Der Kampf gegen die Drogenschmuggler ist zu ernst für Spielereien. Allerdings kann die Maschine auch einen Notfall haben, weshalb sie die Chance erhalten muss zu landen.

15 Kilometer vor dem Flugplatz sichteten die Kampfpiloten die verdunkelte Hawker. Plötzlich bemerkte deren Cockpitbesatzung, dass sie von todbringenden Jägern eskortiert wurde.

„Unidentifizierter Jet, schauen Sie nach vorn, und landen Sie!", befahl eine Stimme ins Ohr des Kapitäns. „Ich wiederhole: Schauen Sie nach vorn, und landen Sie!“

Das Fahrwerk wurde ausgeklappt, die Landeklappen ein Drittel ausgefahren, um die Landeposition einzunehmen. Das Fahrwerk der Hawker tastete nach dem Aufsetzpunkt, die Räder berührten den Beton, und die Maschine befand sich auf US-amerikanischem Boden.

Seit einer Stunde hatte Dexter Kopfhörer auf und ein Mikrofon vor sich. Kaum berührten die Räder die Piste, drückte er die Sprechtaste. „Unidentifizierte Hawker an Tower Key West, verstehen Sie mich?“

„Verstehe Sie gut“, kam die Antwort.

„Tower, an Bord dieses Flugzeugs befindet sich ein Massenmörder, der in Bosnien einen Amerikaner umgebracht hat. Er ist mit Handschellen an seinen Sitz gefesselt. Bitte verständigen Sie den örtlichen Polizeichef. Er soll ihn in sicheren Gewahrsam nehmen und warten, bis die Bundesmarshals eintreffen.“

Ohne eine Antwort abzuwarten, kappte er die Verbindung und wandte sich an Flugkapitän Stepanovic. „Lassen Sie die Maschine bis zum äußersten Ende rollen, und halten Sie dort an, damit ich aussteigen kann.“ Er stand auf. „Bitte öffnen Sie die Tür.“

Er verließ das Cockpit und durchquerte die Kabine. Die Lampen gingen wieder an, und die beiden Gefangenen blinzelten ins grelle Licht. Durch die offene Tür sahen sie die Rettungs- und Polizeifahrzeuge aus den Flughafengebäuden heranrasen.

„Wo sind wir?“, brüllte Zoran Zilic.

„In Key West.“

„Wieso?“

„Erinnern Sie sich noch an das Tal in Bosnien? Im Frühjahr 1995? An einen jungen Amerikaner, der um sein Leben flehte? Tja, Freundchen, das alles“, Dexter machte eine ausholende Bewegung, „ist ein Geschenk vom Großvater des Jungen.“

Er stieg die Treppe hinunter, lief zum Bugfahrwerk und zerschoss mit zwei Kugeln die Reifen.

Bis zum Begrenzungszaun waren es 20 Meter. Der dunkle Overall verschwand bald in der Dunkelheit, als Dexter sich über den Maschendrahtzaun schwang und durch den Mangrovensumpf davonstapfte.

Die Lichter des Flughafens verblassten zwischen den Bäumen, doch auf dem Highway hinter dem Sumpf blitzten die Scheinwerfer von Autos auf. Dexter zog ein Handy aus der Tasche und wählte im Licht des kleinen Displays eine Nummer. Im fernen Ontario meldete sich ein Mann.

„Mr Edmond?"

„Am Apparat."

„Das Paket aus Belgrad, das Sie bestellt haben, ist am Flughafen Key West, Florida, eingetroffen."

Mehr sagte er nicht, und er hörte gerade noch den Schrei seines Gesprächspartners, ehe er die Verbindung unterbrach. Nur der Sicherheit halber flog das Handy ins brackige Sumpfwasser und versank auf Nimmerwiedersehen.

Zehn Minuten später wurde ein Senator in Washington beim Abendessen gestört, und knapp eine Stunde später eilten zwei Marshals vom Federal Marshal Service in Miami nach Süden. Sie hatten Islamorada noch nicht hinter sich gelassen, als ein nach Norden fahrender Trucker gleich hinter Key West auf der US 1 eine einsame Gestalt im Overall am Straßenrand sah. Im Glauben, es handle sich um einen Kollegen, der mit seinem Laster liegen geblieben sei, hielt er an.

„Ich fahre rauf bis Marathon!", rief er ihm zu. „Willst du mit?"

„Marathon passt mir gut", antwortete der Mann.

KEVIN MCBRIDE brauchte den ganzen 9. September, um nach Hause zu kommen. Van Rensberg, der immer noch vergeblich nach dem Eindringling suchte, tröstete sich mit dem Gedanken, dass wenigstens sein Chef in Sicherheit sei, und ließ den CIA-Mann in die Hauptstadt bringen. Die nächste Maschine brachte McBride auf die Insel Curaçao. Dort bekam er Anschluss zum internationalen Flughafen Miami, und von dort flog er mit einer Zubringermaschine nach Washington. Er landete sehr spät und war völlig erschöpft.

Als er früh am Montagmorgen das Büro seines Chefs betrat, saß Paul Devereaux bereits am Schreibtisch. Er sah aschfahl aus und wirkte gealtert. Er bedeutete McBride, sich zu setzen, und schob müde eine Ausgabe des *Miami Herald* über den Tisch.

Der Artikel über einen serbischen Warlord und mutmaßlichen Massenmörder, den man nach einer erzwungenen Landung auf dem internationalen Flughafen von Key West in seinem eigenen Jet verhaftet hatte, war der Aufmacher auf der Titelseite.

„Großer Gott", stieß McBride hervor, „wir dachten, er sei entkommen."

„Mitnichten", entgegnete Devereaux. „Wie es aussieht, wurde er entführt. Wissen Sie, was das bedeutet, Kevin? Das Projekt Wanderfalke ist gestorben. Die Arbeit von zwei Jahren für die Katz. Ohne Zilic kann ich nicht weitermachen."

Punkt für Punkt schilderte Devereaux das Komplott, das er geschmiedet hatte, um den größten Coup des Jahrhunderts gegen den Terrorismus zu landen.

„Wann sollte er denn zu dem Treffen in Peshawar fliegen?“

„Am 20. Ganze zehn Tage haben mir gefehlt.“ Devereaux stand auf, trat ans Fenster und blickte hinaus. „Man hat mich in aller Frühe geweckt und informiert. Seitdem bin ich hier und frage mich: Wie hat er es nur angestellt, dieser verfluchte Rächer?“

McBride schwieg teilnahmsvoll.

„Der Mann ist nicht auf den Kopf gefallen, Kevin. Ich könnte es nicht ertragen, gegen einen Dummkopf den Kürzeren zu ziehen. Er ist cleverer, als ich ahnen konnte. War mir immer einen Schritt voraus. Er muss gewusst haben, dass er es mit mir zu tun hatte. Und das kann ihm nur ein Mann verraten haben. Und wissen Sie, wer, Kevin?“

„Keine Ahnung, Paul.“

„Ein frömmelnder Bastard vom FBI namens Colin Fleming. Aber selbst wenn er gewarnt war, wie hat er mich ausgetrickst? Er muss erraten haben, dass wir uns an die hiesige surinamische Botschaft wenden würden. Deshalb hat er Professor Medvers Watson ins Spiel gebracht, den verschrobenen Schmetterlingssammler. Eine Fantasiegestalt. Und ein Lockvogel. Ich hätte den Braten riechen müssen. Der Professor *sollte* entdeckt werden. Vor zwei Tagen habe ich Nachricht von unseren Leuten in Surinam erhalten. Wissen Sie, was die sagen?“

„Nein, Paul.“

„Dass der Engländer Henry Nash sich sein Visum in Amsterdam besorgt hat. Nash, das war seine eigentliche Tarnung. An Amsterdam haben wir überhaupt nicht gedacht. Ein cleverer Hund. Medvers Watson ist eingereist und im Dschungel umgekommen. Wie geplant. Und wir haben sechs Tage gebraucht, um dahinterzukommen, dass alles nur ein Schwindel war. Da war unser Mann längst drin und hat vom Berg aus die Hazienda beobachtet. Dann sind Sie hingeflogen.“

„Aber ich habe ihn auch nicht erwischt, Paul.“

„Nur weil dieser Idiot von einem Südafrikaner nicht auf Sie gehört hat. Natürlich sollte der chloroformierte Peon am Morgen entdeckt werden. Natürlich sollte Alarm geschlagen werden. Die Hunde mussten freigelassen werden, damit der dritte Trick funktionieren konnte. Wir sollten glauben, er habe einen Wachmann ermordet und seinen Platz eingenommen.“

„Aber auch ich habe mich getäuscht, Paul. Ich glaubte, ich hätte einen

Wachmann zu viel auf das Grundstück der Villa laufen sehen. Offensichtlich ein Irrtum. Am Morgen wurden alle überprüft."

„Da war es bereits zu spät. Er hatte das Flugzeug entführt." Devereaux wandte sich vom Fenster ab und trat zu seinem Stellvertreter. Er streckte die Hand aus. „Kevin, wir alle haben Fehler gemacht. Er hat gewonnen, ich habe verloren. Trotzdem danke ich Ihnen für Ihre Bemühungen und für alles, was Sie getan haben. Aber mit diesem Fleming, diesem Moralprediger, der ihn gewarnt hat, werde ich zu gegebener Zeit noch ein Hühnchen rupfen. Wir müssen jetzt wieder bei null anfangen. UBL läuft da draußen immer noch frei herum, plant Anschläge. Ich möchte das gesamte Team morgen um acht hier haben. Kritische Analyse und Zukunftsplanung, wie wir weitermachen."

McBride wandte sich zum Gehen.

„Wissen Sie", sagte Devereaux noch, als er schon an der Tür war, „wenn ich in meinen 30 Jahren bei der CIA eins gelernt habe, dann dass es gewisse Formen von Loyalität gibt, von denen wir uns noch mehr leiten lassen als von unserem Pflichtgefühl."

KEVIN MCBRIDE ging den Flur hinunter und betrat die Toilette für das Führungspersonal. Er fühlte sich ausgelaugt. Das Hin-und-her-Reisen, die Anspannung und der Schlafmangel hatten an seinen Kräften gezehrt.

Er blickte in das müde Gesicht im Spiegel über dem Waschbecken und fragte sich, was Devereaux mit seiner letzten, rätselhaften Bemerkung wohl gemeint hatte. Hätte das Projekt Wanderfalke geklappt? Wäre der saudische Terroristenchef darauf hereingefallen? Wären seine Gefolgsleute in zehn Tagen in Peshawar aufgetaucht? Hätten sie das entscheidende Telefonat geführt, das die mithörende NSA abgefangen hätte?

Zu spät. Zilic würde nirgendwo mehr hingehen, außer in einen US-Gerichtssaal und von dort in ein Hochsicherheitsgefängnis.

Ein Dutzend Mal spritzte McBride sich Wasser ins Gesicht und betrachtete den Mann im Spiegel. 56, bald 57. Ein Mann, der nach 30 Dienstjahren Ende Dezember in Pension gehen würde. Im Frühjahr wollte er das Wohnmobil kaufen, das er seiner Frau schon vor langer Zeit versprochen hatte, und mit ihr in die Rocky Mountains fahren. Er wusste, dass oben in Montana Prachtexemplare von Forellen auf ihn warteten.

Ein jüngerer Agent, der erst unlängst zur CIA gestoßen war, trat aus einer Kabine und wusch sich zwei Becken weiter die Hände. Sie nickten sich zu und lächelten. McBride nahm Papiertücher und tupfte sich das Gesicht trocken.

„Kevin“, sagte der Jüngere, „darf ich Ihnen eine Frage stellen?“

„Nur zu.“

„Sie ist etwas persönlich.“

„Dann werde ich sie möglicherweise nicht beantworten.“

„Die Tätowierung an Ihrem linken Arm – was hat die zu bedeuten?“

McBride blickte wieder in den Spiegel, doch diesmal sah er zwei GIs, die, bis oben hin voll, in einer lauen Saigoner Nacht lachten, und einen chinesischen Tätowierer bei der Arbeit. Zwei junge Amerikaner, deren Wege sich trennten, die jedoch durch Bande miteinander verbunden waren, die nichts würde zerreißen können. Und er sah eine dünne Akte, die er vor ein paar Wochen gelesen hatte und in der von einer Tätowierung auf dem linken Unterarm des Rächers die Rede gewesen war, die eine grinsende Ratte darstellte. Und er hörte den Befehl, den Mann aufzuspüren und umbringen zu lassen.

Er streifte wieder die Armbanduhr übers Handgelenk, krempelte den Ärmel hinunter und blickte auf die Datumsanzeige: 10. September 2001.

„Das ist eine lange Geschichte, mein Sohn“, antwortete der Dachs. „Und sie spielt in einer anderen Zeit und in einer anderen Welt.“

FREDERICK FORSYTH

Foto: Tracey Rose

„Gelassenheit ist Trumpf."

Er hatte es mit einem Lebenszeichen nicht eilig; so dauerte es geschlagene sieben Jahre, bis seine große Lesergemeinde mit *Der Rächer* endlich den neuen Roman von Thriller-Legende Frederick Forsyth in Händen halten konnte. „Trägheit ist mein zweiter Vorname", kommentiert der 1938 geborene englische Autor die lange Entstehungszeit selbstironisch. Beweisen muss er ohnehin nichts mehr, seit bereits sein Debüt *Der Schakal* 1971 zum weltweiten Bestseller wurde. Und bislang haben 70 Millionen seiner Bücher einen Käufer gefunden.

Die wohlverdiente „Trägheit" war aber nicht immer sein Markenzeichen: Forsyth schmiss als Halbwüchsiger die Schule, um in Spanien Stierkämpfer zu werden. Als das nicht klappte, trat er mit 17 der Airforce bei und wurde zwei Jahre später einer der jüngsten Piloten, die die britische Luftwaffe je gehabt hatte. Danach arbeitete er als Journalist in zahlreichen Ländern, wodurch er im Übrigen fließend Französisch, Deutsch und Spanisch spricht.

Die Erfahrung als Reporter kommt dem Schriftsteller Forsyth zugute. So recherchierte er für *Der Rächer* sechs Monate lang in Mittelamerika, am Golf und in Bosnien.

Nimmt er nach dem neuerlichen Erfolg nun den nächsten Roman in Angriff? „Es nagt noch keine Idee an mir. So kann ich ein wenig journalistisch tätig sein, mich auf meiner Farm umtun, mich um die Familie kümmern, tauchen und angeln gehen, kurz, es mir gut gehen lassen."

EMILY GRAYSON
Ein ganzes

Leben lang

Jahr um Jahr treffen sich Martin und Claire am 27. Mai im Pavillon auf dem Marktplatz. Es ist für sie der wichtigste Tag im Jahr – der einzige, an dem sie zusammen sein können.

KAPITEL I

Der Mann mit dem silberweißen Haar hatte bereits eine Weile in der Tür gestanden, als Abby ihn bemerkte. Wie lange, konnte sie nicht sagen. Er stand einfach da, als sie aufblickte – ohne angeklopft zu haben. Er hatte nicht am Empfang nach ihr gefragt, sonst hätte man ihr Bescheid gegeben. Und er hatte auch nicht nach dem Weg zu ihrem Büro gefragt, weil ihn sonst jemand begleitet hätte. Stattdessen hatte er sie ganz einfach gefunden, so als kenne er sich in dem Gebäude aus, und dann hatte er still auf der Schwelle gestanden, als sei er gewillt, ewig zu warten.

„Ja bitte?“, fragte sie und beugte sich an ihrem Schreibtisch wieder über ihre Arbeit.

„Verzeihen Sie die Störung“, sagte der Mann. „Aber ich habe da etwas, was Sie interessieren könnte.“

„Bedauere, aber ich habe keine Zeit für Sie. Ich bin beschäftigt.“ Abby fuhr fort, die Korrekturfahne zu lesen, und gab die Änderungen in den Computer ein. Sie wollte ja nicht unhöflich erscheinen, aber das hier war eine Zeitung, und es gab einen Redaktionsschluss. Wenn man unangemeldet im Büro eines Redakteurs auftauchte, konnte man nicht dessen ungeteilte Aufmerksamkeit erwarten. „Hat das nicht Zeit?“, fragte Abby, während sie konzentriert den Text auf Tippfehler hin überprüfte.

„Ich fürchte, nein“, entgegnete der ungebetene Besucher.

Sie blickte auf. Der Mann in der Tür trug einen leichten Leinensakko und stellte gerade eine stark abgewetzte, aber hochwertige Aktentasche auf dem Boden ab. Abby zögerte und wandte sich dann wieder ihrer Arbeit zu.

„Es dauert nur eine Minute“, fuhr der Mann fort. „Sie sind doch Abby Reston, oder?“

Sie nickte, hielt jedoch den Blick auf den Bildschirm gerichtet.

„Ich habe da eine Geschichte, die ich Ihnen gerne erzählen würde“, sagte er. „Es ist eine Geschichte, die Sie möglicherweise im *Ledger* veröffentlichen möchten. Eine interessante Geschichte, könnte man wohl sagen.“

Es war genau das, was sie vermutet hatte. Der *Ledger* war in der Gegend gewissermaßen eine Institution, da die Geschichte des Blattes bis zur Mitte des vergangenen Jahrhunderts zurückreichte. Seit sie vor sechs Monaten die Stelle der Herausgeberin übernommen hatte, hatten treue Leser ihr immer wieder „ganz wundervolle“ Ideen für einen Artikel unterbreitet: verloren gegangene Eheringe, der Tod eines geliebten Schnauzers, Fehden zwischen Nachbarn. Gewöhnlich erwies sich das, was die Leute als perfekte Zeitungsstory betrachteten, als viel zu persönlich oder schlicht nicht interessant genug. „Sie sollten sich mit einem unserer Reporter unterhalten“, teilte Abby dem Fremden höflich mit. „Ich kann das arrangieren und Sie mit –“

„Nein!“, fiel der Mann ihr ins Wort. „Diese Story muss von jemandem geschrieben werden, der wirklich etwas vom Schreiben versteht. Und ich glaube, dass Sie dafür genau die Richtige wären. Vielleicht könnte ich sie Ihnen ja erst einmal kurz umreißen, und Sie entscheiden dann selbst.“

Sie blickte auf den Computerbildschirm mit dem ungeduldig blinkenden Cursor und dann wieder auf den Fremden. „Wenn Sie in ein, zwei Sätzen erklären können, worum es geht“, sagte sie schließlich seufzend.

Der Mann nickte. „Es ist eine Liebesgeschichte.“

„Nun, davon könnten wir in der heutigen Zeit mehr brauchen“, ermutigte ihn Abby.

„Die Geschichte handelt von mir selbst“, fuhr er fort. „Entschuldigen Sie, ich habe mich noch nicht vorgestellt. Mein Name ist Martin Rayfiel.“

Es schien, als erwarte er hierauf eine Reaktion von ihr. Sie schüttelte nur leicht den Kopf und zuckte die Achseln. „Müsste ich Sie kennen?“

Er lächelte leicht. „Eigentlich nicht“, entgegnete er. „Früher war der Name hier einmal recht bekannt.“ Dann straffte er die Schultern und kam zur Sache. „Ich werde mich kurz fassen.“ Er holte tief Luft und fing an zu erzählen. „Ich treffe mich jedes Jahr am Abend des 27. Mai mit der Frau, die ich liebe, in dem Pavillon auf dem Marktplatz. Das ist der einzige Zeitpunkt, an dem wir zusammen sein können.“ Er deutete mit dem Kinn auf das Fenster hinter Abbys Arbeitsplatz. Sie drehte sich in ihrem Stuhl und folgte seinem Blick, der über die Straße hinweg auf den Marktplatz mit dem Pavillon gerichtet war.

„Einmal im Jahr“, griff sie das Gesagte auf, und er nickte. Dann kann es nicht seine Frau sein, dachte Abby. Eine Geliebte? Aber warum erzählte er ihr dann davon? Und warum sollte er Abby bitten, der ganzen Welt davon zu berichten – oder zumindest ganz Longwood Falls? Es war ihm gelungen, ihre Neugier zu wecken. Abby warf einen Blick auf den aufgeschlagenen Kalender auf ihrem Schreibtisch. „Morgen ist der Siebenundzwanzigste“, stellte sie fest.

Er nickte wieder. „Claire und ich treffen uns schon sehr lange am 27. Mai im Pavillon. Genau genommen seit fünfzig Jahren. Und wir haben kein einziges Jahr ausgelassen.“

Fünfzig Jahre. Abby war gerade erst 35 geworden. Sie konnte sich kaum vorstellen, so lange auf der Welt zu sein, geschweige denn einen anderen Menschen so lange Zeit zu lieben. Sie musterte ihren Besucher aufmerksam, als würde sie ihn zum ersten Mal sehen. Martin Rayfiel war nicht jung, aber eine auffällige Erscheinung, die auf ihre ganz eigene Art jugendlich wirkte. Sein Haar war ein wenig zu lang und fast weiß, und es sah aus, als hätte er es sich mit einer ungeduldigen Geste aus dem Gesicht gestrichen. Er musste Ende sechzig sein, etwa in dem Alter, in dem ihr eigener Vater heute wäre. Und als sie sich Martin Rayfiel als jungen Mann vorstellte, das silberne Haar rabenschwarz, die markanten Züge glatt, die schlanken Finger das Gesicht der Frau liebkosend, in die er sich gerade verliebte, musste sie an ihren Vater denken. Oder nein, das stimmte nicht ganz, weil sie sich auf den vertrauten Zügen ihres Vaters keinen Ausdruck vorstellen konnte, der auch nur annähernd an Leidenschaft erinnert hätte, wie sehr er ihre Mutter bis zu seinem Tod vor sieben Monaten auch geliebt haben mochte.

„Entschuldigung. Abby?“ Kim, die Empfangsdame und Verantwortliche für den Anzeigenteil der Zeitung, stand plötzlich hinter Martin Rayfiel in der Tür und trat unruhig von einem Fuß auf den anderen. „Müssen diese Formulare bis heute Nachmittag fertig sein?“

Abby wusste im Augenblick nicht, wovon Kim sprach, bat Rayfiel höflich um Verzeihung für die Störung und sagte Kim, dass sie gleich für sie da sei. „Es tut mir Leid“, sagte sie dann noch einmal zu Martin. „Ich würde wirklich gerne den Rest Ihrer Geschichte hören, aber …“ Sie machte eine Geste, die Kim und den Computer einschloss.

„Ist schon gut“, sagte Martin Rayfiel mit weicher Stimme. „Mein Timing war einfach nicht besonders.“ Auch das schien ihn aus irgendeinem Grund zu belustigen. „Trotzdem vielen Dank. Ich habe es wenigstens versucht. Sie waren sehr freundlich, und das weiß ich zu schätzen.“ Er nickte ihr zu, nahm dann seine Aktentasche und ging, verschwand so lautlos, wie er gekommen war.

Abby wollte ihn zurückrufen, aber was sollte sie ihm sagen? Auch wenn sie die Zeit aufbrachte, sich den Rest seiner Geschichte anzuhören, wusste sie nicht, ob sie für die Zeitung geeignet wäre. Doch es erschien ihr nicht richtig, diesen Mann einfach gehen zu lassen, der der ganzen Welt von einer Liebe erzählen wollte, die schon ein halbes Jahrhundert währte. Erst als Kim die Unterlagen auf ihrem Schreibtisch deponiert und das Büro wieder verlassen hatte, wandte sich Abby dem Fenster zu und blickte Martin Rayfiel nach. Er überquerte den Marktplatz und ging an dem Pavillon vorbei, ohne diesem auch nur einen Blick zu gönnen, sein Leinenanzug war leicht gebläht, so als könnte ein frischer Frühlingswind ihn in ein anderes Land tragen. Und da erst wurde Abby richtig bewusst, was sie ihm gern nachgerufen hätte.

„Alles Gute zum goldenen Jubiläum“, sagte sie leise.

AM NÄCHSTEN Tag machte sich Abby Reston an das Layout für die nächste Ausgabe des *Longwood Falls Ledger*. Sie leitete eine Redaktionsbesprechung, schrieb einen Artikel zur aktuellen Debatte über die Schulgebühren, trank zu viel Kaffee, vergaß das Mittagessen, und um Punkt 17 Uhr drückte sie dann die Taste ihres Computers, mit der sie die Zeitungsausgabe des 28. Mai 1999 an die Druckerei weitergab.

Heute war also der 27. Abby stand von ihrem Schreibtisch auf, streckte die Arme über den Kopf und fühlte, wie sich etwas in ihrem Inneren löste. Zum ersten Mal an diesem Tag dachte sie an den geheimnisvollen Mann, der sie am vergangenen Nachmittag aufgesucht und ihr von dem einen Tag im Jahr berichtet hatte, an dem er und eine Frau namens Claire sich treffen konnten. Abby blickte aus dem Fenster auf den weißen Pavillon in der Ferne, als rechne sie beinahe damit, Martin und Claire dort zu sehen. Aber dann fiel ihr wieder ein, dass er von „Abend“ gesprochen hatte. Es war noch zu früh.

Also stand sie auf, verließ ihr Büro und hastete die drei Straßenzüge weit zu ihrem kleinen, mit Holzschindeln verkleideten Haus in der Alder Lane. Es war ein großer Luxus, an einem Werktag ihre Tochter zwischendurch sehen zu können – etwas, was sie nie geschafft hatte, als sie noch Zeitschriftenredakteurin in New York gewesen war. Sie schloss die Haustür auf und trat ein. Die sechsjährige Miranda saß am Küchentisch und bekam von der Haushälterin, Mrs Frayne, zum Abendessen einen Teller mit panierten Hühnchenstücken vorgesetzt.

„Hallo, Mami!“, rief Miranda und beugte sich über den Tisch, um ihre Mutter zu umarmen. Abby atmete tief den süßen Duft ihrer Tochter ein, eine Mischung aus Kakao und fruchtigem Kindershampoo.

Miranda erzählte von der Schule, und Abby hörte ihr aufmerksam zu.

Mirandas Klasse hatte an diesem Tag einen Ausflug zu einer Farm unternommen, und jedes der Kinder durfte sich am Euter einer gleichmütigen Kuh im Melken versuchen, wovon Miranda begeistert berichtete. Abby setzte sich und beugte sich vor, die Ellbogen auf die Knie gestützt, als studiere sie das Gesicht ihrer Tochter, um es sich vor dem langen Abend in der Redaktion, der ihr bevorstand, einzuprägen. Miranda hatte viel von ihrem Vater geerbt: das rotbraune Haar und die dunkelbraunen Augen. Es war eine seltsame Art der Strafe, jedes Mal wenn sie Miranda ansah, an Sam erinnert zu werden, aber es ließ sich nun einmal nicht ändern.

Abby hatte sich nie eingebildet, dass es leicht wäre, ganz allein ein Kind großzuziehen, aber womit sie nie gerechnet hatte, war, wie schwer es sein würde, jeden Tag aufs Neue so viele Stunden von ihr getrennt zu sein. Nur an Wochenenden hatte sie wirklich Zeit für ihre Tochter. Dann machten sie es sich in Abbys großem Bett gemütlich und führten lange Gespräche miteinander. Abby flocht Mirandas Haar und las ihr leise vor. Für sie gab es nichts Schöneres als das.

Aber heute hatte sie nur einen flüchtigen Moment für Miranda, um sich den Bericht ihres Tages anzuhören, ehe sie in die Redaktion zurückkehrte. Sie legte ihrer Tochter die Hand auf die Schulter und machte sich dann bereit, wieder zu gehen. „Bis später, Mami", sagte Miranda lächelnd und neigte gleich darauf den Kopf, um in dem Buch neben ihrem Teller weiterzulesen, das von einem Mädchen und seinem zahmen Chamäleon handelte.

„Ach, Abby?", sagte Mrs Frayne. „Das hätte ich fast vergessen. Vorhin hat jemand aus New York angerufen. Sein Name war Nick, und er sagte, er wolle sich nur erkundigen, wie es Ihnen und Miranda so ginge."

„Nick, der Doktor?", wollte Miranda wissen und blickte offensichtlich interessiert von ihrer Lektüre auf. Abby nickte.

Nick Kelleher hatte mehrere Nachrichten für sie hinterlassen, seit sie hergezogen war, und zweimal hatten sie kurz miteinander gesprochen. Sie hatten einige Einzelheiten aus ihrem Leben ausgetauscht und ein wenig geflirtet, aber sie hatte ihn nie ernsthaft ermutigt, ihn nie glauben gemacht, sie sei an ihm interessiert. Trotzdem rief er aus irgendeinem Grund immer wieder an.

„Er klang sehr nett", sagte Mrs Frayne hintergründig.

„Er ist sehr nett", entgegnete Abby, bevor sie sich abwandte und zur Tür ging, womit sie der Unterhaltung ein abruptes Ende bereitete. „Bis später", verabschiedete sie sich von ihrer Haushälterin und ihrer Tochter, um ihnen keine Gelegenheit zu geben, das Thema Nick zu vertiefen.

Auf dem Rückweg zur Redaktion, als der Arbeitstag für die meisten Menschen zu Ende ging, wenn auch nicht für sie selbst, machte Abby am Marktplatz Halt. Zwar musste sie zurück an die Arbeit, aber möglicherweise war ihre Arbeit hier: eine Geschichte, die man ihr angetragen hatte, die Geschichte von Martin Rayfiel und einer Frau namens Claire. Eine Liebesgeschichte, hatte er gesagt.

Abby wählte eine Bank in der Nähe des Pavillons – nicht so nah, dass sie störte, aber nah genug, um in Kürze beobachten zu können, was … Ja, was eigentlich? Ein heimliches Stelldichein? Der Pavillon schien völlig ungeeignet für etwas Unschickliches: Dafür war er viel zu leicht einsehbar und wirkte viel zu altmodisch. Aber vielleicht war gerade das der Grund, weshalb die Wahl der beiden Liebenden auf ihn gefallen war. Wer würde argwöhnen, dass zwei Menschen, die sich am exponiertesten Ort der ganzen Stadt trafen, etwas zu verbergen haben könnten? Tatsächlich wurde Abby erst jetzt, da sie ihn genauer betrachtete, bewusst, wie wenig Aufmerksamkeit sie ihm bislang geschenkt hatte. Nie zuvor hatte sie die Feinheiten der Konstruktion – ein Achteck, wie sie feststellte – und des weiß gestrichenen Gitterwerks bemerkt und auch nicht das Dach, das spitz zusammenlaufend in den Himmel ragte. Es war ein alltägliches Bauwerk, nichts Besonderes, und doch schien es mindestens zwei Menschen auf dieser Welt sehr viel zu bedeuten.

Abby lehnte sich auf der Bank zurück und wartete. Sie sah eine übergewichtige ältere Frau in einer Strickjacke und mit zu grellem Make-up und hoffte, dass es nicht Claire war. Sie war es nicht; die Frau ging an dem Pavillon vorbei. Gott sei Dank, dachte Abby. Danach schien sich niemand mehr für den Pavillon zu interessieren.

Plötzlich gingen sämtliche Straßenlichter um den Platz herum gleichzeitig an. Es war ein hübscher Anblick, und so war ganz Longwood Falls im Staate New York: idyllisch und malerisch, mit vielen Grünanlagen, Teichen und gewundenen Wegen. Und doch hatte das nicht gereicht, um sie hier zu halten. Wie so viele ihrer Freunde war Abby Reston im Sommer nach ihrem Highschoolabschluss ohne großes Bedauern in den Zug nach New York gestiegen.

Jetzt war sie zurück. Als ihr Vater im vergangenen Herbst unerwartet einem Herzanfall erlegen war, war Abby heimgekommen, um dem Begräbnis beizuwohnen und ihrer Mutter in dieser schweren Zeit beizustehen. Sie hatte Miranda und ihre Haushälterin mitgebracht, und aus Tagen waren Wochen geworden. Schließlich hatte sie beschlossen zu bleiben, und nachdem ihr der Posten ihres verstorbenen Vaters beim

Ledger angeboten worden war, hatte sie ihre Wohnung in New York gekündigt und war mit Miranda und der Haushälterin hierher übergesiedelt, in ein völlig anderes Leben. Ihre Mitarbeiter waren der Meinung, dass sie zu viel arbeitete, und natürlich hatten sie Recht. Sie musste erst noch lernen, sich wieder an das gemächlichere Tempo einer Kleinstadt zu gewöhnen. Bei der Modezeitschrift in Manhattan, wo sie als Redakteurin tätig gewesen war, wurde häufig bis Mitternacht gearbeitet. Doch zumindest teilweise war Abbys Arbeitseifer auch erblich bedingt. Ihr Vater hatte sich ähnlich intensiv in die Arbeit gestürzt, und manchmal, wenn sie an demselben schweren Birkenholzschreibtisch saß, der vierzig Jahre lang Tom Restons Arbeitsplatz gewesen war, fragte sie sich, ob ihr Vater in denselben Momenten wie sie Zufriedenheit empfunden hatte: in Augenblicken stiller Effizienz und angesichts einer ungeahnten Fülle zusammengetragener Fakten.

Das wäre eine Story nach seinem Geschmack gewesen, das wusste sie. Abby war überzeugt davon, dass ihr Vater die Geschichte zweier Liebenden, die sich seit fünfzig Jahren einmal jährlich trafen, gedruckt hätte. Er wusste, was die Leser ansprach. Ob es auch ihn selbst ansprach – oder ob er überhaupt in der Lage war, irgendetwas von einem anderen Standpunkt aus zu betrachten als dem eines Zeitungsredakteurs –, das war eine völlig andere Frage. Einmal hatte Abby als Teenager ihre Mutter gefragt: „Wen hat Daddy mehr lieb, dich oder den *Ledger*?"

„Das ist eine schwierige Frage", hatte ihre Mutter nach langer Überlegung erwidert. „Ich denke, er liebt uns beide, aber auf unterschiedliche Art."

Die Antwort hatte Abby verblüfft. Sie hatte erwartet, dass ihre Mutter etwas Beruhigendes erwidern würde in der Art von: Mich natürlich, auch wenn es deinem Vater manchmal schwer fällt, seine Gefühle zu zeigen. Aber ihre Mutter hatte es vorgezogen, Abby eine andere, komplexere Wahrheit zu eröffnen und ihr damit eine fundamentale Lektion zu erteilen: Frage nur dann, wenn du die Antwort wirklich hören willst.

Die Frage, die sich Abby am Abend dieses 27. Mai stellen musste, war vor allem die, ob sie diese Geschichte in der Zeitung bringen wollte. Aber die Zeit verging, ohne dass sich Claire und Martin blicken ließen. Inzwischen war es dunkel geworden auf dem Marktplatz. Martin hatte ihr erzählt, dass er und Claire kein einziges Rendezvous im Pavillon ausgelassen hatten, kein einziges in fünfzig Jahren. Abby wusste nicht, ob sie sich ärgern oder Sorgen machen sollte. Vielleicht war einer von ihnen zu beschäftigt gewesen, und sie hatten sich heute Morgen darauf verständigt, ihr Treffen auf einen anderen Tag zu verschieben. Vielleicht hatte sie sie auch nur verpasst, während sie zu Hause war. Oder das Ganze war von vornherein nur eine Ente gewesen. Aber daran mochte sie nicht so recht glauben. Martin Rayfiel hatte in den wenigen Minuten ihrer Unterhaltung einen glaubwürdigen Eindruck gemacht: eine starke Persönlichkeit.

Abby erhob sich und blickte sich um. Sie war jetzt allein. Die Geschäfte, die den Platz auf allen vier Seiten säumten, hatten geschlossen; Rollläden und Gitter waren heruntergelassen. Sie schlenderte zu dem verlassenen Pavillon hinüber, stieg die beiden weißen Stufen hinauf und setzte sich. Sie versuchte, sich vorzustellen, wie sich Martin und Claire hier trafen, sich umarmten und dann auf den weißen Holzbänken Platz nahmen. Dann bemerkte sie, dass etwas unter der Bank versteckt war. Abby beugte sich vor und kniete sich dann hin, um den Gegenstand hervorzuziehen: Es war eine Aktentasche.

Sie zog die Tasche aus ihrem dunklen Versteck und stellte sie auf dem Boden des Pavillons ab. Die Aktentasche war alt und abgenutzt, aber sie war aus hochwertigem Leder und so gut verarbeitet, dass sie viele Jahre der Benutzung überstanden hatte. Sie strich mit den Fingern über das eingestanzte Monogramm: *M. R.* Es war Martin Rayfiels Tasche, die er bei seinem Besuch in der Redaktion am Vortag bei sich gehabt hatte. Hatte er sie für Abby hier versteckt? Und wenn ja, warum? Sie warf einen Blick über den Platz; sie war immer noch allein. Sie zögerte noch einen Moment, ehe sie nach den Schlössern griff. Sie sprangen ganz leicht auf, und Abby klappte den Deckel hoch.

Die Tasche enthielt eine Reihe von Gegenständen, von denen die meisten im schwachen Laternenlicht schwer auszumachen waren und keiner ihr bedeutungsvoll erschien. Es schien sich um Dinge zu handeln, wie man sie in einer alten Kommode auf einem Dachboden finden mochte: alte Postkarten, Briefe, Restaurant-Speisekarten, verblichene Fotografien, längst vergessene Andenken. Sie fuhr leicht mit der Hand über den Inhalt der Aktentasche, bis ihre Finger schließlich auf einem Stapel Kassetten liegen blieben, die von einem dicken Gummiband zusammengehalten wurden. Sie nahm sie heraus und hielt sie ins Licht der Straßenlaternen, bis sie die Beschriftung der obersten Kassette entziffern konnte. Dort stand in eleganter Handschrift: *Für Abby Reston – bitte hören Sie sich die als Erstes an.*

Es verblüffte sie, ihren eigenen Namen zu lesen. Es war, als hätte jemand aus dem Halbdunkel heraus, das den Pavillon umgab, ihren

Namen geflüstert, und im ersten Augenblick erwog sie, den Deckel der Tasche zuzuknallen und diese wieder unter die Bank zu schieben, so als wäre sie nie hier gewesen. Sie wog die Kassetten in der Hand, als wäge sie ihre Optionen ab. Sie hatte also Recht gehabt mit ihrer Annahme – er hatte die Tasche für sie im Pavillon hinterlassen; oder zumindest hatte er Vorsorge getroffen, dass, wer immer sie fand, wusste, für wen der Inhalt bestimmt war. Aber wollte sie wirklich in die Geschichte hineingezogen werden? Wenn sie die Kassetten mit ins Büro nahm und in den Rekorder auf ihrem Schreibtisch schob, wäre es zu spät, sich zurückzuziehen. Andererseits wollte sie wissen, wer Claire und Martin waren und warum sie heute nicht zum Pavillon gekommen waren.

Abby nahm die Aktentasche, als wäre es ihre, und trug sie über den Rasen in Richtung der inzwischen verlassenen Zeitungsredaktion. In ihrem Büro zog sie an der Kette, die von der geschwungenen Schreibtischlampe herabbaumelte, und ein Lichtkreis fiel auf das Chaos auf ihrem Schreibtisch. Sie legte die Lay-outs beiseite und stellte die Aktentasche oben auf den Tisch, ehe sie zum Kühlschrank auf dem Flur ging und eine Flasche Gewürztraminer herausnahm, der dort mehrere Wochen gelagert hatte. Ein Geschenk eines zufriedenen Werbekunden, wenn sie sich recht erinnerte. Sie holte einen Korkenzieher aus einer Schublade der winzigen Küche, nahm ein Glas vom Abtropfgestell neben dem Spülbecken und trug alles zurück in ihr Büro. Dort entkorkte Abby im Lampenlicht die Weinflasche, schenkte sich ein Glas ein und schob das erste Band in den Rekorder.

„Hallo!“, sagte Martin Rayfiels Stimme vom Band. „Wenn ich mich nicht irre, hören Sie sich dieses Band am Abend an, irgendwann nach Einbruch der Dunkelheit, nachdem Ihnen klar geworden ist, dass Claire und ich nicht mehr zum Pavillon kommen werden. Es tut mir Leid, Sie enttäuscht zu haben“, fuhr Martin fort, „aber die Umstände sind sehr kompliziert und lassen sich nicht in zwei Sätzen zusammenfassen. Aber ich dachte mir, dass Sie sich vielleicht meine Geschichte über Claire und mich gern anhören würden. Ich hoffe, dass die Gegenstände im Koffer dazu beitragen werden, das Erzählte zu veranschaulichen, auch wenn einige davon Ihnen furchtbar sentimental erscheinen mögen und Sie sich fragen werden, warum ich sie all die Jahre aufbewahrt habe.“

Der Klang der Stimme in der Stille ihres Büros war seltsam beruhigend, und als Abby den ersten Schluck des kalten Weins trank und sich bequem in ihrem Stuhl zurücklehnte, wusste sie, dass es eine Stimme war, der sie die ganze Nacht zuhören konnte. Und das tat sie auch.

KAPITEL II

Claire Swift trug nie eine Kopfbedeckung. Als sie noch ein junges Mädchen gewesen war, kam ihre Mutter ihr im Winter mit einer Wollmütze in der Hand nachgelaufen, die sie wild in der Luft schwenkte, aber Claire war bereits fort. So kam es, dass Martin sie immer, wenn er an sie dachte, hutlos mit schwingendem Haar vor sich sah. Bei ihrer ersten Begegnung sah er sie allerdings gar nicht.

Es war Freitag, der 27. Mai 1949, erinnerte sich Martin auf dem Band, und er und Claire waren beide 17 Jahre alt. Sie waren in derselben Ortschaft, Longwood Falls, aufgewachsen, führten aber innerhalb des kleinen Städtchens ein so unterschiedliches Dasein, dass sie nie ein Wort miteinander gewechselt hatten. Die Trennung war ebenso einfach wie radikal: Seine Familie war reich, Claires nicht. Sie lebte in einer Sackgasse mit kleinen, bescheidenen Häuschen in der Innenstadt und besuchte die Schule von Longwood Falls. Martin hingegen wohnte oben auf einem Hügel in einem Wohnviertel namens The Crest, wo ausschließlich riesige, prunkvolle Villen standen, und besuchte eine teure Privatschule für Jungen rund dreißig Kilometer entfernt. So wie diese Villen wirkte auch Martin ständig irgendwie abweisend und distanziert. Aber anders als die anderen Bewohner von The Crest unternahm Martin des Öfteren Ausflüge ins Stadtzentrum, auch wenn seine Herkunft und seine graue, militärisch anmutende Schuluniform ihn zur Zielscheibe bissiger Bemerkungen machte.

Eines Tages kaufte sich Martin gerade nach der Schule eine Cola bei „Beckerman's", der örtlichen Milchbar mit glitzernder Zapfanlage, schwenkbaren Barhockern und einer imposanten bunten Musikbox, als er die ersten vertrauten Kommentare hörte: Er sei schwul. Er solle sich nach The Crest zurückscheren, wohin er gehöre. Er solle sich auf seinen Thron schwingen und dort bleiben.

Es waren Jungs von der örtlichen Highschool, mit denen er zuvor schon mehrfach aneinander geraten war, und es dauerte nicht lange, bis wieder die Fäuste flogen. Martin versetzte einem seiner Widersacher einen Haken, der mit einem hässlichen knirschenden Geräusch dessen Kiefer traf. Aber der Junge schlug zurück und traf Martins Auge. Martin spürte, wie ein heftiger Schmerz seinen Kopf durchzuckte und ihm schwindlig wurde. Er sackte auf dem weiß gefliesten Boden zusammen und sah die silbernen Füße der festgeschraubten Hocker vor sich. Wie aus weiter Ferne hörte er, dass die Tür zuschwang; die Jungen waren fort. Beckerman selbst, ein ewig sorgenvoller Mann mittleren Alters, half Martin auf und brach ein Stück Eis für ihn ab. Dankbar nahm Martin es entgegen und legte es auf sein bereits stark angeschwollenes Auge, ehe er, noch wackelig auf den Beinen, nach draußen wankte.

Henry, der Chauffeur der Familie, wartete mit dem Bentley gleich um die Ecke. Aber Martin war der Gedanke unerträglich, sich nach Hause chauffieren zu lassen, wo sein Vater ihm Vorhaltungen machen würde, weil er sich „auf eine primitive Prügelei mit irgendwelchen Proleten" eingelassen hatte.

Und so schlenderte Martin Rayfiel zum Marktplatz. Sein Auge pochte von seinem eigenen Puls und vor Hitze, und irgendwie gelangte er zum Pavillon. Dieser hatte ihm schon immer gefallen, so wie er in der Mitte des Platzes thronte wie mitten im Nirgendwo. Jetzt stieg er die weißen Stufen hinauf und legte sich auf die Bank, die Knie angezogen und der Kopf auf den glatten, lackierten Latten ruhend. Endlich allein, rückte er das Stück Eis auf seinem Auge zurecht und gestattete sich ein Stöhnen. „Toll", murmelte er vor sich hin. „Ist das nicht wieder Klasse?"

„Da bin ich anderer Ansicht", sagte eine Stimme.

Martin fuhr auf. Ihm saß ein Mädchen gegenüber, das in etwa so alt war wie er. Sie hatte die Arme über der Brust verschränkt und lächelte ihn an. Nein, sie grinste schadenfroh, und Martin wappnete sich für eine Beleidigung, eine sarkastische Bemerkung über seine Familie, sein Geld. Aber es kam nichts dergleichen. Durch das gesunde Auge sah er das Buch auf ihrem Schoß: „Schätze der europäischen Bildhauerei". Sie war ein gut aussehendes Mädchen in einem pfirsichfarbenen Sommerkleid, mit langen Armen und Beinen und hellem, glattem Haar. Martin schämte sich, wie sich nur ein 17-jähriger Teenager mit einem zugeschwollenen Auge schämen kann, der in Anwesenheit eines Mädchens Selbstgespräche geführt hat.

„Weißt du", sagte sie, „ich habe gehört, dass rohes Fleisch wirksamer sei als Eis."

„Tatsächlich?", entgegnete er.

Sie nickte.

„Danke für den Tipp." Er erhob sich vorsichtig und versuchte, so etwas wie Würde auszustrahlen, indem er so tat, als schmerze es gar nicht und als könne er einfach mit federnden Schritten den Pavillon verlassen.

„Möchtest du es ausprobieren?“, fragte sie. „Ich wohne gleich um die Ecke; ich könnte dir eine Scheibe Steak geben.“

Er musterte sie argwöhnisch. „Du kennst mich doch nicht mal.“

„Das stimmt.“

„Und trotzdem lädst du mich zu dir nach Hause ein?“

Sie nickte nur.

„Warum?“

„Weil du verletzt bist“, entgegnete sie schlicht.

Das Mädchen war nett, aber gleichzeitig spielte es auch mit ihm, wirkte irgendwie provokant. Die Mischung dieser Eigenschaften machte ihn neugierig, und zu seiner eigenen Überraschung erklärte er sich einverstanden, sie nach Hause zu begleiten. Das Haus war schockierend winzig und stand inmitten anderer ebenso kleiner Eigenheime. Wo schlafen die nur alle?, fragte er sich, als er sich in den kleinen, beengten Räumen umsah.

Die Küche war klein, aber sehr sauber, und sie nahm eine Scheibe rohes Fleisch für ihn aus dem Kühlschrank. Sie forderte ihn auf, sich an den Tisch zu setzen, und er gehorchte widerspruchslos und drückte sich das Fleisch auf das Auge. „Ich habe mich geprügelt“, erklärte er ihr. „Das heißt, genau genommen haben die sich mit mir geprügelt. Ich weiß noch nicht einmal genau, worum es eigentlich ging.“

„Ich weiß, warum“, entgegnete sie. „Das liegt daran, wer du bist.“

„Ach ja? Und wer bin ich?“

„Ich weiß deinen Namen nicht“, erwiderte das Mädchen langsam. „Aber ich habe dich schon mehrmals in der Stadt gesehen. In deinem silbernen Auto. Und mit deinen Eltern. Und ich weiß, dass das der Grund ist für das, was heute passiert ist. Die Leute sind neidisch.“

Er nickte. „Stimmt.“

„Das ist dir nicht zum ersten Mal passiert, habe ich Recht?“

Martin nickte.

„Warum kommst du dann weiter her?“, fragte sie. „Warum gehst du weiter dorthin, wo dich alle sehen und es immer wieder zum Streit kommen wird?“

Er dachte eine Weile darüber nach, ehe er antwortete. „Ich denke, das liegt auch daran, wer ich bin.“ Ihr Gesichtsausdruck verriet leichte Verwirrung, aber er gab keine weitere Erklärung ab. Er wusste nicht, wie er in Worte fassen sollte, dass er immer wieder in die Innenstadt kam, wo er sich oft im Mittelpunkt sinnloser Faustkämpfe wieder fand, weil er nicht das abgeschottete Leben der anderen Bewohner von The Crest führen wollte.

Martin hatte es nie behagt, dort zu leben, in der ein wenig lächerlich anmutenden Villa mit den imposanten Säulen, die einem Kolonialhaus auf irgendeiner Plantage nachempfunden war. Die Fußböden aus fein gemasertem Marmor waren zu glatt, um auf ihnen vernünftig laufen zu können, und als Martin klein gewesen und über sie hinweggeschlittert war, hatte seine Kinderfrau ihn ausgeschimpft. Seine Eltern beschäftigten ein ständig wechselndes Heer von Hausangestellten, deren Kommen und Gehen vor allem auf die unberechenbaren Launen von Martins Vater zurückzuführen war, Ash Rayfiel, dem herrischen und schwer zufrieden zu stellenden Hausherrn und Erben des Familienunternehmens, das Damenhüte herstellte.

So kam es auch, dass Martins Mutter Lucinda wohl mehr Hüte besaß als jede andere Frau auf der Welt. Der begehbare Schrank, in dem sie ihre Hüte aufbewahrte, war ausgebaut worden und wurde allgemein nur als „Hutzimmer" bezeichnet. Lucinda Rayfiel war eine extrem unglückliche Frau, die sich intensiv mit ihren Hüten und ihrem Aussehen beschäftigte, um sich von ihrem Unglück abzulenken.

Das gesellschaftliche Leben der Rayfiels spielte sich weitgehend im Golfklub von Longwood ab, der auf einem vollständig eingefriedeten hügeligen Gelände gelegen war und dem sämtliche Bewohner von The Crest angehörten. Jeden Samstagmorgen kutschierte Henry den Familienwagen vorsichtig den Hügel hinunter und durch die Stadt zum Golfklub, wo Martins Vater dann auf dem Grün einen Ball nach dem anderen schlug und fluchte, wenn ein Ball im Sandbunker landete, während seine Mutter einen Gin nach dem anderen in sich hineinschüttete und den Tag im Alkoholnebel an sich vorüberziehen ließ. Martin blieb derweil sich selbst überlassen. Er hasste den Klub. Die anderen Kinder dort kamen ihm versnobt und unangenehm vor, sie waren Miniaturausgaben ihrer Eltern, und die Vorstellung, dass auch er eines Tages ein Abbild seines Vaters werden könnte, erschreckte ihn.

Sein Vater war ein gut aussehender Mann, jedoch ungehobelt und unsensibel, ohne jegliches Gespür für Feinheiten. Martins Mutter ihrerseits war eine elegante Blondine, deren leicht schwammige Züge jedoch wahrer Schönheit im Wege standen. Martin war irgendwann zu dem Schluss gekommen, dass, wenn Rita Hayworth eine ältere Schwester gehabt hätte, diese so ähnlich ausgesehen haben würde wie seine depressive Mutter mit dem ewig verkniffenen Ausdruck um die weichen Lippen.

Martin ähnelte seinen Eltern nur entfernt. Er war in sich gekehrter als sie und wirkte immer ein wenig zerstreut. Er hatte glattes, glänzend schwarzes Haar und graue Augen mit winzigen Linien und Pünktchen in der Pupille, so als wären sie aus einem Stück des Marmorbodens seines Elternhauses gefertigt. Sein Körper war von einer Geschmeidigkeit, die es ihm ermöglichte, mit Leichtigkeit Zäune zu überwinden und schneller als jeder andere zu laufen. Martin kam es vor, als liefe er ständig davon, als flüchte er stets von einem Ort zum anderen.

Und als er nun mit diesem Mädchen am Küchentisch saß, wurde ihm bewusst, dass er ausnahmsweise einmal nicht den Drang verspürte davonzulaufen. Zu seiner eigenen Überraschung wollte er am liebsten den ganzen Nachmittag an diesem kleinen, wackeligen Tisch sitzen. Sein Auge fühlte sich inzwischen ein wenig besser an, und er nahm das Steak herunter und legte es zurück auf das feuchte Einschlagpapier.

Plötzlich schwang die Küchentür auf, und ein Mann kam herein. Es war der Vater des Mädchens, gut aussehend, aber in einem T-Shirt mit dunklen Schwitzflecken unter den Armen. Auch verströmte er einen beißenden Geruch, der allerdings nicht nur von Schweiß herrührte. Martin erkannte den Geruch von Farbe und Terpentin.

Der Mann musterte Martin mit unergründlicher Miene und nickte dann langsam zur Begrüßung. „Claire", sagte er. „Würdest du mir bitte ein Bier geben? Und vielleicht könntest du mit dem Abendessen anfangen. Deine Mutter hat gesagt, sie hätte mir in einem Anfall von Verschwendungssucht ein kleines Steak gekauft."

Ihr Name ist also Claire. Der Name passte, schlicht und ohne Schnörkel. Sie und Martin tauschten einen schuldbewussten Blick. Das Steak, mit dem er sein Veilchen gekühlt hatte, sollte nun gebraten und gegessen werden – ein leicht ekliger, aber auch komischer Gedanke. „Ich bin Martin Rayfiel", stellte er sich Claires Vater vor.

„Der Sohn von Ash Rayfiel?", fragte dieser, was Martin mit einem Nicken bejahte. „Ich habe schon für deinen Vater gearbeitet", fügte Claires Vater in neutralem Tonfall hinzu, aber Martin wusste dennoch, was er dachte. Zweifellos teilte er die Meinung aller anderen, dass Ash Rayfiel ein unangenehmer Mensch war und ganz sicher kein Freund der Arbeiter in der Stadt.

Die Erwähnung seines Vaters hatte Martin ganz verlegen gemacht, und so versuchte er, das Thema zu wechseln. „Ihre Tochter hat mir heute geholfen", erklärte er.

„Sie ist eben ein sehr hilfsbereiter Mensch", antwortete Claires Vater. Dann nahm er die bernsteinfarbene Bierflasche beim Hals und verließ die Küche. Martin vermutete, dass er bestimmt schon in wenigen Minuten irgendwo – vermutlich auf dem Sofa im Wohnzimmer – mit hochgelegten Füßen eingeschlafen sein würde.

„Ich sollte besser gehen“, sagte Martin.

„Ja“, pflichtete Claire ihm bei. „Ich denke, du hast Recht.“

Aber er rührte sich nicht. Sie lächelten einander zu, weil keiner von beiden wollte, dass er ging, und sie es beide wussten. Dieses Mädchen mit dem hellen Haar, das ihm gegenübersaß und ihn über den Tisch hinweg belustigt anlächelte, machte ihn nervös. Sie spielte mit ihm, und dieses seltsame kleine Spielchen erregte ihn.

Das Gefühl, das ihn durchströmte, erinnerte ihn an etwas, was er vor zwei Jahren erlebt hatte. In seinem Elternhaus hatte eine Köchin namens Nicole Clément gearbeitet, eine Frau aus einer südfranzösischen Kleinstadt namens Lourmarin. Man konnte sie nicht wirklich als schön bezeichnen; ihre Hüften waren eine Spur zu füllig, und sie hatte widerspenstiges dunkles Haar, aber sie war aufmerksam und freundlich. Er hatte sich oft in ihrer Nähe aufgehalten, wenn sie in einem Kupferkessel mit Soße gerührt hatte, mit einer Hand, die schneller war als die eines Croupiers. Sie lehrte Martin alles, was sie über das Kochen wusste, und wenn seine Eltern nicht da waren, verbrachte er Stunden mit ihr in der Küche, umgeben von den Düften und dem Dampf, der den Töpfen entwich. Martin wurde ein exzellenter Koch, der sich ebenso auf die französische wie auf die amerikanische Küche verstand. Aber während seine Mutter sich noch über sein Können amüsierte, fand sein Vater es weibisch und vertrat den Standpunkt, dass diese Fähigkeiten ihm im späteren Leben nicht weiterhelfen würden.

Eines Tages, als Martin 15 Jahre alt gewesen war und Nicole 26, hatte er neben ihr am Tisch gestanden und ihr geholfen, Kartoffeln in Scheiben zu schneiden. Plötzlich hatte er sie angeschaut und gesehen, dass Mehl ihr Haar bedeckte wie frischer Schnee. Und wie schmal und zart ihre Hände wirkten, die mit atemberaubender Geschwindigkeit das Gemüse schnippelten. Und ehe ihm selbst so recht bewusst war, was er tat, beugte er sich vor und küsste die Köchin hart auf den Mund. Sie riss die Augen auf, aber gleich darauf legte sie das Küchenmesser aus der Hand und erwiderte seinen Kuss selbstvergessen. Sie zog Martin in die Speisekammer, und dort, auf dem Boden des kleinen Raumes, umgeben von Tomatenkonserven, Marmeladengläsern und Knoblauchgirlanden, entkleideten sie einander wortlos.

Als sie einige Zeit später wieder herauskamen – er hatte keine Ahnung, wie viel Zeit verstrichen war –, stopfte Martin sein zerknittertes Hemd in die Hose und atmete tief durch. In diesem Moment wusste er, dass er nie ein Hutmacher werden würde wie sein Vater und dass er nie ein unglückliches Dasein führen würde, in dem sich alles ums Geld drehte. Als er sich Nicole zuwandte, die gerade hastig ihre Schürze zuband, sah er, dass sie furchtbar nervös war. Offenbar fürchtete sie die Konsequenzen dessen, was geschehen war. Er trat auf sie zu und legte ihr eine Hand auf den Arm. „Du brauchst dir keine Sorgen zu machen", versicherte er ihr.

„Danke, Martin", sagte sie lächelnd, wobei sie seinen Namen wie gewöhnlich französisch aussprach. „Du bist sehr süß, weißt du."

Einen Monat später war sie fort. Nicole behauptete steif und fest, ihre Kündigung hätte nichts mit Martin zu tun, sie hätte vielmehr schreckliches Heimweh nach ihrer Familie in Lourmarin. Er war sich nicht sicher, ob er ihr glauben sollte oder nicht; sie weinte beim Abschied und versprach, ihm zu schreiben, was sie auch gelegentlich tat.

Nach dem Erlebnis in der Vorratskammer wurde er noch stiller und nachdenklicher. An jenem Tag war ein völlig neues Gefühl in ihm aufgekommen, ein Gefühl, das heute, in einer anderen Küche am anderen Ende der Stadt, erneut in ihm aufgekeimt war. Plötzlich wünschte er, er könnte sich mit diesem Mädchen namens Claire in einen kleinen duftenden Raum zurückziehen und mit ihr das Gleiche tun wie seinerzeit mit Nicole. Er konnte sich vorstellen, sie zum Mittelpunkt seines Lebens zu machen, auch wenn er selbst nicht sagen konnte, warum.

Er erkannte, dass Menschen nicht genau gleich sein mussten, damit ein starker Strom von Gefühlen zwischen ihnen entstand. Seine Eltern verkehrten nur mit Leuten, die genauso waren wie sie; einmal hatte er gehört, wie seine Mutter sich leise mit einer Freundin im Klub über eine Frau ausließ und meinte, diese sei „keine von uns". Wie sich herausstellte, meinte sie damit, dass besagte Frau nicht wohlhabend war und somit unwürdig, dem Longwood Golfklub beizutreten.

Martin wollte mit diesem Mädchen Claire zusammen sein, das ganz offensichtlich auch nicht in die Kategorie „eine von uns" gehörte. Es gefiel ihm, dass sie anders war, dass die Dinge, die sie wusste, sich ganz offensichtlich nicht mit seinen eigenen Erfahrungen deckten. Und doch spürte er, dass sie sich auf seltsame Art ähnlich waren. Es war Zeit für ihn zu gehen, aber er konnte sich nicht dazu entschließen. Er wollte den Augenblick des Abschieds hinauszögern, um noch ein wenig länger mit ihr in dieser einfachen kleinen Küche sitzen zu können. Und so kam es, dass er, anstatt sich zu verabschieden, sagte: „Darf ich das Steak für deinen Vater zubereiten?"

Claire machte große Augen. „Du kannst kochen?“, fragte sie zweifelnd. „Das glaube ich nicht.“

„Es stimmt aber.“

„Okay, wenn du willst“, sagte sie schließlich mit einer Geste, die die Küche einschloss und ihm bedeutete, dass er sich ganz wie zu Hause fühlen solle.

Er übernahm das Kommando und schnitt auf einem Brettchen Knoblauch und Butterwürfel. Als er Claire fragte, ob sie irgendwelche Kräuter zur Hand hätte, antwortete sie, dass in einem kleinen Garten neben dem Haus einige wüchsen. Sie ging nach draußen, um welche zu pflücken, die sie ihm anschließend überreichte. Er hackte Petersilie und wilden Thymian und mischte beides unter die Butter, die als Soße für das Steak dienen sollte, das er gründlich unter fließendem Wasser wusch. Als das Steak fertig war, betrachtete Claire es überrascht, denn es sah nicht nur köstlich aus, sondern war darüber hinaus kunstvoll auf dem Teller angerichtet. Schweigend brachte sie das Steak ihrem Vater, der es erfreut verspeiste und hinterher erklärte, das sei das Leckerste, was sie ihm je gekocht habe.

Hinterher, als es in der Küche noch nach Knoblauch und Kräutern duftete und der Tag beinahe vorüber war, teilte Claire Martin mit, dass er jetzt gehen müsse. „Diesmal meine ich es ernst“, sagte sie. „Meine Mutter kommt bald mit meiner älteren Schwester Margaret von der Arbeit. Sie ist Verkäuferin in einem Textilgeschäft. Und im Gegensatz zu meinem Vater wird sie tausend Fragen stellen.“ Mit einem Lächeln hielt sie ihm die Küchentür auf.

„Claire“, sagte er unvermittelt. „Triff dich morgen mit mir im Pavillon.“

Plötzlich lächelte sie nicht mehr. „Nein“, sagte sie fest. „Das wäre sinnlos. Wir sind grundverschieden.“

„Na und? Bitte! Triff dich mit mir. Nur so.“

Sie richtete den Blick auf ihre Hände, verschränkte die Finger ineinander und fasste schließlich einen Entschluss. „Morgen nicht“, sagte sie. „Nächste Woche zur gleichen Zeit.“

„Gut. Nächste Woche“, stimmte Martin zu. Sie standen noch eine Weile schweigend in der halb offenen Küchentür. Er wollte den Nachmittag nicht im letzten Moment verderben. Und so trat er ohne ein weiteres Wort durch die Tür und blickte auch nicht zurück. Nächste Woche, sagte er sich, als er den Weg bis zu der kleinen Sackgasse hinunterging, die, wie ihm ein Blick auf ein Straßenschild verriet, Badger Street hieß.

Ohne sich dessen bewusst zu sein, beschleunigte er den Schritt, bis er schließlich fast rannte. Nächste Woche, dachte er. Nächste Woche.

Der Chauffeur der Rayfiels, Henry, wartete mehrere Straßenzüge entfernt am Wagen. Er machte ein zutiefst besorgtes Gesicht. „Alles in Ordnung?", fragte er, als Martin neben ihm auf dem Beifahrersitz Platz nahm. Es war nicht das erste blaue Auge, das er an dem Jungen sah.

„Ja", entgegnete Martin und lehnte den Kopf an die mit braunem Leder bezogene Kopfstütze, das eine Auge so dick wie eine Pflaume und vollständig zugeschwollen. Henry ließ den Motor an, lenkte den Wagen vom Fahrbahnrand fort und dirigierte ihn den Hügel hinauf zum Anwesen der Rayfiels.

Martin war die ganze Woche schrecklich zerstreut, schnitt sehr schlecht bei einer Englischklausur ab und machte im Chemieunterricht einen Fehler, der beinahe zu einer Schwefelexplosion geführt hätte. Der Schuldirektor, Mr Croft, rief Martin in sein Büro, um „ihm die Leviten zu lesen".

„Ich weiß, dass du im Herbst nach Princeton gehst", sagte Croft, der an seinem Schreibtisch saß. „Trotzdem musst du deinen bisherigen Notendurchschnitt halten."

Seit seiner Begegnung mit Claire hatte Martin keinen Gedanken mehr daran verschwendet, dass er im September aus Longwood fortgehen würde, um das College zu besuchen. Er war an der Schule angenommen worden, die schon sein Vater und davor sein Großvater besucht hatten. Vom Tag seiner Geburt an hatte es als selbstverständlich gegolten, dass Martin eines Tages nach Princeton gehen würde, wo er in allem dem Beispiel der Rayfiel-Männer folgen würde: Er würde in der College-Mannschaft Football spielen, sich in die Grundlagen der Betriebswirtschaft einarbeiten und mit einem bestimmten Typ Mädchen ausgehen, die alle reich und sterbenslangweilig waren.

„Entschuldigen Sie, Mr Croft", sagte Martin nun zu dem Schuldirektor. „Sie haben natürlich Recht; ich war in den letzten Tagen nicht bei der Sache. Ich werde mich bemühen, in Zukunft wieder aufmerksamer zu sein." Aber inzwischen bedrückte ihn die Aussicht, im Herbst aufs College zu gehen und diese Claire zurückzulassen, die er bisher noch nicht einmal hatte näher kennen lernen können.

Am nächsten Freitag ließ sich Martin nicht von Henry in die Stadt fahren. Stattdessen tauschte er nach der Schule seine Uniform gegen Hemd und Hose und machte sich allein und zu Fuß auf den Weg, ohne irgendjemandem zu verraten, wohin er wollte. Leichtfüßig hastete er auf den Marktplatz zu. Er fürchtete, dass sie nicht da sein würde, dass sie ihr Treffen vergessen hatte. Oder, schlimmer, dass sie es nicht vergessen, aber ihre Meinung geändert und entschieden hatte, doch nicht zu kommen. Er wagte es kaum, zum Pavillon hinüberzusehen, aber schließlich tat er es doch.

Das achteckige Bauwerk lag nur noch etwa zwei Dutzend Meter entfernt, und er konnte erkennen, dass sie bereits dort war und auf ihn wartete.

KAPITEL III

Der reiche Junge mit dem blauen Auge trat völlig unerwartet in Claire Swifts Leben. Ihr war nie der Gedanke gekommen, dass sie sich verlieben könnte, solange sie noch bei ihren Eltern wohnte. Sie hatte sich immer vorgestellt, dass es irgendwann in ferner Zukunft passieren würde, weit weg von diesem viel zu kleinen Haus, in dem Intimsphäre ein Fremdwort war. Claire wusste von dem Augenblick an, da sie Martin zu sich nach Hause eingeladen hatte, um seine Verletzung mit einem Steak zu kühlen, dass sie in den gut aussehenden Jungen verliebt war. Aber anfangs gestand sie sich ihre Gefühle noch nicht ein, versuchte sich selbst davon zu überzeugen, dass sie nur hatte hilfsbereit sein wollen und dass sie sich ebenso jedes anderen angenommen hätte, der mit einem Veilchen in den Pavillon gekommen wäre.

Aber als dann ihre zweite Begegnung unmittelbar bevorstand, war sie derart nervös, dass ihr ganz flau im Magen wurde. „Schmetterlinge im Bauch“, sagte man dazu, aber dieser Ausdruck erschien ihr zu oberflächlich, um das zu beschreiben, was sie empfand. Sie saßen eine Weile im Pavillon und schlenderten dann einen halben Kilometer weit bis zu einer Wiese, wo sie sich ins Gras setzten. Er wollte alles über sie wissen, und sie erzählte ihm von ihrer Familie und dass sie Bildhauerin werden wolle – sie hatte auf der Schule Kunst als Leistungsfach belegt und gewann regelmäßig beim jährlichen Kunstwettbewerb der Schule den ersten Preis. Er seinerseits erzählte von seinen Eltern, von seinem Traum, Koch zu werden, und davon, wie sehr es ihm widerstrebe, im September nach Princeton gehen zu müssen.

Sie vereinbarten ein weiteres Treffen für den kommenden Nachmittag, diesmal an einem nahe gelegenen Teich, in dem sie schwimmen konnten, obwohl es eigentlich noch zu kalt war. Als sie am nächsten Tag um halb vier zum Teich kam, war er bereits dort und saß mit nacktem Oberkörper auf einem großen Stein am Ufer. Sie registrierte flüchtig seine langen Arme und die nackte Brust mit dem feinen dunklen Flaum. Bald darauf waren sie gemeinsam im kalten Wasser, die Füße im weichen Schlick. Sie froren so erbärmlich, dass sie am ganzen Körper Gänsehaut hatten und ihre zitternden Knie gegeneinander schlugen.

Nachdem sie gute fünf Minuten bibbernd im Wasser gestanden hatten, kam er näher und überschritt die unsichtbare Grenze, die jeder Mensch um sich herumzog. Aber sie wollte nicht, dass er sich wieder von ihr entfernte.

Sie wusste, dass er sie jetzt küssen würde, und ihr wurde prompt wieder flau in der Magengegend. Claires Mutter war immer sehr glucken-haft gewesen und hatte sie eindringlich vor Männern gewarnt. „Du darfst ihnen nicht über den Weg trauen“, hatte ihre Mutter gesagt. „Du bist ein hübsches Mädchen, und sie werden versuchen, dich mit Süßholzraspeln zu Dingen zu überreden, die du hinterher nur bereust.“

Und jetzt hallten die Worte ihrer Mutter in ihrem Kopf wider, obgleich sie das Letzte waren, woran sie jetzt denken wollte. Warum sollte sie Martin vertrauen? Dazu hatte sie wirklich keinen Grund. Claire wusste, dass sein Vater, Ash Rayfiel, im Ort den Ruf eines skrupellosen Geschäftsmannes hatte – tatsächlich hatte er ihren eigenen Vater bei der Bezahlung für den Bau einer Gartenmauer geprellt. Aber dieser Augenblick hier im stillen, eiskalten Wasser hatte nichts mit Vernunft zu tun. Martin legte eine nasse Hand auf ihre Schulter und zog sie noch näher zu sich heran. Claire spürte sofort, wie ihr brennende Schamröte ins Gesicht stieg.

Natürlich wollte sie ihn auch küssen, aber sie war erst 17, und ihre Gefühle machten ihr ein wenig Angst. Die Jungen in der Schule hatten schon immer mit ihr geflirtet, hatten sie eingeladen und ihr zugerufen, während sie beim Ballspiel auf dem Sportplatz umhergerannt waren. Claire war mit einigen von ihnen im Kino von Longwood gewesen, darunter auch Roy Crenshaw, der sie während der Wochenschau oben in der Loge geküsst hatte. Roy war ein sehr von sich eingenommener Basketballspieler an der Longwood Falls High. Er sah gut aus, hatte welliges blondes Haar und einen Schlafzimmerblick, doch Claire hatte bei seinem Kuss nicht viel empfunden.

Aber als Martin sie im Teich küsste, fühlte sie so viel, dass sie gar nicht wusste, wie sie den Ansturm verkraften sollte. Das war es also, worum sich alles drehte, all diese hoffnungslos romantischen Filme, die sie sich mit ihrer Schwester im Kino angesehen hatte, all das, was die Filmfiguren immer vorgaben, füreinander zu empfinden. Sie dachte an ihr eigenes Glück, ihn kennen zu lernen, dieses Gefühl kennen zu lernen. Es weckte etwas in ihr, was bisher tief in ihrem Inneren verborgen geschlummert hatte, rüttelte es wach, als wollte es sagen: Es ist so weit.

MARTIN und Claire fanden bald einen Weg, sich mindestens dreimal wöchentlich zu sehen, manchmal auch viermal. Auch nur ein Tag weniger, und in Claire stieg eine panikartige Sehnsucht auf. Aber auch wenn sie sich sahen, fühlte sie sich leicht durcheinander. Ich bin total verrückt geworden, sagte sie sich eines Nachmittags im Nähunterricht, als sie zu ihrem Entsetzen feststellte, dass sie eine Schürzentasche mit einer Zickzacknaht, die quer über den Stoff führte, ruiniert hatte. Dann endete die Highschool für sie beide, und der Sommer brach an. Claire schlief jeden Morgen lange, manchmal sogar bis ein Uhr mittags. Sie blieb im Bett liegen und träumte von Martin, bis ihre Mutter besorgt an die Tür kam und fragte, ob sie krank sei.

Einmal, als niemand daheim war, nahm Claire Martin mit nach Hause, um ihm eine ihrer kleinen Tonskulpturen zu zeigen, die den Kaminsims im Wohnzimmer zierten. Es handelte sich um ein sitzendes Mädchen, das in einem Buch las. Martin bewunderte die Figur und erkannte sofort, dass die Plastik Claire als Kind darstellte. Es war ihr größter Wunsch, Bildhauerin zu werden, aber ihre Eltern konnten es sich nicht leisten, ihr ein Kunststudium zu finanzieren. Sie wussten, dass Claire großes Talent besaß, aber sie hätten sie vermutlich auch dann nicht auf ein College geschickt, wenn es ihnen finanziell möglich gewesen wäre.

Die Swifts waren sehr konventionelle Menschen und gingen ganz selbstverständlich davon aus, dass ihre Töchter nach ihrem Highschoolabschluss eine Stelle in Longwood Falls annehmen würden: vielleicht indem sie ihrem Vater bei leichteren Renovierungsarbeiten halfen oder als Sprechstundenhilfe beim Doktor oder Zahnarzt. Genau das machte Claires große Schwester Margaret seit ihrem Abschluss; sie war Sprechstundenhilfe beim nicht mehr ganz jungen, vergesslichen Dr. Somers. Aber obwohl sich ihre Schwester nie beklagte, deprimierte Claire die Aussicht auf eine ähnliche Zukunft, vor allem jetzt, da sie Martin kennen gelernt hatte.

„Beantworte mir eine Frage“, sagte Martin unvermittelt an einem Nachmittag, den sie wie schon so viele davor auf der Wiese verbrachten. „Wenn du Geld hättest, völlig frei wärst und dich nicht um die Meinung anderer scheren müsstest, was würdest du dann mit deinem Leben anfangen?“

„Oh, ich würde reisen“, antwortete Claire, ohne zu zögern. „Ich würde nach Europa gehen, mir sämtliche Kunstschätze dort ansehen und anschließend ernsthaft Bildhauerei studieren.“ Sie schwieg eine Weile, ehe sie fortfuhr. „Aber es ist lächerlich, auch nur daran zu denken. Ich habe ja nicht einmal einen Pass. Ich bin bisher kaum aus Longwood Falls hinausgekommen.“

„Europa ist ganz anders als Longwood Falls“, bemerkte Martin, der schon mehrmals mit seinen Eltern dort gewesen war.

„Und was würdest du tun?“, wollte Claire wissen.

„Ich würde mit dir gehen“, erwiderte er wie aus der Pistole geschossen. Hierauf schwiegen sie beide eine Weile. An all den Nachmittagen, an denen sie sich bisher getroffen hatten, hatten sie es vermieden, über ihre Zukunft zu sprechen, aber sie lag vor ihnen, ob es ihnen nun gefiel oder nicht. Im September würde Martin nach Princeton gehen, und Claire würde zurückbleiben, sich einen Job suchen und daheim ein ödes, ereignisloses Dasein führen. Martins Leben hingegen würde sich weiterentwickeln, seine Zeit würde in Anspruch genommen werden vom Lernen, von Klausuren, hitzigen Footballspielen und Mädchen aus gutem Hause.

Sie sprachen nicht viel über die bevorstehende Trennung im Herbst, ignorierten sie höflich, so als ob sie sich dann von allein in Luft auflösen würde. Martin verspürte nicht die geringste Lust, nach Princeton zu gehen; vielmehr wünschte er, er könnte irgendwo eine Lehre als Koch machen und Claire mitnehmen. Auch sie fühlte sich durch die Erwartungen ihrer Eltern eingeschränkt. Vor allem ihre Mutter war immer wachsam und ängstlich, so als rechnete sie fest damit, dass ihrer jüngeren Tochter auf jeden Fall etwas Schlechtes widerfahren würde.

Claires Vater machte sich weniger Sorgen. Er war mehr von seiner anstrengenden Arbeit in Anspruch genommen. Lucas Swift war Landschaftspfleger und arbeitete seit Jahren vor allem für die Stadt. Seine Aufgaben umfassten die Pflege und Bepflanzung der Grünflächen, Reparaturen an Bürgersteigen und Zäunen sowie die Instandhaltung des Pavillons in der Mitte des Marktplatzes. Erst kürzlich hatte er einen Vetter eingestellt, der ihm zur Hand gehen sollte, und inzwischen nannten die beiden Männer ihre Firma „Swift Maintenance". Die Arbeit wurde immer mehr, und Claires Vater kam jeden Abend völlig verschwitzt und kaputt nach Hause und hätte sich am liebsten wie ein Hund zusammengerollt und geschlafen. Die Swifts mussten sich zwar abstrampeln, waren aber nicht direkt arm. Ab und zu lag ein billiges Steak im Kühlschrank, und auch wenn es im Haus nicht unbedingt ausgelassen und fröhlich zuging, kamen doch alle gut miteinander aus.

Claire hatte Glück immer als ein trügerisches Konzept betrachtet, nicht als eine reale Möglichkeit. Darum hatte Melancholie ihr bisheriges Leben bestimmt. Doch jetzt, wenn sie mit Martin allein war, wusste sie, dass Glück nicht trügerisch war, sondern nur flüchtig. Sie hatte es beim Schopf gepackt und hielt es in Gestalt dieses Jungen mit den dunklen Haaren und den ausdrucksvollen Händen ganz fest.

Claire und Martin fuhren fort, sich allerlei zu erzählen, darunter auch die intimsten Geschichten aus ihrem Leben; er vertraute ihr sogar den Zwischenfall mit Nicole in der Vorratskammer an.

Obwohl sie keinem ihrer Freunde von ihren Gefühlen füreinander erzählten, war es unausweichlich, dass die Romanze in einem kleinen Ort wie Longwood Falls früher oder später ans Licht kommen musste. Sie wurden einfach oft genug zusammen gesehen, und so begann eines Tages das Gerede, das sich ebenso bei den einfachen Leuten aus dem Umfeld der Swifts wie oben in The Crest ausbreitete.

„Was hat es auf sich mit deiner Tochter und diesem Millionärssohn?", fragte eine Kassiererin bei „Stover's" Claires Mutter, Maureen Swift, rundheraus, als diese eines Nachmittags an der Kasse anstand. „Wenn du mich fragst, bringt das nichts als Ärger, aber es geht mich ja nichts an. Der Vater ist ein richtiger Tyrann, und die Mutter säuft, und jeder weiß, dass sie die schlimmsten Snobs im ganzen Bezirk sind."

Claires Mutter, die aus allen Wolken fiel, ließ sich nicht anmerken, dass sie von einer Freundschaft ihrer Tochter mit einem Jungen aus The Crest bislang nichts gewusst hatte. „Ach, das ist doch nur Gerede", entgegnete sie, während sie eilig ihre Einkäufe in Tüten verstaute. Am Abend, als sie mit ihrer Tochter den Berg von Geschirr vom Abendessen spülte, stellte sie Claire zur Rede. Diese presste zuerst die Lippen zusammen und leugnete alles. Dann aber gestand sie ihrer Mutter die ganze Geschichte.

„Ich liebe ihn, okay?", platzte sie heraus.

„Nun, dann musst du eben lernen, dich zu entlieben, Claire", erwiderte ihre Mutter. „Es würde zu viele Probleme aufwerfen, für die es keine Lösung gibt. Alle wären unglücklich darüber, und dir würde es letztlich das Herz brechen."

Claire trocknete wütend einen Teller ab. „Liebe funktioniert so nicht", erklärte sie ihrer Mutter trotzig.

„Ich weiß sehr gut, dass die Liebe ihren eigenen Gesetzen folgt", entgegnete Maureen ruhig. „Junge Leute glauben immer, sie wären die Ersten, die die Liebe entdeckt hätten, aber glaub mir, es gibt sie schon sehr lange, und es wird sie auch noch geben, lange nachdem du vom Angesicht der Erde verschwunden bist." Sie legte eine kurze Pause ein, ehe sie fortfuhr. „Aber wenn sie zwischen zwei Menschen entsteht, die nicht zusammengehören, dann wird sie ihnen das Leben zur Hölle machen."

„Es ist nicht die Liebe, die einem das Leben zur Hölle macht", hielt Claire dem entgegen. „Du bist es!" Hierauf schleuderte sie das Geschirrtuch auf den Tisch und stürmte davon auf ihr Zimmer.

Derweil wurde am selben Abend oben in The Crest Martin unmissverständlich eröffnet, dass er „dieses Mädchen" nie wiedersehen dürfe, von dem seine Eltern durch eine gewöhnliche, aber reiche Witwe namens Velma Cornby im Golfklub erfahren hatten.

„Lass es mich noch einmal klipp und klar sagen: Deine Mutter und ich verbieten dir, dich weiter mit diesem Mädchen zu treffen", sagte Ash Rayfiel, nachdem er Martin in sein Arbeitszimmer beordert hatte.

Martin stand vor seinem Vater, der an seinem massiven Schreibtisch saß. „Du verbietest mir, sie wiederzusehen?", fragte Martin, woraufhin Ash Rayfiel nickte. „Tut mir Leid, aber ich dachte, die Phase der Verbote in meinem Leben wäre vorbei. Ich dachte, ich wäre inzwischen alt genug, meine eigenen Entscheidungen zu treffen."

Sein Vater starrte ihn unverwandt an und schenkte sich dann einen Drink aus einer birnenförmigen Glaskaraffe ein. „Also gut, Martin", sagte er. „Dann setz dich einen Moment, und lass uns reden." Er schenkte seinem Sohn einen doppelten Bourbon ein und stellte das Glas vor ihn hin. Martin hatte noch nie einen Drink mit seinem Vater getrunken. Sie setzten sich auf die steife Ledercouch, und Ash meinte schließlich: „Wenn du darauf bestehst, sie gegen unseren Willen weiter zu treffen, sollte ich wohl in gewisser Weise erleichtert sein."

„Wie soll ich das verstehen?"

„Weil es beweist, dass du ein ganz normaler junger Mann bist", entgegnete Ash. „Deine Mutter und ich waren etwas besorgt hinsichtlich deiner Entwicklung, wegen deiner Schwäche fürs Kochen und so." Er trank einen großen Schluck. „Wenn du dich mit diesem Mädchen triffst, dann vermutlich deshalb, weil sie etwas sehr ... Süßes an sich hat, wenn du verstehst, was ich meine. Und die Süße des Nektars ist es doch, die zählt, nicht wahr?“ Ash sah Martin an. „Er schmeckt gleich, egal, ob bei reich oder arm, und was macht es schon, solange du sie nicht schwängerst, obgleich sich auch in diesem Fall ganz sicher etwas arrangieren ließe ...“

Martin stellte sein Glas ab und erhob sich. „Du weißt nicht das Geringste von Claire“, sagte er. „Oder von sonst etwas.“

„Oh doch, ich weiß viel mehr, als du denkst“, entgegnete Ash leise. „Aber das kannst du jetzt noch nicht erkennen. Eines Tages wirst du es vielleicht verstehen. Aber eins steht fest: Wenn du es zulässt, wird dieses Mädchen dein ganzes Leben ruinieren.“

„Danke für den Rat“, entgegnete Martin, wandte sich ab und verließ den Raum.

„Du hast also vor, dir von ihr dein Leben ruinieren zu lassen!“, rief Ash Rayfiel ihm nach, aber Martin antwortete nicht. „Gut! Tu, was du nicht lassen kannst!“, hörte er seinen Vater brüllen, als er die Treppe hinunterging.

CLAIRE und Martin wurden im Laufe des Sommers vorsichtiger, trafen sich seltener und an Orten, an denen sie ziemlich sicher sein konnten, nicht gesehen zu werden. Sie verabredeten sich nun in den Wäldern um Longwood Falls herum, wo sich Fuchs und Hase Gute Nacht sagten und sich nur selten ein Mensch blicken ließ. Die Bäume standen sehr dicht, und in der Luft tanzten Mücken. Gewöhnlich zogen sie sich in ein Gewirr aus Ästen und Blättern zurück. Der Wald war wie ein dunkles, verbotenes Schlafzimmer. Manchmal posierte Martin dort auf Claires Bitte hin, zog sein Hemd aus und ließ sich von ihr in rotem Ton nachbilden, den sie in einer Büchse mitgebracht hatte.

Claire war nicht glücklich über ihren neuen Treffpunkt, und das sagte sie Martin auch. Es störte sie, dass sie und Martin so weit ausweichen mussten, um sich zu treffen, dass sie nicht Hand in Hand durch die Stadt schlendern konnten wie andere glückliche, frisch verliebte Paare. Und das alles nur wegen des Geldes. Sie war nicht an Martin Rayfiels Vermögen oder seinem gesellschaftlichen Status interessiert, auch wenn ihr das manche unterstellten. Ihr ging es nicht darum, die Ehefrau eines reichen Mannes zu werden und den Rest ihres Lebens ohne finanzielle Sorgen zu sein. Sie fühlte sich nicht wohl bei dem Gedanken, dass einige bornierte Stadtbewohner behaupteten, sie suche auf diese Weise nach einem Ausweg aus ihrem armseligen Dasein, in das sie hineingeboren worden war. Nur wenn sie und Martin allein waren, rückten die Gerüchte und boshaften Kommentare in den Hintergrund, verblassten zu einem fernen, bedeutungslosen Gemurmel.

Und dann war der Sommer plötzlich fast vorbei, und eine neue Dringlichkeit prägte ihre gemeinsame Zeit. Eines Tages Ende August, als sie zusammen auf dem Waldboden lagen, drehte sich Martin ihr zu, stützte sich auf einen Ellbogen und verstummte. „Was ist denn?“, fragte sie.

„Weißt du, was ich möchte? Einen ganzen Tag mit dir zusammen sein. Irgendwo anders. Irgendwo, wo es keine Kletten und Dornen gibt.“

„Und wo soll das sein?“, wollte sie wissen.

„Im ‚Lookout‘.“

Claire setzte sich auf und starrte ihn an. „Dort können wir nicht hingehen“, sagte sie. Das Lookout war eins dieser zweistöckigen Motels an der Route 9, von dessen Fassade die Farbe abblätterte.

„Es wird schon gehen“, sagte er. „Vermutlich sieht es innen hübscher aus als von außen. Ich möchte nur mit dir zusammen sein. Wir brauchen ja nichts zu tun, was du nicht möchtest.“

Sie wandte sich von ihm ab. Die Wahrheit war, dass auch sie sich wünschte, mit ihm irgendwo anders als unter freiem Himmel zusammen zu sein. Sie wollte mit ihm schlafen. Aber das verstieß gegen alles, was man sie gelehrt hatte, alles, was sich für ein 17-jähriges Mädchen 1949 gehörte. Ihre Eltern – vor allem ihre Mutter – wären entsetzt gewesen von ihren Sehnsüchten.

Aber Claire schob den Gedanken an ihre Mutter entschlossen beiseite. Mit unsicherer Stimme und ohne Martin anzusehen, sagte sie: „Ist schon gut; ich bin nicht schockiert. Ich will auch mit dir zusammen sein, weißt du.“

„Dann verstehst du, was ich meine?“

Nach einer Weile nickte sie.

„Du verblüffst mich immer wieder“, sagte Martin kopfschüttelnd.

Am folgenden Samstag stellten sie sich als Anhalter an den Straßenrand und wurden von einem Milchlaster mitgenommen. Steif saßen sie inmitten von Milchkästen hinten auf der Ladefläche, umgeben von klirrenden Flaschen. Claire trug ein kakaofarbenes Kleid, das ihre Mutter für sie genäht hatte.

Sie hatten sich als Ehepaar ausgegeben. „Frisch verheiratet“, hatte Martin übermütig gesagt und sich einen von Claires billigen silbernen Ringen angesteckt. „Wir sind die Harrisons aus Saratoga Springs“, improvisierte er. „John und Alice. Wir haben in Saratoga im ‚Adelphi Hotel' geheiratet. Eine sehr kleine Hochzeit, nur 200 Gäste oder so."

„Und was sollen wir sagen, was wir in diesem grässlichen Motel machen, wenn uns jemand fragt?"

„Ach, wir reisen umher wie ein ganz normales verliebtes Pärchen und genießen es, uns eine Weile treiben zu lassen, ehe der Ernst des Lebens beginnt", erklärte Martin.

Sie hatten beide der Glaubwürdigkeit halber einen kleinen Koffer bei sich, da die Harrisons wohl kaum ohne Gepäck reisen würden. Claire hielt ihren sittsam auf dem Schoß auf der holprigen Fahrt hinten auf dem Laster. Der Fahrer des Lastwagens ließ sie direkt an der Kieszufahrt des Motels absteigen. Auf dem Parkplatz standen ein paar Autos, und das Motel sah nicht übermäßig zwielichtig aus, aber Claire fürchtete sich dennoch ein wenig. Am Empfang trugen sie sich mit ihren falschen Namen ins Gästebuch ein, und die alte Frau mit dem Haarnetz ließ keinen Argwohn erkennen. Es interessierte sie nicht, wer hier abstieg, solange derjenige seine Rechnung bezahlte und nicht das Mobiliar zerstörte.

„Ach, eins noch", sagte Martin zu der Frau am Empfang. „Gibt es vielleicht ein Zimmer mit einer Kochgelegenheit?"

Sie machte ein überraschtes Gesicht. Danach hatte offenbar noch nie jemand gefragt. „Das kostet 75 Cent extra", antwortete sie geschäftstüchtig, und er erklärte sich mit dem Aufpreis einverstanden. Die Frau schob einen Zimmerschlüssel über den Tresen, und das war's. Schweigend gingen Martin und Claire wieder nach draußen und stiegen die wackelige Holztreppe zu Zimmer 18 hinauf.

Die Tür war in einem hässlichen Türkis gestrichen, und das auch noch streifig und mit zahlreichen Farbnasen. Claire dachte automatisch, dass ihr Vater die Tür viel schöner hinbekommen hätte. Im Inneren war der Raum düster und muffig, als hätte seit Wochen niemand mehr dort übernachtet. Das Bett war durchgelegen, sah aber ansonsten einigermaßen sauber aus.

Claire fragte sich, wie sie es so weit hatte kommen lassen können, und dachte daran, wortlos kehrtzumachen und zu gehen. Hier war alles so fremd. Aber dann kam Martin zu ihr, sie fühlte den inzwischen vertrauten Griff seiner Arme um sich, und ihr wurde bewusst, wie nahe er ihr war. Sie hatte sich bereits eingeprägt, wie er sich anfühlte, wie seine Stimme klang, was ihn beschäftigte. Er war kein Fremder, und darum sagte sie sich, dass das Gefühl der Fremdheit in diesem Motelzimmer unnötig war.

Wortlos zog sie sich im schwachen Licht des Zimmers aus, und er beobachtete sie dabei. „Du bist wunderschön“, sagte er, entkleidete sich dann ebenfalls und schlug die blaue Bettdecke zurück. Gemeinsam schlüpften sie zwischen die Laken. Im Bett war es kalt wie damals im Teich. In dem Zimmer war es sehr still und sehr dunkel, obwohl es erst Mittag war. Es kam ihr vor, als wären sie zwei Schwimmer in einem trüben Gewässer.

Er küsste sie auf die Mulde oberhalb ihres Schlüsselbeins, und seine Lippen wanderten abwärts, bis sie plötzlich auf ihrer Brust lagen. Claire atmete tief ein und fühlte, wie sich ihr Körper versteifte, wie sich jeder Muskel anspannte, aber dann sagte sie sich: Ich bin Mrs John Harrison, eine verheiratete Frau. Seine Lippen verweilten auf ihrer Brust. Claire hörte sich stöhnen; war das wirklich sie gewesen?

Sie waren beide nackt, und warme Haut traf auf warme Haut. Dann kam der unausweichliche Schmerz, kurz und stechend, sie wandte für einen Moment den Kopf ab, doch dann war er vorbei, und was blieb, war ein Gefühl, als würde sie in glasklarem Wasser treiben. Martin blickte auf sie herab. Das dunkle Haar fiel ihm ins Gesicht.

„Ich liebe dich, weißt du“, flüsterte er.

„Ich liebe dich auch“, entgegnete sie ebenso leise.

„Wir werden immer zueinander gehören.“ Sie wusste, dass es eine unausgesprochene Fortsetzung seines Satzes gab, dass er tatsächlich meinte: Wir werden immer zusammengehören, auch wenn wir getrennt sind.

Später, als sie eine Weile still beieinander gelegen hatten, stand Martin nackt vom Bett auf und ging zu seinem kleinen Koffer hinüber. „Was machst du?“, fragte sie.

Er nahm verschiedene Gegenstände aus seinem Koffer und trug sie zu den zwei Herdplatten in der Kochnische, für die er 75 Cent extra bezahlt hatte. Eine Zwiebel, ein paar Eier, ein wenig Butter, ein Stück harter Landkäse, eine Käsemühle, Salz- und Pfefferstreuer aus massivem Silber und schließlich eine kleine Pfanne.

Claire beobachtete verblüfft, wie ihr nackter Liebhaber dastand und mit geschickten Fingern ein Omelett zubereitete. Als es fertig war, ließ er es aus der Pfanne auf einen Teller gleiten und brachte es ihr. Aneinander gelehnt aßen sie das köstliche Omelett und wünschten, sie könnten die Zeit anhalten und es würde immer so bleiben, sie beide unter der dünnen blauen Decke in einem einfachen Zimmer eines schäbigen Motels mit einem defekten Buchstaben in seinem Neonschild.

MARTIN wurde an einem verregneten Sonntagmorgen nach Princeton gefahren. Er saß mit seiner Mutter im Fond. Sie trug einen grünen Hut, der ihn an einen Kohlkopf erinnerte. Der Bentley hatte kaum die Auffahrt der Rayfiels verlassen, als sie sich auch schon einen Drink aus der kleinen Bar der Luxuskarosse einschenkte. Sein Vater hatte es abgelehnt, den Sohn zum College zu begleiten; er hatte behauptet, er sei aufgrund geschäftlicher Verpflichtungen verhindert, aber Martin wusste sehr gut, dass der wirkliche Grund der Disput war, den sie im Sommer in Ashs Arbeitszimmer gehabt hatten.

Auf der Fahrt blickte Martin verdrossen aus dem Fenster, während sich seine Mutter über die nachlassende Exklusivität der neuen Mitglieder im Golfklub beklagte. Am frühen Nachmittag fuhr die lang gestreckte Limousine durch die schmiedeeisernen Tore Princetons.

In dem streng wirkenden imposanten Backsteingebäude, in dem er die nächsten Jahre wohnen würde, lernte Martin seinen Zimmergenossen kennen, einen Jungen aus North Carolina mit knochigem Gesicht und schlechter Haut. Er hieß Everett P. Hudson junior. Die beiden jungen Burschen packten ihre Koffer aus, und Martins Mutter versuchte, sich nützlich zu machen, indem sie hier und da etwas verrückte, Martins Kopfkissen ausschüttelte und ähnliche unnötige Handgriffe vornahm. Kurz darauf verabschiedete sie sich und murmelte etwas von einem Galadinner mit anschließender Tanzveranstaltung an diesem Abend im Klub.

Später, als Everett sich allein zur Sherry-Stunde für die Neuankömmlinge begeben hatte, nachdem er vergeblich versucht hatte, seinen Zimmergenossen zum Mitkommen zu bewegen, saß Martin allein auf der gestreiften Matratze seines Bettes und starrte auf den Campus mit seinen gotischen Türmen, der Arroganz und Wichtigkeit ausstrahlte. In genau diesem Moment befand sich irgendwo auf diesem Campus Albert Einstein und dachte sich hochbrisante Gleichungen aus – oder er duschte einfach nur.

Martin fischte seine Schlüssel aus der Tasche seines Jacketts und streifte dabei ein zusammengefaltetes Stück Papier. Überrascht zog er es heraus und betrachtete es stirnrunzelnd.

Es handelte sich um einen unbeschrifteten Umschlag, aber als Martin ihn dichter vor die Augen hielt, stieg ihm ein unverwechselbarer Geruch in die Nase: Claire. Die Seife, die sie benutzte, duftete nach Zitrusfrüchten, nach Zitronen und Orangen. Hastig riss er den Umschlag auf und begann zu lesen.

Martin,
wo bist du gerade? Sitzt du neben deiner Mutter im Wagen? Oder bist du bereits in deinem Zimmer in Princeton? So oder so, ich kann einfach nicht begreifen, dass du tatsächlich nicht mehr hier bei mir bist. Werden wir je nach Europa fliegen? Ich liebe dich.
Claire

Martin starrte auf die Zeilen und stellte sich vor, wie sie daheim in ihrem winzigen Schlafzimmer saß und ihm schrieb. In den nächsten Wochen schrieb sie ihm viele weitere Briefe, die meisten davon länger, detaillierter, und er beantwortete sie sofort. Martin bemühte sich zwar ernsthaft, sich auf sein Studium zu konzentrieren. Doch Claires Briefe interessierten ihn viel mehr als seine Studien.

Er verbrachte die Weihnachtsferien daheim und kehrte dann in den Sommerferien erneut zurück nach Longwood Falls, und obwohl er in diesen Wochen eine Menge Stoff zu lernen hatte, verbrachte er seine meiste Zeit mit Claire. Er wusste, dass seine Noten darunter leiden würden, aber das kümmerte ihn nicht. Claire hatte inzwischen eine Stelle als Sprechstundenhilfe bei einem Zahnarzt namens Dr. Mantell angenommen. Ihr Chef war nett zu ihr, aber sie verabscheute die Arbeit. Das war kein Leben für sie, aber im Moment musste sie sich damit abfinden.

Während Martins Ferien fuhren sie mehrmals zusammen zum Lookout-Motel. Manchmal saßen sie auch im Pavillon, und in der Weihnachtszeit liefen sie auf dem zugefrorenen Teich Schlittschuh. Claire hatte sich in den Monaten der Trennung nicht verändert. Und obwohl Princeton einiges zu bieten hatte, konnte es Martin nicht die beiden Dinge geben, die er sich am meisten wünschte: mit Claire zusammen zu sein und Koch zu werden. Trotzdem fand er sich damit ab, die College-Jahre durchzustehen, und tröstete sich damit, dass er zumindest den ganzen Sommer mit Claire verbringen konnte. Auf diese Art brachte Martin drei Jahre in Princeton hinter sich.

Einen Tag vor den Prüfungen in seinem vorletzten Studienjahr legten Martin und sein Zimmergenosse Everett P. Hudson junior gerade ihre Schuluniformen an, als Everett sich plötzlich Martin zuwandte und nachdenklich sagte: „Du bist nie wirklich hier gewesen, habe ich Recht?“

Martin musterte ihn aufmerksam. „Was meinst du damit?“

„Dass deine Gedanken an einem anderen Ort sind“, entgegnete Everett und band seine Krawatte mit den winzigen orangefarbenen Princeton-Tigern. „Irgendwo, wo es schöner ist.“

Martin nickte. Heute war der 27. Mai 1952. Es war auf den Tag genau drei Jahre her, dass er und Claire sich im Pavillon kennen gelernt hatten. Er wusste, dass sie an diesem Tag zusammen sein sollten, so wie sie es in den vergangenen zwei Jahren gewesen waren. Sie sollten am heutigen und auch sonst an jedem Tag zusammen sein. Sie sollten nach Europa reisen, um sich dort gemeinsam die Schönheiten des alten Kontinents anzusehen. Drei endlos lange Jahre hatte er sich durch das Studium gequält und furchtbar unter der Trennung gelitten, und plötzlich wusste er, dass es Zeit war für eine Veränderung. Er wollte nicht noch ein Jahr von ihr getrennt sein.

IN WENIGEN Stunden sollte er mit dem ersten Teil der Prüfungen beginnen und seine umfangreichen Antworten in die blauen Hefte schreiben, die jedem Studenten ausgehändigt wurden. Das Ganze war sinnlos, da er ohnehin kein Gelehrter werden würde und nach dem College weder Jura noch Wirtschaftswissenschaft studieren wollte. „Bis nachher", sagte er zu seinem Zimmergenossen, verließ das Zimmer und ging hinaus auf den Campus.

Dort war es unnatürlich still; alle waren drinnen und lernten. Martin ging immer weiter, bis er schließlich zum Sportgelände gelangte mit dem Spielfeld in der Mitte, auf dem sein Vater einst einem Football nachgejagt war, so wie viele Jahre vor ihm bereits sein Großvater. Martin ließ sich ins Gras sinken, und da erst bemerkte er den Mann. Er schlenderte über die Aschenbahn, die Hände auf dem Rücken verschränkt – ein verknitterter alter Mann in einer marineblauen Strickjacke, mit wirren, langen weißen Haaren und einem ebensolchen Schnauzbart. Es schien, als wäre er tief in Gedanken versunken. Martin erkannte Albert Einstein sofort.

Er stellte sich vor, wie er den brillanten weltberühmten Physiker ansprach und ihm sein Herz ausschüttete. Vielleicht wusste Einstein ja ein paar tröstende Worte, etwas Philosophisches und Transzendentales, das Martins Probleme in die richtige Perspektive rücken würde. Aber Professor Einstein entfernte sich bereits von ihm, die Hände nun in den Taschen vergraben, ganz vertieft in komplizierte Gedankengänge.

Martin blickte ihm nach. Dann erhob er sich abrupt und rannte los, fort von Einstein, fort vom College, über den gepflegten Rasen des Spielfeldes und auf direktem Weg zum Büro der Western Union in der Stadt, wo er mit leicht zitternden Händen folgendes Telegramm an Claire Swift aufsetzte:

KOMME ENDGÜLTIG ZU DIR NACH HAUSE STOP TREFFEN UNS UM ACHT AM PAVILLON STOP MARTIN

Am Abend dieses 27. Mai 1952 stieg Martin in Longwood Falls aus dem Zug, durchquerte den menschenleeren Bahnhof und ging zielstrebig zum Pavillon auf dem Marktplatz, wo Claire ihn bereits in einem ärmellosen butterfarbenen Kleid erwartete. Er vergrub das Gesicht an ihrer Schulter. „Endgültig?“, fragte sie leise, und er nickte nur.

KAPITEL IV

Abby drückte die „Pause“-Taste des Kassettenrekorders, womit sie Martin Rayfiels Bericht mitten im Satz unterbrach. Sie saß bereits seit fast einer Stunde mit hochgelegten Beinen reglos an ihrem Schreibtisch, und als sie sich nun in ihrem Stuhl aufrecht hinsetzte, fühlte sie sich leicht schwindlig.

Abby rückte dichter an den Schreibtisch heran, um sich die Fotos anzusehen, die zuoberst in Martin Rayfiels offener Aktentasche lagen. Als Erstes sah sie eine alte, verblasste Schwarz-Weiß-Fotografie eines scheu dreinblickenden hübschen jungen Mädchens; auf der Rückseite stand in Schönschrift: *„Claire 12. 7. 49“*. Als Nächstes fand sie ein Bild eines Jungen auf der Schwelle zum Erwachsensein. Sie wusste, dass es sich um Martin handelte, und er war als junger Mann genauso attraktiv gewesen, wie sie ihn sich vorgestellt hatte. Auf dem Foto stand er mit verschränkten Armen an den Kotflügel eines silberfarbenen Autos gelehnt, groß, schlank, mit schwarzem Haar und ganz offensichtlich tief unglücklich. Und das war auch kein Wunder: Als Abby das Foto herumdrehte, las sie *Martin an seinem ersten Tag in Princeton, 1949*.

Abby nahm noch einige weitere Aufnahmen aus dem Koffer: Martin vor seinem Elternhaus, Claire mit ihrer Schwester Margaret in ihrem kleinen Garten, aber kein einziges Foto von Claire und Martin zusammen – zumindest nicht in dem Stapel, der ganz oben in der Tasche lag. Natürlich nicht, sagte sich Abby; es gab niemanden, der ihre Beziehung guthieß, keinen Freund, dem sie die Kamera mit der Bitte in die Hand drücken konnten, ein Bild von ihnen beiden zu machen.

Abby fuhr fort, die oberste Lage von Gegenständen und Unterlagen durchzusehen. Sie fand den Brief, den Claire in seine Jacketttasche geschmuggelt und den er an seinem ersten Tag in Princeton gefunden hatte. Die Schrift war genau so, wie sie sie sich vorgestellt hatte: ordentlich, gerundet und sehr feminin. Sie legte den Brief und die Fotos beiseite und nahm als Nächstes einen Stapel alter rosafarbener Durchschläge aus der Aktentasche: Quittungen des Lookout-Motels aus den Jahren 1949, 1950, 1951 und 1952 auf die Namen Mr und Mrs John und Alice Harrison aus Saratoga Springs, New York. Dann fand Abby auch das Telegramm von Martin an Claire vom 27. Mai 1952, die Ränder zerfranst und das Papier so brüchig wie Pergament.

Und dann, direkt unter dem Telegramm, entdeckte sie zwei verblasste graue Tickets – oder genauer Tickethälften. Abrisse. Die Schrift auf den Abschnitten war kaum noch zu lesen, und Abby musste die Augen zusammenkneifen, um wenigstens ein paar Wörter entziffern zu können. *Idlewild*, las sie, und *Orly* und 28. Mai 1952. Sie waren also doch noch nach Europa gekommen. Erst jetzt wurde Abby bewusst, wie sehr sie gehofft hatte, dass der Traum der beiden sich erfüllen würde. Sie waren wirklich in ein Flugzeug gestiegen und nach Europa geflogen, aufgeregt, glücklich und voller Angst.

Abby kannte diese Verwirrung der Gefühle, die mit einem neuen Lebensabschnitt einherging. Sie hatte schon einmal das Gleiche empfunden, ohne dass sie hierfür auf einen anderen Kontinent hatte reisen müssen. Neun Jahre zuvor hatte sie bei einer gut besuchten Vernissage in New York einen sehr großen Mann an einer Wand lehnen sehen, neben einem abstoßenden Gemälde eines schreienden Affen. Er hielt einen Plastikbecher mit Wein in der Hand und unterhielt sich entspannt mit einer Gruppe von Leuten. Sie musterte ihn – sein rotbraunes Haar und die braunen Augen, die Art, wie er die anderen zum Lachen brachte –, und dann bemerkte er, dass sie ihn musterte, und schon kurz darauf bahnte er sich durch die Menge einen Weg auf Abbys Seite des Ausstellungsraumes. Einige Sekunden standen sie Seite an Seite schweigend da und gaben vor, die Gemälde zu betrachten. „Und“, fragte er schließlich, „mögen Sie schreiende Affen?“

Er war ein Kunsthändler aus Los Angeles, und Abby hatte sich gesagt: Das ist es! Und Sam Bachman war tatsächlich der Richtige gewesen, zumindest für eine Weile. Sie mussten um ihre Liebe nicht kämpfen. Die Liebe war sehr bald gekommen, ganz selbstverständlich. Voller Glück hatten sie sich mehrmals täglich am Telefon versichert, dass sie sich liebten, und später hatten sie es sich dann fast jeden Abend persönlich gesagt, als sie in derselben Stadt gewohnt hatten. Und wenn sie es sich nicht mündlich hatten sagen können, hatten sie sich kleine Zettel geschrieben. *Ich liebe dich*, stand auf dem Briefchen in der Bonbonniere, *Ich liebe dich* hieß es auf dem Zettel in der Seifenschale, *Ich liebe dich* auf dem Briefchen in ihrem Portmonee, und als Abby auf die zwei gemeinsamen Jahre zurückblickte und versuchte auszumachen, was schief gelaufen war – fragte sie sich, was sie anders hätte machen können in Anbetracht so eklatanter Beweise.

Aber letztlich war das alles, was übrig geblieben war: ein Stapel Beweisstücke, ein Berg von Papier, der überzeugend gewesen wäre, wenn es nur um Vernunft gegangen wäre. Einen verrückten Augenblick lang hatte sie, als sie mit Sam im Wohnzimmer ihrer Zweizimmerwohnung im 14. Stock des New Yorker Hochhauses saß, daran gedacht, die ganzen Zettel zu holen, die sie nebenan in einem Schuhkarton aufbewahrte, einem Karton voll mit seinen Liebesbeweisen. Sie wollte die zusammengefalteten Zettelchen auskippen und sagen: Siehst du? Siehst du das? Als würde allein die Masse dieser greifbaren Beweise genügen, um ihn dazu zu bewegen, seine Meinung zu ändern und bei Abby zu bleiben und dem Baby, das sie in acht Monaten bekommen würde.

Stattdessen hatte sie stumm dagesessen und ihm zugehört. „Wenn du dich für das Kind entscheidest, ist es aus zwischen uns", sagte er. „Es tut mir Leid, aber dann will ich nichts mehr mit dir zu tun haben." Sam war plötzlich ein Fremder, der steif und unbewegt auf ihrer Couch saß. In einem Moment war der ganze Charme des hoch gewachsenen Mannes, der an der Wand der Galerie gelehnt und alle zum Lachen gebracht hatte, verflogen: Übrig geblieben war ein kalter und unbeugsamer Mensch. „Ich bin noch nicht bereit, Vater zu spielen. Wenn du dich bereit fühlst für die Mutterrolle, bitte. Das ist deine Entscheidung. Aber ich will mit dem Kind nichts zu tun haben."

Er stand auf, sagte: „Denk darüber nach", wandte sich ab und verließ ihre Wohnung. Abby blieb noch einige Minuten sitzen, wo sie war, unfähig, aufzustehen, eine Freundin anzurufen, zu weinen oder sonst etwas zu tun. Sie war ungewollt schwanger geworden und stand noch ganz am Anfang der Schwangerschaft, und doch fühlte sie bereits Veränderungen tief in ihrem Inneren. „Denk darüber nach", hatte Sam gesagt, und das tat sie. Sie würde dieses Baby bekommen, dieses Kind, aus dem Miranda Reston geworden war. Aber Sam hatte sie für immer verloren, eine Tatsache, die Abby auch nach über sechs Jahren noch nicht ganz begreifen konnte.

Abby betrachtete das Foto des jungen, traurigen Martin, der Claire an seinem ersten College-Tag schrecklich vermisste, und sie dachte an den Mann, der am Vortag hier in ihrem Büro gewesen war. Es war derselbe Mann, und doch … Wie war das möglich?

Abby griff noch einmal nach dem Foto von Claire, das in jenem weit zurückliegenden Sommer aufgenommen worden war, und sie schaute in die Augen eines Mädchens, das längst zur Frau herangewachsen und inzwischen so wie Martin Rayfiel in die Jahre gekommen war.

Aber immer noch verliebt. Und genau das war der Unterschied zwischen der Liebesgeschichte, die sich ihr in der vergangenen Stunde eröffnet hatte, und allem, was Abby in ihrem eigenen Leben je erfahren würde. Sie wusste, wie ihre Geschichte enden würde. Wenn sie in die Gesichter des Mannes und der Frau auf den Fotos schaute, die nebeneinander auf ihrem Schreibtisch lagen, las sie dort etwas, was sie nicht in den Augen des Mannes gelesen hatte, den sie bei einer Vernissage in New York kennen gelernt hatte: *In fünfzig Jahren werde ich dich noch immer lieben.*

„Mrs Frayne?“, sagte Abby wenig später ins Telefon. „Hier im Büro hat sich etwas Unerwartetes ergeben.“

„Sagen Sie nichts“, entgegnete die Haushälterin. „Ich soll mir das Gästezimmer zurechtmachen und mich darauf einrichten, die Nacht zu bleiben.“

Nachdem sie aufgelegt hatte, schaltete Abby das Band wieder an, und als Martins Stimme weitererzählte, spielte sie mit den Fotos von Claire und Martin auf ihrem Schreibtisch und schob sie dichter zusammen, bis sie sich berührten.

MARTIN und Claire brannten nicht durch. Sie taten etwas viel Gewagteres, jedenfalls für Longwood Falls im Jahr 1952: Sie reisten zusammen als unverheiratetes Paar nach Europa – nicht mehr als Mr und Mrs Harrison, aber auch noch nicht als Mr und Mrs Rayfiel.

Der Plan, den sie ausgeheckt hatten, war simpel und scheinbar idiotensicher. Am nächsten Tag wollte Martin einen Gegenstand aus dem Safe der Familie holen – etwas, was ihm gehörte und was er in Europa verkaufen konnte. Von dem Erlös würden sie dann mehrere Monate leben können. Claire würde ihre Geburtsurkunde und das Passantragsformular, das Martin ihr besorgt hatte, notariell beglaubigen lassen, damit sie sich in New York einen Pass besorgen und noch am selben Abend nach Europa weiterfliegen konnte. Die Tickets würde er von dem Geld bezahlen, das er auf seinem Konto hatte. Wenn Martin dann im Herbst

21 und somit volljährig wurde, würde er sein Erbe antreten, und von diesem Geld konnten er und Claire so lange leben, wie sie wollten. In Europa konnte Martin dann eine Ausbildung zum Koch machen und sich in Restaurantküchen verschiedenster Städte umschauen, und Claire konnte Bildhauerei studieren.

„Da ist noch eins", sagte sie, als sie im Pavillon saßen und Pläne schmiedeten. „Was ist mit Heiraten? Wir haben bisher noch nicht groß darüber gesprochen."

Martin musterte sie sichtlich verblüfft. In sanftem Tonfall entgegnete er, dass für ihn feststünde, dass sie früher oder später heiraten würden, dass er hierzu jedoch keine unmittelbare Veranlassung sähe. Ihm gefiel der Gedanke, nicht gleich zu heiraten, sondern stattdessen ein Leben zu führen, das nach den Maßstäben der Zeit unkonventionell war. „Wir heiraten, sobald wir beschließen, uns irgendwo fest niederzulassen", sagte er. „Bist du damit einverstanden?"

Sie bejahte seine Frage zwar, fühlte sich jedoch nicht wirklich wohl dabei. Es war, als würden Wesenszüge der Persönlichkeit ihrer Mutter in ihr durchbrechen. Sie war gewillt, mit ihm nach Europa zu gehen – etwas, wovon sie immer geträumt hatte, aber sie fürchtete sich auch davor. Sie wusste nicht, wie sie sich von ihren Eltern und ihrer Schwester verabschieden sollte. Sollte sie sie alle in dem winzigen Wohnzimmer versammeln und ihnen die Nachricht feierlich verkünden? Nein, sicher wäre es besser, einfach zu gehen und eine Nachricht auf dem Küchentisch zu hinterlassen, in der sie alles erklärte und sie bat, sich keine Sorgen um sie zu machen, was sie natürlich doch tun würden. Sie war kein Kind mehr, sondern eine Frau von zwanzig Jahren, warum also hatte sie solche Gewissensbisse?

An diesem Abend mussten sich Claire und Martin noch einmal trennen, am folgenden Tag würden sie gemeinsam mit dem Zug nach New York fahren, um am Abend vom Flughafen Idlewild aus nach Europa zu fliegen. Nachdem sie auseinander gegangen waren, fuhr Martin nach Hause, wo seine Eltern schockiert waren, ihn zu sehen. Um eine Szene zu vermeiden, log er und erzählte ihnen, er hätte seine sämtlichen Prüfungen bereits am Vortag abgeschlossen.

Seine vom Alkohol benebelte Mutter schien ihm zu glauben, und sein Vater hob nur die Augenbrauen, ohne etwas zu sagen. Aber spätabends, als Martin in seinem Zimmer saß, hörte er schwere Schritte auf der Treppe. Er blickte auf; sein Vater lehnte in der Tür des Kinderzimmers seines Sohnes. „Also", fragte er, „wie sind deine Examen gelaufen?"

„Ganz gut", entgegnete Martin steif.

„Freut mich, das zu hören. Ich kann mich noch gut erinnern, wie schwierig sie waren. Stundenlang musste man an einem Pult sitzen, umgeben von anderen schrecklich nervösen jungen Männern, und im ganzen Saal war nur das Kratzen von Federn auf Papier zu hören."

„Genau", sagte Martin und blickte zu Boden.

„Sieh mich an, Martin!", befahl sein Vater, und Martin hob gehorsam den Blick.

„Du bist ein krankhafter Lügner", sagte Ash Rayfiel ruhig. „Aber ich nehme an, das stört deine kleine Freundin nicht. Das passt gut zu ihren eigenen charakterlichen Schwächen. Was interessiert es sie, dass du am Prüfungstag aus dem College weggelaufen bist und gelogen hast um deiner egoistischen Bedürfnisse willen? Ich schätze, das Einzige, was sie interessiert, ist das Geld. Ich ziehe den Hut vor ihrer Hartnäckigkeit."

„Du irrst dich", entgegnete Martin.

„Ach ja? Du musst der Wahrheit ins Auge sehen. Dieses Mädchen hat dir nichts zu bieten. Nichts. Sie ist ein junges Ding, das sich einbildet, es wäre zu etwas Besserem bestimmt, nur dass sie leider die Tochter eines Gärtners ist. Also setzt sie sich in den Kopf, dass sie durch dich in den Genuss eines völlig anderen Lebens kommen kann. Darum setzt sie alles daran, dich an sich zu binden. Und da du unerfahren und naiv bist, schluckst du den Köder."

Martin saß stocksteif auf seinem Stuhl. Dann, als sein Vater fertig war, fragte er: „Was ist passiert, dass du so misstrauisch geworden bist? Warst du von Geburt an so, oder ist das Wasser hier in unserer Stadt vergiftet?"

Sein Vater musterte ihn belustigt. „Schwer zu sagen." Dann wechselte er das Thema. „Der Dekan von Princeton hat mich angerufen", sagte er. „So habe ich die Wahrheit erfahren. Deine Mutter weiß bislang noch nichts. Sie war im Klub, als der Anruf kam, sie ahnt also noch nichts von deinen Lügen."

„Wann wirst du es ihr sagen?", fragte Martin.

„Das habe ich noch nicht entschieden", entgegnete Ash. „Bald. Es wird ihr das Herz brechen, wie du dir sicher denken kannst."

„Ich denke, etwas Wodka wird ihr schnell über den Schmerz hinweghelfen." Martin bedauerte seine grausame Bemerkung sofort.

Ash musterte seinen Sohn aufmerksam. „Du hast die Wahl. Du kannst weiter diesem selbstzerstörerischen Weg folgen, oder du kannst am Morgen nach Princeton zurückfahren. Mir wurde gesagt, dass man dich nicht bestrafen wird und du die Prüfungen am Nachmittag im Büro des

Dekans nachholen kannst. Vorausgesetzt, du meldest dich dort Punkt fünfzehn Uhr und legst angemessene Zerknirschung an den Tag."

„Wie hast du den Dekan dazu gebracht, sich darauf einzulassen?", fragte Martin verächtlich. „Hast du versprochen, die gesamte Fakultät bis ans Ende deiner Tage mit Hüten zu versorgen?"

„Es spielt keine Rolle, wie ich es erreicht habe", erwiderte Ash heftig. „Jedenfalls erspart es der Familie große Schande. Und nur das allein zählt." Dann wandte er sich ab und ging zurück nach unten.

Martin ging zu seinem Bett hinüber in dem Bewusstsein, dass dies seine allerletzte Nacht in diesem Haus sein würde. Als er sich hinlegte und an die Decke starrte, stimmte ihn der Gedanke daran, dieses viel zu große Haus und dieses zu kleine Bett zu verlassen, überraschend traurig. Es hatte ihm hier nie gefallen, und jetzt ging er fort; das sentimentale Bedauern schien aus dem Nichts zu kommen, hielt ihn aber dennoch die halbe Nacht wach.

Um neun am nächsten Morgen, nachdem Martins Vater in die Firma aufgebrochen war und während seine Mutter noch schlief, trafen sich er und Claire an der Hecke vor der Villa oben auf dem Hügel. Er hatte sie gebeten, um diese Zeit dorthin zu kommen, ohne ihr zu sagen, warum, und trotz ihrer Vorbehalte hatte sie sich einverstanden erklärt.

„Ich muss dir etwas sagen." Mit diesen Worten empfing sie ihn, noch ehe er ein Wort hervorgebracht hatte. Sie hielt den Blick auf ihre Hände gerichtet. „Ich konnte meine Geburtsurkunde nicht finden. Ich war sicher, dass sie bei den Unterlagen meiner Eltern im Schrank in der Diele wäre, aber da war sie nicht, und ich konnte sie ja schlecht danach fragen, weil sie sonst Verdacht geschöpft hätten, und ich …" Sie verstummte, unsicher, wie sie den Schock mildern sollte.

Martin legte ihr die Hände auf die Schultern und umarmte sie. „Schon gut", sagte er und merkte, dass sie weinte. Er fühlte, wie ihre Schultern an seiner Brust zuckten. „Schon gut, wir denken uns etwas aus."

„Ich mag es, wie du das sagst", schluchzte sie. „Dass du wir sagst."

Aber auch wenn sie jetzt „wir" waren, würde es nicht so leicht werden, nach Europa zu fliegen, wie sie es sich vorgestellt hatten. Martin und Claire betraten das Haus durch den Dienstboteneingang, wo die Köchin ein Stück Käse von der Größe eines Wörterbuches rieb. Als sie vorbeigingen, musterte die Köchin sie aus zusammengekniffenen Augen, fuhr aber mit ihrer Arbeit fort. Martin führte Claire aus dem Dienstbotentrakt durch die Marmorhalle in das mit Kirschholzmöbeln eingerichtete Esszimmer.

„Was machen wir hier?“, fragte sie leise, aber er legte nur einen Finger auf seine Lippen. An einer Wand des Raumes hing ein Frederic-Remington-Gemälde eines längst verstorbenen Mannes auf einem längst verendeten Pferd. Martin nahm das Bild vorsichtig vom Haken. „Lieber Gott, du willst es stehlen?“, hauchte Claire schockiert, aber er schüttelte den Kopf und lächelte. Unter dem Bild kam ein Safe zum Vorschein. Martin gab flink die Kombination ein, drehte dann den Griff des stahlgrauen Tresors, und die Tür schwang auf. Im Inneren des kleinen Fachs befanden sich Aktien und Obligationen sowie mehrere Bündel Geldscheine. Seine Finger schlossen sich um den Gegenstand, den er gesucht hatte: das goldene Wappen der Familie Rayfiel, eingefasst von Diamanten und Lapislazuli. Es war ein protziges und hässliches Ding, das Martins Urgroßvater Simon Rayfiel vor langer Zeit in Auftrag gegeben hatte. Ursprünglich hatte es als Wandschmuck gedient, nun war es dazu bestimmt, einem Museum als Ausstellungsstück zur Verfügung gestellt zu werden. Es gehörte seit seiner Geburt Martin, obgleich er nie einen Gedanken daran verschwendet hatte.

Aber jetzt nahm er das Wappen an sich und hielt es in der offenen Hand. Wenn sein Vater seinen Willen mit Geld durchsetzte, konnte er das auch.

Claire starrte den Wandschmuck mit großen Augen an. „Ich habe in meinem ganzen Leben noch nie etwas Vergleichbares gesehen“, sagte sie leise.

„Das kann ich mir denken. Ist es nicht unsagbar hässlich?“, entgegnete er, ließ das Wappen in seine Tasche gleiten, schloss den Safe und hängte das Gemälde zurück an seinen Platz. Dann, als er und Claire gerade den Raum verließen, hörte er ein Geräusch auf dem Flur.

Er wandte sich um und sah seine Mutter. Sie trug einen langen Brokatmorgenmantel, dessen Gürtel nur lose geknotet war. Ihr Haar war ungekämmt, und ihre Augen waren verquollen. Sie sah zerbrechlich und verlebt aus; der Alkohol hatte sie verändert.

„Martin? Was machst du denn, Schatz?“, fragte sie.

„Das hier ist meine Freundin Claire“, sagte er sanft, ohne auf ihre Frage einzugehen. „Wir haben ein paar Dinge zu erledigen.“

„Oh, ich verstehe“, sagte seine Mutter, aber natürlich verstand sie gar nichts, und ihre Stimme klang verkatert und verloren. Sie musterte Claire eine Weile eindringlich. „Sie ist sehr hübsch, Martin“, sagte sie leise, so als wäre Claire gar nicht anwesend.

„Ja, nicht wahr?“, entgegnete er, und dann gingen sie.

Das schwierigste Problem lag noch vor ihnen: Sie mussten erreichen, dass Claires Passantrag ohne Geburtsurkunde notariell beglaubigt wurde. Gemeinsam gingen sie zur Hudson-Valley-Bank, und Martin verlangte den Direktor zu sprechen, einen gewissen Mr Clendon. Er erklärte ihr Anliegen, zeigte Clendon die Formulare und erklärte ihm, dass Claires Geburtsurkunde unauffindbar sei. Der Bankdirektor prüfte die Formulare eine Weile eingehend durch seine randlose Brille und schüttelte dann den Kopf. Hüstelnd teilte er ihnen mit, dass die Papiere ohne Vorlage der Geburtsurkunde unmöglich beglaubigt werden könnten.

Martin flehte den Bankier an, dieses eine Mal eine Ausnahme zu machen. „Hören Sie, das Mädchen ist eine Freundin von mir", sagte er. „Kommen Sie schon, Sie kennen meine Familie, Sie kennen mich, können Sie nicht dieses eine Mal die Papiere beglaubigen, auch ohne Vorlage der Geburtsurkunde?"

Aber der Mann blieb hart. „Das wäre gesetzwidrig", erklärte er und schürzte die Lippen. „Aber vielleicht sollte ich deinen Vater anrufen und die Angelegenheit mit ihm besprechen."

Martin lehnte dankend ab und führte Claire eilig aus der Bank. Da sie nicht wussten, wohin sie sonst sollten, gingen sie zur Wiese und legten sich fassungslos ins Gras. „Ich möchte, dass du weißt, wie Leid mir das alles tut", sagte er schließlich. „Ich habe dir gesagt, dass wir nach Europa reisen können. Du warst bereit dazu, und ich habe dich enttäuscht."

„Wir haben es versucht", erwiderte Claire, „und es hat nicht funktioniert." Dann fügte sie hinzu: „Vielleicht ist das ein Zeichen. Ein Omen, dass wir nicht gehen sollen."

„Ein Omen?", wiederholte er. „So etwas wie Omen gibt es nicht." Er rückte näher an sie heran. „Bitte mach jetzt keinen Rückzieher", flüsterte er. „Bitte." Sie antwortete nicht. „Sieh mal, lass mich noch eins versuchen. Würdest du hier auf mich warten?"

Nach kurzem Zögern nickte sie. „Wo willst du hin?"

„Zu einem Freund", entgegnete er nur.

Als Martin einige Zeit später zurückkam, hatte er einen gleichaltrigen großen Mann mit rastlosen Fingern und einem nervösen Gesichtsausdruck bei sich. „Claire", sagte Martin, „das ist die Person, von der ich dir erzählt habe. Ich habe ihn immer Hush genannt, weil er der stillste Mensch ist, den ich je gekannt habe."

Der Mann lächelte und schüttelte Claire die Hand. Sie mochte ihn auf Anhieb, weil sie seine Ernsthaftigkeit spürte. „Martin hat mir erzählt, dass ihr ein kleines Passproblem habt, und ich habe ihm versprochen, dass ich versuchen werde, euch zu helfen." Hush hatte erst kürzlich seine Notarprüfung abgelegt. Er sei der jüngste Notar der ganzen Gegend, erklärte Martin Claire, und falls je herauskam, dass er ohne Vorlage einer Geburtsurkunde einen Passantrag beglaubigt hatte, würde er seine Zulassung verlieren und in sehr ernste juristische Schwierigkeiten geraten. Aber nachdem Hush einmal tief Luft geholt hatte, beglaubigte er Claires Antrag und setzte sein Siegel unter das Dokument.

„Ihr seid so gut wie unterwegs", sagte er, als er fertig war, und übergab ihnen die Papiere.

„Ich kann dir gar nicht sagen, wie dankbar ich dir bin", sagte Martin glücklich. „Jetzt können Claire und ich endlich von hier verschwinden."

Claire musterte Martins Freund eine Weile neugierig. „Was hat dich bewogen, das für uns zu tun? Ich weiß, dass es illegal ist. Du bist damit ein großes Risiko eingegangen."

Hush zuckte die Achseln. Zuerst antwortete er nicht, aber schließlich blickte er auf seine Hände und sagte: „Ich habe selbst diesen Sommer ein Mädchen kennen gelernt, und wir heiraten im Herbst. Alle, die ich kenne, finden es großartig. Ihre Eltern lieben mich; meine Eltern lieben sie. Und natürlich liebe ich sie; sie hat ein ansteckendes Lachen, kann durch die Zähne pfeifen und ist eine wahre Schönheit." Er schwieg einen Moment, schaute Claire an und fügte hinzu: „Ich weiß nicht, was ich tun würde, wenn ich nicht mit ihr zusammen sein könnte."

KURZ vor Mitternacht am selben Abend waren Claire und Martin an Bord eines Transatlantikfluges. Sie saßen in ihren hochlehnigen Sitzen der ersten Klasse und wagten kaum, zu sprechen oder ihre Essenstabletts anzurühren. Beide hatten große Angst, die sie sich jedoch nicht eingestehen wollten. Für Claire war es der erste Flug, sodass ihre Furcht zweifellos auch damit zu tun hatte, dass sie sich zehntausend Meter über dem Ozean befand. Martin hingegen verspürte eine Panik ganz anderer Art; er hatte sich etwas gewünscht, und er hatte es bekommen. Und das, was er gewollt hatte, führte ihn fort von dem Leben, das er bislang gekannt hatte. In seinem Einführungskurs in die Poesie in Princeton hatte er gelernt, dass die großen Dichter die Liebe häufig als „beflügelnd" bezeichnet hatten. Und nun waren ihm und Claire in Form eines Flugzeugs Flügel gewachsen, die sie über den Ozean hinwegtrugen, fort von der Geborgenheit der Kindheit und allem, was ihm vertraut gewesen war.

Als die Maschine mitten am Tag auf dem Flughafen von Orly in Paris landete, wandte sich Martin Claire zu und küsste sie fest auf den Mund. „Das ist es“, sagte er.

„Das ist es“, wiederholte sie, obgleich keiner von beiden wirklich wusste, was „es“ war. Kurz darauf hatten sie ihr Zimmer im „George V“ bezogen. Draußen war das gedämpfte Hupen der französischen Autos zu hören, ein gelegentliches Pfeifen sowie lautes Rufen. Claire ließ den Blick über die Bäume schweifen, die die Seine säumten, und betrachtete dann neugierig den legendären Eiffelturm, der auf alles herabzublicken schien wie eine wachsame Mutter.

KAPITEL V

Nachts wurden die Pariser Monumente von starken Scheinwerfern angestrahlt und schimmerten im gelben Licht, bis die Lampen um Mitternacht abrupt abgeschaltet wurden und die Show bis zum nächsten Abend vorbei war. Claire fragte sich, ob die Pariser das gleiche Staunen wie sie verspürten, wenn sie zu dem in milchiges Licht getauchten Obelisken aufblickten oder zur Kathedrale Notre-Dame de Paris. Oder waren diese Monumente für sie selbstverständlich, so wie sie die weniger spektakulären, nicht angestrahlten Sehenswürdigkeiten von Longwood Falls kaum noch wahrgenommen hatte?

Claire und Martin gingen jeden Abend mindestens so lange aus, bis die Lichter ausgingen. „Gute Nacht, Notre-Dame“, sagte Martin, als sie auf einer Brücke standen und zusahen, wie die Kathedrale ganz plötzlich von der Dunkelheit verschluckt wurde. „Schlaf gut.“

Sie selbst schliefen so gut wie gar nicht. Paris im Jahr 1952 war ein Traum, vor allem für junge verliebte Paare, und der Puls der Stadt hielt sie wach. Die französische Hauptstadt hatte sich vom Krieg erholt und war im Großen und Ganzen wieder das, was sie früher gewesen war, und jeder mit einem gewissen Maß an Mobilität, Romantik und dem entsprechenden Taschengeld reiste hierher. Vor allem aus Amerika strömten die Menschen nur so herbei, und in allen Bistros und Tanzbars konnte man über das Klirren von Gläsern und das melodische Französisch hinweg den unverkennbaren amerikanischen Akzent hören.

Anfangs mieden Claire und Martin ihre Landsleute; sie wollten allein sein in dieser neuen Stadt, wollten vergessen, dass sie je woanders gelebt hatten. Sie verfügten über das Geld, das Martin von einem alten, distinguierten Kunst- und Schmuckhändler für das goldene Wappen bekommen hatte. Es war sehr viel Geld, das es ihnen ermöglichte, bis zu Martins Volljährigkeit im Spätherbst – dem Geburtstag, an dem er sein Erbe antreten würde – in großem Stil in der Metropole zu leben.

Hier in Europa fühlte Claire sich frei, wie sie ihm anvertraute, als sie eines Nachmittags die Chanel-Boutique mit einer glänzenden Einkaufstasche verließen, die ein in Seidenpapier eingewickeltes apfelgrünes Kostüm enthielt, das so teuer gewesen war, dass es ihr regelrecht die Sprache verschlagen hatte. Sie schlenderten die Seine entlang; Claire schwenkte beschwingt die Einkaufstasche, und Martin fütterte die Vögel mit kleinen Stücken Brioche, die er nach ihrem Frühstück auf dem Hotelzimmer eingesteckt hatte. Sie sieht so glücklich aus, dachte er, als er sie verstohlen beobachtete.

An diesem Abend trug Claire ihr Chanel-Kostüm und Martin ein neues schiefergraues Leinenjackett. Sie aßen in einem winzigen Restaurant namens „Solange" im Champs-de-Mars-Viertel zu Abend. Der Speiseraum wurde von kleinen Duftkerzen erleuchtet, man blickte auf einen hübschen Garten, und die Ober hasteten beinahe lautlos über die alten Bodendielen. Martin stellte fest, dass das Essen exzellent war. Alles war schlichtweg perfekt, vom Brot, das in dem kleinen Brotkorb zum Warmhalten in eine Damastserviette eingeschlagen war, über die Scholle mit Kapern und dem Salat, dessen tiefgrüne Blätter von teurem Öl und Weinessig glänzten, bis hin zum köstlich-würzigen Käse und dem Birnenkuchen, der die Gaumenfreuden abrundete.

Martin sprach während des Essens nicht viel, sondern studierte vielmehr sein Umfeld, sah sich aufmerksam um, registrierte, wie ein Ober diskret Brot nachbrachte und ein anderer geschickt einen Fisch am Tisch filetierte, während ein dritter eine Flasche Wein entkorkte und geduldig wartete, dass ein älterer Herr bedächtig einen ersten Schluck kostete. So muss es sein, dachte er bei sich und wusste, dass er eines Tages sein eigenes Restaurant haben wollte. Allerdings nicht in Paris, da er sich nicht zutraute, die französische Küche jemals in all ihrer Komplexität zu beherrschen. Aber wo immer es sein würde, sein Restaurant würde diesem Kleinod ähneln.

Claire entging nicht, wie aufmerksam er alles um sich herum beobachtete. „Du arbeitest, nicht wahr?", fragte sie, und er nickte.

Aber ihre Worte hatten den Bann gebrochen. Er war wieder ganz bei ihr und blickte über den Tisch mit der Kerze in der Mitte wieder auf die hübsche Amerikanerin im Chanel-Kostüm. Er hob ihre Hand an die Lippen und küsste sie. „Danke, dass du solche Geduld mit mir hast."

„Ich brauche keine Geduld mit dir", entgegnete sie.

„Ich weiß, dass ich mich manchmal ganz in Gedanken verliere", entschuldigte er sich.

„Das geht mir nicht anders."

Früher am Tag, als sie nach dem Einkaufsbummel ins Hotel zurückgeschlendert waren, hatte er gesehen, wie Claire von ihm weggedriftet war. Sie waren an einem Kino vorbeigekommen, in dem ausgerechnet der Film „Ein Amerikaner in Paris" lief. Der Film war im Vorjahr mit einem Oscar ausgezeichnet worden und lief jetzt hier in einem plüschigen Pariser Filmtheater. „Möchtest du reingehen?", fragte er. Claire zuckte die Achseln, und sie betraten das Kino. Sie hatten den Film bereits zusammen in Longwood Falls gesehen und dabei genüsslich eine Schachtel Milchdrops verputzt.

Aber an diesem Nachmittag in Paris brachte der Film Claire zum Weinen. Martin wandte sich ihr im dunklen Vorführsaal überrascht zu. „Alles in Ordnung?", fragte er leise.

Sie nickte, aber etwas später sah er, dass sie immer noch weinte, und als er fragte, ob sie gehen wolle, bejahte sie. Als sie draußen vor dem Kino standen, wusste sie nicht so recht, wie sie ihre Reaktion erklären sollte. Immerhin handelte es sich um ein Musical mit viel Tanz und Gesang und einer positiven Aussage. „Ich habe nicht wirklich Heimweh", sagte sie auf dem Weg zurück zum George V. „Ich vermisse nichts Spezielles. Ich war wirklich bereit, von zu Hause wegzugehen. Ich habe es dort nicht mehr ausgehalten." Sie schwieg eine Weile und überlegte konzentriert. „Aber daheim ist der einzige Ort, der mir wirklich durch und durch vertraut ist, und ich fürchte, das könnte für immer so bleiben."

Er versuchte gar nicht, ihr zu widersprechen, ihr zu versichern, dass sie bald alle Arrondissements von Paris ebenso gut kennen würde wie die Viertel, Straßen, Grünanlagen und Teiche von Longwood Falls. Sie war eine Amerikanerin in Paris, und auch wenn sie hierüber glücklich war, gab es auch Augenblicke plötzlicher Traurigkeit, die aus dem Gefühl der Fremdheit resultierte.

Eines Tages freundeten sich Claire und Martin mit einem anderen jungen amerikanischen Pärchen an. „Entschuldigen Sie", sagte ein schlanker blonder Mann am Ende eines Vormittags, an dem sie sich einige Sehenswürdigkeiten der Stadt angesehen hatten, oben auf den Stufen von Notre-Dame. „Sind Sie zufällig Amerikaner?"

„Ist das so offensichtlich?", fragte Claire.

„Oh nein“, sagte die hübsche Frau an der Seite des jungen Mannes, „ich habe Wally sogar gesagt, Sie beide wären viel zu stilvoll gekleidet, um Amerikaner zu sein. Ich habe Sie für Europäer gehalten, vielleicht Skandinavier. Aber dann haben wir Sie miteinander reden hören.“

„Sie haben uns durchschaut“, sagte Martin lächelnd.

Kurz darauf saßen die beiden Paare – das eine aus Longwood Falls, das andere aus New York – in einem Bistro ganz in der Nähe der Kathedrale und aßen gemeinsam zu Mittag. Obgleich Claire und Martin Amerikaner bis dahin bewusst gemieden hatten, schien ihre Gesellschaft Claire nun aufzuheitern. Wally und Kate waren ebenfalls unverheiratet; sie hatten, bevor sie nach Europa gekommen waren, in Greenwich Village gelebt. Er hatte die Tage damit verbracht, ein Theaterstück zu schreiben; sie komponierte ungewöhnliche moderne Stücke für die Harfe. Beide hatten nachts gearbeitet, um die Miete zu bezahlen und das Geld für die Paris-Reise zu sparen; sie war Telefonistin gewesen, und er hatte in einem Café gekellnert. Sie wollten in Paris bleiben, bis ihnen das Geld ausging, als Mitglieder einer Gruppe anderer Möchtegernkünstler, die in billigen Appartements wohnten.

Spätabends besuchten Claire und Martin zusammen mit ihnen eine Party in einem der Künstler-Appartements auf der *Rive gauche*. Auf dem Flur und im Treppenhaus drängten sich plaudernde Amerikaner; es war so verraucht wie in einem Nachtklub, und es roch nach Whisky. Claire hörte einen Mann und eine Frau leidenschaftlich über Kunst streiten. Soweit Claire mitbekam, ging es darum, wer der bessere Zeichner gewesen sei, Picasso oder Braque. Claire hatte erst kürzlich begonnen, sich mit der Arbeit dieser beiden Maler zu befassen, und es machte sie ganz verlegen, wie begrenzt ihr Wissen noch war. Bei ihren Besuchen im Louvre zusammen mit Martin war sie überwältigt gewesen von dem, was sie gesehen hatte. Aber es gab noch so viel mehr; sie würde nie alles sehen, dafür hatte sie viel zu spät angefangen.

Es ist immer zu spät, dachte sie. Wenn einem etwas wirklich Wichtiges aufgeht, ist der richtige Augenblick zu handeln bereits verstrichen. Sie hatte Martin mit 17 Jahren kennen gelernt. Das hätte eigentlich nicht zu spät sein dürfen, und doch wusste sie, dass dem in gewisser Weise trotz allem so war. Ihre Familie und ihre Vergangenheit hatten sie bereits unwiderruflich geprägt. Sie hatte während der Vorführung von „Ein Amerikaner in Paris“ geweint, weil der Film sie an das erinnert hatte, was sie aufgegeben hatte. Sie war anders als Martin. Ihm fiel der Bruch leichter, seine Familie war furchtbar, ihre Wertvorstellungen waren furchtbar. Sie beobachtete verstohlen sein Verhalten auf dieser großen Party. Er unterhielt sich angeregt mit zwei anderen Männern. Ihm fiel es offenbar leicht, sich in den Kreis dieser jungen und ungeduldigen Leute einzufügen, die sich in einem Treppenhaus am linken Seine-Ufer drängten. Er hatte nichts zu verlieren. Er hatte mit seiner Familie gebrochen und war unabhängig; schon sehr bald würde er sehr reich sein. Aber Claire hatte größere Ängste als er, und sie litt auch stärker unter Heimweh. Sie hatte das Gefühl, dass sie immer noch viel zu verlieren hatte, und das war wohl der Hauptunterschied zwischen ihnen.

In dieser Nacht wälzten sich Claire und Martin rastlos von einer Seite auf die andere und fanden beide keinen Schlaf. Er hatte sich auf der Party gut amüsiert; sie nicht. „Lass uns morgen irgendwohin fahren", sagte Claire unvermittelt. Sie konnte Martin in dem Mondlicht, das durch die hohen Fenster fiel, deutlich sehen.

„Klar", sagte er. „Warum nicht?" So war er eben: unkompliziert. Claire fühlte sich ein wenig traurig und rastlos, und Martin war jederzeit zu einer Veränderung bereit. Also bestiegen sie am Morgen, nachdem sie eine Karte und einen Reiseführer studiert und sich mit dem Portier besprochen hatten, einen Zug nach Aix-en-Provence. Die Stadt wich langsam dem Land, und als sie ihr Ziel erreicht hatten, mieteten sie sich einen leuchtend gelben Citroën und fuhren über ein paar kleine Hügel hinweg nach Lourmarin. Martin hatte ganz beiläufig erwähnt, dass er dort jemanden kenne.

„Wer ist es denn?", fragte Claire im Wagen. „Wen kennst du da?"

„Nur eine alte Freundin", sagte er zuerst.

Sie machten unterwegs Halt, um in einem der kleinen Cafés an der Straße eine Kleinigkeit zu essen. Martin bestellte eine große Limonade und Claire ein Eisdessert namens *Mystère*. Es entpuppte sich als eine ausgehöhlte Orange, deren Fruchtfleisch durch Orangensorbet ersetzt worden war. Beim Essen stieß Claire mit ihrem Löffel plötzlich auf etwas Hartes, das in dem Eis verborgen war. „Da ist etwas drin", sagte sie.

„Oui, Mademoiselle", entgegnete der Ober, der sie gehört hatte. „Das ist eine Überraschung." Das also war das Geheimnis um *Mystère*.

Claire schob sich einen Löffel Sorbet in den Mund, in den der Gegenstand eingebettet war, und lutschte, bis das Eis geschmolzen war. „Oh, sieh mal!", sagte sie leise zu Martin. In der Hand hielt sie einen Ring. Es war ein billiger Blechring mit einem grünen Glasstein, der in der Nachmittagssonne glitzerte. Sie betrachteten den Ring, und Claire wusste, dass sie beide darüber nachdachten, wann sie wohl heiraten würden.

Sie waren übereingekommen zu heiraten, sobald sie sich irgendwo niedergelassen hatten. Dann würden sie ihre Hochzeit feiern und eine ganze Horde von Kindern bekommen. Aber wann würden sie den Ort finden, an dem sie bleiben wollten? Claire war in vieler Hinsicht konventioneller als Martin; sie brauchte die Gewissheit, dass sie bald irgendwo eine Heimat finden würden, sie wünschte sich Sicherheit. „Natürlich heiraten wir irgendwann", versicherte er ihr wiederholt.

„Wann?", fragte sie dann.

„Bald", lautete seine Antwort. Jetzt nahm er den Ring von ihrer Hand und steckte ihn ihr an. Der Ring war noch sehr kalt von dem Eis, in dem er eingeschlossen gewesen war. Martin beugte sich über den runden Metalltisch und flüsterte die Antwort auf eine Frage, die sie in diesem Moment gar nicht gestellt hatte. „Bald", sagte er.

SCHLIESSLICH gestand Martin, dass es sich bei der alten Bekannten in Lourmarin um die frühere Köchin Nicole Clément handelte, die einen Nachmittag lang Martins Geliebte gewesen war. Sie hieß jetzt Nicole Vachon, da sie einen ortsansässigen Automechaniker namens Thierry Vachon geheiratet hatte. Das wusste Martin aus Nicoles gelegentlichen Briefen. Aber viel mehr wusste er nicht von ihr, und sie hatten sich fünf Jahre nicht mehr gesehen. Zu seiner Erleichterung war Claire nicht beleidigt.

„Es wird sicher interessant, sie kennen zu lernen", sagte sie nur.

Schon die erste Person, die Martin nach Nicole Vachon fragte, ein Mann mit einer langen weißen Schürze, der vor einer *boulangerie* die Straße fegte, zeigte in Richtung eines Kirchturms und erklärte Martin, er solle dort links abbiegen und dann noch einmal nachfragen. Martin bog ab, brauchte sich aber nicht weiter nach dem Weg zu erkundigen, da er sie selbst entdeckte. „Das ist sie", sagte er. „Glaube ich wenigstens."

Die Frau entfernte sich von ihnen und ging hügelaufwärts auf das Ende der Straße zu. Sie hatte an jeder Hand ein Kind. Martin parkte den Wagen, er und Claire stiegen aus. Er sah sie an. Claire nickte: Geh nur.

„Nicole?", rief er. Die Frau hörte ihn nicht. „Nicole?"

Sie drehte sich um. Sie war älter geworden, sie musste inzwischen in den Dreißigern sein, und sie war wieder schwanger, aber es war ganz eindeutig Nicole. „Martin?", sagte sie, wobei sie seinen Namen französisch aussprach, so wie sie es immer getan hatte. Dann stieß sie einen entzückten Schrei aus, und sie umarmten sich. Sie machte Martin mit ihren Töchtern Joelle und Marie bekannt, und Martin stellte ihr Claire vor, und ehe sich's die beiden versahen, gab es ein Abendessen zu ihren Ehren: eine Fülle von Brot, tiefroten Tomaten, Käse, eingelegten Oliven,

Meeresfrüchte mit Knoblauchsoße und dazu flaschenweise Wein aus der Gegend, das Ganze auf einem langen Eichentisch aufgetürmt, in einem Garten voller Bäume und Kinder.

Anfangs wollte Martin noch verhindern, dass sich Nicole irgendwelche Umstände machte, aber sie erklärte ihm entschieden, dass es einfacher sei, wenn er sich gleich damit abfände. Einfacher für ihn, denn sie würde ohnehin seinen Besuch zum Anlass für ein kleines Fest nehmen, und einfacher für sie, weil, wenn sich erst herumgesprochen hatte, dass sie Besuch aus Amerika bekommen hatte, sowieso ihre Verwandten und Nachbarn von Neugier getrieben vorbeischauen würden.

Also ließen sie es geschehen. Martin und Claire setzten sich an den Tisch, als wäre es ihr Hochzeitstag, nahmen die guten Wünsche alter Frauen entgegen und applaudierten den Kunststückchen der Kinder. Das einzige Mal, dass Nicole oder Martin auf das zu sprechen kamen, was sich so viele Jahre zuvor ereignet und möglicherweise ihre Rückkehr nach Lourmarin beschleunigt hatte, war am späten Nachmittag, als ein Mann am Gartentor erschien, der sich die Hände an seinem Overall abwischte und verblüfft auf das Fest blickte, das offenbar ganz spontan organisiert worden war, nachdem er am Morgen in die Werkstatt aufgebrochen war. Bevor Nicole vom Tisch aufstand und zu ihm hinging, flüsterte sie Martin ins Ohr: „Das ist Thierry. Er weiß nichts von dir."

Martin hatte nicht gewusst, was ihn erwarten würde; er hatte sich auch keine Gedanken darüber gemacht, was er mit diesem Besuch bezweckt hatte. Vermutlich wollte er Nicole zeigen, dass ihr Schüler Martin etwas aus sich gemacht hatte – oder zumindest dabei war. Dass seine Neugier in Sachen Kochen noch größer geworden war und er sich in eine Frau namens Claire verliebt hatte. Und wenn es ihm um Nicoles Segen gegangen war, so wurde er diesbezüglich nicht enttäuscht. Am Ende des Abends, als eine ganze Horde von Nichten und Neffen die beiden Amerikaner die Straße hinunter zu Nicoles Elternhaus begleiteten, wo Claire und Martin übernachten sollten, bevor sie ganz früh am nächsten Morgen wieder aufbrachen, drückte Nicole Martins Arm und sagte: „Sie ist wirklich ganz reizend."

Claire, einige Schritte weiter vorn, hielt Joelle bei der Hand und brachte dem kleinen Mädchen ein Paar Sprünge bei.

„Ja", sagte Martin.

„Und was macht dein Vater?"

Martin zuckte die Achseln. „Der ist weniger entzückend."

Nicole lachte. „Was hält er von ihr?"

„Das, was von ihm zu erwarten war."

„Und das macht dir nichts aus?", fragte sie.

Martin schüttelte den Kopf.

Er und Nicole gingen ein paar Schritte schweigend nebeneinanderher, dann standen sie vor dem Haus ihrer Eltern. Es gab ein allgemeines Abschiednehmen mit Küssen auf beide Wangen, Händeschütteln, Dankesworten und Versprechungen eines baldigen Wiedersehens. Joelle fuhr fort, die kleine Straße hinunterzuhüpfen und sprang dabei den Bordstein hinauf und hinunter. Claire kam zurück zu Martin, und er legte ihr einen Arm auf die Schulter.

„Ich glaube, ich habe deiner Tochter einen neuen Trick beigebracht", sagte Claire lächelnd zu Nicole.

„Wie man wegläuft, ja", bemerkte Martin.

„Früher oder später kommt es ja doch dazu", entgegnete Nicole, worauf sie alle lachten. Dann wandte sie sich Martin zu. „Beantworte mir eine Frage."

Er fühlte, wie sein Lächeln ein wenig starr wurde, und registrierte, wie sie ihn aufmerksam musterte. Daheim hatte ihn niemand je so gut gekannt und verstanden wie sie.

„Fahrt ihr zurück nach Paris?"

„Irgendwann, ja", entgegnete Martin. „Erst fahren wir nach Italien, denke ich. Claire braucht ein paar Tipps von Michelangelo." Claire stieß ihn mit dem Ellbogen an.

„Wenn ihr Italien wieder verlasst, dann geht nach Irland", sagte Nicole. „Besucht dort einen Freund von mir. Er ist Chefkoch in einem Burgrestaurant. Wenn es dir ernst damit ist, Koch zu werden und eines Tages dein eigenes Restaurant zu haben, dann tust du das. Ja, versprichst du es?" Darauf borgte sie sich von Martin etwas zu schreiben und notierte eine Adresse auf einen Zettel. Nicole musterte ihn noch einmal prüfend, hielt ihn mit ihrem Blick fest und gab ihn dann wieder frei.

KAPITEL VI

In Italien gingen sie viel spazieren. Sie liefen vom Dom zur Piazza del Campo in Siena und gaben vor, die eindringlichen Blicke der Männer nicht zu bemerken, die bei Einbruch der Dunkelheit rauchend in den Türen der Läden erschienen. Sie schlenderten durch die Gassen Venedigs und ignorierten die Zurufe der Gondolieri, die sie an sonnige Plätze bringen wollten, an denen es von Touristen wimmelte, während sie es vorzogen, sich in dunklen, schmalen Gassen zu verlieren. Sie spazierten durch die kühlen Marmorflure der Uffizien in Florenz, ihr Gang von Galerie zu Galerie nur vom Klappern ihrer Absätze untermalt und einem gelegentlichen staunenden „Oh!". Vielleicht wegen der vielen Lauferei gewöhnten sie sich an, reichlich zu Mittag zu essen und dann, egal, in welchem entlegenen Viertel welcher Stadt sie sich auch befanden, in ihr Hotelzimmer zurückzukehren, um dort einen Mittagsschlaf zu halten. Und wenn sie dann aufwachten, nahmen sie ihre Wanderung wieder auf.

„Hast du genug?", fragte Martin Claire eines Nachmittags in Florenz, als sie den Hügel vom Palazzo Pitti hinabschlenderten.

„Nein", entgegnete sie eilig. Sie verschränkte die Arme und richtete den Blick auf die rostfarbenen Dächer der Stadt am anderen Flussufer. „Mein ganzes Leben würde nicht ausreichen, um alles zu sehen. Dazu müsste ich unsterblich sein."

„Das stimmt", sagte er. „Man muss nur wissen, wann es Zeit ist aufzuhören."

Aber Claire konnte sich nur schwer vorstellen, irgendwann einmal freiwillig die endlose Folge von köstlichem Essen und überwältigender Kunst zu unterbrechen. Und doch würde die Entdeckungsreise irgendwann ein Ende haben müssen. So schwer es ihr auch fiel, sich ein Ende ihrer Reisen vorzustellen, so wollte sie jedoch ebenso wenig, dass es noch lange so weiterging. Es war nicht nur das viele Umherlaufen, es war auch mehr als Heimweh. Die Erschöpfung, die sie jetzt überkam, war etwas Neues. Es war die Summe ihrer Reisen, die Fülle der Eindrücke, und es lag bei Claire, dem ein Ende zu machen und „Genug!" zu sagen.

Martin würde es nicht tun, das wusste sie. Paris war seine Welt gewesen, aber Italien gehörte ganz Claire. Martin konnte sie vor einem Triptychon oder einer Skulptur zurücklassen, um einen Cappuccino zu trinken und sich eine Ausgabe des *International Herald Tribune* zu besorgen, und wenn er zurückkam, stand sie noch genauso da, wie er sie zurückgelassen hatte.

„Manchmal habe ich das Gefühl, dass es richtiggehend schmerzt, so viel Kunst zu sehen", klagte Claire eines Tages auf dem Weg zu Michelangelos David-Skulptur.

„Und dann?", fragte Martin.

„Und dann sehe ich etwas, was ich noch nie zuvor gesehen habe, der Schmerz verfliegt, und ich vergesse alles andere auf der Welt."

„Sogar mich."

„Sogar dich", gab sie zu. „Ist das schlimm?"

„Wenn du mich schon wegen eines anderen vergisst, ist es mir nur recht, wenn der Michelangelo heißt."

Dann bogen sie um eine Ecke der Galerie, fanden die David-Skulptur, und nach einer Minute zog sich Martin diskret zurück, wissend, dass es das einzig Richtige war. Sie musste hier allein sein; zwar hatte sie nie etwas in der Art gesagt, aber er spürte es einfach.

Claire hatte sich den David mehrmals angesehen; aber es ging ihr nicht darum, immer mehr Details auszumachen. Natürlich stimmte es, dass sie immer mehr lernte, je genauer sie hinsah; aber das war bei jedem Kunstwerk der Fall. Was Claire in dieser luftigen Galerie unter der sanften Wölbung der Kuppel zu finden hoffte, war mehr als nur Bildung.

Sie stand nachdenklich vor dem David, nur wenige Meter von den Museumswärtern entfernt. Wenn sie die Statue betrachtete, dachte sie an sich selbst. Anfangs versuchte Claire noch, die Assoziation von sich zu weisen: wie unbescheiden, sich selbst mit David zu vergleichen, dem Symbol physischer Perfektion. Und doch hatte es irgendwie einen Sinn. Claire sah nicht nur seine Nacktheit. In Davids gelassenem Blick und der lässigen Winkelung seines Knöchels fand Claire eine Akzeptanz der Nacktheit: das vage Bewusstsein des natürlichen Geschenks der Jugend.

Aber natürlich erinnerte der David sie vor allem an Martin. Als er an diesem Nachmittag in die Galerie zurückkehrte, sah er Claire immer noch vor dem David stehen und zu der Skulptur aufblicken, in exakt derselben Position wie eine Stunde zuvor. Sie warf Martin einen Blick zu und hakte sich bei ihm unter.

An diesem Abend ließen sie die *gelati* aus. Als sie zurück im Hotel „Paolo e Francesca" waren, drückte Claire Martin auf die Matratze und fiel mit einer Begierde über ihn her, die sie vielleicht beunruhigt hätte, wenn sie sich die Zeit genommen hätte, über sie nachzudenken. Aber sie dachte nicht darüber nach. Als sie ihren Hunger gestillt hatte, rollte sie sich von Martin, der immer noch verblüfft war, aber deshalb nicht minder glücklich, kuschelte sich an ihn und sagte: „Genug."

In Irland wurden sie am Bahnhof von Galway von einer hoteleigenen Limousine abgeholt, und eine halbe Stunde später fuhren sie die lange Zufahrt hinauf, die zum Eingangstor von Thetford Castle führte.

Nach den schmalen, kopfsteingepflasterten Gassen Italiens genossen Claire und Martin ihre langen, ziellosen Wanderungen über die schier endlosen irischen Felder. Im Hotelrestaurant von Thetford blieb Martins Speisenwahl konstant. Jeden Tag wählte er eine andere Zubereitungsart des gleichen Fisches, des irischen Lachses, der hier so alltäglich war wie Zucchini im Sommer in Longwood Falls. Der Lachs war am selben Tag aus dem Fluss gefischt worden, der durch das Anwesen floss, und Martin aß ihn geräuchert, auf Toast, mit Kapern und Zitrone; gebacken mit Butter und Dill; gedünstet mit Tomaten und Zwiebeln.

Am zweiten Tag in Thetford nahm Martin seinen ganzen Mut zusammen und stellte sich dem Küchenchef vor, einem Engländer mit sandfarbenem Haar namens Duncan Lear, der das Eindringen eines Gastes in seine Küche zuerst mit großem Missfallen registrierte. Als Martin jedoch ihre gemeinsame Freundin, die französische Köchin Nicole, erwähnte, erhellten sich Duncans Züge. Und als Martin hinzufügte, dass er hoffe, eines Tages sein eigenes Restaurant zu eröffnen, lud Duncan ihn ein, sich in seinem Reich umzusehen. Martin schaute den Helfern über die Schulter, die entbeinten, schnitten, rührten, Anweisungen riefen und vor heißem Dampf zurückwichen.

„Hör zu", sagte Duncan, als er erkannte, wie fasziniert Martin war. „Wenn du möchtest, kannst du irgendwann wiederkommen und mit anpacken, wir können in der Küche immer Hilfe brauchen; hier ist immer viel los. Wie lange bleibst du im Hotel?"

Martin zuckte die Achseln. „Wie lange darf ich helfen?"

Duncan lachte auf, wurde aber gleich wieder ernst. „Es ist harte Arbeit, weißt du? Und es ist nicht einfach. Es ist nicht nur Spaß und Essen."

„Ich weiß. Das erwarte ich auch nicht."

Duncan musterte ihn eine Weile prüfend. „Also gut. Komm morgen nach dem Mittagessen her. Dann planen wir gemeinsam etwas für das Abendmenü."

Am folgenden Mittag saß Martin nach dem Essen mit Claire an einem Ecktisch im Restaurant, trank eine Tasse Kaffee nach der anderen und wartete ungeduldig, bis auch der letzte Gast gegangen war. „Martin?", sagte Claire, als er aufstand, um zu gehen. Er wandte sich ihr zu. „Viel Glück."

Er hatte nie gedacht, dass es so heiß in einer Restaurantküche werden könnte, doch die Hitze schien den anderen nicht sonderlich viel auszumachen.

„Alles okay?", fragte Duncan, worauf Martin tapfer nickte.

„Gut", sagte der Küchenchef, „warum hilfst du dann nicht beim Hacken aus?"

Das „Hacken“ bezog sich auf riesige Berge Kartoffeln, Hühnerbrüstchen und Lauch. Vor allem Lauch: lang, schlank und knollig am Stamm, lag er aufgetürmt auf der Arbeitsfläche wie Büschel weißen Haares. Messer blitzten; wenn eine Klinge auch nur im Geringsten stumpf wurde, wurde ein Wetzstein hervorgezogen und das Messer geschliffen.

Nachdem er mit Hacken fertig war, rief Duncan Martin in einen weniger heißen Teil der Küche in der Nähe der Kühlräume, und dort setzte er sich eine Weile mit ihm zusammen und besprach mit ihm die Menüs der Woche. Duncan besprach ausführlich die verschiedenen Speisen, erklärte, wie er seine Wahl traf, und Martin hörte ihm andächtiger zu, als er je einem Dozenten in Princeton gelauscht hatte.

„Warum versuchst du nicht, eine Abendmahlzeit zuzubereiten?“, meinte Duncan schließlich. „Denk dran, Lachs ist Trumpf.“ Und nach einiger Ermutigung murmelte Martin ein paar neue Ideen, von denen Duncan einige verspottete, aber andere für gut befand. Am folgenden Abend enthielt das Abendmenü zwei von Martins Vorschlägen.

Martin war ganz aus dem Häuschen; als er spätnachts ihr Zimmer betrat, schlief Claire bereits in dem riesigen Bett. Sie wachte auf und hob schnuppernd die Nase. „Lauch?“, fragte sie und war sofort wieder eingeschlafen.

DREI Tage und Nächte arbeitete Martin Rayfiel in der Restaurantküche von Thetford. Den Hotelmanager machte es ganz nervös, dass ein zahlender Gast sich freiwillig einer solchen Plackerei unterwarf, aber Duncan Lear versicherte ihm, dass dies Martins Herzenswunsch sei und ihm den Aufenthalt nur verschönere. Also wurde es Martin gestattet, auch weiterhin in der Küche zu arbeiten. Er feierte sogar seinen 21. Geburtstag dort. Das Personal überraschte ihn, als er gerade dabei war, einen Hähncheneintopf zu kochen. Die „Kollegen“ scharten sich um ihn und sangen im Chor mehr oder weniger harmonisch „Happy birthday“. Martin war jetzt endlich volljährig und konnte sein Erbe antreten, was auch gut war, da das Geld aus dem Verkauf des Wappens rasch weniger wurde.

Claire wanderte, während Martin in der Küche schwitzte, mit einem Zeichenblock über den hoteleigenen Grund, bis sie endlich ein Motiv fand, das sie zeichnen wollte in der Hoffnung, irgendwann einmal eine Skulptur daraus anzufertigen: ein altes Pferd, das aus einem Bottich trank. Jeden Nachmittag kehrte sie zur Wiese zurück, bis von den Kohlestiften, die sie in Italien gekauft hatte, nur noch Stummel übrig waren, die ihre Fingerspitzen schwarz färbten.

Eines Nachmittags, als sie vom Zeichnen ins Hotelzimmer zurückkehrte, war Martin bereits dort. Er saß auf der Bettkante. Langsam hob er den Kopf und sah sie an. In seinen Augen stand ein Ausdruck, den sie noch nie zuvor gesehen hatte. „Ich habe schlechte Nachrichten", sagte er. „Ich werde es kurz machen. Das Geld ist weg."

„Oh!", sagte Claire nur und ließ sich neben ihn auf die Bettkante sinken. „Was meinst du damit?", fragte sie. „Ich verstehe es nicht."

„Das war's. Es ist weg. Mein Erbe. Alles weg."

Sie registrierte die Worte, aber es dauerte eine Weile, ehe sie ihren Sinn erfasste. Er hatte sie überraschen wollen. So war er zu einer Bank nach Cong gegangen, der nächsten Ortschaft. Dort wollte er sich, da er nun volljährig war, Geld aus seinem Erbe überweisen lassen. Als er geendet hatte, verstummte er niedergeschlagen. Claire nahm seine Hand. „Aber das ist doch unmöglich", sagte sie. „Es ist doch dein Geld."

„Bei meinem Vater ist nichts unmöglich", sagte er düster.

„Aber es ist doch dein Geld, oder? Dann kann er es dir doch nicht einfach wegnehmen."

„Claire, er hat es getan. Er hat es sich genommen."

„Aber das ist unmöglich …", begann Claire erneut, aber Martin fiel ihr ungeduldig ins Wort. „Würdest du bitte aufhören, ständig zu wiederholen, dass es unmöglich ist. Offensichtlich ist es das nicht, da es ja bereits passiert ist."

Es war das erste Mal, dass Martin ihr gegenüber die Stimme erhob, und sie wussten beide, dass es kein Zufall war, dass es in dem Augenblick geschah, da der Traum einer gemeinsamen Zukunft, so wie sie sie sich vorgestellt hatten, zerplatzt war wie eine Seifenblase.

„Also gut", sagte Claire leise, „dann eben nicht unmöglich. Aber illegal."

„Und unmoralisch", entgegnete Martin ebenso leise. „Aber ich fürchte, mein Vater schert sich weder um das eine noch um das andere."

„Aber gibt es denn nichts, was du deswegen unternehmen könntest?"

„Vermutlich könnte ich ihn verklagen", sagte Martin. „Ihn anzeigen. Aber so etwas würde ich nie tun."

„Und was wirst du dann tun?"

„Nichts."

Claire schlug die Beine übereinander und legte die Hände in den Schoß. „Hältst du das für das Beste?", fragte sie und klang dabei so steif wie ihre Mutter in ernsten Angelegenheiten.

„Ich denke, es ist das Klügste."

Er griff nach ihrer Hand, und Claire drückte seine schmalen Finger. „Weißt du, das Geld ist bedeutungslos“, sagte sie ruhig.

Claire wartete eine Weile, dann erhob sie sich und ging durch das wunderschöne Zimmer zum Fenster. Dort draußen lag der Lough Corrib, ein See bei einer Burg in Irland, ein See, an dessen Ufer sie und Martin geschlafen hatten, den sie gezeichnet hatte und den sie beide vielleicht nie wiedersehen würden. Musste man tatsächlich so früh, mit 21 Jahren, anfangen, Abschied zu nehmen?

„Keine teuren Boutiquen mehr“, hörte sie Martin hinter sich sagen. „Keine spontanen Reisen mehr. Keine apfelgrünen Chanel-Kostüme.“

„Das alles habe ich nie gebraucht“, entgegnete Claire. „Und überhaupt war dieses lächerliche Kostüm allein deine Idee.“

„Ich weiß“, sagte er. „Aber wie könntest du zu dem Leben zurückkehren, das du früher geführt hast, ohne mir zumindest ein wenig zu grollen? Nicht weil ich das Geld verloren habe, aber weil ich dir vor Augen geführt habe, was Geld alles möglich macht.“

„Irgendwie denke ich, dass es so vielleicht sogar besser ist“, sagte Claire. „Meinst du nicht, dass wir sonst schrecklich verwöhnte Ekel geworden wären? Und ein Teil von uns hätte sich wohl immer gefragt: Haben wir das geschafft? Ganz allein? Habe ich dieses Restaurant eröffnet? Habe ich die Skulptur geformt und an die Galerie verkauft? Oder hat von Anfang an nur das Geld das alles bewirkt?“

„Jetzt werden wir es wissen“, stellte Martin fest.

IN GEWISSER Weise bildeten Thetford Castle und die angrenzende Gemeinde Cong eine Kleinstadt ähnlich wie Longwood Falls. Neuigkeiten verbreiteten sich schnell, und Geheimnisse gab es keine. Als Martin am Abend an der Rezeption darum bat, mit dem Manager sprechen zu dürfen, verriet ihm die Zurückhaltung der sonst so mitteilsamen Angestellten, dass sich bereits herumgesprochen hatte, dass das junge amerikanische Paar ruiniert war und seinen Aufenthalt vorzeitig würde abbrechen müssen. Martin beglich seine Rechnung, und als er am nächsten Morgen ihr Gepäck zur Limousine trug, die sie nach Galway zurückfahren sollte, sprach ihn Duncan Lear an. „Ich habe gehört, dass ihr abreist. Tut mir aufrichtig Leid“, sagte er. Er blickte sich verstohlen um. „Ich habe noch niemandem etwas gesagt, das Folgende ist also nur für deine Ohren bestimmt. Ich werde nächste Woche kündigen. Ich habe ein Angebot von einem Restaurant in London erhalten. Ein Bekannter von mir hat es erst in diesem Jahr eröffnet und sich bisher noch nicht recht etablieren können. Eine sehr vielversprechende Lage in Kensington. Hättest du Lust, dort für mich zu arbeiten? Ich hoffe, das Angebot kränkt dich nicht", fuhr Duncan hastig fort. „Wir haben nur die Neuigkeit gehört, und ich wollte helfen." Nach kurzem Schweigen fuhr er fort: „Du hast wirklich Talent. Ich denke, du könntest eine große Zukunft als Koch vor dir haben. Wenn du das willst."

Und so kam es, dass Claire und Martin die Burg unerwarteterweise statt mit einem Gefühl von Verlust und Ziellosigkeit mit etwas völlig anderem verließen: einem konkreten Arbeitsangebot. Duncan hatte Martin gewarnt, dass die Bezahlung nicht besonders gut sein würde, er konnte Claire und Martin jedoch eine kleine Wohnung direkt über dem Restaurant vermitteln, deren Miete sehr günstig war in dem ansonsten unverhältnismäßig teuren Viertel.

Martin und Claire verbrachten ein paar Nächte in einem billigen Studentenhotel in London, und in der darauf folgenden Woche, als Duncan aus Irland eintraf, trat Martin dann seine neue Stelle an. Das Restaurant, das nach seiner Adresse benannt war, 17 Dobson Mews, war klein, aber fein, und die Edelstahlküche vollständig ausgestattet..

Am ersten Tag im Restaurant arbeitete Martin von früh bis spät und half Duncan, alles einzurichten. Am Abend bezogen er und Claire dann ihre neue Wohnung im ersten Stock. Die Räume waren möbliert, wenn auch nicht besonders hübsch oder geschmackvoll. In dem kleinen Schlafzimmer stand allerdings ein Möbelstück, das ihnen gefiel: ein großes Eisenbett in Form eines Schlittens. Das einzige Luxuriöse an der Wohnung war das geräumige lichtdurchflutete Hinterzimmer. Claire könne es als Atelier benutzen, meinte Martin, als sie im Bett lagen. „Zumindest fürs Erste", fügte er hinzu. „Wenn wir Kinder haben, wirst du das Zimmer an sie abtreten müssen, fürchte ich."

„Kinder", entgegnete sie. „Wir sind ja noch nicht einmal verheiratet."

Er rollte sich in dem knarrenden Bett auf die Seite, stützte sich auf den Ellbogen und musterte sie im schwachen Mondlicht. Es kam ihm vor, als würde das Bett jeden Moment abheben und sie irgendwohin tragen; es schien Zauberkräfte zu haben. Nein, verbesserte sich Martin sofort, ihr Leben besaß magische Eigenschaften. Er hatte das Riesenglück, Claire zu haben und dazu noch eine Arbeit, die ihm Spaß machte, das Ganze in einer Stadt, die ihnen beiden gefiel. Aber das Beste war, dass sie sich endlich niederlassen würden. Jetzt begann ein Lebensabschnitt, in dem sie an einem Ort blieben, den sie in ihr Zuhause verwandeln würden, ein Zuhause, das ihnen ein Gefühl von Geborgenheit vermitteln würde.

„Ich denke, wir könnten langsam darüber nachdenken zu heiraten", sagte er.

Natürlich hatten sie beide immer ans Heiraten gedacht, aber bisher waren sie ständig unterwegs gewesen und hatten an den verschiedensten fremden Orten gewohnt, an denen zu heiraten ihnen irgendwie unnatürlich erschienen wäre. Aber jetzt war alles anders. Martin hatte den Job seiner Träume, Claire begann in Kürze mit Unterricht in Bildhauerei bei einem wunderbaren Lehrer; ihr zukünftiges Leben begann Form anzunehmen. Sie beschlossen, innerhalb der nächsten Wochen zu heiraten.

Als sie ihre Heiratsabsichten Duncan gegenüber erwähnten, bestand dieser darauf, dass die Feier im Restaurant stattfand. „Ladet ein, wen ihr wollt", sagte der Chefkoch großzügig.

„Aber wir kennen doch in London niemanden", sagte Claire.

„Dann ladet ihr eben mich ein", entgegnete Duncan grinsend.

Als sie am Ende eines weiteren langen Tages im Bett lagen, drehte sich Claire plötzlich zu Martin um. „Oh, mein Gott!", stöhnte sie.

„Was ist denn?"

„Mir ist gerade erst klar geworden, dass unsere Kinder mit britischem Akzent sprechen werden."

CLAIRE war noch nicht an das Summen der Türklingel ihrer Wohnung gewöhnt. Da sie noch sehr wenige Freunde in London hatten, kam es nur sehr selten vor, dass jemand den grünen Klingelknopf neben der Tür betätigte. Und so zuckte Claire erschrocken zusammen, als es eines Morgens, etwa zwei Wochen nachdem sie die Wohnung in der Dobson Mews 17 bezogen hatten, läutete. Sie war gerade dabei, einen Entwurf für eine Skulptur zu zeichnen, mit der sie am Nachmittag in der Tate Gallery beginnen wollte.

Sie öffnete. Vor ihr auf dem Treppenabsatz stand ein Bote der Western Union, der sie fragte, ob sie Claire Swift sei, und ihr, nachdem sie dies bejaht hatte, einen Umschlag reichte. Der Telegrammtext lautete:

> MUTTER SEHR KRANK STOP KOMM NACH HAUSE STOP BIS BALD MARGARET

Claire fühlte, wie sie keine Luft mehr bekam und Panik sie zu überwältigen drohte. Sie hatte in den letzten Wochen und Monaten kaum einen Gedanken an ihre Eltern verschwendet, und jetzt das!

Langsam stieg Claire die Treppe hinunter zum Restaurant. Martin saß zusammen mit drei anderen Männern an einem Tisch im hinteren Teil der Küche und putzte Bohnen.

„Die Hochzeit. Wir werden sie verschieben müssen“, sagte sie, nachdem sie ihm das Telegramm gezeigt hatte.

„Das ist doch nicht wichtig“, entgegnete er.

„Doch, das ist sie.“

„Es tut mir sehr Leid, dass deine Mutter krank ist, Claire“, sagte er betrübt. „Ich sollte dich begleiten. Ich meine, ich sollte dich jetzt nicht allein lassen.“

„Nein, du musst hier bleiben“, widersprach sie. „Du wirst hier gebraucht. Und falls ich dich doch brauche, rufe ich dich an. Ich schwöre es.“

„Claire …“

„Es ist sehr lieb von dir, dass du mich begleiten willst, Martin“, fiel sie ihm ins Wort, „und ich weiß das wirklich zu schätzen. Aber ich werde schon bald zurück sein. Oh Gott – mein ganzes Leben ist hier. Du bist hier. Unsere künftigen Kinder mit dem schauerlichen Akzent sind hier. Ich bin hier.“ Sie berührte Martins gestärkte weiße Schürze an der Brust. „Ich bin hier“, sagte sie noch einmal.

Claire verließ London an einem feuchten Herbsttag. Minuten nach dem Start verdeckten Wolken bereits die Stadt, die sie gerade begonnen hatte, kennen zu lernen. Sie hatte wiederholt versucht, sich auszumalen, womit sie zu Hause konfrontiert werden mochte, aber es war vergeblich gewesen. Und das Telegramm half ihr auch nicht weiter. Vor allem die Wortwahl ihrer Schwester „sehr krank“. Wie krank war sehr krank? Die Möglichkeiten waren unbegrenzt, und deshalb waren auch Spekulationen sinnlos. Alles, was sie sich mit einiger Gewissheit vorstellen konnte, war das, was sie in London zurückgelassen hatte. Claire legte die Stirn an das Oval des Flugzeugfensters, starrte hinaus in den Nebel und dachte: Geh heim, Häufchen Elend, geh heim.

KAPITEL VII

1. Dezember 1952

M.,

gestern ist mir aufgefallen, dass sich am Dach des Pavillons Eiszapfen gebildet haben. Um diese Jahreszeit sitzt niemand dort, dazu wäre es viel zu kalt. Stattdessen blieben wir alle daheim, und ich nehme an, dass die anderen Leute in der Stadt damit auch ganz zufrieden sind, aber ich fühle nur, wie unbeschreiblich FALSCH es ist, nicht bei dir zu sein.

Meine Mutter ist letzte Woche operiert worden. Man hat ihr einen Knoten aus der Brust entfernt (bösartig, hat der Arzt gesagt, wenngleich er meinte, die Operation sei ein Erfolg gewesen). Sie ist ganz schwach und hat große Schmerzen, und es ist erschreckend, sie so zu sehen. Der Arzt hat gesagt, dass, auch wenn sie sich schnell erholt, sie viel Pflege und Betreuung brauchen wird, und ich habe versprochen, mich um sie zu kümmern.

Die meiste Zeit sitze ich an ihrem Bett und lese ihr vor, bringe ihr irgendwelche Schmerztabletten, die der Doktor ihr verschrieben hat, und bereite eine Rindfleischsuppe oder ein weich gekochtes Ei zu – beides nicht besonders gut, fürchte ich. Sie wären zweifellos viel besser, wenn du sie zubereiten würdest.

Außerdem kümmere ich mich um meinen Vater; er macht einen konfusen Eindruck und ist sehr vergesslich geworden. Meine Schwester Margaret kommt vorbei und hilft, wann immer sie kann, aber die Zwillinge sind erst vier Monate alt, sodass sie unmöglich längere Zeit wegbleiben kann. Wenn einer der Zwillinge schläft, ist der andere hellwach und brüllt, das Gesicht so rot angelaufen wie eine Fleischtomate.

Ich vermisse dich in jeder Minute. Bitte schreib und erzähl mir, wie es in der Dobson Mews 17 steht. Gelingen deine *Scones* inzwischen? Ich habe gehört, dass die Fähigkeit, *Scones* backen zu können, Grundvoraussetzung für die Erteilung der britischen Staatsangehörigkeit ist. Ich liebe dich.

Claire

14. Dezember 1952

Liebe Claire,
es tut mir sehr Leid, dass deine Mutter so schwach ist und sich so elend fühlt. Ich weiß, dass das eine furchtbare Zeit für dich ist, und ich möchte, dass du weißt, dass du in meinen Augen eine ganz WUNDERVOLLE Tochter bist!

Das 17 D. M. läuft besser denn je. Mir kommt es vor, als wäre das Restaurant verzaubert. Offenbar wird überall von dem „Amerikaner" in der Küche geredet, der nicht nur „klassisch amerikanische" Gerichte kocht wie Apfelpastete und Makkaroni mit

> Käse, sondern auch komplizierte Spezialitäten vom europäischen Festland. Neulich mussten wir Leute wegschicken, weil wir vollkommen ausgebucht waren. Wir waren bis drei Uhr nachts mit Aufräumen und Saubermachen beschäftigt, aber das schien niemandem etwas auszumachen; wahrscheinlich gefällt es allen, an diesem Erfolg teilzuhaben. Duncan und das gesamte Küchenpersonal schicken dir liebe Grüße. Ich umarme dich, in Liebe
>
> Martin

ABBY ließ die Briefe sinken, lehnte sich in ihrem Stuhl zurück und schloss die Augen. Sie hatte inzwischen zwei ganze Bänder angehört und zwischendurch die Fotos von Martin und Claire überall in Europa durchgesehen. Dann war die Korrespondenz zwischen Claire und Martin gefolgt – ein sehnsuchtsvoller Brief nach dem anderen, Zeilen, mit denen sie einander über ihr jeweiliges Leben auf dem Laufenden gehalten hatten. Abby wünschte, Claire hätte das Telegramm nie bekommen, die Hochzeit hätte wie geplant stattgefunden und Martin und Claire hätten zusammen in London bleiben können. Aber natürlich verlief das Leben selten nach einem bestimmten Plan. Claire hatte 1952 ein Flugzeug nach Paris bestiegen; Abby hatte 1992 ganz auf sich allein gestellt ein Baby zur Welt gebracht. Beide hatten auf verschiedene Weise ihr altes Leben hinter sich gelassen. Und sie beide waren ebenso abrupt zurückgekehrt. Als Abby in den Zug gestiegen war, um zur Beerdigung ihres Vaters zu fahren, hatte sie nicht geahnt, dass es eine endgültige Heimkehr sein würde.

Am Morgen nach der Beerdigung, als Abby ihrer Mutter mitgeteilt hatte, dass sie die Zeitung übernehmen wolle, war ihre Mutter sichtlich erleichtert gewesen, dass wenigstens ein Teil ihres Ehemannes Tom überdauern würde.

Und doch fragte sich Abby, was ihre Eltern einander bedeutet hatten. Eine Zeit lang hatte Abby gedacht, sie selbst hätte im Gegensatz zu ihrer Mutter einen Mann gefunden, der sich nicht scheute, seine Liebe zum Ausdruck zu bringen. Aber als sie dann schwanger geworden war und Sam sie hatte sitzen lassen, war ihr schlagartig klar geworden, wie sehr sie sich geirrt hatte.

Und jetzt scheute sich Abby, noch einmal von vorn anzufangen, auch wenn sie einen Mann kennen lernte, der willens schien, sein Leben mit einer allein erziehenden Mutter von 35 Jahren zu teilen. Sie fürchtete sich davor, jemandem ihr Vertrauen zu schenken und aufs Neue im Stich gelassen zu werden.

An einem Wochenende in New York hatte Miranda ganz plötzlich sehr hohes Fieber bekommen, sodass Abby sie kurzerhand in eine Decke gewickelt hatte und mit ihr zum Dienst habenden Kinderarzt gefahren war, einem jungen, etwas zerzausten Doktor, von dem sie noch nie gehört hatte. Aber Nick Kelleher erwies sich als sanfter und freundlicher Arzt, der ein Antibiotikum verschrieb und Kind und Mutter gleichermaßen beruhigte. Am Montag hatte er angerufen, um sich nach Mirandas Befinden zu erkundigen, und am Dienstag hatte er sich dann wieder gemeldet, um zu hören, wie es Abby ging. Und so waren sie in Kontakt geblieben, erst in New York und später auch hier, anfangs nur, um ein wenig zu plaudern, aber dann hatte er gemeint, er würde sie gern besuchen, er habe gelegentlich ein freies Wochenende und die Landschaft im Norden des Staates gefalle ihm sehr gut. Ob es in der Nähe ein ordentliches Hotel gäbe, in dem er wohnen könne? Abby hatte stets unanfechtbare Ausreden parat, weshalb sie sich unmöglich mit ihm treffen könne, und es grenzte an ein Wunder, dass er nicht längst aufgegeben hatte.

Abby stützte die Ellbogen auf den Schreibtisch und rieb sich die Augen. Dann schenkte sie sich noch ein Glas Wein ein und setzte den Rekorder wieder in Gang, neugierig, wie Claire mit ihrer eigenen Rückkehr nach Longwood Falls zurechtgekommen war.

CLAIRE war wieder bei ihren Eltern in der Badger Street eingezogen, um ihre Mutter zu pflegen, aber sie schlief nicht mehr in ihrem früheren Kinderzimmer. Das war inzwischen Maureen Swifts Zimmer, die ein eigenes Bett brauchte, da sie sich nachts oft stundenlang herumwälzte. Claire schlief auf einem Gästebett im Wohnzimmer, und wenn sie ihre Mutter nachts vor sich hin murmeln oder weinen hörte, brachte sie ihr noch eine Schmerztablette oder einen in kaltes Wasser getauchten Waschlappen.

Manchmal ging es Maureen Swift in den folgenden Wochen die eine oder andere Stunde relativ gut, und in diesen Stunden spielte Claire mit ihr am Küchentisch Karten. Claire suchte im Radio auf der Fensterbank einen populären Sender und ließ „I've Got You Under My Skin" und „Mood Indigo" durch den Raum wehen wie eine leichte Brise. Mutter und Tochter sprachen miteinander, wie sie noch nie miteinander gesprochen hatten. Claire erzählte ausführlich von Martin.

„Ich kann nicht sagen, dass ich es gut finde, dass ihr beiden einfach so weggegangen seid, unverheiratet und alles. Also verlang das bitte nicht von mir", sagte Maureen Swift nach einer Weile.

„Das werde ich nicht“, entgegnete Claire leise. „Aber sofern es dir etwas bedeutet, sollst du wissen, dass wir bald heiraten werden. Sobald ich wieder in London bin.“ Das schien Maureen jedoch zu verstimmen, und Claire erkannte zu spät, wie unsensibel sie gewesen war. Natürlich wollte ihre Mutter nicht, dass sie nach London zurückkehrte; sie wünschte sich, dass Claire in der Nähe blieb, auch wenn sie es nicht aussprach. „Weißt du“, fuhr Claire fort, „ich laufe nicht davon. Ich gehe nur dorthin zurück, um bei ihm zu sein. Es ist unser Zuhause geworden. Er hat dort eine großartige Stelle gefunden, und wir haben über dem Restaurant eine Wohnung mit einem sonnigen Hinterzimmer, das ich als Atelier benutze. Ich habe Vorlesungen an der Tate belegt, bei einem überaus dynamischen Lehrer namens Paley. Letztens ist er nach dem Unterricht zu mir gekommen und hat gesagt, ich hätte wirklich Talent.“

Ihre Mutter hob den Kopf, und Claire sah, dass sie neben dem physischen Schmerz noch etwas anderes quälte. „Weißt du, Claire“, sagte sie, „ich hätte mir für dich weiß Gott ein anderes Leben gewünscht, aber da es nun einmal so gekommen ist und es sich nicht mehr ändern lässt, muss ich sagen, dass ich froh bin, dass er dich glücklich macht. Aber bist du auch sicher, dass du so weit weg von allem sein willst?“

„Nein“, entgegnete Claire nach einer Weile.

Still spielten sie eine Weile weiter. Schließlich legte ihre Mutter die Karten aus der Hand und sagte: „Ich weiß, warum du mit ihm weggegangen bist. Erst habe ich es nicht verstanden, aber jetzt schon.“

„Ja?“, sagte Claire nur.

„Erst dachte ich, du würdest nur vor uns davonlaufen“, fuhr Maureen Swift fort. „Vor unserer Familie, vor unseren nicht eben rosigen finanziellen Verhältnissen und davor, dass wir dir nicht viel bieten konnten. Es hat meine Gefühle verletzt, dass du ihn uns vorgezogen hast.“ Sie holte tief Luft. „Aber wenn ich dich jetzt ansehe, erkenne ich, dass du dich verändert hast. Du bist mit ihm gegangen, um dich entwickeln zu können. Hier wäre das unmöglich gewesen. Deine Schwester Margaret war vollauf damit zufrieden, Larry Benton zu heiraten und ein Haus drei Straßen weiter zu beziehen, als Sprechstundenhilfe zu arbeiten und diese entzückenden Zwillinge zu bekommen. Aber das war nicht der Weg, den du einschlagen wolltest, habe ich Recht?“

„Ja“, bestätigte Claire sanft.

„Ich werde es immer bedauern“, schloss ihre Mutter, „aber du hast es getan, und jetzt bist du ein anderer Mensch, der mir entwachsen ist.“

5. Januar 1953

Lieber Martin,
ich habe vom Jahreswechsel kaum etwas mitbekommen. Ich hatte gehofft, meiner Mutter würde es inzwischen besser gehen, aber leider ist dem nicht so. Der Arzt ist sehr besorgt. Gestern sind wir alle nach Albany ins Krankenhaus gefahren, wo weitere Tests durchgeführt wurden. Ich teile dir die Resultate mit, sobald ich sie weiß. Ich wünschte, ich könnte die Tage bis zu unserem Wiedersehen zählen, nur leider habe ich keine konkrete Zahl, von der ausgehend ich rückwärts zählen könnte. Ich kann dich immer noch riechen und deine Stimme hören. Manchmal wache ich auf dem schmalen Gästebett auf, auf dem ich im Wohnzimmer schlafe, und glaube im ersten Moment, du wärst bei mir. Aber natürlich bist du das nicht. Leider.

Claire

15. Januar 1953

Liebste C.,
es tut mir so Leid, dass der Gesundheitszustand deiner Mutter sich bislang nicht gebessert hat. Was die Untersuchungsergebnisse betrifft, drücke ich die Daumen. Heute habe ich für Duncan einen Vanillekuchen gebacken, der so köstlich und aromatisch war, dass er mich an deinen Geschmack erinnert hat. (Macht dich das verlegen? Ich hoffe nicht.) Ich werde dir kein Stück aufbewahren, da ich nicht damit rechne, dass du schon diese Woche heimkommst. Duncan hat gefragt, ob ich mir vorstellen könnte, dauerhaft hier zu bleiben – er hat angedeutet, dass ich das Restaurant zu meinem eigenen machen könne, wenn er geht, was wohl eher früher als später der Fall sein wird. Er träumt davon, ein anderes Restaurant zu eröffnen – etwas größer und nicht so exklusiv –, und zwar im Südwesten Englands, vielleicht in Exeter. Natürlich habe ich ihm erklärt, dass ich zuerst mit dir sprechen müsste. Glaubst du, du könntest in London glücklich werden? Denk darüber nach, wenn du ein wenig Zeit hast, Liebes, auch wenn du im Augenblick andere Sorgen hast. Ich bete, dass die Untersuchungsergebnisse gut ausfallen. Ich liebe dich.

Martin

17. Januar 1953

Lieber Martin,
ich muss dir heute einfach schreiben, um dir zu berichten, was sich ereignet hat. Wir haben die Untersuchungsergebnisse meiner Mutter bekommen, und sie sind sehr schlecht. Offenbar haben sich Metastasen gebildet, und jetzt können die Ärzte nichts mehr für meine Mutter tun. Der Arzt hat gesagt, dass er versuchen wolle, ihr Erleichterung zu verschaffen, was bedeutet, dass sie starke Dosen Morphium bekommen wird. Sie ist nicht mehr sie selbst, sondern befindet sich in einem seltsamen Dämmerzustand. Es stimmt mich so traurig, dass ich meine Mutter, so wie sie früher war, nie wiederbekommen werde und dass es keine Möglichkeit gibt, ihr zu helfen. Mein armer Vater weiß nichts mit sich anzufangen. Er sitzt die ganze Zeit bei ihr und erzählt ihr leise von Dingen, die sich vor langer Zeit ereignet haben, als sie beide noch jung waren. Und wenn er ganz sicher ist, dass sie schläft, weint er.

BITTE tu jetzt nichts Dummes wie beispielsweise herzufliegen. Ich weiß, wie beschäftigt du im Restaurant bist, ganz zu schweigen davon, dass wir uns den Flug nicht leisten können und es mir ja im Grunde ganz gut geht.

In Liebe

Claire

CLAIRE STOP KOMME SOFORT STOP TROTZ ALLEM WAS DU GESCHRIEBEN HAST STOP MORGEN FRÜH IM PAVILLON STOP MARTIN

MARTIN traf verknittert und unrasiert von dem langen Flug aus London und der anschließenden langen Zugfahrt aus New York am Pavillon ein, aber es kümmerte ihn nicht, wie er aussah.

Als er aus dem Zug stieg und zu Fuß den Ort durchquerte, kam es ihm sonderbar vor, nach all den Monaten wieder hier zu sein. War es möglich, dass der Ort geschrumpft war, oder ließ die Vielfalt Europas die Stadt wie eine Miniatur erscheinen? Er spürte, wie ihn Nostalgie durchströmte. Doch dieses Gefühl war hauptsächlich mit Claire verbunden; Longwood Falls bedeutete ihm nur in Zusammenhang mit ihr etwas. Diesen Weg sind wir oft gegangen, dachte er beispielsweise, und nur wenige Kilometer die Straße entlang befindet sich unser Motel, und dort ist der Baum, unter dem wir so oft gesessen haben. Und natürlich: Da ist unser Pavillon.

Und da war er, und Claire wartete bereits auf ihn. Diesmal lächelte sie nicht. Ihr Gesicht war angespannt, beherrscht. Sie stand auf, als er die niedrigen Stufen hinaufstieg. „Ich habe dir doch geschrieben, dass du nicht kommen sollst“, sagte sie streng.

„Das muss ich vergessen haben. Und überhaupt, wie sollte ich dich in dieser Situation allein lassen?“

Claire musterte ihn erschöpft. Er wusste, dass sie kaum noch schlief, dass sie sich rund um die Uhr um ihre Eltern kümmerte und außerdem den Haushalt versorgte. „Ich komme allein zurecht, Martin“, schalt sie. „Ich brauche keinen Babysitter.“

„Natürlich brauchst du jemanden, der sich um dich kümmert. So jemanden brauchen wir alle manchmal.“

„Nein“, beharrte sie. „Ich bin es, die gebraucht wird. Meine Mutter braucht mich, und darum bin ich hergekommen. Und mein Vater braucht mich auch.“

„Ich will mich dir nicht aufdrängen“, entgegnete er ruhig. „Ich möchte nur helfen, dir die Situation ein wenig zu erleichtern, wenn ich kann. Bitte, warum lässt du mich nicht ein wenig helfen?“ Darauf breitete er einladend die Arme aus. Es entstand eine Pause, als würde sie überlegen, was zu tun war, dann trat sie steif vor ihn, als würden sie und Martin gleich anfangen zu tanzen.

„Übrigens, du riechst furchtbar“, sagte Claire. „Und deine Bartstoppeln kratzen wie Sandpapier.“

„Ich werde baden und mich rasieren, sobald ich kann“, entgegnete er. „Ich bin im Lookout abgestiegen – Zimmer achtzehn natürlich. Aber darf ich vielleicht zuerst mit zu deinen Eltern kommen, um sie zu begrüßen?“

Sie rückte ein wenig von ihm ab. „Ich bezweifle, dass sie dich sehen wollen, Martin.“ Nach kurzem Zögern fuhr sie fort: „Ich meine, du bist nicht der Feind, aber sie sind auch nicht begeistert. Sie haben erkannt, dass sie mich nicht daran hindern können, auf einem anderen Kontinent ein exzentrisches Leben in Sünde mit einem Mann aus einer anderen Gesellschaftsschicht zu führen. Darum haben sie sich damit abgefunden – oder haben es zumindest versucht.“

„Dann lass mich zu euch nach Hause kommen“, bat er erneut.

Claire zögerte noch einen Moment, ehe sie schließlich nachgab. „Also gut. Du kannst kommen.“

Am Abend kehrte er in die Badger Street zurück und kochte in der winzigen Küche der Swifts eine Gemüsesuppe für Claires Mutter. Er verwendete die besten Zutaten, die er in der kurzen Zeit hatte auftreiben können, fügte einige Kräuter hinzu, denen heilende Kräfte nachgesagt wurden, und pürierte das Ganze, bis es so sämig war wie Babybrei. Maureen, die seit Tagen nichts mehr hatte bei sich behalten können, vertrug Martins Suppe erstaunlicherweise sehr gut.

Von nun an kam Martin jeden Morgen und kochte in aller Stille für Claires Mutter. Er verbrachte unzählige Stunden in der kleinen, schlecht ausgestatteten Küche. Abends kehrte er zurück ins Lookout-Motel und schlief allein in dem durchgelegenen Bett, das schon glücklichere Stunden des jungen Paares gesehen hatte.

Eines Nachmittags Ende März rief Maureen Swift nach ihrer Tochter, die gerade eine Schale Hühnerbrühe in der Hand hielt, die Martin eben zubereitet hatte. Claire stellte die heiße Suppe ab und eilte zu ihr.

„Mutter", sagte sie und setzte sich auf den Stuhl neben dem Bett. „Kann ich dir helfen?"

Ihre Mutter wandte den Kopf und musterte sie mit glasigem Blick. „Claire", sagte sie mit belegter, fremder Stimme. „Wirst du wieder mit ihm zusammen fortgehen?"

Claire wusste nicht, was sie darauf erwidern sollte; sie und Martin hatten nicht von der Zukunft gesprochen. Sie hatten dieses Thema einfach vorübergehend ad acta gelegt und sich ganz auf die Gegenwart konzentriert. „Ich weiß es nicht", entgegnete sie.

„Würdest du warten, bis dein Vater sich gefangen hat, bevor du gehst?", bat ihre Mutter sie. „Würdest du dich um ihn kümmern? Ich mache mir solche Sorgen, dass er völlig zusammenbricht, wenn er ganz allein auf sich gestellt ist." Claire nickte. Dann wurde Maureen Swifts Stimme leiser, sie klang abwesend und sprang von einem Thema zum nächsten: ein bestimmtes Gingan-Kleid aus ihrer Kindheit, ihr erstes Rendezvous mit Claires Vater, ein Sturm, der 1932, in Claires Geburtsjahr, den Gartenzaun umgeweht hatte. „In dieser Nacht war überall Wasser", sagte ihre Mutter kaum hörbar. „Es goss Stunde um Stunde in Strömen. Ich dachte, es würde nie mehr aufhören, und dein Vater ging ohne Regenmantel, Stiefel oder Hut hinaus in das Unwetter …"

Dann erstarb Maureen Swifts Stimme, wurde leiser und leiser, als würde sie sich langsam einen langen Flur hinunter entfernen. Oh, Mutter, dachte Claire und schluchzte still, als ihre Mutter das Gesicht zur Wand drehte und die Augen schloss. Du bist es, die mich verlässt, und nicht umgekehrt.

NACH Maureen Swifts Tod war deutlich, dass Claire weiterhin gebraucht wurde. Der Tod seiner Frau hatte Lucas Swift völlig aus der Bahn geworfen; es fiel ihm schwer, morgens aufzustehen und seiner Arbeit bei Swift Maintenance nachzukommen. Claire musste ihn jeden Tag von neuem fast gewaltsam aus dem Schlaf reißen, ihm Kaffee kochen, passende Socken herauslegen, dafür sorgen, dass er auch das richtige Werkzeug zu den jeweiligen Arbeiten mitnahm, und darauf achten, dass er abends etwas aß, wenn er heimkam.

Martin hielt sich immer noch tagsüber im Haus auf und half Claire, wo er konnte. Lucas schien sich nicht daran zu stören. Manchmal fragte sich Martin, ob Claires Vater seine Anwesenheit überhaupt bewusst registrierte.

Eines Abends, als Claire gerade abwusch und Martin in das Motel zurückkehren wollte, blickte Lucas von seinem Stuhl auf der Veranda auf und sprach ihn an. „Was hast du für Pläne mit meiner Tochter?“, fragte er.

Diese Frage war für Martin eine Überraschung, vor allem deshalb, weil sie bewies, dass Lucas offenbar über Claires Leben und Zukunft nachgedacht hatte. „Ich möchte sie heiraten, sobald wir wieder in London sind.“ Dann fügte er eilig hinzu: „Natürlich würden wir uns riesig freuen, wenn Sie zur Hochzeit kämen. Wir würden sicher einen Weg finden, Sie rüberzuholen.“

Lucas Swift schüttelte ungeduldig den Kopf. „Ich werde dieses Haus nicht verlassen, und ich denke, das weißt du auch.“

Ja, das wusste Martin; Claires Vater war nicht der Typ, der aus seiner Alltagsroutine ausbrach, schon gar nicht jetzt, nach dem Tod seiner Frau.

„Und wann wirst du mir die Kleine entführen?“, fragte Lucas weiter.

„Sie entführen? Mr Swift, ich zwinge sie zu nichts. Ich meine, sie möchte es auch. Sie ist einundzwanzig. Was das Wann betrifft, weiß ich das selbst nicht so genau. Wann immer Claire so weit ist. Wenn hier alles in Ordnung ist.“

„Aha. Und wann wird das sein? Wird sie mich diesmal vorher informieren oder wieder eine Nachricht auf dem Küchentisch hinterlassen und bei Nacht und Nebel davonlaufen?“

Martin blickte betreten zu Boden. Claires Vater war immer noch wütend auf ihn, weil er Claire aus einem Lebensstil herausgerissen hatte, den sie seiner Meinung nach nie hätte infrage stellen dürfen. „Ich bedauere aufrichtig, dass ich Sie und Ihre Familie so unglücklich gemacht habe“, sagte Martin schließlich. „Das war ganz sicher nicht meine Absicht.“

Nach einer Weile nickte Lucas, er schien die Entschuldigung widerwillig anzunehmen. Aber Martin ging das Gespräch nicht mehr aus dem Kopf. Wann würde Claire so weit sein, mit ihm nach London zurückzukehren? Es gab immer etwas Neues für sie zu tun: ein Hemd ihres Vaters, das geflickt werden musste, Rechnungen für die Firma schreiben, ihm nach dem Abendessen Gesellschaft leisten, um die anstehende Nacht erträglicher zu machen.

Am nächsten Morgen, als Martin sicher sein konnte, dass Lucas nicht mehr da war, kehrte er in die Badger Street zurück. Er war noch sehr aufgewühlt von der Unterhaltung des Vorabends und musste Claire sofort sprechen. Sie bügelte einen ganzen Stoß Hemden ihres Vaters.

„Das, was passiert, macht mir Angst“, sagte Martin.

„Wie meinst du das?“, fragte sie, aber natürlich wusste sie das sehr gut. Aber sie fuhr scheinbar unberührt fort, methodisch die Hemden ihres Vaters zu bügeln.

„Es geht um uns. Ich komme mir ein wenig albern vor, es überhaupt anzusprechen, aber ich kann einfach nicht anders, als mir Sorgen zu machen. Unser Leben in Europa – alles, was wir getan haben, was wir gesehen haben, das Gefühl der Zusammengehörigkeit – langsam kommt es mir vor, als wäre das nur ein Traum gewesen. Wie sagt man auf Französisch, wenn zwei Menschen denselben verrückten Gedanken haben? *Folie à deux*. Aber wir haben uns das alles nicht ausgedacht, und es ist nicht verrückt.“ Er legte eine kurze Pause ein und musterte sie aufmerksam. „Ich glaube, ich möchte von dir hören, dass wir wieder zusammen sein werden. Ich möchte Gewissheit haben.“

Claire stellte vorsichtig das Bügeleisen ab und blickte zu ihm auf. „Mein Vater braucht mich“, betonte sie. „Du hast ihn doch gesehen, Martin; er gleicht einem Schiffbrüchigen. Ohne mich würde er sterben.“

„Dann bleibe ich auch hier.“

„Hier? Wovon redest du?“

„Ich werde unbezahlten Urlaub nehmen und Duncan klar machen, dass ich eine Weile in den Staaten bleiben muss.“

„Aber wir werden hier nicht zusammen leben können: Wir sind nicht verheiratet, wie du ja sicher noch wissen wirst.“

Martin antwortete nicht gleich. Er hätte sagen können: Dann fahren wir eben jetzt sofort nach New York und heiraten, also hol deinen Mantel. Aber das tat er nicht. Das waren harte Zeiten, kaum der richtige Augenblick zum Feiern. Sie hatten nichts Eigenes, so wie es hätte sein sollen. Es war nicht der richtige Zeitpunkt zum Heiraten, und das wussten sie beide.

„Ich werde in der Stadt bleiben, und wir machen das Beste draus", sagte er also nur. „Es wird schon irgendwie gehen."

„Und wo willst du arbeiten?", fragte Claire. Sie selbst hatte angefangen, bei Swift Maintenance ein wenig auszuhelfen, indem sie einige leichtere Arbeiten ausführte, Telefonate übernahm und Rechnungen verschickte, Aufgaben, die ihr Vater bisher ganz selbstverständlich nebenbei erledigt hatte und die ihn inzwischen überforderten.

„Ich werde mich in verschiedenen Restaurants der Gegend vorstellen. Irgendjemand wird mich schon einstellen, Claire. Ich meine, ich bin gepflegt, anständig und habe immerhin drei Jahre in Princeton studiert. Ich könnte Oden aus meinem Einführungsseminar in die Poesie vortragen."

„Oden", Claire lächelte. „Das hilft dir sicher weiter."

Sie kam um das Bügelbrett herum, zog ihn an sich, schlang die Arme um ihn und schmiegte sich an seine vertraute Brust.

KAPITEL VIII

In der folgenden Woche borgte sich Martin einen der Lieferwagen von Swift Maintenance und sprach nacheinander bei den Geschäftsführern der vier gehobenen Restaurants der Gegend vor. Aber niemand wollte ihn einstellen. Offenbar hatte jedes Restaurant bereits einen Anruf von Ash Rayfiel erhalten, dem Gerüchte zugetragen worden waren, denen zufolge sein Sohn in der Stadt sei und Arbeit als Koch suche. Ash beschloss, Martin das Leben schwer zu machen, indem er die Restaurantbetreiber entweder schmierte oder einschüchterte. Er vertrat den Standpunkt, dass man nicht einfach sein Studium in Princeton hinschmeißen, sich nach Europa absetzen und mit einer Frau einer unteren Gesellschaftsschicht dort in Sünde leben konnte, ohne damit rechnen zu müssen, dass dieses unverantwortliche Verhalten Konsequenzen hatte.

Tatsächlich war nichts vergeben und vergessen; obgleich Martin seinen Vater seit seiner Rückkehr kein einziges Mal gesehen hatte, setzte sich der stille Krieg fort. Als er schließlich erkennen musste, dass er in der Nähe von Longwood Falls keine Stelle bekommen würde, wandte sich Martin ans „Longwood Diner", ein schäbiges Schnellrestaurant mit

Menükarten in schmutzigen Plastikhüllen. Die Gäste waren Einheimische, Lastwagenfahrer und Teenager, die auf ihren Spritztouren auf ein Malzbier vorbeischauten. Die Qualität der Speisen war ziemlich schlecht; in der kleinen, glutheißen Küche wendete ein gleichgültiger Koch tiefgefrorene Hamburger auf einem hoffnungslos verkrusteten Grill. Martin betrat das Restaurant und bat um ein Gespräch mit dem Geschäftsführer, dem er dann seine Kocherfahrung vortrug sowie dass er unverzüglich Arbeit brauche. Es kam ihm wie ein Wunder vor, als er sofort eingestellt wurde. Ash Rayfiel hatte nicht daran gedacht, den Chef des Schnellrestaurants anzuweisen, seinen Sohn unter keinen Umständen einzustellen. Offenbar hatte Ash nicht damit gerechnet, dass Martin sich so weit herablassen könnte, in einem solchen Lokal zu arbeiten.

Tagaus, tagein stand Martin nun am Grill der primitiven Küche und nahm die ellenlangen Bestellungen der Bedienungen entgegen. Nach der Arbeit fuhr er in der Rostlaube, die er billig erstanden hatte, zurück zum Motel, duschte schnell, um die Küchengerüche loszuwerden, und traf sich anschließend mit Claire. Sie unternahmen gemeinsam lange Spaziergänge, küssten sich in den dunkelbraunen Sitzen des Filmtheaters oder zogen sich in sein Motelzimmer zurück und legten sich zusammen aufs Bett. Martin war ständig erschöpft, was nicht nur daran lag, dass er härter arbeitete als je zuvor, sondern auch daran, dass ihm seine Arbeit keine Freude bereitete. Seine Bemühungen, die Speisen zu verfeinern, wurden nicht geschätzt, und die einseitige Küche konnte ihm nichts mehr beibringen. Seine Talente lagen brach, ebenso wie Claires. Anstatt ihre bildhauerischen Fähigkeiten weiterzuentwickeln, jobbte sie in der Firma ihres Vaters und hielt das bescheidene Häuschen sauber. Wenn sie und Martin abends endlich zusammen waren, waren sie beide gleichermaßen müde und erschöpft, sodass es gelegentlich auch vorkam, dass sie einander angifteten. Nach solchen unschönen Szenen entschuldigten sie sich beide jedes Mal überschwänglich. Etwas hatte sie befallen, eine Unzufriedenheit und das sichere Gefühl, dass das, was gerade mit ihnen geschah, falsch war. Sie sollten zusammen sein, längst verheiratet und in einer Stadt weit weg von Longwood Falls, ganz mit sich selbst und ihrer Zukunft beschäftigt: Liebe, Babys, endlose Gespräche vor dem Einschlafen, das Gefühl, zusammen alt zu werden. Was ist nur geschehen?, fragten sie sich beide mit einer Trauer und Verwirrung, die sie nicht in Worte fassen konnten.

„Das ist jetzt eine sehr seltsame Zeit“, flüsterte Martin ihr eines Abends zu, als sie im Motelbett unter der blauen Decke lagen. Sie hatten gerade miteinander geschlafen, aber Claire war nicht bei der Sache gewesen, ihre Augen so verschwommen wie Rauch.

„Ja“, sagte sie. „Das ist es.“

„Ich wünschte, du könntest mit mir zurück nach London kommen. Kann deine Schwester nicht mehr tun? Ich meine, findest du nicht, dass du genug getan hast? Du brauchst ja nicht gleich die heilige Claire zu spielen.“

Er bereute die Worte, sobald sie heraus waren. Sie musterte ihn kühl, noch distanzierter als zuvor. „Ich halte mich keineswegs für die heilige Claire. Aber offensichtlich hast du keinen Schimmer, was Verpflichtung gegenüber der eigenen Familie heißt. Seine Eltern zu lieben und ihnen helfen zu wollen. Du weißt nicht, was das ist. Und um deine Frage zu beantworten, nein, ich habe noch nicht genug getan, begreifst du das nicht?“ Hierauf entstand eine unangenehme Stille zwischen ihnen; er wusste nicht, was er erwidern sollte. „Nein“, fuhr sie fort, „wohl nicht.“

Martin wurde klar, dass sie in diesem Punkt immer sehr verschieden sein würden; sie war erfüllt von einem sehr ausgeprägten Gefühl der Verpflichtung ihrer Familie gegenüber, ihm hingegen war seine Familie völlig gleichgültig. Jegliches Gefühl der Verantwortung seinerseits war von Ärger überdeckt worden.

Tatsächlich bewunderte Martin ihre unerschütterliche Opferbereitschaft und Treue, Charakterzüge, die auch ihre Beziehung festigten. Sie gehörte ihm, aber eben nicht ausschließlich, und er konnte ihr nicht ausschließlich gehören. Er entschuldigte sich für seine unsensible Bemerkung. „Natürlich weiß ich, dass du nicht jetzt gleich mit mir nach London zurückkommen kannst“, sagte er. „Es ist nur so frustrierend, bitte vergiss, was ich gesagt habe.“ Er versprach, in Zukunft geduldiger zu sein, früher oder später würde schon wieder alles so werden, wie es sein sollte. Dann lagen sie schweigend nebeneinander, und er dachte an das erste Mal, als sie hergekommen waren, daran, wie er ihr ein Omelett gebraten hatte, nachdem sie sich geliebt hatten. An jenem Tag hatten sie es hungrig verschlungen. Ihm fiel auf, dass diesmal keiner von ihnen Appetit hatte.

IM LAUFE der Wochen konnte Lucas Swift in seinen klaren Momenten nicht übersehen, wie unglücklich seine Tochter und Martin inzwischen waren. Das Longwood Diner war kein Ort für jemanden wie Martin. Wenn er doch nur eine Stelle in einem guten Restaurant finden oder sein eigenes Restaurant eröffnen könnte. Aber Martin hatte kein Geld, wie Claire ihrem Vater erklärt hatte, ein Thema, zu dem Martin sich selbst jedoch nie äußerte. Er hatte diesen Zustand akzeptiert und machte keinerlei

Anstalten, sich gegen die illegalen Machenschaften seines Vaters zur Wehr zu setzen.

Spät an einem Samstagnachmittag im April stieg Lucas Swift in seinen Lastwagen und steuerte einen Ort an, den er immer möglichst gemieden hatte, ein Viertel mit großen Villen und noch größeren Gärten, das jedoch von Kleingeistern bevölkert wurde: The Crest.

Das Hausmädchen, das ihm die Haustür der Rayfiels öffnete, musterte ihn abschätzig von Kopf bis Fuß und sagte dann: „Der Dienstboteneingang ist hinten." Hierauf wollte sie die Tür wieder schließen, aber Lucas ließ sich nicht abwimmeln.

„Ich bin nicht geschäftlich hier", sagte er. „Ich möchte Mr Rayfiel sprechen. Sagen Sie ihm, Lucas Swift ist hier. Claires Vater", fügte er nach kurzer Überlegung hinzu.

Das Mädchen nickte und entschwand den Marmorflur hinunter.

Kurz darauf saßen sich die beiden Männer angespannt in Ash Rayfiels Büro gegenüber. „Was darf ich Ihnen zu trinken anbieten?", fragte Ash.

Lucas schüttelte den Kopf. „Nichts, danke", entgegnete er steif. Ash zuckte die Achseln und griff nach der birnenförmigen Karaffe. Er schenkte sich großzügig einen Whiskey ein und nahm einen kräftigen Schluck.

„Martin sagt, Sie hätten sein Geld gestohlen", begann Lucas nervös.

Ash warf ihm einen spöttischen Blick zu. „Nun, es lag bei mir, dieses Geld zu geben, und es lag bei mir, es zurückzunehmen."

„Er macht eine schwere Zeit durch", fuhr Lucas fort. „Normalerweise würde ich sagen, gut, er hat es nicht anders verdient. Er hat – ohne Trauschein – ein halbes Jahr mit meiner Tochter in Europa gelebt. Aber inzwischen halte ich ihn für einen anständigen Kerl, Mr Rayfiel. Die beiden sind jung; sie wollen nur ein wenig Glück."

„Wollen wir das nicht alle?", entgegnete Ash trocken.

„In den Restaurants der Umgebung wollte ihn niemand einstellen", fuhr Lucas fort. „Er hatte den Eindruck, dass Sie dahinter stecken." Als Ash hierzu nichts sagte, fuhr Lucas fort: „Wenn er Arbeit fände, die für ihn eine Herausforderung darstellt, oder sein Geld zurückbekäme, sodass er sein eigenes Restaurant eröffnen könnte ..."

„Zwischen Martin und mir bestand eine unausgesprochene Abmachung", fiel Ash Lucas ins Wort. „Ich wollte ihm zu seinem einundzwanzigsten Geburtstag eine gewisse Summe Geldes zur Verfügung stellen. Das Geld war als Startkapital gedacht, um ihm die Möglichkeit zu geben, mit seinem Eintritt in meine Firma auch privat auf eigenen Füßen zu stehen. Aber Martin zog es vor, nicht in die Hutbranche einzusteigen. Er findet es lachhaft, sein Leben auf die Herstellung von Hüten zu verwenden. Ich schätze, er hält mich für einen lächerlichen, boshaften alten Mann." Ash Rayfiel holte tief Luft. „Nein, ich habe sein Geld nicht gestohlen. Ich habe es lediglich zurückgezogen."

„Und wenn dieses Geld den entscheidenden Unterschied macht zwischen Glück und Unglück?"

Ash Rayfiel leerte sein Glas und lächelte dünn. „Das alles macht mir keinen Spaß, wissen Sie. Ich wünschte, mein Sohn wäre anders. Ich vermisse den entzückenden kleinen Jungen, der mir in der Fabrik Löcher in den Bauch gefragt hat über die ‚Kempen'." Er blickte zu Lucas auf. „Krempen." Er lächelte in sich hinein, aber gleich darauf wich das Lächeln etwas Hartem, Unbeugsamem. „Ich wünschte, mein Sohn wäre anders", sagte er noch einmal. „Und ich wünschte, das Geschäft wäre interessanter. Aber man muss mit den Karten spielen, die man bekommt, und wenn einem die Spielregeln nicht gefallen, dann steigt man aus und schaut nicht zurück. Aber das hat Martin getan, und ich kann weder daran etwas ändern noch daran, wer er ist oder wer ich bin."

Als hätte Ash Rayfiels Whiskey die Funktion einer Eieruhr gehabt, war Lucas' Zeit abgelaufen, sobald das Glas geleert war. Ash erhob sich. Lucas tat es ihm gleich. Die beiden Männer gaben sich nicht die Hand. Ash öffnete schlicht die Tür, und Lucas ging hinaus, und als er den langen Flur hinunterging, hatte er Mitleid mit Martin, der hier hatte aufwachsen müssen, umgeben von solchem Prunk und solcher Gleichgültigkeit.

ALS CLAIRE an diesem Abend in ihrem Zimmer Wäsche faltete und sich bettfertig machte, kam Lucas Swift zu ihr. Er blieb in der Tür stehen. „Claire", sagte er bestimmt, „ich muss dich sprechen."

„Natürlich", entgegnete sie. „Ist alles in Ordnung?"

„Du und Martin", sagte er, ihre Frage übergehend. „Ich möchte, dass ihr zusammen nach London zurückgeht. So bald wie möglich."

Claire verschlug es die Sprache. „Wie meinst du das?", fragte sie. „Warum willst du, dass wir abreisen?"

„Hier in Longwood Falls werdet ihr nie glücklich", sagte er.

„Woher willst du das wissen?"

„Ich habe mit seinem Vater gesprochen."

Claire zuckte sichtlich zusammen. „Du hast mit ihm gesprochen?", rief sie aus. „Martin wird sehr wütend sein."

„Ich wollte wissen, ob dieser Mann je einlenken würde", erklärte Lucas. „Wird er nicht. Er ist stocksauer auf seinen Sohn, und der Hass wird ewig weiterlodern, Claire. Darum möchte ich, dass ihr von hier weggeht."

„Aber was ist mit dir?"

„Ach, ich komme schon zurecht."

„Ich mache mir Sorgen um dich. Ob du allein klarkommst."

„Es besteht kein Grund zur Sorge", entgegnete er, wobei seine Stimme allerdings völlig ausdruckslos klang.

In dieser Nacht glaubte Lucas Swift im Schlaf Maureen nach ihm rufen zu hören. Einen wirren Augenblick lang dachte er, sie lebe noch und schlafe drüben in Claires Zimmer. Er sprang im Dunkeln aus dem Bett und stürzte hinaus auf den Flur, wo er über einen kleinen Tisch stolperte und fiel, wobei er sich eine böse Knöchelverstauchung zuzog. Claire, die den Aufprall gehört hatte, eilte sofort herbei.

„Oh, Dad!", rief sie, knipste das Licht an und kniete neben ihm nieder. Und als sie ihn im Licht ihres Schlafzimmers ansah, fiel ihr auf, wie zerbrechlich er wirkte in dem dünnen blauen Pyjama. Er verfiel zusehends, und wenn sie ihn jetzt verließ, würde das den Verfall nur beschleunigen. Ihr Vater wusste es ebenfalls; es war ihnen beiden bewusst. Sie half ihm auf, und als er seinen Knöchel belastete, schnappte er nach Luft vor Schmerz. Vor dem Zubettgehen hatte er ihr gesagt, sie solle fortgehen und ihr eigenes Leben mit Martin führen. Aber wenn sie ging, würde ihr Vater nicht allein zurechtkommen. Dieses Missgeschick war nur eine kleine Kostprobe dessen, was ihn erwartete.

„Würdest du dich um ihn kümmern?", hatte ihre Mutter gefragt, und sie hatte genickt. Es war das einzig Richtige. Sie würde ihren Vater nicht verlassen, nicht in diesem Zustand. Martin konnte sie ebenso wenig verlassen, aber irgendwie würde sie es müssen, zumindest für eine Weile. Oder genauer, er würde sie verlassen müssen. Er musste zurück nach London, wo er begonnen hatte, sich einen Namen zu machen. In London würde er ernsthaft seiner Arbeit nachgehen und Erfolg haben, daran zweifelte sie keine Sekunde.

Claire ihrerseits würde fürs Erste hier bei ihrem Vater bleiben, so wie ihre Mutter es gewollt hatte. Sie und Martin würden baldmöglichst wieder zusammenkommen, auch wenn keiner von ihnen sagen konnte, wann genau das sein würde.

DEN GANZEN Frühling hindurch diskutierten Claire und Martin darüber, ob Martin ohne sie nach London zurückkehren solle oder nicht. Anfangs lehnte er dies strikt ab, aber nach einer Weile wurde er mürbe und sah ein, dass das Leben, das sie jetzt führten, ihnen beiden nicht gut tat. Und so buchte er schließlich für den Morgen des 28. Mai einen einfachen Flug nach London.

Der Abend vor Antritt seines Fluges war der vierte Jahrestag ihrer ersten Begegnung im Pavillon, und es war ihnen beiden wichtig, ihn dort zu verbringen, so wie bereits die Abende des 27. in den vergangenen Jahren. Und so saßen sie bei Einbruch der Dämmerung unter dem weißen Dach, beide schrecklich nervös und bedrückt bei dem Gedanken an seine unmittelbar bevorstehende Abreise. Es begann zu nieseln, und der Marktplatz sah aus wie ein verwischtes Aquarell.

„Ich habe ein Geschenk für dich", sagte Claire. „Ein Abschiedsgeschenk." Hierauf reichte sie ihm eine große weiße Schachtel.

„Aber das war doch nicht nötig", sagte Martin, der sich jedoch riesig freute. Als er den Deckel abgenommen hatte, sah er eine karamellfarbene Aktentasche mit seinen Initialen, die in dezenten goldenen Lettern in die Seite eingestanzt waren. „Claire", sagte er verblüfft. „Wo hast du das her? Ich habe genau so eine in Florenz gesehen, erinnerst du dich?"

„Ich weiß", fiel sie ihm ins Wort. „Ich habe an das Geschäft geschrieben – ich konnte mich noch an den Namen erinnern: ‚Cuoio di Lipari' – und habe sie gebeten, sie mir zu schicken."

„Aber wo hast du denn das viele Geld her?"

„Ich habe gespart", entgegnete sie leise. „Ich wollte, dass du eine hübsche Tasche hast für deine Rezepte, Unterlagen und alles."

„Damit sehe ich aus wie ein richtiger Geschäftsmann", sagte er. „Der Sohn, den mein Vater sich immer gewünscht hat", fügte er mit einiger Ironie hinzu. „Ich finde sie traumhaft. Ich werde sie ewig benutzen. Bis ich alt und grau bin."

Sie lächelte verhalten, gleichzeitig verlegen und erfreut. „Ich kann mir dich gar nicht alt vorstellen."

„Das kommt noch", entgegnete er lächelnd.

Der Regen war stärker geworden, die Wolken zogen sich zusammen, und der Himmel färbte sich unnatürlich dunkel. Irgendwo aus der Ferne, aus Richtung der Berge, kam ein drohendes Grollen. Claire rückte auf dem hölzernen Sitz des Pavillons näher an Martin heran.

„Versprich mir, dass wir uns jedes Jahr am Abend des 27. Mai hier in diesem Pavillon treffen. Ganz egal, was auch passiert", sagte sie unvermittelt. Er antwortete nicht. „Versprich es", forderte sie ihn noch einmal auf, diesmal eindringlicher.

„Ich verspreche es. Und du versprichst, dass du da sein wirst."

„Versprochen", sagte sie.

Er hob ihr Haar am Nacken an und flüsterte etwas, was sie nur zum Teil hören konnte. Langsam knöpfte er ihre Bluse auf. Niemand sah sie; der Regen hatte alle Passanten vertrieben, und sie waren ganz allein. „Du bist so wunderschön“, sagte er und vergrub das Gesicht in dem Schatten zwischen ihren Brüsten.

Dann ließen sie sich auf den kühlen Boden des Pavillons sinken. Sie zog ihn an sich und dachte: Wie kann er weggehen und mich allein lassen? Wie konnte es so weit kommen?

Blitze zuckten am Himmel und erhellten Teile ihrer Körper: einen Mund, eine Hand, eine Brust, eine Schulter. Sie konnten weder sprechen noch sich Gehör verschaffen. Sie weinten beide lautlos, ihre Gesichter tränennass im zuckenden weißen Licht, das den Himmel hoch über dem Pavillon zerriss.

KAPITEL IX

Sie hielten ihr Versprechen. Jedes Jahr am 27. Mai trafen sie sich bei Anbruch der Dunkelheit im Pavillon. Im ersten Jahr nach seiner Rückkehr nach London war er noch vor ihr dort und saß ganz still da, als sie in ihrem gelben, mit einem Blumenmuster bedruckten Kleid auf ihn zurannte. Im zweiten Jahr saßen zwei kleine Jungen im Pavillon, ließen die Beine baumeln, studierten einen ganzen Stapel Baseball-Sammelkarten und waren so dreist, einfach dort sitzen zu bleiben, obwohl es doch Martins und Claires Platz war. Und im dritten Jahr nach dem Versprechen war es Claire, die am 27. Mai auf Martin wartete.

Sein Flugzeug hatte Verspätung gehabt, sodass der Himmel sich bereits steingrau verfärbt hatte, als er endlich erschöpft von der Reise in Longwood Falls eintraf. Genau genommen war er müde von dem ganzen Jahr, das er ohne sie verbracht hatte. Sie schrieben einander regelmäßig und telefonierten, wann immer sie konnten, aber die Zeitverschiebung erschwerte Anrufe. Auch waren Martins Arbeitszeiten sehr schwer vorauszusehen. Wenn sich im Restaurant etwas Unerwartetes ereignete – Triumph oder Misserfolg –, wünschte er sich nichts sehnlicher, als dass sie nachts bei ihm im Bett läge und er ihr davon berichten könnte. Es war ein schlichter Wunsch: mit der Frau zusammen zu sein, die er liebte, sie in den Armen zu halten und zu reden, so lange sie wollten. Aber er konnte nicht haben, was er sich am meisten wünschte, und dieser Verzicht zehrte an ihm. Wenn sie sich im Pavillon trafen, sanken sie einander stets erleichtert in die Arme.

Als Martin zugestimmt hatte, für eine Weile nach London zurückzukehren und Claire in Longwood Falls zurückzulassen, hatte er nie eine Regelung von solcher Dauer vor Augen gehabt. Sie waren davon ausgegangen, in absehbarer Zeit wieder endgültig zusammen zu sein, aber dann war ein chaotisches Jahr ins nächste übergegangen.

Nicht nur Martin litt unter den Trennungen, auch Claire machte in letzter Zeit einen unglücklichen, in sich gekehrten Eindruck, so als trüge sie eine verborgene Trauer in sich, über die sie noch nicht sprechen könne. Er drängte sie nicht. Ihm wurde klar, dass die Claire, die er acht Jahre zuvor kennen gelernt hatte, begonnen hatte, sich zu verändern. Ihr früher ganz helles Haar hatte einen dunkleren, leicht rötlichen Ton angenommen, und in ihren Augen lag ein müder Ausdruck. Die Pflege ihres Vaters und die Arbeit in der Firma nahmen sie derart in Anspruch, dass sie kaum noch Muße hatte, nachzudenken, spazieren zu gehen oder sonst etwas nur für sich zu tun. „Kommst du noch dazu zu modellieren?", fragte er sie heute im Pavillon.

Sie nickte. „Manchmal." Sie wich ihm aus, und das versetzte ihm einen Stich. Ausweichen war ein völlig neuer Zug an Claire, die immer so offen und mitteilsam gewesen war. Aber auch er selbst hatte sich verändert. Inzwischen gehörte 17 Dobson Mews ihm. Duncan Lear war zu neuen Ufern aufgebrochen und hatte in Exeter im Südwesten Englands ein Lokal eröffnet. Allein auf sich gestellt, hatte Martin sich als Koch rapide weiterentwickelt und bald selbst übertroffen, sodass die Londoner Zeitungen ihn als die neue treibende Kraft des exquisiten Restaurants in Kensington bezeichneten. Schließlich war eine Gruppe von Investoren an Martin herangetreten und hatten ihn gefragt, ob er daran interessiert sei, sich am Kauf des Restaurants zu beteiligen. Martin brauchte nur eine mehr oder minder symbolische Summe aufzubringen, musste sich aber verpflichten, zu bleiben und die Küche zu leiten.

„Sie können das Restaurant ganz frei nach Ihren eigenen Vorstellungen umbenennen", meinte einer der Investoren. „Vielleicht in ‚Martin's' oder ‚Rayfiel's'."

Martin schüttelte nur den Kopf; er legte keinen Wert darauf, dass sein Name auf einem Schild stand. Vielleicht würde er es „Claire's" nennen. Aber Claire war ein bescheidener Mensch, und vermutlich würde es sie nur in Verlegenheit bringen. Und dann fiel ihm plötzlich der richtige Name ein: „Der Pavillon".

Als die neuen Inhaber das Restaurant übernahmen, entwarfen die Architekten eine komplizierte achteckige, spitz zulaufende Decke, und auf Martins Anweisung hin wurden die großen Bleiglasfenster noch weiter vergrößert, sodass im Restaurant die luftige Atmosphäre einer Gartenlaube entstand. Schon wenige Tage nach der Neueröffnung wurde das umgetaufte Restaurant in der Londoner *Times* erwähnt, die die Küche dort als „göttlich“ bezeichnete. Manchmal, wenn Martin die blitzende, weiß geflieste Küche verließ, winkten ihm Gäste zu, und er ging an den einen oder anderen Tisch, um Hallo zu sagen. Es kam häufig vor, dass Frauen mit ihm flirteten, vor allem eine bestimmte Frau, die regelmäßig zum Dinner kam, eine sehr attraktive, aber etwas ernste Engländerin namens Frances Banks mit langem braunem Haar, das sie zu einem dicken Zopf geflochten trug. Sie war schon einmal verheiratet gewesen mit einem viel älteren Cambridge-Professor. Sie war verwitwet und seitdem allein erziehende Mutter eines Mädchens namens Louisa, das sie gelegentlich zum Essen mitbrachte. Aus der Ferne registrierte Martin, dass ihm Frances Banks' ironischer Witz und ihr Aussehen gefielen, und ihm entgingen auch die Blicke nicht, die sie ihm zuwarf.

Eines Tages sagte sie zu ihm: „Ich dachte gerade, wie glücklich sich Ihre Frau schätzen muss, dass sie von Ihnen mit solchen kulinarischen Genüssen verwöhnt wird.“

„Ich bin nicht verheiratet“, entgegnete er und bedauerte seine Worte sofort, als er erkannte, dass der Zweck ihrer Frage gewesen war herauszufinden, ob er liiert war. Im Herzen fühlte er sich mit Claire verheiratet, auch wenn sie sich nicht mehr gesehen hatten, seit sie am vergangenen 27. Mai eine Stunde gemeinsam im Pavillon von Longwood Falls verbracht hatten. Er hatte Claire gebeten, mit ihm ins Lookout-Motel zu kommen, in dem er abgestiegen war, aber sie hatte abgelehnt und gemeint, sie müsse nach Hause. Und auch er hatte gewusst, dass es wohl zu riskant gewesen wäre, die Nacht dort zusammen zu verbringen. Wahrscheinlich wäre der unabwendbare Abschied am Morgen dann für sie beide unerträglich geworden. So waren seine Besuche immer nur sehr kurz – und doch quälend genug, erinnerte er sich schmerzlich an das, was er den Rest des Jahres vermisste.

Nach dieser Unterhaltung eilte er zurück in die Küche, und als Frances zwei Tage später mit ihrer Tochter zum Essen kam, ließ sich Martin nicht blicken.

Jetzt saß Martin mit Claire in „ihrem“ Pavillon und hielt sie zärtlich in den Armen. Sie war immer noch sein, auch wenn ihr Vater an Arthritis in beiden Knien erkrankt war, wodurch er mehr auf sie angewiesen war denn je. Entsprechend hatte sich der Ton ihrer Briefe verändert. Anstatt optimistisch von ihrer baldigen Wiedervereinigung zu schreiben, vermieden Claire und Martin dieses Thema seit einiger Zeit. Alles, was sie mit Gewissheit wussten, war, dass sie einander noch ebenso sehr liebten wie eh und je und dass sie sich am 27. Mai im Pavillon in Longwood Falls sehen würden, „komme, was da wolle".

Er wusste, dass sich Claire inzwischen längst nicht mehr nur um ihren Vater kümmerte, sondern die Leitung der Firma übernommen hatte. Die Auftragslage war gut. Claire hatte sich als akribische Buchhalterin erwiesen und besaß großes Geschick im Umgang mit Kunden und Angestellten. Sie konnte nicht weg, und Martin war ebenso gebunden. Beide wussten das, und so wurde ihr diesjähriges Treffen im Pavillon von Enttäuschung überschattet.

Aber an diesem Tag lag noch etwas anderes in der Luft. Claire sah nicht nur älter und müder aus als sonst, sondern machte auch einen nervösen Eindruck. Wie sich herausstellte, gab es dafür auch einen konkreten Anlass. „Hör zu", sagte sie schließlich und ergriff seine beiden Hände. „Ich muss dir etwas sagen."

Sein erster Gedanke war, dass sein Vater oder seine Mutter gestorben war, und er wappnete sich innerlich für die schlimme Nachricht. Aber stattdessen sagte Claire: „Ich habe jemanden kennen gelernt."

Ihre Stimme klang traurig, voller Bedauern.

Martin schwieg eine Weile, ehe er etwas darauf erwiderte. „Was meinst du damit?", fragte er dann.

„Sein Name ist Daniel Clusker", sagte sie leise.

Martin wusste nicht, wie er reagieren sollte. Wie konnte sie jemanden kennen gelernt haben? Sie hatten eine Abmachung getroffen, einen Pakt geschlossen. Sie würden eines Tages wieder vereint sein.

„Wie konntest du das tun?", brach es schließlich aus ihm hervor, er erhob sich wankend und schlug mit der Faust gegen einen der Stützpfeiler des Pavillons.

„Hör auf!", rief sie und ging zu ihm hinüber. „Bitte", fuhr sie in flehendem Tonfall fort, „ich wusste nicht, was ich tun sollte. Ich bin hier, und du bist dort, und du machst immer einen so unglücklichen Eindruck, Martin, so niedergedrückt von unserer Trennung. Ich habe versucht, einen Weg zu finden, habe an nichts anderes gedacht. Aber die Jahre vergehen, und wir reden nicht einmal mehr davon – davon, was aus uns werden soll. Wo das alles enden soll. Du weißt, dass ich dich liebe. Du weißt, dass du mein Leben bist. Aber dann habe ich Daniel kennen gelernt, und er hat mit angepackt. Er versteht sich blendend mit meinem Vater, und er ist sehr zuverlässig. Ich weiß, wie einsam du bist; ich kann es jedes Jahr wieder in deinen Augen lesen. Mehr als einsam. Du bist enttäuscht. Das nagt an dir, zerfrisst dich innerlich. Also habe ich beschlossen, den ersten Schritt zu tun." Sie holte tief Luft und fügte leise hinzu: „Jetzt bist du frei, das Gleiche zu tun."

Er starrte sie an. Das Blut rauschte in seinen Ohren. „Sag mir nur eins", sagte er schließlich mit belegter Stimme, die ihm selbst ganz fremd vorkam. „Dieser Daniel Clusker …" Sein Tonfall klang feindselig und verächtlich, als er den Namen aussprach. „Liebst du ihn?"

Claire setzte sich wieder und hielt den Blick gesenkt. „Er ist ein sehr netter Mensch", entgegnete sie. „Er ist aufmerksam und rücksichtsvoll." Sie blickte auf, atmete einmal tief durch und fügte hinzu: „Er hat mir einen Antrag gemacht."

Martins Gesicht schimmerte in der Dunkelheit kreidebleich. „Und?"

„Ich habe Ja gesagt", entgegnete sie ruhig. „Ich wusste nicht, was ich sonst tun sollte."

Martin konnte es nicht fassen. „Claire, komm noch heute Nacht mit mir zurück nach London."

„Du weißt, dass das nicht geht. Mein Vater, die Firma …"

„Dann komme ich hierher zurück", flehte er. „Ich gebe das blöde Restaurant auf."

„Es ist nicht blöd", widersprach sie. „Es ist genau das, was du dir immer gewünscht hast."

„Ja", sagte er leise. „Das ist es." Er dachte an den schwach erleuchteten Speisesaal des Restaurants, daran, was für ein Gefühl es war, von der Küchentür aus zu beobachten, wie die ersten Gäste des Abends ihre Plätze einnahmen. Dieser Anblick erfüllte ihn mit Zufriedenheit, Stolz und innerem Frieden. Aber dann dachte er daran, dass er nie wieder mit Claire schlafen würde, sie nie heiraten und nie Kinder mit ihr haben würde. Vielleicht würden sie sich weiterhin einmal im Jahr treffen und ein paar Stunden miteinander verbringen, so wie sie es sich geschworen hatten, aber mehr durfte er sich nicht mehr erhoffen.

„Du willst das wirklich tun?", fragte er mit brüchiger Stimme.

Sie wich seinem Blick aus und nickte.

„Dann war es das also?"

Sie nickte wieder.

„Ich muss jetzt gehen, Claire." Martin nahm die Aktentasche, die sie ihm geschenkt hatte, und stieg leicht schwankend die weißen Stufen hinunter.

3. Juli 1956

Lieber Martin,
ich schreibe dir, um dir mitzuteilen, dass Claire am 17. Juli um 11 Uhr hier in der alten Bruchsteinkirche in der Glimmer Road heiraten wird. Ich weiß, wie furchtbar das für dich sein muss, aber ich dachte, du würdest das Datum trotzdem wissen wollen. Es tut mir wirklich aufrichtig Leid, Martin,

dein Freund Hush

OBGLEICH sie nie etwas davon erfuhr, kam Martin zur Hochzeit heim nach Longwood Falls und stand lange auf dem Bürgersteig gegenüber der kleinen Kirche, während drinnen die Trauung stattfand. Er sah, wie das frisch vermählte Paar durch das Kirchenportal trat, wie ihre Freunde und Verwandten sie mit Reis bombardierten. Daniel Clusker war ein rothaariger junger Mann mit heller, sommersprossiger Haut. Er legte seiner Braut einen Arm um die Schultern und küsste sie vor den Augen Martins, der wie betäubt dastand. Claires blasses Gesicht war gerötet, und zu ihrem langen, schlichten weißen Kleid trug sie Lilien im Haar. Ihre kleine Nichte und ihr Neffe – Margarets Zwillinge – spielten auf den Steinstufen der alten Kirche, sammelten Reiskörner ein und bewarfen sich gegenseitig damit. Dann sah er Claires Vater, der, von zwei jungen, kräftigen Burschen gestützt, in einem Cutaway die Kirche verließ. Lucas Swift war erschreckend gealtert und bewegte sich sehr steif mit seinen arthritischen Knien.

Daniel Clusker und seine Frau stiegen in einen Wagen, der vor der Kirche für sie bereitstand. *Claire Clusker*, dachte Martin bitter, hinter einer Platane verborgen. Was für ein schwerfälliger, falsch klingender Name. Zornig, enttäuscht und verletzt sah er dem Wagen hinterher, der, begleitet von lautem Blechbüchsengeklapper, davonfuhr.

AM DARAUF folgenden Abend kehrte Martin nach London zurück. Nach der Landung fuhr er geradewegs zum Restaurant und stürmte in die Küche, ohne sich die Zeit zu nehmen, sich oben in der Wohnung zu waschen und zu rasieren. Das Kochen würde ihm helfen, es würde alles andere in den Hintergrund drängen, und das Einzige, was seine Gedanken beherrschen würde, würde die Frage sein, ob die Soße genug gesalzen war oder noch eine Prise vertragen konnte.

Später an diesem hektischen Abend kam ein Ober zu ihm und sagte, Mrs Banks sei mit ihrer Tochter im Restaurant und habe sich erkundigt, ob Mr Rayfiel vielleicht kurz an ihren Tisch kommen könne, um sie zu begrüßen.

„Bedauere", begann Martin und wollte wie schon zuvor ablehnen. „Bitte sag ihr …", dann unterbrach er sich und dachte daran, wie Claire auf ihrer Hochzeit ausgesehen hatte, mit rosigen Wangen und aufgestecktem Haar, „… dass ich gleich komme." Er wischte sich die Hände an einem Küchenhandtuch ab und trat durch die Schwingtüren.

Frances Banks saß mit ihrer sechsjährigen Tochter an einem Ecktisch und teilte sich mit ihr einen Nachtisch aus Waldfrüchten auf hausgemachtem Ingwereis. Als Martin an den Tisch kam, legte sie ihren Löffel aus der Hand und sagte: „Sieh mal, Schatz, das ist der Koch." Sie musterte ihn einen Moment prüfend und fügte dann lächelnd hinzu: „Und er hat dringend eine Rasur nötig."

Eine Woche später war Martin in ihr Haus in Bloomsbury eingeladen. Es war ein riesiges Haus voller Bücher, die ihrem verstorbenen Mann gehört hatten, und überall lagen Puppenkleider und Puppenmöbel von Louisa herum.

In einer Ecke fiel Martin eine kleine Bronzeskulptur einer Mutter mit Kind auf. Claire wäre begeistert gewesen. Frances entging nicht, dass er die Plastik anstarrte, und neugierig fragte sie, woran er gerade dachte. „An nichts", entgegnete er, wandte sich ihr zu und sagte ruhig: „Lass uns ins Bett gehen."

Frances war verheiratet gewesen und hatte ein Kind geboren; sie war eine reife Frau und sexuell erfahren. Als er mit ihr unter dem dicken Federbett lag, musste er an das Schlittenbett denken, in dem er und Claire sich geliebt hatten. Schluss damit, sagte er sich streng. Hör auf, an Claire zu denken. Denn Claire, die Hush zufolge in einem Hotel in Pennsylvania ihre Flitterwochen verbrachte, dachte ganz sicher nicht an Martin, wenn sie mit Daniel Clusker im Bett lag. Oder doch?

Das alles ging ihm durch den Kopf, während er den fremden, warmen Körper von Frances Banks küsste und streichelte. Sie hatte vollere Hüften und Brüste als Claire. Alles an ihr war üppiger, und doch gehörte sein Herz immer noch Claire. Claire hatte ihn auf eine Art und Weise ergänzt, die einzigartig gewesen war, und so beherrschte sie auch an diesem Abend in dem fremden Haus seine Gedanken. „Claire!“, entfuhr es ihm auf dem Höhepunkt seines Liebesspiels in dieser ersten Nacht mit Frances. Sie hörte es, und er war tief beschämt.

„Ist schon gut“, versicherte sie ihm, als sie hinterher zusammen dalagen und Wein tranken, den sie zuvor in einem Messingkühler voller Eis neben dem Bett bereitgestellt hatte. „Ich weiß von ihr.“

Martin zog überrascht die Augenbrauen hoch. „Ach ja?“

„Ich habe herumgefragt“, entgegnete Frances. „Ich wollte wissen, warum du mir aus dem Weg gehst. Und der Maître hat mich schließlich aufgeklärt.“

„Und woher weiß der Bescheid?“, fragte Martin.

„Oh, er sagte, viele wüssten Bescheid. Dein Freund Duncan Lear mag ja ein wundervoller Mensch sein, aber offenbar ist er nicht sehr diskret.“

Martin stützte sich auf einen Ellbogen und musterte sie. „Und was hältst du von alledem?“

Sie zuckte die Achseln und strich sich das Haar aus dem Gesicht. „Ich denke, ich bin zu jung, um ewig allein zu bleiben. Ich bin erst dreißig.“

„Ich bin vierundzwanzig“, gab Martin zu bedenken.

„Das spielt keine Rolle. Wir brauchen ja nicht gleich zu sein.“

Frances Banks war klar, dass sie nicht so war wie er und er nicht wie sie, doch ihr war das gleichgültig. Sie sagte Martin, dass sie gerne ein Arrangement mit ihm eingehen würde. Er könne im Bett ruhig den Namen einer anderen Frau rufen, sie würde sich nicht daran stoßen. Sie fühle sich zu ihm hingezogen und habe ihn sehr gern, sie wolle mit ihm zusammen sein, um nicht mehr so einsam zu sein und damit ihre kleine Tochter wieder einen Vater habe.

Liebe war dabei nicht im Spiel, aber vermutlich war sie das auch nicht in Claires Beziehung zu Daniel Clusker. Er leistete ihr Gesellschaft, machte ihr das Leben in Longwood Falls erträglicher. Martin hoffte, dass Claire glücklich und dass Daniel ihr ein liebevoller Ehemann war. Und er hoffte, dass sie weiter modellierte, dass sie diese Leidenschaft immer weiterverfolgen würde.

Frances Banks erwartete von Martin keine unsterbliche Liebe. Sicher, sie wünschte sich Leidenschaft, und sie sehnte sich auch nach etwas Ähnlichem wie Liebe, aber er erkannte, dass sie beides nicht im Übermaß erhoffte. Sie würde sich mit dem zufrieden geben, was er ihr geben konnte, und das Gleiche galt für ihn.

ALS MARTIN JOSEPH RAYFIEL am 18. August 1956 – einen Monat nach Claires Hochzeit – Frances Antonia Banks in einer alten anglikanischen Kirche in London heiratete, schickte er der Liebe seines Lebens keine Hochzeitsanzeige über den Ozean. Das wäre grausam gewesen. Er grollte Claire immer noch, weil sie diese Kette von Ereignissen losgetreten hatte, aber er machte ihr keinen Vorwurf mehr daraus. Irgendwie ergab das Ganze jetzt einen Sinn. Ihre Flitterwochen verbrachten Martin und Frances in Positano in einem wunderschönen Haus direkt am Wasser und mit einem Garten voller Zitronenbäume. Die Früchte erinnerten ihn an Claires Duft. Sogar in den eigenen Flitterwochen verfolgte ihn die Erinnerung an sie, als würde ihr Geist in den gefliesten Räumen des Hauses weilen. Aber Claire war kein Geist; sie war eine sehr lebendige Frau aus Fleisch und Blut, eine Frau, die außerhalb seiner Reichweite war. Martin trank während der Flitterwochen sehr viel und saß oft lange draußen im Garten. Frances musste ihn oft ins Haus rufen. „Es ist schon dunkel“, sagte sie, trat hinter ihn und legte ihm locker die Arme um den Hals. „Warum kommst du nicht rein?“

Widerwillig stand Martin auf und atmete den Zitrusduft der Bäume ein – einen Duft, der ihm so vertraut war und den er so sehr liebte –, dann wandte er sich vom Garten ab und folgte der Frau, die nun seine Ehefrau war, zurück ins Haus.

KAPITEL X

Die Nacht war schon weit fortgeschritten, als Abby von Claires und Martins Heirat mit anderen Partnern erfuhr. Als Martins Stimme vom Band davon berichtete, hielt sie es nicht mehr auf ihrem Stuhl aus, sondern verspürte das Bedürfnis, aufzustehen und durch die menschenleeren Flure des *Ledger* zu wandern. Sie ging auf und ab, unfähig stillzusitzen. Abby überlegte, ob sie Schluss machen und nach Hause gehen sollte, sagte sich aber dann, dass sie den Fluss der Geschichte jetzt nicht unterbrechen konnte. Natürlich war sie neugierig; doch sie fühlte mehr als nur Neugier. Abby war wütend auf Claire.

Claire hätte zurückgehen können. Sie hätte nach London zurückgehen sollen. Abby konnte die Logik von Claires Entscheidung, sich um ihren Vater zu kümmern, nicht nachvollziehen, ebenso wenig wie Claires Entschluss, Daniel Clusker zu heiraten. Aber auch Martins Retourkutsche und Heirat mit Frances Banks fand sie befremdlich. Das alles waren Entscheidungen gewesen, die logisch und vernünftig sein sollten, doch im Mittelpunkt von Claires und Martins Beziehung hatte Liebe gestanden. Liebe kontra Vernunft – darauf lief es letztlich hinaus. Abby fühlte beinahe so etwas wie Beschützerinstinkt für das, was Claire und Martin verbunden hatte, wünschte, sie wäre vor all den Jahren da gewesen, um ihnen zu raten, um ihnen „Tu es nicht!“ zu sagen, als sie erwogen, jemand anders zu heiraten.

Abby kehrte in ihr Büro zurück und blickte wieder in die Aktentasche. Sie fand einen Blechring mit einem kleinen grünen Stein; den Ring aus Claires Mystère-Dessert in dem Bistro in Südfrankreich vor so langer Zeit. Dann stieß sie auf eine Hochzeitsanzeige aus dem *Longwood Falls Ledger* – ebender Zeitung, die sie heute herausgab –, vergilbt, brüchig und über vierzig Jahre alt, in einer Plastikschutzhülle: Es war die Hochzeitsanzeige von Claire Swift und Daniel Clusker. Sie fand noch eine zweite Hochzeitsanzeige – diese viel aufwändiger und mit einem Foto darüber – sowie ein Foto aus den Gesellschaftsseiten einer Londoner Zeitung. Die Fotografie zeigte Martin an der Seite einer außergewöhnlich gut aussehenden Frau. Beide wirkten ernst und nachdenklich.

Abby legte das Foto beiseite und fand darunter eine Geburtsanzeige vom 3. April 1958, auf Karton mit einem rosa Spitzenrand. „Mr und Mrs Daniel Clusker freuen sich, die Geburt ihrer Tochter Alison Martina Clusker bekannt zu geben.“ Als sie den zweiten Vornamen des Babys las, stockte Abby der Atem.

Langsam ließ sie sich auf ihren Stuhl zurücksinken. Vielleicht hatte sie Claire doch falsch eingeschätzt, vielleicht steckte in dieser Frau, die ihre eigene Vergangenheit auf diese Art würdigte, doch mehr. Abby schaltete den Rekorder wieder ein. Mitternacht war vorüber, aber Abby wusste nun, dass sie in dieser Nacht kein Auge zutun würde.

ALISON MARTINA CLUSKER. Die Vornamen klangen nach außen hin harmlos und hübsch, gut passend zu diesem Baby, das die helle Haut, die Augen und die feinen Züge der Mutter geerbt hatte und den roten Haarschopf seines Vaters. Claire hatte offen mit Daniel über Martin gesprochen, bevor sie eingewilligt hatte, ihn zu heiraten; sie hatte ihm erzählt, dass sie und Martin früher ein Liebespaar gewesen waren, ihre Beziehung aber inzwischen nur noch auf inniger Freundschaft beruhte und sie einander geschworen hatten, sich jedes Jahr am Jahrestag ihrer ersten Begegnung im Pavillon zu treffen. Daniel war nicht begeistert gewesen, hatte aber lediglich genickt und ihr für ihre Offenheit gedankt. Danach hatte er nie mehr darüber sprechen wollen. Natürlich wusste Daniel, wie Claire auf den zweiten Vornamen für ihre Tochter gekommen war. Die halbe Stadt wusste es, aber sofern darüber getuschelt wurde, kam Claire hiervon nie etwas zu Ohren. Niemand wagte es, Gerüchte in die Welt zu setzen wie beispielsweise, dass Martin und nicht Daniel der richtige Vater des Kindes sei. Man brauchte sich nur das feuerrote Haar des Säuglings anzusehen, um zu wissen, dass allein der Verdacht lächerlich war.

Claire betrog Daniel nie mit Martin; so viel verstand sich von selbst. Und doch galt ihre wahre Treue Martin. Er war der Mann, der sie wirklich kannte. Sie würden immer miteinander vertraut bleiben, daran konnte auch die Heirat mit anderen Partnern nichts ändern.

Bei der Trauung hatten sich Claire und Daniel Treue geschworen. Und obgleich der Sex mit Daniel sie nie besonders berührte, empfand sie eine gewisse Geborgenheit, wenn sie mit ihm im Bett lag. Wenn er am Ende eines langen Arbeitstages in seinem Beruf als Zimmermann heimkam, verströmte er einen wunderbaren Holzgeruch. Im Bett mit ihm bestand für Claire ein himmelweiter Unterschied zu den wilden, leidenschaftlichen Liebesnächten mit Martin. Und doch fühlte sie sich mit Daniel in den langen Winternächten weniger einsam; sie unterhielten sich oft leise über das, was sie an diesem Tag alles getan hatten, über ihren Vater, der sich blendend mit Daniel verstand, oder über das Baby, das sie oft nachts zum Stillen in ihr Bett holten.

Zwei Jahre nach der rothaarigen Alison brachte Claire einen Sohn, Jonathan, zur Welt, und weitere 14 Monate später kam ein drittes, nicht geplantes Baby, ein zweiter Sohn, den sie Edward nannten. Jetzt hatte Claire ihre eigene Familie, und das war es doch, was sie sich immer gewünscht hatte, oder? Die Kinder wuchsen schnell heran, und beide Jungen waren sportlich und muskulös. Edward, das Nesthäkchen, schien das gefühlvollste der drei Kinder zu sein. Einmal, als er vier Jahre alt war, hatte er sie gefragt: „Hat Liebe eine Farbe?“

„Wie meinst du das, Edward?“, hatte sie überrascht gefragt.

„Du weißt schon, wenn du an Liebe denkst, siehst du dann eine Farbe?“

Claire nickte. „Grün“, sagte sie, weil sie sich die Wiese in einiger Entfernung vom Pavillon vorstellte, die immer tiefgrün und üppig war, wenn sie sich dort am 27. Mai mit Martin traf. Sie hatten keinen einzigen Jahrestag ausgelassen, nicht einmal in den Jahren, in denen sie die Kinder zur Welt gebracht hatte. Daniel gefielen die Treffen im Pavillon nach wie vor nicht, aber er versuchte nicht, ihnen ein Ende zu machen.

„Ich kann sie dir nicht verbieten", sagte er einmal. „Und wenn das aus irgendeinem Grund alles andere am Laufen hält, dann sollte ich mich wohl nicht beklagen."

„Ich danke dir", hatte Claire leise entgegnet.

Daniel sorgte dafür, dass er an diesem speziellen Tag am Abend zu tun hatte und nicht in der Nähe des Marktplatzes war, weil er sie auf keinen Fall mit diesem Mann zusammen sehen wollte, der ihr so viel bedeutete. Langsam gewöhnte er sich an die unabwendbaren Treffen an diesem Tag im Jahr.

Als Claire mit Edward schwanger gewesen war, war sie im achten Monat im Pavillon erschienen, und Martin schien schockiert zu sein von ihrem Aussehen. „Sieh sich das einer an", sagte er immer wieder. „Gott, sieh sich das einer an."

„Du machst mich ganz verlegen", sagte Claire, die sich aber insgeheim über seine Reaktion freute. Sie war gerne schwanger, genoss es, wenn ihr Körper schwerer wurde und sich veränderte. Ihre Brüste waren voller, ihre blasse Haut rosig, und ihr Haar wirkte irgendwie dicker.

„Darf ich anfassen?", fragte Martin. Sie nickte, und als sie Seite an Seite im Pavillon Platz genommen hatten, legte er eine Hand auf ihren Bauch. „Oh", sagte er, als seine Hand die gespannte Haut berührte, und sie wusste, dass er sich danach sehnte, sie zu küssen, Hände und Lippen über ihren Körper wandern zu lassen, aber er ließ die Hand reglos auf ihrem Bauch liegen. Er schloss die Augen und atmete tief durch, als müsse er sich wieder fassen. Unter der Haut befand sich das Baby eines anderen, bereits voll entwickelt.

Martins Hand lag noch auf der Wölbung ihres Bauches, als das Baby gegen die Bauchdecke trat. Martin zuckte zurück, als hätte er sich an einer heißen Herdplatte verbrannt. „Es hat sich bewegt!", sagte er lächelnd, aber in seinen Augen lag unsagbare Trauer. Obgleich sie alles versucht hatten, war Frances nicht wieder schwanger geworden, eine ständige Quelle stillen Wehmuts für sie und Martin. Er hatte noch nie heranwachsendes Leben unter seiner Hand gespürt. Claire wusste, dass er sich oft ausgemalt hatte, wie es wäre, eines Tages die Hand auf ihren Bauch zu legen, so wie er es eben getan hatte, und das Baby strampeln zu fühlen. Nur dass das Baby in seinen Tagträumen seins gewesen war.

LUCAS SWIFT erlag 1966 in seinem Haus in der Badger Street einem Schlaganfall. Seine Tochter Claire saß an seinem Bett, als er für immer die Augen schloss. In den letzten Stunden vor seinem Tod hielt Claire die Hand ihres Vaters ganz fest, streichelte seinen Arm und erzählte ihm von früher. Als er starb, hatte sie die Gewissheit, das Versprechen, das sie ihrer Mutter auf dem Sterbebett gegeben hatte, eingelöst zu haben. Auch die Firma stand gut da, hatte sogar expandiert und Räume in einem nahe gelegenen Lagerhaus angemietet, in denen Materialien und zusätzliche Büros untergebracht waren. Jetzt, dachte Claire mit leichter Ironie, könnte ich Longwood Falls verlassen und zu Martin nach London ziehen. Aber das Leben war manchmal wie ein kompliziertes Seilhüpfen, das sie als kleines Mädchen mit ihren Freundinnen auf dem Bürgersteig der Badger Street gespielt hatte; wenn man nicht genau im richtigen Moment hüpfte, war es vorbei.

Als der stetig blinzelnde Bestatter von „Barker's Funeral Home" kam, küsste Claire ein letztes Mal die Hand ihres Vaters. „Ich liebe dich", sagte sie leise, erhob sich und ging heim zu ihrem Ehemann und den Kindern, die auf sie warteten.

Am 26. Mai 1968 hielt Martin in London Ausschau nach einem Taxi, das ihn zum Flughafen bringen sollte. London hatte sich vollkommen verändert, seit er in den Fünfzigerjahren dorthin gezogen war. Jetzt war es erfüllt von Teenagern, Musik, grellen Farben und verschiedenen Drogen, alles Dinge, für die er sich herzlich wenig interessierte – ganz im Gegensatz zu seiner Tochter Louisa. Sie war ein kluges junges Mädchen, das Miniröcke aus Papier trug, ihre Zeit mit dummen Jungen auf Motorrädern verbrachte und unablässig dieselben Rocksongs spielte. Aber er machte ihr keinen Vorwurf deswegen; er konnte verstehen, dass sie das Leben genießen wollte.

Nicht dass Martin ein Spießer gewesen wäre; erst in der vergangenen Woche waren John Lennon und Paul McCartney zusammen mit einigen Größen der Musikbranche im Pavillon gewesen, und Martin hatte immer wieder ganz aufgeregt durch das Bullauge in der Küchentür in den Speisesaal geäugt. Zu seiner großen Freude aßen beide Beatles alles auf, und da er und Claire sich bald wiedersehen würden, sagte er sich: Das muss ich Claire erzählen.

Obwohl Martin seine Frau und seine Tochter sehr gern hatte und seinen beruflichen Erfolg genoss – er war Gegenstand diverser Zeitungs- und Zeitschriftenartikel gewesen, und in Kürze würde er sein erstes Kochbuch unter dem Titel „Rezepte aus dem Pavillon" veröffentlichen –, kam es ihm oft vor, als würde er das alles nur träumen. Es war, als befände sich sein schlafendes Ich in England, während sein aktives, waches Ego mit Claire durch irgendwelche schmalen Gassen in Italien wanderte.

Frances tolerierte Martins jährliche Reisen nach Longwood Falls, auch wenn sie ihr missfielen. Obwohl sie wusste, dass diese Besuche „harmlos“ waren, fühlte sie von ihnen doch ihr Lebensglück bedroht, eine Furcht, die nicht ganz unberechtigt war. Martin liebte es, mit Claire zusammen zu sein; das alljährliche Wiedersehen war für ihn der Höhepunkt des Jahres. Wäre er auch dann noch so glücklich, wenn sie immer zusammen wären? Er wusste es nicht. Frances beklagte sich immer ein wenig, bevor er in die Staaten abreiste. Dann setzte sie sich vor ihre Frisierkommode in dem großzügigen Schlafzimmer, hob das schwere Haar im Nacken an und fragte: „Ist sie viel schöner als ich? Ist es das?“

„Nein“, antwortete er, während er seine Reisetasche packte. „Das ist sie nicht. Ganz und gar nicht.“

„Dann ist sie schlauer als ich“, sagte Frances.

„Sie hat nicht einmal studiert“, entgegnete Martin. „Während du dein Philosophiestudium in Cambridge *summa cum laude* absolviert hast.“

Frances schnaubte trotzig. „Und was hab ich davon? Ich habe beim Einkaufen bei Harrods nicht viel Gelegenheit zum Philosophieren.“

„Aber du hast dich frei für dieses Leben entschieden“, gab er zu bedenken.

Ihre Blicke trafen sich im Spiegel. „Das stimmt“, sagte sie. „So wie du auch, Martin.“

„Dessen bin ich mir bewusst. Bin ich dir kein guter Ehemann? Haben wir nicht eine schöne Zeit zusammen?“

„Doch“, gab sie zu. „Das haben wir.“ Und es stimmte; sie führten eine gute Ehe.

„Ich möchte nur einmal im Jahr für einen Tag in aller Stille wegfahren. Ich glaube nicht, dass das zu viel verlangt ist, und doch machst du jedes Mal wieder ein Drama daraus.“

„Entschuldige, Liebling.“ Dann stand sie plötzlich auf, wandte sich ihm zu und küsste ihn auf den Mund.

Am Tag darauf war er in Longwood Falls und schlenderte vom Bahnsteig in einen weiteren warmen Nachmittag. Die Welt hatte sich in den Sechzigerjahren unglaublich verändert, aber der Wandel schien dieses kleine Fleckchen bislang verschont zu haben. Über dem Ort lag immer noch eine verschlafene, beschauliche Atmosphäre. Das Erste, was Martin durch den Kopf ging, als er den Marktplatz betrat, war: Dies ist die Stadt, in der Claire lebt. Dieser Gedanke war viel stärker als jener, dass es die Stadt war, in der er selbst auch aufgewachsen war. Seine Kindheit war rasch verblasst, und die Erinnerungen an die weiße Villa mit den rutschigen Marmorböden war nur noch sehr vage.

Aber als er an diesem Tag den Weg zum Pavillon entlangging, holte ihn seine Kindheit plötzlich ein. Seine Eltern kamen ihm auf dem Weg entgegen. Es gab keine Möglichkeit, ihnen auszuweichen, und er fühlte, wie sich sein Herzschlag beschleunigte. Er hatte die Gedanken an seine Eltern im Laufe der Jahre verdrängt, auch wenn er immer noch manchmal von ihnen träumte. Und jetzt hatte er die Eltern vor sich, die er 15 Jahre nicht mehr gesehen hatte, und die unerwartete Begegnung erschütterte ihn.

Als Erstes fiel ihm auf, dass seine Mutter dick geworden war; der Alkohol hatte ihre einst schlanke Gestalt ruiniert, ihre Züge waren schwammig wie bei jedem Alkoholiker. Selbstverständlich trug sie einen Hut, diesmal von der Farbe Roter Bete.

Aber noch überraschender war die Veränderung seines Vaters, der offenbar seine Aggressivität verloren hatte. Er sah aus wie ein alternder, schwächlicher Mann. Vermutlich war er immer noch boshaft, gnadenlos und voller Rachegelüste gegenüber vermeintlichen Feinden, aber der lodernde Zorn, der ihn damals angetrieben hatte, war aus seinem Gesicht gewichen. Sein Haar, das einmal so dick und dunkel gewesen war wie Martins, war schütter geworden. Seine Haut war fleckig, und er ging sehr langsam. Niemand würde sich von diesem alten Mann eingeschüchtert fühlen, und Martin verstand plötzlich nicht mehr, warum er sich in seiner Kindheit so sehr vor seinem Vater gefürchtet hatte.

Dann sahen sie ihn. Lucinda Rayfiel schnappte nach Luft, drückte den Arm ihres Mannes und rief: „Sieh doch!“

Zwei Meter vor ihm blieben sie stehen. Die Eltern musterten ihr Kind, und er hielt ihren Blicken stand. „Mutter“, sagte Martin und fügte dann mit einem Nicken hinzu: „Vater.“

„Oh, Martin“, schluchzte seine Mutter, stürzte vor und umarmte ihn. „Was machst du denn hier?“, fragte sie überwältigt.

„Ich bin hier, um eine Freundin zu besuchen“, entgegnete er zurückhaltend.

„Ach? Eine gute Freundin?“, fragte seine Mutter.

„Ja. Eine sehr gute.“

„Sieh dich nur an“, fuhr Lucinda fort. „So erwachsen und distinguiert.“ Er legte einen Arm um sie und tätschelte ihren Rücken, als tröstete er ein Kind. Und wie ein Kind weinte sie an seiner Brust, als wäre ihr jetzt erst klar geworden, was sie in all den Jahren, in denen sie keinen Kontakt gehabt hatten, vermisst hatte. Ash Rayfiel seinerseits wirkte verlegen und wandte den Blick ab von dem peinlichen Gefühlsausbruch seiner Frau. Martin war einerseits gerührt, andererseits auch wieder nicht. Ihm war nicht nach Weinen zumute, aber er fühlte doch aufrichtiges Bedauern ob des Verlustes einer Mutter. Natürlich war sie für ihn schon verloren gewesen, lange bevor er nach Europa gegangen war. Claire ihrerseits war eine gute Mutter, wie er von seinem Freund Hush wusste, der Martin weiterhin auf dem Laufenden hielt. Hush, der inzwischen ebenfalls ein eigenes Kind hatte, das ein paar Jahre jünger war als Claires, hatte geschrieben, Claire sei eine liebevolle, unermüdliche Mutter, die jedes Jahr für ihre Kinder aufwändige Halloween-Kostüme entwarf, jedem Schulkonzert beiwohnte, bei dem sie mitspielten, und stets präsent war, um ihnen beim Auswendiglernen zu helfen.

Martins Mutter rückte von ihm ab, und er sah den entschuldigenden Ausdruck in ihren leicht verschwommenen Augen. „Oh, Martin", sagte sie leise. „Ich wünschte, wir könnten noch einmal von vorn anfangen."

„Ich auch."

„Wir haben gehört, dass du sehr erfolgreich bist", fuhr Lucinda Rayfiel fort. „Wir haben Freunde in London; sie schreiben uns oft und berichten, wie berühmt du dort bist. Einmal haben sie uns sogar einen Artikel aus der Londoner *Times* über dich geschickt! Wir waren natürlich schrecklich stolz auf dich und wollten dir das auch sagen, aber dein Vater hielt es für das Beste, wenn wir …" Sie verstummte und senkte den Blick.

Erst jetzt blickte Ash Martin an, seine Augen so ausdruckslos wie eh und je, und sagte steif: „Ich hielt es für das Beste, dich in deiner Lebensweise in Frieden zu lassen. Mich nicht einzumischen. Du hast es nie leiden können, wenn man sich in dein Leben einmischte."

„Das stimmt, das konnte ich nie leiden", stimmte Martin zu, aber er wusste, dass nicht Rücksichtnahme seinen Vater davon abgehalten hatte, sich zu melden, sondern tiefe Abneigung, die an Hass grenzte.

„Kommst du mit nach Hause?", fragte seine Mutter. „Unser Chauffeur wartet mit dem Wagen um die Ecke."

„Ich kann nicht mitkommen, Mutter. Tut mir Leid", sagte Martin. „Ich bin hier, um eine Freundin zu besuchen, wie ich schon sagte. Aber vielleicht könnt ihr mich irgendwann in London besuchen. Ich weiß doch, wie gern ihr reist, Vater und du."

„Danke, Martin. Wir reisen zwar dieser Tage nicht mehr so viel, aber vielleicht kommen wir irgendwann." Er küsste sie zum Abschied, und sein Vater nickte knapp, dann setzten sie langsam ihren Spaziergang über den Platz fort. Er wusste, dass sie ihn nie in London besuchen würden, wahrscheinlich würde er sie nie wiedersehen.

Martin setzte sich in den Pavillon und brauchte eine Weile, um sich von dem Schock zu erholen. Es dauerte nicht lange, und Claire gesellte sich zu ihm. Sie hatte sich das helle Haar kürzer schneiden lassen, und ihre langen, schlanken Arme hoben sich anmutig von ihrer vanillegelben Bluse ab. Sie trug eine Kette aus bunten Perlen um den Hals: ein Geschenk von ihrer Tochter Alison, erklärte sie.

„Du duftest noch genauso wie früher", sagte er, das Gesicht an ihrem Hals vergraben.

Sie rückte ein wenig von ihm ab und lächelte. „Weißt du eigentlich, wie schwierig es ist, diese Zitrusseife zu finden?", fragte sie. „Ich muss jedes Mal die ganze Gegend danach absuchen. Spicer's Drugstore führt sie nicht mehr, sodass ich heute bis Albany fahren musste. Aber ich weiß ja, wie gern du den Duft magst."

„Das stimmt. Danke, dass du deswegen extra bis Albany gefahren bist." Claire erzählte ihm, was sich im vergangenen Jahr alles in ihrem Leben zugetragen hatte, wobei er einen Teil davon bereits aus Hushs Briefen wusste, was er sich jedoch nicht anmerken ließ.

„Wie läuft es im Pavillon?", fragte sie schließlich. „Ich meine in dem in London."

Er setzte an, ihr Anekdoten aus dem Restaurantalltag zu erzählen, aber plötzlich erschien ihm das unerträglich. Er sah sie so selten und jeweils nur für so kurze Zeit, dass es ihm undenkbar erschien, diese kostbare Zeit mit oberflächlichem Gerede zu vertun. „Claire", sagte er unvermittelt, „lass uns nicht wie Fremde reden, die sich zufällig im Zug kennen lernen und höfliche Konversation machen. Bitte!"

Sie nickte. „Okay", sagte sie.

Er musterte sie lang und eindringlich. „Erinnerst du dich daran, wie wir das erste Mal zusammen im Lookout waren?", fragte er.

Sie lächelte, scheu und ironisch zugleich. „An diesem Tag hast du mir die Unschuld geraubt."

Martin schüttelte den Kopf. „Du bist heute noch unschuldig. Und überhaupt, wie könnte Liebe Sünde sein?"

Claire senkte den Blick und starrte auf den Boden des Pavillons. „Jener Tag hat mein Leben verändert", sagte sie mit belegter Stimme.

Obwohl sie wieder in ihrer Geburtsstadt lebte, verheiratet war mit einem Mann aus der Gegend und die Firma ihres Vaters leitete – im Grunde also das beschauliche und vorhersehbare Leben vieler ihrer Bekannten führte –, wusste sie, dass ihr Leben sich an jenem Tag verändert hatte. Manchmal fürchtete er, dass sie denken könnte, es sei alles umsonst gewesen. „Dann bereust du nichts?“, fragte er. „Weder jenen Tag noch das, was hinterher geschehen ist?“

Claire bedachte ihn mit einem eigentümlichen Blick. „Martin“, sagte sie, „ich glaube einfach nicht, dass du tatsächlich denkst, ich könnte irgendetwas an unserer gemeinsamen Zeit bereuen.“

„Es macht mich glücklich, das zu hören“, sagte er und hielt ihre Hände, bis sie heimmusste.

1975 BEKAM Claires Tochter Alison Martina Clusker ein Stipendium für eine New Yorker Kunsthochschule. Claire, der sich nie die Chance geboten hatte, selbst Kunst zu studieren, war begeistert. Jedes Mal wenn sie Alison an der Staffelei stehen sah, die sie auf dem Dachboden ihres kleinen Einfamilienhauses aufgestellt hatten, berührten sie die vielen Möglichkeiten, die sich ihrer Tochter boten. Alison hatte bereits einen Freund, einen verschlossenen Jungen namens Jeff, der nach der Schule in „Beckerman's Milchbar“ jobbte und Softeis verkaufte. Claire versuchte, Alison und Jeff in Ruhe zu lassen, und erlaubte ihnen, bis spätabends allein im Wagen zu sitzen, wo sie weiß Gott was taten. Aber in letzter Zeit wirkte Alison unglücklich, brach ab und zu scheinbar grundlos beim Abendessen in Tränen aus und stürmte hinauf in ihr Zimmer.

„Die Pubertät“, sagte Daniel nur milde. „Sie tut mir richtig Leid. Aber das machen sie alle durch, nicht wahr?“

„Ich denke, ja“, sagte Claire, machte sich aber insgeheim Sorgen. Eines Abends, als Alison zum zweiten Mal innerhalb einer Woche in Tränen aufgelöst den Tisch verlassen hatte, klopfte Claire an ihre Tür und fragte, ob sie hereinkommen dürfe. Zuerst bekam sie keine Antwort, aber schließlich öffnete Alison doch, das Gesicht gerötet vom Weinen. „Was ist?“, fragte sie ihre Mutter unglücklich.

„Ich wollte mich nur davon überzeugen, dass es dir gut geht, Liebes“, sagte Claire. „Wenn du über etwas reden möchtest …“

„Mom“, fiel Alison ihr ins Wort. „Es ist nichts, worüber ich mit dir sprechen könnte. Ich meine, sieh dich und Dad doch an. Es ist doch offensichtlich, dass ihr nie etwas erlebt habt, was auch nur annähernd an das herankäme, was ich zurzeit durchmache.“

„Ach nein?“

„Nein“, stellte ihre Tochter fest. „Es geht um … Liebe. Um Gefühle, die so stark sind, dass man sich innerlich ganz durcheinander fühlt. Sei nicht böse, aber du würdest es nicht verstehen.“

Claire musste an sich halten, um nicht näher zu treten und Alison anzuherrschen: Hör mal gut zu, ich weiß sehr genau, wovon du sprichst. Deine Mutter hat ein Leben voller Liebe und Leidenschaft gelebt, das dich zutiefst schockieren würde. Ihre Tochter wäre baff gewesen. Wie sollte diese durchschnittliche, gutmütige Kleinstadtfrau – Mutter von drei Kindern – solche Leidenschaft erlebt haben? Manchmal konnte Claire es selbst nicht fassen.

Aber Claire bedachte ihre Tochter nur mit einem mitfühlenden Blick und sagte: „Also, falls du es doch mit mir versuchen willst, bin ich für dich da.“ Darauf ging sie, wohl wissend, dass Alison gleich mit Jeff telefonieren würde. Sie würde tuscheln, weinen und lachen und Dinge sagen, die niemand sonst je zu hören bekommen würde.

ALS MARTINS Mutter 1987 an einer akuten Entzündung der Bauchspeicheldrüse starb, einer Folge ihres langjährigen übermäßigen Alkoholkonsums, rief Hush Martin an, und er kam zur Beerdigung. Steif saß Martin in der Kirche und lauschte den Worten des Pfarrers. Er hatte gedacht, dass es Getuschel geben würde ob seiner Rückkehr, aber dann ging ihm auf, dass die meisten der Leute, die den alten Klatsch aufgewärmt hätten, vermutlich längst verstorben waren. Zwei Jahre später, als auch Ash Rayfiel in seinem Büro in der Fabrik an einer verstopften Schlagader starb, kehrte Martin nicht zurück. Ihm wurde berichtet, dass nur sehr wenige Leute zu seiner Beerdigung gekommen waren. Die Villa auf dem Hügel wurde verkauft, und das gesamte Rayfiel-Vermögen fiel an die Princeton-Universität, wo irgendein neues Gebäude zum Gedenken an den großzügigen Spender nach Ash Rayfiel benannt werden sollte. Martin war das egal; er hatte ohnehin mit keinem Erbe gerechnet. Er war inzwischen sehr wohlhabend; er war ganz allein zu Reichtum und Ansehen gelangt, und das in einem Beruf, der ihm wirklich Freude bereitete. Außerdem besaß er einen sehr großen Freundeskreis in London und ganz Europa. Einmal im Monat luden er und Frances ihre Freunde ins Restaurant ein, und sie aßen alle an einem großen, runden Tisch, lachten bis spät in die Nacht und lehnten sich dann zufrieden in ihren Stühlen zurück, um auf die originelle Decke des Restaurants zu blicken.

Seine Frau und seine Tochter waren glücklich und ebenfalls erfolgreich. Frances unternahm ehrenamtlich Führungen im British Museum, und Louisa, die in Cambridge studiert hatte, war dort inzwischen Dozentin wie ihr verstorbener Vater James.

Mit 55 Jahren war Martins Haar vollständig ergraut, und als er in diesem Jahr zu ihrem Treffen im Pavillon erschien, machte Claire große Augen. Ihm selbst war gar nicht bewusst gewesen, wie sehr er sich in dem einen Jahr verändert hatte. „Sehe ich sehr alt aus?“, fragte er.

„Oh nein“, entgegnete sie. „Nur sehr distinguiert – aber das war ja schon immer so. Nur dass du jetzt in diese Hülle hineingewachsen bist.“

„Danke“, sagte er lächelnd. Er hielt ihre Hand und streichelte ihren Arm, auf dem er Sommersprossen bemerkte, die ihm noch nie aufgefallen waren. Altersflecken, dachte er, aber sie störten ihn nicht; sie bedeuteten lediglich, dass Claire mit 55 Jahren eben alterte wie jeder andere auch. Dennoch erschien sie ihm immer noch wunderschön. „Weißt du“, sagte er leise, „nichts macht mich glücklicher, als hierher zu kommen.“

„Mir geht es genauso“, sagte sie.

„Es ist schon komisch. Wir haben beide unser Leben, du mit deinen Kindern, Daniel und Swift Maintenance, und ich mit dem Pavillon, meiner Frau und der Philosophin Louisa, und doch ist es, wenn wir herkommen, so, als wäre alles andere unbedeutend.“

„Das stimmt“, pflichtete sie ihm bei. „Ich empfinde es ganz genauso.“

Sie saßen aneinander gelehnt da, die Hände ineinander verschränkt, ohne sich darum zu kümmern, wer sie sah.

SIE BEIDE dachten, dass es ewig so weitergehen würde: Sie würden sich einmal im Jahr treffen, zusammensitzen, reden, sich bei der Hand halten und einander die Liebe spüren lassen, die sie immer noch einhüllte wie ein Duft, der nie verfliegen würde.

Aber am 27. Mai 1998, mit 66 Jahren, war Claire ungewöhnlich ernst, als Martin langsam die Stufen des Pavillons hinaufstieg und sich zu ihr setzte.

„Was ist?“, fragte er ängstlich, aber im Herzen wusste er es bereits.

„Martin“, begann sie, „hör mir zu.“ Und sie begann, ihm zu erzählen, was geschehen war.

Es hatte zehn Wochen zuvor begonnen, als Claire und Daniel sich gerade bettfertig gemacht hatten. Er hatte auf der einen Bettseite gesessen und sich gerade das Schlafanzugoberteil angezogen, und Claire hatte auf ihrer Seite gesessen und sich das Gesicht eingecremt. Zwischen Claire und Daniel herrschte eine sehr vertraute Atmosphäre, die sich im Laufe der Jahre gesteigert hatte, und sie fühlte tiefe Ergebenheit für diesen scheuen, hart arbeitenden Mann. Er war ein zuverlässiger Ehemann gewesen und den drei Kindern, die längst erwachsen waren und eigene Familien gegründet hatten, ein guter Vater. Alison Martina Clusker hatte ihre Highschoolliebe Jeff geheiratet, und die beiden lebten mit ihren drei Kindern in Vermont, wo sie als Künstlerin arbeitete und er an einer Schule unterrichtete. Claires und Daniels Leben war voller Enkel, die sie zu Weihnachten und in den Sommerferien besuchten.

An besagtem Abend hatte Claire also begonnen, ihre Brust abzutasten, wie sie es als Vorsichtsmaßnahme jeden Monat tat. Normalerweise verwandte sie nur einige Sekunden darauf, aber an diesem Abend machte sie etwas stutzig.

Es war sehr klein, nicht größer als eine Perle. Sie tastete die linke Brust erneut ab, diesmal aufmerksamer. „Daniel“, sagte sie schließlich leise. „Ich glaube, da ist etwas.“

Die Operation, die daraufhin unumgänglich war, war nur teilweise erfolgreich; die Ärzte sagten, es hätten sich bereits Metastasen in den Lymphknoten der Achselhöhlen gebildet. Als sie aus der Narkose erwachte, brauchte sie nur einen Blick auf das Gesicht ihres Mannes zu werfen, um Bescheid zu wissen.

Nach der Chemotherapie fühlte sie sich sehr schwach und magerte stark ab, und wenn sie morgens in den Spiegel sah, erkannte sie sich kaum wieder. Seltsamerweise sah sie so jung aus wie lange nicht mehr, mehr wie ein zerbrechliches junges Mädchen als wie eine alte kranke Frau von 66 Jahren. Der Krebs trieb immer noch in ihrem Körper sein Unwesen – die gleiche Krebsart, an der schon ihre Mutter 44 Jahre zuvor gestorben war.

Sie erinnerte sich noch gut an das Leid ihrer Mutter. Sie dachte oft daran, wie Maureen Swifts Augen glasig geworden waren und sie den Kopf abgewandt hatte, damit Claire den Schmerz nicht sah.

Oh, Mutter, dachte Claire, hier bin ich, eine 66-jährige Frau, und ich mache exakt das Gleiche durch wie du. Sag mir, was ich tun soll. Aber natürlich konnte ihre Mutter nicht Zeit und Raum überbrücken, um ihr zu antworten. Claire musste ganz allein mit dieser Realität klarkommen. Die Chemotherapie war so zermürbend, und die Prognose war so schlecht, dass sie beschloss, sich nicht unnötig zu quälen. Sie weigerte sich, die Chemotherapie fortzusetzen.

Claire teilte Daniel ihren Entschluss mit, und er weinte und flehte sie an, es sich noch einmal zu überlegen. Sie hielt seinen Kopf, während er schluchzte, und versicherte ihm, dass es die richtige Entscheidung sei und er, auch wenn es nicht leicht sein würde, auch ohne sie zurechtkäme. Er hatte die Kinder und Enkel und unzählige Freunde. „Wir haben uns geliebt“, sagte sie.

„Ja, das haben wir. Und das tun wir noch.“

Es war ihr sehr schwer gefallen, mit ihrem Mann und den Kindern über ihre Erkrankung zu sprechen, aber sie hatte es getan. Aber es Martin mitzuteilen war etwas völlig anderes. Doch nun musste sie es tun. Sie erzählte ihm von der Operation, der Chemotherapie und ihrem Entschluss, diese abzubrechen. Er saß da und hörte zu, wobei sein Gesicht von Zeit zu Zeit zuckte.

Als sie verstummte, dauerte es eine Weile, ehe er sprach. Dann holte Martin tief Luft und kniete vor ihr nieder.

„Ich möchte, dass du weißt, dass du immer noch meine große Liebe bist“, sagte er stockend. Sein Haar war inzwischen silbergrau, und während sie von ihrer Krankheit und ihrem Tod sprach, konnte sie an nichts anderes denken als daran, wie erstaunlich und traurig es war, dass auch er jetzt alt war – dieser Mann, dessen Gesicht und Körper so jung und voller Zuversicht gewesen waren. „Du bist immer noch die Liebe meines Lebens“, fuhr er fort, „und was du auch tust, ich werde bei dir sein. Und wenn du Angst hast …“ Martins Stimme brach. Er verbarg das Gesicht in den Händen, und sie sah, dass seine Schultern zuckten. Dann fasste er sich wieder und blickte auf. „Ich werde in jeder Sekunde bei dir sein.“ Er drückte ihre Hand. „Denk nur an meine Hand in deiner und an die Zeit, da wir noch zusammen waren. Nur du und ich und unsere grenzenlose Liebe. Wir konnten nicht genug voneinander bekommen.“

„Das stimmt“, sagte sie und weinte jetzt auch.

„Es wird nicht enden“, sagte er. „Es wird nicht mit dem Tod enden. Wie sollte es? Ich werde immer an dich denken, meine Liebe. Und bevor auch ich gehe, werde ich dafür sorgen, dass man sich an das, was zwischen uns war – an unsere gemeinsame Zeit –, erinnert. Damit etwas davon auf Erden zurückbleibt.“

Sie lehnten sich aneinander und schluchzten ungehemmt, küssten einander und fühlten, wie ihre Gesichter ganz nass wurden von Tränen. Wie Ertrinkende klammerten sie sich aneinander. „Ich liebe dich, Martin“, sagte sie. „Ich habe dich vom ersten Augenblick an geliebt, da wir uns hier begegnet sind.“

„Mit meinem zugeschwollenen Auge“, sagte er.

„Und ich in meinem pfirsichfarbenen Kleid.“ Nach kurzer Pause fragte sie: „Was ist aus diesen beiden Menschen geworden?“ Sie dachte zurück, ließ die Jahrzehnte Revue passieren, die sie vereint und getrennt gewesen waren.

„Sie haben sich nicht verändert“, entgegnete Martin nach einer Weile leise. „Sie sind immer noch hier.“

DIE KIRCHE war bis auf den letzten Platz besetzt. Es kamen so viele Leute zu Claires Beerdigung im Juli, dass es für jene, die zuletzt eintrafen, nur noch Stehplätze gab. Martin hatte über Hush von ihrem Tod erfahren und war wie betäubt zum Begräbnis heimgeflogen. Er betrat die Kirche erst in letzter Minute und blieb ganz hinten stehen, damit ihr Mann ihn nicht sah. Er erkannte ihre Kinder – ihre beiden kräftigen, gut aussehenden Söhne und ihre hübsche Tochter Alison, die der jungen Claire so ähnlich sah, dass Martin zusammenzuckte.

Als Alison nach vorne ging und zu sprechen begann, hielt Martin einen Moment die Luft an. Ihre Stimme klang genau wie Claires, auch wenn sie bebte und belegt war vor Kummer.

„Meine Mutter“, begann Alison auf den Altarstufen, „war ein ganz gewöhnlicher Mensch. Gelegentlich machte sie eins dieser Fragespiele in einer Frauenzeitschrift mit: ‚Wie aufmerksam sind Sie?‘, ‚Wie mutig sind Sie?‘ Und ihre Punktzahl war stets … durchschnittlich. Darüber hat sie sich immer ein wenig geärgert.“ Alison lächelte und wischte sich mit einem Taschentuch die Tränen aus den Augen. „Selbstverständlich“, fuhr sie fort, „wissen jene von uns, die meine Mutter gut gekannt haben, dass diese Bewertung nicht auf sie zutraf. Wer in diesem Raum ist schon durchschnittlich? Wer hat nicht irgendetwas an sich, was sonst niemand hat? Wer wäre nicht einzigartig?“ Alison ließ den Blick über die versammelte Menschenmenge schweifen. „Wie alle hier war meine Mutter einzigartig. Sie hat diese unglaublichen Halloween-Kostüme für mich und meine Brüder entworfen und genäht. Einmal ist Eddie als Michelangelos David von Haus zu Haus gegangen – mit einem großen Feigenblatt, nur für den Fall, dass dieser Punkt Fragen aufwirft.“ In der Kirche war gedämpftes Lachen zu hören. „Ich vermute, sie war eine frustrierte Künstlerin“, fuhr Alison fort. „Aber auf uns Kinder hat sie nie einen frustrierten Eindruck gemacht. Sie war immer sehr beschäftigt, dabei humorvoll und unglaublich geduldig. Mir kamen andere Mütter immer ein wenig gluckenhaft vor, aber Mom ließ uns immer eine gewisse Freiheit. Und dafür werde ich ihr immer dankbar sein.“ Alison strömten jetzt Tränen über das Gesicht. „Mom“, sagte sie, „es tut mir Leid, dass ich in der Pubertät eine solche Nervensäge war. Und es tut mir Leid, dass mir nicht immer klar war, wie viel du anderen zu geben hattest. Heute weiß ich, dass es nicht darauf ankommt, was ein Mensch im Leben macht – ob er unglaubliche Leistungen erbringt oder das perfekte Leben, das er sich immer erträumt hat, lebt. Es geht darum, wie man lebt: ob man für andere offen ist, ob man großzügig und hilfsbereit ist. Und wie ihr alle wisst, ist meine Mutter das gewesen." Alison atmete tief durch, ehe sie weitersprach. „Besonders dankbar bin ich für die letzten Jahre, in denen mir vor Augen geführt wurde, was meine Mutter alles zu geben hatte, und in denen ich ein wenig davon nahm. So wie alle hier ein wenig von dem, was sie zu geben hatte, genommen haben. Sie wollte es so, wollte es von ganzem Herzen. Und das ist es, was zählt. Es spielt keine Rolle, dass sie nicht weltberühmt war. Sie war nicht draußen in der großen weiten Welt, aber sie war hier, in dieser Welt – unserer Welt. Und wir alle können uns glücklich schätzen, dass sie bei uns war."

Als Alison ihre Ansprache beendet hatte, setzte sie sich still wieder an die Seite ihres Vaters und ihrer Brüder, die sie zärtlich umarmten. Martin kam es vor, als würden auf der Beerdigung Unmengen von Tränen vergossen; die Leute hörten gar nicht mehr auf zu weinen. Dann wurde Claires Sarg mit Feldblumen überhäuft, und es wurden Hymnen angestimmt, die die ganze Trauergemeinde traurig und ergriffen sang.

Martin fürchtete, von seiner Trauer überwältigt, ohnmächtig zu werden, er stützte sich gegen die Mauer der Kirche, lauschte der Musik und ließ seinen Tränen freien Lauf. *Ich bin bei dir*, sagte er stumm. *Ich bin hier an deiner Seite. Und ich werde niemals vergessen, dass wir zwei Menschen waren, die einander ein ganzes Leben lang geliebt haben, so gut sie es vermochten.*

Als der Gottesdienst vorüber war, stieß jemand die Doppeltüren auf und ließ den Tag herein. In diesem Moment erhob sich Daniel Clusker, und die Blicke der beiden Männer trafen sich. Nach einer Weile nickte Daniel ihm höflich zu, sagte jedoch nichts. Es gab keinen Zorn zwischen ihnen, keine Eifersucht, einfach nur wortlose Akzeptanz zwischen zwei Männern, die dieselbe Frau geliebt hatten. Nach ein paar Sekunden wandte sich Daniel ab, und jemand umarmte ihn. Überall in der Kirche erhoben sich die Leute und schlossen einander in die Arme. Niemand wollte gehen, niemand wollte die Kühle der Kirche verlassen, in der sie an die wundervolle Frau erinnert wurden, die nicht mehr unter ihnen war.

Aber Martin Rayfiel konnte nicht bleiben. Unbemerkt eilte er nach draußen ins Sonnenlicht, Claire an seiner Seite, ihre Hand in seiner.

KAPITEL XI

Das letzte Band war zu Ende. Martin schien einen Seufzer auszustoßen, als er die letzten Worte aussprach, und dann kam nichts mehr, nur Stille. Abby schaltete den Rekorder aus und schaute lange und gedankenverloren aus dem Fenster auf den Marktplatz, wo bereits der neue Tag graute.

Sie war müde, furchtbar traurig und ganz versunken in die Geschichte, die sie gehört hatte.

Dann fiel ihr Blick auf Martins Aktentasche, die immer noch aufgeklappt auf ihrem Schreibtisch stand. In ihr waren noch andere Erinnerungsstücke: ein Rezept aus Martins Kochbuch, die Ankündigung einer Philosophievorlesung, die seine Tochter in Cambridge gehalten hatte, sowie abschließend ein zusammengefaltetes Stück Papier. Sie faltete es auseinander. Es handelte sich um ein amtliches Dokument, und ganz oben stand: ANTRAG AUF AUSSTELLUNG EINES US-PASSES FÜR CLAIRE SWIFT, 28. MAI 1952.

Das war also das Dokument, das Hush für Claire vor all diesen Jahren ohne Vorlage der Geburtsurkunde beglaubigt hatte. Abby wollte es schon oben auf den Stapel der Gegenstände legen, die sie im Laufe dieser langen Nacht aus der Tasche genommen hatte, als ihr auffiel, dass es ganz unten gelegen hatte. All die anderen Erinnerungsstücke waren in mehr oder minder chronologischer Reihenfolge in die Aktentasche gelegt worden. Martin war so methodisch vorgegangen, dass Abby nicht an einen Zufall glaubte.

Abby nahm das Dokument noch einmal unter die Lupe. Sie las die persönlichen Angaben, die Claire hatte machen müssen, aber es schien alles ganz normal zu sein: Geburtsdatum, die Adresse in der Badger Street, die Namen der Eltern. Abby ging alles noch einmal durch, überzeugt, dass sie etwas übersehen haben musste; konzentriert las sie jedes einzelne Wort bis zum Siegel des Notars mit Spitznamen Hush, der ein so großes persönliches Risiko eingegangen war, um Claire zu einem Pass zu verhelfen. Abby begutachtete das Siegel und strich mit den Fingern über die Wachsränder.

Und dann sah sie es. Unter dem Siegel war eine Unterschrift, der volle Name des Mannes, den Martin immer nur als Hush bezeichnet hatte.

Thomas Reston, las Abby verblüfft und schlug sich eine Hand auf den Mund. Der Notar war niemand anders als Abbys Vater gewesen!

Vor all diesen Jahren war ihr eigener Vater so verliebt gewesen, dass er für ein anderes Pärchen seine Karriere aufs Spiel gesetzt hatte. Abby konnte es nicht fassen; sie hatte ihren Vater immer als kühl und emotionslos betrachtet, und auch wenn ihre Mutter immer wieder versucht hatte, sie vom Gegenteil zu überzeugen, war Abby skeptisch geblieben. „Hush" – Tom Reston – war unsterblich verliebt gewesen in eine Frau – Abbys Mutter. Sie hatten also keineswegs eine eher langweilige Ehe geführt; sie hatten Leidenschaft gekannt, überwältigende Gefühle und Erfahrungen, von denen ihre Tochter keinen Schimmer hatte.

Kein Wunder, dass sich Martin ausgerechnet Abby anvertraut hatte; kein Wunder, dass er der Ansicht gewesen war, sie sei der einzige Mensch, dem er diese Erinnerungsstücke und seine ganze Geschichte hinterlassen konnte. Es war, als hätten Abby und ihr Vater, ohne es zu wissen, einen gemeinsamen alten Freund geteilt.

Abby stand auf und begann, die Papiere, die sie in der Nacht nach und nach aus der Tasche genommen hatte, zurückzulegen. Aber als sie den ersten Stapel gerade in die Aktentasche räumen wollte, fiel ihr auf, dass sie einen letzten Gegenstand übersehen hatte. Es handelte sich um einen kleinen Umschlag, der an Martin adressiert war, in einer Handschrift, die wie Claires aussah, auch wenn sie krakelig war – offensichtlich hatte sie den Brief am Ende ihres Lebens geschrieben, als ihre Krankheit schon weit fortgeschritten war. Der Umschlag war geöffnet worden, und als sie hineinschaute, sah sie einen Schlüssel.

Abby nahm ihn heraus. Der Schlüssel hing an einer kurzen Kette aus Metallperlen, zusammen mit einem Schild, auf dem SWIFT MAINTENANCE, LAGERRAUM B stand. Sie wog den Schlüssel in der Hand, so wie einige Stunden zuvor das Päckchen Kassetten. Frage nur, wenn du die Antwort wirklich wissen willst.

Nach kurzer Überlegung steckte Abby den Schlüssel ein. Warum nicht? Jetzt, da sie schon so weit gekommen war, wollte sie bis zum Ende gehen.

Leicht zitternd – ob aus Erschöpfung oder innerer Aufgewühltheit, vermochte sie nicht sicher zu sagen – legte Abby Martins zusammengetragene Erinnerungsstücke zurück in die Aktentasche, die sie danach sorgfältig verschloss. Dann knipste sie die Schreibtischlampe aus und trat durch die Eingangstür der Redaktion und hinaus in den anbrechenden Tag. Heute war der 28. Mai, und es kam ihr vor, als sei ein neues Jahr angebrochen. Auf dem Marktplatz herrschte absolute Stille; der Pavillon schimmerte im Licht der aufgehenden Sonne. Sie ging an ihm vorbei eine leicht abschüssige Straße hinunter, vorbei an den Häusern mit den noch heruntergelassenen Rollos, hinter denen die Menschen noch schliefen oder gerade aufstanden, um in den neuen Tag zu starten. Niemand wusste wirklich, was im Haus eines anderen vorging – oder in dessen Leben. Im Tod war Claire Swift als Mrs Claire Clusker bekannt gewesen, Ehefrau, Mutter, Großmutter. Sicher war sie in all diesen Rollen bemerkenswert gewesen, doch das, was ihr Leben so einzigartig gemacht hatte, ihre Liebe zu Martin, wurde in keinem öffentlichen Nachruf erwähnt. Während Abby zügig durch dieselben Straßen schritt, die Claire einst entlanggegangen war, fragte sie sich, wie man jemals die Komplexität und die Widersprüche im Leben eines anderen Menschen auch nur ansatzweise erfassen wollte.

Schließlich blieb sie vor dem Gebäude stehen, in dem die Räume von Swift Maintenance untergebracht waren. Sie hatte es in ihrem Leben schon unzählige Male gesehen, ohne es zu bemerken, so wie sie auch Claire nie bemerkt hatte, die in Abbys Jugend hier gelebt hatte und der sie vermutlich oft beim Einkaufen oder auf dem Platz begegnet war. Sie sah, dass das Gebäude verschlossen war. Abby steckte den Schlüssel ins Schloss: Er passte. Quietschend schwang die schwere Stahltür auf, und Abby betrat den schwach erleuchteten Flur, erfüllt von Neugier und Furcht. Sie suchte nach einem Lichtschalter, konnte aber keinen finden. Also tastete sie sich an der Wand entlang bis zu einer Tür mit der Aufschrift LAGERRAUM B. Wieder steckte Abby den Schlüssel ins Schloss, öffnete und trat von fast völliger Dunkelheit in grelles Licht.

Der Lagerraum war sonnendurchflutet. Die Fenster reichten vom Boden bis zur Decke und ließen den Tag herein. Aber am verblüffendsten war für Abby nicht der Raum an sich, sondern das, was er beherbergte. Denn überall standen kleine, wunderschön gearbeitete Plastiken: Ein Lebenswerk, dachte Abby bei sich.

Langsam ging sie durch den Raum und betrachtete kleine Figuren, die sie aus Martins Beschreibungen vom Tonband wieder erkannte: Martin als junger Mann, Claire als Kind mit einem Buch. Außerdem gab es Plastiken von Claires Eltern sowie eine von ihrer Schwester Margaret als Teenager. Dann stieß Abby auf andere, die sie nicht wieder erkannte, Arbeiten, die Claire nicht als junges Mädchen oder junge Frau modelliert haben konnte: eine Plastik von Claire als Frau mittleren Alters und eine von ihrem Mann Daniel, der gerade etwas sägte, sowie diverse von ihren Kindern und Enkeln. Es gab auch eine Büste von einem betagten Martin, das

Gesicht ein wenig faltig, aber immer noch unleugbar jenes des distinguiert aussehenden Mannes, der vor zwei Tagen mit dem Aktenkoffer bei Abby in der Redaktion gewesen war.

Claire hatte also in all den Jahren modelliert. Aber sie hatte Martin erst in dieses Geheimnis eingeweiht, als sie ihm kurz vor ihrem Tod den Schlüssel geschickt hatte, damit er das vorfand, was nun Abby vor sich sah. In all den Jahren hatte sie sich im Stillen ihrem Hobby gewidmet, hatte die Augenblicke des Friedens genossen, die sie sich hier im Lagerraum B heimlich erobert hatte. Martins Arbeit war, das lag in der Natur der Sache, sehr öffentlich gewesen, vor aller Augen ausgebreitet; Claires hingegen war sehr privat geblieben, verborgen hinter einer schlichten Eisentür in einem alten Fabrikgebäude am Stadtrand.

Abby ging auf, dass sie jetzt über ausreichend Material verfügte, um in ihr Büro zurückzukehren und mit dem Schreiben zu beginnen. Sie würde Martins gesprochene Liebesgeschichte zu Papier bringen und einen Artikel verfassen mit Fotos, Dokumenten und Bildern von Claires Plastiken. Der Artikel würde ein Stück außergewöhnlicher Lokalgeschichte enthalten, er würde aber noch etwas ganz anderes bewirken. Er würde das wahre Leben zweier Menschen in dieser Stadt und in anderen Orten dokumentieren, etwas, was nur sehr selten gezeigt wurde, weil die Menschen ihr Privatleben in der Regel vor der Außenwelt abschotteten. Abby wusste, dass sie mit diesem Artikel Martin helfen würde, das Versprechen, das er Claire gegeben hatte, einzulösen: Der Artikel würde erreichen, dass man sich auch nach ihrem Tod noch an ihre Liebe erinnern würde. Und genau das musste sich Martin erhofft haben, als er sie aufgesucht hatte.

Abby dachte nach. Auch sie selbst wünschte sich, dass man sich an sie und ihr Leben erinnern würde. Wie Claire betrachtete sie sich als eine gute und aufopferungsvolle Mutter. Ihr Vater wäre vermutlich sehr beeindruckt gewesen von ihrer Arbeit beim *Ledger*, auch wenn er sich hierzu nicht geäußert hätte. Nur der Bereich „Liebe" in ihrem Leben war noch offen. In New York gab es einen Mann, der versucht hatte herauszufinden, wie es wäre, Abby zu lieben. Aber sie hatte ihm dieses verwehrt. Anders als Claire und Martin hatte sich Abby den Möglichkeiten, die sich ihr boten, verschlossen. Aber nur, wenn sie sich auf diese einließ, konnte aus einem Leben eine ganz besondere Geschichte werden.

Wenn sie alt war, wollte sie auf ihr eigenes Leben zurückblicken und sagen können: Ja, das habe ich getan. Und das auch. Und noch das. Abby wusste, dass sie noch heute den netten, gut aussehenden Kinderarzt Nick Kelleher zurückrufen würde. Vielleicht würde sie ihn an seinen Vorschlag erinnern, sie an einem Wochenende zu besuchen. Die Entfernung zwischen New York und Longwood Falls war nicht annähernd so groß wie zwischen New York und London.

Abby dachte daran, wie Martin jedes Jahr über den Ozean geflogen war, nur um für ganz kurze Zeit mit Claire zusammen zu sein. Sie wollte Martin sagen, wie sehr sie bewunderte, was er und Claire getan hatten. Aber sie vermutete, dass sie keine Gelegenheit haben würde, es ihm persönlich zu sagen – ganz sicher war er bereits abgereist. Bestimmt war er nach London zurückgekehrt, zu seinem Restaurant, seiner Frau, seinen Freunden und Gästen. Mehr noch, sie bezweifelte, dass er jemals hierher zurückkehren würde. Er hatte Abby – Hushs Tochter – alles übergeben, was ihm und Claire gemeinsam gehört hatte, und jetzt lag es bei ihr, daraus das zu machen, was sie für das Beste hielt.

Sie blieb noch lange in dem Lagerraum, so lange, dass sie schließlich ganz in der Nähe Stimmen hörte – die Angestellten von Swift Maintenance kamen zur Arbeit. Abby rührte sich immer noch nicht. Sie würde bald gehen müssen, aber sie wollte die Welt, die sie im Lagerraum B entdeckt hatte, noch nicht gleich verlassen. Und so gönnte sie sich noch einen Moment, um die wunderschönen Plastiken zu betrachten. In einer Ecke fand sie ein Stück, das kleiner war als die anderen, und Abby musste es hochnehmen, um erkennen zu können, was es war: der Pavillon. Es ließ sich unmöglich sagen, vor wie langer Zeit Claire ihn modelliert hatte, da der Pavillon in all den Jahren unverändert geblieben war. Es war eine hübsche Arbeit und absolut naturgetreu, achteckig, mit filigranem Gitterwerk und spitz zulaufendem Dach. Abby betrachtete die Plastik in ihrer Hand, bis sie die beiden darin sehen konnte: Martin mit einer dunklen Haartolle, die ihm in die Stirn fiel, und Claire mit ihrer blassen Haut, ihrem Sommerkleid und dem Lächeln auf dem Gesicht. Sie saßen Seite an Seite, steckten die Köpfe zusammen und lachten.

Eine Autorin, die größten Wert auf den Schutz ihrer Privatsphäre legt

Emily Grayson möchte nicht zu einer in der Öffentlichkeit bekannten Person werden und lehnt es daher auch ab, sich fotografieren zu lassen. Sie beschreibt sich selbst als eher schüchtern und introvertiert und möchte deshalb ihren Beruf als Autorin von ihrem Privatleben strikt trennen. Solange dieser Wunsch respektiert wird, gibt sie gerne Auskunft zu Fragen, die ihre Arbeit betreffen.

Die Autorin schreibt meist im Arbeitszimmer ihrer New Yorker Wohnung, vor allem während der Stunden, in denen ihre Kinder in der Schule sind. „Ich arbeite fast immer mit hohem Tempo, sozusagen mit Lichtgeschwindigkeit", erzählt sie, „und meine Bücher sind kurz und intensiv. Bei den Liebesgeschichten, die ich zu Papier bringe, versuche ich immer den Vorstellungen und starken Emotionen gerecht zu werden, die in uns allen existieren, ganz gleich wie gewöhnlich unser Leben auch sein mag."

Wenn Emily Grayson nicht an einem Buch arbeitet, genießt sie „ein ruhiges Leben" mit ihrem Mann und den Kindern. Sie löst gerne Kreuzworträtsel, hört Musik und liest vorzugsweise Liebesromane namhafter Autoren: Bücher von Jane Austen, Maeve Binchy, Rosamunde Pilcher und E. M. Forster – „eine ziemlich bunte Mischung, ich weiß."

SCHWABEN

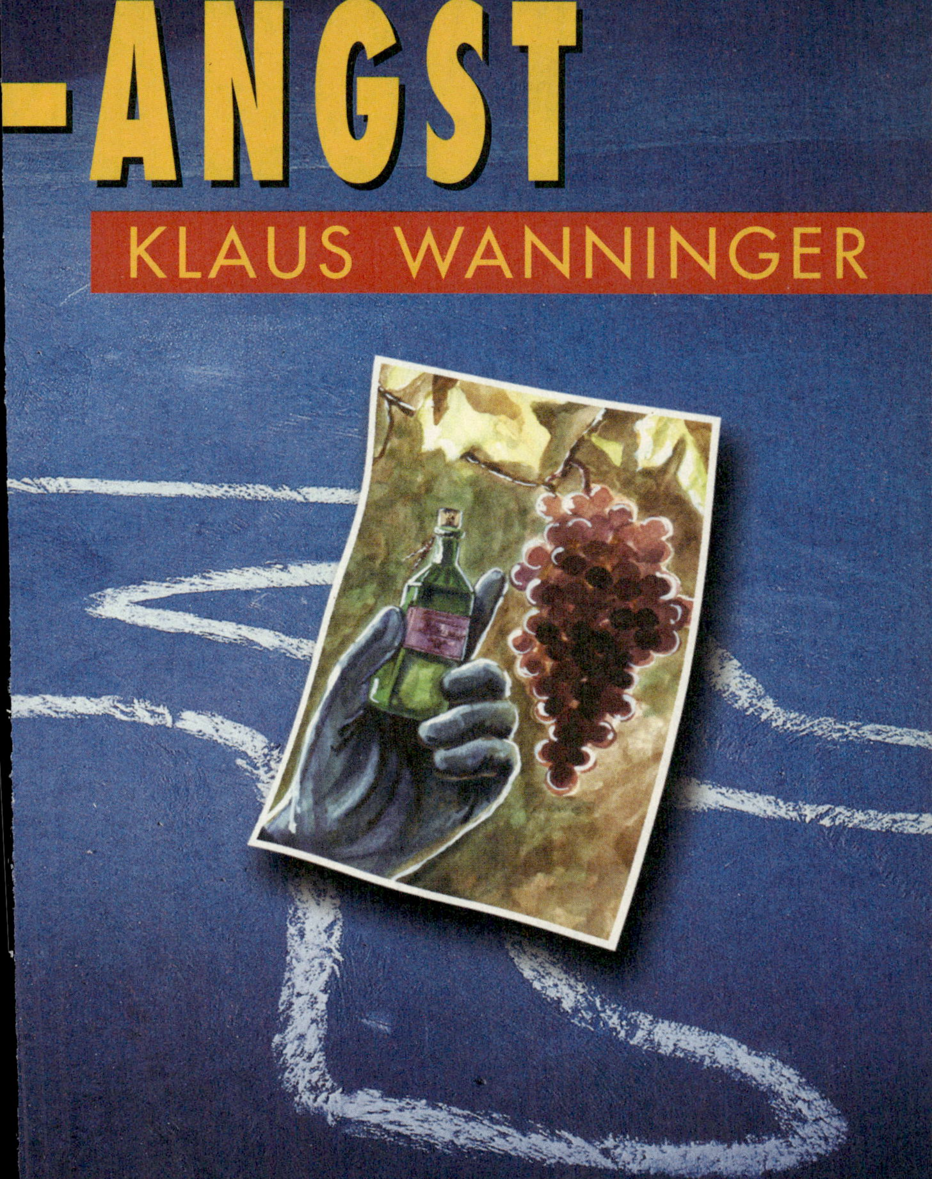
-ANGST
KLAUS WANNINGER

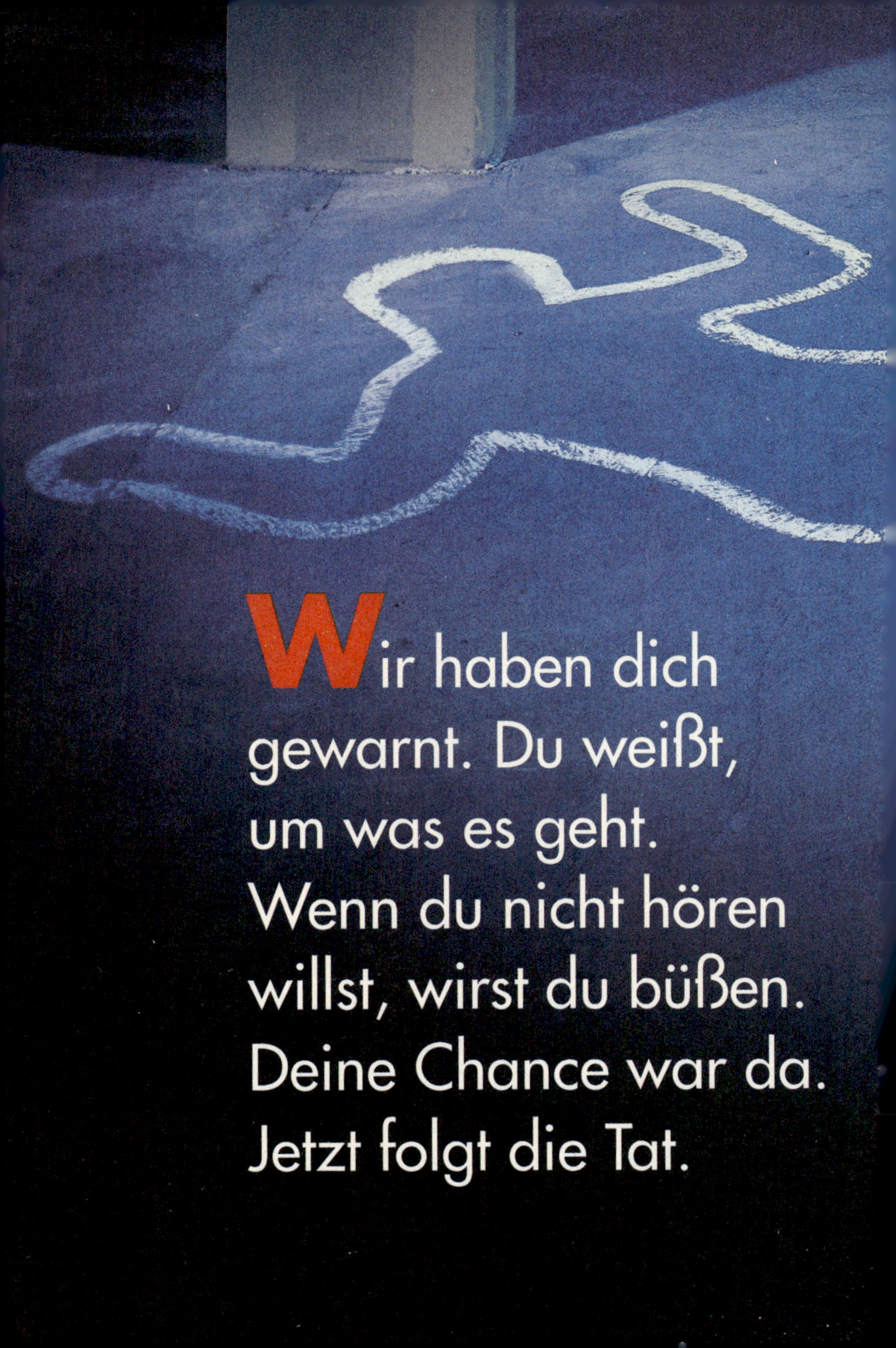
Wir haben dich gewarnt. Du weißt, um was es geht. Wenn du nicht hören willst, wirst du büßen. Deine Chance war da. Jetzt folgt die Tat.

1. Kapitel

Gerade als sie umkehren wollte, brach plötzlich die Sonne zwischen den Wolken hervor. Wochenlang hatte es fast ohne Unterbrechung geregnet. Fast der gesamte September, in anderen Jahren ein Monat voller Sonne, Wärme und üppig reifender Früchte, war dem nasskalten, viel zu früh ins Land gezogenen Herbstschmuddel zum Opfer gefallen.

Monique Gilbner blieb mitten auf dem breiten, mit Kies ausgelegten Weg stehen, der zur Grabkapelle der Königin Katharina auf dem Württemberg hinaufführte, und starrte zum Himmel. Die Wolkendecke war aufgerissen, Kaskaden von gleißendem Licht verzauberten die Landschaft mit einem spätsommerlichen Panorama.

Sie begriff es sofort als gutes Omen. Über Wochen hinweg hatten sie sich vorbereitet, Texte, Schritte, Abläufe auswendig gelernt und gemeinsam eingeübt. Heute Abend sollte „Das Fräulein Pollinger" vor seit langer Zeit ausverkauftem Haus seine Premiere erleben.

Monique Gilbner ließ die überraschendsten Elemente der überaus mutigen und unkonventionellen Neuinszenierung in Gedanken nochmals Revue passieren, war gespannt auf die Reaktion der Zuschauer. Die „tri-bühne" war eines der kleinsten Stuttgarter Häuser, jedoch als Experimentaltheater Sprungbrett für viele junge Schauspieler. Ein Erfolg als „Fräulein Pollinger", der ersten Hauptrolle ihrer vor drei Jahren gestarteten Karriere, eröffnete ihr – so hoffte sie – Chancen auf einen Platz in einem größeren, bekannteren Ensemble.

Die Rebhänge der umliegenden Hügel leuchteten in kräftig grünen, vereinzelt schon gelben Tönen. Die Dächer Rotenbergs auf dem Kamm der lang gestreckten Hügelkette präsentierten ihre frisch gewaschenen roten Ziegel. Hoch über ihr blinkte das Kreuz auf der Grabkapelle in glänzendem Gold.

Monique Gilbner fühlte intuitiv, dass die Premiere am Abend Publikum und Kritiker überzeugen und dem jungen Ensemble den erhofften Erfolg bringen musste.

Sie hatte den Kiesweg, der zur Grabkapelle hinaufführte, verlassen und schaute nun am nahen Mönchberg hinauf, folgte mit ihrem Blick den von rosinengroßen blauen Trauben bewachsenen Rebenzeilen, die sich steil nach oben wanden. Wenige Meter von ihr entfernt parkte ein einem Traktor ähnliches Gefährt, der Anhänger war mit landwirtschaftlichen Geräten beladen. Keine Menschenseele schien in der Nähe zu sein.

Sie wollte ihre Augen gerade wieder abwenden, als sie plötzlich unmittelbar neben dem Gefährt ein helles Glitzern bemerkte. Sie starrte auf den nassen Boden, sah wenige Meter entfernt eine langstielige Hacke, deren metallisch-silberne Zinken die Sonnenstrahlen reflektierten. Plötzlich begann die junge Schauspielerin am ganzen Körper zu zittern. Die Textseiten des „Fräulein Pollinger" glitten ihr aus den Händen und landeten auf dem nassen Wegrand. Voller Entsetzen starrte sie auf die im Gras des Weinbergs hingestreckte Gestalt, deren verkrümmte Körperhaltung und grimassenhaft verzerrten Gesichtszüge ihr unmissverständlich klar machten: Vor ihr lag ein Toter.

Monique Gilbners schrille Schreie waren bis hinauf zur Grabkapelle des Württembergs zu hören.

Steffen Braig, Kommissar beim Stuttgarter Landeskriminalamt, war erst vor wenigen Minuten nach Hause gekommen, als sein Handy läutete. Er hatte sein Büro an diesem Freitagnachmittag kurz nach 16 Uhr verlassen, war am Cannstatter Wilhelmsplatz noch in einen Supermarkt gegangen, um Lebensmittel für ein Wochenende mit seiner neuen Freundin zu besorgen.

Beim Verlassen der S-Bahn am Feuersee war er voller Vorfreude auf ein hoffentlich dienstfreies Wochenende mit Ann-Katrin Räuber gewesen – falls nicht wieder ein unvorhersehbares Ereignis, das seinen beruflichen Einsatz erforderte, dazwischenkam. Er hatte Wochenendbereitschaft, wusste, was ein Anruf auf seinem Handy bedeuten konnte.

Unangenehme Neuigkeiten vermutend, zog er es aus der Tasche, meldete sich.

Kriminalmeister Stöhrs Stimme verhieß nichts Gutes. „Sie müssen entschuldigen, wir haben einen seltsamen Todesfall!"

„Todesfall?" Braig reagierte gereizt. „Mord, ja?" Nur Stöhr war imstande, sich so umständlich auszudrücken.

„Mord. Wie es aussieht, ja. In Rotenberg. In der Nähe des Württembergs."

Braig kannte den idyllisch mitten zwischen Weinbergen gelegenen Vorort Stuttgarts. Er ließ sich von Stöhr die genaue Lage des Fundorts des Toten beschreiben, bat den Kollegen, die Kriminaltechniker zu benachrichtigen, und versprach, sofort nach Rotenberg aufzubrechen.

„Herrn Söhnle habe ich ebenfalls informiert“, schloss Stöhr.

Braig packte die Lebensmittel bis auf die Bananen in den Kühlschrank, wählte Ann-Katrins Nummer. Er hatte sich mit der jungen Kollegin angefreundet, seit diese bei einem gemeinsamen Einsatz in Backnang im Frühjahr von einem Verbrecher niedergeschossen und schwer verletzt worden war. Braig, der sich lange für das Unglück Ann-Katrins mitverantwortlich gefühlt hatte, war regelmäßig im Krankenhaus bei ihr zu Besuch gewesen. Wenige Wochen später bei der Verlegung Ann-Katrins ins Ludwigsburger Klinikum war beiden klar gewesen, dass sich zwischen ihnen mehr entwickelt hatte als nur die Beziehung zwischen Kollegen.

Tag für Tag hatte er sie besucht. Eine der Kugeln hatte ihre Milz getroffen, woraufhin ihr das Organ mittels einer komplizierten Operation entfernt worden war. Später hatte sich die Wunde bakteriell infiziert, was einen zweiten Eingriff erforderte.

Sechs Wochen Aufenthalt in einer Rehabilitationsklinik in Markgröningen hatten es Ann-Katrin zwar ermöglicht, fast normal aufrecht zu gehen, doch musste sie nach wie vor jede sportliche Betätigung und erst recht jede unüberlegte Bewegung dringend vermeiden. Zudem litt sie alle paar Tage unter erheblichen Schmerzanfällen, deren Ursachen noch nicht eindeutig ermittelt worden waren. Trotz ihres Alters von 29 Jahren war es ihr sechs Monate nach dem Attentat also noch nicht möglich, den Dienst als Kriminalmeisterin wieder aufzunehmen. Sie hatte in der Zwischenzeit ihre Wohnung in Kornwestheim an eine Freundin weitervermietet und war zu ihrer Mutter nach Ludwigsburg gezogen, um sich mit deren Hilfe langsam wieder auf ein geordnetes Leben vorzubereiten.

„Es tut mir Leid“, entschuldigte sich Steffen Braig am Telefon, „aber ich muss zu einem Einsatz. Rotenberg. Anscheinend das Übliche.“ Er versprach, die Untersuchung möglichst schnell durchzuführen und dann auf direktem Weg nach Ludwigsburg zu kommen.

DER FUNDORT des Toten war nicht schwer zu erreichen: Rotenberg lag gerade mal drei, vier Kilometer vom Landeskriminalamt entfernt.

Ein traumhaft schönes Panorama, überlegte Braig, als er sich einer Gruppe heftig diskutierender Menschen am Ortsende Rotenbergs näherte. Er grüßte die uniformierten Polizeibeamten, welche die Straßen mit einem rot-weiß gemusterten Plastikband abgesperrt hatten, wies sich aus. Keine hundert Meter weiter, einen Steinwurf unterhalb der Grabkapelle, sah er seine Kollegen. Der Himmel hatte inzwischen vollkommen aufgeklart. Die Sonne stand schon tief im Westen, warf ein mildes Licht auf die von wochenlangen Niederschlägen aufgeweichten Böden und Blätter der Weinberge.

Braig grüßte Markus Schöffler, den Kollegen von der Kriminaltechnik, klopfte Bernhard Söhnle, mit dem er seit Jahren zusammenarbeitete, auf die Schulter. Der Anblick der Leiche zu Füßen der Männer nahm nun seine gesamte Aufmerksamkeit in Anspruch. Braig betrachtete das vom Todeskampf verzerrte Gesicht des Verstorbenen, erkannte erst jetzt den Arzt, der vor der Leiche kniete.

„Dr. Keil, freut mich, Sie zu sehen."

Der Mediziner richtete sich schwerfällig auf. Er streifte die Plastikhandschuhe ab, begrüßte den Kommissar. Keil war ein älterer weißhaariger Mann mit einem bulligen Körper und dichten Augenbrauen. Seine Stimme klang rauchig und verschnupft. Braig schätzte den Mediziner aufgrund langjähriger Zusammenarbeit. Fast immer wurden seine Befunde durch die Ergebnisse der Obduktion bestätigt.

„Saubere Arbeit", spottete der Arzt, auf den Toten deutend, „war schon lange nicht mehr in meiner Sammlung."

Braig betrachtete den Leichnam voller Abscheu. Es handelte sich um einen Mann zwischen fünfzig und sechzig, dessen unangenehm verzerrtes Gesicht von zwei hellroten Flecken gezeichnet war. Er trug dunkelblaue, an den Seiten leicht verschmutzte Arbeitshosen, ein schwarz-rot kariertes Holzfällerhemd, darüber eine abgetragene Cordjacke. Eine Verletzung, die seinen Tod verursacht haben könnte, war nirgends zu erkennen. Sein Körper lag in leicht gekrümmter Haltung.

„Was wollen Sie damit sagen?", fragte Braig.

„Gift", erklärte der Arzt.

Der Kommissar sah überrascht zu ihm auf. „Gift?"

Dr. Keil nickte. „Noch haben wir ihn nicht obduziert. Aber ich müsste mich schwer täuschen."

Braig zeigte auf die Weinreben der Umgebung. „Spritzmittel?"

„Nein. Anfang Oktober darf nicht mehr gespritzt werden. Zyanidhaltige Mittel sowieso nicht."

„Zyanid?"

„Blausäure. Die Symptome sind deutlich genug. Der Geruch aus dem Mund", der Arzt deutete auf den Toten, „die hellrote Verfärbung einiger Körperstellen. Das ist fast schon klassisch."

„Selbstmord?“

„Das zu entscheiden ist Ihre Aufgabe.“ Dr. Keil streckte seine Hände weit von sich. „Allerdings wüsste ich nicht, womit er sich das Zeug zugeführt haben könnte. Ich konnte nichts finden. Ihr Techniker“, er wies auf Schöffler, „ebenso wenig. Keine Flasche, keine Ampulle, keine Tüte, nichts.“

„Wie schnell wirkt das Zeug?“

„Schnell. Sehr schnell. Sekunden, höchstens Minuten. Kommt natürlich auf die Konzentration an, aber …“

„Er kann es nicht in seiner Hand hierher gebracht haben?“

Dr. Keil schüttelte den Kopf. „Kaum. Dann hätte es ihn schon früher erwischt. Die Resorption durch die Haut funktioniert zwar langsam, aber dennoch gründlich.“

Braig musterte den Boden in der Umgebung und wandte sich Markus Schöffler zu. „Du hast dich bereits umgesehen?“

Der Kriminaltechniker nickte. „Noch nicht weiträumig, aber der kleine Bereich hat schon Interessantes ergeben: Fußabdrücke.“ Schöffler zog eine Plastikflasche aus seinem Koffer, bewegte sich vorsichtig von ihnen weg. „Ich bin gerade dabei, sie aufzunehmen. Auffallend kleine Füße. Sie können nicht von dem Toten stammen. Außerdem ziemlich frisch. Das Gras konnte sich noch nicht aufrichten.“

Braig seufzte laut. „Ich sehe schon, ihr gönnt mir kein ruhiges Wochenende.“ Er dachte an Ann-Katrin. Dann betrachtete er wieder den Toten, fragte nach dessen Identität.

„Papiere trug er keine bei sich“, erklärte Söhnle, „wir wissen aber trotzdem, um wen es sich handelt. Ein Nachbar hat ihn identifiziert.“ Er zog einen Zettel hervor, reichte ihn Braig.

Konrad Böhler war in krakeligen Buchstaben zu lesen.

„Er wohnt hier?“, fragte Braig.

„Am oberen Ende Rotenbergs.“

„Ein Landwirt?“

„Es sieht so aus.“

„Wer hat den Mann gefunden?“, fragte der Kommissar.

Söhnle blickte auf einen Zettel, las den Namen ab. „Monique Gilbner, eine junge Frau. Schauspielerin. Sie lernte für eine Rolle. Hier oben. Macht sie öfters, wie sie erklärte. Sie wohnt in Rotenberg und läuft durch die Weinberge, um ihre Texte zu pauken. Unterwegs sah sie ihn liegen. Klingt plausibel.“

Braig sah zur Kapelle hinauf, nickte. „Die Angehörigen des Toten. Wurden sie verständigt?“

„Nicht dass ich wüsste. Die beiden Beamten, die als Erste herkamen, sind damit beschäftigt, uns die Neugierigen vom Hals zu halten. Sollen wir …?“

Steffen Braig nahm Söhnles Vorschlag auf. Er verabschiedete sich von Schöffler und dem Arzt und ließ sich von Bernhard Söhnle mit Monique Gilbner bekannt machen, die etwas abseits, über einen Text gebeugt, im nassen Gras saß.

„Mein Name ist Braig. Ich komme vom Landeskriminalamt. Frau Gilbner, Sie haben den Toten entdeckt?“

Die Schauspielerin blickte ihn erschrocken an. „Ich habe doch schon alles erzählt. Kann ich immer noch nicht gehen?“ Sie schaute auf ihre Uhr. „Wir haben Vorstellung. Premiere. In der tri-bühne.“

Braig betrachtete die Frau. Sie war groß und schlank, um nicht zu sagen, dünn. Er schätzte sie auf Anfang 20, vielleicht sogar noch jünger. Er merkte, wie aufgeregt sie war.

„Ich will Sie nicht länger aufhalten. Wenn Sie mir nur ganz kurz noch einmal erzählen würden, wie Sie den Toten entdeckten?“

Die Frau schilderte den Hergang ihrer Beobachtung in knappen Sätzen, wies auf die Stelle, von der aus sie den Toten entdeckt hatte.

„Sahen Sie keine andere Person in seiner Nähe?“, fragte Braig.

Sie schaute ihn überlegend an, schüttelte den Kopf. „Eine andere Person? Aber die hätte ich doch um Hilfe gebeten.“

Braig dankte der jungen Frau für ihre Unterstützung, gab ihr seine Karte, bat sie, ihn zu informieren, falls ihr doch noch etwas einfallen sollte. „Wie heißt das Stück, in dem Sie spielen?“

„Das Fräulein Pollinger.“

Er verabschiedete sich von ihr und wünschte ihr alles Gute für ihren Auftritt. Bernhard Söhnles Kommentar ging im heftigen Geraune der wartenden Menschenmenge unter, das durch die Ankunft eines schwarz-grau lackierten Leichenwagens ausgelöst wurde. „Die ist völlig durch den Wind. Hoffentlich spielt sie keine wichtige Rolle in dem Stück.“

2. Kapitel

Das Haus Konrad Böhlers lag am oberen Ortsrand Rotenbergs, hoch auf dem Bergkamm, dessen Flanken im Südosten Weinreben, im Nordwesten Obstbäume trugen. Dem frisch renovierten

Fachwerkhaus war eine breite, von Büschen und Blumen gesäumte Terrasse vorgelagert, an deren Ende sich ein Stall befand.

Braig war froh, dass er die schlimme Nachricht nicht allein überbringen musste. Bei aller Routine, die Angst in den Augen der Partner oder Verwandten, den Moment des Begreifens des schrecklichen Geschehens in ihren Gesichtern mit ansehen zu müssen waren für ihn die unangenehmsten Minuten seiner beruflichen Tätigkeit.

Steffen Braig läutete. Die Glocke war deutlich zu hören. Zunächst bemerkte er keinerlei Reaktion. Er drehte sich um, betrachtete die Umgebung. Von seinem Standort aus hatte er einen prächtigen Rundumblick über rebenbestandene Hänge hinweg ins Tal.

Braig drückte erneut auf den Klingelknopf, schimpfte: „Scheint wohl niemand zu Hause zu sein." Er suchte die Fenster des Fachwerkhauses mit seinen Augen ab, merkte, dass alles still blieb. „Dann können wir nichts anderes tun, als es später noch einmal zu versuchen."

Sie begaben sich zurück zu ihrem Wagen, sahen einen älteren Mann, der im Nachbargarten Unkraut rupfte. Ohne lange zu überlegen, eilte Söhnle zu ihm, fragte nach Frau Böhler.

Der Mann ließ sich in seiner Arbeit nicht stören. „Die?", fragte er kurz. „Feiere wird se."

„Feiern?"

„Was denn sonscht, wo der Alte jetzt endlich abkratzt isch."

Bernhard Söhnle starrte den Mann mit vor Überraschung offenem Mund an, winkte Braig herüber. Offensichtlich hatte sich der Tod Böhlers bereits im Ort herumgesprochen.

„Wollen Sie damit sagen, dass das Verhältnis zwischen den beiden nicht besonders gut war?", fragte er laut, damit Braig jedes Wort verstand.

„Des woiß jeder im Ort. Do könnet Se frage, wen Se wellet. Wozu wellet Sie des überhaupt wisse? Zeitungsschmierfinke, wie?"

Söhnle schüttelte den Kopf. „Polizei. Mein Name ist ..."

„Dann lasset Se mi in Ruh! I verpfeif niemand." Abrupt wandte er sich von ihnen ab, stapfte schwerfällig zu seinem Haus.

Söhnle und Braig blieben stehen, riefen ihm nach: „Vielen Dank für Ihre freundliche Auskunft!"

Der Alte drehte sich um. „Dass oiner von dene eines schönen Tags de andere umbringt, überrascht in Roteberg niemand. Damit hent mir alle scho lang gerechnet. Die hent sich doch so schon halb tot gschlage!" Er bückte sich, zupfte einen Grashalm aus der Erde. „Kommet Se nach achte, wenn Se von der was wellet. No isch die feine Dame vielleicht zurück."

Söhnle nickte Braig zu. „Also heute Abend noch mal, ja?"

Sie fuhren hinunter ins Tal.

Die Worte des Nachbarn lagen Braig noch in den Ohren. Szenen einer zerrütteten Ehe. Falls der Nachbar auch nur in Ansätzen Recht hatte … Sie mussten die Frau genau überprüfen. Die meisten Verbrechen waren Beziehungstaten. Vielleicht hatten sie Glück und der Fall war im Handumdrehen gelöst, das Wochenende doch noch gerettet.

„Was glaubst du?", fragte Bernhard Söhnle mitten in Braigs Überlegungen. „Haben wir es mit einer Frau zu tun? Gift. Das klassische Tötungsmittel von Frauen, oder?"

Braig sah ihn erstaunt an. Diesen Aspekt hatte er bisher übersehen.

Söhnle bog in Untertürkheim in die Augsburger Straße ein. „Und dann noch die Fußabdrücke. Auffallend kleine Größe, wie Schöffler meinte."

„Du meinst, wir sollten uns voll auf Böhlers Frau konzentrieren?"

„Ich weiß es nicht. Zuerst müssen wir uns die Familienverhältnisse genau ansehen. Wenn wir dem Nachbarn glauben können …"

Braig nickte. „Sofern sich die Untersuchungsergebnisse wirklich bestätigen. Wie kommt man an Blausäure?"

„Keine Ahnung. Wir müssen die Techniker fragen."

„Ich fürchte, das gibt Arbeit. Apotheken überprüfen, Ärzte, Chemielabors."

Sie hatten das Amt erreicht. In seinem Büro im obersten Stockwerk angelangt, zog Braig Jacke und Hemd aus, hängte sie auf einen Bügel, streckte sich. Er lief zum Wasserhahn, füllte ein Glas, trank es leer. Dann ging er zu seinem Computer, gab den Namen des Toten ein, beauftragte das Suchprogramm, ihn zu überprüfen. Der Rechner arbeitete. Böhler war nirgendwo negativ aufgefallen.

Braig starrte auf den Monitor, nahm sein Telefon, wählte Ann-Katrins Nummer. Sie war sofort am Apparat.

„Hallo", grüßte er, „für heute Abend sieht es leider nicht so gut aus."

„Schade. Ich habe mich so auf deine freien Tage gefreut!"

„Mir geht's nicht anders."

„Ist es Mord?"

„Ich fürchte, ja. Blausäure."

„Wer ist der Tote?"

„Ein Weinbauer. Nichts weiter über ihn bekannt."

„Blausäure." Sie machte eine Pause, zögerte. „Ein schrecklicher Tod. Wer tut so etwas?"

„Ich weiß noch nichts. Wir müssen bei null anfangen."

„Dann wird es heute Abend nichts mehr." Sie sagte die Worte im feststellenden, nicht im fragenden Ton, konnte ihre Enttäuschung dennoch nicht verbergen.

„Ich werde versuchen, möglichst bald zu einem Ende zu kommen", erwiderte er. Er versicherte ihr seine Liebe, versprach, sich bald wieder zu melden.

Er überlegte gerade, den Rechner zu beauftragen, ihm alle Unterlagen auszudrucken, die er über Blausäure ausfindig machen konnte, als das Telefon läutete. Er hatte Dr. Keils sonore Stimme am Ohr.

„Weil ich die Neugier meiner Damen und Herren Kommissare kenne", erklärte der Arzt, „bin ich heute wieder besonders schnell. Die Sache mit der Blausäure hat sich bestätigt. Mit irgendeiner alkoholhaltigen Flüssigkeit eingenommen. Ich tippe auf Wein." Er hielt kurz inne. „Alles Weitere schriftlich in ein paar Tagen."

„Können Sie schon den Zeitpunkt des Todes bestimmen?"

„Zwischen fünfzehn und sechzehn Uhr."

Braig wollte sich gerade bedanken und den Arzt verabschieden, als ihm noch etwas einfiel. „Zyanid", sagte er, „wer kommt an das Zeug?"

Dr. Keils Lachen drang laut an sein Ohr. „Wer wird es schon haben? Apotheker, Laboranten."

„Sie sind sich sicher, dass es nicht zur Schädlingsbekämpfung oder Unkrautvernichtung in den Weinbergen eingesetzt wird?"

Dr. Keils Lachen dröhnte durch die Leitung. „Junger Freund, dann hätten wir alle paar Tage Gelegenheit, uns beruflich zu treffen." Er lachte noch immer, beruhigte sich nur langsam. „Nein, da müssen Sie sich schon woanders nach einem Täter umsehen."

Braig bedankte sich für die schnelle Information, legte auf. Wie war sie an das Gift gekommen? Er ertappte sich bei dem Gedanken, die Ehefrau des Toten bereits als Mörderin überführt zu haben, rief sich in Erinnerung, dass dieser Verdacht bisher nur auf den Aussagen des Nachbarn basierte.

Braig wählte Markus Schöfflers Handynummer. Wie er die gründliche Arbeitsweise des Kollegen kannte, war er sicher noch am Tatort. „Du bist noch in Rotenberg?"

„Wir sind zu dritt. Ich habe Verstärkung angefordert. Hutzenlaub und Camilleri sind dabei."

„Ihr sucht die Gegend weiträumig ab?"

„Es gibt eine zweite Person, eindeutig. Schuhgröße siebenunddreißig."

Siebenunddreißig, überlegte Braig. Eine Frau? Böhlers Frau?

„Wir haben Böhlers Abdrücke und die der anderen Person über mehrere Meter hinweg genau lokalisiert", erklärte Schöffler. „Der klatschnasse Boden bietet einmalige Chancen. Pech für den Täter. Er kam von der anderen Seite, quer durch die Reben. Am Rand des Weinberges, etwa an der Stelle, wo Böhlers Traktor steht, müssen sie sich getroffen haben. Dort stoßen die Abdrücke aufeinander. Es gibt keinerlei Anzeichen für einen Streit oder gar Kampf, die Männer standen sich gegenüber, sprachen vielleicht miteinander."

Die Männer, überlegte Braig. Oder eine Frau, seine eigene Ehefrau?

„Hätte es eine Auseinandersetzung gegeben, wäre der Boden weiträumig niedergetrampelt worden. Das ist ganz sicher nirgends der Fall."

„Dann hat Böhler seine Mörderin oder seinen Mörder gekannt."

„Vermutlich, ja."

Braig atmete tief durch. „Das engt den Kreis der potenziellen Täter auf jeden Fall ein. Bleibt nur die Frage, in welcher Form Böhler das Gift verabreicht wurde. Dr. Keil vermutet, mit Wein. Wäre das vorstellbar?"

Schöffler zögerte einen Moment mit seiner Antwort. „Warum nicht? Vielleicht bot der Typ ihm von seinem Mitgebrachten zum Trinken an. Wenn es ein Bekannter war …"

Braig stimmte dem Kollegen zu. „Die beiden prosten sich zu, der oder die andere simuliert aber nur, als würde sie ebenfalls trinken."

„Der Mörder nimmt die Flasche oder das Glas wieder an sich und verschwindet."

„Denselben Weg, den sie gekommen ist?"

„Denselben. Nur eine Rebenzeile weiter westlich, das haben wir schon eruiert."

„Dann hoffe ich, dass ihr ihre Spuren möglichst weit verfolgen könnt."

„Du sprichst von *sie* und *ihr*."

„Schuhgröße siebenunddreißig. Eine Frau."

„Das muss nicht unbedingt sein. Auch Männer haben manchmal kleinere Füße. Außerdem kann es ein Trick sein, um uns irrezuführen."

Braig musste Schöffler insgeheim Recht geben. „Vielleicht. Warten wir's ab." Er verabschiedete sich.

Bernhard Söhnle trat ein. „Ich habe etwas entdeckt“, erklärte er aufgeregt. Er baute sich vor Braigs Schreibtisch auf. „Die Frau des Toten.“

„Was ist mit ihr? Mach es nicht so spannend!“

„Ich gab meinem Suchprogramm die Aufgabe, alle Leute hier in der Umgebung auszudrucken, die Zugang zu toxischen Stoffen haben.“

„Und?“

„Marion Böhler, Stuttgart-Rotenberg, ist Apothekerin. In Bad Cannstatt.“

Braig pfiff laut durch die Zähne.

3. Kapitel

Zehn Minuten nach acht hatte Söhnle Marion Böhler endlich am Telefon. „Du glaubst es nicht, was die für ein Gezeter anstimmte, als ich ihr erklärte, dass wir heute Abend noch persönlich bei ihr vorbeischauen wollen. Als ob wir sie bei einem Verbrechen überraschen könnten“, erklärte der Kriminalmeister, als sie nach Rotenberg unterwegs waren.

„Du traust der Frau nicht?“

„Das zu beurteilen, ist es noch zu früh. Erst will ich persönlich mit ihr sprechen und beobachten, wie sie reagiert.“

Das Haus der Böhlers am Ortsrand Rotenbergs lag weitgehend im Dunkeln. Braig hatte Mühe, den Klingelknopf zu finden, läutete.

Marion Böhler ließ sich Zeit. „Sie haben es wirklich eilig“, erklärte sie mit kräftiger Stimme, als sie die Stufen zum Eingang des Fachwerkhauses hinaufstiegen.

Braig reichte ihr die Hand, zeigte seinen Ausweis, stellte sich und seinen Kollegen vor. Marion Böhler war von mittlerer Größe, hatte eine feine, schlanke Statur. Ihre Haare trug sie kurz, in einem modischen Hennaton gefärbt, das Gesicht dezent geschminkt. Im Gegensatz zu ihren Worten am Telefon war ihr keine Verstimmung anzumerken.

Sie führte die Männer in ein weiträumiges Wohnzimmer, das mit einer modernen dunkelroten Sofagarnitur, einem weißen Klavier und einem hohen Wandschrank ausgestattet war, bot ihnen Platz, dann auch Getränke an. Braig und Söhnle setzten sich, ließen sich Mineralwasser reichen. Nachdem sie die Flasche neben dem Sofa abgestellt hatte, nahm auch die Gastgeberin Platz.

„Sie müssen entschuldigen, mein Mann ist noch nicht hier. Ich kann Ihnen nicht einmal sagen, wo er sich aufhält.“

Braig hörte den kritischen Unterton in ihrer Stimme. „Sie gehen oft getrennte Wege?“ Sein Blick fiel auf ihre Schuhe; mittlere Größe, schätzte er, durchaus im Bereich dessen, was am Tatort festgestellt worden war. Ihr Körperbau war nicht besonders kräftig; wenn sie ihren Mann töten wollte, musste sie zu einem Hilfsmittel greifen. Gift, die Waffe der Apothekerin? Braig spürte, dass er sich von seiner Voreingenommenheit nur schwer befreien konnte. Er sah sich im Zimmer um. Nach einer Bauernstube sah es ganz und gar nicht aus.

Marion Böhler lachte leise. „Stundenlang im nassen Weinberg herumstapfen, Rebe um Rebe betatschen – das ist nicht jedermanns Sache. Mir scheint es reizvoller, einen Kaffee in angenehmer Umgebung zu trinken oder durch die Stadt zu bummeln. Fällt es schwer, das nachzuvollziehen?“

„Nein, überhaupt nicht. Sie waren den ganzen Nachmittag unterwegs?“

„Ich war in der Stadt, in Boutiquen, bummeln, einen Kaffee trinken. Ich erzählte es doch gerade.“ Sie griff nach ihrem Glas, nippte von dem Wasser. „Was, bitte, wollen Sie eigentlich von mir?“

Braig beobachtete sie misstrauisch, tat es ihr nach. Er schluckte langsam, stellte das Glas vorsichtig wieder zurück. „Es tut mir Leid, aber Sie wissen offensichtlich noch nicht, was mit Ihrem Mann …“, er stockte, überlegte, wie er die nächsten Worte formulieren sollte.

Die Frau blieb ruhig, wartete auf eine Erklärung.

„Frau Böhler, Ihr Mann wurde heute Nachmittag gegen 16 Uhr in Ihrem Weinberg gefunden. Tot.“

„Wie bitte?“

Sie war aus ihrem Sessel gesprungen, stand mit weit aufgerissenem Mund vor ihm und starrte ihn an.

Braig erhob sich ebenfalls, legte ihr beruhigend die Hand auf die Schulter. „Er wurde ermordet.“

Sie fiel wie in Trance in sich zusammen, plumpste in ihren Sessel zurück. Sie schwieg, versuchte das Ungeheuerliche zu begreifen.

Marion Böhler, die Mörderin ihres Mannes? Wenn ja, dann verfügte sie jedenfalls über eine außergewöhnliche schauspielerische Begabung, dachte Braig. Er betrachtete ihr von Entsetzen versteinertes Gesicht, sah, wie eine Träne über ihre linke Wange rann. Plötzlich richtete sie sich ruckartig wieder auf.

„Ermordet?“, fragte sie. „Heute Mittag?“

Braig wartete, bis sie wieder zu sich gefunden hatte, nickte mit dem Kopf. „Mit Zyanid.“

Sie schien sprachlos. Sekunden später bestätigte sie, dass sie ihn verstanden hatte. „Blausäure", hauchte sie.

Die Apothekerin, überlegte er. Würde ausgerechnet sie zu dem hochgefährlichen Zeug greifen? Sie, die die Polizei ihres Berufes wegen als Erste verdächtigen würde?

„Sie kennen sich aus?"

Marion Böhler kam langsam wieder zu sich. „Ich arbeite in einer Apotheke. In Cannstatt. Dreimal die Woche."

„Aber heute nicht."

„Heute? Nein, ich sagte Ihnen doch, ich war in der Stadt."

Braig spürte, wie sie wieder auflebte, schaute auf seine Uhr. Fünf vor neun. Marion Böhler schien stabil genug, weitere Fragen beantworten zu können. „Sie waren nicht bei Ihrem Mann im Weinberg?"

„Bei Konrad? Um Gottes willen, was soll ich dort?"

„Wie würden Sie den Zustand Ihrer Ehe bezeichnen?"

Sie stutzte, schaute ihn mit großen Augen an, antwortete nur zögernd. „Wir haben spät geheiratet. Ich war Ende dreißig, Konrad Anfang vierzig. Vielleicht verstehen wir uns deshalb so gut. Bis auf einige Reibereien könnte es nicht besser sein."

Braig schaute sie überrascht an, wunderte sich über die Dreistigkeit, mit der sie ihn belog. „Von welchen Reibereien sprechen Sie?", fragte er.

Sie antwortete nicht sofort. „Kleinigkeiten, nicht der Rede wert. Wie sie in jeder Beziehung ab und an mal vorkommen."

Es war nicht zu überhören, dass sie nicht die Wahrheit sagte.

„Haben Sie Zeugen für Ihren Einkaufsbummel heute Mittag?"

„Zeugen?"

„Haben Sie jemand getroffen? Unterwegs oder beim Kaffee trinken?"

„Nein, niemand."

„Das ist schlecht."

„Wieso?"

Er wusste nicht, ob sie ihn wirklich nicht verstand oder ihn zum Narren hielt. Immerhin war es möglich, dass sie unschuldig und vom plötzlichen Tod ihres Mannes schockiert war. Er musste seine Aggressionen bremsen. „Haben Sie Kinder?"

Sie schüttelte den Kopf.

„Verwandte oder Bekannte, die wir rufen könnten, damit Sie nicht allein sind?"

„Danke. Ich komme damit allein zurecht." Sie griff nach einem

Papiertaschentuch, putzte sich die Nase. „Ermordet“, fügte sie hinzu, langsam, wie in Zeitlupe. „Dann waren die Drohungen doch echt.“

Braig und Söhnle richteten sich gleichzeitig auf. „Von welchen Drohungen sprechen Sie?“

„Briefe. Ich dachte zuerst, Sie seien deswegen gekommen. Jetzt hat er die Polizei doch informiert, obwohl er die Sache bisher nur auf die leichte Schulter nahm.“

Braig wusste nicht, ob er der Frau glauben sollte. „Sie haben sie hier?“

Marion Böhler schüttelte energisch den Kopf. „Sie liegen in seinem Büro.“

„Können wir sie sehen?“

„Muss das unbedingt heute sein? Reicht morgen früh nicht auch? Das war sehr viel für mich.“ Der Tonfall ihrer Stimme hatte überraschend an Volumen gewonnen. Sie klang energisch, fast aggressiv.

Braig nickte und gab Söhnle mit einer Kopfbewegung zu verstehen, dass er aufbrechen wollte, erhob sich. „Wir können wirklich niemanden für Sie rufen?“

„Ich benötige Ihre Hilfe nicht, danke.“ Marion Böhler ging ihnen voran, begleitete sie bis zur Haustür.

„Schönen Abend noch“, sagte sie, als sie sich verabschiedeten.

Ob sie wirklich so unwissend war, wie sie getan hatte? Braig war sich nicht sicher.

Wusste sie von seinem Tod, war aber so clever, uns für einige Minuten die vom Schock der schlimmen Nachricht erschütterte Witwe vorzuspielen? Und um uns von sich selbst abzulenken, gaukelt sie jetzt die Existenz irgendwelcher Drohbriefe vor. Wer weiß, was für absurde Behauptungen sie uns morgen präsentieren wird. Ob ich mich wirklich so einfach von ihr abfertigen lassen soll? Oder tue ich ihr Unrecht? Er hatte Mühe, seine Gedanken zu ordnen.

ANN-KATRIN RÄUBER hatte keinen guten Tag gehabt.

„Ich konnte es fast nicht aushalten“, erzählte sie Steffen Braig am Telefon, als er kurz vor 22 Uhr zu Hause angelangt war und sich müde auf seine Couch geworfen hatte, „ohne Schmerzmittel wäre es nicht gegangen.“

„Wir müssen es jetzt mit einem anderen Arzt versuchen“, sagte er, „ich werde mich jetzt ernsthaft darum kümmern.“ Er beschloss, Dr. Keil in den nächsten Tagen privat anzurufen.

„Seid ihr weitergekommen?“, fragte Ann-Katrin.

„Nicht viel. Die Sache mit dem Gift hat sich bestätigt."

„Blausäure? Wer kommt an das Zeug?"

„Eine gute Frage. Wenn wir die Antwort wüssten, hätten wir den Fall so gut wie geklärt. Apotheker, Mitarbeiter in Chemielabors und solche Leute. Seine Frau ist Apothekerin."

„Oh." Ann-Katrin stutzte. „Und? Habt ihr sie euch schon vorgenommen?"

„Ich war mit Bernhard bei ihr. Wir trauen es ihr zu, wissen es aber nicht. Sie schien für einen Moment sehr betroffen, hatte sich aber schnell wieder in der Gewalt. Vielleicht etwas zu schnell."

Sie hatten noch lange darüber gesprochen, nachdem sie das Haus in Rotenberg verlassen hatten. Söhnle und er waren sich einig gewesen, dass das Verhalten der Frau keine eindeutige Antwort ergab. Nach mehr als einem Jahrzehnt Berufserfahrung vertraute Braig mehr und mehr seiner Intuition, seiner inneren Stimme. Natürlich beurteilte er einen Menschen zuallererst von seinem Verstand her. Aber das war nicht alles. Seine emotionale Auffassungsgabe erstreckte sich auch auf das Umfeld, die Atmosphäre, das Zusammenspiel von Aussage und Verhalten des Gesprächspartners.

Im Falle Marion Böhlers jedoch wagte er es nicht, ein vorläufiges Urteil über Schuld oder Unschuld zu fällen.

„Ihr zweifelt an ihren Aussagen?"

„Ich bin mir nicht sicher. Sie kann doch kaum so naiv sein zu glauben, wir würden im Fall des Gifttodes ihres Mannes nicht zuerst an sie, die Apothekerin, denken."

„Sonst gibt es keine Verdächtigen?"

„Noch ist es zu früh. Wir wissen fast nichts über den Toten. Allerdings haben wir Spuren." Er erzählte ihr von Schöfflers Beobachtungen, dem verblüffend kleinen Profil der Schuhsohlen.

„Ihr müsst euch auf den Toten konzentrieren, oder? Was war er für ein Mensch, mit wem hatte er es zu tun, beruflich, privat?"

Braig bestätigte Ann-Katrins Vorschlag. Sie mussten sich morgen informieren, zudem die angeblichen Drohbriefe ansehen.

„Was für ein Typ ist die Frau?"

„Ich kann sie noch nicht einordnen." Braig, den die Müdigkeit vollends zu übermannen drohte, versprach, am nächsten Morgen wieder von sich hören und sich auf jeden Fall in Ludwigsburg sehen zu lassen, und verabschiedete sich dann von ihr. Zehn Minuten später war er bereits eingeschlafen.

4. Kapitel

Am Samstagmorgen hatte Braig Mühe, wach zu werden und klare Gedanken zu fassen. Er gönnte sich nur eine kurze Dusche und ein karges Frühstück, um dann direkt nach Rotenberg zu fahren. Mit einem Team von drei Leuten, bestehend aus seinen Kollegen Beck, Söhnle und Stöhr, war er von acht Uhr an unterwegs, um alle Besitzer von Grundstücken im Bereich des Mönchbergs nach einer Person zu fragen, die am Freitagnachmittag dort irgendwo beobachtet worden war. Markus Schöffler und seinen Kollegen war es gelungen, die Schuhabdrücke des mutmaßlichen Täters bis an den Rand Untertürkheims nachzuweisen. Dort verloren sich die Spuren im Bereich der Augsburger Straße, die die Weinberge zu den Industrieanlagen des Stuttgarter Vororts hin begrenzte.

Ob sich jemand zur fraglichen Zeit überhaupt auf seinem Grundstück aufgehalten hatte, war unbekannt; sie mussten es riskieren, ihre Tour von Haustür zu Haustür völlig umsonst zu unternehmen. Noch am späten Freitagabend hatte Söhnle zudem die lokale Presse und die regionalen Rundfunksender darum gebeten, die Bevölkerung nach jemandem zu befragen, der an diesem Nachmittag im Bereich des Mönchbergs gesehen worden war.

Gegen zehn Uhr suchte Braig die Apotheke in der Nähe des Bad Cannstatter Wilhelmsplatzes auf, in der Marion Böhler drei Tage pro Woche arbeitete. Der Inhaber, ein stattlicher, betont höflich auftretender Mann Mitte fünfzig, war bemüht, seine Angestellte in einem vorteilhaften Licht darzustellen.

„Frau Böhler gilt bei unseren Kunden als kompetente, freundliche Mitarbeiterin."

„Das freut mich sehr", charmierte Braig. „Es gab in den letzten Jahren keinerlei Unregelmäßigkeiten oder Probleme in Bezug auf die Vollständigkeit Ihrer Bestände?"

Ein Kunde betrat den Raum. Steffen Braig trat zur Seite, wartete, bis der Mann bedient war. Erst als er den Laden wieder verlassen hatte, begann der Apotheker zu reden.

„Ich denke, Sie sind informiert."

„Informiert? Worüber?"

„Den Einbruch. Sie haben den Bericht darüber nicht gelesen?"

Braig musste zugeben, es versäumt zu haben. „Wann ist es passiert?“

„Vor dreieinhalb Jahren. Große Mengen an toxischen Stoffen wurden geraubt.“

„Etwa auch Zyanide?“

„Auch das, ja.“

„Die Sache wurde geklärt?“

„Leider nicht, nein. Und …“ Venner stockte, fuhr dann mit leiser Stimme fort. „Bei dem Einbruch wurde nichts zerstört.“

Braig betrachtete den Mann, glaubte zu verstehen.

„Wie viele Schlüssel für die Apotheke gibt es?“

„Vier. Meine Frau und ich haben je einen, dazu Frau Böhler und damals noch Frau Weiler. Diese hörte letztes Jahr bei uns auf. Sie bekam ein Kind.“

„Wer hinter dem Einbruch steckte, wurde nicht ermittelt?“

„Leider nicht. Ihre Kollegen verdächtigen wohl immer noch uns oder eine der beiden Frauen.“

„Ich nehme an, dass Sie über spezielle Schlösser verfügen.“

Der Apotheker nickte. „Wir sind ordnungsgemäß ausgestattet, ja. Schon allein wegen der Versicherung.“

„Dann sind die Schlüssel nicht so leicht nachzumachen.“

Braig spürte aufkommende Schmerzen in seinem Kopf, überlegte. Er musste sich die Akten über den Einbruch im Zentralen Verbrechensregister genauer ansehen, Frau Böhlers Rolle, die sie dabei gespielt hatte, überprüfen. Dreieinhalb Jahre – sollte sie so lange gewartet haben?

„Wissen Sie zufällig noch, welche Zyanidmenge gestohlen wurde?“

Der Apotheker trommelte nervös auf die gläserne Theke. „Genug für einen ganzen Straßenzug.“

Braig bedankte sich bei dem Apotheker für dessen Auskunftsbereitschaft.

Draußen stand die Sonne am Himmel, die Temperatur hatte jetzt schon zwanzig Grad überschritten. Vom Wetter her schien es ein Traumwochenende zu werden. Braig atmete kräftig durch, hoffte, seine Kopfschmerzen in der frischen Luft wieder zu verlieren.

Er überquerte die stadteinwärts führende Fahrbahn der Waiblinger Straße. Die Stadtbahn brachte ihn vom Wilhelmsplatz direkt in die Stuttgarter Innenstadt, wo er Konrad Böhlers Büro aufsuchen wollte.

„Sie haben ein Büro Ihres Mannes erwähnt“, hatte er die Frau bei seinem Telefonat am Morgen gefragt, „wo er Drohbriefe erhielt. Würden Sie mir bitte die Schüssel zu diesem Büro überlassen?“

Marion Böhlers Antwort war sehr kurz ausgefallen. „Sie brauchen keine Schlüssel. Die arbeiten auch am Samstag."

Mit Verwunderung hatte er vernommen, dass der Ermordete Mitinhaber einer Werbeagentur war, die mitten in der Stuttgarter City residierte. Sein Weinberg sei, so die Witwe, lediglich sein heiß geliebtes Hobby gewesen.

BÖHLER, DEPPNER, JUNGELS befand sich in der Theodor-Heuss-Straße unweit des Rotebühlplatzes. Braig wurde von Wolfhart Deppner, dem Partner des Ermordeten, wie sich der freundliche grauhaarige Mann vorstellte, begrüßt. Die Agentur verfügte über große, helle Räume. Mehrere auffallend junge Frauen und Männer saßen an Bildschirmen oder standen diskutierend in Gruppen vor breiten Tischen. Braig sah sich prüfend um, studierte die großformatigen Plakate an den Wänden, die ihm teilweise bekannt vorkamen. Werbung für Dosenmilch, Parfüm, Autos.

„Die stammen alle von Ihnen?", fragte er.

Wolfhart Deppner nickte, führte Braig in ein abgetrenntes, kleines Zimmer, in dem er offensichtlich selbst arbeitete. Schwäbische Bescheidenheit, dachte Braig.

Deppner wies auf einen Stuhl, wartete, bis sein Besucher Platz genommen hatte.

„Konrad hat sie akquiriert. Er war die wichtigste Person in unserer Firma. Ich kann mir beim besten Willen nicht vorstellen, wie wir ohne ihn auskommen sollen."

Er hatte Braig schon beim Eintreten erklärt, von Marion Böhler über den Tod ihres Mannes informiert worden zu sein.

„Sie hatten ein gutes Verhältnis zueinander?"

„Es wäre gelogen, wenn ich Ihnen etwas anderes erzähle."

„Auch Ihr dritter Partner, Herr Jungels?"

Wolfhart Deppner zuckte für einen Moment zusammen, versuchte dann, seinen Schreck zu überspielen. „Fragen Sie ihn selbst."

Die seltsame Reaktion seines Gesprächspartners hatte Braigs Neugier geweckt. „Wie lange arbeiten Sie schon zusammen?"

„Acht Jahre."

„Die Firma gehört Ihnen zu dritt?"

Wolfhart Deppner nickte.

„Es gab Spannungen hier in der Firma?"

Wolfhart Deppner ließ sich zu viel Zeit mit seiner Antwort. „Hier bei uns? Nein."

„Zwischen Böhler und Jungels zum Beispiel."

„Ach, das ist …"

„Warum hatten die beiden Streit?"

Die Miene des Mannes spiegelte unübersehbar wider, wie peinlich es ihm war, dass er Braig diesen Konflikt verraten hatte. „Das sind keine nennenswerten Dinge, nur harmlose Differenzen."

„In einem Mordfall ist nichts harmlos."

„Sicher nicht. Aber diese Angelegenheit hat mit dem Mord", er sprach das Wort langsam und vorsichtig aus, als könne er sich allein durch die Erwähnung des vorgefallenen Verbrechens verletzen, „nichts zu tun."

„Wieso sind Sie da so sicher?"

„Ich dachte, Sie seien gekommen, sich die Drohungen gegen Konrad anzuschauen."

„Gern, sobald Sie meine Frage beantwortet haben.

Wolfhart Deppner seufzte, wischte sich die Haare aus der Stirn. „Also, wenn Sie es unbedingt wissen wollen. Es geht um das Image unserer Firma."

„Könnten Sie mir das bitte genauer erklären?"

„Reinhard, Herr Jungels also, fürchtet, dass wir dabei sind, unseren durch jahrelange mühsame Arbeit erworbenen seriösen Ruf zu verspielen, wenn wir immer offensiver dazu übergehen, laute, marktschreierische Kampagnen zu entwickeln."

„Diese Kampagnen gehen auf Herrn Böhler zurück?"

„Richtig. Er versuchte, Aufträge an Land zu ziehen, die speziell junge Leute ansprechen, um unserem Haus ein weiteres Standbein zu verschaffen."

„Und die wurden dann laut und marktschreierisch?"

„Wenn Sie heute junge Menschen erreichen wollen, bleibt das nicht aus."

Braig betrachtete die Plakate an den Wänden. „Dann hat Herr Jungels jetzt gewonnen. Endgültig."

Wolfhart Deppner wehrte Braigs Bemerkung mit erhobenen Händen ab. „So dürfen Sie das nicht sehen, um Gottes willen. Das sind Diskussionen, denen wir uns stellen müssen. Im Dienst unseres Hauses."

„Herr Jungels weiß von dem Mord?"

„Ich konnte ihn noch nicht erreichen. Er ist seit Mittwoch in England. Geschäftlich."

Braig nickte, verzichtete auf weiteres Nachhaken. „Sie haben die Drohbriefe gegen Herrn Böhler hier?"

Wolfhart Deppner schob ihm kommentarlos ein Papier zu.

„Das ist alles?“ Braig nahm das Blatt, sah, dass der Text mit einer alten Schreibmaschine getippt war. Viele Buchstaben waren verwischt, einige nur halb ausgedruckt.

„Konrad hat die anderen Briefe zerrissen und weggeworfen.“

„Er hat mehrere erhalten?“

„Irgendwann, vor ein paar Wochen, fing er damit an. Es gebe Drohungen. Nichts Ernstzunehmendes, kaum der Rede wert. Ein Verrückter. Er wolle sich nicht damit befassen, habe das Zeug vernichtet.“

Der Text war nichts sagend, umfasste gerade einmal vier Zeilen.

Böhler, wir haben dich gewarnt.
Du weißt, um was es geht.
Wenn du nicht hören willst, wirst du büßen.
Deine Chance war da. Jetzt folgt die Tat.

„Wann ist das gekommen? Wer brachte es? Die Post, ein Bote? War es hier ans Büro gerichtet oder an seine Privatadresse?“

„Ich kann Ihnen nichts dazu sagen. Konrad legte es mir vorgestern auf den Schreibtisch. Ohne Kommentar.“

„Es muss doch wenigstens ein Kuvert geben“, erklärte Braig, „Schreiben dieser Art werden doch nicht offen übermittelt.“ Er hielt das Papier in die Höhe, sah den Falz in der Mitte. „Hier, es war gefaltet, einmal. Also suchen wir nach einem Kuvert der Größe DIN A5.“

„Er wird es längst weggeworfen haben.“

„Kann ich Herrn Böhlers Schreibtisch trotzdem einmal sehen?“

Wolfhart Deppner hatte keine Einwände. Er stand auf, bat Braig, ihm zu folgen. Der Kommissar ließ sich für das Schreiben eine Klarsichthülle geben, verließ den kleinen Raum.

Auf der anderen Seite des Großraums befand sich ein winziges Zimmer. Ein einfacher Schreibtisch mit Computer und Monitor, daneben ein kleiner Büroschrank samt Ablage, dazu zwei Stühle – das war alles.

Braig betrachtete das dürftige Inventar, sah, dass der Papierkorb leer war. „Wann war Ihr Kollege zuletzt hier?“

Wolfhart Deppner brauchte nicht lange zu überlegen. „Gestern“, antwortete er, „allerdings nur bis Mittag. Seine neue Kampagne war am Donnerstag fertig. Er wollte mittags unbedingt in seinen Weinberg, weil endlich besseres Wetter angekündigt war.“

Braig nickte, war schon dabei, den Schreibtisch nach einem Kuvert oder weiteren Drohbriefen abzusuchen. Arbeitsmappen mit Werbeentwürfen stapelten sich in den Schubladen, Verträge mit bekannten und unbekannten Firmen in dem kleinen Büroschrank. Er blätterte alles durch, ohne erst um Erlaubnis zu fragen.

Der Kommissar konnte nichts entdecken, was mit dem Drohbrief in Verbindung zu bringen war. „Vielen Dank für Ihre Hilfe“, sagte er dann, als Deppners kritische Miene kaum mehr zu übersehen war, „ich werde selbstverständlich alles vertraulich behandeln, mit absoluter Diskretion. So sinnlos unsere Untersuchungen manchmal wirken, oft helfen nur Zufälle weiter. Das Kuvert aus Versehen in die eine Kladde gesteckt, ein Drohbrief ohne Absicht in eine andere Mappe geraten – aber hier scheint mir das Glück nicht hold.“

„Konrad Böhler ist“, Wolfhart Deppner korrigierte sich mitten im Satz, „war ein ordentlicher Mensch.“

Braig sah sich in dem kleinen Zimmer um, wusste nicht, wo er noch suchen sollte. „Wer kann Herrn Böhler das geschickt haben?“

Kopfschütteln.

„Ich bedanke mich für Ihre Hilfe. Den Brief nehme ich mit.“

„Wenn Sie mich außerhalb der Geschäftszeiten sprechen wollen, hier ist meine Nummer. Ich habe allerdings kein Handy.“ Deppner reichte ihm eine Visitenkarte, nahm Braigs Gegenstück an sich.

Der Kommissar verabschiedete sich. Es war Samstagmittag kurz vor eins.

5. Kapitel

Kurz nach 14 Uhr hatten Beck, Söhnle und Stöhr bis auf zwei Familien, die nicht anzutreffen waren, alle im Grundbuch als Weinbergbesitzer aufgeführten Personen sowie die von diesen benannten Pächter mit ihrem Anliegen konfrontiert – erfolglos, wie Braig von seinen Kollegen telefonisch erfuhr.

Auch die Aufrufe in Rundfunk und Presse hatten bisher keine Ergebnisse gebracht.

Braig hatte sich nach seinem Gespräch mit Wolfhart Deppner in einer Bäckerei Brezeln und Brötchen besorgt und sie im Büro mit Kaffee zu sich genommen, dann ausführlich mit Ann-Katrin telefoniert und ihr hoch und heilig versprochen, sich spätestens am Abend bei ihr einzufinden. Im Eingangsbereich des LKA war er Markus Schöffler begegnet, hatte ihm den Drohbrief übergeben und ihn gebeten, das Schreiben auf eventuell nachweisbare Fingerabdrücke zu überprüfen und einen Schriftvergleich mit gespeicherten Druckbildern durchzuführen.

Jetzt schaltete Braig den Computer ein, um sich ins Zentrale Verbrechensregister einzuloggen. Er ließ sich die Beschreibung des Einbruchs in die Bad Cannstatter Apotheke ausdrucken. Der Tathergang sowie die durch den Besitz eines Schlüssels automatisch in Verdacht geratenen Personen entsprachen genau der Schilderung Gerhard Venners.

Obwohl Gerhard und Susanne Venner, Marion Böhler und Bettina Weiler alle gründlich überprüft und nicht nur bezüglich ihrer jeweiligen Alibis, sondern auch ihrer Lebensführung akribisch abgecheckt worden waren, hatte sich kein genauerer Tatverdacht ergeben. Der die Ermittlungen leitende Stuttgarter Hauptkommissar Arthur Ulmer ging anhand der großen Menge entwendeter toxischer Stoffe davon aus, dass, da es sich um ein Auftragsdelikt handelte, keine der vier Personen unmittelbar beteiligt, wohl aber durch das Verleihen der Schlüssel an die Hintermänner oder Diebe involviert war.

Nach diesen Ausführungen folgte eine Übersicht über die gestohlenen Pharmazeutika. Braig überflog die Liste ohne große Konzentration, weil er mit den vielen Fremdwörtern ohnehin wenig anzufangen wusste, hielt erst bei der Erwähnung des für ihn relevanten Stoffes inne. *Zyanide, ca. 800 Gramm.*

Für wie viele Opfer reichte diese Menge?

Er wählte die Nummer der Kriminaltechniker, hatte Helmut Hutzenlaub am Ohr. „Hier ist Braig, entschuldige die Störung. Wie viel Zyanid reicht für eine tödliche Dosis?“

„Was weiß ich“, brummte Hutzenlaub, „je nach Körpergewicht und so. Maximal wenige Milligramm.“

Braig spürte die Ungeduld des Kollegen, wollte ihn nicht länger aufhalten, dankte kurz und verabschiedete sich. Immerhin war Samstagnachmittag. Wer immer auf das Zeug scharf gewesen war, er oder sie hatte ein gigantische Vernichtungspotenziale eröffnendes Mittel erbeutet.

Braig spürte seine Kopfschmerzen, lief zum Wasserhahn, klatschte sich kaltes Wasser ins Gesicht.

Hinter ihm klopfte es: Bernhard Söhnle. Der Kollege war bleich wie ein Leintuch.

„Ist dir nicht gut?“, fragte Braig.

Söhnle schüttelte unsicher den Kopf, hatte Schwierigkeiten zu einem ordnungsgemäßen Satz zu finden. „Ich wollte dir noch sagen, wegen der Böhler, wir haben weitere Nachbarn gefragt, als wir die Besitzer und Pächter des Weinbergs interviewten.“

Braig sah, wie Söhnle am ganzen Körper zitterte.

„Eine ältere Frau, sie wohnt mitten im Ort, vielleicht zweihundert Meter von den Böhlers entfernt. Anna Häfele. Sie fegte gerade die Straße. Mord und Totschlag, meinte sie, sei das Einzige, was ihr zu den Böhlers einfalle. Für sie war es keine Frage, wo wir den Täter oder die Täterin, zu suchen hätten. Ein anderer Nachbar, seinen Namen wollte er allerdings nicht verraten, sprach von vielen Auseinandersetzungen, die es in letzter Zeit zwischen den Böhlers gegeben habe.“ Er hatte Mühe, sich aufrecht zu halten, stützte sich an Braigs Schreibtisch ab.

„Vielen Dank für die Information. Du gehst jetzt nach Hause, oder?“

Söhnle nickte, versuchte ein verkrampftes Lächeln. „Ich bin im Moment nicht ganz auf dem Damm.“

Braig kannte die gesundheitlichen Probleme des Kollegen, wusste, dass Söhnle sich nicht darauf ansprechen lassen wollte. Er wusste, was der Mann in den letzten Jahren privat wie beruflich mitgemacht hatte. Die kinderlose Ehe des Kriminalmeisters war in die Brüche gegangen, nur wenige Monate bevor ein bewaffneter Amokläufer Söhnle bei einer nächtlichen Ermittlung in Ludwigsburg als Geisel gekidnappt und mehrere Stunden in seiner Gewalt gehalten hatte.

Hinzu kam eine Krebsdiagnose. Vor mehr als einem Jahr hatten die Ärzte der Tübinger Universitätsklinik bei ihm Krebs diagnostiziert. Die Aussage von einem der behandelnden Mediziner, die Erkrankung stehe höchstwahrscheinlich in unmittelbarem Zusammenhang mit Söhnles jahrelanger Dienstverpflichtung zur Begleitung unzähliger Castor-Transporte zur radioaktiven Entsorgung des Atomkraftwerkes Neckarwestheim, hatte sich trotz aller Sanktionen und Vertuschungsversuche vonseiten des zuständigen Ministeriums im gesamten Amt verbreitet.

Für Söhnle war sein Gesundheitszustand ein absolutes Tabu. Jede Frage nach seinem Befinden, jede noch so freundlich geäußerte Empfehlung, er solle sich schonen, wurde von ihm übergangen oder schroff zurückgewiesen.

Braig sah, wie der Kriminalmeister mit unsicherem Gang aus seinem Büro taumelte. Er hatte Mühe, sich zurückzuhalten.

Steffen Braig musste sich auf Marion Böhler konzentrieren, so schwer es ihm im Moment auch fiel. Es war dringend notwendig, nochmals mit der Frau zu reden, sie auf die Lüge, mit der sie ihm ein harmonisches Eheleben vorgegaukelt hatte, sowie auf den Einbruch anzusprechen, ihr Alibi gestern Mittag und ihre Schuhgröße zu überprüfen – so schnell wie möglich, ungeachtet ihrer Situation.

Braig griff zum Telefon, rief bei Marion Böhler an. „Hier ist Braig vom Landeskriminalamt. Kann ich kurz bei Ihnen vorbeikommen? Ich habe ein paar dringende Fragen."

„Dann stellen Sie sie am Telefon."

„Das geht nicht", wehrte er ab. „Es ist zu kompliziert." Ich muss sehen, wie sie reagiert, sagte er zu sich selbst. „Ich komme heute Nachmittag. Wann geht es bei Ihnen?" Er wusste, wie unverschämt er war, bestand dennoch auf seinem Vorhaben.

„Also gut, Sie geben doch keine Ruhe. Aber nicht vor vier." Sie hatte den Hörer aufgelegt, bevor er noch reagieren konnte.

Er schaute auf seine Uhr, spürte den Ärger. Fünf vor drei. Er hatte keine Lust, unnötig Zeit zu vertrödeln.

Zwanzig vor vier stand Braig vor Marion Böhlers Haus. Er läutete, wurde mit aggressivem Gesichtsausdruck empfangen.

„Höflichkeit und Rücksicht sind nicht Ihre Sache."

„Manchmal nicht, nein. Tut mir Leid."

Marion Böhler trug einen schwarzen Hosenanzug, dazu eine graue Bluse. Er warf einen Blick auf ihre Schuhe, schätzte, dass von der Größe her nichts dagegensprach.

Sie führte ihn ins Wohnzimmer, bot ihm mit mürrischer Stimme Platz, diesmal aber nichts zu trinken an.

Braig ließ sich vorsichtig auf dem dunkelroten Sofa nieder, wartete, bis sie es ihm gleichgetan hatte. „Sie haben uns gestern Abend nicht die Wahrheit erzählt", begann er ohne diplomatische Umschweife, „zumindest nicht in einem Punkt."

„Welcher Punkt soll das sein?"

„Die ständigen Streitereien mit Ihrem Mann."

„Streitereien, pah! Wer behauptet diesen Quatsch?" Sie hatte nichts von ihrer anfänglichen Aggressivität verloren.

„‚Mord und Totschlag'. So wird Ihr Verhältnis beschrieben. Von mehreren Zeugen, unabhängig voneinander."

„Blödsinn." Ihre Stimme hatte etwas an Kraft verloren.

„Weshalb stritten Sie so erbittert miteinander?“

„Das verstehen Sie nicht.“

„So billig können Sie mich nicht abspeisen. Geben Sie mir eine vernünftige Antwort.“

Marion Böhler betrachtete ihn mit zerfurchter Stirn, schien mit sich zu ringen, wie sie reagieren sollte. „Heftigen Streit hatten wir erst seit ein paar Monaten“, erklärte sie dann. „Konrad lebte Tag und Nacht nur für seine Firma, tourte durch halb Europa, um neue Aufträge zu akquirieren und immer bombastischere Werbekampagnen zu entwickeln, und erinnerte sich überhaupt nicht mehr daran, dass er verheiratet war. Kam er dann doch einmal nach Hause, werkelte er jede freie Sekunde in seinem Weinberg.“

„Das war alles?“ Braig wusste nicht, ob er die Antwort akzeptieren sollte. Sie schien ihm zu deutlich als Ausrede vorgeschoben.

„Sie können sich nicht in meine Lage versetzen, wie?“

Er schüttelte den Kopf. „Sie sind doch selbst berufstätig, gehen gern in die Stadt, bummeln, wie Sie mir erzählt haben.“

„Na und? Glauben Sie, es macht Spaß, ständig allein unterwegs zu sein?“

Braig merkte, dass er auf Granit biss. Er ließ das Thema daher fallen.

„Sie haben die Schlüssel zu Ihrer Apotheke hier im Haus?“

Marion Böhler zeigte nicht die geringste Überraschung. „Sie haben von dem Einbruch, der vor mehr als drei Jahren stattfand, erfahren. Die Schlüssel sind hier, in der Tat.“

„Achthundert Gramm Zyanide wurden gestohlen.“

„Neben vielen anderen Giften, ja. Soll ich sie Ihnen alle aufzählen?“

Ihre clevere Antwort verschärfte seinen Argwohn. „Sie können sich nicht vorstellen, dass mich das misstrauisch macht, jetzt, nach dem Tod Ihres Mannes?“

„Nein, das kann ich mir nicht vorstellen, dass ich vor mehr als drei Jahren einen Einbruch in die eigene Apotheke vortäuschte, nur um dann über vierzig Monate später meinen Mann mit Blausäure vergiften zu können.“

„Vielleicht diente der Einbruch noch anderen Zwecken. Ich weiß nicht, was Sie alles planen.“

„Ganz Rotenberg ins Jenseits befördern, was glauben Sie denn?“ Marion Böhler war aufgesprungen, starrte Braig mit vor Wut weit aufgerissenen Augen an. „Die böse Apothekerin mit ihrem vielen Gift – wer wird ihr als Nächstes zum Opfer fallen?“

6. Kapitel

Zehn Minuten vor neun stand Wolfgang Reck vor dem Eingangsportal der evangelischen Juliana-Kirche in Großaspach. Seit frühester Kindheit war er begeisterter Musiker. Kurz nach dem Beginn seiner Gymnasialzeit war er auf eigenen Wunsch zur Kirchenmusik gewechselt, hatte in der Backnanger Stiftskirche das Orgelspielen gelernt.

Er erspielte sich im Lauf der Zeit mit Ferien- und Notfalleinsätzen einen solch guten Ruf, dass ihm schließlich von seiner Heimatgemeinde eine halbe, zu 14-tägigen Diensten verpflichtende Organistenstelle angeboten worden war, die er vor mehr als drei Jahren angetreten hatte. Heute, im zweiten Monat seiner neuen Tätigkeit als Zivildienstleistender, übte Wolfgang Reck sein sonntägliches Engagement mit nicht nachlassender Begeisterung aus.

Wolfgang Reck griff in seine Tasche, zog den Schlüssel heraus, steckte ihn ins Schloss des Haupteingangs. Er drehte den Schlüssel im Schloss, spürte aber, dass die Tür gar nicht verschlossen war. Überrascht drückte er die Klinke nieder. Das schwere Portal gab nach, schwang mit dem gewohnten Quietschen nach außen. Neugierig starrte der junge Organist in das Gotteshaus.

Zwei- oder dreimal in den Jahren, in denen er hier praktizierte, hatte irgendjemand vergessen, am Samstagabend abzuschließen, vielleicht ein Mitglied der Pfarrfamilie, die Mesnerin oder einer der gelegentlichen Besucher, denen erlaubt worden war, in freien Stunden auf der Orgel zu spielen.

Wolfgang Recks Augen benötigten einige Sekunden, um sich an das gedämpfte Licht des Innenraums zu gewöhnen, dann nahm er den geradlinigen Gang wahr, der vom Eingang direkt zum Altar und der dahinter untergebrachten Orgel führte.

Der junge Kirchenmusiker rief vorsichtshalber ein kräftiges „Ist jemand da?“, trat dann ins Innere, als außer dem Echo der eigenen Worte keine Antwort erfolgte. Er zog die Tür hinter sich zu, folgte dem Gang durch die Kirche.

Die in verkrümmter Haltung auf den Boden seitlich neben der Kanzel gekauerte Gestalt nahm er erst wahr, als er den vorderen Teil der Kirche erreicht hatte. Er blickte zur Seite, sah eine grässlich verzerrte Grimasse, die zu ihm heraufzustarren schien, glaubte im ersten Moment, der Mann sei gerade dabei aufzuspringen, um sich auf ihn zu werfen.

Erschrocken stolperte er einen Schritt zurück, ließ die schmale Tasche mit den Notenblättern fallen, wartete auf die Attacke des anderen. Die Ledermappe schlug mit einem lauten Knall auf dem Boden auf, ließ ein Bündel Blätter über die Fliesen gleiten, direkt auf die neben der Kanzel kauernde Gestalt zu.

Als sich das Echo des Aufpralls in den Ecken des kleinen Gotteshauses brach, erwachte Wolfgang Reck aus seiner Trance. Im Bruchteil einer Sekunde wurde ihm klar, dass von der Person vor ihm keine Gefahr mehr ausging. Der junge Organist rannte durch das Gotteshaus, drückte die Klinke nieder und spurtete schreiend ins Freie.

STEFFEN BRAIGS Handy läutete beim Frühstück. Er saß mit Ann-Katrin und deren Mutter am reich gedeckten Tisch. Ein Brötchen mit Olivenpaste kauend, nahm Braig das Gespräch an.

„Weißhaar hier, es tut mir Leid, wenn ich störe."

„Was liegt an?" Er sprach mit vollem Mund.

„Ein Toter in einer Kirche in Großaspach. Der Organist. Und um es dir gleich zu sagen: Gift."

Braig schluckte vor Schreck die halb zerkauten Brötchenteile hinunter. „Gift? Doch nicht etwa …"

„Blausäure." Weißhaar war ihm zuvorgekommen. „Soeben vom untersuchenden Arzt bestätigt."

Braig sprang von seinem Stuhl auf, fuhr sich durch die Haare. „Kein Wort an die Presse. Hörst du, kein Wort."

„Ich werde versuchen, es zu verhindern. Kümmerst du dich um die Sache? Die Techniker sind bereits unterwegs."

„Gut. Ich mache mich ebenfalls auf den Weg." Er drückte eine Taste und steckte das Handy weg.

Ann-Katrins Augen glühten vor Wut. „Manchmal kotzt es mich richtig an", zischte sie. „Können wir nicht mal den Sonntag für uns haben?"

„Tut mir Leid. Mir wäre es auch lieber …"

„Das weiß ich. Nur hilft uns das nichts. Dieser ganze Mist! Und was erwartet dich jetzt wieder?"

„Blausäure", sagte er kurz, schwieg dann für einen Moment. Natürlich hatte sie Recht. Gestern war er am späten Nachmittag bei ihr eingetroffen, schon bei der Ankunft müde und abgearbeitet, reif für eine lange Nacht mit nichts als tiefem Schlaf, unfähig, sich auf sie und ihre

Zweisamkeit zu konzentrieren. Aus dem abwechslungsreichen Abend, auf den sie sich seit Tagen gefreut hatten, war nichts geworden.

„Dieselbe Sache wie am Freitag?“, fragte Ann-Katrin.

Braig trank seine Tasse leer. „Ich fürchte, ja.“

„Tut mir Leid für dich.“

In Gedanken versunken machte er sich auf den Weg. Noch ein mit Blausäure vergiftetes Opfer? Derselbe Täter wie in Rotenberg? Ein Mord in einer Kirche?

Großaspach mit seinen 3000 Einwohnern lag malerisch vor dem Halbrund der von Weinbergen gezeichneten Südwestflanke des Schwäbischen Waldes. Die Kirche war schon von weitem zu sehen. Sie lag auf einer leichten Erhöhung am Ortsrand, und Braig fielen sofort ihr wuchtiger Chorturm und der malerische Fachwerkgiebel des nahen Pfarrhauses ins Auge.

Seine Gedanken dagegen hatten jede Orientierung verloren. Schon wieder Blausäure – derselbe Täter, dieselbe Täterin also? Oder nur ein Nachahmer, eine jener ruchlosen Gestalten, die im Windschatten eines anderen Verbrechens ihren Mordgelüsten frönten? Die dritte Möglichkeit: Zufall. Zwei unabhängig voneinander ans Werk gegangene Täter.

Braig wollte es nicht glauben. Zufälle in dieser zeitlichen und geografischen Nähe waren zu selten. Wenn es sich hier tatsächlich wieder um ein Verbrechen mit Zyanid handelte, musste die Schlussfolgerung *Tat eines Serienmörders* lauten. Und was das in Bezug auf die Arbeit, den Stress, die Hektik der nächsten Wochen und die Hetze der Boulevardpresse bedeutete, wusste Braig aus Erfahrung.

Er bog in die Einfahrt zum Ort ab. Eine fast unübersehbare Menge Menschen bevölkerte die Straßen, Wege und Grünflächen rund um die Kirche. Sie standen in Gruppen zusammen, waren in eifrige Gespräche vertieft. Eine knappe Hand voll uniformierter Beamter war damit beschäftigt, den direkten Eingangsbereich des Gotteshauses von Unbefugten freizuhalten.

Braig stellte seinen Wagen auf dem einzigen noch freien Platz am Rand des Kirchengeländes ab, schob sich durch die laut diskutierenden Passanten auf den Eingang zu. Dort sah er Polizeiobermeister Busch vom Backnanger Polizeirevier mit weit ausgebreiteten Armen vor dem Eingang stehen. Der Mann hatte Mühe, die Neugierigen davon abzuhalten, einen Blick ins Innere des Gotteshauses zu werfen.

Steffen Braig schob sich bis zu ihm vor, grüßte ihn, erinnerte sich an mehrere Einsätze, bei denen sie sich begegnet waren. „Kein schöner Sonntag heute", sagte er.

Busch schüttelte den Kopf. „Weiß Gott nicht, nein." Der Polizeiobermeister wies ins Innere des Gotteshauses. „Ihre Kollegen sind schon da. Der Typ sieht schrecklich aus."

Der Kommissar nickte Busch zu, zog das Portal auf, trat in die Kirche. Vorne am Altar tasteten zwei Männer, von grellen Scheinwerfern in gleißendes Licht getaucht, mit kleinen Pinseln vornübergebeugt die blank geputzten Fliesen ab.

„Der Abdruck hat höchstens Größe siebenunddreißig oder achtunddreißig", hörte er eine Stimme sagen.

Braig erkannte den Mann sofort, schob sich vorsichtig nach vorne. „Welcher Abdruck?", fragte er laut.

Helmut Rössle schob seinen Kopf nach links, warf Braig einen Blick zu. „Alle achtzig Deifel von Sindelfinge, hat's dich heut au no erwischt?"

Der Kommissar begrüßte ihn und Helmut Hutzenlaub, der direkt neben ihm arbeitete, sah unmittelbar vor der Kanzel den Rücken einer Person, die mit einem Gegenstand, den ihr Körper vollkommen verdeckte, beschäftigt schien.

„Welcher Abdruck?", wiederholte Braig.

„Schuhe", erklärte Rössle, „hier auf dem Teppich vor dem Altar. Nicht vom Toten. Dessen Füße sind größer, mir hent sie schon überprüft."

Größe 37 oder 38. Wie in Rotenberg, arbeitete es in Braig. Er spürte, wie seine Hände zitterten.

„Deiner Kollegin Neundorf han i des au schon erzählt."

„Sie ist auch hier?" Braig wunderte sich. Neundorf hatte ebenfalls ihr freies Wochenende. Wer hatte sie alarmiert?

„Mir hent sie vorhin in Waiblingen mitgnomme. Weißhaar hat uns den Auftrag gegeben. Sie spricht gerade mit dem Pfarrer oder der Mesnerin – i woiß es net genau."

Braig schaute zur Seite, sah, dass sich die Person vor der Kanzel aufrichtete und ihm das Gesicht zuwandte. Es war ein schmächtiger Mann mit dichtem schwarzem Vollbart. Braig erinnerte sich, ihn schon einmal gesehen zu haben.

„Schweisser", sagte der Mann, streckte ihm die Hand entgegen, „ich bin der Arzt."

Sie begrüßten sich, starrten auf den Toten. Dessen Gesicht war grauenhaft verzerrt, ähnlich wie Braig es nach dem Anblick am Freitag in Rotenberg erwartet hatte. Auf der rechten Wange hatte er einen großen, hellroten Fleck. Er trug einen dunkelbraunen Anzug, ein weißes, jetzt am Bauch vom Arzt aufgeschnittenes Hemd, dazu eine dunkelgrüne Krawatte. Wie bei der Leiche in Rotenberg war nirgends eine Verletzung zu erkennen. Braig hatte Mühe, das Alter des Mannes einzuschätzen. Über fünfzig, überlegte er.

Er wandte sich von dem Toten ab, lief ein paar Schritte von der Kanzel weg. „Gift“, sagte er, „Blausäure.“

Dr. Schweisser nickte. „Ich bin zwar kein klinischer Pathologe, aber dieses Urteil traue ich mir dennoch zu. Die Muskulatur, die Flecken, die Körperhaltung, sogar der Geruch aus seinem Mund – alles wie im Lehrbuch.“

„Kennen wir seine Identität?“

„Ihr Kollege hat es notiert.“ Der Arzt zeigte auf Rössle, der auf dem Boden unmittelbar vor der Orgel kniete und ein feines Pulver verstreute.

„Wie heißt der Mann?“ Braig hatte sich dem Kriminaltechniker genähert.

„Bernhard Hemmer, mit e. Der Organist, der ihn gefunden hat, kennt ihn.“

„Der Tote hat keine Papiere bei sich?“

„Nichts. Mir hent alles untersucht. Vergeblich.“

Braig zog sein kleines Notizbuch hervor, schrieb sich den Namen auf. „Wie lange ist er tot? Was schätzen Sie?“

Dr. Schweisser zögerte mit seiner Antwort. „Das ist nicht einfach. Ich kann nur schätzen. Zwölf Stunden.“

„Er starb also auf keinen Fall heute Morgen.“

„Nein, das würde ich ausschließen.“

„Wurde er hier getötet?“, fragte er dann.

Dr. Schweisser wiegte den Kopf hin und her, fuhr sich durch seinen dichten Bart. „Ich weiß, die Kirche. Aber wenn Sie Blausäure zu sich genommen haben, bleibt Ihnen nicht mehr viel Zeit.“

Braig nickte.

„Und Selbstmord können wir wohl ausschließen“, ergänzte der Arzt, „alle Indizien sprechen dagegen. Es gibt kein Gefäß, aus dem er den Stoff hätte zu sich nehmen können. Ihre Kollegen haben alles abgesucht, vergeblich.“

Braig kam das alles bekannt vor. „Dann müssen wir davon ausgehen, dass der Fußabdruck Größe siebenunddreißig, achtunddreißig der Person gehört, die Hemmer das Gift übergab.“

„Möglich isch es“, brummte Rössle.

„Was wollte der Mann in der Kirche?“

„Orgel spielen.“

„Ich dachte, der Organist hat den Toten entdeckt?“

„Das stimmt. Hemmer kam nur ab und zu zum Üben hierher. So han ich es jedenfalls verstande. Aber frag den Organischten selbst. Der Kerle steht draußen und wartet auf dich.“

Braig nickte, begab sich zum Eingang, schob die Tür auf. Die Menschenmenge hatte sich noch näher an das Portal herangeschoben. Polizeiobermeister Busch schimpfte mit lauter Stimme.

Braig fragte nach dem Organisten, der den Toten gefunden hatte.

„Hier ist er“, erklärte der Polizeiobermeister. „Herr Reck.“

Der Kommissar wunderte sich, wie jung der Mann war, begrüßte ihn, stellte sich vor. „Sie haben den Toten gefunden?“

Reck nickte. Er war Anfang zwanzig, hatte blonde Locken, ein bleiches, von Nervosität geprägtes Gesicht. Braig bat ihn, mit in die Kirche zu kommen und einige Fragen zu beantworten.

„Können wir uns irgendwo setzen?“ Braigs Stimme wirkte laut in der Kirche.

„Wenn du mit Gewalt Spure verwische willsch, gern.“ Rössle baute sich schwer atmend vorne vor dem Altar auf.

Braig bat Reck, im Stehen auf seine Fragen einzugehen. Er notierte sich die Adresse, den Beruf und die Zeiten, in denen der junge Mann seiner Tätigkeit als Organist nachging, ließ sich die Entdeckung des Toten genau beschreiben.

„Sie haben Hemmer im ersten Moment also nicht erkannt?“, hakte Braig später nach.

„Als ich zum ersten Mal in der Kirche war? Nein. Ich war so erschrocken über den Anblick …“ Er schüttelte sich vor Abscheu.

„Ich verstehe. Wie gut kannten Sie Herrn Hemmer?“

Wolfgang Reck fuhr sich über seine linke Wange. „Nicht besonders. Ich meine, wir trafen uns zwei-, dreimal an der Orgel. Wenn ich samstags zum Üben kam. Mehr nicht.“

„Er spielte nur zum Spaß?“

„Nicht nur. Wenn Not am Mann war, sprang er auch mal ein, soweit ich weiß.“

Braig nickte, kam zu einem anderen Thema. „Die Tür war nicht abgeschlossen, sagten Sie. Herr Hemmer hatte einen eigenen Schlüssel für die Kirche?“

„Das müssen Sie die Pfarrer fragen."

Braig wurde vom Läuten des Handys unterbrochen.

Katrin Neundorf war am Apparat. „Schöne Bescherung, was die uns da eingebrockt haben, was?"

„Du? Wer hat dich informiert?" Er drehte sich von dem jungen Mann weg, starrte zum Altar, wo Rössle und Hutzenlaub immer noch mit dem Boden beschäftigt waren.

„Weißhaar. Der war total in Panik. Beck und Stöhr zu einem brutalen Verkehrsunfall unterwegs, Felsentretter auf Fortbildung und Söhnle ohne Reaktion. Du könntest unmöglich alles alleine machen, meinte er. Damit war es um mein freies Wochenende geschehen."

„Tut mir Leid für dich. Was soll das heißen, Söhnle ist ohne Reaktion?"

„Keine Ahnung. Er geht nicht an den Apparat, obwohl er Bereitschaft hat, meinte Weißhaar."

Braig sah, wie Rössle sich aufrichtete und der Orgel zuwandte. Der Techniker tastete mit Plastikhandschuhen vorsichtig den Notenständer ab, hielt einen Stift in die Höhe.

„Das klingt nicht gut. Auf Bernhard ist Verlass. Wo bist du?"

„Unterwegs. Ich sprach eben mit der Pfarrerin und dem Pfarrer, einem Ehepaar, das die Stelle hier gemeinsam ausübt. Jetzt suche ich die Mesnerin. Anschließend komme ich. Du bist in der Kirche?"

„Ich unterhalte mich gerade mit dem Organisten, ja."

„Dann bis gleich."

Braig beendete das Gespräch und überlegte: Söhnle reagierte nicht. Ob er doch zu einem Arzt gegangen war?

Braig musste alle Kraft zusammennehmen, um sich wieder auf Wolfgang Reck zu konzentrieren. Er drehte sich um, wandte sich dem jungen Mann zu. „Sie üben immer sonntags vor dem Gottesdienst?"

„Die Lieder, die gesungen werden, dazu die Einführung und den Schluss."

„Nur sonntags?"

Reck schüttelte den Kopf. „Ein- oder zweimal die Woche abends, je nachdem, wie es mit der Zeit reicht."

„Wenn Sie üben, sind Sie allein in der Kirche?"

„Anfangs, ja. Nach einer Weile kommen dann die ersten Gottesdienstbesucher."

„Sie schließen also die Kirche nie ab, wenn Sie üben?"

„Sonntags nicht, nein."

„Und abends?“

Wolfgang Reck verstand, worauf Braig hinauswollte. „Meistens schon, ja. Wenn ich spiele, höre ich nicht, was an der Tür los ist.“

„Die anderen Eingänge sind ebenfalls verschlossen?“

„Immer.“

„Dann bleibt die Frage, ob Herr Hemmer die Tür hinter sich abschloss oder nicht, wenn er samstagnachmittags übte.“

Reck antwortete sofort. „Ich glaube, er ließ sie offen. Als ich ihn neulich hier traf, hatte er jedenfalls nicht abgeschlossen.“

Braig nickte, hatte diese Aussage befürchtet. „Somit hatte jeder Zugang“, sagte er. Er blickte nach vorn, sah, dass Rössle und Hutzenlaub die Tastatur der Orgel untersuchten. „Gibt es Spuren einer Auseinandersetzung?“

„Null“, antwortete Rössle, „hier isch alles in Ordnung, wenn ich das richtig sehe.“

Braig spürte erste Schmerzen in seinem Kopf, massierte seine Schläfen. „Dann hat er seinen Mörder vielleicht gekannt.“

Er überlegte, ob es jetzt schon irgendeine Verbindung zu Marion Böhler in Rotenberg gäbe. Wenn der Mord hier gestern am frühen Abend geschehen war …

Die Möglichkeit bestand auf jeden Fall. Von Rotenberg nach Großaspach waren es etwa 35 bis 40 Kilometer, eine knappe Stunde Fahrt. Gegen 16.30 Uhr hatte er Marion Böhler verlassen. Er musste genau überprüfen, was sie am Abend und in der Nacht unternommen hatte.

„Was ist mit meinen Noten?“ Wolfgang Reck riss ihn aus seinen Gedanken.

„Welche Noten?“

Der junge Mann deutete nach vorne. „Ich ließ sie vor Schreck fallen, als ich den Toten sah. Aus Angst, ich könnte irgendwelche Spuren verwischen, wagte ich mich nicht mehr daran.“

Braig folgte dem Mittelgang Richtung Orgel, sah Rössle winken.

„Die hier?“ Der Techniker hielt einen Packen Papier samt dunkler Ledermappe in der Hand.

Wolfgang Reck nickte, nahm sie an sich.

„Die gehören alle Ihnen?“, fragte Braig.

Der Organist blätterte die Noten durch, ordnete sie in einer von ihm vorgegebenen Reihenfolge, nickte dann. „Das sind meine, ja.“

Braig sah zur Orgel hinüber, suchte das Instrument mit seinen Augen ab. Er spürte, dass etwas nicht stimmte. Irgendein Element störte ihn. Er überlegte. Plötzlich war Braig klar, was ihn irritierte. „Spielte Hemmer aus dem Gedächtnis?“, fragte er, an den Organisten gewandt.

Er sah den fragenden Ausdruck im Gesicht des jungen Mannes, merkte, dass dieser das Problem nicht verstand. „Ich meine, wo sind seine Noten?“

Reck betrachtete verblüfft die Orgel, die Sitzbank, den Boden, nickte mit dem Kopf. „Seltsam. Natürlich brauchte er Noten.“

„Sie haben sie nicht aus Versehen eingesteckt?“ Braig deutete auf die Ledermappe.

Reck kramte alle Blätter wieder vor, sah sie langsam Stück für Stück durch, schüttelte dann den Kopf. „Nein, das sind alles meine eigenen. Wirklich. Sie glauben doch nicht etwa …“

„Nein, um Gottes willen, mir geht es um die Frage, wo Hemmers Noten sind. Ist es möglich, dass er gestern keine Noten brauchte, weil er nur auswendig gelernte Stücke spielen oder improvisieren wollte?“

„Das kann ich mir nicht vorstellen. Üben bedeutet fast immer auch neue Stücke einüben, bestimmte Griffe trainieren. Ohne Noten geht das schlecht.“

„Vielleicht war er ein Naturtalent und hatte das nicht nötig.“

Reck schüttelte energisch den Kopf. „Bei aller Hochachtung vor dem Mann, nein.“

„Ihr habt alles untersucht?“, fragte Braig.

Rössle schaute sich hilflos um. „Vielleicht gibt es einen Platz, von dem mir nix wisset?“

Der junge Organist war sich sicher. „Hier nicht. Die Noten kommen auf den Ständer, auf die Bank oder auf den Boden daneben. Es gibt keine andere Ablage.“

„Dann können wir davon ausgehen, dass irgendjemand die Noten Hemmers mitgenommen hat. Der Mörder oder die Mörderin.“

Reck starrte ihn an, das Gesicht vor Schreck gezeichnet. „Warum?“

„Wenn ich das wüsste, wäre der Fall vielleicht schon gelöst. Gibt es noch irgendetwas, was wir jetzt mit Herrn Reck besprechen sollten?“, fragte Braig.

Er sah das Nicken Rössles.

„Hier“, erklärte der Techniker und wies auf die Orgel, „Sie könnet mir helfe.“ Rössle fasste den jungen Mann am Arm, zog ihn vorsichtig hinter sich her.

Braig folgte ihnen bis unmittelbar vor die Orgel, sah, wie der Techniker auf bestimmte Gegenstände deutete und Reck danach fragte, ob sie ihm bekannt vorkämen.

„Fällt hier irgendetwas aus dem Rahmen?“

Der Organist betrachtete alles. „Nein. Ich kann nicht erkennen, dass etwas geändert wurde.“

Braigs Handy läutete in dem Moment, als Rössle einen Tintenkuli in die Höhe hielt, der auf dem Notenständer lag. „Was ist damit?“, forschte er. „Liegt der immer hier?“

Reck schüttelte den Kopf. „Der gehört sicher Herrn Hemmer. Wenn wir üben, machen wir oft Notizen, wie wir die Griffe spielen. Deshalb haben wir immer einen Bleistift dabei.“

„Ihrer ist es nicht?“

„Nein. Den bringt normalerweise jeder selbst mit.“

Braig wandte sich ab, machte mit dem Handy ein paar Schritte von der Orgel weg.

Jürgen Hofmann, der Oberstaatsanwalt, war am Apparat. „Tut mir Leid, wenn ich Sie am Sonntagvormittag störe“, sagte er, „aber wie ich höre, sind Sie schon wieder im Einsatz.“

„Es ließ sich nicht vermeiden. Dasselbe Delikt wie am Freitagnachmittag“, antwortete Braig.

„Derselbe Täter?“

„Es ist noch zu früh für eine Antwort. Ersten Indizien nach aber ein vorsichtiges Ja. Wir haben einen Fußabdruck Größe siebenunddreißig, achtunddreißig – wie in Rotenberg.“

„Das ist schlecht“, meinte Hofmann, „dann muss ich die Sache übernehmen.“

Braig berichtete, was er wusste, versprach, sich später bei ihm zu melden. Hofmann war eine der sympathischsten Personen im gesamten Bereich der Staatsanwaltschaft, er hatte mehrfach mit ihm zusammengearbeitet. Braig wandte sich wieder dem Organisten zu. „Wissen Sie zufällig, wo Herr Hemmer wohnt?“

„Tut mir Leid.“ Wolfgang Reck schüttelte den Kopf.

„Dann bedanke ich mich für Ihre Mitarbeit.“ Braig reichte ihm seine Karte. „Wenn Ihnen noch etwas einfällt …“ Er gab ihm die Hand, verabschiedete ihn.

„Mit dem Gottesdienst wird es heute wohl nichts mehr?“

„Ich fürchte, nein. Die Techniker müssen alles gründlich absuchen, das ist unverzichtbar.“

Wolfgang Reck nickte und lief zum Ausgang.

Braig drehte sich wieder nach vorne und schaute zur Orgel. Hutzenlaub pinselte irgendeine Stelle auf dem Boden mit weißem Pulver ein.

Was will die Mörderin oder der Mörder mit den Noten? überlegte Braig.

Die Eingangstür am Ende der Kirche wurde geöffnet, Katrin Neundorf trat ins Innere. Braig ging ihr entgegen, begrüßte sie.

„Du hast Johannes versorgen können?“, fragte er.

Ihr Sohn war erst wenige Monate alt. Neundorf, eine der fähigsten Kommissarinnen des LKA, hatte nach Beendigung des Mutterschaftsurlaubs im Frühjahr ihren Dienst wieder aufgenommen.

„Meine Mutter. Zum Glück ist sie zurzeit gut drauf, so war sie sofort einverstanden. Ich war am Freitagabend mit ihr im Theater. Das hält eine Weile vor.“

„Das freut mich für dich. Interessantes Stück?“ Braig fragte mehr aus Höflichkeit als aus Interesse.

„Eine der besten Inszenierungen, die ich je erlebte. ‚Das Fräulein Pollinger‘.“

„Wie bitte?“ Seine Frage hallte laut durch die Kirche. „Du warst im ‚Fräulein Pollinger‘?“

„Was ist daran so außergewöhnlich?“

Die Überraschung stand Braig immer noch ins Gesicht geschrieben. „Wie waren die Schauspieler?“

„Exzellent. Vor allem die junge Gilbner, die das Fräulein Pollinger spielte. Das Stück ist ihr auf den Leib geschrieben.“

„Ich hätte wetten können, dass die Premiere zum Reinfall wird“, meinte er und berichtete ihr von Monique Gilbners Nervosität.

Neundorf lief zu dem Arzt, grüßte ihn und die Techniker, warf einen kurzen Blick auf die Leiche Hemmers. „Ich habe ihn mir vorhin schon angesehen“, sagte sie, „Frau Gilbner kann ich nur bewundern, wie souverän sie den Schock überspielte.“ Sie wandte sich von dem Toten ab. „Und in Rotenberg dasselbe?“

„Haargenau. Offensichtlich derselbe Täter. Oder besser: Täterin.“ Braig berichtete ihr von seinem Verdacht, erklärte minutiös, was für und gegen Marion Böhler sprach.

„Wir müssen auf jeden Fall versuchen, eine Verbindung zu finden“, meinte Neundorf, „den Punkt, den die beiden Toten gemeinsam haben.“

Braig stimmte ihr zu. „Du hast mit dem Pfarrer und der Mesnerin geredet. Haben sie etwas beobachtet?“

„Die Mesnerin ist in Urlaub“, erwiderte sie. „Und die Pfarrerin und ihr Mann waren gestern den ganzen Mittag weg, bis spät am Abend. Als Zeugen fallen sie leider aus.“

„Das ist Pech." Braig erkundigte sich nach der Familie des Toten. „Die Pfarrerin kennt sie?"

„Leider nicht. Hemmer kam durch die Vermittlung eines Kirchengemeinderates hierher. Der wohnt im Ort. Die Pfarrerin hat mir seine Telefonnummer gegeben."

„Rufst du ihn bitte an?"

Wenige Schritte weiter erhob sich Dr. Schweisser. Er warf einen letzten Blick auf den Toten, wandte sich dann an Braig.

„Ich bin fertig. Meinen Bericht erhalten Sie heute Mittag."

Braig bedankte sich für seine Arbeit.

„Ich wünsche Ihnen viel Erfolg", sagte der Arzt, zeigte auf Hemmers Leiche, „hoffentlich erwischen Sie den bald, der dafür verantwortlich ist. Der darf nicht länger frei herumlaufen. Blausäure bringt einen grauenvollen Tod." Er verabschiedete sich von den Technikern und von Neundorf.

„Ich habe Hemmers Adresse", erklärte die Kommissarin. „Er wohnt in Marbach, hat Frau und Tochter. Die soll aber schon erwachsen sein, meinte der Mann."

„Wurde die Familie informiert?"

Neundorf schüttelte den Kopf.

„Dann sollten wir jetzt zu Hemmers Familie. Du kommst mit?", bat Braig.

Sie zeigte sich sofort einverstanden.

Braig und Neundorf verließen die Kirche in dem Moment, als der Wagen zur Leichenüberführung eintraf. Das aufgeregte Geschnatter der dicht gedrängt versammelten Menschen erstarb für einen Moment, um dann, als die beiden Männer ausstiegen und die Ladefläche öffneten, umso heftiger wieder aufzuleben.

Sie schoben die Bahre aus dem Auto, trugen sie die Treppen hinauf. Die kleine, dünne Gestalt, die den Arbeitern unmittelbar folgte, bemerkte Braig erst, als diese gerade im Begriff waren, das Portal zu öffnen und ins Innere der Kirche zu treten. Der Mann trug eine unauffällige dunkelgrüne Sportjacke, dazu schwarze Jeans und helle Slipper, hielt den Blick starr vor sich auf den Boden gesenkt.

Braig rannte zurück und packte den Mann an seiner Jacke. „Zutritt verboten", keuchte er, „die Untersuchung ist noch nicht beendet."

Der Angegriffene wand sich aus seiner Umklammerung, hatte den ersten Fuß schon in der Kirche.

Braig keuchte vor Anstrengung, spürte die Wut in sich. Er kannte den

Mann, wusste, was der im Sinn führte. Bayer war einer der umtriebigsten Boulevardjournalisten der Region, berühmt-berüchtigt bei fast allen Beamten der Kriminalabteilungen. Er war allem, was sich in irgendeiner Form zu einer Schlagzeile aufbauschen ließ, hinterher wie der Teufel. Bayer kannte jeden Trick, die aktuellen Tatorte nicht nur aufzuspüren, sondern auch auf den Film zu bannen.

Erst als Neundorf dazukam, ließ der Widerstand nach. Sie nahmen ihn in die Mitte, zogen ihre Jacken zurecht.

„Ich hoffe, Sie machen keine Dummheiten“, zischte er.

Jede Bewegung vor dem Portal wurde von unzähligen Augenpaaren verfolgt.

„Sie können mir nichts vormachen“, erklärte Bayer, „schon wieder ein Blausäure-Toter, was? Liebe Frau Kommissarin, lieber Herr Kommissar, das gibt Aufsehen, ob Sie mich jetzt reinlassen oder nicht. Wir kriegen die Bilder, garantiert. Warten Sie's ab. Morgen sind sie auf der ersten Seite.“ Freundlich winkend schob er sich durch die dicht gedrängte Menschenmenge, verschwand um die Ecke.

Braig hatte Mühe, an sich zu halten. An Neundorfs verbissener Miene erkannte er, dass es ihr nicht anders erging.

Braig lief zu Busch, trichterte dem Polizeiobermeister ein, keine Unbefugten in die Kirche zu lassen. Er hörte das Aufheulen eines Motors, sah einen dunklen BMW davonjagen, erkannte Bayers Umrisse hinter dem Steuer.

„Woher weiß dieser Kerl schon wieder Bescheid?“

Neundorfs Antwort kam sofort. „Irgendeiner unserer Kollegen hat sich sein Gehalt aufgebessert.“

Braig lief missmutig zu seinem Dienstwagen, öffnete die Tür.

„Vielleicht kann uns Hemmers Witwe weiterhelfen“, sagte Neundorf, als sie neben ihm Platz nahm. „Ich hoffe nur, dass die Frau nicht in Ohnmacht fällt, wenn sie vom plötzlichen Tod ihres Mannes erfährt.“

7. Kapitel

Das von seiner Fassade her etwas angestaubt wirkende Zweifamilienhaus der Hemmers lag am Rand der Marbacher Altstadt, gleich jenseits vom Bahnhof. Braig und Neundorf läuteten an der neben der niedrigen Holzpforte angebrachten Klingel, betrachteten den Vorgarten, der von Astern und Dahlien in allen Farben überquoll.

Die Frau öffnete die Tür, empfing sie mit strengem Blick. Sie trug ein langes dunkelgrünes Kleid aus festem Stoff, dazu eine beigefarbene Weste, hatte die Haare zu einem festen Knoten auf den Hinterkopf gesteckt.

Braig zog seinen Ausweis aus der Tasche, streckte ihn über die Pforte. „Frau Hemmer? Wir sind vom Landeskriminalamt, das ist meine Kollegin Neundorf, mein Name ist Braig. Dürfen wir Sie für einen Moment sprechen?“

Sie betrachtete sie misstrauisch, erst ihre Gesichter, dann den Ausweis. Zwei große rote Katzen näherten sich von innen, strichen ihr rechts und links um die Beine, blieben abwartend vor ihnen stehen.

„Was wollen Sie?“, fragte die Frau.

Braig wandte seinen Blick von den Katzen ab zu ihrer Gesprächspartnerin. „Können wir vielleicht ins Haus gehen?“

Die Frau schüttelte den Kopf. „Das geht jetzt nicht.“

Der Kommissar schaute seine Kollegin ungläubig an, zuckte mit den Schultern.

„Frau Hemmer, es geht um Ihren Mann“, sagte Neundorf.

„Meinen Mann? Ich habe keinen Mann.“

Braig starrte die Frau überrascht an. „Bernhard Hemmer ist nicht Ihr Mann?“

„Das ist lange vorbei.“

„Wie sollen wir das verstehen?“, fragte Neundorf. „Sind Sie geschieden?“

„So gut wie.“

„Er lebt nicht mehr hier bei Ihnen?“

Frau Hemmer schüttelte den Kopf.

„Wir müssen es Ihnen dennoch sagen. Ihr Mann ist tot.“

Sie zuckte nur kurz zusammen, zeigte sonst keine Reaktion.

„Er wurde ermordet“, erklärte Braig, „gestern Abend.“

„Warum erzählen Sie mir das?“ Keine Betroffenheit, nicht der Hauch einer Gefühlsregung waren zu erkennen, keine Trauer.

Braig lief es kalt über den Rücken. „Habe ich richtig verstanden, dass Sie noch nicht rechtskräftig geschieden sind?“

„Ich wollte ihn nicht mehr sehen. Das ist der Grund.“

„Wo lebte er zuletzt?“

Die Frau beugte sich nieder, nahm beide Katzen der Reihe nach in ihre breiten Arme.

„Gehen Sie zu seiner Schlampe“, erklärte sie unvermittelt, ihr Gesicht im Fell einer der Katzen verborgen, „sagen Sie es ihr, damit Sie eine trauernde Witwe finden.“ Die Tiere hielten beide still, schienen die Liebkosung zu genießen.

„Haben Sie den Namen und die Adresse?“

„Fragen Sie meine Tochter.“ Sie wies ins Innere des Hauses, drehte sich um, die Katzen immer noch im Arm. „Regine!“

Irgendwo aus dem Obergeschoss meldete sich eine schwache, verschlafen klingende Stimme. Die Frau schaute nach oben. „Die Adresse von Hemmer.“

Braig und Neundorf verstanden die Antwort erst, als die Frau sie wiederholte.

„In Asperg.“ Sie nannte den Namen und die Straße, fügte die Hausnummer hinzu.

„Ihre Tochter“, sagte Neundorf, „können wir mit ihr reden?“

Julia Hemmer schüttelte den Kopf. „Erst wenn sie ausgeschlafen hat.“

Braig schaute auf seine Uhr, sah, dass es kurz nach eins war. Er hatte keine Lust, sich mit der Frau anzulegen. „Wir melden uns wieder.“

Sie schenkte ihnen keinen Blick, schloss die Tür.

In diesem Moment fiel Braig ein, was er noch hatte fragen wollen. Er drückte erneut auf die Klingel, bis die Frau endlich öffnete. Sie starrte ohne Regung zu ihnen her.

„Kennen Sie Marion und Konrad Böhler aus Rotenberg?“ Sie musste von dem Mord in der Zeitung gelesen haben.

„Natürlich kenne ich Marion“, antwortete die Frau, als sei es das Selbstverständlichste auf der Welt.

Diesmal ließ sich Braig nicht wieder wie ein kleiner, hilfloser Junge abwimmeln. Er öffnete, ohne zu fragen, die kleine Pforte, stieg die drei Stufen zur Haustür hinauf, schob einen Fuß ins Innere des Hauses, blockierte die Tür. „Das müssen Sie mir genauer erzählen“, forderte er sie auf. „Woher kennen Sie Marion Böhler?“

„Vom Urlaub. Wir waren im selben Ort.“ Julia Hemmer trat einen Schritt zurück, als wolle sie sich vor Braig in Sicherheit bringen.

„Wann war das?“

Julia Hemmer schien zu überlegen. „Vor vier oder fünf Jahren.“

„Die beiden Böhlers und Sie?“

„Marion Böhler“, erklärte Julia Hemmer, „ihr Mann hockte damals bei diesem jungen Flittchen.“

Braig starrte sie überrascht an. „Konrad Böhler hatte seine Frau verlassen?“

„Sie lebten getrennt. Was glauben Sie, weshalb wir uns so gut verstanden?“

„Sie hatten beide das gleiche Schicksal erlitten?“, fragte Neundorf. Sie war auf die unterste Stufe getreten.

Julia Hemmer nickte. „Marion war völlig am Ende. Es war das erste Mal, dass er sie betrogen hatte.“

„Bei Ihnen leider nicht.“

Sie schwieg einen Moment, presste die Worte dann gewaltsam aus sich heraus. „Bei mir nicht, nein. Er hinterging mich, kaum dass wir verheiratet waren.“

War das der gemeinsame Punkt, der die beiden Ermordeten miteinander verband? Zwei von ihren Männern betrogene Frauen, die jetzt ihren jahrelang verletzten Gefühlen Genüge getan hatten?

„Wann haben Sie Frau Böhler zum letzten Mal getroffen?“

„Vor drei, vier Monaten.“

Eine junge Frau, in einen dunkelblauen Hausanzug gehüllt, war lautlos die Treppe hinter der Eingangstür heruntergekommen. Sie hatte kurze dunkle Haare und reichte Braig freundlich die Hand. „Regine Hemmer.“

Er stellte sich und seine Kollegin vor. „Wir haben leider eine schlechte Nachricht für Sie“, sagte er. „Ihr Vater ist tot.“

„Sie brauchen sich nicht zu bemühen. Mir geht es ähnlich wie meiner Mutter. Ich habe schon lange keinen Vater mehr. Für mich ist er seit Jahren tot.“

Braig hatte der jungen Frau, die im Gegensatz zu ihrer sauertöpfischen Mutter Charme und jugendliche Begeisterungsfähigkeit versprühte, diese Antwort nicht zugetraut.

„Sie können mich nicht verstehen, ich sehe es Ihnen an. Ich verlange es auch nicht. Aber irgendwann ist es genug. Und die dumme Ausrede, das sei in der Filmbranche so üblich, zieht dann auch nicht mehr.“

„Ihr Vater war in der Filmbranche tätig?“ Braig ertappte sich bei dem Fehler, den Beruf Hemmers noch nicht eruiert zu haben.

„Fernsehproduzent“, erklärte Regine Hemmer mit verächtlich klingendem Tonfall, „und all die dummen, langbeinigen Girlies, die ihre Träume in Ludwigsburg wahr werden sahen, landeten der Reihe nach in seinem Bett.“ Sie wies mit einer Kopfbewegung auf ihre Mutter. „Und sie hat sich alles bieten lassen, bis zum Gehtnichtmehr. Sie ist doch nur noch ein Wrack.“

Braig überlegte, ob Julia Hemmer früher ebenso lebenslustig gewesen war wie jetzt ihre Tochter.

„Frau Böhler ließ sich diese Behandlung nicht gefallen. Respekt vor der Frau. Sie setzte ihrem Alten die Pistole auf die Brust und zwang ihn, sich zu entscheiden. Entweder die junge Tussi aus seinem Büro oder sie. Er wählte den bequemeren Weg, machte reinen Tisch."

„Böhler gab seine Geliebte auf?"

„Seine Frau ließ ihm keine andere Chance. Leider hat sie meiner Mutter nicht mehr Mumm vermitteln können."

Regine Hemmer tänzelte hin und her. Braig betrachtete ihre Füße. Größe 37 konnte durchaus passen.

„Was glaubst du?", fragte er Katrin, als sie Marbach verlassen hatten und bei Benningen über die Neckarbrücke fuhren, „traust du es ihr zu – gemeinsam mit Marion Böhler?"

„Der jungen Hemmer oder der Mutter?"

„Der Tochter. Der Mutter fehlt die Energie."

„Du meinst, die beiden Frauen, Marion Böhler und Regine Hemmer, rechneten gemeinsam ab?"

„Wäre es nicht nachvollziehbar?"

„Wenn wir ihren Worten glauben können, was das Verhalten der beiden Ermordeten betrifft, schon."

„Vielleicht war es Arbeitsteilung. Die Böhler liefert das Material, Regine Hemmer erledigt den Rest. Vielleicht sollten wir ihr Alibi überprüfen."

Braig wusste selbst, wie vage das alles war, wie sehr er sich mit diesen Gedanken in unbewiesenen Spekulationen erging.

„Tamm", sagte Neundorf, deutete auf ein großes Hinweisschild an einer Kreuzung. „Bernhard wohnt noch dort, oder?"

Braig nickte, verstand, was sie meinte. Söhnle hatte immer noch nichts von sich hören lassen. Er reichte ihr sein Handy.

Sie ließ es acht Mal läuten, gab dann auf.

„Vielleicht ist er im Amt."

Sie läutete bei der Einsatzzentrale des LKA an, hatte Weißhaar am Apparat. „Ist Bernhard Söhnle bei euch?"

„Ich habe ihn mehrfach angerufen, aber nicht erreicht. Keine Ahnung, was mit ihm los ist."

„Wir sind in der Nähe seiner Wohnung", sagte sie, „wir schauen vorbei."

Es war kein großer Umweg. Hemmers Freundin lebte in Asperg, zwei Kilometer von Tamm entfernt.

Braig hatte das Gebäude schnell gefunden. Ein in die Jahre gekommenes Mehrfamilienhaus.

„Sein alter Ford steht da“, meinte Braig. Er wies auf den roten Escort, parkte genau daneben, läutete.

Keine Reaktion. Er drückte nochmals auf die Klingel.

Eine junge Frau trat aus der Eingangstür.

„Bernhard Söhnle, Sie kennen ihn?“

Die Frau strich ihre Jacke zurecht, warf ihm einen mitleidigen Blick zu. „Da können Sie es lange probieren. Der wurde vom Notarzt geholt, gegen sechs heute Morgen. Ich glaube, sie fuhren nach Ludwigsburg ins Klinikum.“

Braig nickte kurz, bedankte sich für die Auskunft.

„Wir fahren hin“, sagte er, „ich will wissen, wie es ihm geht.“

Neundorf nickte, sie liefen zum Auto zurück.

Braig wollte gerade losfahren, als sein Handy läutete. Er meldete sich.

„Hier ist Wolfgang Reck, der Organist in Großaspach.“

„Ist Ihnen noch etwas eingefallen?“

„Genau. Deswegen rufe ich an. Obwohl ich nicht weiß, ob es Sie überhaupt interessiert.“

„Um was geht es?“

„Der Stift auf dem Notenständer der Orgel. Es ist ein Kuli.“

Braig überlegte, worauf der Mann hinauswollte. „Was ist mit dem Kuli?“

„Wir benutzen Bleistifte. Niemals Kulis. Beim Üben tragen wir bei schwierigen Griffen die Finger ein, mit denen der Akkord am besten zu spielen ist. Damit sie leicht ausradiert werden können.“

Braig spürte, dass die Mitteilung von eminent wichtiger Bedeutung sein konnte. „Das trifft für alle Orgelspieler zu?“

„Soweit ich weiß, für alle Musiker. Ich kenne niemand, der einen Kuli benutzt. Wirklich. Sie müssen doch feststellen können, woher der Kuli stammt“, fuhr Wolfgang Reck fort, „der trug eine Telefonnummer, oder?“

Braig bedankte sich bei dem jungen Organisten, startete den Wagen, fuhr los. „Rufst du bitte Rössle an und fragst ihn nach dem Aufdruck auf dem Kuli?“

Neundorf hatte alles über die Freisprechanlage mitgehört, war skeptisch. „Wozu soll der Mörder den Stift an der Orgel gebraucht haben? Glaubst du, der schreibt noch irgendetwas, bevor er das tödliche Gift verabreicht?“

Rössle meldete sich sofort.

Neundorf fragte nach dem Stift, bat ihn, die Aufschrift zu überprüfen.

„Alle achtzig Deifel von Sindelfinge“, knurrte Helmut Rössle. „Ihr glaubt wohl, mir schaffet gar nix? Die Telefonnummer auf dem Kuli han i sofort agwählt. Da nimmt niemand ab.“

„Dann versuchen wir es später noch mal. Steht außer den Ziffern noch etwas auf dem Stift?“

„Nur die Werbung für einen Handwerker. ‚Maler Hoch‘. Sonscht nix. Wellet ihr die Nummer?“

Neundorf notierte sie, verabschiedete sich dann. Sie fuhren durch nicht enden wollende Industrie- und Gewerbeflächen, erreichten Ludwigsburg.

„Maler Hoch“, meinte Neundorf, „Werbung für einen Handwerker. Kein Wunder, dass der am Sonntag nicht zu erreichen ist.“

Sie tippte die Nummer in ihr Handy, hatte plötzlich eine kräftige Männerstimme am Apparat. „Herr Hoch persönlich?“, fragte sie überrascht.

„Hoch? Lecket Sie mi doch am Arsch!“, brüllte der Mann. „Und den Hoch glei dazu!“

„Oh Verzeihung, ich habe mich wohl verwählt.“

„Verwählt? Allerdings! I han’s dem Allmachtsdackel scho fünfmal gsagt, er soll diese verdammte Kulis aus dem Verkehr ziehe, sonscht passiert was! I han die Schnauze gstriche voll!“

„Wie bitte? Von was für Kulis reden Sie?“

Die Stimme des Gesprächspartners drohte sich zu überschlagen. „Fraget se doch net so blöd! Wo hent Sie denn mei Nummer her? Doch von dem Dreckskuli! Des isch mei Nummer, net die von dem Scheiß-Maler, Sie blöde Ragall!“

Er hatte in dem Moment aufgelegt, als Braig direkt auf das Ludwigsburger Klinikum zusteuerte.

„Die Ziffern auf den Kulis scheinen nicht zu stimmen, wenn ich den Typen richtig verstanden habe“, sagte Neundorf. „Dieser Maler Hoch ist offensichtlich unter einer ganz anderen Nummer zu erreichen.“

„Wieso bringt er dann solche Kugelschreiber in Umlauf?“

„Keine Ahnung. Wir müssen es nachprüfen.“

Braig stellte das Fahrzeug auf dem nahen Parkplatz ab, eilte mit Neundorf in die Vorhalle des Klinikums. Die Auskunft befand sich gegenüber vom Eingang. Neundorf streckte der Frau ihren Ausweis entgegen, erkundigte sich nach ihrem Kollegen. Sie hörte das Klicken der Computertastatur, sah, wie Söhnles Name auf dem Bildschirm erschien.

„Herr Söhnle ist nicht ansprechbar“, erklärte die Frau hinter der Infotheke, „er liegt auf der Intensivstation.“

„Der betreuende Arzt, können wir ihn sprechen?“

„Ihr Ausweis nützt Ihnen nichts. Sie sind keine Angehörigen, oder?“

„Kollegen. Oder genauer: seine Vorgesetzten. Wir gehen nicht, bevor wir nicht mit dem Arzt gesprochen haben“, erklärte Neundorf.

Die Frau betrachtete sie mit einem wütenden Blick, griff dann zum Telefon.

Braig hörte, wie sie mit einer weiblichen Stimme einige Sätze wechselte, sah, dass sie den Hörer zurücklegte.

„Station D, siebter Stock“, erklärte sie dann. „Frau Dr. Hörwein ist zu einem kurzen Gespräch bereit.“

Braig bedankte sich mit ausgesuchter Höflichkeit, folgte Neundorf zum Treppenhaus. „Willst du etwa zu Fuß …“

Sie hielt die Tür auf, spurtete die Stufen hinauf. „Was tust du sonst für deine Kondition?“

Er wusste, dass sie Recht hatte. Neundorf nahm zwei Stufen auf einmal, wartete, bis Braig, um Luft ringend, bei ihr angelangt war.

Die Ärztin, eine Frau in den Vierzigern, saß vor einem Monitor, verfolgte aufmerksam das Aufblinken bzw. Verschwinden kleiner Lichtsignale. Braig und Neundorf wiesen sich aus, wurden trotzdem auf die ärztliche Schweigepflicht hingewiesen.

„Herr Söhnle liegt im künstlichen Koma. Wir versuchen, den Kreislauf und die Funktionen seiner Organe zu stabilisieren. Unsere Prognose ist aber nicht besonders positiv.“

Sosehr Neundorf insistierte, ihr Gegenüber war nicht bereit, weitere Auskünfte zu erteilen. „Krebs?“, fragte die Kommissarin.

Die Ärztin reagierte nicht. „Sie sollten die Angehörigen Herrn Söhnles über seinen Krankenhausaufenthalt informieren.“

Braig und Neundorf versprachen, sich darum zu kümmern, verließen die Station.

Braig beeilte sich, den nächsten Fahrstuhl zu erreichen, sah, dass Neundorf ihm folgte.

„Wie alt ist er?“, fragte sie.

„Einundvierzig, glaube ich.“

„Es klang nicht gut.“

Sie drängten sich mit einer Gruppe niedergeschlagen wirkender Frauen und Männer in den Aufzug. Als sie an der Cafeteria vorbeikamen, zog Braig seine Kollegin mit sich. „Tut mir Leid, aber mir knurrt der Magen."

Sie holten sich zwei Tabletts, zogen belegte Brötchen und Teller mit gemischtem Salat aus den Vitrinen, schenkten sich Kaffee ein, bezahlten.

Braig setzte sich ans Fenster, schaute in den Hof.

„Du kennst seine Familie?", fragte Neundorf.

Er schüttelte den Kopf. „Ich weiß nur, dass seine Mutter noch lebt. Wo – keine Ahnung."

„Zu seiner ehemaligen Frau hat er keine Verbindung mehr?"

„Ich glaube nicht."

„Ich gebe Weißhaar Bescheid. Er soll sich darum kümmern." Per Handy gab sie die Information durch.

„Ist das jetzt die Folge der Atomtransporte?" Neundorf kaute lustlos auf ihrem Brötchen herum, stocherte unentschlossen im Salat.

Braig wusste keine Antwort.

„Hoffentlich hat er eine Chance. Wie lange kennst du Bernhard?", fragte Neundorf.

Braig aß von dem Salat. „Sieben, acht Jahre vielleicht."

Je älter er wurde, desto schneller schien ihm die Zeit zu vergehen. Das Leben war nur noch ein einziges Jagen und Hasten.

Braig aß den Rest seines Salates.

Neundorf lehnte sich in ihrem Stuhl zurück. „Ich könnte jetzt noch einen Kaffee vertragen. Sonst schlafe ich ein, bevor wir mit Hemmers Freundin reden."

Braig stimmte ihr zu, hoffte, dass ihm das anregende Getränk helfen würde, die bohrenden Schmerzen in seinem Kopf zu überwinden. Er brauchte einen klaren Kopf, wenn der Besuch bei der Frau einen Sinn haben sollte.

8. Kapitel

Das Haus, in dem Bernhard Hemmer zuletzt gewohnt hatte, lag unweit der Auffahrt zum Hohenasperg. Es war in postmodernem Baustil errichtet. Silbergraue Metallträger ragten vom Boden senkrecht in die Höhe, von grellgrünen Seitenstreben flankiert. Als

Dach hatte der Architekt dem an beiden Enden spitzwinklig auslaufenden Gebäude eine große auf den Bauch gelegte Wanne, ebenfalls aus silbergrauem Metall, aufgepfropft.

„So also wohnen schwäbische Fernsehproduzenten?“, spottete Braig.

Sie gingen auf die Haustür zu, sahen über sich die mächtigen Mauern des Gefängnisses auf dem Hohenasperg. Der weithin sichtbare Hügel gilt im Volksmund als der höchste Berg des Landes, kehrt doch kaum einer, der es hinauf geschafft hat, vor dem Ablauf von Jahren zurück. Braig drückte eine halbmondförmige Taste, hörte das Läuten der Glocke.

Eine junge, mit T-Shirt und kurzem Rock bekleidete Frau öffnete die Tür, schaute sie mit aufgeregter Miene an. „Was ist?“, fragte sie. Ihre blond gelockte Mähne fiel ihr von der Seite ins Gesicht. Sie nahm die rechte Hand, warf ihre Haare zurück.

„Mein Name ist Braig. Das ist meine Kollegin Neundorf. Wir kommen vom Landeskriminalamt.“ Er zeigte ihr seinen Ausweis.

„Ist was mit Bernie?“ Die junge Frau zappelte aufgeregt. „Wo ist er?“ Eine Woge süßlichen Parfüms strahlte von ihr aus.

„Sie vermissen ihn?“

Sie blickte nervös von Braig zu Neundorf, nickte mit dem Kopf. „Er wollte gestern Orgel spielen. Seitdem ist er weg.“

„Dürfen wir reinkommen?“ Braig bemerkte den kräftigen Lidstrich, mit dem sie die Konturen ihrer Augen betonte, sah das grelle Rot der Lippen. Sie war üppig geschminkt, zu üppig.

Die Frau gab eilig die Tür frei, lief vor ihnen her ins Innere. Der Gang führte kerzengerade zu einem kleinen, durch eine breite Glaswand gut einsehbaren, etwa fünf auf zehn Meter großen Swimmingpool. Links und rechts passierten sie Türen, die verschiedene Zimmer verschlossen.

„Hierhin bitte“, sagte die Gastgeberin, ließ sie in einen großen, mit weißen Fliesen und Grünpflanzen gestylten Raum treten, dessen Mitte ein halbrundes Sofa und ein ovaler Tisch einnahmen. Sie bat sie, sich zu setzen.

„Sie sind Herrn Hemmers Lebensgefährtin?“, fragte Neundorf.

Die Beschreibung ihrer Beziehung schien der Frau zu gefallen. Sie nickte.

„Dürfen wir bitte Ihren Namen wissen?“

„Beatrice Brennerle.“

Braig musste an sich halten, nicht laut loszulachen. Beatrice Brennerle. Das passte zusammen wie die Faust aufs Auge.

„Sie leben schon länger mit Herrn Hemmer zusammen?“, wollte Neundorf wissen.

Beatrice Brennerle schlenkerte ihre blonde Mähne zur Seite, überlegte. „Fast fünf Jahre“, sagte sie dann.

„Aber er ist nicht geschieden?“

„Seine ehemalige Frau will es nicht. Aber das ist nur eine Formsache.“

Braig betrachtete ihr Gesicht, überlegte, dass sie kaum älter als Hemmers Tochter war: Mitte, Ende zwanzig.

„Kommt es öfter vor, dass Ihr Lebensgefährte nachts nicht zu Hause ist?“

„Bernie? Nein, das heißt …“ Sie stockte. „Wenn er unterwegs ist, beruflich, meine ich …“

„Er ist Fernsehproduzent?“

Beatrice Brennerle nickte mit wichtiger Miene.

„Was kann ich mir darunter vorstellen?“

Die junge Frau blühte sichtlich auf. „Bernie produziert Fernsehshows für verschiedene Sender. Er kümmert sich um die Hallen oder Stadien, wo sie aufgezeichnet werden, die notwendige Technik, sucht nach den fähigsten Darstellern und Regisseuren, schaut danach, dass alles in einem akzeptablen finanziellen Rahmen bleibt.“

„Haben Sie ihn beruflich kennen gelernt?“

„Ich war Tänzerin in mehreren Shows, einmal habe ich auch gesungen.“ Der Stolz auf diese Leistung ließ sie um mehrere Zentimeter wachsen.

Braig dachte mit Schrecken an die dümmlich-eintönigen Veranstaltungen, die in immer unübersehbarerer Anzahl über die Bildschirme flimmerten.

„Wie oft spielt Herr Hemmer Orgel?“, fragte Neundorf.

Die junge Frau verzog ihr Gesicht. „Samstags, manchmal. Es ist ein Tick von ihm.“ Sie brachte ihre Geringschätzung für das Hobby ihres Partners deutlich zum Ausdruck.

„Anschließend kommt er immer nach Hause?“

„Ja, immer.“

Die Antwort kam Braig etwas zu schnell. Regine Hemmer hatte davon gesprochen, dass viele der jungen Frauen, die sich für einen Auftritt in einer der Shows bei ihrem Vater bewarben, in seinem Bett landeten. Ob er diese Angewohnheit trotz seiner Liaison mit Beatrice Brennerle beibehalten hatte?

„Er hatte nicht anschließend ab und an etwas vor, etwa ein Rendezvous?“, fragte Braig bewusst taktlos.

Beatrice Brennerle schrak zusammen. „Ein Rendezvous? Nein. Mit wem denn?“

„Mit anderen Nachwuchsstars zum Beispiel“, erklärte Neundorf mit anzüglicher Betonung. Es war nicht zu überhören, was sie andeuten wollte.

Beatrice Brennerle schossen Tränen in die Augen. Sie kämpfte mit sich. „Ich weiß nicht, von was Sie sprechen.“

Ihre Körpersprache sagte mehr als alle Worte. Hemmer war wohl wirklich ein skrupelloser Typ, wie ihn seine Tochter beschrieben hatte. Somit hatte auch Beatrice Brennerle Grund, Hass auf den Mann zu empfinden. Fragte sich nur, ob diese Emotionen so intensiv waren, dass sie sich zu einem Mord an ihrem Partner hatte hinreißen lassen.

„Sie verstehen uns sehr gut“, beharrte Neundorf.

„Was ist mit Bernie? Warum kommt er nicht?“

Braig spürte, dass ihr seine Kollegin reinen Wein einschenken wollte, kam Neundorf zuvor. „Wissen Sie etwas von Drohbriefen, die Herr Hemmer in letzter Zeit erhielt?“

Überrascht sah die junge Frau zu ihm auf. „Drohbriefe? Nein. Wieso? Was ist mit ihm?“

„Er ist tot“, sagte Neundorf, „Bernhard Hemmer wurde ermordet.“

„Er-mor…“ Die restlichen Silben blieben der jungen Frau im Hals stecken, ein heftiger Weinkrampf erfasste ihren ganzen Körper. Sie starrte sie aus großen, völlig in Tränen schwimmenden Augen an, krümmte sich zusammen.

„Vielleicht sollten wir einen Arzt rufen“, flüsterte Neundorf.

Braig zuckte mit den Schultern. „Sie ist jung.“

„Vielleicht war er die Liebe ihres Lebens.“

„Dann kann sie einem wirklich Leid tun.“

Beatrice Brennerle fand nur langsam wieder zu sich. Braig merkte, dass ihre Augen die Umgebung wieder wahrnahmen, reichte ihr ein Papiertaschentuch.

Sie wischte sich mit dem Tuch übers Gesicht, versuchte, sich die Augen zu trocknen.

Sie hatte von Hemmers Tod nichts gewusst, war sich Braig sicher, so viel Show konnte selbst dieses Sternchen nicht vortäuschen.

„Wer, wer war es?“, stotterte sie mit zitternder Stimme.

„Wir wissen es nicht.“

Sie fragte nicht weiter, vergrub das Gesicht in den Händen.

„Frau Brennerle, sollen wir jemanden rufen, mit dem Sie reden können?“

Sie reagierte erst nach einer Weile, schüttelte dann den Kopf. „Danke, lassen Sie mich bitte in Ruhe.“

Braig nickte, sah auf die Uhr: zehn vor fünf. Er musste noch ins Amt, mit Hofmann sprechen, eine Pressekonferenz einberufen.

Er sah, wie sich Neundorf erhob, wiederholte seinen Vorschlag. „Wir rufen gern jemanden, der mit Ihnen spricht.“

Beatrice Brennerle schüttelte den Kopf, fragte nicht nach dem Wo, nicht nach dem Wie. Sie war viel zu erschöpft dazu.

ALS SIE draußen auf der Straße standen, fiel Braig ein, was er vergessen hatte. „Die Noten Hemmers“, sagte er, „wir wollten überprüfen, ob er sie in der Kirche dabeihatte und was für einen Stift er für seine Anmerkungen benutzte.“

Neundorf nickte, winkte trotzdem ab. „Lass gut sein, morgen ist auch noch ein Tag. Die Frau ist fix und alle, ich glaube nicht, dass die uns noch irgendetwas erklären kann.“

Er stimmte ihr zu, schlug ihr vor, sie nach Hause zu bringen und dann selbst die Pressekonferenz vorzubereiten.

„Du schaffst es allein?“

„Viel kann ich sowieso nicht berichten.“

Neundorf zeigte sich einverstanden, war froh, ihre Mutter und das Baby nicht länger warten lassen zu müssen. „Ich hoffe nur, dass wir bald weiterkommen. Ab morgen früh haben wir die ganze Pressemeute auf dem Hals.“

Braig wusste, wie Recht sie hatte. Er starrte nach draußen, sah, wie die Sonne hinter dem Hohenasperg verschwand. Ein schlechtes Wetterzeichen, überlegte er, dieses kraftlos bleiche Gelb statt des gewohnten romantischen Rots. Sollte die kurze Schönwetterperiode schon wieder zu Ende gehen?

Braigs Stimmung war auf einem Tiefpunkt angelangt, als er Neundorf in Waiblingen abgesetzt und das Landeskriminalamt in Bad Cannstatt erreicht hatte. Abgekämpft fuhr er nach oben, lief in sein Büro. Sein Kopf drohte zu zerspringen, Müdigkeit lähmte seine Gedanken. Er wusste nicht, was er dem Oberstaatsanwalt alles berichten, wie er die offiziellen Texte für die Pressekonferenz formulieren sollte.

Er setzte eine Tasse Kaffee auf, bat den Kollegen Stöhr, der Spätdienst hatte, die Medienvertreter für 19 Uhr zur lange erwarteten Pressekonferenz einzuladen, läutete dann bei Hofmann an. Dieser sagte sofort zu. Eine Teilnahme des Oberstaatsanwalts nahm von vornherein allen Vorwürfen die Spitze, die Polizei bemühe sich zu wenig um die Sicherheit der besorgten Bevölkerung.

Braig schenkte sich einen Kaffee ein, wählte die Nummer Ann-Katrins. Es dauerte nur wenige Sekunden, ehe abgenommen wurde. Ihre Mutter war am Apparat.

„Du bist im Amt?“, fragte sie.

„Leider. Wir waren bis jetzt ohne Unterbrechung unterwegs. Um sieben muss ich vor die Presse, unsere bisherigen Ermittlungen bekannt geben.“

„Dann bist du die nächsten Tage beschäftigt.“

Er widersprach nicht, wusste, dass sie die Situation korrekt erfasst hatte.

„Ann-Katrin geht es nicht gut?“, fragte er.

Er merkte schon an ihrem Zögern, wie es um die Tochter bestellt war.

„Phantomschmerzen. Sie schläft seit halb drei. Ich hab ihr die Tropfen gegeben.“

Zeitweise hielt Ann-Kathrin es ohne die morphinhaltige Arznei nicht aus. Er wusste, dass dies keine Lösung auf lange Sicht sein durfte.

„Tut mir Leid. Sag ihr bitte, dass ich angerufen habe und gute Besserung wünsche. Ich melde mich später noch mal.“

Braig legte auf. Er trank von seinem Kaffee, versuchte, sich auf die Pressekonferenz und seine Äußerungen dort zu konzentrieren. Er notierte die wichtigsten Ermittlungsergebnisse, überlegte, ob und wie weit sie an die Öffentlichkeit gegeben werden durften, entschied sich für eine zurückhaltende Strategie.

Als er sich einen Großteil seiner Gedanken notiert hatte, fiel ihm auf, dass er von den Pathologen noch nicht über den genauen Todeszeitpunkt Bernhard Hemmers informiert worden war. Er läutete bei der Pathologie an. Der Arzt vom Dienst sicherte ihm zu, die Untersuchungsergebnisse sofort per Fax zu übermitteln.

Braig bedankte sich. Dann trank er ein Glas kaltes Wasser. Währenddessen tuckerte schon das Fax aus dem Apparat.

Braig nahm das Papier. Der untersuchende Arzt ging ausführlich auf den durch ein in flüssiger Form verabreichtes Gift verursachten Tod ein. Rückstände in Magen und Nieren deuteten auf eine alkoholhaltige Substanz hin, am ehesten Rotwein.

Er überflog den restlichen Text, notierte den vermuteten Todeszeitpunkt: 17 bis 20 Uhr am Samstagabend. Marion Böhler, falls sie wirklich so kaltblütig war, wie er ihr mit dieser Hypothese unterstellte, kam also durchaus als Täterin infrage.

Braig versah den Zeitrahmen mit einem dicken Pfeil, damit er auf keinen Fall vergaß, ihn vor den Journalisten zu erwähnen. Vielleicht war am späten Samstag doch eine Person beobachtet worden, die sich in die Großaspacher Juliana-Kirche geschlichen oder sich – nach der Tat – von dort davongestohlen hatte. So unwahrscheinlich es schien, oft hatten Zufälle in scheinbar ausweglosen Situationen dazu beigetragen, eine Ermittlung entscheidend weiterzuführen oder sie gar erfolgreich zu beenden.

Braig wurde vom Läuten des Telefons überrascht. Jürgen Hofmann war am Apparat.

„Ich bin im Haus. Reicht es noch zu einem kurzen Gespräch?“

Braig sagte zu, nahm seine Papiere, verließ sein Büro. Die Räume der Staatsanwaltschaft lagen am entgegengesetzten Ende des Gebäudes, zwei Stockwerke tiefer.

„Das wird kein Honigschlecken“, meinte der Oberstaatsanwalt, nachdem sie sich begrüßt und in der kleinen Sitzecke seines Büros Platz genommen hatten.

„Ein Serientäter. Müssen wir davon ausgehen?“

„Ich fürchte, ja. Blausäure-Morde in zeitlich und räumlich so unmittelbarer Nähe beruhen kaum auf Zufall. Außerdem gibt es eine Verbindung zwischen den beiden Opfern.“ Braig schilderte die Urlaubsbekanntschaft der beiden von ihren Ehemännern betrogenen Frauen, ging auf die aggressiven Kommentare Regine Hemmers über ihren Vater ein.

Hofmann notierte sich Braigs Einschätzung, fragte dann nach Regine Hemmer. „Sie denken an die Tochter?“

„Es ist noch zu früh, das zu beurteilen.“ Braig blieb vorsichtig. „Wir haben nur kurz mit ihr gesprochen.“

„Rein theoretisch scheinen Sie es ihr aber zuzutrauen.“

„Rein theoretisch, ja.“

Hofmann überflog seine Notizen. „Regine Hemmer und Marion Böhler. Beide gemeinsam?“

Braig wiegte den Kopf hin und her. „Oder die eine liefert das Gift, die andere überreicht es den Opfern. Die Männer müssen die Getränke, wahrscheinlich Wein, freiwillig zu sich genommen haben.“

„Wie steht es mit einem Alibi?“

„Das müssen wir noch genauer überprüfen. Marion Böhler hat keines, zumindest nicht für den Todeszeitpunkt ihres Mannes."

„Die Fußabdrücke?"

„Die Techniker sind noch nicht so weit. Wenn aber auch Regine Hemmer nicht nachweisen kann, wo sie zur jeweiligen Tatzeit war und der Vergleich der Abdrücke belegt, dass in Rotenberg und in Großaspach derselbe Täter am Werk war, müssen wir sowohl Marion Böhlers als auch Regine Hemmers Schuhe untersuchen. Wenn die beiden freiwillig nicht zustimmen, möchte ich Sie bitten, sich um die richterliche Erlaubnis zu kümmern."

„Das dürfte nicht schwierig sein." Jürgen Hofmann überlegte einen Moment. „Dennoch wäre es mir lieber, wir versuchten es zuerst auf freiwilliger Basis. Schließlich sind es nur Vermutungen, was wir bisher zu bieten haben." Er sah auf seine Uhr, erhob sich von seinen Platz. „Was ist übrigens mit dem Drohbrief, den Sie in Böhlers Büro gefunden haben?", fragte er.

„Der liegt im Labor und wird untersucht. Bisher habe ich noch nichts darüber gehört."

Braig erhob sich ebenfalls. Sie mussten sich beeilen, der Großteil der Journalisten war sicher längst eingetroffen.

Braig sah das nachdenkliche Gesicht des Oberstaatsanwalts. „Sie sind nicht zufrieden?"

Hofmann schloss seine Tür, überlegte sich seine Antwort genau. „Ich hoffe nur, dass wir nicht an der falschen Stelle kämpfen. Nicht, dass es sich wieder um eine viel größere Sache handelt, als wir es im Moment überblicken. Vielleicht ist das, was wir bis jetzt wahrnehmen, erst die Spitze des Eisbergs."

9. Kapitel

Als Braig am Montagmorgen auf die Straße trat, empfing ihn das seit Wochen vertraute Bild: nasse Gehwege, bedeckter Himmel. Der Stuttgarter Talkessel schien im tristen Frühherbstschmuddel zu versinken.

Braig litt jetzt schon unter starken Kopfschmerzen, hatte Mühe, einen klaren Gedanken zu fassen.

Schon am Kiosk, wenige Meter vor den Treppen zur Station „Feuersee" sah er sich mit seinen derzeitigen beruflichen Problemen konfrontiert:

Mit Blausäure ins Jenseits – ein bestialischer Tod.
Giftmorde – wer ist das nächste Opfer?
Von wem stammen die geheimnisvollen Fussabdrücke?
Polizei ratlos.

Die Titelseiten der meisten Zeitungen hatten nur ein Thema, dazu wurden die entstellten Gesichtszüge Reinhard Hemmers als besondere Zugabe des überregionalen Boulevardblattes präsentiert.

Entnervt wandte sich Braig vom Kiosk ab. Bayer, dieses Schwein, der Kerl verfügte offenbar immer über die notwendigen Beziehungen.

Braig stieg die Stufen zur S-Bahn hinunter, musste nicht lange warten, dämmerte die paar Minuten bis Bad Cannstatt vor sich hin.

Dort angekommen, verließ er den Zug, folgte der Wildunger Straße und bog dann in die Taubenheimstraße ein. War mit Geld wirklich alles, was einer wollte, zu erhalten?

„Welche Verbindung sehen Sie zwischen den Fußabdrücken am jeweiligen Tatort und den Tätern?", hatte Bayer gestern Abend in der Pressekonferenz mit lauter Stimme gefragt.

Braig hatte sich mit Gewalt zusammenreißen müssen. Wie war der Kerl an diese bisher bewusst verschwiegenen Erkenntnisse gelangt?

Braig war klar, welche für ihre Ermittlungen katastrophalen Folgen die vorzeitige Veröffentlichung dieser polizeilichen Entdeckungen haben konnte: Der Täter oder die Täterin würde, falls noch nicht geschehen, die bei den Morden benutzten Schuhe so schnell wie möglich vernichten.

Braig betrat das Landeskriminalamt, entschied sich spontan fürs Treppenhaus. Zwei Stufen auf einmal nehmend, eilte er nach oben. Treppensteigen mochte gesund sein, besonders angenehm war es nicht. Keuchend betrat er sein Büro. Er blieb an der Tür stehen, schaltete das Deckenlicht ein, sah ein Fax in der Ablage.

Braig zog seine Jacke aus, griff zu dem Papier. „Die Fußabdrücke von Rotenberg und auf dem Teppich in der Kirche in Großaspach sind identisch. Eindeutig. Schuhgröße 37. Warum habt ihr das der Presse bekannt gegeben? Gruß Rössle."

Er setzte sich an den Schreibtisch, griff zum Telefon. Der Techniker war sofort am Apparat. „Danke für dein Fax. Jetzt brauchen wir nur noch die passenden Schuhe."

„Des glaubet ihr doch selber net, dass die noch existieret? Wieso hent ihr des an die Öffentlichkeit bracht?"

„Das haben wir nicht." Braig berichtete Rössle vom Verlauf der Pressekonferenz.

„Wem kann man so was zutrauen? Einem von uns?", fragte der Techniker.

Braig hatte keine Lust, Nachforschungen anzustellen. Allein der Gedanke, einen seiner engen Mitarbeiter in Betracht zu ziehen oder ernsthaft zu verdächtigen, schien ihm vollkommen pervers.

„Ich muss mich auf meine Ermittlungen konzentrieren", sagte er deshalb, „einen zweiten Kriegsschauplatz kann ich mir im Moment nicht leisten."

„Das ist richtig. Aber vielleicht gibt es doch noch eine Möglichkeit, dem Täter über die Fußabdrücke nahe zu kommen."

Braig horchte auf. „Was meinst du?"

„In Rotenberg hinterließ der Kerl so viele Spuren, dass wir ein genaues Belastungsprofil seiner Füße erstellen konnten. Dieses Profil fällt bei jedem Menschen anders aus, wobei die Schuhe gewisse Einflüsse haben können. Lassen wir einen Verdächtigen auf einem speziellen Untergrund ein Stück laufen, können wir anschließend die Belastungsprofile miteinander vergleichen."

„Und ihr könnt beweisen, dass es sich um dieselbe Person handelt?"

„Schön wär's. Vor Gericht wird das Ergebnis noch nicht akzeptiert. Wenn ihr euch aber clever anstellt, könnte es dennoch klappen. Ihr erklärt dem Verdächtigen, dass ihr den Täter anhand des Belastungsprofils mit absoluter Sicherheit feststellen könnt. Weigert er sich daraufhin, Probe zu laufen, wisst ihr schon mal, woran ihr mit ihm seid."

Braig bedankte sich bei Rössle für die Information, legte den Hörer auf, sah Neundorf in sein Büro treten.

„Blöd gelaufen, wie?", sagte sie. „Ich habe vorhin mit Hofmann telefoniert, irgendwann werde ich die undichte Stelle finden." Sie wirkte unausgeschlafen.

„Ich will nicht darüber nachdenken", erwiderte er, „sonst werde ich verrückt."

„Regine Hemmer hat kein Alibi. Weder für Freitag noch für Samstag. Ich habe sie gestern Abend noch angerufen."

„Wo war sie während der fraglichen Zeit?"

„Sie weiß es angeblich nicht genau. Am Freitag war sie in Stuttgart. Einkaufen, Kaffee trinken, bummeln. Bis in den späten Abend."

„Das kommt mir bekannt vor. Genau das Gleiche erklärte mir schon Frau Böhler."

„Findest du es so unglaubwürdig? Ich kann ihr nicht das Gegenteil beweisen."

„Und am Samstag?"

„Sie lag in der Sonne, das schöne Wetter ausnützen."

„Allein?"

„Sie sagt Ja. Sie war mit dem Fahrrad unterwegs, legte sich irgendwo an den Neckar, vergaß die Zeit, wie sie sagte."

Braig seufzte. „Die Frau macht es uns wirklich nicht einfach."

„Du fragst nicht nach ihrer Schuhgröße?"

„Siebenunddreißig?"

Neundorf nickte. „Mal siebenunddreißig, mal achtunddreißig. Sie besitzt aber nur vier Paar, wie sie sagte, als arme Studentin verfüge sie über zu wenig Geld."

„Und das fünfte Paar, mit dem sie ihre Opfer in Rotenberg und Großaspach besuchte, schwimmt längst im Neckar."

Neundorf zuckte mit den Schultern. „Ich weiß nicht, wirklich. Wir haben sehr wenig in der Hand."

„Es gibt dennoch eine Chance, sie genauer zu überprüfen." Braig erklärte ihr die Methode, auf die ihn Rössle aufmerksam gemacht hatte, sah ihre zustimmende Reaktion.

„Dann laden wir sie heute noch vor. Wenn es mit den Technikern klappt", erklärte sie.

„Ich werde mich darum kümmern. Sie hat dir erzählt, was sie beruflich macht?"

„Sie studiert", antwortete Neundorf, „Französisch, Deutsch und Philosophie in Tübingen. Vielleicht ist sie noch zu Hause, sie hat Semesterferien."

Braig griff zum Telefonhörer. „Was hast *du* vor?"

„Ich fahre nach Rotenberg", erklärte Neundorf, „Marion Böhler wartet auf mich. Neun Uhr. Ich will mir die Frau ansehen."

Braig nickte. Gerade weil er der Frau des ermordeten Werbemanagers misstraute, war es sinnvoll, Neundorfs Urteil über sie einzuholen. „Dann kannst du sie gleich mitbringen. Zum Sohlenbelastungsprofil."

Er wählte Rössles Nummer. „Braig hier. Dieses Profil, du weißt schon, geht es heute?"

„Jederzeit."

Er versprach dem Kollegen, rechtzeitig Bescheid zu geben, legte auf. „Dann versuche ich es sofort mit Regine Hemmer."

Braig hatte die Frau nach kurzem Warten in der Leitung.

„Hätten Sie im Verlauf des Tages Zeit, bei uns vorbeizuschauen?", erkundigte er sich.

Regine Hemmer fragte nach dem Grund seiner Bitte, ließ sich sein Vorhaben genau erklären. „Sie verdächtigen mich also, meinen eigenen Vater ermordet zu haben", stellte sie trocken fest.

Braig scheute sich nicht, Klartext zu reden. „Sagen wir es besser so: Niemand im Umfeld Ihres Vaters darf bei unseren Ermittlungen außen vor bleiben."

„Aha. Gibt es wenigstens noch andere Verdächtige?"

„Die gibt es. In der Tat."

„Wann soll ich kommen?", fragte sie.

Sie einigten sich auf 16 Uhr, beendeten dann das Gespräch.

„Das ging schnell", meinte Neundorf, „entweder sie ist wirklich unschuldig, oder sie will mit dem Kopf durch die Wand."

Braig gab Rössle den Termin durch.

„Und jetzt?", fragte Neundorf.

„Ich muss noch in Hemmers Firma vorbeischauen. Diese Fernsehproduktion in Ludwigsburg. Ich suche nur noch schnell die Adresse."

„Die kannst du haben. Hier." Sie gab ihm ein Blatt.

„Von seiner Tochter?" Braig nahm das Papier, sah Neundorfs Kopfnicken. „Danke. Dann fahre ich jetzt gleich dorthin."

„Was ist mit Bernhard?", fragte sie. „Hast du was gehört?"

„Tut mir Leid, nein."

„Vielleicht kannst du im Krankenhaus reinschauen."

Steffen Braig hatte nichts dagegen einzuwenden, holte sich einen Stadtplan von Ludwigsburg, überprüfte den Firmensitz Hemmers, sah, dass er nicht weit vom Bahnhof entfernt lag. Er spürte, wie dringend sein Körper Bewegung in frischer Luft forderte.

Braig wählte die Nummer von Hemmers Firma, hatte die Sekretärin am Apparat. Die Stimme der Frau klang verweint. Braig kündigte seinen Besuch an, sammelte dann seine Unterlagen zusammen, schlüpfte in die Jacke.

Er lief zum Cannstatter Bahnhof, nahm die nächste S-Bahn, stieg dann im Hauptbahnhof in die Bahn nach Ludwigsburg um. Als der Zug in Feuerbach hielt, wählte er Ann-Katrins Nummer.

„Wie geht es dir?", fragte er.

„Viel besser als gestern." Ihre Stimme ließ neuen Lebensmut erkennen. „Wir wollen nach Tübingen. Theresa zeigt uns ihr neues Zimmer. Sie hat uns vorhin angerufen."

Braig kannte Ann-Katrins Schwester, hatte sie mehrfach getroffen. „Das ist sehr gut“, sagte er. „Wann fahrt ihr?“

„Nachher, mit dem nächsten Zug. Du hast keine Zeit?“

„Tut mir Leid. Ich bin gerade unterwegs nach Ludwigsburg.“

Sie seufzte. „Vielleicht solltest du doch den Beruf wechseln.“

Manchmal, in besonders unangenehmen Momenten, war es Braig danach. Er gab keine Antwort, wusste, dass jeder Gedanke in diese Richtung vorerst Utopie bleiben würde.

Er wünschte Ann-Katrin einen schmerzfreien, abwechslungsreichen Tag, beendete das Gespräch, als der Zug Ludwigsburg erreichte. Der Weg zu Hemmers Firma war nicht weit.

Das Gebäude, in dem die Firma residierte, fiel auf: ockergelbe Wände, sandsteinfarbene Erker, die gesamte Front im neobarocken Stil. Braig las die Aufschrift BERNHARD HEMMER FERNSEHPRODUKTION, drückte auf die Klingel.

Die Stimme aus dem Lautsprecher krächzte erbärmlich. Er stellte sich vor, hörte das Surren des Türöffners.

Das Büro lag im ersten Obergeschoss. Braig stieg die Treppe hinauf, wurde schon an der breiten Milchglastür von einer jungen Frau empfangen. Sie war höchstens Mitte zwanzig, trug eine knallenge weiße Bluse und einen kurzen schwarzen Lederrock, dazu gepunktete Nylons und grellrote Slipper. Die kurzen blondierten Haare hingen strähnig und ungeordnet in ihre Stirn, von ihren Augen strömte ein von der Wimperntusche dunkelblau gefärbtes Rinnsal über die Wangen in Richtung Kinn.

„Nicole Lieb“, nuschelte sie in Braigs Richtung, ließ ihn eintreten.

Bunte Poster schmückten den breiten Gang auf beiden Seiten, wunderschöne, mit breitem Cheese-Lächeln in die Kamera grinsende junge Menschen porträtierend.

Nicole Lieb bat Braig in einen kleinen Raum und wies ihm einen Stuhl zu, der unmittelbar vor ihrem mit einem Computer bestückten Schreibtisch stand.

„Ich kann es nicht glauben“, presste sie mit erstickter Stimme hervor.

Braig setzte sich. „Wann haben Sie vom Tod Herrn Hemmers gehört?“

„Heute Morgen“, sagte Nicole Lieb, „als ich hier ankam. Beatrice war da und heulte wie ein Schlosshund.“

„Seit wann arbeiten Sie hier?“

„Bei Bernie? Drei Jahre.“

„Sie kannten Herrn Hemmer gut? Reichte Ihr Verhältnis bis in private

Bereiche?“ Braig scheute sich nicht, doppeldeutige Worte zu benutzen, um ihr etwas auf die Sprünge zu helfen.

Nicole Lieb zögerte mit der Antwort. „Na ja, das bleibt nicht aus. Es ist schließlich ein besonderer Beruf.“ Sie schien die Tragweite seiner Frage nicht zu verstehen.

„Sie waren also auch in Ihrer Freizeit mit ihm zusammen?“

„In meiner Freizeit? Nein, das hätte Beatrice nicht erlaubt.“

Braig verzichtete darauf, in der Beziehung Nicole Liebs zu ihrem Chef herumzustochern. Er musste sich auf Hemmers Firma konzentrieren. „Was sind Ihre Aufgaben?“

„Alles“, erklärte Nicole Lieb, „die ganze Firma.“

„Und das bedeutet konkret?“

„Wir produzieren Shows, Fernsehshows. Mit allem Drum und Dran.“ Ihre Augen begannen ein wenig zu leuchten.

„Fernsehshows“, wiederholte Braig. „In wessen Auftrag?“

Auf mehrfaches Nachfragen gestand sie Braig, dass circa 90 Prozent der Shows für das regionale TV-Unternehmen produziert wurden. Er hatte selten von jemand gehört, der den Kanal dieses Senders einschaltete.

„Wie steht es mit der Konkurrenz?“, fragte Braig. „Gab es Auseinandersetzungen mit anderen Produzenten?“

Nicole Lieb wusste keine Antwort. „Die Sender sind mit unserer Arbeit zufrieden. Die wissen, was sie an uns haben.“

Braig glaubte nicht, dass die geschäftliche Situation so einfach zu beurteilen sei, gab sich dennoch mit der Antwort zufrieden.

„Die Mitwirkenden dieser *Shows*“, das Wort kam ihm nur schwer über die Lippen, weil er sie als in der öffentlichen Meinung maßlos überbewertet empfand, „Sänger, Tänzer, Statisten – wer wählt sie aus?“

„Bernie. Herr Hemmer.“

„Er ganz allein?“

„Ja.“

„Ein angenehmer Job für Herrn Hemmer. Ich nehme an, es gibt genügend Leute, die in einer dieser Veranstaltungen mitwirken wollen?“

„Oh ja, natürlich.“ Nicole Liebs Stimme drohte sich zu überschlagen. „Wir haben so viele Bewerberinnen und Bewerber, dass wir nur einen Bruchteil davon nehmen können.“

„Welche Qualifikationen müssen die Leute mitbringen?“

„Das müssen Sie Bernie, Herrn Hemmer, fragen. Die Entscheidung trifft er …“ Sie verstummte mitten im Satz, wurde sich bewusst, was sie sagen wollte, begann heftig zu schluchzen.

In Braig wuchs die Ungeduld. „Musste man mit der Rache abgelehnter, vielleicht mehrfach zurückgewiesener Bewerber rechnen? Gab es Drohungen gegen Herrn Hemmer oder die Firma?“

Nicole Lieb schüttelte den Kopf. „Warum sollte uns jemand drohen? Dass wir ihn in einer Show auftreten lassen müssten?“

„Zum Beispiel, ja.“

„Davon ist mir nichts bekannt. Herr Hemmer ist nicht“, sie bemerkte ihren Fehler, stockte, „er war nicht zu beeinflussen. Von so etwas schon gar nicht.“

Braig musste insgeheim lachen, weil er an die Worte Regine Hemmers dachte. Bettgeschichten ohne Ende, aber er war völlig neutral in seinem Urteil.

„Wo ist das Büro Ihres Chefs? Ich möchte es mir einmal ansehen.“

Die junge Frau akzeptierte seinen Wunsch ohne Widerspruch, zeigte auf die Tür gegenüber ihres Schreibtischs.

Braig erhob sich, trat in den Raum. Er war mindestens dreimal so groß wie das Zimmer der Sekretärin, zeigte hohe weiße Wandschränke mit gläsernen Türen, hinter denen Aktenordner neben Aktenordnern aufgereiht waren, einen riesigen hellen Schreibtisch mit Computer und unzähligen Stapeln von Blättern, Postern und Fotos, dazu ein kleines Sofa mit einem runden Tisch.

Braig wandte sich dem Schreibtisch zu, sah die Papiere, Poster, dann die Fotos durch, merkte, dass die Stapel entgegen den ersten Eindruck in penibler Ordnung nach verschiedenen Sachgebieten getrennt waren.

Braig nahm sich Stapel für Stapel vor, blätterte sie jeweils bis zur Hälfte durch, stellte fest, dass die Papiere nach Alter und Geschlecht sortiert waren. Frauen im Alter von 15 bis 40, wie er auf den ersten Blick schätzte, bildeten den Großteil der vorhandenen Bewerbungen; viele der Fotos zeigten nur mäßig bekleidete, ihre weiblichen Formen vorteilhaft präsentierende Möchtegernsternchen. Er fand einen weiteren Stapel von Papieren, der ausnahmslos unterschriebene Verträge mit Sängern, Tänzern und Statisten enthielt. Persönliche Post war nicht zu finden.

Braig wechselte zu den Wandschränken, öffnete die Glastüren, nahm einige der Ordner in die Hand. Wieder Verträge mit Sängern, Tänzern, Statisten, alle aus dem vergangenen Jahr datiert.

Er schob die Ordner wieder in die Schränke zurück, trat an den Schreibtisch, öffnete die beiden Schubladen, die unter der breiten Platte angebracht waren: Zigaretten, Tabletten, Salben, Rasierwasser, mehrere

Schachteln mit Kondomen. Wahrscheinlich eines der wichtigsten Arbeitsmaterialien des Herrn Hemmer, schoss es Braig durch den Kopf.

Die untere Schublade enthielt nur einen Ordner, neutral, ohne Aufschrift. Braig zog ihn heraus, schlug den Kartondeckel zur Seite und unterdrückte einen Schrei. Was vor ihm lag, sah er nicht zum ersten Mal. Papier und Schrift waren ihm genauso bekannt wie der Inhalt des Textes.

Braig ließ das Blatt liegen, sprang zur Tür. Er holte Nicole Lieb ins Zimmer ihres ermordeten Chefs, zeigte auf den aufgeklappten Ordner. „Der Brief. Bitte berühren Sie ihn nicht. Wissen Sie, wann er kam und wer ihn gebracht hat?"

Sie stand vor dem Ordner, starrte auf das Blatt, zuckte mit den Schultern. „Ich sehe ihn zum ersten Mal."

Er stellte sich neben sie, las ihr den Text vor:

„Hemmer, wir haben dich gewarnt.
Du weißt, um was es geht.
Wenn du nicht hören willst, wirst du büßen.
Deine Chance war da. Jetzt folgt die Tat."

Es dauerte eine Weile, bis sie den Inhalt endlich zu begreifen schien. „Sie drohen."

„Wer schreibt so etwas?", fragte Braig. Wenn es noch einen Zweifel gegeben hatte, jetzt war der Beweis erbracht. Es handelte sich um denselben Täter wie bei Konrad Böhler.

Nicole Lieb sah ihn mit weit aufgerissenen Augen an. „Keine Ahnung."

Er musterte ihr Gesicht, sah das fahrige Hin- und Herhuschen ihrer Augen, glaubte ihr. „Sie wissen nicht, wann er es erhielt?"

Nicole Lieb schüttelte den Kopf. „Tut mir Leid."

Braig schaute sich um, suchte den Papierkorb. Er war leer. „Wer leert den Müll?"

„Ich."

„Wann haben Sie ihn zuletzt geleert?"

„Am Freitag, wie üblich."

„Wohin?"

„Wir haben eine große Papiertonne, zusammen mit anderen Firmen. Hinter dem Haus."

„Wissen Sie zufällig, wann sie geleert wird?" Er musste den Umschlag finden, musste versuchen, den Absender irgendwie zu lokalisieren.

„Einmal die Woche. Aber an welchem Tag?“ Sie zuckte mit den Schultern.

„Wer nimmt die Post entgegen?“, drängte er.

„Je nachdem. Mal ich, mal Bernie selbst.“

„Sie haben noch nie so eine Drohung gesehen? Auch einen anderen, vielleicht größeren Brief nicht?“ Hemmer musste vorher schon Drohschreiben erhalten haben, so viel ging aus dem Inhalt des Textes deutlich hervor.

Tränen rannen wieder über ihre Wangen, als sie heftig den Kopf schüttelte.

Braig nahm sein Handy, gab im Amt Bescheid. Er erklärte dem Kollegen, wo er war. „Ich brauche mindestens zwei Leute, die hier alles auf den Kopf stellen. Vielleicht finden wir einen der früheren Drohbriefe. Die Sache eilt.“

Er steckte das Handy weg, fragte nach der Papiertonne. Nicole Lieb beschrieb ihm den Weg. Braig zog Plastikhandschuhe an, eilte in den Hof. Die blaue Tonne war nicht zu übersehen. Er öffnete den Deckel, erschrak über den Papierberg, der sich vor ihm auftat. Zeitungen, Kataloge, Kartonreste, Aktenschnipsel, alles bunt durcheinander. Braig war gerade dabei, einen ersten Packen nach oben zu ziehen, als sein Handy läutete.

Neundorf war am anderen Ende. „Störe ich?“, fragte sie.

„Nicht im Geringsten.“ Er erklärte ihr, womit er beschäftigt war.

„Ich glaube, ich verstehe deine Skepsis“, sagte Neundorf, „die Böhler ist wirklich mit Vorsicht zu genießen. Sie ist zu auffällig unauffällig. Wenn du verstehst, was ich meine.“

„Ich glaube, da sind wir uns einig.“

„Schuhgröße achtunddreißig. Aber was sagt das schon. War eben mal ein Paar Siebenunddreißiger darunter.“

„Du traust es ihr zu?“

Neundorf zögerte mit der Antwort. „Ja und nein“, sagte sie, schwieg einen Moment, senkte dann die Stimme. „Vielleicht“, sie stockte, wurde dann wieder lauter, „so, wie wir es gestern besprochen haben. Arbeitsteilung.“

„Du meinst, mit Regine Hemmer zusammen.“

„So in etwa, ja. Vielleicht tue ich der Frau trotz allem Unrecht. Immerhin war sie nach einem Zögern bereit, heute siebzehn Uhr den Profiltest im Amt machen zu lassen.“

„Alle Achtung. Ich hätte nicht gedacht, dass sie sich so schnell breitschlagen lässt.“

„Das ist aber noch nicht alles. Ich habe noch eine andere Spur.“

„Frau Böhler hat dich auf eine andere Spur gebracht?"

„Nein, nicht Frau Böhler. Der Kuli war es, der aus der Kirche in Großaspach."

Braig verstand, ließ sie reden.

„Ich habe angerufen, zuerst die Pfarrerin. Sie wisse nichts von einem Stift, habe keine Ahnung, wie er an die Orgel gekommen sein könne. Dann versuchte ich es mit dem Maler."

„Die Nummer auf dem Kuli."

„Nein, eben nicht. Ich rief bei der Auskunft an, ließ mir die Nummer des Malers Hoch geben. Die aufgedruckte Verbindung ist falsch. Die zweitletzte Ziffer stimmt nicht. Eine Eins statt einer Sieben. Ich bekam ihn persönlich an den Apparat. Der schwitzte Blut und Wasser, als ich ihm erzählte, wer ich bin, glaubte tatsächlich, wir ermittelten gegen ihn, weil seine Kulis eine falsche Nummer tragen."

„Wieso bringt er diese Stifte auch in Umlauf, wenn er weiß, dass eine Ziffer nicht stimmt."

„Ich bin jetzt gerade unterwegs zu ihm nach Leonberg. Er behauptet, er habe das Paket mit den falsch bedruckten Kulis sofort wieder zurückgehen lassen, als er den Fehler bemerkte."

„So kann es aber nicht gelaufen sein. Wo käme der Kugelschreiber in der Kirche sonst her?"

„Das machte ich dem Mann sofort klar", erklärte Neundorf, „und dann gestand er mir, eine Dummheit begangen zu haben. Am Tag, als er das Paket mit den Kulis erhielt, feierte sein Sohn Geburtstag. Der Kleine bemerkte zwar sofort die falsche Nummer, bestand aber darauf, seinen fünf Gästen dennoch einen zu schenken. Was der Vater dann auch erlaubte. Klingt plausibel, oder?"

Braig stimmte ihr zu, fragte nach den übrigen Stiften. „Er schickte wirklich alle anderen zurück?"

„Behauptet er jedenfalls, ja. Hätte er gewusst, welchen Ärger das Verschenken der Stifte auslöste, hätte er es natürlich nicht erlaubt, sagte er. Die Jungs machten sich offensichtlich einen Spaß daraus, die falsche Nummer anzurufen. Auf jeden Fall ist Hoch im Moment dabei, die Kulis bei den Kindern wieder einzusammeln. Wenn seine Behauptung stimmt, dass er nur diese fünf Stifte aus der Packung nahm, dürfte er vier wieder zurückkriegen. Und die Familie, die ihren Kugelschreiber nicht mehr finden kann, ist uns eine Erklärung schuldig."

Braig pfiff laut durch die Zähne. „Wie kommt der Kuli von Leonberg nach Großaspach?"

„Genau. Das ist der Punkt."

Er spürte, dass es wieder zu regnen begann, zog sich ins Treppenhaus zurück. „Wir dürfen uns aber nicht zu große Hoffnungen machen", wandte er ein, „wenn wir Pech haben, beruht alles auf einem Zufall. Du hältst mich auf dem Laufenden?"

Sie versprach es, beendete das Gespräch.

Braig ging in den Hof. Er löste die Verankerung des Papiercontainers, zog den Behälter zum überdachten Vorraum des Treppenhauses, brachte ihn dort zum Stehen.

Braig öffnete die Tonne, griff in den Papierberg, zog einen Packen beschrifteter Blätter und Zeitungen heraus, prüfte sie Stück für Stück. Er konnte keinen Zusammenhang mit Hemmers Firma entdecken, warf die Blätter neben die Tonne. Zeitungen, Kataloge, alte Werbeschriften folgten. Braig überflog die Titel der Schreiben, legte sie auf den stetig wachsenden Abfallberg.

Plötzlich hatte er ein hellbraunes Kuvert in der Hand. Er sah, dass es außer einem kleinen, mit der gedruckten Aufschrift HEMMER versehenen Aufkleber völlig unbeschriftet war, kein Poststempel, kein Absender, nur der Name des Ermordeten.

Braig nahm das Kuvert, eilte die Treppen hinauf, läutete. Nicole Lieb öffnete die Tür, betrachtete den Umschlag, den er ihr entgegenstreckte.

„Kennen Sie dieses Kuvert?" Er wendete es vor ihren Augen hin und her, wollte es nicht aus der Hand geben.

Die junge Frau überlegte nicht lange. „Die Besetzungsliste. Von einem unserer Regisseure."

„In diesem Umschlag?" Braigs Enttäuschung war nicht zu überhören. „Sind Sie sich sicher?"

„Aber ja. Das ist so üblich. Wir verwenden immer dieselben Muster, damit sie nicht verwechselt werden."

„Und Sie benutzen keinen Absender?"

Nicole Lieb schüttelte den Kopf. „Wozu? Der steht auf dem Kopf der Besetzungsliste."

Braig nickte, atmete tief durch. Niemand konnte ihm garantieren, dass die Hülle, in der der Täter den Drohbrief hatte überbringen lassen, noch in der Tonne zu finden war, wenn er überhaupt ein Kuvert benutzt hatte …

Der Kommissar wurde durch das Läuten der Türglocke aus seinen Gedanken gerissen. Nicole Lieb bediente die Sprechanlage.

„Rauleder vom Landeskriminalamt. Wir suchen unseren Kollegen."

„Wartet bitte unten. Ich komme sofort“, rief Braig ins Mikrofon.

Er lief die Treppe hinunter, grüßte Lars Rauleder und Helmut Hutzenlaub, die bereits vor dem Abfallberg standen. „Ich brauche eure Hilfe dringend“, sagte er. „Es geht um die Stecknadel im Heuhaufen.“

Er erklärte ihnen den Sachverhalt, bat sie, sowohl auf Briefe als auch auf Kuverts zu achten, die an Hemmer gerichtet waren, und empfahl ihnen, Frau Lieb um Rat zu fragen, falls sie ein Papier nicht eindeutig identifizieren konnten.

Braig sah gedankenverloren einen Augenblick zu, während die Kollegen in der Papiertonne wühlten, als sich Neundorf meldete: „Ich bin es wieder, hast du Zeit? Ist die Verstärkung da?“

„Hutzenlaub und Rauleder wühlen im Papiermüll.“

„Das ist gut“, erklärte Neundorf, „dann kannst du mir helfen.“

Braig wartete auf ihre Erklärung.

„Ich bin in der Wohnung von Herrn Hoch in Leonberg. Er hat alle Kinder erreicht oder besser gesagt die jeweilige Familie. Die Kulis sind da. Alle fünf.“

„Alle fünf? Dann hat er dir nicht die Wahrheit erzählt. Wie kommt sonst der Kugelschreiber in die Kirche?“

„Er hat sich die ganze Zeit den Kopf zerbrochen, wer noch einen Kuli erhalten haben könnte.“

„Du glaubst ihm? Ich meine, vielleicht hat er selbst …“

„Er scheint mir vertrauenswürdig. Vor ein paar Minuten fiel ihm eine Möglichkeit ein. Vielleicht bringt es uns weiter.“

„Und? Wer ist es?“

„Eine Briefbotin.“

Braig horchte wie elektrisiert auf. „Eine Frau?“, rief er laut. Er spürte, wie ihn die Erregung packte.

„Die Mitarbeiterin eines Kurierdienstes“, antwortete Neundorf. „An dem Tag, als er die Kulis erhielt, kam am Mittag die Ausschreibung eines neuen Auftrags. Hoch glaubt sich zu erinnern, dass die Frau ihren Schreiber im Wagen vergessen hatte, als er den Empfang bestätigen sollte. Er meint, ihr mit einem der neuen Kulis ausgeholfen zu haben.“

„Wie heißt die Frau? Wo wohnt sie?“ Braigs Stimme drohte sich zu überschlagen.

Neundorf versuchte ihren Kollegen zu beruhigen. „Herr Hoch hat mir die Frachtpapiere übergeben. Der Name der Fahrerin ist leider nicht festzustellen. Nur der des Kurierdienstes.“

„Und? Wie heißt der Betrieb?“

„Kurierdienst Larch. Er hat seinen Sitz, deshalb rufe ich dich an, in Ludwigsburg. In der Myliusstraße." Sie nannte ihm die Hausnummer. „Würdest du dich bitte um die Identität der Zustellerin kümmern?"

„Kein Problem", sagte Braig, „hast du eine Telefonnummer?"

Neundorf gab sie ihm, bedankte sich für seine Hilfe.

Schon wieder eine Frau, überlegte er. War es möglich, dass die Briefzustellerin in die Sache involviert war? Aber was sollte die – noch – Unbekannte mit den beiden ermordeten Männern zu tun haben?

Braig wählte die Nummer des Kurierdienstes. Eine weibliche Stimme auf einem Anrufbeantworter teilte ihm mit, dass das Büro im Moment leider unbesetzt, ab 11 Uhr aber garantiert wieder jemand zu erreichen sei. Braig schaute auf seine Uhr: 10.45 Uhr. Er ging ins Vorzimmer, fragte Frau Lieb nach der Myliusstraße.

„Fünfhundert Meter von hier, vorne links. Sie führt kerzengerade auf den Bahnhof zu."

Braig bedankte sich für die Auskunft, verabschiedete sich. Er lief die Treppe hinunter, sah Rauleder und Hutzenlaub über ein zerrissenes Papier vertieft vor der Tonne stehen.

„Habt ihr etwas entdeckt?"

Lars Rauleder streckte ihm die Überreste eines mit Schreibmaschine oder Computer beschriebenen Blattes entgegen, dessen obere und untere Teile fehlten. Er nahm es vorsichtig.

> elenden Kinderschänder entlarven. Wenn du mir wirklich keine Chance in einer Show gibst, wird die Polizei Arbeit bekommen. Ich bin erst 15. Das kannst du glauben oder nicht. Du hast es gewollt, ich nicht. Wenn du meinst, ich lasse mir das bieten, hast du dich getäuscht. Du wirst büßen. Wahrscheinlich legst du viele Mädchen flach, aber damit hat es jetzt ein

Der Riss ging mitten durch den Text, beendete das Schreiben abrupt.

„Er könnte es sein", meinte Rauleder, „oder?"

„Sehr gut", sagte Braig, „den Auftritt in einer Show kann hier nur einer vermitteln. Und das Flachlegen junger Mädchen scheint Hemmers Spezialität gewesen zu sein."

Braig betrachtete die ausgefransten Seiten des Papiers, hielt es in die Höhe. „Er hat es selbst zerrissen, oder?"

Rauleder nickte. „Vor Wut, schätze ich mal. Die restlichen Stücke des Blattes waren bisher nicht dabei."

Braig eilte nochmals die Treppe hinauf. Er lief in Hemmers Büro und holte den Drohbrief, den er in der Schublade hinterlegt hatte. Als er wieder unten war, hielt er die beiden Blätter nebeneinander. Sowohl das Papier als auch das Schriftstück zeigten keinerlei Ähnlichkeit miteinander.

„Das muss nichts bedeuten“, meinte Hutzenlaub, „selbst die einfachsten Schreibprogramme bieten heute völlig verschiedene Schriftarten an.“

Braig gab dem Kollegen Recht, betrachtete das neu entdeckte Schreiben mit prüfendem Blick. Sie mussten die restlichen Teile des Blattes finden. Oder in den Akten des Fernsehproduzenten nach 15-jährigen Bewerberinnen fahnden, die von ihm abgelehnt worden waren.

Braig bat die Kollegen, sich darum zu kümmern, forderte sie auf, Frau Lieb zu fragen, ob sie den Text kenne.

Rauleder und Hutzenlaub würden es entdecken, wenn es in dem Papierwust noch etwas zu finden gab – daran hegte Braig keinen Zweifel. Er verabschiedete sich von den beiden und trat ins Freie.

10. Kapitel

Der Nieselregen hatte nachgelassen. Braig hatte die Myliusstraße nach wenigen Minuten erreicht. Das Büro des Kurierdienstes lag in einem mehrstöckigen, an verschiedene Unternehmen vermieteten Gebäude. Er sah das Schild KURIERDIENST LARCH, drückte auf die Klingel. Keine fünf Sekunden später wurde der Türöffner betätigt. Braig stieg hinauf ins zweite Obergeschoss.

Eine Frau um die vierzig lehnte an der geöffneten Tür. Braig zog seinen Ausweis. Die Frau drückte ihm die Hand, nannte ihren Namen, betrachtete seine Legitimation, runzelte die Stirn. „Sie wollen zu uns?“

Braig nickte und folgte ihr in ein kleines Büro, das von einem mächtigen Schreibtisch und zwei Computerbildschirmen dominiert wurde. Hinter dem Schreibtisch erhob sich ein über und über mit Aktenordnern bestücktes Metallregal, am anderen Ende des Raumes standen drei Stühle um einen hellen, rechteckigen Tisch.

Die Frau bat Braig, an dem Tisch Platz zu nehmen.

„Wir ermitteln in einem komplizierten Fall“, versuchte er von seinen konkreten Untersuchungen abzulenken, um seine Gesprächspartnerin nicht unnötig zu erschrecken, „der mit Ihrem Unternehmen wahrscheinlich überhaupt nichts zu tun hat. Ich ziehe Erkundigungen über Personen ein, die uns dabei meist nur am Rand unterkamen. Darf ich Sie zunächst um Auskunft bitten, welche Aufgabe Sie hier erfüllen?“

„Ich betreue das Büro hier“, erklärte sie, „nehme Aufträge an, versuche, die Wünsche nach bestimmten Lieferzeiten zu koordinieren.“

„Ludwigsburg ist nicht der Hauptsitz des Unternehmens?“

Monika Schweishilbner lachte laut. „Nein, wir sind eine der Filialen. Larch arbeitet in allen Regionen Süddeutschlands.“

„Dann kennen Sie die Fahrer und Zusteller nicht persönlich?“

„Je nachdem. Wir haben drei Wagen, die nur hier im Umkreis unterwegs sind – deren Fahrer sind mir schon bekannt. Es gehört schließlich zu meinen Aufgaben, unsere Fahrer einzuteilen.“

„Auch Ihre Fahrerinnen?“

„Wir haben keine Frauen als Zusteller.“

Braig starrte Monika Schweishilbner überrascht an.

„Im Moment jedenfalls nicht“, fügte seine Gesprächspartnerin hinzu. „Bis vor zwei Wochen war eine Frau als Zustellerin beschäftigt. Aber sie ist nicht mehr dabei.“

Braig wurde hellhörig. „Wie ist ihr Name?“

„Beate Berg. Sie arbeitete fast zehn Jahre lang bei uns, wenn ich mich richtig erinnere.“

„Warum schied Frau Berg aus?“

„Na ja, es gab Probleme. Sie war, salopp formuliert, zu langsam. Kunden beschwerten sich, dass die Briefe mit Verspätung angeliefert wurden.“

„Frau Berg wurde entlassen?“

Monika Schweishilbner zuckte mit den Schultern. „Die Geschäftsleitung kennt da kein Pardon. Ich habe zwar noch versucht, darauf aufmerksam zu machen, dass Frau Berg seit längerer Zeit gesundheitlich schwer angeschlagen war, aber das half nichts. So ist das Geschäft nun einmal, leider.“

„Was macht Frau Berg jetzt?“

„Ich weiß es nicht. So gut kenne ich sie nicht.“

„Könnten Sie feststellen, ob es Frau Berg war, die am …“, Braig schaute auf das Blatt, auf dem er sich die Information notiert hatte, „… achtzehnten September in Leonberg eine Firma Hoch beliefert hat?“

„Einen Moment, bitte.“ Monika Schweishilbner trat zu einem der Computer, tippte den entsprechenden Suchbefehl ein, hatte das Ergebnis nach kurzer Zeit auf dem Bildschirm. „Frau Berg, ja. Dienstag, 18. September, Leonberg, Firma Hoch. Ein Päckchen.“

Braig nickte, bedankte sich. „Könnten Sie die Adresse von Frau Berg feststellen?"

„Das kann ich, ja."

Monika Schweishilbner suchte wieder in ihrem Computer, als Braigs Handy läutete.

Neundorf war am Apparat. „Du warst bei dem Kurierdienst?"

„Ich bin noch hier. Hoch wurde von einer Frau Berg beliefert", sagte Braig zu seiner Kollegin. „Die Frau wurde allerdings vor vierzehn Tagen entlassen."

„Weshalb?"

„Sie war zeitweise wohl den Anforderungen nicht mehr gewachsen."

„Ja", sagte Neundorf, „die Sprüche sind bekannt. Weggeworfen wie alter Schrott. Nur, dass es sich dabei zufällig um einen Menschen handelt."

„Was willst du damit sagen?"

„Nichts. Nur, dass zum Müll geworfen zu werden, für jeden Menschen eine schreckliche Erfahrung bedeutet. Auf die man verschieden reagieren kann."

„Du glaubst, die Frau könnte es gewesen sein?"

„Ich weiß es nicht", antwortete Neundorf. „Aber wenn ich zum Müll geworfen werde, sind meine Emotionen ganz schön aufgemischt. Und wie ich da reagiere, weiß ich jetzt nicht."

Braig verstand, was sie meinte, stimmte ihr insgeheim zu.

„Du hast ihre Adresse?", fragte Neundorf.

Braig sah, wie das Blatt aus dem Drucker geschoben wurde, ließ es sich reichen.

„Moment! – Ja, jetzt: Beate Berg, Ludwigsburg, Lindenstraße." Er nannte ihr die Hausnummer, hörte Neundorfs aufgeregte Stimme.

„Ich komme sofort. Wir gehen gemeinsam zu der Frau. Kannst du derweil bitte überprüfen, ob wir sie im Computer haben?"

Braig versprach, dies zu tun, merkte, dass Neundorf die Verbindung bereits beendet hatte.

„Wie alt ist Frau Berg?", fragte er. „Haben Sie ihre Daten gespeichert?"

Monika Schweishilbner nickte, konzentrierte sich auf den Bildschirm. „Vierundfünfzig. Geboren am fünfundzwanzigsten September."

„Am fünfundzwanzigsten September?" Braig stutzte. „Dann wurde sie wenige Tage vor ihrem Geburtstag entlassen."

Seine Gesprächspartnerin sah verblüfft zu ihm hinüber.

„Haben Sie eine Ahnung, ob Frau Berg verheiratet ist?"

Monika Schweishilbner legte ihre Stirn in Falten. „Ich glaube, sie ist geschieden."

Braig bedankte sich für die freundliche Auskunft. „Sie wissen nicht zufällig, wo ich die Straße finde?"

Sie reichte ihm einen Stadtplan, zeigte die Richtung, der er folgen musste. „Keine fünfhundert Meter von hier."

Er verabschiedete sich, lief die Treppen abwärts. Im Eingangsbereich des Gebäudes blieb er stehen, fragte per Handy im Amt an, ob sie Informationen über Beate Berg zur Verfügung hätten. Die Antwort kam innerhalb von Sekunden: Die Daten der Frau waren nicht gespeichert.

Braig verließ das Haus, hatte die Lindenstraße nach wenigen Minuten erreicht. Sie lag am unmittelbaren Rand der Innenstadt, zeigte gleichförmige, zwei- bis dreistöckige Häuser. Feiner Nieselregen tauchte alles in nebligen Dämmer. Als er das gesuchte Haus fast erreicht hatte, hörte er Neundorfs Rufe hinter sich. Sie näherte sich mit schnellen Schritten.

„Haben wir die Frau im Computer?", rief sie mit keuchendem Atem. Ihre Haare trieften vor Nässe.

Braig blieb stehen, wartete, bis sie ihn erreicht hatte. „Fehlanzeige, nein."

„Hast du noch etwas über sie erfahren?"

„Sie ist vierundfünfzig, wahrscheinlich geschieden, hatte Ende September Geburtstag."

Seine Kollegin schüttelte die Nässe aus den Haaren. „Kurz nach ihrer Entlassung." Sie pfiff durch die Zähne. „Jetzt fehlt nur noch die Verbindung zu Hemmer und Böhler."

„Vielleicht waren die beiden an dem Kurierdienst beteiligt."

„Hast du danach gefragt, wem das Unternehmen gehört?"

Er schüttelte den Kopf. „Tut mir Leid. Daran habe ich nicht gedacht. Ich vergesse viel zu viel zurzeit."

„Überarbeitung", tröstete ihn die Kollegin. „Lass uns mit der Frau reden. Vielleicht kann sie uns erklären, wie der Kuli in die Kirche kam."

Braig nickte, folgte ihr zu dem Gebäude. Es hatte eine grau verblasste Fassade, auf einem Metallschild gab es vier verschiedene Namen. BERG stand an oberster Stelle.

„Wir sind richtig", sagte sie, drückte auf den Knopf.

Die Klingel war kurz aus dem Obergeschoss zu hören, ging dann aber im Geräusch eines vorbeifahrenden Autos unter. Neundorf merkte, dass sich nichts regte. Sie drückte erneut auf die Klingel, starrte nach oben.

Für den Bruchteil einer Sekunde glaubte sie, hinter einem der Vorhänge eine Bewegung wahrgenommen zu haben.

„Ich glaube, wir werden beobachtet“, sagte sie.

„Dann versuchen wir es noch mal“, erklärte Braig. Er lehnte sich an die Tür, wollte läuten, spürte, wie die Tür nachgab. Überrascht drückte er sie vollends auf. Neundorf drückte ein drittes Mal auf die Klingel, folgte Braig ins Innere.

Über die Treppe mit hellen Marmorimitatstufen gelangten sie ins erste Obergeschoss, sahen den Namen neben der linken Tür, auf der Seite, wo sich der Vorhang bewegt hatte. Neundorf klopfte, rief laut nach der Wohnungsinhaberin. „Frau Berg, öffnen Sie endlich die Tür!“

Das Geräusch aus der Wohnung war nicht zu überhören. Ein heftiger Schlag, dann ein Klirren, als sei eine Tasse oder ein Teller auf dem Boden zerschellt.

Die Tür wurde abrupt geöffnet. Ein mittelgroßer Mann in sportlicher Kleidung stand vor ihnen. Lange dunkelblonde Haare, ein weites grünweiß gestreiftes Sweatshirt, blaue Jeans. Seine Wangen glänzten kräftig rot wie frisch eingecremt. Der prüfende Blick, mit dem er zu den beiden Personen vor sich aufschaute, ließ deutliches Misstrauen erkennen.

„Ja?“, fragte er kurz, mit einer seltsam heiseren Stimme.

„Entschuldigen Sie bitte die Störung“, sagte Braig, nannte seinen Namen, verzichtete aber impulsiv auf die Erwähnung seines Berufs, „wir suchen Frau Berg. Ist sie zu Hause?“

Der Mann starrte sie mit großen Augen an, schien kurzzeitig verblüfft. „Oh, das ist aber schlecht“, sagte er, nachdem er sich wieder gefangen hatte, „Frau Berg ist im Moment nicht hier.“ Seine Stimme schien deutlich angeschlagen.

„Wann kommt sie wieder?“

„Das kann ich nicht genau sagen. Sie ist in Stuttgart einkaufen. Drei, vier Stunden wird das schon noch gehen.“

„Und Sie? Wer sind Sie?“, hakte die Kommissarin nach.

Der Mann trat einen Schritt zurück. „Darf ich wissen, was Sie das angeht?“, fragte er.

Sie zog ihren Ausweis, hielt ihn ihm entgegen. „Landeskriminalamt“, sagte sie.

Der Mann ließ keine Reaktion erkennen. „Bauer“, erklärte er, „Herbert Bauer. Frau Berg und ich sind gut befreundet.“

Neundorf nickte, steckte ihre Karte wieder ein. „Wir hätten Frau Berg gern gesprochen.“

„Ich werde es ihr ausrichten. Wenn Sie mir Ihre Telefonnummer geben, wird sie zurückrufen, sobald sie hier ist."

„Wir können warten, das ist kein Problem." Sie deutete ins Innere der Wohnung, schickte sich an, sie zu betreten.

Herbert Bauer hielt abwehrend seine Hände hoch. „Es tut mir Leid, aber das geht nicht. Ich muss weg, bin auf dem Sprung. Deshalb habe ich auch nicht sofort geöffnet, weil mir die Zeit fehlt." Er lächelte, ein breites, offenes Lachen.

Neundorf nickte, signalisierte Verständnis. „Dann wollen wir Sie nicht länger behelligen." Sie gab dem Mann ihre Nummer, legte ihm nahe, Frau Berg um einen Rückruf zu bitten, verabschiedete sich dann.

„Herbert Bauer", murmelte Braig, als sie das Haus verlassen hatten und im Nieselregen auf der Straße standen.

„Vielleicht hätten wir ihn danach fragen sollen, ob Frau Berg Beziehungen mit Großaspach unterhält."

„Das werden wir hoffentlich von der Frau selbst erfahren. Er schien jedenfalls ziemlich überrascht, dass wir zu Frau Berg und nicht zu ihm wollten."

„Vielleicht sollten wir ihn sicherheitshalber überprüfen."

Braig sah das Nicken seiner Kollegin. Er zog sein Handy aus der Tasche, fragte, ob der Mann im Zentralregister des LKA verzeichnet war.

„Unbekannt", sagte er, „wenigstens kein alter Kunde. Und jetzt?"

„Was ist mit dem Drohbrief? Seid ihr weitergekommen?"

Braig starrte auf sein Telefon, gab Rauleders Nummer ein.

Der Kollege nahm das Gespräch sofort an. „Du rufst im richtigen Moment an. Ich glaube, wir haben sie."

„Wen? Die Verfasserin des Briefes?"

„Wenn wir Glück haben, ist sie es. Ihr müsst es überprüfen."

Braig spürte seine aufkommende Erregung. „Wie heißt sie?"

Rauleder kramte in irgendwelchen Papieren. „Jasmin Hähnel. Wir fanden einen weiteren Teil des Schreibens mit dem Anfang ihrer Unterschrift. Anschließend schauten wir die Listen mit den weiblichen Bewerbern der letzten Monate im Büro Hemmers durch. Wir stießen auf diese Jasmin Hähnel. Sie bewarb sich als Sängerin und Tänzerin für verschiedene Shows, gab achtzehn als ihr Alter an."

„Sehr gut", lobte Braig, „obwohl ich mir eine Fünfzehnjährige nur schwer als Täterin vorstellen kann. Vor allem, wenn sie ihre Drohung sogar noch unterschreibt."

„Wenn du dir den Rest ihres Briefes anhörst, fällt es dir vielleicht leichter", erwiderte Rauleder, zitierte dann aus dem Schreiben: *„Meine Rache wird tödlich sein. Ich werde dich vergiften. Du wirst elend abkratzen, du widerliches Schwein. Prüfe von jetzt an, was du isst und trinkst. Mein Giftcocktail ist vorbereitet. Ich habe mich genau informiert, ich weiß, wovon ich rede. Meine Mutter arbeitet als Apothekerin. Ich komme an alles heran, was ich brauche. Der Tod wartet auf dich. Bald wirst du unter Qualen verrecken."*

Braig war nahe an Neundorf herangetreten, sah am Kopfnicken der Kollegin, dass sie alles mitgehört hatte. „Das klingt sehr theatralisch", meinte er, „fast zu plakativ. Leute, die solche Sätze formulieren, schreiben sich ein Stück weit den Frust und den Hass von der Seele ..."

„Das muss nichts heißen", wandte Neundorf ein, „du kannst nicht ausschließen, dass sie irgendwann die Nerven verloren und ihre ursprünglich völlig irrational geäußerten Drohungen in die Tat umgesetzt hat."

„Wir müssen sie auf jeden Fall überprüfen", gab Braig nach, „habt ihr die Adresse des Mädchens?"

Rauleder antwortete sofort. „Pflugfelder Straße in Kornwestheim. Was immer ihr gegen diesen Hemmer anführt, der Mann war anscheinend ein penibler Bürokrat."

Braig wusste nicht, was er von dem Drohbrief des Mädchens halten sollte. Eine 15-Jährige, die mit dem Giftbecher ihren Frust aus der Welt schaffte? Er beendete das Gespräch. Der Regen hatte aufgehört. „Sosehr mir die Vorstellung zuwider ist", sagte Neundorf, „ich weiß aber, dass wir nicht auf einer Insel der Seligen leben."

DIE JUNGE Frau, die ihnen die Haustür öffnete, trug auffälliges Makeup; die Haut wirkte unnatürlich aufgehellt, die Augen blickten streng, mit dunkler Schattierung und nachgezogenem Lidstrich künstlich vergrößert. Was am meisten störte, war das grelle, fast ins Violett reichende Rot ihrer Lippen. So aufdringlich sie sich angemalt hatte, so intensiv war der Duft ihres Parfüms.

„Frau Hähnel?", fragte Braig, zückte seinen Ausweis. Der Spalt zwischen Tür und Angel reichte gerade aus, seine Identitätskarte durchzureichen; sie hatte eine Sicherheitskette eingehakt.

„Braig ist mein Name, neben mir steht meine Kollegin Frau Neundorf, wir kommen vom Landeskriminalamt. Dürfen wir Sie einen Moment sprechen?"

Die Frau gab ihm seinen Ausweis zurück, zog die Kette ab, öffnete die Tür. „Was wollen Sie?" Ihre Stimme klang kindlich.

„Dürfen wir reinkommen?"

Jasmin Hähnel zögerte erst, öffnete dann die Tür zu einem großen Zimmer, ließ die Kommissare eintreten, sah zu, wie beide auf einem dunkelbraunen Ledersofa Platz nahmen, das mit zwei Sesseln um einen rechteckigen Tisch gruppiert war. An der Schmalseite des Raumes stand ein schlanker weißer Schrank. Die übrigen Wände des Zimmers waren frei, lediglich über dem Sofa hing ein überdimensionaler Bilderrahmen, der Fotos einer jungen Frau in immer neuen Aufmachungen zeigte.

Braig betrachtete die Bilder, sah, dass es sich ausnahmslos um Motive handelte, in denen Jasmin Hähnel im Mittelpunkt stand. Eine stark geschminkte Frau, ein Mikrofon in der Hand, umgeben von einer Gruppe junger Leute; daneben dieselbe Person in äußerst knapper Bekleidung, auf einem Stuhl stehend, den Kopf in die Höhe gestreckt, unübersehbar Aufmerksamkeit erheischend.

„Sie planen eine Karriere als Tänzerin", begann er. Er wies auf den Ledersessel an der Längsseite des Tisches, sah, wie Jasmin Hähnel seiner Aufforderung folgte und sich dort langsam niederließ.

„Oder sehen Sie sich eher als Sängerin?"

Jasmin Hähnels Augen begannen zu leuchten. „Popsängerin", erklärte sie, „ich hatte schon mehrere Auftritte."

„Alle Achtung. Sie sind noch sehr jung."

„Ich habe genug Erfahrung", erklärte sie fast trotzig. „Darauf kommt es an, nicht auf das Alter." Sie verschränkte ihre Arme vor der Brust, warf Braig einen finsteren Blick zu.

„Wo sind Sie aufgetreten?"

„In Sulzbach in der Belinda, einen ganzen Abend lang. Letztes Jahr in Ludwigsburg im Forum, bei einer großer Show. Und vor drei Monaten auf dem Backnanger Straßenfest, zweiter Platz beim Songwettbewerb." Sie konnte nicht verbergen, dass sie geradezu nach seiner Bewunderung lechzte.

Braig tat ihr den Gefallen. „Spitze! Sie sind schon ein richtiger Profi."

„Sagen wir besser: auf dem Weg dorthin", korrigierte sie ihn. Ihre Stimme klang kühl, fast geschäftsmäßig.

„Wer vermittelt Ihre Auftritte? Ihr Manager?", mischte sich Neundorf ins Gespräch.

Jasmin Hähnel warf ihr einen giftigen Blick zu. „Ich brauche keinen Manager. Die Typen wollen nur absahnen. Ich kann mir meine Engagements selbst besorgen."

„Aber bei Herrn Hemmer hatten Sie keinen Erfolg.“ Die Kommissarin schleuderte ihr die Bemerkung ohne jede Vorbereitung entgegen, beobachtete die Reaktion.

Jasmin Hähnel blieb gelassen. „Auf die Hilfe dieses Schweins kann ich verzichten. Ich werde meinen Weg auch ohne ihn machen.“

„Das klang aber schon ganz anders.“

„Ich weiß nicht, von was Sie sprechen.“ Ihre Stimme zitterte leicht.

„Ich denke an einen bestimmten Brief“, sagte Neundorf.

Jasmin Hähnel rutschte unruhig in ihrem Sessel hin und her. „Ich war außer mir, na und? Wissen Sie, was der Kerl mit mir gemacht hat?“

„Sie haben es ziemlich drastisch formuliert.“

„Also. Dann sollten Sie hingehen und sich um ihn kümmern, statt mich zu belästigen. Ich war damals fünfzehn.“

„Um Herrn Hemmer brauchen wir uns nicht mehr zu kümmern“, erwiderte Neundorf, „das hat schon jemand anders getan.“

Jasmin Hähnel hatte sich wieder beruhigt, schaute die Kommissarin verdutzt an. „Sie haben ihn verhaftet?“

Braig betrachtete das üppig geschminkte Gesicht der jungen Frau. „Sie wissen nicht, was mit ihm passiert ist?“, fragte er.

Sie antwortete sofort, ohne zu überlegen. „Nein, was denn?“

„Er wurde ermordet. Vor zwei Tagen. Sie wissen nichts davon?“

„Ich? Woher?“

Sie schien sprachlos, starrte ihn mit ihren groß umrandeten Augen verwundert an.

Er glaubte ihr aufs Wort. Ihre Reaktion war nicht gespielt. Sie hatte den Drohbrief geschrieben, im Moment der Frustration, angetrieben von unbändiger Wut.

„Sie drohten Hemmer, ihn zu vergiften“, sagte Braig.

Jasmin Hähnel sprang von ihrem Sessel hoch. „Na und? Wissen Sie, wie beschissen es mir ging? Es war ein Brief, ein dummer Brief. Ich war enttäuscht, fertig, einfach am Ende, verstehen Sie?“ Sie sah Braigs Nicken, starrte ihm ins Gesicht. „Er hat mir einen Soloauftritt als Sängerin versprochen, redete davon, mich aufzubauen, zu fördern, sich um mich und meine Karriere zu kümmern und schwärmte mir vor, wie toll es mit *uns* laufen würde – er als Produzent und ich als sein Star. Dabei hatte er nur eines im Sinn. Ich war blöd, einfach blöd!“ Sie brach ab, schlug die Hände vors Gesicht, weinte leise vor sich hin.

11. Kapitel

Wenige Minuten vor drei waren sie wieder in der Lindenstraße in Ludwigsburg angelangt. Sie hatten sich in Kornwestheim bei einem Bäcker vier Brezeln als Ersatz für das ausgefallene Mittagessen besorgt, danach beschlossen, sofort nachzuprüfen, ob Beate Berg schon von ihrem Einkauf in Stuttgart zurückgekehrt war.

Jasmin Hähnel hatte mit dem Mord an Hemmer nichts zu tun. Das war den beiden schnell klar geworden: Der Brief der jungen Frau war nichts als ein Produkt ihres durchaus nachvollziehbaren Hasses. Um sich ganz sicher zu sein, waren sie telefonisch in Leonberg vorstellig geworden und hatten Erkundigungen über Jasmin Hähnels Mutter und die Apotheke eingezogen und dabei erfahren, dass keinerlei Unregelmäßigkeiten vorlagen.

Braig seufzte laut, atmete tief durch. Das Wetter wurde besser, die Temperatur war um mehrere Grad gestiegen. Braig öffnete seine Jacke. Kleine Pfützen standen in den Unebenheiten des Gehwegs.

Gerade in dem Moment als sie das Haus mit der Wohnung Beate Bergs erreichten, wurde die Tür von innen geöffnet; eine große, schlanke Frau um die siebzig stand mitten im Eingang. Braig grüßte, trat zur Seite, damit sie passieren konnte, streckte seinen Arm aus, um die Tür offen zu halten. Die Frau betrachtete ihn misstrauisch.

„Wollen Sie ins Haus?“, erkundigte sie sich mit kräftiger Stimme.

Braig nickte, trat einen halben Schritt zurück.

„Darf ich fragen, wen Sie suchen?“ Ihre Augen taxierten ihn von Kopf bis Fuß, nahmen dann Neundorf ins Visier.

„Glauben Sie, dass Sie das etwas angeht?“, fragte die Kommissarin.

„Ob es mich etwas angeht?“ Ihr Gesicht lief dunkelrot an. „Das ist mein Haus!“

Braig zog seinen Ausweis aus der Tasche, streckte ihn ihr entgegen, stellte sich und Neundorf vor. „Wir wollen zu Frau Berg. Das ist erlaubt, oder?“

Die Frau bewegte sich keinen Deut, starrte ihn kopfschüttelnd an, zog die Stirn in Falten. „Wie bitte? Sie machen wohl Witze, junger Mann!“ Sie wandte ihren Blick nicht von ihm ab, blieb aufrecht vor ihm stehen. „Frau Berg ist tot“, erklärte sie dann, „wenn Sie von der Polizei sind, sollten Sie das wissen.“

Braig starrte sie mit offenem Mund an. „Was soll das heißen, Frau Berg ist tot?“ fragte er. „Sie ist heute beim Einkaufen verunglückt?“

„Frau Berg hat sich vergiftet. Vor vierzehn Tagen."

„Das kann nicht sein", sagte Braig, „es ist noch keine drei Stunden her, dass uns Frau Bergs Lebensgefährte erklärt hat, sie sei zum Einkaufen nach Stuttgart gefahren."

Die Frau ließ ein hartes, verächtliches Lachen hören, schüttelte den Kopf. „Da hat Sie aber jemand ganz schön für dumm verkauft. Frau Berg hasste Einkaufen wie die Pest."

„Dann hat uns der Mann belogen", meinte Neundorf, „aber warum? Kennen Sie ihn?"

„Nicht näher. Ich verstehe nicht, wieso Frau Bergs Mutter ihm die Schlüssel zur Wohnung überließ."

„Wo lebt ihre Mutter?"

„In Tübingen in einem Seniorenheim. Die Frau ist schon über achtzig, aber noch sehr rüstig. Vielleicht wollte sie, dass er die Wohnung hier ausräumt."

„Haben Sie ihre Adresse?"

Die Frau nickte. „Das ist kein Problem. Die können Sie gerne haben." Sie gab den Eingang frei, ging zurück zu einer Wohnungstür.

Braig betrachtete das kleine Schild, fragte sicherheitshalber nach ihrem Namen. „Sie sind Frau Martha Bay?"

Die Frau nickte, verschwand in der Wohnung, kehrte kurz darauf mit einem kleinen Zettel zurück, auf dem sie die Telefonnummer und die Adresse von Beate Bergs Mutter notiert hatte.

Braig bedankte sich, deutete nach oben. „Haben Sie einen Schlüssel zu der Wohnung?"

Martha Bay nickte. „Auf Ihre Verantwortung." Sie griff nach einem Schlüsselbund, der unweit der Tür an der Wand hing, reichte ihn Braig. „Ich warte."

Er nickte, folgte Neundorf die Treppe hinauf. Seine Kollegin stand bereits vor der Tür, drückte energisch auf die Glocke. Er stellte sich neben sie, lauschte.

„Der ist weg", erklärte sie, „er weiß, warum."

Braig nickte, zeigte auf den Schlüsselbund. „Wir gehen rein, ja?" Er schloss die Tür auf. Neundorf zog ihre Waffe. „Hier ist die Polizei", rief sie laut, „wir betreten jetzt die Wohnung!"

Braig tat es ihr nach, tastete ins dämmrige Dunkel der Diele. Er blieb neben seiner Kollegin stehen, lauschte. Kein Geräusch. Nichts.

Er drückte auf den Lichtschalter neben der Tür. Grelles Licht flammte auf. Rechts lag das Wohnzimmer, der Tisch voll mit Kleidern, Zeitungen,

Papier. Gegenüber die Küche: Töpfe, Teller mit Essensresten, Scherben einer zerbrochenen Tasse, alles kreuz und quer durcheinander. Die Tür daneben war geschlossen.

Braig schob sich langsam vor, drückte beherzt auf die Klinke, stieß die Tür zur Seite. Sie prallte auf die Wand, federte wenige Zentimeter zurück. Er starrte ins Innere. Zwei Betten, ein breiter Schrank, herausgerissene Schubladen, zwei große Taschen, angefüllt mit Kleidern, Büchern, Dessous.

Geradeaus: ein kleines Bad, dazu eine Toilette, auch hier das pure Chaos. Seifen, Cremes, Spraydosen auf dem Boden, Kämme, Schminkutensilien über den ganzen Raum verstreut.

„Ausgeflogen", sagte Braig. „Das sieht nicht nach normalem Verlassen der Wohnung aus. Da war jemand in totaler Hektik." Er sah unter die Betten, öffnete die Schränke, schaute hinter den Vorhängen nach.

„Warum hat er uns belogen?", fragte Neundorf.

Er wusste keine Antwort, lief in die Küche, musterte das gebrauchte Geschirr. „Fingerabdrücke", sagte er, „wir benötigen die Techniker. Vielleicht können wir ihn identifizieren."

„Du glaubst, er hat uns einen falschen Namen genannt?", fragte Neundorf.

„Du etwa nicht?"

Neundorf schnaubte vor Wut. „Natürlich. Er hatte etwas zu verbergen. Und wir haben uns abwimmeln lassen wie pure Anfänger."

Braig bat per Handy Rauleder und Hutzenlaub, sofort in die Lindenstraße zu kommen. Sie hatten die Überprüfung des Papiercontainers abgeschlossen, dabei nichts Neues entdeckt. Braig beschrieb ihnen die Lage der Wohnung.

Er lief ins Wohnzimmer, wo Neundorf, mit Plastikhandschuhen bewehrt, in dem Durcheinander herumstöberte, betrachtete die Papierstapel, die auf dem Tisch lagen.

„Versicherungsunterlagen und Steuererklärungen", sagte Neundorf, „alle auf Beate Berg ausgestellt. Es sieht so aus, als habe der Kerl die ganze Wohnung durchsucht. Wir sollten beim Einwohnermeldeamt nach seinem Namen fragen, obwohl ich fürchte, dass er uns angelogen hat."

Braig nickte.

„Vielleicht können wir ein Fahndungsfoto erstellen lassen. Daniel Schiek müsste es hinkriegen, wenn wir ihm den Typ beschreiben."

Braig bat einen Kollegen im LKA darum, alle Einwohnermeldeämter der Region nach einem Herbert Bauer im Alter von zirka vierzig bis sechzig Jahren zu befragen.

Neundorf bückte sich nieder, zog eine Schublade aus dem Schrank, wühlte in Akten, Zeitungsartikeln, Fotos. „Ob das Beate Berg ist?" Sie deutete auf eine kleine, kräftig gebaute Frau, die auf mehreren Bildern zu sehen war, fast immer fröhlich, gut gestimmt. „Wir müssen uns über die Umstände ihres Selbstmordes informieren."

Braig stimmte seiner Kollegin zu. „Ich rufe im Amt an und lasse mich mit dem Kollegen vom zuständigen Polizeirevier verbinden."

Drei Minuten später hatte er Kommissar Nicolai Bursac von der Ludwigsburger Kriminalpolizei am Apparat.

„Sie wollen Informationen über den Selbstmord von Frau Beate Berg?", fragte der Mann mit auffallend tiefer, kräftiger Stimme, „ich war selbst an der Untersuchung beteiligt."

„Oh, da haben wir ja Glück. Wären Sie so freundlich, mir Ihre Erkenntnisse kurz zu schildern?"

„Kein Problem. Das war vor zwei Wochen, am frühen Sonntagmorgen. Frau Berg war in derselben Nacht im hiesigen Klinikum an einer Überdosis Schlaftabletten verstorben, nachdem sie selbst noch am späten Samstagabend per Notruf um Hilfe nachgesucht hatte. Weder der Pathologe noch ich konnten irgendwelche Anzeichen einer Fremdeinwirkung feststellen. Als ich am Morgen ihre Wohnung untersuchte, waren die Räume alle in tadellosem Zustand. Im Wohnzimmer fand ich neben der leeren Tablettenschachtel einen kurzen Abschiedsbrief. In ihrer Handschrift, wie ich selbst durch einen Vergleich feststellte."

„Ein Abschiedsbrief?", fragte Braig. „Wissen Sie zufällig noch den Inhalt, sinngemäß etwa?"

„Allerdings", sagte Bursac, „er bestand nur aus zwei Sätzen: ‚Liebe Mutter, liebe Katja, ich kann nicht mehr. Es tut mir Leid. Bea.' Katja war eine Freundin, wie mir die Mutter der Toten bestätigte."

„Und die Wohnung war in tadellosem Zustand, sagen Sie?"

„Aufgeräumt bis ins letzte Eck, das fiel mir auf. Sie wollte wohl einen guten Eindruck hinterlassen, dachte ich noch."

Braig bedankte sich bei dem Kollegen.

Neundorf kramte in einem anderen Papierstapel, ließ sich von Braig den Inhalt des Gespräches wiedergeben.

„Dann war der Kerl heute Mittag wohl tatsächlich ein Einbrecher", meinte Neundorf.

„Und wie kommt der Kuli in die Kirche? Frau Berg ist seit über vierzehn Tagen tot. Sie kann die Morde nicht begangen haben."

„Wahrscheinlich hat der Kuli überhaupt nichts mit den Verbrechen zu tun", seufzte Neundorf. Sie faltete mehrere Papierbogen auseinander, hatte plötzlich ein Notenheft in der Hand.

Braig steckte gerade sein Handy weg, als er Neundorfs Aufschrei hörte. Die Kommissarin richtete sich auf, streckte ihm das breitformatige Buch entgegen.

Johann Sebastian Bach: Toccata und Fuge in d-Moll BWV 565.

Er begriff sofort, starrte wie elektrisiert auf die Entdeckung: „Noten zum Orgelspielen?"

Sie zuckte mit den Schultern, blätterte das Heft auf. Auf der dritten Seite stand im rechten Eck der Name einer Frau: *Maria Würth*, in handgeschriebenen Druckbuchstaben, dazu zwei Stuttgarter Telefonnummern, eine wie der Name in schwarzer, leicht verblichener Tinte, die andere in kräftigem Blau. Unter den blauen Ziffern ein weiterer weiblicher Vorname: *Maja*, in derselben kräftigen Farbe wie die letzte Nummer.

„Ich dachte schon, Hemmer", sagte Braig, wischte sich Schweiß von der Stirn. „Es wäre zu schön gewesen."

Neundorf nickte. „Ich rufe trotzdem mal an." Sie legte das Notenheft weg, wählte die erste Nummer.

Eine Männerstimme meldete sich. „Würth."

„Neundorf hier. Kann ich Frau Maria Würth sprechen?"

„Maria?" Der Mann am anderen Ende zögerte. „Maria war meine Tochter. Sie lebt nicht mehr." Er machte eine kurze Pause. „Wer sind Sie? Was wollen Sie von ihr?"

„Oh, das tut mir Leid. Mein Name ist Neundorf. Ich bin Kommissarin beim Landeskriminalamt. Es geht um eine völlig harmlose Untersuchung. Darf ich fragen, wann Ihre Tochter gestorben ist?"

„Vor zwei Jahren. Ein Autounfall."

Neundorf wartete ein paar Sekunden, fragte dann weiter. „Maria spielte ein Instrument?"

„Orgel", antwortete der Mann, „sie war Organistin in Esslingen, aber sie spielte auch in vielen anderen Städten."

„Was haben Sie mit ihren Noten gemacht, ich meine, nach ihrem ..." Neundorf vervollständigte den Satz nicht, wollte Würth nicht noch mehr zumuten.

„Wir haben viele verschenkt", sagte er, „oder verkauft. In der Kirche, für einen guten Zweck."

„Kannten Sie einen Bernhard Hemmer?“

„Habe ich noch nie gehört, tut mir Leid.“

„Wie steht es mit Beate Berg? Ist Ihnen diese Frau bekannt?“

„Beate Berg? Nein, ich kenne keine Beate Berg.“

Neundorf seufzte. „Sagt Ihnen der Name Maja etwas?“

„Ich kenne niemanden, der so heißt.“

„Dann will ich Sie nicht länger stören. Vielen Dank für Ihre Hilfe.“

Sie beendete das Gespräch, starrte auf das Notenbuch. „Maria Würth ist tot“, erklärte sie. „Ihre Noten wurden verschenkt oder für einen guten Zweck verkauft. Wie kommen sie hierher in Beate Bergs Wohnung?“

„Vielleicht spielte Frau Berg Orgel“, meinte Braig.

„Die Frau, die als Briefzustellerin arbeitete?“ Sie schüttelte den Kopf. „Das kann ich mir nicht vorstellen.“

„Wir müssen mit ihrer Mutter sprechen. Dann wissen wir Bescheid.“

Er zog den Zettel aus seiner Tasche, auf dem Martha Bay ihm die Telefonnummer Frau Bergs notiert hatte, gab sie in sein Handy ein. Nach kurzem Warten hatte er eine etwas abgehetzt klingende weibliche Stimme am Apparat.

„Hier ist Braig. Kann ich bitte Frau Berg sprechen?“

„Frau Berg? Einen Moment, ich bringe ihr das Telefon.“

Er bedankte sich, hörte, wie das Telefon weitergereicht wurde.

Wenige Sekunden später hatte er die Frau in der Leitung.

„Hier ist Steffen Braig. Frau Berg, kann ich kurz mit Ihnen sprechen?“

„Wenn Sie mir sagen, was Sie von mir wollen.“ Die Stimme klang fest und energisch, nicht gerade wie die einer Achtzigjährigen, die vor kurzem ihr Kind verloren hat.

„Es geht um Ihre Tochter“, sagte er. „Können wir über sie reden?“

„Mit wem spreche ich denn?“, fragte die Frau.

Braig hatte seinen Beruf bisher verschwiegen, weil er sie nicht unnötig erschrecken wollte. „Ich bin Kommissar beim Landeskriminalamt. Wir arbeiten an einer Untersuchung, die ein wenig auch Ihre Tochter betrifft.“

Sie reagierte anders, als er erwartet hatte. „Was haben Sie auf dem Herzen?“ Ihre Stimme war nach wie vor fest.

Braig kam direkt zum Thema. „Spielte Beate Orgel?“

Das schien sie zu überraschen. „Orgel? Sie schwieg einen Moment, begann dann zu lachen. „Meine Tochter hatte viele Fähigkeiten, sie war sportlich, kräftig, handwerklich sehr geschickt, konnte im Haus und im Garten jede, aber wirklich jede Reparatur durchführen. Sie war eine

Draufgängerin, zu jeder Schandtat bereit. Eines aber fehlte ihr völlig: Jeder Ansatz zu musikalischer Begabung."

Die Türklingel der Wohnung läutete. Neundorf erhob sich. Rauleder und Hutzenlaub betraten die Wohnung, winkten Braig zu, zogen sich mit Neundorf in die hinteren Zimmer zurück.

„Können Sie mir erklären, wieso Ihre Tochter dann ein Notenheft zum Orgelspielen in ihrer Wohnung aufbewahrt?"

„Sie sind in der Lindenstraße?"

„Aus aktuellem Anlass, ja."

„Nein, das kann ich nicht."

„Kennen Sie einen Herbert Bauer?", fragte Braig.

„Wer soll das sein?"

„Ein Freund Ihrer Tochter."

„Freund? Also das bestimmt nicht", sagte Frau Berg mit energischem Tonfall. „Ich kenne die Freunde meiner Tochter."

„Der Mann behauptete, mit Ihrer Tochter befreundet zu sein, gut befreundet. Er war heute in Beates Wohnung."

„In ihrer Wohnung? Dann war es wohl der Bekannte von Katja. Sie versprach mir, sich um die Räumung der Wohnung zu kümmern. Ich bin sehr froh, dass sie mir diese Last abgenommen hat."

„Katja?" Er erinnerte sich an den Abschiedsbrief der Verstorbenen. „Wer ist Katja?"

Frau Berg zögerte einen Moment, holte tief Luft. „Katja ist eine ihrer Freundinnen. Sie rief mich vor ein paar Tagen an und erzählte, dass sie einen Bekannten darum gebeten habe, sich um Beates Wohnung zu kümmern, weil sie wieder länger unterwegs sei."

„Wie heißt diese Katja mit Nachnamen?"

„Junger Mann, schauen Sie in Beates Notizbuch nach. Sie sind doch noch in ihrer Wohnung?"

Braig bestätigte ihre Frage mit einem knappen Ja.

„Also. Sie werden keine Schwierigkeiten haben, die Adresse zu finden. Meine Tochter war ein ordentlicher Mensch. Wäre ihr dieser verkommene Halunke nicht in die Quere gekommen, sie hätte sich das niemals angetan."

Braig merkte, dass Frau Berg den Selbstmord ihrer Tochter angesprochen hatte, versuchte, behutsam auf das Thema einzugehen. „Von wem reden Sie?"

„…er." Sie sprach den Namen so undeutlich und hastig aus, dass Braig nur die Schlusssilbe verstand. Weil das offensichtlich ein heikler

Punkt war, der ihr zu schaffen machte, vermied er es, genauer nachzuhaken. „Es hat nichts mit ihrer Entlassung bei dem Kurierdienst zu tun?", fragte er stattdessen.

„Davon rede ich doch die ganze Zeit. Der Kerl hat Beate nach Strich und Faden ausgenutzt und sie dann zum alten Eisen geworfen." Sie wurde mitten im Satz unterbrochen, wandte sich vom Telefon ab. „Ich habe Besuch, seltenen Besuch", erklärte sie dann, „würde es Ihnen etwas ausmachen, unser Gespräch ein anderes Mal fortzusetzen?"

Er erklärte sich einverstanden, dankte für ihre Bereitschaft, auf seine Fragen einzugehen, steckte sein Handy weg.

Neundorf und die beiden Kriminaltechniker waren damit beschäftigt, das Schlafzimmer der Wohnung auf den Kopf zu stellen.

„Und?", fragte Neundorf. „Gibt es Neuigkeiten?"

Er nickte, berichtete.

„Dann könnte dieser Herbert Bauer also doch seinen richtigen Namen genannt haben."

„Vielleicht. Wir müssen das Notizbuch finden mit der Adresse dieser Katja."

„Was ist mit dem Notenheft? Gibt es eine Vermutung, wie es in Frau Bergs Besitz kam?"

Braig schüttelte den Kopf. „Überhaupt nicht."

„Dann sollten wir es genau auf Fingerabdrücke untersuchen lassen. Die zweite Telefonnummer vorne mit dieser Maja habe ich vorhin probiert. Da nimmt niemand ab. Ich versuche es später noch einmal." Sie wandte sich an Hutzenlaub. „Könntest du das mit dem Notenheft erledigen? Du wolltest sowieso ins Amt."

Der Techniker nickte, nahm das breitformatige Heft, legte es vorsichtig in eine Hülle. Er zog die Plastikhandschuhe von seinen Fingern, steckte sie weg. „Ich werde es nachher gleich analysieren. Die Papiere aus Hemmers Büro habe ich, zudem die Tasse und das Glas hier aus der Küche. Ich gebe euch Bescheid, sobald ich auf Fingerabdrücke stoße. Okay?"

Braig nickte dem Kollegen zu.

Neundorf stöhnte laut. Der Stapel Blätter, den sie auf dem Nachttisch sammelte, wuchs in die Höhe. Rauleder schleppte eine neue Schublade zum Bett, kippte den Inhalt auf die Decke. Pappkartons mit Ansichtskarten, kleine Hefte, Ordner mit verschiedenen Papieren, weitere Fahrtberichte.

„Das Notizbuch war noch nicht dabei?"

Beide schüttelten den Kopf.

„Ich denke die ganze Zeit daran, dass Frau Berg schon seit vierzehn Tagen nicht mehr lebt“, murmelte Braig. „Sie kann also weder Böhler noch Hemmer ermordet haben.“

„Trotzdem lag ihr Kuli in der Kirche.“

„Wir wissen nicht, ob es wirklich ihr Kuli war.“

„Nein“, gab Neundorf zu, „aber wir können es nicht ausschließen. Somit ergibt sich die Frage, wie er von hier nach Großaspach gekommen sein könnte. Mit dem Mörder?“

„Das klingt gut, ist aber reichlich spekulativ.“

„Du hast Recht. Es sei denn, dieser angebliche Herbert Bauer ist nicht nur ein normaler Einbrecher.“

„Sondern der Täter.“

„Nicht unbedingt. Aber vielleicht ist er die Person, die uns zu ihm führen könnte. Immerhin hat er uns heute dreist belogen. Und das Notizbuch von Frau Berg ist verschwunden.“

Sie kämmten weiter Zimmer um Zimmer durch, ließen keine Schublade, keinen Schrank, keinen Hohlraum unbeachtet.

„Mir reicht es“, sagte Braig, „das Notizbuch finden wir sowieso nicht mehr.“

Neundorfs Handy piepte: „Ihr seid noch in der Wohnung?“, fragte Hutzenlaub.

„Nicht mehr lange. Es hat wohl keinen Sinn, noch weiter zu suchen“, antwortete sie. „Langsam kommen mir Zweifel, ob wir uns nicht auf einer völlig falschen Spur bewegen.“

„Wir haben die Fingerabdrücke!“, rief der Kriminaltechniker.

„Fingerabdrücke?“ Neundorf war völlig überrascht.

„Hemmer“, erklärte Hutzenlaub, „eindeutig Hemmer. Das ganze Notenheft ist voll mit seinen Abdrücken!“

Kaliumcyanid, ein Geschenk des Himmels. Wie nichts sagend der Name klang. Ein unauffälliges weißes Pulver. Die Wirkung war bombastisch, unnachahmlich, im wahrsten Sinne des Wortes umwerfend. Welch herrliches Gefühl, über ausreichende Mengen des Zaubermittels zu verfügen und es im Dienst des gewaltigen Unternehmens einsetzen zu können.

Anfangs schien die Aufgabe zu groß. Zu viele Täter, zu viele unüberwindbare Hindernisse. Inzwischen hatte sich fast schon eine gewisse Routine ergeben. Der Vorgang selbst verlief spielerisch, beinahe wie eine gemütliche Zeremonie.

Zuerst die von unverbindlicher Freundlichkeit geprägte Kontaktauf-

nahme. Dann die angeblich zufällig mitgeführte kleine Flasche, mal Rotwein, mal Weißwein, mal Sekt, je nach Laune. Ein freundlicher Plausch, gemeinsames Anstoßen, und schon war das Feld bestellt. Die Vollendung der Aufgabe mitzuerleben musste nicht sein. Die unüberhörbaren Geräusche der letzten Sekunden waren auch aus mehreren Meter Entfernung beeindruckend genug.

Der Fortgang der Ereignisse lag genau im Plan. Einer nach dem anderen würde büßen, einer nach dem anderen die Konsequenzen für das tragen, wofür er verantwortlich war. Jeder von ihnen hatte es verdient, einer mehr als der andere.

Besonders der, der jetzt an der Reihe war. Der vor allem. Ein Ausbund an Machtgier und Rücksichtslosigkeit. Eine Existenz fern jeden moralischen Skrupels.

Es war Zeit. Höchste Zeit.

12. Kapitel

Bernhard Hemmers Fingerabdrücke waren so unübersehbar zahlreich über das gesamte Notenheft verteilt, dass es keinen Zweifel daran geben konnte, dass der Fernsehproduzent das Buch beim Orgelspielen häufig benutzt hatte.

„Die typischen Stellen beim Umblättern", erklärte Hutzenlaub am Telefon, „rechte beziehungsweise linke Seite unten."

Neundorf war vor Überraschung zu keiner Antwort fähig.

„Ihr sucht also an der richtigen Stelle", fuhr der Techniker fort, „irgendjemand aus dieser Wohnung hat mit dem Mord in Großaspach zu tun. Außerdem habe ich weitere Abdrücke entdeckt. Auf dem Titelblatt und der Rückseite des Notenhefts."

„Du hast sie identifiziert?"

„Noch nicht. Aber sie sind identisch mit denen auf dem Glas aus der Küche, das Glas mit dem winzigen Rest an Flüssigkeit. Über Nacht wäre das eingetrocknet. Aus dem Glas hat heute jemand getrunken."

„Was ist mit den Abdrücken – haben wir sie gespeichert?"

„Gespeichert nicht. Aber ich habe sie mit den Abdrücken auf dem Kuli in der Großaspacher Kirche verglichen. Sie sind identisch."

„Das ist es", rief Neundorf, „damit haben wir den Beweis!"

Sie bedankte sich für die Information, berichtete Braig, was sie von Hutzenlaub erfahren hatte.

„Es scheint, als seien wir einen entscheidenden Schritt vorwärts gekommen“, sagte er.

Seine Kollegin lief unruhig vor dem Schrank hin und her, stimmte ihm zu. „Die Spuren führen auf jeden Fall in diese Wohnung. Auch wenn Frau Berg längst tot ist.“

„Dann geht es also um eine andere Person.“ Braig fuhr sich durch die Haare. „Der angebliche Herbert Bauer.“

„Genau. Die anderen Fingerabdrücke auf Hemmers Notenheft stammen von einer Person, die sich heute in dieser Wohnung aufgehalten hat. Der Kerl war völlig überrascht, als wir vor ihm standen. Er hatte nicht damit gerechnet, dass hier Polizei auftauchen könnte. Den Kuli, den er selbst in der Kirche liegen ließ, als er bei Hemmer war, hat er übersehen.“

„Dann hatten wir den Mörder Hemmers und Böhlers vor uns oder zumindest eine Person, die an den Verbrechen beteiligt war.“

Neundorf schnaubte vor Wut. „Und wir lassen uns von ihm für dumm verkaufen!“

„Er hatte so große Angst, uns in die Hände zu fallen, dass er völlig überstürzt aus der Wohnung floh“, fuhr Braig fort. „Das Durcheinander hier spricht Bände. An das Notenheft Hemmers dachte er in dem Moment gar nicht mehr.“

„Das klingt logisch“, erklärte Neundorf. „Und er hat wahrscheinlich längst das Notizbuch von Frau Berg vernichtet, weil es seine Adresse enthält.“

„Weshalb befanden sich Hemmers Orgelnoten überhaupt hier in dieser Wohnung?“ Er blickte Rat suchend auf. „Ich weiß im Moment nur eine Antwort, auch wenn ich mit ihr völlig danebenliegen kann. Vorausgesetzt, es handelt sich wirklich um das Heft, das Hemmer zum Spielen benutzte, als er von seinem Mörder in der Kirche aufgesucht wurde, muss es Hinweise auf die Person enthalten, die ihn tötete. Es durfte nicht am Tatort bleiben, weil wir sonst wichtige Spuren darin entdeckt hätten.“

„Was könnten das für Spuren sein?“

„Die Telefonnummern vorne im Heft. Und der weibliche Name: Maja. Sahen beide nicht frisch geschrieben aus? Ganz anders jedenfalls als die Nummer dieser Maria Würth.“

„Du hast Recht. Wir müssen unbedingt feststellen, wem die Nummer gehört. So schnell wie möglich.“ Neundorf gab die Ziffern ins Handy ein, wartete eine Weile. Keine Reaktion.

„Hutzenlaub soll versuchen herauszufinden, wann die Ziffern notiert wurden." Sie gab dem Techniker den Auftrag durch, hörte überrascht, dass er bereits mit der Auswertung beschäftigt war.

„Aus eigener Überlegung heraus", lachte er.

Neundorf bedankte sich für sein Engagement, ließ sich im Amt weiterverbinden, um den Besitzer der Telefonnummer zu ermitteln.

„Sie haben etwas zum Schreiben?", fragte der Kollege.

Sie notierte Namen und Anschrift, zeigte Braig den Zettel.

Günter Beckstein, Unterländerstraße 63,
Stuttgart-Zuffenhausen

„Günter Beckstein", sagte er, „wie kommt dessen Telefonnummer in Hemmers Notenheft?"

„Vielleicht ist er ein Bekannter des Mannes."

„Und was bedeutet ‚Maja'?"

„Der Name einer Freundin. Hemmer interessiert sich für sie. Über Beckstein dachte er, an sie ranzukommen."

Er war mit der Antwort nicht zufrieden. Weshalb sollte Hemmer sich die Telefonnummer Becksteins notieren, wenn er ohnehin mit dem Mann bekannt war?

„Es gibt noch eine andere Erklärung", meinte Neundorf, „falls Hemmer der Name Beckstein nichts sagte …" Sie wurde von der Melodie ihres Telefons unterbrochen, stockte.

Hutzenlaub war in der Leitung. „Maja und die Telefonnummer daneben stammen aus derselben Feder", sagte der Techniker. „Ich schätze, vor etwa vierzig bis fünfzig Stunden geschrieben."

Die Kommissarin sah überrascht auf. „Vor zwei Tagen erst? Hemmer wurde vor zwei Tagen ermordet. Die Nummer könnte unmittelbar vor Hemmers Tod notiert worden sein."

„Das ist noch nicht alles", erklärte Hutzenlaub. „Ich bin mir absolut sicher, mit welchem Stift die Ziffern notiert wurden."

„Mit welchem Stift?" Neundorf sprang von dem Stuhl auf, starrte mit großen Augen zu Braig.

„Mit dem Kuli aus der Großaspacher Kirche", erklärte Hutzenlaub. „Ich bin mir hundertprozentig sicher."

WAR DAS der endgültige Durchbruch in ihren Ermittlungen?

Irgendjemand hatte nicht lange vor Hemmers Tod die Telefonnummer Becksteins und das Wort *Maja* mit dem in der Großaspacher Kirche gefundenen Kuli in Hemmers Orgelnoten geschrieben und das Heft daraufhin in der Wohnung Frau Bergs versteckt. Sowohl auf dem Kuli als auch auf dem Notenheft waren die Fingerabdrücke einer Person festgestellt worden, die sich vor kurzem noch in der Lindenstraße aufgehalten hatte. Frau Berg selbst konnte es nicht gewesen sein.

„Um welche Person handelt es sich?“, fragte Braig. Es gab nur eine Antwort, er wusste es selbst.

„Dieser angebliche Herbert Bauer, wer sonst?“, sagte Neundorf.

„Und weshalb schrieb dieser Bauer die Telefonnummer Becksteins in das Heft?“

„Vollkommen klar ist mir das auch noch nicht.“ Neundorf wiegte ihren Kopf hin und her, sprach langsam weiter. „Beckstein ist entweder ein Bekannter des angeblichen Bauer, oder bei beiden Männern handelt es sich um ein und dieselbe Person.“

Braig starrte seine Kollegin an, versuchte, ihren Gedanken zu folgen.

„Dann wird es höchste Zeit, dass wir uns den Mann ansehen.“ Vielleicht war das wirklich der Weg, der sie endlich weiterbringen würde. Herbert Bauer hatte die Nummer eines Freundes, Günter Beckstein, in Hemmers Orgelheft hinterlassen und war deshalb gezwungen, es aus der Kirche mitzunehmen. Aber war ein Mensch, der einen Mord plante, wirklich so unvorsichtig, seinem Opfer die Telefonnummer eines Freundes aufzuschreiben?

Neundorf versuchte vergeblich, Beckstein zu erreichen. Dann überprüfte sie im Amt, ob gegen den Mann etwas vorlag.

„Er ist ordnungsgemäß angemeldet, 1952 geboren, allein stehend, und wir haben nichts gegen ihn im Computer“, sagte sie.

„1952 geboren?“

Sie nickte, sprach aus, was er dachte. „Etwa so alt wie dieser angebliche Bauer.“

„Wir fahren hin, ja?“ Braig schaute auf seine Uhr, sah, dass es kurz vor fünf war.

DIE UNTERLÄNDERSTRASSE liegt im Zentrum Zuffenhausens, nur wenige Kilometer von Ludwigsburg entfernt. Das Haus, in dem Günter Beckstein wohnte, befand sich unweit der Stadtautobahn.

Braig presste die Hände über die Ohren, sah die dunklen, von Schmutzschlieren überzogenen Hausfassaden, las die Namen der Bewohner. Ülcün, Meric, Üldoglu, Beckstein.

Er läutete an Becksteins Klingel, die Tür gab nach. Braig winkte seiner Kollegin, ihm zu folgen.

Braig und Neundorf liefen zwei abgetretene Steintreppen hinauf, sahen einen etwa fünfzig Jahre alten Mann im Eingangsbereich einer Wohnung stehen. Er war mit einem weißen Unterhemd und einer dunkelgrauen Stoffhose bekleidet, blickte sie aus schattenumrandeten Augen müde an. Mit dem angeblichen Herbert Bauer hatte er keinerlei Ähnlichkeit.

„Herr Beckstein?", fragte der Kommissar. „Mein Name ist Braig. Meine Kollegin Frau Neundorf begleitet mich." Er zeigte ihm seinen Ausweis.

Günter Beckstein betrachtete ihn überrascht. „Landeskriminalamt? Was wollen Sie von mir?", fragte er mit kräftiger Stimme. Er führte sie in ein etwas unaufgeräumt wirkendes Zimmer, entschuldigte sich, dass er gerade von der Arbeit gekommen sei.

„Wo sind Sie beschäftigt?" Neundorf ließ den Mann nicht aus den Augen.

„Ich bin Busfahrer", sagte Beckstein, „bei Althaus und Söhne. Wir fahren Linie für die SSB."

„Hier in Zuffenhausen?"

„Zwischen Feuerbach und Mühlhausen."

Er zeigte auf das Sofa, bot ihnen Platz an. Braig und Neundorf setzten sich, warteten, bis er sich ebenfalls hingesetzt hatte.

„Sie wissen, weshalb wir hier sind?", fragte die Kommissarin.

Beckstein schüttelte den Kopf.

„Herbert Bauer. Sie kennen den Mann?" Sie hielt ihn genau im Blick, ließ nicht eine Sekunde von ihm ab.

„Ich kenne keinen Herbert Bauer." Er schüttelte den Kopf.

„Bernhard Hemmer", sagte Neundorf. „Wann haben Sie ihn zuletzt getroffen?"

„Hemmer?" Beckstein fuhr sich mit der Hand über sein Unterhemd, schaute sie fragend an. „Ich weiß nicht, was Sie wollen, aber ich glaube, Sie verwechseln mich. Ich kenne die Männer nicht."

Neundorf ging nicht auf ihn ein. „Wo waren sie am Samstag, nachmittags und abends? In Großaspach, bin ich da richtig informiert?"

Beckstein rutschte unruhig in seinem Sessel hin und her, wusste offensichtlich nicht, was er antworten sollte.

„Oder war es Bauer, der die Sache erledigte?", sagte sie in scharfem Ton. „Samstag, irgendwann zwischen 18 und 22 Uhr etwa. Bauer oder Sie?"

„Ich kenne keinen Bauer“, erklärte der Mann, sprang aus seinem Sessel. „Und Samstag hatte ich Spätschicht.“ Schweißtropfen perlten ihm auf der Stirn.

Neundorf richtete sich kerzengerade auf. „Spätschicht. Was heißt das?“

„Von 17 Uhr bis nach Mitternacht. Ich fuhr Linie.“

„Die Telefonnummer Ihrer Firma, bitte“, meldete sich jetzt Braig.

Günter Beckstein zog ein Tuch aus seiner Hose, wischte sich damit über die Stirn, die Nase, die Wangen und gab ihnen die Nummer. Die Kommissarin wechselte ein paar Worte mit dem Diensttuenden, erklärte ihm ihr Anliegen, wartete auf seine Auskunft.

„Am Samstag von 17 Uhr bis Betriebsschluss nach Mitternacht“, wiederholte sie laut. „Das können Sie mir garantieren. Und am Freitag?“

Es dauerte ein paar Sekunden, dann hatte sie die Antwort im Ohr. „Nachmittagsschicht von 12 bis 20 Uhr.“

Beckstein hatte also für beide Mordfälle ein wasserdichtes Alibi.

„Sind Sie jetzt zufrieden?“, fragte Günter Beckstein. Er trat einen Schritt zurück, ließ sich erleichtert in seinen Sessel fallen.

„Bitte entschuldigen Sie! Wir ermitteln in einem ziemlich brutalen Mordfall“, sagte Braig, „und stießen dabei auf Ihren Namen.“ Er wollte nicht mehr Details verraten.

„Auf meinen Namen?“

„Es tut mir Leid, aber es ist so. Wir müssen wissen, was Sie mit der Sache zu tun haben.“

„Kennen Sie eine Beate Berg?“, fragte Neundorf.

„Beate Berg?“ Der Mann schüttelte den Kopf. „Sie müssen mich verwechseln, wirklich. Ich kenne von all den Namen, die Sie bisher genannt haben, keinen einzigen.“

„Sagt Ihnen Maja etwas?“, bohrte die Kommissarin weiter. Sie beobachtete ihn genau, verfolgte seine Reaktion.

Beckstein rutschte unruhig in seinem Sessel hin und her. „Maja? Nie gehört.“

Müdigkeit und Enttäuschung machten Braig zu schaffen.

„Wer ist unter Ihrer Telefonnummer zu erreichen?“, fragte Neundorf. „Noch eine andere Person?“

„Ich lebe allein. Es gibt sonst niemand.“

Neundorfs Apparat klingelte. „Ihr seid sehr beschäftigt?“, fragte Lars Rauleder.

„Um was geht es?"

„Wenn es euch passt, solltet ihr kommen. Ich habe etwas in Frau Bergs Wohnung entdeckt."

Neundorf blickte kurz zu Beckstein und ihrem Kollegen, sah, dass Braig ihrem Gespräch aufmerksam folgte. „Du kannst mir nicht genauer erklären, um was es geht?"

„Ihr solltet es euch selbst ansehen", antwortete Rauleder.

„Okay, wir kommen", sagte sie.

Neundorf wandte sich erneut an Beckstein. „Vielleicht melden wir uns noch mal bei Ihnen, oder Ihnen fällt doch noch etwas ein, was uns weiterhelfen könnte, hier erreichen Sie uns immer." Sie reichte ihm eine Visitenkarte, erhob sich. „Tut mir Leid, aber so ist nun mal unser Job."

Beckstein nickte, brachte sie zur Tür. Sie verabschiedeten sich und eilten zu ihrem Fahrzeug, nahmen den Weg zurück nach Ludwigsburg.

„Wir lassen ihn überwachen", sagte Neundorf, „oder?"

Braig nickte, gab den Auftrag ins Amt durch.

„Wie kommt seine Nummer in dieses verdammte Notenheft?", fragte die Kommissarin.

„Ich weiß es nicht. Ich bin nur abgekämpft und müde." Er spürte die Schmerzen in seinem Kopf, massierte sich Stirn und Schläfen. Ohne Grund konnte Becksteins Telefonnummer nicht in Hemmers Orgelnoten verzeichnet worden sein. Irgendetwas hatte derjenige, der die Ziffern geschrieben hatte, damit bezweckt. Aber was?

LARS RAULEDER stand mit müden Augen in der Wohnung Beate Bergs, als sie die Treppe hinaufstiegen.

„Wenn du uns extra herbeorderst, muss es sich um etwas Besonderes handeln", sagte Neundorf.

Der Techniker nickte. „Ihr solltet es euch ansehen." Er führte sie ins Wohnzimmer, zeigte auf ein Papier, das er auf den einzigen freien Stuhl gelegt hatte, bat sie, es nicht zu berühren.

„Wo hast du das her?", wollte Neundorf wissen.

„Hinter dem Sofa. Es lehnte an der Wand. Wohl irgendwann aus Versehen hinter die Sitzfläche gerutscht."

Braig betrachtete das Papier, ein weißes Blatt mit acht handschriftlich untereinander aufgelisteten Vor- und Zunamen, allesamt männlich. Keinerlei Anmerkungen. Drei der Namen waren durchgestrichen. Er las von oben nach unten.

Günther Hesse
Jochen Schwank
~~Konrad Böhler~~
Stefan Zierz
~~Dieter Fehr~~
Peter Kromberg
~~Bernhard Hemmer~~
Gerd Seiter

„Dir kommt was bekannt vor, wie?“ Rauleder grinste.

Braig starrte auf die Namensliste, sah zu Neundorf und dem Techniker hinüber, betrachtete wieder das Papier. „Versteht ihr, was das soll?“

„Wir haben den endgültigen Beweis, dass diese Wohnung mit den Morden zu tun hat. Mit beiden. Und es ist auch klar, dass ein und dieselbe Person dahinter steckt.“

„Was sind das für Namen?“, fragte Braig. „Alles nur Männer.“

„Kennst du einen?“

Er massierte seine Schläfen, überlegte. „Dieter Fehr.“ Er zögerte, las die Liste noch einmal durch. „Fehr“, wiederholte er. „Der einzige Name außer Böhler und Hemmer, der durchgestrichen ist.“

„Du hast ihn schon gehört?“

„Ich weiß es nicht. Er kommt mir irgendwo bekannt vor. Ich meine, ich habe ihn in letzter Zeit gehört.“

„Hier, im Zusammenhang mit unseren Ermittlungen?“

Braig atmete tief durch. „Vielleicht bilde ich es mir nur ein“, sagte er, „im Moment kann ich mich an überhaupt nichts mehr erinnern.“

„Er ist durchgestrichen. Hat das etwas zu bedeuten?“

Rauleder mischte sich ins Gespräch. „Dass er nicht mehr lebt, wie Böhler und Hemmer?“

„Ermordet?“, fragte Neundorf.

„Vielleicht wissen wir noch nichts davon.“

„Du machst mir Freude“, sagte sie, „weißt du, was das bedeuten würde?“

„Bisher glaubte ich, so etwas gäbe es nur im Kino“, antwortete er.

Braig merkte, dass Neundorf ihn aufmerksam betrachtete.

„Und, was meinst du?“, fragte sie.

Braig überlegte nicht lange. „Das gibt Arbeit. Wir müssen uns mit der Liste eingehend befassen, egal was wir im Moment von ihr halten“, sagte er. „Natürlich kommt mir das absurd vor: Eine Liste mit gerade ermordeten Männern hinterm Sofa! Aber die Situation ist zu ernst, wir können es uns nicht leisten, das Papier beiseite zu legen, weil es uns an Hollywood erinnert. Wir müssen herausfinden, wo diese Katja lebt und ob es den angeblichen Herbert Bauer wirklich gibt. Zwei Tote sind genug. Wir müssen alles tun zu verhindern, dass es noch mehr werden."

13. Kapitel

Holger Schäffler lebte im dritten Semester im Tübinger Stift, jenem legendären Wohnheim und Studienzentrum der Evangelischen Landeskirche, das seit Jahrhunderten die bedeutendsten Intellektuellen Württembergs hervorgebracht hatte. Der Begründer der modernen Naturwissenschaft Johannes Kepler, der Philosoph Georg Wilhelm Friedrich Hegel, die Dichter Gustav Schwab, Wilhelm Hauff, Eduard Mörike, Friedrich Hölderlin und viele andere kluge Köpfe waren hier zu Hause gewesen.

Das Läuten des Weckers kurz nach halb sechs ließ Holger Schäffler abrupt wach werden. Der Medizinstudent blickte zum Fenster, sah, dass es gerade erst zu dämmern begann, und sprang aus dem Bett. Er rasierte sich, wusch sich, kleidete sich an.

Das Praktikum in der Uniklinik hatte Anfang August begonnen, noch zehn Tage, dann hatte er es, kurz vor Beginn des neuen Semesters, geschafft.

Holger Schäffler zog seine Jacke an, schenkte sich aus der Thermoskanne eine große Tasse Tee ein. Er stellte sich ans Fenster, blickte in den dämmrigen Morgen. Unter ihm erstreckten sich die Beete und Büsche der dem Stift vorgelagerten Gärten, begrenzt vom schmalen Bett des Neckars. Er schaute auf den Fluss, sah die feinen Nebelschwaden, die über dem Wasser hingen.

Unmittelbar dahinter erhob sich die von hohen Platanen bewachsene, lang gezogene Neckarinsel. Holger Schäffler trank seinen Tee, blickte zur Insel, sah eine seltsam verkrümmte Gestalt auf der Böschung direkt neben dem Wasser liegen. Genauso hatten die Leichen ausgesehen, die vor wenigen Wochen vor ihm und seinen Kommilitonen im Toxikologieseminar seziert worden waren: Menschen, die an einer Blausäurevergiftung gestorben waren.

Zitternd vor Aufregung stellte er seine Tasse ab, rannte zum Telefon.

WENIGE Minuten nach halb sieben am frühen Dienstagmorgen wurde Steffen Braig vom Läuten des Telefons geweckt. Schwerfällig richtete er sich auf, nahm den Hörer ans Ohr.

„Stöhr. Es tut mir Leid, wenn ich störe, aber …"

Braigs Müdigkeit machte angespannter Aufmerksamkeit Platz. „Was ist passiert?"

„Hm. Wir wurden vor wenigen Minuten darüber informiert, das sich heute Morgen, also gegen …"

„Ja, was denn?" Stöhrs langatmige Schwerfälligkeit nervte bereits zu so früher Stunde.

„Ein Toter. Blausäure. Es tut mir Leid."

„Das darf doch nicht wahr sein!" Braig spürte, wie sich sein Puls beschleunigte. „Wo?"

„In Tübingen." Stöhr beschrieb ihm die Stelle auf der Neckarinsel, wo man den Toten gefunden hatte und dass er bereits die Kriminaltechniker an den Tatort gebeten hatte.

Braig sagte ihm zu, die Sache zu übernehmen. Seufzend ging er ins Bad. Was war geschehen, was hatte einen Mann oder eine Frau so verrohen lassen, dass er oder sie zu einem solch verbrecherischen Wesen mutierte?

Braig wusste es nicht, hatte keinen Anhaltspunkt. Neundorf und er waren am Vorabend nach dem Verlassen der Wohnung Beate Bergs zu erschöpft gewesen, weitere Ermittlungen anzustellen. Sie hatten sich im Ludwigsburger Klinikum nach dem Gesundheitszustand Bernhard Söhnles erkundigt, aber nur erfahren, dass dieser noch immer im Koma liege. Anschließend war Braig dann noch bei Jürgen Hofmann vorstellig geworden, um ihm die neuesten Erkenntnisse und Pläne für ihr weiteres Vorgehen mitzuteilen. Der Oberstaatsanwalt hatte ihre Fortschritte erfreut zu Kenntnis genommen und versprochen, im Nachhinein die richterliche Erlaubnis zur Durchsuchung der Wohnung von Frau Berg und der Überwachung Günter Becksteins zu besorgen.

Wenige Minuten später traf das Fax ein, in dem Helmut Rössle, der Techniker, aufgrund der Untersuchung der Schuhabdruckprofile der beiden ins Amt bestellten Frauen Regine Hemmer definitiv von einer Täterschaft ausschloss. Diese Entlastung wollte er im Falle Marion Böhlers jedoch nicht ausstellen. Ihre Fußabdrücke, so die Ausführungen Rössles, zeigten zumindest Ähnlichkeit mit den an beiden Tatorten vorgefundenen. Braigs Versuche, den Kollegen telefonisch zu erreichen, waren erfolglos geblieben, weshalb er das Gespräch auf den nächsten Tag verschoben hatte. Abgekämpft und müde war er nach Hause gefahren.

ZEHN Minuten nach acht hatte Braig den Tatort erreicht. Die Neckarinsel mit ihrer Platanenallee lag unweit vom Zentrum der alten Universitätsstadt, nur durch den schmalen Lauf des Flusses von den Gebäuden der Altstadt getrennt. Der Zugang zu dem Areal wurde von einem grimmig blickenden, uniformierten Beamten bewacht. Eine Menschentraube umringte ihn.

Der uniformierte Beamte nahm Braigs Ausweis erst in dem Moment wahr, als der Kommissar unmittelbar vor ihm stand.

„Braig vom LKA", stellte der sich kurz vor, wies mit einer Kopfbewegung zur Insel. „Dort drüben, ja?"

Der Kollege nickte. „Fünfzig Meter nach links. In der Nähe vom Silcherdenkmal."

Der Kommissar lief über die schmale Brücke, die nur Fußgängern vorbehalten war. Er folgte dem Weg nach links. Rössle und Rauleder knieten mitten im feuchten Gras im Umfeld einer hohen Platane, als Braig am Tatort eintraf.

„Des war a kurze Nacht", schimpfte der Techniker, „hört denn der Deifel überhaupt net auf?"

Der Kommissar begrüßte sie, sah, dass Rössle einen Fußabdruck modelliert hatte. „Welche Größe?", fragte er.

„Welche wohl? Den Abdruck kenn i inzwische auswendig. Zum Glück hat's gestern geregnet. So isch jetzt alles deutlich zu erkenne."

„Siebenunddreißig, ja?"

„Gib mir noch fünf Minute, dann han i's schwarz auf weiß." Er drehte den Kopf zur Seite, zeigte auf die Böschung unmittelbar am Hauptarm des Neckars. „Erspar dir lieber den Anblick."

Braig ließ ihn weiterarbeiten, lief die paar Meter zur Böschung. Eine mit einem roten Anorak bekleidete Frau kniete unmittelbar hinter dem breiten Stamm einer Platane, die Augen auf den Boden gerichtet.

Braig wich einer hoch aus der Erde ragenden Wurzel aus, machte einen großen Schritt geradewegs auf die Uferböschung zu. Er hatte die Frau erreicht, blickte nach unten. Es war das Schlimmste, was er je gesehen hatte. Er trat unwillkürlich einen Schritt zurück, drehte den Kopf zur Seite, schloss die Augen.

Dann spürte er eine Hand auf seiner Schulter. Die Frau im roten Anorak stand vor ihm.

„Das geht über unsere Kraft", sagte sie.

Braig nickte. Schwindel trübte sein Bewusstsein.

„Meike Schlögel", sagte die Frau, streckte ihm die Hand entgegen,

„ich bin die Ärztin." Sie hatte eine sanfte und beruhigend wirkende Stimme.

Braig erwiderte ihren Händedruck, nannte seinen Namen. Als die Schwindel endlich nachließen, sah er, wie jung die Frau war. Garantiert keine dreißig.

„Mir ging es nicht besser", fuhr sie fort. „Ich konnte es zuerst nicht aushalten." Sie war bildhübsch.

Braig nahm alle Kraft zusammen, zwang sich, dem Anblick der entstellten Gestalt nicht auszuweichen. Der gesamte Körper der männlichen Leiche war völlig verkrampft, die Beine, der Leib, die Arme, das Gesicht. Die Wangen und die Partien um den Mund waren aufgequollen, von einem künstlichen Hellrot überzogen, wie Braig es noch nie gesehen hatte.

Das Schlimmste waren die Augen. Sie starrten hoch, in die Ferne, ihn scheinbar verfolgend, wohin immer er sich bewegte. Nach wenigen Sekunden wandte er den Blick zur Seite. Er zitterte am ganzen Körper.

„Kaliumcyanid", sagte die Ärztin, „alle Symptome sprechen dafür. Das dritte Opfer, wie ich höre." Sie zeigte auf Rössle.

„Was wissen Sie über den Zeitpunkt?", fragte Braig.

Ihre Antwort kam ohne Überlegen. „Sieben, acht Stunden. Vielleicht etwas weniger, vielleicht etwas mehr."

„Um Mitternacht."

„Etwa so, ja."

Braig sah die Schleifspur neben dem Kopf des Toten, folgte ihr mit seinem Blick. „Aber nicht hier direkt." Sie verstand sofort, was er meinte.

„Oben auf dem Weg", erklärte Meike Schlögel, „Ihr Kollege hat die Stelle bereits markiert. Er brach oben zusammen, wurde hierher geschleift. Der Täter muss äußerst abgebrüht sein. Er wartete den Todeskampf seines Opfers ab, schaffte ihn dann weg."

„Wollte er ihn ins Wasser werfen?"

Meike Schlögel zeigte auf Rössle. „Ihr Kollege glaubt, der Täter spekulierte, hier am Ufer, hinter dem Gebüsch, könne die Leiche nicht so schnell entdeckt werden. Das scheint mir einleuchtend."

Braig folgte der Schleifspur nach oben, sah die Markierungen der Techniker. Rössle und Rauleder hatten gründlich gearbeitet, alle Fußabdrücke waren genau gekennzeichnet.

„Ja, sie sind's. Hundert pro." Rössle hatte sich erhoben, kam auf Braig zu. Er trug ein Notebook in Händen, zeigte auf den Bildschirm. „Identisch mit denen in Rotenberg und Großaspach. I han alles dabei, brauch net mal mehr ins Labor."

„Frau Böhler kommt dafür infrage?"

Rössle streckte beide Arme weit von sich. „Wie unzählige andere auch."

„Ich lasse sie überprüfen. Ihr Alibi heute Nacht." Braig zog sein Handy heraus, gab im Amt Bescheid.

Neundorf, die das Gespräch angenommen hatte, versprach, sofort nach Rotenberg zu fahren.

„Wer ist der Tote?" Braig wandte sich Rössle zu.

„Ausweis, Geldbeutel und dieses Blatt waret in seiner hintere Hosetasche." Der Techniker zeigte auf die Ärztin. „Sie hat die Leiche zur Seite gedreht und alles rauszoge."

Der Kommissar starrte auf den Ausweis und das leicht zerknitterte, feuchte Papier, sah, dass es sich um den Briefkopf einer Firma handelte.

KURIERDIENST LARCH
Dieter Fehr, Geschäftsführer

Der Name, der wie der Böhlers und Hemmers auf der Liste bereits durchgestrichen war.

„Nein", hauchte er, „nein." Er spürte, wie sein ganzer Körper vibrierte.

Drei Namen waren von der Liste gestrichen, alle drei Männer hatte er tot vor seinen Füßen liegen sehen. Mussten sie wirklich damit rechnen, dass es nur eine Frage der Zeit war, bis der Nächste folgte?

Braig brauchte die psychische Hilfe der Kollegin, er wählte Neundorfs Nummer. Sie war sofort in der Leitung.

„Bei dem Toten handelt es sich aller Wahrscheinlichkeit nach um Dieter Fehr, den Geschäftsführer des Kurierdienstes Larch." Er betonte den Namen, dann die Firma.

Neundorf brauchte mehrere Sekunden, ehe sie reagierte. Er hörte, wie sie schwer atmete. „Habe ich das richtig verstanden, Dieter Fehr?"

„Ich kann es ebenfalls kaum glauben."

Neundorf schwieg mehrere Sekunden. „So unglaublich uns diese Liste auch scheint, wir müssen sie ernst nehmen. Jetzt darf es nur noch eines geben: Wir müssen die Männer auf der Liste identifizieren, so schnell wie möglich, und nachprüfen, ob sie in irgendeiner Verbindung zu Böhler, Hemmer und diesem Fehr stehen. Den Ersten habe ich bereits ermittelt."

„Wen?"

„Stefan Zierz. Er lebt in Esslingen, besitzt eine große Textilhandelskette, ‚Mode for young people'. Um zehn heute Morgen kann ich ihn sprechen." Sie machte eine kurze Pause, weil Braig heftig hustete, sprach dann weiter. „Weshalb wurde dieser Fehr getötet? Hat es mit Frau Berg zu tun?"

„Beate Berg arbeitete bei Larch", antwortete Braig. „Er war der Geschäftsführer."

„Wir müssen nachprüfen, was es damit auf sich hat. Frau Berg ist seit zwei Wochen tot. Sie kann es nicht gewesen sein."

„Die Wohnung", sagte er, „irgendwie hängt die Wohnung mit in der Sache."

„Wir brauchen die Adresse dieser Katja. Sie hat die Schlüssel. Wir müssen sie fragen, wer seit dem Tod Beate Bergs dort aus und ein ging. Dieser Herbert Bauer. Wir brauchen den Mann. Du bist in Tübingen. Kümmerst du dich um Frau Berg?"

Braig sagte es ihr zu, versprach, sich zu melden, wenn er Neuigkeiten habe. „Du arbeitest an der Liste weiter?"

„Sobald ich über Frau Böhlers Alibi Bescheid weiß. Ich werde Beck und Felsentretter einspannen. Wir haben keine Zeit mehr zu verlieren."

Braig steckte sein Handy weg, sah die Ärztin müde den sanften Hang heraufkommen.

„Meine Arbeit ist getan, die Pathologie habe ich informiert. Reicht es, wenn ich Ihnen meinen Bericht heute Mittag maile?"

Braig nickte, bedankte sich für ihre Arbeit. Dann hörte er Rauleders Stimme.

„Der Student, der die Leiche entdeckt hat, wartet vorne an der Brücke." Der Techniker zeigte nach Westen.

„Ich werde mit dem Mann sprechen", sagte Braig, „ihr kommt allein zurecht?"

„Sorg dafür, dass ihr den Verbrecher endlich erwischet", knurrte Rössle, „so was wie den da unte will i mir net noch mal zumute."

Der Kommissar folgte dem Weg ans Ende der Neckarinsel, fragte einen der uniformierten Beamten nach dem Studenten, wurde über die Brücke auf die andere Seite des Neckars verwiesen. „Der wartet bei meinem Kollegen."

Er bedankte sich für die Auskunft, überquerte die Brücke, lief zu dem Polizeifahrzeug.

„Wir haben Glück", sagte der Polizist, „ein Kollege hat die Leiche gefunden."

„Ein Kollege?“ Braig wunderte sich. „Ich dachte, ein Student aus dem Stift?“

„Das ist richtig“, mischte sich der junge Mann ins Gespräch ein, „ich war bis vor ein paar Jahren Polizeibeamter, dann begann ich mit dem Medizinstudium.“ Er stellte sich als Holger Schäffler vor, war 26 Jahre alt.

„Sie konnten auf diese Entfernung erkennen, dass der Mann tot war?“

„So seltsam verrenkt liegt kein lebendiger Mensch“, antwortete Schäffler, „außerdem nahm ich im letzten Semester an einem Seminar über Vergiftungsfolgen teil.“

„Es war hell genug?“

„Die Dämmerung hatte gerade eingesetzt. Es war etwa Viertel vor sechs.“

Braig ließ sich von Holger Schäffler zum Stift führen, stieg mit ihm hinauf in sein Zimmer, schaute aus dem Fenster. Die Neckarinsel und der Fluss lagen unmittelbar in seinem Blickfeld, die Leiche war gut sichtbar.

„Sie liefen auf die Insel und schauten sich den Toten an?“

Schäffler schüttelte den Kopf. „Ich habe sofort die Polizei angerufen.“

„Sie sind immer so früh wach?“

„Mein Dienst beginnt um sechs. Ich mache ein Praktikum in der Uniklinik.“

„Und vorher waren Sie Polizist?“

„Nach dem Abitur.“ Schäffler reagierte ausweichend. „Es war nicht das Richtige für mich. Ich wollte nicht länger den Idioten für unfähige Politiker spielen.“

„Das kann ich nur zu gut verstehen“, sagte Braig.

14. Kapitel

Braig hatte Rauleder gebeten, ihn zum Sitz des Kurierdienstes Larch am Stadtrand von Kirchentellinsfurt zu begleiten, um sich an Ort und Stelle Materialien für die endgültige Identifikation des Toten zu besorgen.

Die Sekretärin empfing sie mit neugierigen Augen. „Was ist mit Herrn Fehr, warum kommt er nicht?“

Braig schätzte die Frau auf Anfang dreißig. Sie trug weiße Jeans und ein hellrotes T-Shirt zu einer saloppen gelben Halbärmeljacke, war dezent geschminkt. Auf seine Frage hin stellte sie sich als Silvia Egerer vor.

„Wann haben Sie Ihren Chef zum letzten Mal gesehen?"

Sie hatte die Männer in ein großzügig angelegtes Büro geführt, ihnen dort Platz auf einem breiten Ledersofa angeboten.

„Wieso fragen Sie? Ist Herrn Fehr etwas passiert?"

Er spürte die Ungeduld der Frau, über das ungewohnte Ausbleiben ihres Chefs informiert zu werden, bat sie, zunächst seine Fragen zu beantworten.

„Gestern Morgen", erklärte Silvia Egerer, „gegen zehn. Er musste weg, zu einem Kunden."

„Wie heißt dieser Mann?"

„Maurer. Es ist eine Firma in Nürtingen."

„Herr Fehr war den ganzen Tag dort?"

Die Sekretärin schüttelte heftig den Kopf. „Das ging nur bis zur Mittagszeit. Anschließend musste er in unsere Filialen in Göppingen und Heilbronn."

„Haben Sie die Telefonnummern und Adressen dieser Filialen? Und der Firma Maurer, bitte?"

„Was sind das für Fragen? Wo ist Herr Fehr?"

„Die Adressen, bitte!"

Silvia Egerer ging aus dem Besucherraum, kehrte kurz darauf mit zwei Blättern zurück. „Hier, ich habe Ihnen die Adressen angekreuzt."

Braig bedankte sich. „Beate Berg. Sagt Ihnen der Name etwas?"

Sie überlegte, schaute ihn fragend an. „Ist das nicht eine unserer Kuriere?"

„Sie war es, ja. In Ludwigsburg. Wissen Sie zufällig, weshalb sie nicht mehr bei Ihrer Firma arbeitet?"

Silvia Egerer schüttelte den Kopf. „Das kann ich Ihnen nicht sagen. Wir haben zu viele Filialen und Angestellte. Um Personalfragen kümmert sich Herr Fehr, da müssen Sie ihn selbst fragen."

„Ist Ihnen zufällig bekannt, ob Herr Fehr für den gestrigen Abend etwas plante? Ich meine, privat."

„Woher soll ich das wissen?"

„Er ist verheiratet?"

Silvia Egerer lachte. „Verheiratet? Oh nein, das würde nicht gut gehen. Da ist er nicht der Typ dafür."

Er überlegte, was er unter dieser Aussage verstehen sollte. „Herr Fehr hat keine Familie?"

Sie schüttelte den Kopf. „Er ist seit mehreren Jahren geschieden. Seine Partnerinnen wechseln recht häufig, soweit ich das beurteilen kann. Ich höre jedenfalls öfter neue Namen."

„Mit wem ist er zur Zeit liiert?"

Silvia Egerer sah ihn ratlos an. „Ich glaube, er ist solo."

Braig nickte, bat um ein Bild des Mannes.

„Sie wollen ein Foto?", fragte sie überrascht. „Würden Sie mir jetzt bitte endlich erklären, weshalb Sie überhaupt hier sind?"

„Ich fürchte, er ist tot", sagte er.

Sie hatte sich gerade erhoben, um ein Foto zu holen. Mitten in ihrer Bewegung verharrte sie, riss den Kopf zur Seite, starrte erst zu Braig, dann zu dessen Kollegen. „Wie bitte?", hauchte sie.

„Würden Sie mir bitte jetzt ein Foto bringen?"

Sie wandte die Augen nicht von ihm, stolperte rückwärts aus dem kleinen Raum. „Tot?", murmelte sie, „tot?"

Braig fühlte sich zunehmend unbehaglich. Es waren einfach zu viele Todesnachrichten, die er in diesen Tagen überbringen musste.

Mit einer Broschüre in der Hand kam Silvia Egerer zurück. Sie reichte ihm das Heft, ohne ein Wort zu sagen.

Braig sah den Mann vor sich. Ein großformatiges Foto mit kursiv gesetzter Erklärung. *Dieter Fehr, Geschäftsführer des Kurierdienstes Larch Südwest.*

Er war es, auch wenn seine Körperhaltung und das Mienenspiel seines Gesichts natürlich völlig andere Züge als auf der Tübinger Neckarinsel trugen. Er war es ohne Zweifel. Sie benötigten keine Identifikation durch eine dem Toten nahe stehende Person.

Ein Blick zu seinem Kollegen bestätigte Braig vollends in seiner Auffassung.

Rauleder nickte. „Die Ohren", meinte er, „und die Haare."

„Herr Fehr ist tot? Wissen Sie, was Sie da sagen?" Silvia Egerer stand mit zerfurchter Stirn vor ihnen.

„Ja, wir wissen es", antwortete Rauleder. „Ihr Chef wurde heute Nacht ermordet."

DAS SENIORENHEIM, in dem Beate Bergs Mutter lebte, lag am nördlichen Rand der Tübinger Innenstadt, nicht allzu weit von den geisteswissenschaftlichen Fakultäten der Universität entfernt. Braig hatte sich von Lars Rauleder bis zur Neckarbrücke bringen lassen, wollte den Rest des Weges zu Fuß gehen, um den Kopf wenigstens für ein paar

Minuten auszuruhen. Als er die andere Seite des Flusses erreicht hatte, rief er Ann-Katrin an. Er hatte am Abend vorher nur kurz mit ihr telefonieren können.

„Ich bin's", meldete er sich, „unter mir fließt der Neckar."

„In Cannstatt?", fragte sie.

„Tübingen", antwortete er.

Ann-Katrin ahnte sofort, was geschehen war. „Wieder ein Blausäure-Mord?"

„Auf der Neckarinsel, ja."

„Du tust mir Leid. Hört das nicht auf?"

Er wich einer Horde Schüler aus. „Ich fürchte, nein. Erzähl mir lieber, wie es dir geht."

„Das Übliche", antwortete sie kurz.

„Also schlecht."

Ann-Katrin zögerte, ging nicht direkt auf seine Frage ein. „Ich wäre am liebsten ein paar Tage bei Theresa geblieben. Tübingen hat einfach eine irre Atmosphäre."

„Und? Warum bist du nicht geblieben?"

„Die Medikamente … Ich hatte sie vergessen."

„Theresas Zimmer ist groß genug?"

„Es reicht. Wir könnten beide bei ihr übernachten. Der Vormieter hinterließ ihr eine große Luftmatratze."

Eine Luftmatratze?, dachte er, ist das denn gut für sie? Stattdessen erklärte er: „Ich würde liebend gern zusagen. Sobald diese Sache geklärt ist."

„Ich nehme dich beim Wort."

„Gerne", sagte er, „hoffentlich wird es bald wahr." Er wusste, dass das purer Zweckoptimismus war. Er versprach, sich im Lauf des Tages nochmals zu melden, beendete dann das Gespräch. Er lief durch die Fußgängerzone, kaufte sich eine Brezel, aß sie unterwegs. Kurz vor elf hatte er das Seniorenheim von Frau Berg erreicht.

„Das Haus liegt ideal", erklärte ihm die überraschend rüstige Frau voller Begeisterung, als er in ihrem Zimmer ihr gegenüber Platz genommen hatte, „keine fünfzehn Minuten Fußweg und ich sitze mitten in einer philosophischen Vorlesung."

Sie trug eine weiße Bluse und eine honiggelbe Weste zur dunkelblauen Hose, hatte graue, in Locken gelegte Haare, ein schmales, von einer modischen Brille dominiertes Gesicht. Wie schon am Tag zuvor am Telefon ließ sie nicht einen Ansatz von Trauer über den abrupten Tod ihrer Tochter erkennen.

„Sie kommen wegen Beate“, erklärte sie, „ich nehme an, Sie haben ihr Notizbuch gefunden. Was wollen Sie darüber hinaus noch wissen?“

Sie schien vollkommen unkompliziert, machte es ihm einfach, zum Anlass seines Besuches zu kommen.

„Das Notizbuch ist verschwunden, leider. Obwohl wir alles abgesucht haben.“

„Verschwunden?“ Ihr skeptischer Blick zeigte deutlich, was sie von der Arbeit der Polizei hielt. „Beate ohne ihr Notizbuch – das ist undenkbar. Es war immer in ihrer Nähe.“

„Irgendjemand hat es aus der Wohnung entfernt. Bevor wir gestern in die Lindenstraße kamen. Deshalb bin ich hier.“

Klara Berg schüttelte energisch den Kopf. „Was erwarten Sie jetzt? Dass ich Ihnen berichte, wer Beates Notizbuch aus ihrer Wohnung stiehlt?“

Braig versuchte, dem Gespräch die Schärfe zu nehmen. „Die Schlüssel für die Wohnung – Sie erzählten, Katja, eine Freundin Ihrer Tochter, habe sie.“

„Katja hat die Schlüssel schon lange. Sie waren gute Freundinnen.“

„Wo lebt diese Katja?“

Klara Berg richtete sich in ihrem Stuhl auf, verzog den Mund. „Sie lebt nirgends und überall. Sie ist Schauspielerin. Sie arbeitet in verschiedenen Städten, hat Engagements mal hier, mal da. Manchmal wohnte sie bei Beate, wenn sie hier zu tun hatte.“

„Sie spielte in Stuttgart am Theater?“

„Im Fernsehen“, sagte Klara Berg, „Beate und auch Katja selbst riefen mich oft an, wenn wieder ein Film mit einer Rolle von ihr kam. Ab und zu habe ich sie dann gesehen.“

„Beim Südwestrundfunk?“

„Manchmal, ja.“

„Wie heißt sie mit vollem Namen?“, fragte er.

Klara Berg starrte überlegend an die Wand, sprang plötzlich auf. „Dorn. Katja Dorn. Ich weiß nicht einmal, ob das ihr richtiger Name ist.“

Braig notierte sich den Namen, sah, wie seine Gesprächspartnerin ein Foto von der Wand nahm. Zwei Frauen um die vierzig saßen gut gelaunt an einem Tisch, zwei Cocktailgläser mit verschiedenfarbigem Inhalt in Händen.

„Das ist sie, hier.“ Klara Berg deutete auf die Frau in der rechten Bildhälfte, eine schlanke, natürlich wirkende Person mit dunkelblonden Locken. „Mit Beate, in unserem Haus.“

Er betrachtete das Foto: eine dunkelhaarige, lustig in die Kamera blickende, kräftige Erscheinung, die ihm irgendwoher bekannt vorkam. Die Fotos in der Lindenstraße, fiel ihm ein, die ihnen gestern in die Hände gefallen waren.

„Dürfte ich mir das Bild ausleihen?“, fragte er vorsichtig. „Ich meine, bis wir Katja Dorn gefunden haben. Wir müssen mit ihr reden, weil wir diesen Herbert Bauer suchen.“

Sie nickte, reichte ihm den Rahmen ohne jeden Einwand.

„Wo Frau Dorn zurzeit anzutreffen ist, wissen Sie nicht?“

„Das tut mir Leid. Sie rief mich an, dass sie länger unterwegs sei. Deswegen kümmere sich ein Bekannter um Beates Wohnung. Es ist nicht einfach für sie. Die Chance, eine Rolle zu erhalten, wird immer geringer.“

„Weshalb?“

„Sie ist zu alt“, sagte Klara Berg, „ganz einfach.“

„Zu alt?“

„Im Alter meiner Tochter. So um die fünfzig.“

„Das ist doch nicht zu alt“, meinte Braig.

Seine Gesprächspartnerin warf ihm einen strengen Blick zu. „In welcher Welt leben Sie? Katja hat in den letzten Monaten mehrfach Absagen erhalten, weil sie zu alt ist. Als Frau über vierzig haben Sie heute keine Chance mehr, weder im Fernsehen noch sonstwo.“

Braig wollte ihr nicht widersprechen, um sie nicht gegen sich einzunehmen. Er benötigte weitere Informationen. „Na gut“, lenkte er ein, „ich denke, wir werden Frau Dorn finden. Über ihren Bekannten wissen Sie nichts Genaueres?“

„Nein, überhaupt nichts. Ich bin froh, wenn Katja die Sache mit der Wohnung regelt. Sie ist absolut zuverlässig.“

Er konnte nachvollziehen, dass sie es in ihrem Alter jenseits der achtzig als eine große Erleichterung empfinden musste, die Auflösung der Wohnung in vertrauenswürdige Hände legen zu können. Wahrscheinlich war dieses Vorgehen auch die einzige Methode, die es ihr ermöglichte, den Tod ihrer Tochter nicht unmittelbar an sich heranzulassen und den Abschied von ihr ein kleines Stück erträglicher zu gestalten.

„Sie kennen einen Dieter Fehr?“, fragte er, vergeblich darum bemüht, den Anblick der Leiche aus seinem Gedächtnis zu vertreiben.

„Den Namen sollten Sie in meiner Gegenwart besser nicht mehr erwähnen. Ohne dieses Scheusal würde meine Tochter heute noch leben.“ Klara Berg hatte sich vollkommen verändert. Aus ihren Augen sprach der reine Hass.

Überrascht betrachtete er die Frau. „Dieter Fehr?"

Sie gab keine Antwort, starrte ihn voller Verachtung an.

„Der Mann ist tot", fügte er hinzu, „er wurde ermordet."

Sie benötigte einige Sekunden, um aus ihrer Erstarrung zu finden, begann lautlos zu lachen. „Endlich eine erfreuliche Botschaft." Ihre Stimme klang hart und kalt.

„Er scheint Ihnen nicht sympathisch gewesen zu sein", bohrte Braig vorsichtig.

„Weiß Gott nicht, nein." Sie schaute ihm direkt in die Augen. „Gibt es doch noch Gerechtigkeit auf dieser Welt?"

Er hütete sich, ihre Worte zu kommentieren, wollte die Frau nicht gegen sich aufbringen, weil er sich Informationen über den Toten erhoffte.

Klara Berg wusste genau, weshalb er schwieg. „Sie möchten wissen, warum ich so eiskalt und gefühllos über einen Menschen rede, stimmt's?"

Er nickte wortlos.

„Meine Tochter hatte sich über Jahre hinweg in mühsamer Arbeit ein eigenes Unternehmen aufgebaut", erzählte sie, „Spedition, Kurierdienst, Frachtzustellung. Vor allem hier im Südwesten, teilweise aber in ganz Deutschland, manchmal sogar im Ausland. Es war kein Honigschlecken, aber die Sache lief. Immer besser. Von Jahr zu Jahr. Beate machte es zudem Spaß. Das war das Wichtigste. Sie engagierte sich mit Leib und Seele." Die Frau schwieg einen Moment, holte tief Luft. „Dann lernte sie *ihn* kennen. Sie zogen zusammen; er war drei Jahre älter als sie. Als Mitarbeiter von Larch war er sozusagen Konkurrent. Statt ihr Unternehmen weiterzuführen und auszubauen, gab sie es einfach auf. Von heute auf morgen. Larch benötigte dringend tüchtige Zusteller. Beate nahm die Stelle an. Wer ihre Kunden bekam, muss ich wohl nicht erwähnen."

„Larch."

„Er", korrigierte sie ihn, „*er* brachte sie in die Firma ein. Sechs Monate später war *er* Geschäftsführer. Wie er sie dazu brachte, alles aufzugeben – ich weiß es nicht. Glücklich war sie nie: Er betrog sie nach Strich und Faden, alle paar Monate mit einer anderen Frau. Trotzdem blieb sie bei ihm. Vor zwei Jahren ungefähr verabschiedete er sich aus der gemeinsamen Wohnung, zog zu einer Jüngeren. Beate verkraftete die Trennung nicht, wurde krank. Trotzdem blieb sie in der Firma, rackerte sich ab. Weil sie zwei, drei Wochen ihr tägliches Pensum nicht ganz schaffte, kündigte er ihr. Sie sei zu alt, ließ er in der Firma verbreiten, den täglichen Anforderungen nicht mehr gewachsen."

Grund genug, den Mann aus Rache zu töten, überlegte Braig. Die verschmähte Partnerin, die beruflich wie privat ausgebeutete und zum alten Eisen geworfene Frau – gab es ein besseres Motiv? Wenn er den Ausführungen Klara Bergs vertrauen konnte, hatte ihre Tochter allen Grund gehabt, Fehr mit Gift ins Jenseits zu verfrachten – und doch kam sie für den Mord nicht infrage, weil sie längst selbst schon im Jenseits war. Hatte ihre Mutter die Sache für sie in die Hand genommen und sozusagen stellvertretend – jetzt auch noch als Racheengel für den Tod ihrer Tochter – erledigt?

Er betrachtete die alte Dame, die matt und kraftlos auf ihrem Stuhl saß. Aufgrund des von Helmut Rössle eindeutig belegten Fußabdrucks mussten sie davon ausgehen, dass es sich in allen drei Fällen um dieselbe Täterin oder denselben Täter handelte. Diese Frau hier vor ihm sollte dafür infrage kommen? Braig wollte es nicht glauben.

Plötzlich kam ihm ein anderer Einfall. „Kennen Sie eine Frau Böhler aus Stuttgart-Rotenberg?"

„Nein, nie gehört." Klara Berg sah ihm direkt in die Augen.

Er musste nachforschen, die Möglichkeit überprüfen, ob es doch eine Verbindung zwischen den Frauen gab.

„Mord, sagen Sie?", fragte sie plötzlich.

Er nickte.

„Wer immer es war, ob Mann oder Frau, er hat ein gutes Werk getan. Dieser Kerl hat es verdient." Klara Bergs Augen schienen zu strahlen, als sie Braig ihre Worte entgegenschleuderte.

15. Kapitel

Braig hatte sich von Frau Berg verabschiedet, nachdem die alte Dame ohne jede Aufforderung auf die Idee verfallen war, ihm eine andere Heimbewohnerin als Zeugin dafür zu präsentieren, dass sie den vergangenen Abend bis kurz vor Mitternacht gemeinsam vor dem Fernsehschirm verbracht hatten.

„Nicht, dass Sie auf falsche Gedanken kommen, Herr Kommissar. Schließlich sind es Frauen, die mit Gift töten."

Nach seinem Besuch bei Klara Berg war Braig zur Neckarinsel zurückgekehrt, um mit Rössle und Rauleder gemeinsam die Wohnung Dieter Fehrs zu untersuchen.

Das Hochhaus in Roßdorf, einer Trabantensiedlung Nürtingens, war eine der abschreckendsten Bausünden, die Braig je gesehen hatte. Hoch auf einem Berg über der kräftig prosperierenden Industriestadt gelegen, dominierte der klobige Betonklotz die gesamte Umgebung. Was seine Kritik an den abstoßenden Betonmassen milderte, war die wahrhaft grandiose Aussicht aus einem der breitflächigen Panoramafenster auf das Vorland der Alb.

Sie durchsuchten die Wohnung Fehrs: die Schränke, die Betten, dazu mehrere Kartons, die der Mann im Keller aufbewahrte, fanden keinen Hinweis auf eine Verbindung zu den anderen Verbrechen, auch kein Indiz dafür, dass bei Fehr Drohbriefe eingegangen waren.

Die Sekretärin war bereit, jeden Eid zu schwören, dass in den Jahren, in denen sie für die Firma Larch tätig war, noch nie ein Drohbrief eingegangen war. „Und ich kontrolliere die Post", hatte sie mit Nachdruck betont, „jeden Tag."

„Haben wir etwas übersehen?", fragte Braig die beiden Techniker, als sie nach zwei Stunden intensiver Suche die Wohnung Fehrs verließen.

„Du mit deine Drohbrief!", knurrte Rössle. „Bei dem hier hat's halt pressiert. Der hat den erledige wolle, au ohne Brief, fertig!"

Braig wusste nicht, was er davon halten sollte. Steckte doch eine andere Person hinter dem Mord in Tübingen – trotz der identischen Schuhabdrücke?

Braig schaute auf die Uhr. Zehn nach zwei. Kein Wunder, dass er Hunger hatte. Er bat Rauleder anzuhalten, holte bei einem Bäcker mehrere Brezeln und Brötchen, verteilte sie an die Kollegen.

Die anschwellenden Kopfschmerzen hatten Braig schon fest im Griff, als sie im Amt eintrafen. Er lief in sein Büro und klatschte sich kaltes Wasser ins Gesicht.

Am Schreibtisch schaltete er den Computer ein, holte sich die Telefonnummer des Südwestrundfunks. Es dauerte mehrere Minuten, bis er endlich die Mitarbeiterin erreichte, die für die Betreuung freier Künstler zuständig war. Braig stellte sich und sein Anliegen vor, bat um die Adresse von Katja Dorn. Er hörte, wie die Frau seinen Wunsch in den Computer eingab, hatte dann wieder ihre Stimme im Ohr: „Es tut mir Leid. Die Adresse von Frau Dorn haben wir nicht. Ich kann Ihnen nur die Anschrift ihrer Agentin mitteilen. Ich faxe sie Ihnen zu. Einverstanden?"

Braig bedankte sich, gab ihr seine Nummer. Eine Minute später perlte das Papier mit der Information aus dem Gerät:

Anne von Stein, Künstler-Agentur, Schwarzburgstraße 24
60318 Frankfurt am Main

Als Braig aufsah, stand Neundorf im Zimmer. „Ich bin Rössle über den Weg gelaufen.“ Sie trug eine sportliche dunkelrote Jacke, dazu dunkelgrüne Jeans. „Er hat mir Fotos von dem Toten gezeigt.“

Braig sah an ihrem Gesichtsausdruck, dass sie den außergewöhnlich entstellten Zustand der Leiche wahrgenommen hatte.

„Wir sind zum Erfolg verdammt“, sagte sie, „lange darf es so nicht mehr weitergehen.“

Braig nickte und berichtete ihr dann von seinen Gesprächen mit Klara Berg und der Sekretärin des Toten sowie von der Durchsuchung von Fehrs Wohnung. Er griff in seine Jacke, zog das Foto von Katja Dorn hervor, zeigte es seiner Kollegin. „Ich habe beim SWR angerufen und die Adresse der Agentin erhalten, die sie betreut. Ich hoffe, wir erreichen sie so. Und? Wie sieht es bei dir aus?“

„Becksteins Überwachung scheint zu klappen. Er war gestern Abend noch kurz in einer Kneipe. Heute ging er ganz normal zur Arbeit.“

„Vielleicht hat er doch nichts mit der Sache zu tun.“

„Keine Ahnung“, sagte sie. „Marion Böhler dagegen hat kein Alibi. Sie war gestern Abend allein zu Hause.“

„Verdammt. Es müsste doch einen Kontakt zwischen ihr und diesem Herbert Bauer geben?“

„Ich habe sie gefragt. Sie konnte mit dem Namen nichts anfangen. Behauptete sie jedenfalls.“ Neundorf trat an Braigs Schreibtisch, schob einen Stapel Papiere zur Seite, setzte sich.

„Du warst bei dem Mann – wie heißt er doch gleich – von der Liste?“

„Stefan Zierz.“ Neundorf nickte. „Der Prototyp des erfolgreichen Unternehmers. Er heiratete in ein Textilgeschäft ein, krempelte den Laden von gediegener Damen- und Herrenbekleidung auf peppig-fetzige Jugendmode um, wie er mir erzählte, und beglückt jetzt alle paar Wochen immer mehr Städte mit seinen ultamodernen Shops. Konrad Böhler und Bernhard Hemmer waren ihm genauso unbekannt wie ein Dieter Fehr. Von Drohbriefen keine Spur.“

„Warum steht er dann auf der Liste?“

„Ich weiß es nicht“, antwortete Neundorf.

„Hast du ihm die anderen Namen der Liste genannt?“

„Er kennt sie nicht. Keinen einzigen davon. Es ist zum Verrücktwerden, aber es gibt anscheinend keine Gemeinsamkeiten zwischen all diesen Personen, irgendetwas, was sie verbindet. Das kann doch nicht sein!“

„Der rote Faden“, meinte Braig, „das Element, dessentwegen sie ins Visier des Mörders gerieten.“

„Genau. Es muss ihn aber geben, oder?“

„Wir müssen systematisch vorgehen“, sagte er, „einen Mann nach dem anderen untersuchen. Die, die bereits getötet wurden. Was war der Grund für ihren Tod?“

Neundorf nickte. „Konrad Böhler. Er war der Erste. Weshalb?“

„Er hat seine Frau betrogen, lebte zeitweise im Clinch mit ihr. Reicht das wirklich als Begründung für einen Mord?“

„Ich will nicht wissen, wie viele Ehemänner dann beseitigt werden müssten!“

„Es sei denn, Marion Böhler hängt in der Sache drin“, wandte Braig ein, „und sie handelte aus persönlicher Betroffenheit. Was ist dann aber mit Hemmer und Fehr?“

„Solidarität mit anderen betrogenen Frauen“, überlegte Neundorf. „Eine gemeinsame Racheaktion der Opfer.“

„Frau Böhler, Frau Hemmer bzw. ihre Tochter und Frau Berg? Was ist dann mit diesem Zierz? Hast du Erkundigungen über sein Privatleben eingezogen?“

„Er sei verheiratet, erklärte er, habe zwei Kinder, die beide studieren. Seine Frau arbeite in der Firma mit.“

„Keine Geliebte, keine Affären?“

„Die Frage kann man ihm schlecht direkt vor den Latz knallen. Zumindest, wenn man eine ehrliche Antwort will, oder?“

Braig nickte, gab ihr Recht. „Du bleibst an ihm dran?“

„Ich klappere seine Mitarbeiter ab. Vielleicht kann ich das Leben des Mannes genauer analysieren.“

„Was ist mit den übrigen Leuten?“

„Beck versucht, sie zu finden.“

„Und Herbert Bauer? Hat noch niemand überprüft, ob uns der Mann wider Erwarten doch seinen richtigen Namen genannt hat? In der ersten Überraschung vielleicht?“

Neundorf sprang vom Schreibtisch, weil das Telefon läutete, schob es Braig zu. „Felsentretter bemüht sich darum. Vorhin hörte ich ihn fluchen. Allein in Baden-Württemberg gebe es über zweitausend Männer dieses Namens, schimpfte er.“

Sie schwieg, weil Braig den Hörer abnahm und sofort Interesse an seinem Gesprächspartner bekundete.

„Daniel Schiek“, sagte er, „ob wir Zeit haben, das Phantombild zu erstellen?“

Neundorf nickte.

Sie verließen sein Büro, fuhren mit dem Aufzug abwärts, trafen Daniel Schiek vor seinem Computer an. Wenn es jemand gelingen konnte, eine Person auf den Bildschirm zu bannen, obwohl von ihr nur eine ungenaue Beschreibung vorlag, dann ihm.

Braig und Neundorf erklärten dem Kollegen die Umstände, unter denen sie auf den Gesuchten getroffen waren, versuchten das Aussehen des Mannes zu beschreiben. Schiek machte sich Notizen, fragte ab und zu nach Details, baute dann ein Gesicht am Bildschirm auf.

„Was stimmt nicht?“, fragte Schiek. „Die Stirn? Das Kinn? Die Größe der Augen?“

Sie konzentrierten sich auf den Haaransatz, korrigierten die Breite des Schädels, gaben dem Gesicht eine schmalere Form, näherten sich immer mehr der Gestalt, die sie als Herbert Bauer kennen gelernt hatten.

„Die Haare stimmen nicht“, erklärte Neundorf, „sie zogen sich in einer geraden Linie über die Stirn.“

Der Grafiker warf ihr einen skeptischen Blick zu, entfernte den letzten Ansatz einer Geheimratsecke.

Neundorf und Braig nickten zustimmend. „Und links genauso.“

Schiek folgte dem Vorschlag, betrachtete das Bild. „Beschreibt ihr mir einen Mann oder eine Frau? Er soll um die 50 sein, denke ich. Männer in dem Alter haben immer Geheimratsecken. Zumindest einen Ansatz dazu.“

„Mir kommt das Aussehen korrekt vor. Nur das Gesicht trifft es noch nicht ganz“, erklärte Neundorf.

„Die Wangen“, erklärte Braig, „sie waren runder und etwas schmaler. Außerdem glänzten sie irgendwie.“

Schiek veränderte die Form des Gesichts, modellierte mehr und mehr die Person heraus, an die sie sich erinnerten.

„So können wir es bringen“, meinte Neundorf, „genau so.“ Sie bat Schiek, das Bild per E-Mail und Fax sämtlichen Pressevertretern zuzusenden und darauf hinzuweisen, dass der Mann im Zusammenhang mit den Giftmorden gesucht werde.“

„Ihr habt keine Anhaltspunkte, wo er lebt?“, fragte Schiek.

„Leider nein“, antwortete Braig.

„Dann übermittle ich Felsentretter das Bild, damit er den Mann auch optisch vergleichen kann. Und ich erstelle einen Fotoabgleich mit unserem Fahndungsprogramm. Vielleicht erkennt ja der Computer den Kerl.“

Der Kommissar bedankte sich bei seinem Kollegen, erinnerte sich, dass er bei der Künstlervermittlung anrufen wollte, schaute auf seine Uhr. Wenige Minuten vor vier.

Braig verabschiedete sich, sprang die Treppen nach oben, lief in sein Büro. Er wählte die Nummer der Agentur, hatte Glück. Eine Frauenstimme meldete sich.

Braig stellte sich vor, schilderte sein Anliegen.

„Landeskriminalamt in Stuttgart“, sagte die Frau schließlich. „Heißt das, Sie vermuten, Frau Dorn sei in kriminelle Machenschaften verwickelt?“

Braig versuchte, die Bedenken seiner Gesprächspartnerin zu zerstreuen. „Wir wollen nur mit Frau Dorn sprechen, weil wir glauben, dass sie einen Mann kennt, der für uns sehr wichtig sein kann.“

„Dann wird Frau Dorns Name auf keinen Fall im Zusammenhang mit Ihren Untersuchungen erwähnt?“

„Das kann ich Ihnen gerne zusichern“, versprach er, „wir werden der Presse nichts von Ihrer Klientin mitteilen.“

Sie versprach, dem LKA die Kontaktadresse Katja Dorns in der nächsten halben Stunde zuzufaxen, verabschiedete sich.

Braig fühlte sich matt und hungrig. Ob sie jetzt endlich an Frau Dorn herankamen?

Hinter ihm auf dem Schreibtisch schob sich ein Papier aus dem Faxgerät. Neundorf stürzte aufgeregt in den Raum.

„Zierz, der Mann auf der Liste“, erklärte sie außer Atem, „er hat doch einen Drohbrief erhalten. Vor zwei Wochen etwa. Der Mann rief gerade an. Er hörte in den Nachrichten einen ausführlichen Bericht vom Mord an Fehr, bekam es, wie er zugab, mit der Angst zu tun. Heute Morgen wollte er noch nichts von einem Drohbrief wissen.“

„Und er hat ihn aufbewahrt?“

Neundorf nickte. „Ich fahre sofort hin und bringe ihn ins Labor. Vielleicht finden sie Spuren.“

Braig wischte sich über die Stirn, setzte sich auf seinen Stuhl. Die Kopfschmerzen machten ihm erneut zu schaffen.

„Wenn die Briefe, die Böhler und Hemmer erhielten, mit dem von Zierz identisch sind, haben wir den endgültigen Beweis dafür, dass das Papier, das uns in Ludwigsburg in die Hände fiel, wirklich eine Todesliste ist“, erklärte Neundorf.

„Das heißt, die Männer auf der Liste sind in größter Gefahr.“

„Und wir wissen noch nicht einmal genau, wo die potenziellen Opfer leben. Wir kennen ihre Namen, haben sie aber noch nicht alle gefunden. Wir müssen endlich an diesen Herbert Bauer ran. Hast du die Adresse der Schauspielerin?"

„Sie müsste gerade gekommen sein." Braig zeigte auf das Fax, nahm das Blatt an sich. *Katja Dorn, zu erreichen über Susanne Braun, Mathiaskirchplatz 23, 50968 Köln.*

Er überflog den Text samt der Telefonnummer, die in der untersten Zeile folgte, gab die Ziffern ein. Die weibliche Stimme auf dem Anrufbeantworter teilte ihm mit, dass Susanne Braun im Moment leider nicht zu sprechen sei. Er wartete den Piepton ab, sprach seinen Wunsch auf das Band, gab seine Nummer an.

„Dann können wir nur hoffen, dass die Frau schnell reagiert", meinte Neundorf und verabschiedete sich. Sie hatte den Raum noch nicht verlassen, als Braigs Telefon läutete.

Der Kommissar nahm ab, hatte Erich Beck am Apparat.

„Ich habe einen weiteren Drohbrief entdeckt", sagte der Kollege.

Braig war sofort wie elektrisiert. „Wer hat ihn erhalten?"

„Peter Kromberg, ein Mann von der Liste."

„Oh mein Gott", stöhnte Braig, „es wird immer schlimmer. Wie bist du auf diesen Kromberg gestoßen?"

„Ich überprüfte die Anzeigen, die in den letzten Wochen wegen irgendwelcher Bedrohungen im Südwesten eingegangen waren", erklärte Beck. „Kromberg hat sich vor acht Tagen bei den Kollegen in Leonberg gemeldet und den Brief vorgelegt."

„Du hast mit dem Mann gesprochen?"

„Nur telefonisch. Aber ich habe einen Termin mit ihm vereinbart. In einer knappen Stunde will er mit mir reden. Ich denke, wir werden für ihn Personenschutz anfordern müssen."

„Nicht nur für ihn."

„Nein", sagte Beck, „für alle Männer auf der Liste, soweit wir diese gefunden haben." Er schwieg einen Moment, fügte dann einen weiteren Satz hinzu. „Und so weit sie noch leben."

Braig wusste, dass der Kollege Recht hatte.

„Der Mann ist Banker", sagte Beck, „bei irgendeiner großen Bank. Er ist für Werbung zuständig, wenn ich das richtig verstanden habe."

„Für die Werbung? Das hatten wir doch schon einmal."

„Was meinst du?"

„Konrad Böhler, der besaß doch eine Werbeagentur. Vielleicht finden wir da einen Zusammenhang."

„Ich werde den Mann danach befragen. Und jetzt maile ich dir den Drohbrief rüber.“

Braig legte den Hörer auf den Apparat, schaltete seinen Computer ein. Das Schreiben war identisch. Derselbe Text wie bei Böhler und Hemmer. Dasselbe Schriftbild.

Kromberg, wir haben dich gewarnt.
Du weißt, um was es geht.
Wenn du nicht hören willst, wirst du büßen.
Deine Chance war da. Jetzt folgt die Tat.

Braigs Kopf drohte zu zerspringen. Wovor, überlegte er, wovor haben sie ihn gewarnt? Es musste ein zweites Schreiben geben.

Du weißt, um was es geht.

Nein, er wusste immer noch nicht, um was es ging. Was war der Auslöser für diese irrsinnigen Verbrechen? Sie mussten Zierz und Kromberg befragen, ob sie selbst eine Vorstellung davon hätten, weshalb gerade sie ins Visier dieses Verrückten geraten waren.

Braig wählte Erwin Becks Nummer, teilte ihm seine Überlegungen mit. Der Kollege versprach, Kromberg eingehend nach den möglichen Ursachen für die Bedrohungen zu befragen.

Braig fühlte den Druck in seinem Magen. Das Ausmaß des Verbrechens drohte seine Kraft zu überfordern.

Draußen auf dem Flur waren laute Stimmen zu hören. Felsentretters durchdringendes Organ mit kräftigen Flüchen, dazu Anja Wintterlins Kommentar. Braig drehte sich um, sah die junge Kollegin in seiner Bürotür stehen. Sie war Anfang dreißig, hatte eine sportliche, sehr schlanke Figur, ein schmales, auffallend hübsches Gesicht.

„Darf ich dich was fragen?“ Sie stand wartend in der offenen Tür, kam erst näher, als er nickte.

„Felsentretter schimpft ohne Pause, weil er nicht den richtigen Herbert Bauer findet.“ Sie trat an seinen Schreibtisch, hatte eine Kopie der Liste mit den acht Namen in der Hand.

„Du suchst nach den Männern?“

„Gerd Seiter“, antwortete sie. „Ich dachte schon, ich habe den Mann gefunden, aber jetzt auf einmal will er es nicht mehr sein. Er streitet ab, den Drohbrief erhalten zu haben, obwohl er es vorher noch zugab.“

„Ihr habt miteinander geredet?“, fragte er aufgeregt.

„Telefoniert, ja. Zu einem direkten Gespräch war er nicht mehr bereit. Er ist auf Sendung."

Braig schaute sie fragend an.

„Seiter ist Radiomoderator. Bei der Jugendwelle ‚Cool'."

„Cool?" Er ließ sich auf seinen Stuhl fallen, starrte überrascht zu seiner Kollegin auf.

„Du kennst den Sender?"

Braig nickte: Es war gerade ein Jahr her, dass sie sich abgemüht hatten, den Mord am damaligen Starmoderator des Senders aufzuklären. Hans Breidle alias Jack Cool. Er erinnerte sich noch genau an die angeblich *coolen* Sprüche und Bemerkungen Breidles in dessen Sendungen. Eine Aussage dämlicher als die andere.

Anja Wintterlin sah förmlich, wie es in ihm arbeitete. „Mir kam der Name gleich bekannt vor", sagte sie, „deshalb ließ ich mir seine Nummer geben und rief bei ihm an. Er gab zu, Drohungen erhalten zu haben, mehrere Briefe."

„Wann war das? In letzter Zeit?"

Anja Wintterlin nickte. „Vor ein paar Wochen, genau konnte er es nicht mehr sagen. Als ich ihn darauf ansprach, dass wir die Originale der Briefe benötigen, um nach Spuren zu suchen, und wir ihn von jetzt an überwachen würden, stritt er alles ab. Überwachung durch Polizisten, das sei das Letzte, was er benötige, und wir sollten uns ja unterstehen, ihm nachzuspionieren."

„Und jetzt ist er auf Sendung?"

„Von vier bis acht", sagte sie, „aber anschließend habe er schon was vor. Keine Zeit zu einem Gespräch."

Braig schaute auf seine Uhr, sah, dass es kurz nach fünf war. Höchste Zeit für ein warmes Essen und ein paar ruhige Minuten.

„Ich übernehme den Mann", schlug er vor, „jetzt, heute Abend noch, einverstanden?"

Er sah die Erleichterung in ihren Augen, freute sich, ihr helfen zu können.

Er bat sie, sich um die beiden anderen noch nicht gefundenen Männer der Liste zu kümmern, verließ sein Büro.

DIE LUFT war immer noch überraschend warm. Braig atmete tief durch, lief zum Bad Cannstatter Bahnhof, schaute unterwegs in einem Laden vorbei, kaufte eine Pizza funghi und einen Kopfsalat. Er nahm die S-Bahn zum Feuersee, ging in seine Wohnung, schob die Pizza in den

Backofen, stellte sich unter die Dusche. Der Wechsel von warmem und kaltem Wasser half, die Schmerzen langsam zu vertreiben.

Braig stieg aus der Duschkabine, trocknete sich ab, holte die Pizza aus dem Ofen. Er zog sich an, zerkleinerte ein paar Salatblätter, presste eine halbe Zitrone aus, fügte Öl, Kräuter und Salz dazu, aß den Salat zu der Pizza. Ob wir es schaffen, die Männer rechtzeitig ausfindig zu machen? Er war zu müde, länger darüber nachzudenken, nickte ein. Kurz vor halb acht kam er wieder zu sich.

Braig sprang auf, zog sich eine Jacke über und rannte zur S-Bahn-Station. Zwei Minuten vor acht stand er an der Pforte des Senders.

„Braig vom Landeskriminalamt", wies er sich aus, „ich möchte Herrn Seiter sprechen."

„Sind Sie bei ihm angemeldet?" Der Pförtner warf Braig einen missbilligenden Blick zu. „Herr Seiter ist nicht *gerade so* zu sprechen."

Braig verschärfte den Ton seiner Stimme. „Hören Sie, ich ermittle! – Ich muss Herrn Seiter sprechen und zwar *jetzt sofort*. Wenn Sie mir nicht augenblicklich weiterhelfen …"

Der Pförtner unterbrach ihn mitten im Satz. „Hier kommt er. Herr Seiter, Besuch für Sie."

Der Mann trug ein weites schwarzes Sweatshirt und mit mehreren Taschen an beiden Beinen bestückte silbergraue Jeans, dazu eine weiße Mütze mit dem Aufdruck *Life is wonderful*. Braig schätzte ihn auf Anfang dreißig.

„Herr Seiter?", fragte er.

Der Mann nickte, blieb stehen.

Braig zog seinen Ausweis heraus, stellte sich vor. „Ich muss mit Ihnen reden. Es ist dringend. Tut mir Leid."

Gerd Seiter seufzte laut auf. „Okay, hoffentlich dauert es nicht so lange. Bringen wir es hinter uns. In meinem Auto?"

Braig hatte nichts dagegen einzuwenden, folgte dem Mann in die Tiefgarage.

„Geht es um diese verrückten Briefe?" Seiter stand vor seinem Wagen, einem weißen Golf. Er öffnete die Tür.

Braig nickte. „Sie haben mehrere Briefe erhalten?"

Der Mann zog eine Zigarettenschachtel aus einer der Hosentaschen, bot Braig eine Zigarette an. Der Kommissar wehrte ab.

„Zwei", nuschelte Seiter, die Zigarette zwischen den Lippen, „jedenfalls soweit ich mich erinnere."

„Was heißt das?"

„In meinem Job gibt es öfter Drohungen. Ich achte schon gar nicht mehr genau darauf."

„Aber diese beiden Briefe fielen Ihnen auf?"

„Das kann man sagen", erklärte der Journalist. Er zündete die Zigarette an. „So ausführliche Begründungen, weshalb ich demnächst ins Jenseits befördert werde, habe ich noch nie erhalten."

Braig betrachtete ihn mit skeptischer Miene. „Womit wurde das begründet? Wie lang waren die Schreiben?"

„Zwei, drei Seiten, meine ich. Jedenfalls das erste." Seiter blies eine graue Rauchwolke über das Dach seines Wagens. „Sie wollen nicht Platz nehmen?" Er deutete auf den Innenraum.

Braig ging nicht auf seine Frage ein. „Sie haben die Briefe aufbewahrt?"

Der Mann schüttelte den Kopf. „Dreck muss man wegwerfen, bevor man selbst anfängt zu stinken."

„Warum haben Sie sie nicht der Polizei gezeigt?"

„Wenn ich auf alle dummen Sprüche, die ich mir am Telefon anhören muss, reagiere, kann ich mir gleich die Kugel geben."

Braig schüttelte den Kopf. „Kennen Sie wenigstens den Inhalt der Briefe?"

Seiter inhalierte den Rauch seiner Zigarette, blies ihn von sich. „Ich soll meine Sendung ändern."

„Es geht um Ihre Sendung?" Braig schaute verblüfft zu ihm hinüber. „Was sollen Sie ändern?"

„Meine Texte, die Musik, alles. Fragen Sie mich nicht nach dem Wortlaut. Aber der Typ setzte mir allen Ernstes eine Frist. Bis Ende September, glaube ich. Wenn ich bis dahin nicht das Ende meiner Sendung öffentlich bekannt gegeben hätte, bedeute das meinen eigenen Exitus."

„Es stand nichts in den Briefen, was ihn an Ihrer Sendung stört?"

„Doch, natürlich. Ich solle endlich aufhören mit meinem Jugendlichkeitswahn. Ich hätte kein Recht, Ältere als lahm und verkalkt abzutun."

„Das war der Inhalt?" Braig war überrascht von den Ausführungen des Mannes, wusste nicht, ob sie beide vom selben Täter sprachen.

„Würden Sie Teile der Ausführungen wieder erkennen?"

„Ich denke schon, ja."

„Wir haben dich gewarnt. Du weißt, um was es geht. Wenn du nicht hören willst, wirst du büßen." Braig wusste die Sätze auswendig. Er sah den gebannten Blick des Mannes. „Es kommt Ihnen bekannt vor?"

„Genau so", erklärte Seiter. „Der zweite Brief. So lautete er."

Dann also doch, überlegte Braig. „Wir müssen Sie rund um die Uhr schützen!“, sagte er.

Seiter warf seine Zigarette auf den Boden, verdrehte die Augen. „Muss das wirklich sein?“

„Wenn Sie Interesse daran haben, die nächsten Wochen zu überleben, ja. Bis jetzt haben wir schon drei Tote.“

ES WAR spät geworden an diesem Abend. Braig hatte Seiter in seine Wohnung in Böblingen begleitet und im Amt Personenschutz für ihn beantragt. Der Rundfunkjournalist, der in Scheidung und allein lebte, hatte den Inhalt seiner Zimmer auf den Kopf gestellt und nach Überresten der Briefe gesucht – vergeblich. Um zehn war der überwachende Beamte vor dem Haus aufgetaucht.

Braig verabschiedete sich kurz nach zehn von ihm, ließ sich von dem zur Überwachung eingeteilten Kollegen zum Böblinger Bahnhof fahren. Die S-Bahn zum Feuersee kam wenige Minuten später. Wie war der Inhalt der an Seiter gerichteten Drohbriefe einzuordnen?

Schluss mit dem Jugendlichkeitswahn. Respekt vor älteren Menschen. Ein Ende der Anbiederung an junge Leute. Achtung vor der Lebenserfahrung der Älteren. – Das waren die Forderungen, wegen deren Realisierung der Täter zu morden bereit war? Braig wusste nicht, was er davon halten sollte.

16. Kapitel

Die Nachricht vom Tod des Kollegen erreichte Braig, als er am frühen Mittwochmorgen im obersten Stockwerk des LKA aus dem Fahrstuhl trat.

Neundorf stand vor der Tür zu ihrem Büro, starrte mit seltsam in die Ferne gerichteten Augen an ihm vorbei. „Bernhard ist tot“, sagte sie.

„Bernhard?“ Braig schaute sie überrascht an. Er war auf vieles vorbereitet, hatte insgeheim gar ein weiteres vergiftetes Opfer befürchtet, alles hatte er erwartet – das jedoch nicht.

„Es ist heute Nacht im Klinikum in Ludwigsburg gestorben“, erklärte sie, „er ist nicht mehr aus dem Koma erwacht.“

Bernhard Söhnle war tot? Er konnte es nicht glauben.

„War es Krebs?“

„Du meinst wegen Neckarwestheim?“

„Ich denke an den Arzt in Tübingen. Der Mann gilt als absolute Kapazität in dem Bereich. Ich kann mir nicht vorstellen, dass sich ein führender Chirurg ohne Grund zu einer so brisanten Aussage hinreißen lässt." Braig tat einen Schritt auf seine Kollegin zu, schüttelte den Kopf. „Warum gerade Bernhard? Warum er?"

„Ich weiß es nicht", antwortete sie, „manchmal verstehe ich die ganze Welt nicht mehr."

Braig ließ seine Kollegin stehen, lief in sein Büro, setzte sich auf den Stuhl vor seinem Schreibtisch. Bernhard Söhnle war tot. Bernhard Söhnle, der immer freundliche Kollege. Aus und vorbei. Weil er jahrelang radioaktiven Müll hatte begleiten müssen?

„Du hast ihn gemocht?", fragte Neundorf, die lautlos in sein Zimmer getreten war. Ihr Gesicht war bleich.

Braig nickte. Ein ruhiger, zurückhaltender Kollege. Keiner, der sich selbst in den Mittelpunkt stellte oder das Rampenlicht liebte. Einfach ein Mensch, mit dem man gern zusammen war.

„Und du?"

„Sehr", antwortete sie ohne Zögern, „Bernhard war mir sehr sympathisch. Obwohl ich ihn kaum kannte."

Er nickte, verstand, was sie meinte. „Es ist seltsam. Aber mir geht es genauso. Trotz all der Jahre."

Was wusste er schon von dem Kollegen – privat? Er lebte allein, war geschieden, absolut zuverlässig, was seine Dienstauffassung anbetraf, trank ab und zu mal ein Bier – was konnte man noch über ihn berichten? Sie hatten Stunden, manchmal ganze Tage miteinander verbracht, waren in etlichen Extremsituationen blind aufeinander angewiesen gewesen – und sich doch fremd geblieben, wie ihm erst jetzt bewusst wurde. Jetzt, da alles zu spät war. Braig hockte auf seinem Stuhl, erging sich in Erinnerungen und schwermütigen Überlegungen.

DASS es Anja Wintterlin am späten Abend noch gelungen war, Günther Hesse, den siebten Mann auf der Liste, zu finden, drang erst nach einer Weile zu ihm durch.

„Anja hatte den Mann zehn vor zwölf an der Strippe. Seit ein Uhr wird er von Kollegen überwacht", erklärte Erwin Beck. Er war mit einem Stapel Zeitungen in der Hand in das Zimmer seines Kollegen getreten. „Er hat wohl denselben Brief erhalten wie Seiter. Nach dem zu urteilen, was du berichtet hast. Schluss mit der Diskriminierung älterer Menschen. Kampf dem Jugendlichkeitswahn."

Braig hatte am Abend zuvor noch von der Wohnung des Rundfunkmoderators aus die Aussagen Seiters ins Amt durchgegeben und sie allen an den Ermittlungen beteiligten Beamten zustellen lassen.

„Ihr habt das Schreiben?“ Langsam fand er wieder in die Ermittlung zurück.

Beck schüttelte den Kopf. „Anja ist dort und sucht danach. Hoffentlich hat sie Erfolg.“

„Was ist Hesse von Beruf?“

„Geschäftsführer einer Kaufhauskette, wenn ich das richtig verstanden habe. Irgendwann war er in den Schlagzeilen wegen seiner Personalpolitik.“

„Was heißt das konkret?“

„Ich glaube, er beschäftigt nur noch junge Frauen unter dreißig in seinen Läden. Allen anderen kündigte er.“

„Weshalb?“

„Anja wusste es nicht genauer. Ich meine, er wollte den Kaufhäusern ein jugendliches Image verschaffen. Das ist ja *in*.“

„Ein jugendliches Image? Ist das so wichtig fürs Einkaufen?“ Braig schüttelte den Kopf.

Da war es wieder, das Thema. Ein Geschäftsführer, der nur noch Frauen unter dreißig beschäftigte, um seinen Läden ein jugendliches Image zu vermitteln. Wozu? War es wirklich sinnvoll, nur jüngere Mitarbeiterinnen einzustellen, verfügten ältere Frauen nicht über wesentlich mehr Erfahrung und Urteilsvermögen, ihre Kunden eingehend zu beraten?

„Ich glaube, wir haben einen Fehler gemacht.“ Katrin Neundorf war wieder ins Zimmer getreten, sah die überraschten Blicke ihrer Kollegen. „Einen dummen Fehler.“

Braig versuchte sich zu konzentrieren. „Was meinst du?“

„Sie haben eine Gemeinsamkeit. Die Männer von der Liste. Wir haben uns auf ihr Privatleben konzentriert. Dabei liegt der rote Faden auf einer anderen Ebene.“

„Du meinst ihre Berufe?“

„Genau“, sagte Neundorf, „das ist der Punkt. Alle Männer haben nur ein Thema.“

Er wusste sofort, was sie meinte.

„Junge Frauen, junge Mode, junges Leben“, erklärte Neundorf und schaute ihn überlegend an. „Konrad Böhler. Er krempelte die Werbekampagnen um, änderte die Zielrichtung, den Adressatenkreis: Fetzig, peppig, jugendgerecht musste plötzlich alles sein. Bekam er deswegen nicht sogar Probleme mit den Kollegen?"

Braig erinnerte sich an seinen Besuch bei Wolfhart Deppner, stimmte ihr zu.

„Bernhard Hemmer, was war sein Leben? Fernsehshows, Musik, Tanz mit jungen Girlies. Leute über dreißig? Nicht existent. Dieter Fehr, das dritte Opfer. Wir wissen, wonach er seine Angestellten beurteilte. Die fünfzig zu erreichen oder gar zu überschreiten – ein berufsbedrohendes Unterfangen in seiner Firma, sogar für seine ehemalige Partnerin. Das waren die Toten. Und der Rest?"

Braig spürte immer deutlicher, wie überzeugend ihre Argumente waren.

„Gerd Seiter", fuhr Neundorf fort, „der fetzige Radiomoderator. ‚Cool genug für junge Leute.' Steffen Zierz, der erfolgreiche Textilverkäufer: ‚Mode for young people'. Günter Hesse: Frauen über dreißig gehören zum alten Eisen, aber nicht in seine wunderbaren Shops. Peter Kromberg, der Banker. Er krempelte die Werbestrategie seines Geldhauses völlig um: ‚Money, money for young people'. Alle haben nur ein Thema. Die Jungen, Fitten, Gesunden. Und alle sitzen an einflussreichen Stellen, an jenen Schalthebeln, die unsere Gesellschaft, unseren Alltag, die Ideale von Millionen entscheidend beeinflussen. Sie plakatieren unsere Wände, unsere Bildschirme, unsere Hirne mit den wohlgeformten Körpern: Nur Junge und Gesunde taugen. Weg mit den körperlichen und moralischen Gebrechen der Alten."

„Und deswegen ist der Mörder mit seinem Gift unterwegs?"

„Vielleicht hat jemand versucht, ihn zum alten Eisen zu werfen?"

„Einer der Männer auf der Liste?"

„Ich weiß es nicht. aber so, wie ich die Sache einschätze, wären sie alle dazu imstande, oder?"

„Wenn wir Pech haben, war es der Achte", sagte Erwin Beck. „Hast du die Frau in Köln erreicht?" Er schaute Braig fragend an. „Ich meine, wegen Herbert Bauer."

Er deutete auf die mitgebrachten Zeitungen. Auf fast allen Titelseiten prangte unübersehbar das Phantombild des Mannes, das Daniel Schiek gezeichnet hatte. *Das erste Bild des Giftmörders* lautete die Unterschrift.

Braig schüttelte den Kopf, deutete auf sein Telefon. „Ich werde es gleich versuchen." Er gab die Kölner Telefonnummer ein.

Schon nach dem ersten Läuten hatte er Erfolg.

„Susanne Braun."

„Braig ist mein Name. Ich habe mich gestern schon auf ihrem Anrufbeantworter gemeldet. Kann ich bitte Frau Dorn sprechen?"

„Die ist nicht da. Soll ich etwas ausrichten?"

„Ich würde gern selbst mit ihr reden. Wann ist das möglich?"

„Das kann ich Ihnen nicht sagen. Katja ist zurzeit unterwegs." Die Frau am anderen Ende gähnte.

„Wo ist sie? Es ist dringend."

Beck winkte Braig zu, verließ sein Büro.

„Ich weiß es nicht genau. Irgendwo in Hamburg."

„Haben Sie ihre Handynummer?"

„Katja verabscheut Handys."

„Aber sie muss doch irgendwie zu erreichen sein", beharrte er.

Susanne Braun gähnte wieder. „Sagen Sie doch bitte, was Sie wollen, ich richte es ihr aus, sobald sie sich wieder meldet."

„Landeskriminalamt Stuttgart", antwortete Braig. „Ich ermittle in einer dringenden Angelegenheit. Wir benötigen Frau Dorns Hilfe."

„Das tut mir Leid. Aber Sie müssen warten, bis sie anruft. Katja bewirbt sich um verschiedene Rollen. Das kann dauern."

„Sie wissen nicht, wo sie sich bewirbt? Oder wer sie näher kennt?" Braigs Ärger war deutlich zu hören.

„Na, ich natürlich", erklärte Susanne Braun, „wir sind seit Jahren gute Freundinnen."

„Um welche Rollen bewirbt sie sich? Fürs Fernsehen?"

„Da gibt es keine Auswahl. Katja nimmt, was sie bekommt. Die Zeiten sind vorbei, wo sie sich das noch aussuchen konnte. Sie ist fünfundvierzig. Zu alt, verstehen Sie. Das ist ihr Problem."

„Mit fünfundvierzig? Das darf doch nicht wahr sein!" Braig erinnerte sich, fast dieselben Worte von Frau Berg in Tübingen gehört zu haben. Mitte vierzig und zu alt für den Beruf? Er dachte an seine eigene Situation. Seit sechs Monaten hatte er die Dreißiger hinter sich. Gehörte er jetzt zum alten Eisen?

„Es tut mir Leid, aber ich bin sehr müde. Würde es Ihnen etwas ausmachen, in zwei oder drei Stunden noch einmal anzurufen? Ich bin den ganzen Tag hier."

„Eine Frage noch, obwohl ich nicht weiß, ob Sie sie beantworten können. Kennen Sie zufällig einen Herbert Bauer?"

„Ja, ich kenne Herbert Bauer", sagte Susanne Braun, „und zwar besser, als Sie glauben."

„Sie kennen ihn?“, rief Braig völlig überrascht. „Wissen Sie, wo er sich zurzeit aufhält?“

„Nein, ich weiß nicht, wo er sich aufhält. Was wollen Sie? Fotos? Ich kann Ihnen sogar ein Video anbieten.“

Braig sprang von seinem Stuhl auf. „Wo ist das Video? Sie haben es selbst?“

Die Frau blieb ruhig. „Hier bei mir im Schrank.“

„Wir brauchen das Video. Und die Fotos. Wie kommen wir am schnellsten an Ihre Aufnahmen?“

„Wie wohl?“, maulte die Frau. „Sie kommen vorbei und holen sie sich ab. Bis Sie hier sind, habe ich etwas geschlafen und bin wieder fit.“

Er wollte sie bitten, doch noch einmal über den Aufenthaltsort Herbert Bauers nachzudenken, merkte aber plötzlich, dass sie aufgelegt hatte.

Braig drückte die Wahlwiederholungstaste.

Besetzt. Sie hatte den Hörer neben den Apparat gelegt.

KURZ nach elf stand Braig vor der Wohnung Susanne Brauns in Köln. Er hatte nicht im Traum damit gerechnet, dass die Fahrt im ICE so schnell gehen würde, zwei Stunden und fünfzehn Minuten bis Köln.

Susanne Braun empfing ihn mit schlafverschleiertem Gesicht. Sie führte ihn in die Wohnung im dritten Obergeschoss, bat ihn, im geräumigen Wohnzimmer Platz zu nehmen. Braig lehnte sich im Sofa zurück, betrachtete die mollige schwarze Katze, die auf einem Sessel vor sich hin döste.

Frau Braun ließ ihn nicht lange warten. Sie hatte sich schnell gewaschen, den hellgrünen Hausanzug, in dem sie ihm an der Tür entgegengetreten war, mit Jeans und einem schwarzen Baumwollhemd getauscht.

„Sie haben es wirklich sehr eilig“, sagte sie.

„In der Tat“, antwortete Braig, „ich hatte allerdings keine Ahnung, dass ich so schnell hier sein kann.“

„Katja hat sich sehr gefreut, als die neue Strecke im Sommer eröffnet wurde“, meinte sie. „Jetzt ist sie in der halben Zeit in Stuttgart.“ Sie zog einen der breiten Sessel zum Tisch, blieb wartend davor stehen. „Darf ich Ihnen etwas anbieten?“

Braig lehnte nicht ab, wollte nichts unversucht lassen, eine angenehme Atmosphäre zu schaffen. Sie ging kurz aus dem Zimmer, kehrte mit zwei Gläsern, Wasser und Bier zurück. Braig zeigte auf die Wasserflasche, wartete, bis sie zwei Gläser eingeschenkt hatte, bedankte sich.

„Frau Dorn fährt oft nach Stuttgart?“, fragte er.

„Es ist ihre Heimat“, erklärte Susanne Braun, „außerdem hatte sie früher viele Engagements dort und bis vor kurzem auch eine gute Freundin.“

„Beate Berg.“

„Genau. Sie starb vor ein paar Wochen.“

Braig nickte. „Frau Dorn stammt aus Stuttgart?“

„Aus der Nähe. Ihre Eltern lebten in Winnenden. Sie hat deren Wochenendhaus übernommen und ausgebaut.“

Die schwarze Katze richtete sich gähnend auf, miaute laut.

„Ist gut, Maja“, beruhigte die Frau das Tier. Sie fuhr ihm sanft über den Kopf.

Braig stellte das Wasser, das er gerade vom Tisch genommen hatte, zurück, sah zu Susanne Braun hinüber. „Was haben Sie gerade gesagt? Wie heißt sie?“

„Maja“, erklärte Susanne Braun, „sie gehört Katja. Ich habe sie bei mir, weil Katja so viel unterwegs ist.“ Sie sah seinen überraschten Gesichtsausdruck.

„Ein seltsamer Name für eine Katze“, meinte Braig.

„Maja?“ Susanne Braun stellte ihr Glas auf den Tisch. „Katja hat ihn aus ihrem ersten Stück. Wie Herbert Bauer.“

„Herbert Bauer?“ Braig sah von dem Tier auf. „Was hat der Mann mit der Katze zu tun?“

Seine Gastgeberin erhob sich aus ihrem Sessel, trat an einen kleinen Wandschrank, öffnete eine Schublade, kehrte mit einer Kassette zum Tisch zurück, entnahm dieser einen Packen Bilder und schob sie zu Braig hinüber.

Er setzte sich auf das Sofa, erkannte den Mann auf den ersten Blick. „Herbert Bauer“, sagte er. Genau wie er ihn in Erinnerung hatte. „Und Sie wissen nicht, wo der Mann sich zurzeit aufhält?“

Susanne Braun schüttelte den Kopf, lachte. „Was wollen Sie von ihm? Darf ich es wissen?“

Braig zog seine Tasche zu sich her, griff nach der Zeitung, die er unterwegs gelesen hatte, legte sie auf den Tisch. Schieks Phantombild ähnelte in verblüffendem Maß dem Mann, den die Fotos zeigten.

Sie nahm die Zeitung, sah die Fahndungsmeldung, erstarrte. „Sind Sie wahnsinnig?“, kreischte sie.

Braig nahm das Glas, trank von dem Wasser, betrachtete die Frau, die dem Text kopfschüttelnd folgte. Ihr Gesicht verlor jede Farbe. „Das kann nicht sein“, murmelte sie. „Sie täuschen sich.“

„Wie gut kennen Sie Herbert Bauer?"

Tränen perlten aus ihren Augen. „Wie kommen Sie auf die Idee, ihn zu verdächtigen?"

Sie muss ihn gut kennen, spürte Braig, weit besser, als sie bisher zugegeben hatte.

„Wo ist der Mann? Sie wissen, wo er sich gerade aufhält, ja?"

Susanne Braun ging nicht auf seine Fragen ein. „Sie glauben, er habe drei Menschen ermordet?"

„Wir sind uns dessen fast sicher", antwortete er.

„Sie täuschen sich. Das ist nicht möglich."

„Wir haben seine Fingerabdrücke. Ich erzähle keine Märchen." Er sah, wie immer mehr Tränen aus ihren Augen rannen.

„Seine Fingerabdrücke? Die von Herbert Bauer?"

Braig nickte wortlos.

„Woher haben Sie sein Bild?", presste sie hervor.

„Ich habe ihn getroffen. Mit meiner Kollegin zusammen. Vorgestern, in Ludwigsburg."

„Weshalb lassen Sie nach ihm suchen, wenn Sie ihn selbst getroffen haben?"

Braig seufzte, richtete sich im Sofa auf. „Weil wir vorgestern noch nicht wussten, dass er der Mörder sein könnte."

„Aber jetzt bilden Sie sich ein, es zu wissen."

Er gab keine Antwort, sah die Kassette auf dem Tisch liegen, griff nach ihr. „Sie haben noch mehr Fotos von ihm?" Er hatte den Plastikbehälter schon in der Hand, als sie plötzlich reagierte.

Sie sprang aus dem Sessel, warf sich auf den Tisch, versuchte, ihm die Kassette zu entreißen. Braig umklammerte die Box mit festem Griff, zog sie an sich.

Susanne Braun starrte ihn mit hasserfüllten Augen an. „Geben Sie mir die Kassette zurück!"

Er öffnete den kleinen Behälter. „Was ist daran so geheimnisvoll?" Er zog die restlichen Bilder vor, erhob sich, trat ans Fenster, betrachtete sie der Reihe nach. Eine schlanke, sehr natürlich wirkende junge Frau, die ihm bekannt vorkam. Plötzlich fiel es ihm ein: Das Foto, das ihm von Klara Berg mitgegeben worden war. „Katja Dorn", sagte er laut.

Susanne Braun reagierte nicht. Sie stand aufrecht hinter dem Tisch, ihr Gesicht von Tränen überströmt.

Braig betrachtete den Rest der Bilder. Die Frau auf den Bildern begann Motiv um Motiv ihre Kleider abzulegen und sich umzuziehen. Er war schon so weit, sich für seine beruflich bedingte Neugier zu entschuldigen und die Fotos zurückzugeben, als sein Blick auf die letzten Bilder fiel. Schlagartig wurde ihm alles klar.

„Mein Gott", keuchte er, „das darf nicht wahr sein."

Sie hatten sich für dermaßen dumm verkaufen lassen, dass es nur noch peinlich war.

17. Kapitel

Der Anruf des zur Überwachung eingeteilten Beamten erreichte das Amt kurz vor zwölf Uhr. „Gerd Seiter ist verschwunden", erklärte der Mann.

Katrin Neundorf, die das Gespräch angenommen hatte, fuhr zusammen. „Was heißt verschwunden?", schrie sie.

„Er ist weg. Nicht mehr da."

Neundorf wurde hektisch. „Mein Gott, wissen Sie überhaupt, was Sie da erzählen. Wer sind Sie überhaupt?"

„Polizeiobermeister Heinz vom Böblinger Revier. Ich bin seit heute Morgen sieben Uhr zur Überwachung von Gerd Seiter eingeteilt."

„Sie haben ihn verschlafen, als er aus dem Haus ging?" Neundorfs Ton wurde schärfer. „Der Mann ist in größter Gefahr!"

„Ich hatte die Haustür und die Umgebung immer im Auge." Die Stimme des Beamten klang jetzt ebenfalls aufgeregt. „Er kann mir nicht entgangen sein. Er muss den Hinterausgang benutzt haben. Absichtlich."

„Gibt es den?"

„Durch den Keller. Ich habe es überprüft. Er führt in den Hof. Von dort gelangt man ungesehen in die Parallelstraße."

„Sie erzählen mir jetzt diese Story, um von Ihrem Versagen abzulenken?", wütete die Kommissarin.

Der Mann konterte sofort. „Rufen Sie in meiner Dienststelle an, und überzeugen Sie sich von meiner Reputation. Es tut mir Leid, aber ich kann mir nichts vorwerfen."

Neundorf wusste, wie schwierig es war, eine Personenüberwachung durchzuführen, noch dazu möglichst unauffällig. Sie lenkte ein. „Woher wissen Sie, dass Seiter verschwunden ist?"

„Ich habe die Anweisung, ihm zu folgen, wenn er kurz nach elf das Haus verlässt, um in sein Büro zu fahren. Er kam aber nicht. Ich versuchte, ihn per Handy zu erreichen, erhielt aber keine Verbindung.

Zwanzig vor zwölf läutete ich dann an seiner Wohnung. Als er nicht öffnete, schloss ich auf. Er ist weg. Keinerlei Anzeichen einer fremden Person, einer Auseinandersetzung oder so."

„Haben Sie ihn heute schon gesehen?"

„Ja, kurz vor neun. Er lief zum Bäcker, besorgte Brötchen, kam kurz darauf zurück."

„Was ist mit seinem Auto? Ist es weg?"

„Nein. Es steht unberührt vor dem Haus."

„Vielleicht ist er in seinem Sender. Haben Sie schon angerufen, ob er dort aufgetaucht ist?"

„Die wissen von nichts."

„So ein Idiot. Wenn er nicht bald irgendwo auftaucht, werden wir eine Großfahndung nach ihm ausrufen müssen. Sie bleiben an Ort und Stelle und geben sofort Bescheid, falls Sie ihn doch noch zu Gesicht bekommen. Hoffen wir, dass er nicht aus der Wohnung entführt wurde."

„Tut mir Leid, dass es so kam." Die Stimme des Beamten klang resigniert. „Aber ich habe die ganze Zeit aufgepasst. Ist der Mann wirklich in großer Gefahr?"

Neundorf seufzte auf. „Ich fürchte, ja. Wir haben schon drei Tote. Er könnte der vierte sein."

„HABEN Sie es gewusst?", fragte Braig.

Er saß auf dem Sofa, die Fotos auf dem Tisch ausgebreitet, schaute zu Susanne Braun hinüber. Sie hatte hemmungslos geweint, die Katze an sich gedrückt.

„Nein", hauchte sie, „nein."

Die Kölner Kollegen waren sofort bereit gewesen, ein Team von Technikern in die Wohnung Frau Brauns zu schicken, um sie auf Fingerabdrücke zu überprüfen. Keine zwanzig Minuten nach Braigs Anforderung waren sie bereits eingetroffen. Braig hatte in Stuttgart angerufen und Rössle darum gebeten, der Kölner Polizei die Fingerabdrücke Herbert Bauers zu übermitteln. Dreißig Minuten später hatten sie den unwiderlegbaren Beweis.

„Warum?", fragte er sein Gegenüber. „Was hat sie dazu veranlasst?"

Susanne Braun wusste keine Antwort.

„Ist es wirklich so schwer, neue Rollen zu bekommen?", fragte Braig.

„Schwer? Es ist entwürdigend, wie sie in den letzten Jahren behandelt wurde. Nur weil sie die vierzig überschritten hat. Dabei sieht sie noch jung aus."

Er schaute auf die Fotos, stimmte ihr zu. „Es liegt nicht auch an ihren schauspielerischen Leistungen?“

„Soll ich Ihnen die Auszeichnungen zeigen, die Katja noch in den letzten Jahren erhalten hat?“ Susanne Braun wischte sich die Tränen aus dem Gesicht, wurde aggressiv. „Sie sind Beamter“, erklärte sie, „wahrscheinlich erspart Ihnen diese Tatsache eine allzu intensive Konfrontation mit der beruflichen Realität der freien Wirtschaft. Glauben Sie, *mir* geht es besser als Katja? Unser Labor wurde vor zwei Jahren ausgegliedert und von einem anderen Konzern geschluckt. Dreimal dürfen Sie raten, wem zuerst gekündigt wurde. Allen über fünfzig. Ich konnte nur deshalb bleiben, weil ich einen wesentlich schlechter dotierten Vertrag unterschrieb.“

„Sie arbeiten in einem Labor?“

„Als CTA in der Arzneimittelforschung. Vor einem halben Jahr konnte ich Katja einen Job als Putzfrau bei uns besorgen. Sie nahm ihn an. Besser als gar nichts.“

„Ein chemisches Labor?“ Braigs Aufmerksamkeit war neu erwacht. „Ihr Labor verfügt über Materialien wie Kaliumcyanid?“

„Das ist so üblich, ja.“

Braig atmete tief durch, betrachtete sein Gegenüber. Sie hatte die Tragweite ihrer Aussage offensichtlich noch nicht erfasst. Er musste die Kölner Kollegen darum bitten, das Labor und seine Vorräte gründlich zu untersuchen, heute noch.

„Frau Dorn nahm den Job als Putzfrau bereitwillig an?“

Susanne Braun schüttelte den Kopf. „Es war nur eine Notlösung. Katja hatte jeden Lebensmut verloren, litt unter Depressionen. Sie war aus einer vielversprechenden Rolle als Serienheldin ausgestiegen, weil sie das Mobbing des Regisseurs nicht mehr aushielt. Er beschimpfte sie ständig als lahme alte Kuh mit schlaffen Titten. Vor dem ganzen Team. Sie konnte nicht mehr, nahm den Job als Putzfrau aus lauter Verzweiflung an.“

Braig überflog die Fotos auf dem Tisch, betrachtete die Stadien der Verwandlung.

„Herbert Bauer war Katjas erste große Rolle im Theater“, hatte ihm Susanne Braun vor wenigen Minuten erklärt: „Das Stück wurde des Erfolgs wegen mehrfach wiederholt: Maja Maier will ihrer äußerst attraktiven Schwester Maria damit imponieren, dass sich endlich auch ein Mann für sie interessiert. Deshalb veranlasst sie ihre Freundin Kirsten, sich in den heißblütigen Verehrer Herbert Bauer zu verwandeln, der ihr auf Schritt und Tritt folgt. Katja spielte die Rolle über Jahre hinweg mit großer Begeisterung. Bei jedem ihrer Auftritte verwandelte sie sich mit Haut und Haaren in den Mann, nicht nur das Äußere, auch ihr Inneres schien zu mutieren. Man erkannte sie nicht, an keiner Geste, wenn sie als Herbert Bauer auf die Bühne trat."

KURZ nach 15 Uhr hatten Katrin Neundorf und Anja Wintterlin das Wochenendhaus Katja Dorns entdeckt. Es stand am Rand von Oppelsbohm, einem kleinen, von bewaldeten Bergen und Obstbaumhügeln umgebenen Dorf, wenige Kilometer von Winnenden entfernt.

Braig hatte Susanne Braun mehrfach nach der Lage des Hauses gefragt. „Irgendwo in der Nähe von Winnenden. In den Berglen", war das Einzige, woran sie sich erinnern konnte.

Sie hatten die Telefonanschlüsse, dann die Grundbucheinträge der gesamten Umgebung durchkämmt, waren schließlich auf Berglen und seinen Ortsteil Oppelsbohm gestoßen.

„Ist das nicht eine Sache für das SEK?", hatte Felsentretter gefragt.

Neundorf war anderer Meinung. „Eine Frau, die mit Gift tötet und sich ihre Opfer offensichtlich bewusst aussucht, schießt nicht wahllos um sich. Wir brauchen kein Sondereinsatzkommando."

Das kleine, windschiefe Haus stand leicht erhöht über der Straße, war von einem verwilderten, über und über mit Büschen und hohen Sträuchern belebten Garten umgeben.

Neundorf und Wintterlin entsicherten ihre Waffen, bewegten sich langsam auf das Haus zu. Der Weg bestand aus alten abgetretenen Steinquadern. Die Glocke neben der Tür verriet keinen Hinweis auf den Namen der Bewohnerin.

Neundorf klingelte, wartete auf eine Reaktion. Nichts bewegte sich, kein Laut war zu hören. Sie klingelte erneut, diesmal kräftiger, mehrere Sekunden lang, vergebens.

Anja Wintterlin zeigte einen großen Schlüsselbund. „Wir öffnen, ja?"

Die Kommissarin nickte, beobachtete sorgfältig die Fassade und die Umgebung des Gebäudes, während sich die Kollegin an der Tür zu schaffen machte. Wenige Minuten später ging sie auf.

Neundorf sicherte mit ihrer Waffe die Tür.

„Frau Dorn, hier ist die Polizei!", rief sie laut. Sie lauschte ins Innere, hörte das leise Tropfen eines Wasserhahns.

Anja Wintterlin legte den Zeigefinger über die geschlossenen Lippen, wies mit einer Kopfbewegung ins Innere. Vorsichtig, die entsicherte

Waffe in der Hand, drückten sie sich der Wand entlang durch die Diele. Der Geruch von gekochtem Essen, Kaffee und säuerlichem Wein lag in der Luft, ein deutliches Zeichen dafür, dass das Haus bewohnt war.

Neundorf schob sich an einem großen Schrank vorbei, erreichte den ersten Raum, drückte die Tür blitzschnell auf. Ein Fenster tauchte das kleine Zimmer in helles Licht. Sie überflog die Einrichtung mit einem Blick. Ein altes Sofa, ein schwerer, vierbeiniger Tisch, mehrere Stühle, dazu ein wuchtiger dunkler Schrank.

Dem Wohnzimmer gegenüber die Küche, mit einer alten Anrichte, Herd, Wandschrank und einer einfachen Sitzgruppe um einen rechteckigen Tisch. Ungespülte Teller, frische Essensreste in verschiedenen Töpfen. Gleich anschließend eine winzige Vorratskammer, randvoll gefüllt mit haltbaren Lebensmitteln und alten Geräten.

Sie durchkämmten den Rest des kleinen Gebäudes, stießen im oberen, von der Dachschräge stark verengten Stockwerk auf ein kleines Schlafzimmer mit einem ungemachten Bett, dazu auf einen Korb voll weiblicher Schmutzwäsche.

Neundorf betrachtete die Einrichtung mit skeptischem Blick. „Es gibt zwei Möglichkeiten“, meinte sie, „entweder ist Frau Dorn gerade unterwegs und wird hier bald wieder auftauchen. Oder sie hat Lunte gerochen und ist getürmt. Was denkst du?“

„Das Foto Herbert Bauers in der Zeitung“, antwortete Anja Wintterlin. „Sie hat es heute Morgen entdeckt und ist sofort verschwunden.“

Neundorf nickte, steckte eine der gebrauchten Tassen und einen Löffel aus der Küche in eine Plastiktüte, versuchte, nichts sonst zu berühren. „Wir müssen das Haus auf jeden Fall überwachen. Vielleicht haben wir doch Glück, und sie ist nur einkaufen. Obwohl es nicht danach aussieht.“

Sie wählte die Nummer Becks.

„Habt ihr sie?“, rief der Kollege, kaum dass sie sich gemeldet hatte.

Neundorf seufzte laut. „Sie ist weg. Ob sie etwas gemerkt hat oder nur auf einen Sprung an die frische Luft ging, weiß ich nicht. Das Haus muss observiert werden. Ab sofort.“

Beck versprach, sich sofort darum zu kümmern.

Dann fragte die Kommissarin noch, was mit Seiter sei?

„Nichts Neues. Er ist noch nicht aufgetaucht.“

„Verdammt! Hoffentlich hat das nichts zu bedeuten.“

„Du glaubst, Seiters und Dorns Verschwinden haben etwas miteinander zu tun?“ Beck verstummte, wollte nicht aussprechen, was seine Kollegin angedeutet hatte. „Mein Gott, nein!“

„Wir müssen sie erwischen“, erklärte Neundorf. Sie beendete das Gespräch und trat hinaus auf den Weg vor dem Haus.

Ein Mann stand keine fünf Meter entfernt, gaffte die beiden Frauen unverhohlen neugierig an. Neundorf bat Anja Wintterlin, das Haus sorgfältig abzuschließen. Der Mann trug eine alte, angeschmutzte Hose, dazu einen Pullover, der am linken Arm eingerissen war. Neundorf lief geradewegs auf die etwas ungepflegt wirkende Gestalt zu und rief mit kräftiger Stimme: „Wir suchen Frau Dorn!“

Er zögerte erst einen Moment. „Die isch net dahoim. Heut Morge hat ses uf oimal eilig ghett.“

„Sie haben sie heute Morgen gesehen?“

Der Mann nickte. „So gege Neune isch se weg.“

Er schielte mit dem linken Auge, schien an ihr vorbeizusehen. Sie schätzte ihn auf Mitte siebzig.

„Frau Dorn war allein?“

„Noi, ihr Freundin hat se geholt. Die hat nur kurz ghalte und ghupt, no send se au scho weiter gfahre.“

„Sie kennen Frau Dorns Freundin?“

Der Mann schüttelte bedauernd den Kopf. „Die kommt öfter, jedenfalls, wenn die Dorn hier isch.“

Neundorf blickte sich um. „Wer könnte die Frau sonst kennen? Irgendjemand von den Nachbarn?“

Der Mann schüttelte heftig den Kopf. „Die schaffet doch fascht alle in Stuttgart oder Winnenden. Do isch tagsüber kaum jemand da.“

„Wie sieht diese Freundin aus? Könnten Sie sie beschreiben?“

Er wandte seine Aufmerksamkeit Anja Wintterlin zu, die vom Haus her auf sie zukam und sich zu ihnen stellte. „So wie Sie etwa“, erklärte der Mann, deutete auf Neundorfs Kollegin.

„So jung?“

„Was woiß i. So genau kenn i die net.“

Neundorf seufzte laut. „Was für ein Auto fuhr die Freundin, welches Fabrikat meine ich, haben Sie darauf geachtet?“

„Do derfet Sie mi net frage“, sagte der Mann, „i kenn mi in dem Zeugs net aus.“ Er kratzte sich an der Brust. „I woiß nur die Nummer. Weil die scho öfter hier war.“

„Die Nummer?“ Neundorf starrte ihn entgeistert an.

Er verzog keine Miene, zählte ihr die Buchstaben und Zahlen der Reihe nach auf. „Kennzeiche merke isch eins von meine Hobbys“, sagte er, „damit mei Hirn net rostet.“

18. Kapitel

Das Verschwinden Gerd Seiters hatte alle an der Untersuchung Beteiligten in helle Aufregung versetzt. Nicht nur die Suche nach der achten Person auf der Liste, Jochen Schwank, war bisher nicht erfolgreich gewesen, jetzt hatte sich auch noch einer der bereits mühsam Ermittelten buchstäblich in Luft aufgelöst. Als viertes Opfer der Giftmörderin? Diese Frage schwebte unausgesprochen in allen Köpfen.

Beck war mit Felsentretter die ganze Zeit damit beschäftigt, alle mit dem Rundfunkjournalisten bekannten oder verwandten Personen ausfindig zu machen und sie zu befragen – bisher ohne jedes Ergebnis.

Neundorfs Nachricht, dass Katja Dorn alias Herbert Bauer verschwunden war, erhöhte ihre Nervosität und Hektik.

Mitten in diese überreizte Stimmung platzte der Anruf der Waiblinger Kollegen.

„Wir haben hier einen Notruf wegen einem Gerd Seiter", erklärte der Beamte, „kümmert ihr euch darum?"

„Seiter?", brüllte Erwin Beck. „Was ist mit ihm?"

„Der Notarzt lässt ihn gerade ins Krankenhaus bringen, hier bei uns. Er wurde überfallen. Anscheinend von einer Frau."

„Verdammt!" Beck sprang von seinem Stuhl auf, riss den Telefonhörer zu sich hoch. „Wo war das?"

„Hier in Waiblingen in einem Hotel."

Beck ließ sich Namen und Adresse des Hotels sowie der Klinik geben, verständigte Felsentretter.

Sie rasten los, und keine halbe Stunde später waren sie im Waiblinger Kreiskrankenhaus eingetroffen.

„Der Mann schwebt nicht in Lebensgefahr", versicherte ihnen der behandelnde Arzt, „er ist bei Bewusstsein. Sie sollten ihm aber dennoch Ruhe gönnen, er hat einen leichten Schock. Sein Gesicht und der Hinterkopf sind mit Platzwunden übersät. Ich wundere mich, dass er kein Hirntrauma erlitten hat."

„Schläge?", fragte Felsentretter.

Der Arzt nickte. „Mit einem festen Gegenstand. Mein Kollege sprach von einem Stuhl, der zertrümmert worden sei."

Seiters Kopf war fast vollständig bandagiert. Die Stationsschwester führte sie unter der Bedingung zu dem Patienten, dass sie es bei einigen kurzen Fragen beließen.

Beck stellte sich neben das Krankenbett, betrachtete den Mann. Seiter stöhnte leise vor sich hin.

„Beck ist mein Name, ich bin vom Landeskriminalamt“, sagte der Kommissar, „können Sie mich verstehen?“

Der Mann wollte nicken, stöhnte stattdessen vor Schmerzen.

„Sie wurden von einer Frau überfallen, berichtete der Notarzt, ist das richtig?“

Seiter ließ einen gequälten Ton hören, der einer Bestätigung gleichkam.

„Kennen Sie die Frau?“

Es dauerte mehrere Sekunden, bis er imstande war, ein deutliches „Nein“ zu formulieren.

Beck zog ein Bild Katja Dorns aus der Tasche, das die Kölner Kollegen im Auftrag Braigs per E-Mail ins Amt geschickt hatten, hielt es Seiter vors Gesicht. „War sie es?“

Der Schock stand ihm unversehens in den Augen. Seiter warf den Kopf auf die Seite, stöhnte laut auf.

Die Antwort war eindeutig. Beck steckte das Foto weg, wartete ein paar Minuten, bis der Mann sich etwas beruhigt hatte.

„Sie haben sich mit ihr getroffen?“, fragte er dann.

Seiter hauchte ein leises „Ja“.

„Freiwillig. Sie benutzten den Hinterausgang, damit unser Kollege Ihr Verschwinden nicht bemerkte.“

Es dauerte eine Weile, bis der Überfallene mit heftigem Stöhnen und Schnauben Becks Vermutung bestätigte.

„Sie trafen sich im Hotel?“

Die Andeutung eines Kopfnickens bekräftigte die Korrektheit seiner Aussage. „Wei“, hauchte er dann, „Wei…“

Beck verstand nicht. „Wei?“

Seiter zeigte eine Andeutung von Kopfschütteln.

„Wein“, erklärte Felsentretter, der erstaunlich leise hinter seinen Kollegen getreten war, „sie bot Ihnen Wein zum Trinken an.“

„K l e i n e F l a s c h e“, buchstabierte der Mann.

Beck nickte. „Eine kleine Flasche Wein. Und da erinnerten Sie sich an unsere Warnung, richtig?“

„Ja.“

„Aber Sie wunderten sich wahrscheinlich darüber, dass Ihnen der

Wein von einer Frau angeboten wurde, obwohl meine Kollegen Sie vor einem Mann gewarnt hatten, ja?“ Er sah die Bestätigung in den Augen Seiters. „Und später, nachdem Sie sich geweigert hatten, den Wein mit ihr zu trinken, schlug sie Sie in einem überraschenden Moment nieder, bevor Sie sich wehren konnten.“

Gerd Seiter bewegte seinen Kopf zur Bestätigung vorsichtig auf und ab.

DAS AUTOKENNZEICHEN der angeblichen Freundin Katja Dorns hatten sie innerhalb weniger Minuten überprüft. Das Fahrzeug, ein alter VW Golf, war auf eine Mirka Nagel zugelassen, geboren 1952, wohnhaft in der Schillerstraße in Crailsheim.

Neundorf und Wintterlin beschlossen, die Wohnung der Frau sofort zu überprüfen. Vielleicht hatten sie Glück und konnten Frau Dorn dort überraschen.

Zehn Minuten vor fünf waren sie in Crailsheim angelangt. Der rote Golf parkte vor einem der Häuser unweit der Schwanensees. Die Wohnung lag im ersten Obergeschoss eines Mehrfamilienhauses. Ihr Name prangte in breiten Lettern neben dem Klingelknopf. *Mirka Nagel, Klavierlehrerin*.

Anja Wintterlin zog ihren Schlüsselbund hervor, machte sich an der Haustür zu schaffen. Nach wenigen Sekunden war die Tür offen. Sie betraten leise das Treppenhaus. Die mühsamen Versuche eines wenig begabten Klavierspielers waren bis ins Erdgeschoss zu hören.

Sie schlichen sich auf Zehenspitzen die Treppe hinauf, postierten sich vor der Wohnungstür Frau Nagels, entsicherten ihre Waffe. Als das Klavierspiel für einen Moment aussetzte, drückte Anja Wintterlin auf die Glocke.

Die Frau in der Wohnung reagierte erst nach ihrem zweiten Versuch. Eine Tür quietschte, Schritte näherten sich. „Einen Moment!“, rief sie laut. Sie öffnete die Tür, schaute gedankenverloren ins Treppenhaus.

Neundorf reagierte sofort. Sie stieß die Tür vollends auf, drückte sich an der Frau vorbei: dunkelblonde Locken, schmales Gesicht mit auffallend bleicher Haut.

„Kriminalpolizei“, flüsterte Wintterlin, hielt ihren Ausweis hoch. Als sie merkte, dass ihr Gegenüber schreien wollte, drückte sie der Frau den Zeigefinger auf die Lippen.

Die Frau schaute überrascht zu ihr auf, Angst und Verunsicherung in den Augen.

„Wir suchen Frau Dorn“, erklärte Wintterlin. „Katja Dorn.“

Mirka Nagel benötigte einige Sekunden, sich von ihrem Schreck zu erholen. „Katja?“, fragte sie mit zittriger Stimme. „Aber doch nicht hier bei mir.“

Wintterlin schaute sie fragend an. „Heute Morgen stieg sie in Ihr Auto.“

„Heute Morgen, ja.“

Neundorf trat aus der Wohnung, steckte die Pistole weg, schüttelte den Kopf. „Wo ist Frau Dorn?“, fragte sie.

„Ich weiß es nicht.“ Mirka Nagel schüttelte den Kopf.

„Sie waren bei ihr in Oppelsbohm“, sagte Anja Wintterlin.

„Ja. Wir fuhren nach Waiblingen in die Altstadt, waren dort in einem Café. Katja hat mich angerufen, wir hatten uns lange nicht gesehen.“

„Wohin ging Frau Dorn anschließend?“

Mirka Nagel schaute ratlos auf. „Ich weiß es nicht. Sie wollte irgendwas erledigen. Wir tranken einen Kaffee und unterhielten uns. Dann fuhr ich nach Stuttgart. Ich benötigte Noten für einen meiner Schüler.“

„Um wie viel Uhr trennten Sie sich von Frau Dorn?“

„Gegen elf. Ich wollte vor der Mittagspause in der Königsstraße sein, deshalb weiß ich es so genau.“

„Und Sie haben Frau Dorn seitdem nicht mehr gesehen?“

„Nein. Um zwei kam schließlich mein erster Schüler.“

Die krampfhaften Versuche, dem Klavier harmonische Töne zu entlocken, verstummten.

„Wo trennten Sie sich? Vor dem Café?“

„Am Rand der Altstadt. Ich wollte zu meinem Wagen. Katja hatte noch etwas zu erledigen. In der Nähe des Bahnhofs, sagte sie.“

Neundorf betrachtete die aufgeregte Miene der Frau, nickte. Es schien, als ob die Klavierlehrerin die Wahrheit sagte. Alles passte zusammen.

„Wie gut kennen Sie Frau Dorn?“, fragte Anja Wintterlin.

Mirka Nagel schaute zu der jungen Beamtin auf. „Wir haben mehrere Monate zusammengearbeitet. In einem Theater in Stuttgart. Katja als Schauspielerin, ich als Regieassistentin. Vor zehn Jahren ungefähr.“

„Und seither?“

„Wir sahen uns nicht oft. Leider. Ein- oder zweimal im Jahr. Und Katja ist viel unterwegs. Es ist nicht einfach, eine Rolle zu bekommen in unserem Alter.“

Die Glocke ließ ihr kräftiges Dingdong erschallen. Mirka Nagel drückte auf den Türöffner.

„Sie wissen, wo sich Frau Dorn jetzt aufhält? Immerhin haben Sie fast zwei Stunden miteinander geschwatzt."

„Nur über die Vergangenheit und über ihre Schwierigkeiten im Beruf. Katja ist ziemlich wütend, weil sie aus Altersgründen ständig abgelehnt wird. Und auf diesen Regisseur, der sie systematisch erniedrigt."

Mirka Nagel begrüßte ein junges Mädchen, das die Treppe heraufkam. Es betrachtete neugierig die beiden Beamtinnen.

„Einen Regisseur? Wissen Sie, wie der Mann heißt?"

Die Klavierlehrerin schüttelte den Kopf. „Bedauere, aber den Namen hat sie nicht erwähnt. Ich muss mich jetzt entschuldigen, Sie sehen, meine nächste Schülerin ist da, und drinnen sitzt noch ihr Vorgänger." Sie bat das Mädchen, ins Klavierzimmer zu gehen und dort auf sie zu warten. „Was wollen Sie überhaupt von Katja?", fügte sie dann hinzu.

Neundorf reichte ihr die Hand. „Ich fürchte, das werden Sie morgen aus der Zeitung erfahren."

Mirka Nagel starrte ihnen mit großen Augen nach, als sie die Treppe hinunterliefen.

DIE JUNGE Frau mit der Kamera und dem kleinen Fotokoffer in der Hand winkte ihnen von weitem, als sie das Haus der Klavierlehrerin gerade verlassen hatten. Neundorf sah näher hin, erkannte Claudia Steidle sofort.

„So klein ist die Welt", sagte die Fotografin.

Sie grüßten sich, stellten sich gegenseitig vor.

„Du hast einen Auftrag?", erkundigte sich Neundorf.

Claudia Steidle nickte. „Die Stadtverwaltung sucht stimmungsvolle Motive für einen neuen Werbeprospekt über Crailsheim. Ihr seid im Einsatz?"

Neundorf seufzte laut. „Ein größeres Projekt, ja. Aber anscheinend wieder ohne Erfolg."

„Die Sache mit den Giftmorden, wie?"

Die Kommissarin nickte. „Du hast davon gelesen?"

„Es lässt sich kaum übersehen. Marion Böhler tut mir Leid, sie hat es nicht verdient."

Neundorf schaute ihre Gesprächspartnerin überrascht an. „Du kennst die Frau?"

„Ob ich sie kenne?" Claudia Steidle lachte laut. „Aus welcher Szene hast du mich befreit?"

Sie hatten sich zu Beginn von Neundorfs Polizeikarriere kennen gelernt: die eine als junge Kommissaranwärterin, die andere als eine auf der Straße aufgegriffene, mit Rauschgift für mehrere Tage versorgte Drogenkonsumentin. Neundorf hatte sich Steidles Geschichte angehört, dann spontan dafür entschieden, die junge Frau entgegen allen gesetzlichen Regelungen auf eigenes Risiko aus ihrem Sumpf zu befreien. Claudia Steidle hatte mitgespielt, *die* Chance ihres Lebens genutzt.

„Wie soll ich das verstehen?"

„‚Der Engel der Drogensüchtigen'. Dir ist das kein Begriff?"

„Marion Böhler?"

„Okay, nur in internen Kreisen, zugegeben. Vielleicht wissen nicht einmal deine Kollegen vom Drogendezernat von ihr. Aber sie gilt als Engel. Jedenfalls im Kreis ihrer Jungs. Sie besorgt ihnen kostenlos Ersatzstoffe. Und Schmerzmittel. Alles, was du in dem Zustand brauchst."

„Kostenlos?"

„Vollkommen. Sie gilt als Engel. Für alle, um die sie sich kümmert. Aber soweit ich gehört habe, sind es immer nur wenige. Damit sie die Leute im Auge behalten kann, ob sie wirklich bereit sind auszusteigen."

„Warum macht sie das?"

„Geh hin und frag sie." Claudia Steidle lachte leise. „Glaubst du, ich hätte mein neues Leben geschafft ohne dich?" Sie schüttelte den Kopf. „Es gibt sie noch, die Engel. Du musst nur deine Augen öffnen, damit du sie sehen kannst."

19. Kapitel

Kurz nach 18 Uhr trafen sich alle an den Ermittlungen Beteiligten zur Besprechung in Hofmanns Büro. Die Erleichterung, die Täterin endlich identifiziert zu haben, wurde von der vehementen Kritik der Medien und der Öffentlichkeit getrübt, noch vor wenigen Stunden auf einen Mann statt eine Frau fixiert gewesen zu sein.

Der Oberstaatsanwalt hatte auf einer um 17.30 Uhr einberufenen Pressekonferenz gemeinsam mit Beck und Felsentretter versucht, rückhaltlos Informationen über die neuesten Erkenntnisse zu geben und die Gemüter zu beruhigen. Er rief die Journalisten dazu auf, mit der Veröffentlichung von Katja Dorns Bild die Fahndung der Polizei nach der Frau zu unterstützen.

Braig hatte sich an diesem Nachmittag zum ersten Mal seit Tagen wieder die Zeit für ein ohne jede Hektik zu sich genommenes Essen gegönnt, war schon in Köln in den Bistrowagen des Zuges gestiegen.

Kurz vor Mannheim meldete er sich bei Ann-Katrin Räuber. „Wie geht es dir?“

Schon ihr Zögern verriet ihr Befinden. „Ich komme gerade vom Arzt“, antwortete sie, „ich soll die Tabletten absetzen.“

„Weshalb?“

„Es gab Schwierigkeiten“, versuchte sie sich herauszureden, „wegen meiner Haut. Sei froh, dass du mich nicht sehen kannst.“

„Ich komme nachher bei dir vorbei“, drohte er.

„Nein. Heute nicht mehr. Ich bin zu müde.“

„Deine Haut“, erinnerte er. „Was ist damit?“

„Irgendein komischer Ausschlag. Kleine rote Pickel überall.

„Und was sagt der Arzt?“

„Wahrscheinlich Nebenwirkungen der Schmerztabletten. Er weiß es nicht genau, hat mir auf jeden Fall andere verschrieben.“

„Wir müssen einen anderen Arzt zurate ziehen“, erinnerte er sie. „Sobald wir unseren Fall gelöst haben, nehme ich mir frei. Dann sehen wir uns um. In der gesamten Region. Diese Woche noch.“

„Du glaubst, es geht so schnell?“

„Ich hoffe. Heute sind wir entscheidend vorwärts gekommen. Ich bin gerade auf dem Rückweg von Köln.“ Braig berichtete ihr von seinem Gespräch mit Susanne Braun.

„Dann ist das Foto in der Zeitung falsch.“

„Leider“, gab er zu, „obwohl die Frau genau so vor uns stand.“

Braig verabschiedete sich, wünschte ihr gute Besserung und versprach, sich am nächsten Tag wieder bei ihr zu melden.

BEI DER Besprechung in Hofmanns Büro eine halbe Stunde später traf er auf müde, abgekämpfte Gesichter. Man kannte die Mörderin, verfügte jedoch immer noch nicht über den kleinsten Anhaltspunkt, wo man die Frau aufgreifen und von weiteren Morden abhalten konnte. Wie gefährlich sie nach wie vor war, hatte sie ja im Verlauf des Tages erneut bewiesen.

„Die ist unersättlich!“, seufzte Braig.

„Und das trotz unserer Fahndung nach Herbert Bauer. Sie muss doch jetzt wissen, dass wir sie erkannt haben, weil ihre Rolle mehreren Leuten bekannt ist“, erklärte Hofmann. Er stand vor dem schmalen Tisch. „Das zeigt deutlich, wie gefährlich sie ist. Die Frau kennt keine Angst. Sie beharrt manisch auf der Ausübung ihrer Pläne.“

„Dann wird sie es wieder versuchen“, sagte Braig.

Neundorf nickte zustimmend. „Und zwar bald.“

„Bleibt nur die Frage, ob sie es bei den Männern der Liste belässt oder sich neue Opfer sucht, weil ihr Ersteres zu gefährlich wird?“

„Woher soll sie wissen, dass wir die Liste haben? Sie hat sich mit diesem Seiter getroffen, obwohl wir den Mann überwachten“, meinte Hofmann.

„Also müssen wir die Männer noch intensiver abschirmen und ihnen auch einschärfen, nicht denselben Leichtsinn wie Seiter an den Tag zu legen. Seit heute Mittag dürfte allen das Ausmaß ihrer Gefährdung klar geworden sein.“

„Allen nicht“, wandte Erich Beck ein, „wir kennen immer noch nicht den achten Mann der Liste, Jochen Schwank. Wir haben vier Leute dieses Namens überprüft. Keiner passt. Zwei sind gerade mal sechs beziehungsweise elf Jahre alt, der Dritte lebt seit sechs Monaten in Japan und Nummer vier wurde letztes Jahr bei einem Autounfall schwer verletzt und liegt seitdem im Koma.“

„Autounfall? Ist das geklärt?“

„Ja, sicher. Er kam mit überhöhter Geschwindigkeit von der Fahrbahn ab, überschlug sich. Der Mann liegt in Dresden im Krankenhaus, hat keinerlei Verbindung in unsere Region. Ich habe die Kollegen dennoch um Überwachung des Mannes gebeten.“

„Mir fällt eine Bemerkung Frau Nagels ein“, sagte Neundorf, „der Klavierlehrerin, die mit Frau Dorn befreundet ist und sie heute in ihrem Haus abholte. Sie erzählte etwas von einem Regisseur, auf den die Dorn wütend sei, weil der sie ständig erniedrigte. Leider wusste sie seinen Namen nicht.“

Braig erinnerte sich an die Worte Susanne Brauns. „Derjenige, der sie als ‚lahme alte Kuh mit schlaffen Titten‘ beschimpfte?“

Neundorf schaute überrascht über den Tisch zu ihm hinüber. „Woher hast du das?“

„Frau Braun hat es mir erzählt. Frau Dorn hatte eine Rolle als Serienheldin, stieg aber aus, weil er sie ständig demütigte.“

„Du kennst seinen Namen?“

Er überlegte, schüttelte den Kopf. „Tut mir Leid. Ich werde mich sofort darum kümmern.“

Braig erhob sich, lief in sein Büro. Susanne Braun nahm nach dem ersten Läuten ab.

Braig kam sofort zum Thema. „Es geht um den Regisseur. Den, der Frau Dorn mehrfach beschimpfte. Wissen Sie seinen Namen?“

„Ich weiß, wen Sie meinen", antwortete Susanne Braun, „die Serie, die bei Ihnen spielt."

„Bei uns?"

„Ja, in der Umgebung von Stuttgart. Lassen Sie mich kurz überlegen. Schwank heißt der Kerl, Jochen Schwank."

BRAIG konnte sich später nicht mehr daran erinnern, wie er das Telefonat mit Frau Braun beendet und sich von ihr verabschiedet hatte. Er wusste nur noch, dass er sofort beim Südwestrundfunk vorstellig geworden war, um den Wohn- und Aufenthaltsort Jochen Schwanks zu erfahren.

„Wissen Sie, wie spät es ist?", hatte die letzte in der Personalabteilung noch erreichbare Mitarbeiterin seinen Wunsch kommentiert.

„Wenn wir den Mann heute nicht mehr finden, kann das der letzte Tag seines Lebens gewesen sein", war seine Antwort.

Die Stimme am anderen Ende der Leitung hatte sich erst nach einigen langen Sekunden wieder zu Wort gemeldet. „Emil Lehm lebt in Potsdam bei Berlin."

„Was soll ich mit Emil Lehm? Ich fragte nach Jochen Schwank."

„Emil Lehm ist der bürgerliche Name des Regisseurs Jochen Schwank, mein Herr."

Natürlich, deshalb war es ihnen bisher nicht gelungen, den Mann aufzufinden. „In Potsdam? Ich denke, er arbeitet hier in der Umgebung von Stuttgart an einer Fernsehserie?"

„Auch das kann ich herausfinden."

Wenige Minuten später hatte er den aktuellen Aufenthaltsort des Regisseurs erfahren.

„Schwank arbeitet an unserer Serie ‚Eine Frau wagt alles'. Er dreht in dieser Woche auf Schloss Ebersberg. Abend- und Nachtaufnahmen. Er müsste jetzt also dort zu erreichen sein."

„Schloss Ebersberg? Bei Auenwald?"

„Ja, am Rand des Schwäbischen Waldes zwischen Backnang, Murrhardt und Welzheim."

„Er dreht auch heute Abend?"

„Nach meinen Unterlagen, ja."

Braig begriff, dass dies wieder höchste Alarmstufe bedeutete. Auenwald lag keine 15 Kilometer von Oppelsbohm entfernt.

Er bedankte sich bei der Frau, stürmte mit Riesenschritten in Hofmanns Büro.

Felsentretter war gerade dabei, die Unberechenbarkeit Frau Dorns zu betonen. Braig fiel dem Kollegen mitten ins Wort. „Entschuldige, dass ich unterbreche. Ich habe den Namen des Regisseurs, der Frau Dorn so übel mitspielte …"

„Jochen Schwank?", warf Neundorf ein.

„Mit bürgerlichem Namen Emil Lehm. Jochen Schwank ist sein Pseudonym." Er sah, wie sich die Köpfe aller Anwesenden in seine Richtung drehten, gebannt auf ihn starrten.

„Dann haben wir alle acht Männer", stellte Neundorf fest, „fragt sich nur, wo wir diesen Schwank erreichen."

„Ich habe mich schon darum gekümmert", erklärte Braig. „Sie drehen heute Abend auf Schloss Ebersberg."

Keine zehn Minuten später waren sie unterwegs.

20. Kapitel

Kurz nach 19 Uhr hatte die Dämmerung die Landschaft endgültig im Griff. Nur noch schemenhaft waren die Umrisse der Hügel und Berge des Schwäbischen Waldes zu erahnen. Die von Scheinwerfern in helles Licht getauchten Gebäude von Schloss Ebersberg ragten Kilometer weit sichtbar über der Umgebung von Backnang auf.

Braig, Neundorf und Felsentretter hielten an den hell erleuchteten Barrikaden, die das Filmteam mitten in der winzigen Ortschaft errichtet hatte, stiegen aus ihren Wagen. Bis auf einen einsam im abgesperrten Bereich hin- und herschlendernden, uniformierten Mann war niemand zu sehen.

„Ob sie es heute Abend wirklich wieder versucht?"

Neundorf war sich absolut sicher. „Sie kann gar nicht anders. Heute erschien Herbert Bauer in allen Zeitungen. Sie weiß genau, dass es nicht mehr lange dauert, bis wir sie endgültig entlarvt haben. Es ist vielleicht ihre letzte Chance."

„Wo sind die Leute vom Film?", rief Braig dem einsam vor dem kleinen Schloss seine Runden drehenden Wachmann zu.

Der an Armen und Schulter unübersehbar mit kräftigen Muskelpaketen ausgestattete Mann drehte sich betont lässig um, sah keinen Anlass zu reagieren.

Braig stieg über die Absperrung hinweg, wiederholte seine Frage.

„Was wollen Sie?", fragte der Uniformierte. „Autogramme gibt's heute keine mehr."

Der Kommissar zog seinen Ausweis, hielt ihn dem anderen vors Gesicht. „Landeskriminalamt. Wo sind die Filmleute?“

„Wollen Sie jemand verhaften?“ Der Privatsheriff grinste.

„Wo, verdammt noch mal, wo?“

„Ist ja schon gut“, erklärte der Mann. „Burg Reichenberg. Die große Anlage über Oppenweiler. Dort drehen sie die halbe Nacht. Sofern das Wetter mitspielt.“

„Jetzt?“

Der breitschultrige Uniformierte nickte. „Reichenberg ist für die Außenaufnahmen besser geeignet. Behauptet jedenfalls der Regisseur.“

Braig ließ den Mann ohne jeden Gruß stehen, kletterte über die Absperrung. Sie sprangen in ihr Auto, folgten der Straße steil abwärts ins Tal. Zehn Minuten später hatten sie Oppenweiler erreicht.

Die gewaltige Anlage der Burg Reichenberg thronte hell angestrahlt auf einem etwa fünfzig Meter hohen Hügel am Rand des Murrtals.

Braig hatte das märchenhaft anmutende Bauwerk schon oft im Vorbeifahren vom Zug oder von der Straße aus bestaunt und sich jedes Mal darüber gewundert, dass die prächtige Anlage allem Anschein nach immer noch nicht als Touristenmagnet genutzt wurde.

Braig erkannte schon bei der Ausfahrt aus Oppenweiler einen kleinen Kran, der neben der Burg aufragte. Ein mit einer großen Kamera ausgerüsteter Mann hing mehrere Meter über dem Boden in einer Art Korb und ließ sich vom Ausleger des Krans je nach Bedarf hin- und herschwenken.

„Die filmen“, brummte Felsentretter hinter ihm, „also lebt der Kerl noch.“

Sie bogen von der Bundesstraße ab, fuhren den Hügel hinauf. Der Platz vor der Burg war weiträumig abgesperrt, grelles Scheinwerferlicht blendete die Augen.

Neundorf stellte das Auto am Rand eines zugestellten Parkplatzes ab, folgte ihren Kollegen zum Drehort vor der Burg. Neugierige standen Schulter an Schulter.

Die Ermittler kämpften sich nach vorn. Privatsheriffs hielten die Schaulustigen in Schach.

Braig hatte Mühe, sich an die gleißende Helligkeit zu gewöhnen. Er hielt beide Hände über die Augen, versuchte sich einen Überblick zu verschaffen. Ein stoppelhaariger Mittfünfziger stand mitten auf dem Gelände, rief mit einem kleinen Megaphon verschiedenen Leuten Anweisungen zu.

Braig sah, wie Neundorf mit einem der Privatsheriffs sprach, der Uniformierte dann auf den Stoppelhaarigen zeigte. Er schob sich zu seiner Kollegin durch.

„Schwank. Das ist er."

Braig nickte, sah das heftige Gestikulieren des Regisseurs. Der Mann winkte einer jungen Frau, die an der Burgmauer lehnte, ließ sie quer über den Platz eilen. Er ruderte mit den Armen, spornte sie an, sich schneller zu bewegen.

„Auf, auf", brüllte er durch sein Megaphon, „du bist keine alte Kuh, die ihren Arsch nicht vom Fleck bekommt!"

Die junge Frau nickte, lief zur Burg zurück.

„Der Regisseur war hörbar unzufrieden, rief irgendetwas mit „Arsch" und „Titten", ließ die Szene noch zweimal wiederholen.

„Und jetzt der Bagger!", brüllte er.

Braig hörte das Aufheulen eines Motors rechts von der Burg, sah, wie die Schauspielerin zu ihrer Jagd quer über den Platz ansetzte.

„Wo bleibt der gottverdammte Bagger?", schrie Schwank.

Die Frau lief los, kerzengerade, ihre Brust deutlich vorgereckt, passierte die Mitte des Areals.

„Verdammt noch mal, der Bagger!" Schwank rannte in Richtung der Festung, bellte wütend neue Befehle in sein Megaphon.

Plötzlich war das Aufheulen eines Motors zu hören. Quietschend setzte sich das Gefährt in Bewegung.

Schwank schickte die Frau zur Burg zurück. Er rief Befehle in Richtung des Baggers, lief weiter zur Mitte des abgesperrten Areals, gab der Schauspielerin das Zeichen zum Loslaufen.

Diesmal kam der Bagger zu früh. Sie hatte sich gerade von der Mauer gelöst, als das blaue Gefährt mit lautem Motorengedröhn ins Licht tauchte.

„Halt, stopp, zurück!", schrie Schwank. Er wedelte mit den Armen, rannte auf den Bagger zu, signalisierte dem Fahrer anzuhalten. Die Person am Steuer reagierte nicht, rumpelte mit dem Bagger über den Platz, geradewegs auf den Regisseur zu.

„Anhalten, stopp, zurück, du Arschloch!", brüllte der Stoppelhaarige. Seine Gesten wurden immer hektischer, das Gebrüll lauter, die Worte unflätiger.

Der Baggerfahrer zeigte keine Reaktion.

Braig begriff erst in dem Moment, als der Stoppelhaarige in letzter Sekunde unmittelbar vor dem Bagger zur Seite sprang und von ihm über den Platz gejagt wurde, was vor ihm ablief. Das blaue Gefährt verfolgte den Regisseur in Richtung Burg, streifte ein Auto, das dort abgestellt war, schwenkte dann um in Richtung der Wiese, die sich neben der Burg den Abhang hinunter erstreckte. Schwank hatte das Megaphon längst weggeworfen, sprang auf den Kran zu, der am Rand der Festungsmauer aufragte.

Braig drückte sich unter der Absperrung durch, sah wenige Meter weiter Felsentretter in offener Auseinandersetzung mit einem der privaten Wachmänner.

Braig rannte quer über das menschenleere Areal, sah den Bagger unmittelbar vor sich. Das monströse Gefährt hatte Schwank fast erreicht, als der Regisseur nach rechts abdrehte. Er spurtete zu dem Kran, versuchte hinaufzuklettern, rutschte aus. Der Bagger stoppte, heulte erneut auf, setzte sich ruckartig wieder in Bewegung. Schwank starrte mit vor Schreck weit aufgerissenen Augen auf die Maschine, riss sich mühsam vom Boden hoch. Er rannte los, wenige Zentimeter am Kran vorbei, sprang in Richtung der Wiese direkt auf den Abhang zu. Der Bagger raste hinter ihm her, erreichte den Kran, blieb mit seiner hoch erhobenen Schaufel in dessen Stahlgerüst hängen.

Braig sah, wie der Baggerführer mehrfach vergeblich versuchte, die Schaufel von dem Kran zu lösen. Der weit ausgefahrene Arm verhedderte sich immer mehr in den Stahlsprossen. Der Kameramann über ihm schrie aus Leibeskräften; sein Korb jagte wie eine Schaukel ungestüm hin und her.

Gerade in dem Moment, als Braig den Bagger erreichte, tauchte Schwank vor ihm auf; er packte seinen Arm, versuchte ihn an sich zu ziehen, verlor den Halt, prallte der Länge nach auf den Boden. Der Bagger vor ihm stampfte und tobte.

Braig spürte die Schmerzen in seinem rechten Knie, versuchte mühsam aufzustehen. Plötzlich erfüllte ohrenbetäubendes Knirschen die gesamte Umgebung. Er blickte auf, sah, wie der Baggerarm in dem Stahlgerüst des Krans wütend hin- und herwühlte. Die Schreie des Kameramanns waren von purer Todesangst gezeichnet, Teile seines Arbeitswerkzeugs klatschten wie gefährliche Geschosse rings um Braig auf den Boden und zersplitterten.

Braig zog sich vom Boden hoch, versuchte, den Regisseur neben sich mitzureißen, hörte, wie der Motor des Baggers von einem Augenblick auf den anderen plötzlich verstummte. Er blickte erstaunt auf, sah Neundorf und Felsentretter mit weit ausgestreckten Armen, die

Waffe schussbereit in den Händen, unmittelbar vor dem Bagger stehen und direkt auf die Kabine zielen. Braig richtete sich langsam auf, versuchte mit seinem Blick ins Innere der Kabine vorzudringen.

„Geh zur Seite“, brüllte Felsentretter, „oder ich knalle das Schwein ab!“

Braig erhob sich vollends, schob sich vorne am Bagger vorbei, sah, wie die Person im Führerstand einen kleinen Gegenstand an den Mund hielt, sich zurücklehnte und in großen Schlucken trank.

Neundorf begriff als Erste, was in der Kabine der Baumaschine ablief. „Sie will sich vergiften!“, rief sie, stürzte auf den Bagger zu, riss an der Klinke der kleinen Tür, versuchte den Führerstand zu öffnen. Das Schloss war verhakt.

Sie schlug mit der Waffe auf das Glas der Kabine ein, bis es splitterte. Scherben flogen zur Seite. Neundorf klopfte das Glas aus der Fassung, griff dann nach innen, entriegelte das Schloss, riss die Tür des Führerstandes auf.

Das Röcheln und Stöhnen der Frau war so laut, dass alle erschrocken verstummten. Ihr Körper verkrampfte, bäumte sich auf, weißer Schaum quoll aus ihrem Mund. Sie ächzte, rang mit letzter Kraft nach Luft, fiel dann zur Seite, Neundorf, die sich aus ihrer Erstarrung löste, in die Arme. Braig sah, wie seine Kollegin den erschlaffenden Leib der Sterbenden auffing, starrte auf die Frau, die sie tagelang in Atem gehalten hatte. Katja Dorns Körper zuckte ein letztes Mal, dann hatte es ein Ende.

21. Kapitel

Sehr geehrter Herr Hesse,
Ihre Entscheidung, in Ihren Kaufhäusern nur noch junge Frauen zu beschäftigen, um – wie Sie argumentieren – den Shops schon vom Erscheinungsbild der Verkäuferinnen her ein modernes und lebensbejahendes Image zu verleihen und dadurch den Verkauf zu fördern, habe ich mit großem Befremden zur Kenntnis genommen.

Was, bitte, ist an Menschen unter dreißig Jahren lebensbejahender als an älteren? Glauben Sie wirklich, dass junge Verkäuferinnen über mehr Praxis und fachlichen Überblick verfügen, ihre Kunden umfassend zu beraten, als über Dreißigjährige, die bereits verschiedene Lebensphasen hinter sich gebracht und bewältigt haben?

Ich gebe zu, mit Ihrer Entscheidung liegen Sie voll im Trend unserer Zeit: Wohin ich auch blicke, sehe ich Menschen mit jungen und gesunden Körpern in der Öffentlichkeit verherrlicht, wie einstmals die Heroen heidnischer Kulte. Glauben Sie wirklich, unsere Gesellschaft, wir alle, könnten auf die Lebenserfahrung, den Überblick, die Routine der Älteren verzichten, um die immer komplexeren Probleme der Zukunft zu bewältigen?

In fast allen Kulturen dieses Erdballs war es bisher üblich, Erfahrung als ein wertvolles Gut zu erachten, den Älteren daher Achtung und Aufmerksamkeit entgegenzubringen. Doch vielleicht wollen Sie die über Dreißigjährigen gerade deshalb abhalftern, weil diese aufgrund ihres inzwischen angesammelten Wissens nicht mehr auf alle dumm-naiven Verlockungen hereinfallen, den hohlen Sprüchen moderner Werbung nicht mehr so schnell Glauben schenken wie die unbedarft-unerfahrenen Jungen, von denen viele als wohlerzogene Sklaven der Konsumgesellschaft ihr Glück im Kaufrausch zu finden hoffen.

Ich bin nicht bereit zu billigen, dass Sie mit Ihrer Aktion ungeniert dazu beitragen, Menschen wie mich zu einer Art minderwertiger Existenz herabzustufen. Wenn Sie glauben, dass ich und meine Jahrgänge Ihre Lebensfreude und Ihr Wohlbefinden allein durch unser Dasein beeinträchtigen, werden Sie auf meine energische Gegenwehr stoßen.

Sie haben genau vierzehn Tage Zeit, Ihre menschenverachtende Anordnung zurückzunehmen. Nutzen Sie Ihre Chance. Wir kennen kein Pardon! Es geht nicht allein um Ihre Kaufhäuser, es geht um Ihr Leben!

Wir lassen wieder von uns hören.

„DER ENGEL der Drogensüchtigen. Sie wissen, von wem ich spreche?“, fragte Neundorf. Sie saß in einem bequemen Ledersessel, blickte auf ihr Gegenüber. Draußen vor dem Fenster erstreckten sich die Weinberge von Rotenberg und Uhlbach.

Marion Böhler lächelte verhalten. „Es klingt zumindest besser als ‚Die faule Alte‘. Oder?“

„Ohne Zweifel. Aber allein deswegen haben Sie sich nicht so engagiert. Oder irre ich mich?“

Die Frau schüttelte den Kopf. „Der Sohn meiner Kusine. Er war der Auslöser.“

„Er hatte mit Drogen zu tun?“

„Das klingt zu harmlos. Er hatte keine Chance mehr."

Neundorf hatte zwei Tage nach der Beerdigung Konrad Böhlers bei Marion Böhler angerufen, ein Gespräch mit ihr vereinbart. Sie war sofort einverstanden gewesen.

„Heroin?"

„Als Endpunkt einer langen Kette, ja. Und irgendwann dann der goldene Schuss."

„Sie haben ihn gut gekannt?"

„Solange er ansprechbar war, ja. Später dann …" Sie schwieg einen Moment, blickte nach draußen. „Sie wissen, wie Sucht einen Menschen verändern kann?"

Neundorf nickte. „Es bleibt nicht aus, bei meinem Beruf."

„Er war eine Bestie. Nur noch an einem interessiert."

„Keine Chance auf eine Therapie?"

„Hier in Stuttgart? Geld für den Abschaum? Wo leben Sie?"

Neundorf betrachtete die Frau, die zu ihrer Tasse griff, sie an den Mund führte, von ihrem grünen Tee trank. „Und dann haben Sie beschlossen, selbst zu helfen. Wenn es schon die Politclique nicht für notwendig hält."

„So kann man das sehen, ja."

„Sie hatten Freunde Ihres Verwandten kennen gelernt?"

„Freunde ist gut." Sie ließ ein bitteres, sarkastisches Lachen hören. „Bestien wäre besser."

„Aber Sie versuchten, die Bestien aus ihnen zu vertreiben. Sie wieder zu normalen Menschen zu machen."

„Sofern es möglich ist, ja. Fünfmal geht es daneben. Fünfmal kommen Sie zur Beerdigung, sehen in verzweifelte, betretene Gesichter, stehen Sie am Grab. Fünfmal. Aber beim Sechsten haben Sie Glück. Oder Erfolg. Je nachdem."

„Und der lohnt den Einsatz?"

„Ich weiß es nicht." Marion Böhler sah nachdenklich aus dem Fenster. „Vielleicht ist es auch nur der verzweifelte Versuch, einen Sinn ins Leben zu holen."

„Obwohl Ihr Engagement Ihrer Ehe nicht gerade zuträglich war. Sehe ich das richtig?"

„Ja, Konrad meinte, ich übertreibe. ‚Hilfe darf nicht zur Droge werden', sagte er, ‚sonst wirst du selbst süchtig.' Ich weiß, dass er Recht hatte."

„Dann ging es bei Ihren Auseinandersetzungen nicht um Streit zwischen zwei Menschen, die sich auseinander gelebt hatten."

„Nein, ganz gewiss nicht. Wir liebten uns, ob Sie mir jetzt glauben oder nicht. Der einzige Konflikt, den wir miteinander hatten, war seine Affäre mit einer jungen Frau aus der Agentur. Ich zwang ihn, sie aufzugeben. Er gab sie auf. Ich habe keinen Grund, Ihnen etwas vorzuspielen."

Die Kommissarin nickte, griff zu ihrer Tasse, trank von dem Tee.

„Ihr Mann glaubte, dass Sie Ihr Engagement übertrieben. Besonders, als Sie den Einbruch in Ihre Apotheke vortäuschten, um an Unmengen von Schmerzmitteln und Ersatzstoffen heranzukommen, die Sie für all die Hilfsbedürftigen benötigten."

„Sind Sie gekommen, um mir ein Geständnis zu entlocken? Über eine Tat, die vor mehreren Jahren geschah? Ihrer Karriere wegen, wie?", kam es jetzt bitter, ja, ironisch.

„Nein." Neundorf setzte ihre Tasse ab, erhob sich von ihrem Platz, stellte sich ans Fenster. Das rot-goldene Blättermeer der Weinberge verzauberte das gesamte Panorama. „Vergessen Sie meinen Beruf. Ich will mich nur vergewissern, dass das Kaliumcyanid und all die anderen gefährlichen Gifte nicht in unbefugte Hände gerieten. Mir reicht es, was mit dem Zeug aus dem Kölner Labor angerichtet wurde."

Marion Böhler sah auf. „Das soll ich Ihnen glauben?"

Neundorf setzte sich wieder. „Ob Sie mir glauben oder nicht, ist mir egal. Ich wünsche mir nur, dass es sich vor dreieinhalb Jahren etwa so abgespielt hat, wie ich es mir vorstelle. Da gab es einen Einbruch in eine Apotheke in Bad Cannstatt. Gifte aller Art wurden entwendet, so viel, dass man eine ganze Stadt damit ins Jenseits befördern kann. Aber vielleicht wurde der Diebstahl nur inszeniert, um große Mengen an Schmerzmitteln und Ersatzstoffen für hilflose Drogensüchtige zu organisieren, um sie ihnen zu schenken."

„Das klingt plausibel", meinte Marion Böhler.

„Was die wirklich giftigen Materialien betrifft, die sozusagen nebenbei entwendet werden mussten, habe ich verschiedene Vermutungen", erklärte Neundorf. „Ich hoffe, Sie können mir helfen."

Marion Böhler sah zu ihr hinüber, ohne auch nur mit der Wimper zu zucken, gab keine Antwort.

„Hypothese eins: Sie wurden nach dem Vorfall sofort vernichtet. Ich persönlich wüsste zwar nicht, wie das zu bewerkstelligen wäre, ohne dabei ganze Mülldeponien oder Flüsse zu vergiften, aber eine Person vom Fach wie zum Beispiel eine Apothekerin hätte sicher keine allzu großen Probleme, das in die Tat umzusetzen." Sie schwieg, trank von ihrem Tee.

„Das glauben Sie nicht wirklich", sagte ihre Gastgeberin.

Neundorf ging nicht auf ihren Einwand ein, redete weiter. „Hypothese zwei: Die giftigen Stoffe wurden nur scheinbar entwendet. In Wirklichkeit jedoch stehen sie noch immer in der Apotheke, allerdings an einer Stelle, an der sie niemand vermutet.“

„Sie wissen selbst, dass Ihre Kollegen bei einem dermaßen gravierenden Diebstahl den gesamten Laden auf den Kopf stellen“, antwortete Marion Böhler.

„Ein Profi, in dem Fall eine Apothekerin, fände sicher einen Weg, die Polizei zu überlisten, oder?“

„Ein wahres Genie, von dem Sie da sprechen. Verfügt Ihre Apothekerin nicht auch noch über magische Kräfte, das Material einfach wegzuzaubern?“

„Ich weiß es nicht. Aber vielleicht könnten Sie mir mit einer dritten Hypothese weiterhelfen. Falls ich bisher danebenliege.“

„Ich? Wieso?“

„Einfach so. Ich bin nun mal neugierig.“

Marion Böhler betrachtete ihren Gast, lehnte sich in ihrem Sessel zurück. „Vielleicht sollten Sie sich um eine weitere Hypothese bemühen“, sagte sie dann, „wenn Ihnen so viel daran gelegen ist, längst vergessene Ereignisse wieder aus der Versenkung zu holen.“

Bernhard Söhnle wurde auf dem Tübinger Bergfriedhof zu Grabe getragen.

„In Tübingen?“, hatte Braig überrascht gefragt, als Erwin Beck mit dieser Mitteilung in sein Zimmer getreten war.

„Ich wundere mich auch. Ich wusste nicht, dass Bernhard Verbindungen nach Tübingen hatte.“

„Die Schwester seiner Mutter.“ Helmut Rössle war wieder einmal am besten informiert. „Die will ihn im Familiengrab han. Außerdem isch die die Einzige, mit der Bernhard noch Verbindung ghabt hat. Was solls! Wo du begrabe liegsch, kann dir egal sei. Hauptsach es isch net in Sindelfinge!“

Die Zahl der Trauergäste war nicht groß, den Hauptanteil bildeten die Kollegen. Neundorf hatte die Kapelle erst wenige Minute vor Beginn des Gottesdienstes erreicht.

Es war tatsächlich eine dritte Hypothese notwendig gewesen, den Verbleib der Giftstoffe aufzuklären.

Polizeizentrale Metz, 11. April 1999

Die kurze Mitteilung hatte das Amt am frühen Morgen in einem an Neundorf adressierten Kuvert erreicht. Das Datum war ihr bekannt vorgekommen; der Einbruch in die Bad Cannstatter Apotheke war in der Nacht vom 10. auf den 11. April 1999 verübt worden.

Zehn Minuten später hatten ihr die französischen Kollegen in Metz den bisher ungeklärten Fund eines Kartons mit hochtoxischen Stoffen direkt vor dem Eingang der Polizeizentrale in Metz am 11. April 1999 bestätigt. Das Fax mit der Auflistung des genauen Inhalts bestätigte Neundorfs Vermutung: Er war identisch mit den in der Bad Cannstatter Apotheke verschwundenen tödlichen Materialien. Mit der Zusammenarbeit im halbwegs vereinten Europa stand es offensichtlich noch nicht zum Besten.

Noch am Morgen hatte sie die Staatsanwaltschaft über ihre Entdeckung informiert, nicht ohne den deutlichen Vermerk zu vergessen: *Täter unbekannt. Es fehlt weiterhin jede Spur.*

DIE PFARRERIN in Tübingen sprach von der Unergründlichkeit des Daseins, streifte die ungeklärte Todesursache des Verstorbenen, versuchte, tröstende Worte zu finden.

„Was bleibt?“, fragte Ann-Katrin Räuber später, als sie mit Braig und ihrer Schwester am Rand des Friedhofs auf einer Bank saß.

„Versuche, ihn in deiner Erinnerung zu behalten“, antwortete Theresa Räuber, „alles Übrige müssen wir anderen Mächten überlassen.“

„Du glaubst, sie existieren?“, zweifelte Braig.

Ann-Katrin und er hatten sich entschlossen, einige Tage gemeinsam in Theresas neuer Wohnung zu verbringen, endlich ihrer Beziehung Vorrang vor allem anderen zu geben.

„Lebst du weiter in dem Bewusstsein, allein und verlassen in einem kalten, unbeseelten Universum zu existieren?“

„Warum lassen diese Mächte dann zu, dass Menschen auf Irrwege geraten und andere vergiften?“ Er fragte nicht, um sie zu provozieren, war in Gedanken noch zu sehr mit den zurückliegenden Ermittlungen beschäftigt.

„Ich weiß es nicht“, bekannte Theresa Räuber, „und ich kann nicht einmal sagen, ob ich auf diese Frage jemals eine Antwort finde.“

KATJA DORN hatte gemordet! Hatte Männer, die in ihren Augen dazu beitrugen, den Jugendlichkeitswahn dieser Gesellschaft zu fördern, mit Gift ins Jenseits befördert. Sie hatte ihre Drohbriefe verschickt, sich ihren Opfern dann später, weil die nicht darauf reagierten, in einem günstigen Augenblick scheinbar freundlich genähert, mit ihnen geplaudert. Im Fall eines persönlichen Interesses an ihrer Person hatte sie Maja als ihren angeblichen Vornamen, dazu eine willkürlich notierte Telefonnummer als eigenen Anschluss hinterlassen. Günter Beckstein war deshalb völlig zu Unrecht ins Visier der polizeilichen Ermittlungen geraten. Hatte Katja Dorn auf diese Weise eine Vertrauensbasis hergestellt, war die kleine Flasche ins Spiel gekommen – und schon hatte sie ihr tödliches Ziel erreicht. Weiß Gott eine heimtückische Methode, Menschen aus dem Weg zu räumen oder, gemäß ihrem Wahn, auf den rechten Weg zu bringen?

Braig sah auf, merkte, dass Theresa Räuber ihn aufmerksam musterte. Hatte er laut gedacht?

„Da ist aber nicht die Frage, die mich im Moment bewegt. Eine andere Sache beschäftigt mich viel stärker. Um es genauer zu sagen: Sie macht mir Angst, große Angst."

„Wovon sprichst du?"

„Warum ziehen wir immer nur die zur Rechenschaft, die einige wenige Menschen vergiften, und lassen die ungeschoren davonkommen, die mit ihrem Gift unsere ganze Gesellschaft zersetzen?"

Braig schaute sie nachdenklich an, betrachtete dann das Holzkreuz auf dem schmalen, vom ersten Herbstlaub übersäten Grab vor ihm.

Warum?

Er wusste keine Antwort.

KLAUS WANNINGER

„Im Krimi kann ich deutlich machen, wozu es führt, wenn Menschen ihre Wertmaßstäbe verlieren."

Dem engagierten Theologen und Pädagogen Klaus Wanninger ist daran gelegen, in seinen Büchern neben spannender Unterhaltung auch Denkanstöße und Wertmaßstäbe zu vermitteln. Als Religionslehrer – er unterrichtet derzeit mit halbem Deputat an einem Gymnasium in der Nähe Stuttgarts – kennt er die Probleme junger Menschen und deren Bedürfnis nach Orientierung aus jahrzehntelanger Praxis. Deshalb verknüpft Klaus Wanninger in seinen mittlerweile sechs Schwaben-Krimis das Tatmotiv immer auch mit gesellschaftlichen Entwicklungen, die ihn bewegen. So prangert er in *Schwaben-Wut* die Verrohung von Jugendlichen durch wahllosen Medienkonsum an und beschreibt in *Schwaben-Angst* die Auswirkungen eines überzogenen Jugendlichkeitswahns.

Der 1953 in Karlsruhe geborene Autor zog nach dem Theologiestudium in ein altes Bauernhaus in einem schwäbischen Dorf und ist seither überzeugter Schwabe. „Mir gefällt die schwäbische Mentalität, die Zuverlässigkeit und die Skepsis gegenüber allem Oberflächlichen."

Die für einen Krimi unabdingbaren Sachkenntnisse bezieht Wanninger, der auch zahlreiche Reiseführer veröffentlichte, aus erster Hand. Ein Grundwissen über Polizeiarbeit verdankt er einem Großonkel, der Hauptkommissar in Hamburg war, und bei speziellen Fragen wendet er sich an begeisterte Leser aus Polizeikreisen und bisweilen auch an seine Frau Olivera. Als chemisch-technische Assistentin bürgt sie unter anderem für die Stimmigkeit der Giftmorde in *Schwaben-Angst*.

GERALDINE BROOKS

DAS PESTTUCH

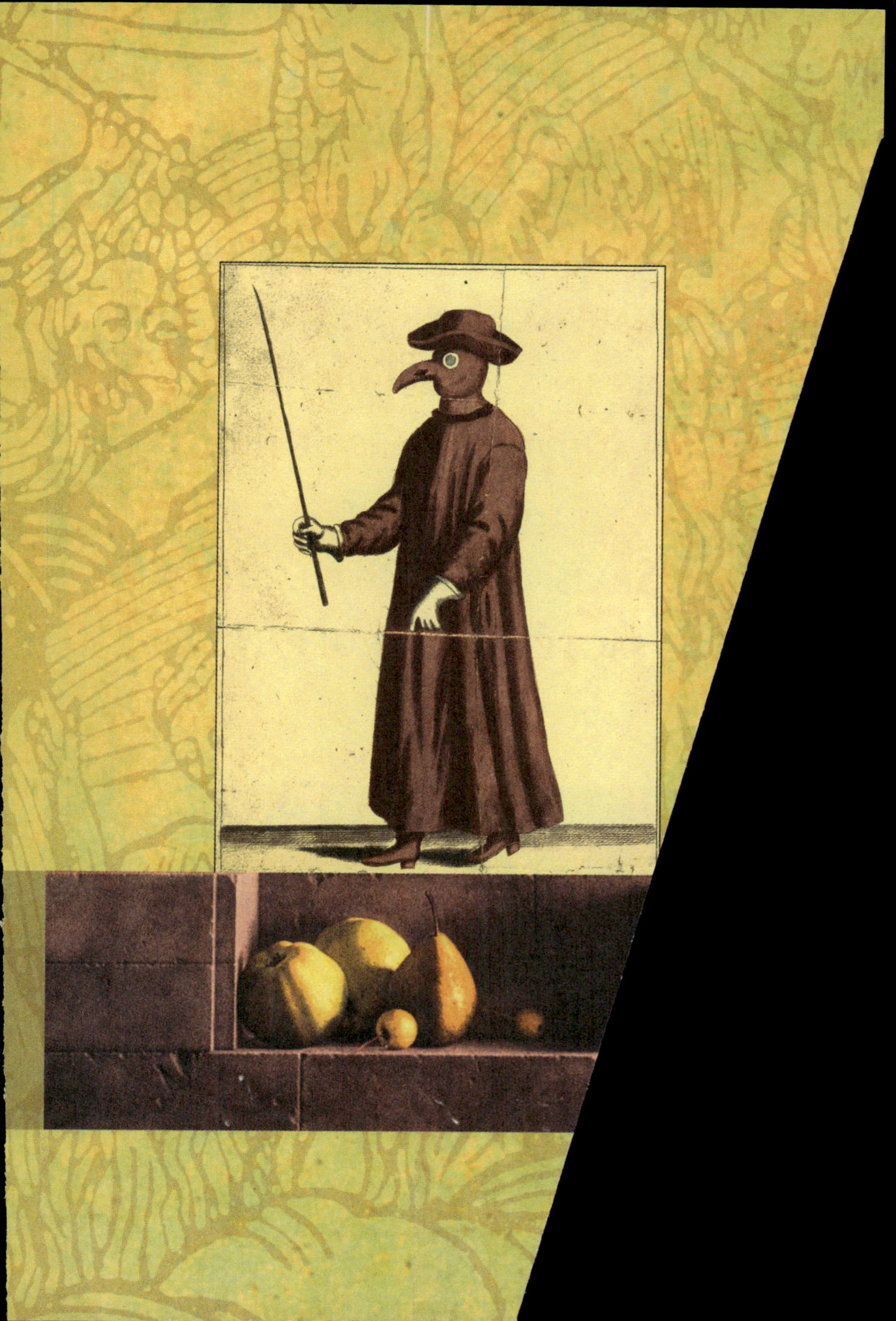

Als im Frühling George
Viccars auf der Suche nach
ogis an meine Tür klopfte,
glaubte ich, Gott habe
ihn gesandt.
ter gab es welche,
n, es sei der Teufel
wesen …

1

HERBSTZEIT, anno 1666

Früher habe ich diese Jahreszeit geliebt: die Holzstapel neben der Tür, deren frischer Harzgeruch an den Wald erinnert, die Heuhaufen, die im Nachmittagslicht golden glänzen, und die Äpfel, die im Keller in die Kisten poltern – Gerüche, Bilder und Geräusche, die versprechen: Alles wird gut dieses Jahr. Wenn der Schnee fiel, hätten die Kleinsten genügend zu essen und lägen warm. Früher bin ich um diese Zeit gerne im Obstgarten spaziert. Wie weich es unter den Füßen nachgab, wenn ich auf Fallobst trat! Wie gerne habe ich den süßlich-schweren Duft nach verfaulenden Äpfeln und feuchtem Holz eingeatmet. Dieses Jahr gibt's nur wenige Heubündel und spärliche Holzhaufen. Und beides bedeutet mir nicht viel.

Gestern haben sie eine Wagenladung Äpfel für den Pfarrkeller gebracht. Auf ziemlich vielen entdeckte ich schwarze Flecken, aber er meinte nur, wir sollten froh sein, überhaupt welche zu bekommen. Es gibt doch nur so wenig Leute für die Ernte. So wenig Leute für alles und jedes. Und wer von uns noch übrig ist, geht herum, als schliefe er halb. Wir alle sind so müde.

Einen der knackigen und guten Äpfel nahm ich, schnitt ihn auf und trug ihn in jenen dämmrigen Raum, wo er sitzt, reglos und stumm. Seine Hand liegt auf der Bibel, und doch schlägt er sie nie auf. Jetzt nicht mehr. Ich fragte ihn, ob er möchte, dass ich ihm daraus vorlese. Er wandte den Kopf, um mich anzuschauen, und ich zuckte zusammen. Seit Tagen war es das erste Mal, dass er mich ansah. Ich hatte vergessen, was seine Augen auslösen konnten, wozu sie uns bringen konnten, wenn er unverwandt von der Kanzel heruntersah und uns mit seinen Blicken fixierte, einen nach dem anderen. Die Augen sind immer noch dieselben, nur sein Gesicht hat sich verändert. Jetzt ist es verhärmt und ausgezehrt und hat tiefe Falten. Als er hierher kam – ganze drei Jahre ist das her –, machte sich das ganze Dorf darüber lustig, dass so ein Jüngling zu ihnen predigen sollte.

„Anna, du kannst nicht lesen."

„Hochwürden, ich kann's. Mrs Mompellion hat's mir beigebracht."

Als ihr Name fiel, wandte er sich ab, aber als er erneut sprach, klang seine Stimme leidlich gefasst. „Hat sie das tatsächlich? Nun, dann werde ich dich vielleicht eines Tages anhören. Aber nicht heute, Anna, ich danke dir. Das wäre dann alles."

Eine Dienerin hat kein Recht zu bleiben, wenn man sie entlassen hat. Und doch tat ich's, schüttelte das Kissen auf, legte ein Schultertuch zurecht. Er würde mich kein Feuer machen lassen. Nicht einmal dieses winzige Stück Behaglichkeit würde er von mir annehmen. Als ich schließlich nichts mehr zu tun hatte, verließ ich ihn.

In der Küche nahm ich ein paar Äpfel aus den Eimern und ging hinaus in die Ställe. Der Hof war ganze sieben Tage nicht gefegt worden. Ich musste meinen Rock hochraffen, damit er nicht schmutzig wurde.

Der Stallbursche döste auf dem Boden der Sattelkammer. Bei meinem Anblick sprang er auf. Eigentlich wollte ich ihn wegen des Unrats draußen ausschelten, aber beim Anblick seines verhärmten und erschöpften Gesichtes schluckte ich die Worte hinunter.

Als ich die Stalltür öffnete, hielt das Pferd im Scharren inne und blinzelte. Obwohl ich nicht zu sagen wusste, wann es das letzte Mal einen Striegel gespürt hatte, schimmerte sein Fell noch immer wie Bronze. Als Mr Mompellion auf diesem Pferd hier eingetroffen war, hatte es allgemein geheißen, ein so prachtvoller Hengst sei kein geeignetes Ross für einen Pfarrer. Außerdem passte es den Leuten nicht, als sie hörten, dass er ihn Anteros rief. Einer der alten Puritaner hatte ihnen nämlich erklärt, dies sei der Name eines heidnischen Götzen. Als ich meinen ganzen Mut zusammengenommen und Mr Mompellion danach gefragt hatte, hatte er nur lachend gemeint, sogar die Puritaner sollten sich darauf besinnen, dass auch Heiden Kinder Gottes und ihre Geschichten ein Teil seiner Schöpfung seien.

Ich presste meinen Rücken gegen die Stallwand und redete sachte auf den Hengst ein. „Es tut mir so Leid, dass du den ganzen Tag hier drinnen eingepfercht bist. Ich habe dir eine Kleinigkeit mitgebracht." Langsam griff ich in meine Schürzentasche und streckte ihm einen Apfel hin. Ich sprach leise weiter. „Du magst doch Äpfel. Na los, hol ihn dir." Wieder scharrte er am Boden, aber diesmal klang es bereits weniger überzeugend. Dann nahm er ihn. Nun ja, dachte ich, es ist einfacher, dem armen Tier einen kleinen Gefallen zu tun als seinem Herrn und Meister.

Als ich wieder im Haus war, konnte ich hören, dass sich der Herr Pfarrer von seinem Stuhl erhoben hatte und hin und her ging. Als ich seinen Teller holte, lagen die Apfelschnitze immer noch völlig unberührt da. Sie wurden schon braun. Morgen würde ich mit der Arbeit an der Saftpresse beginnen. Auch wenn ich ihn zu keinem Bissen Essen bewegen konnte, so würde er manchmal doch etwas trinken, ohne es recht zu merken. Außerdem wäre es unsinnig, einen Keller voller Obst verderben zu lassen. Denn eines würde ich ganz sicher nie mehr ertragen: den Geruch eines faulenden Apfels.

WENN ich mich am Ende des Tages vom Pfarrhaus auf den Heimweg mache, gehe ich lieber durch den Obstgarten als die Straße entlang, wo ich Gefahr laufe, Menschen zu begegnen. Nach allem, was wir gemeinsam überstanden haben, kann man nicht einfach mit einem höflichen „Guten Abend" aneinander vorübergehen. Doch zu mehr fehlt mir die Kraft. Die Erinnerungen an glückliche Tage sind nur flüchtig, gleichen Spiegelbildern in einem Fluss, die eine Sekunde lang aufschimmern und anschließend im Strom der Trauer, der nun unser Leben prägt, mitgerissen werden.

Wenn ich in einer Sommernacht im Obstgarten meine Augen schließe, kann ich die hohen Kinderstimmen hören, ihr Flüstern und Lachen und Füßegetrampel. Immer zu dieser Zeit im Jahr denke ich an Sam – den starken Sam Frith, und wie er mich um die Taille fasst und auf den Ast eines knorrigen alten Baumes hebt. Ich war gerade erst 15. „Heirate mich", sagte er. Und warum sollte ich nicht? Die Kate meines Vaters war seit jeher ein freudloser Ort. Mein Vater liebte das Bier mehr als seine Kinder. Für meine Stiefmutter Aphra war ich in erster Linie ein Paar Hände, eine, die sich um ihre Jüngsten kümmerte. Und doch war sie es, die sich für mich einsetzte. Ihre Worte beeinflussten meinen Vater so, dass er seine Zustimmung zu dieser Ehe gab. In seinen Augen war ich noch ein Kind, zu jung, um in die Ehe versprochen zu werden. „Mann, mach deine Augen auf und schau sie dir an", sagte Aphra. „Du bist der einzige Mann im Dorf, der's nicht tut. Besser früh verheiratet, als zur Unzeit geschwängert."

Sam Frith war Bergmann und hatte eine eigene Bleierzmine. Er besaß ein hübsches Häuschen. Seine erste Frau war gestorben, ohne ihm Kinder zu hinterlassen. Ich hatte in drei Jahren zwei Söhne von ihm. Drei gute Jahre, sollte ich wohl hinzufügen. Damals hatten die Puritaner hier im Dorf das Sagen. Mit ihren Predigten, denen wir in einer

Kirche ohne jeden Zierrat lauschten, wuchsen wir auf. Ihre Ansichten bestimmten, was heidnisch war. Sie ließen die Kirchenglocken verstummen, das Bier aus der Taverne verschwinden, die Spitze von den Kleidern und das Lachen aus den Dorfstraßen. Deshalb überfiel mich das Glück, das mir aus meinen Söhnen und dem Leben, für das Sam sorgte, entgegenlachte, so unverhofft wie das erste Tauwetter im Frühling.

Als sich dann alles erneut in trostloses Elend verwandelte, überraschte es mich nicht. Ruhig trat ich an die Tür in jener Nacht und beobachtete die Männer mit ihren rußenden Fackeln und gellenden Rufen. Ich sah, wie ihre Fackeln auf und nieder tanzten und irrwitzige Lichtbänder durch die Bäume flochten. Sie gingen langsam und mühten sich den kleinen Hügel hinauf, als wär's ein Berg. Aber schließlich waren sie doch am Ziel, stießen einander an und traten von einem Bein aufs andere. Den Größten, Sams Freund, schoben sie nach vorne. An seinem Stiefel klebte ein fauliges Stück Apfel, zu Brei getreten. Seltsam, dass man so etwas bemerkt, aber vermutlich hatte ich nach unten gesehen, um ihm nicht ins Gesicht schauen zu müssen.

Vier Tage lang gruben sie Sams Leichnam aus. Anstatt zu mir nach Hause brachten sie ihn direkt zum Küster. Sie versuchten, ihn vor mir zu verbergen, aber ich ließ mich nicht abweisen. Wenigstens die letzte Ehre würde ich ihm erweisen. Sie wusste das. „Sag ihnen, sie sollen sie zu ihm lassen", sagte Elinor Mompellion mit ihrer sanften Stimme zum Pfarrer. Sie bat ihn ja so selten um etwas. Und auf das Nicken von Michael Mompellion hin traten die hünenhaften Männer beiseite und ließen mich durch.

Offen gestanden war nicht mehr viel von ihm übrig. Und doch versorgte ich das wenige, das noch da war. Zwei Jahre ist das jetzt her. Seitdem habe ich viele Leichen versorgt, Menschen, die ich liebte, und Menschen, die ich kaum kannte. Aber Sam war der Erste. Ich wusch ihn mit der Seife, die er so gern hatte, weil sie, wie er sagte, nach den Kindern duftete. Armer schwerfälliger Sam. Ihm wurde nie ganz klar, dass es die Kinder waren, die nach einer Seife dufteten, die ich mit Heideblüten kochte. Jeden Abend, ehe er heimkam, wusch ich sie damit. Die Seife, die ich für ihn machte, bestand fast zur Gänze aus Sand und Talg, damit er sich den Schweiß und die Rußschicht von der Haut scheuern konnte. Dann vergrub er immer sein armes müdes Gesicht in den Haaren der Kleinen und atmete ihren frischen Duft ein. Näher kam er den Heideblüten auf den lichten Hügeln nie. Bei Tagesanbruch fuhr er in die

Grube hinunter und nach Sonnenuntergang wieder hinaus. Es war ein Leben im Dunkeln. Und dort starb er auch.

Und jetzt ist es Elinor Mompellions Mann, der den ganzen Tag bei geschlossenen Läden im Dunkeln sitzt. Und ich versuche, ihm zu dienen, obwohl mich manchmal das Gefühl beschleicht, ich würde lediglich einen neuen Kandidaten für unsere lange Totenliste versorgen. Und doch tu ich's. Für sie. Warum sollte ich's denn sonst tun?

AN SOLCHEN Abenden wartet hinter meiner Haustür eine lastende Stille, die wie eine Decke auf mich herabfällt. In meinem Tageslauf ist dieser Augenblick stets der einsamste. Wenn das Sehnen nach einer menschlichen Stimme zu heftig wird, lasse ich mich schon manchmal hinreißen, meine Gedanken wie eine Irrsinnige laut vor mich hin zu murmeln. Doch dies gefällt mir gar nicht, denn ich befürchte, dass zurzeit die Grenze zwischen mir und dem Irrsinn fein wie eine Spinnwebe ist. Obendrein habe ich schon mit eigenen Augen gesehen, was es heißt, wenn eine Seele an jenen elenden Dämmerort hinüberwechselt.

Wenn ich einen Talgstummel habe, lese ich, bis er flackert. Mrs Mompellion erlaubte mir immer, die Stummel aus dem Pfarrhaus mitzunehmen. Heutzutage gibt es nicht mehr viele davon, und doch wüsste ich nicht, wie ich ohne sie zurande käme. Denn die Stunde, in der ich mich in den Gedanken eines anderen verlieren kann, erleichtert mir die Last meiner eigenen Erinnerung. Doch wenn das Licht erloschen ist, werden die Nächte lang. Ich schlafe schlecht. Im Schlummern tasten meine Arme nach den kleinen warmen Körpern meiner Kinder, und wenn ich sie nicht finden kann, schrecke ich auf.

Der Morgen ist freundlicher mit mir als der Abend, weil er erfüllt ist von Vogelliedern und dem alltäglichen Versprechen, das jeder Sonnenaufgang mit sich bringt. Inzwischen halte ich mir eine Kuh, ein wahrer Segen, den ich mir in jenen Tagen nicht leisten konnte, als die Milch Jamie oder Tom hätte nützen können. Letzten Winter habe ich die abgemagerte Kuh gefunden, die mitten auf der Straße lief. Ich trieb sie in eine leer stehende Kate in der Nachbarschaft und fütterte sie während der kalten Monde mit Hafer, den ich dort fand, dick und fett – herrenloses Futter, das die Toten jetzt nicht mehr brauchten. Dort bekam sie auch alleine ihr Kalb.

Das Kälbchen hat mittlerweile ein glänzendes Fell. Seine Mutter betrachtet mich freundlich mit ihren braunen Augen. Wie gerne lehne ich meinen Kopf an ihre warme Flanke, während in meinem Eimer die

Milch dampfend aufschäumt. Diese trage ich dann ins Pfarrhaus und mache daraus einen heißen Milchpunsch oder stampfe süße Butter davon oder schöpfe den Rahm ab und trage ihn zu einem Teller Brombeeren auf – was mir eben gerade einfällt und wovon ich hoffe, dass es Mr Mompellion schmecken könnte.

Mit dem Eimer in der Hand verlasse ich die Kate durch die Vordertür. Morgens fühle ich mich eher zu einer Begegnung mit denen, die vielleicht schon unterwegs sind, in der Lage.

Unser Dorf besteht aus einer losen Reihe von Behausungen an der steilen Flanke des mächtigen White Peak, die sich östlich und westlich der Kirche dahinschlängelt. Hie und da teilt sich die Hauptstraße in ein paar schmalere Pfade, die zur Mühle führen, nach Bradford Hall, zu den größeren Höfen und einsameren Katen. Hinter den Katen links und rechts von der Straße liegen bebaute Felder und Gemeindeweiden, die abrupt an einer Erhebung oder einem Abgrund enden. Nördlich von uns ragt das Edge auf, dessen steiniges Gesicht auch den Beginn der Moore markiert, während sich zum Süden hin der Steilhang zum Tal urplötzlich im Nichts verliert.

Es ist schon merkwürdig, welchen Anblick unsere Hauptstraße heutzutage bietet. Früher habe ich im Sommer den Staub und im Winter den Schlamm verwünscht, jetzt hingegen gibt es weder das eine noch das andere, denn nun wächst überall Gras auf der Straße. Nur in der Mitte, wo wenige Füße das Unkraut abgetreten haben, zieht sich ein schmaler Trampelpfad hin. Jahrhundertelang haben die Menschen dieses Dorfes die Natur aus ihrer näheren Umgebung verdrängt. Weniger als ein Jahr hat sie gebraucht, um erneut Anspruch auf ihr Revier zu erheben. Mitten auf der Straße liegt eine Walnuss, aus der bereits ein Schössling sprießt, der im Größerwerden unseren Weg zur Gänze blockieren möchte. Inzwischen hat er eine beachtliche Höhe. Fußabdrücke beweisen, dass wir alle um ihn herumgehen. Ergeht es anderen so wie mir? Haben wir so unendlich vieles enden sehen, dass wir es nicht übers Herz bringen, einen spillerigen Schössling auszureißen, der sich zögernd ans Leben klammert?

Ohne einer Menschenseele zu begegnen, habe ich den Weg zum Pfarrhaus zurückgelegt. Deshalb war ich nicht darauf vorbereitet, jener Person gegenüberzutreten, die ich am wenigsten auf der ganzen Welt zu sehen wünschte. Kaum war ich durchs Gatter und hatte mich umgedreht, um den Riegel wieder vorzuschieben, hörte ich hinter mir Seide rascheln. Ich fuhr herum und verschüttete dabei Milch aus meinem

Eimer. Elizabeth Bradford warf mir einen bösen Blick zu, als ein Tröpfchen auf dem Saum ihres Gewandes landete. „Tollpatsch!“, zischte sie. So traf ich sie fast im gleichen Zustand wieder wie beim letzten Augenblick vor über einem Jahr: mürrisch und verwöhnt.

Sie fand nicht einmal einen Gruß der Mühe wert. Typisch. „Wo steckt Mompellion?“, wollte sie wissen. „Seit gut einer Viertelstunde klopfe ich nun schon an diese Tür. So früh kann er doch unmöglich außer Haus sein.“

Ich zwang meine Stimme zu salbungsvoller Höflichkeit. „Miss Bradford“, sagte ich, ohne auf ihre Frage weiter einzugehen, „welch große Überraschung und unvorhergesehene Ehre, Sie hier in unserem Dorf zu erblicken. Sie haben uns in solcher Eile verlassen und inzwischen so viel Zeit verstreichen lassen, dass wir bereits alle Hoffnung aufgegeben hatten, je wieder mit Ihrer Gegenwart beehrt zu werden.“

Elizabeth Bradford war so maßlos überheblich und derart begriffsstutzig, dass sie nur die Wörter hörte, dem Tonfall aber keine Beachtung schenkte. „In der Tat.“ Sie nickte. „Meine Eltern waren sich darüber im Klaren, dass unsere Abreise eine unfüllbare Lücke hinterlassen würde. Sie sind sich ihrer Verpflichtungen stets sehr bewusst gewesen. Und genau aus diesem Pflichtgefühl heraus sind wir von Bradford Hall fortgegangen, damit unsere Familie gesund bleibt und wir auch weiterhin unsere Verantwortung wahrnehmen können. Mompellion hat doch sicher den Brief meines Vaters der Gemeinde vorgelesen?“

„Hat er“, erwiderte ich, ohne hinzuzufügen, dass er ihn zum Anlass genommen hatte, eine seiner flammendsten Predigten zu halten, die wir je von ihm gehört hatten.

„Also, wo steckt er? Meine Angelegenheit ist dringlich.“

„Miss Bradford, ich muss Ihnen mitteilen, dass der Herr Pfarrer gegenwärtig niemanden empfängt. Die jüngsten Ereignisse sowie sein eigener schmerzhafter Verlust haben ihn so erschöpft, dass man ihm die Last der Gemeindearbeit nicht aufbürden kann.“

„Nun ja, das mag schon sein, soweit es gewöhnliche Gemeindemitglieder betrifft, aber er weiß ja nicht, dass meine Familie zurückgekehrt ist. Sei so gut und teile ihm mit, dass ich ihn auf der Stelle zu sprechen wünsche.“

Jeder weitere Disput mit dieser Frau war zwecklos, also drehte ich mich um und ging voraus, um das große Pfarrhaustor zu öffnen. Sie rümpfte die Nase über dieses Verhalten, denn sie hatte erwartet, ich würde zum Küchengarten herumgehen, dann wiederkommen und sie mit der üblichen Förmlichkeit hereinlassen. Nun, die Zeiten hatten sich geändert, und je eher sie sich an die Unannehmlichkeiten der neuen Ära gewöhnte, desto besser.

Sie schob sich an mir vorbei und ging zielstrebig Richtung Wohnraum. Als ihr bewusst wurde, wie kahl der Raum war, aller ehemaligen Bequemlichkeiten beraubt, war sie überrascht, das sah ich ihr an.

Droben benötigte ich eine Minute, um mich zu sammeln, ehe ich an die Tür klopfte. Wenn ich dem Herrn Pfarrer den Besuch meldete, wollte ich weder mit Worten noch mit meiner Miene mehr ausdrücken, als mir zustand.

„Komm", sagte er. Bei meinem Eintreten stand er am Fenster. Erstmals waren die Läden geöffnet. Er wandte mir den Rücken zu. „Elinor wäre traurig, wenn sie sähe, was aus ihrem Garten geworden ist."

„Ich nehme an, sie hätte Verständnis dafür, warum es so ist", erwiderte ich. „Aber auch wenn wir genug Hände zum Unkrautjäten und für den Rückschnitt hätten – so wär's doch nicht ihr Garten. Ihr Blick würde uns fehlen. Denn das hat ihn zu ihrem Garten gemacht: die Art und Weise, wie sie sich im Winter beim Betrachten einer Hand voll winziger Samen vorstellen konnte, welche Blütenpracht Monate später im Sonnenlicht daraus entstehen würde. Es war, als malte sie mit Blumen."

Er wandte sich um und starrte mich an. „Du hast sie *wirklich* gekannt!" Es klang, als wäre ihm das eben erst aufgefallen.

Um meine Verwirrung zu verbergen, platzte ich mit dem heraus, was ich eigentlich so vorsichtig hatte übermitteln wollen. „Miss Bradford ist im Wohnzimmer. Die Familie ist wieder im Herrenhaus. Sie sagt, sie müsse dringend mit Ihnen sprechen."

Was dann geschah, verblüffte mich. Er lachte. Ein volles, amüsiertes Lachen. Mittlerweile hatte ich ganz vergessen, wie es klang, so lange hatte ich es schon nicht mehr gehört. „Ich weiß, ich habe sie gesehen. Hat wie eine Belagerungsmaschine gegen meine Tür gedonnert."

„Welche Antwort soll ich ihr geben?"

„Sag ihr, sie soll zur Hölle fahren."

Beim Anblick meines Gesichtes lachte er wieder. Mühsam rang er um Fassung, während er sich eine Träne aus dem Auge wischte. „Nein, man kann wohl kaum von dir erwarten, dass du solch eine Botschaft überbringst. Formuliere es wie immer es dir beliebt, aber übermittle Miss Bradford, dass ich sie nicht empfangen werde."

Mir kam es vor, als ginge ich in doppelter Gestalt die Treppe hinab. Die eine war das verschüchterte Mädchen, das für die Bradfords gearbeitet und harte Worte gefürchtet hatte; die andere war Anna Frith, eine

Frau, die mehr Schrecken Auge in Auge gegenübergestanden war als viele Soldaten. Elizabeth Bradford war ein Feigling, die Tochter von Feiglingen. Als ich ihr im Wohnzimmer entgegentrat und ihren erregten Gesichtsausdruck sah, wusste ich, dass ich von ihr nichts mehr zu befürchten hatte.

„Tut mir Leid, Miss Bradford, aber der Herr Pfarrer sieht sich gegenwärtig außerstande, Sie zu empfangen." Ich hielt meine Stimme möglichst ausdruckslos, aber als die Unterkiefer in ihrem wütenden Gesicht zu mahlen begannen, ertappte ich mich bei dem Gedanken an meine wiederkäuende Kuh. Nur mit großer Mühe gelang es mir, Haltung zu bewahren und fortzufahren. „Wie bereits erwähnt, kommt er derzeit keinerlei seelsorgerischen Pflichten nach und begibt sich weder in Gesellschaft, noch empfängt er irgendwelche Personen."

„Wie kannst du es wagen, mich so süffisant anzugrinsen, du freche Schlampe!", schrie sie. „Mich wird er nicht abweisen, das würde er nicht wagen. Aus dem Weg!" Sie trat auf die Tür zu, aber ich stellte mich ihr in den Weg. Einen langen Augenblick starrten wir einander an. „Na gut", sagte sie und nahm ihre Handschuhe vom Kaminsims. Daraufhin trat ich beiseite, da ich sie eigentlich zur Vordertür bringen wollte. Stattdessen drückte sie sich aber an mir vorbei und war schon halb die Treppe hinauf, als der Pfarrer höchstpersönlich oben an der Treppe auftauchte.

„Miss Bradford", sagte er, „hätten Sie die Güte, dort zu bleiben, wo Sie sind!" Trotz seiner leisen Stimme ließ sein gebieterischer Tonfall sie wie angewurzelt stehen bleiben. Die gebeugte Haltung der letzten Monate war wie weggeblasen, hoch aufgerichtet und kerzengerade stand er da. Endlich war er wieder am Leben. Und nun konnte ich trotz seines Gewichtsverlustes erkennen, dass die Auszehrung in seinem Gesicht keine zerstörerischen Spuren hinterlassen, sondern ihm sogar noch Charakter verliehen hatte. „Ich wäre Ihnen sehr verbunden, wenn Sie davon absehen würden, Mitglieder meines Haushalts zu beleidigen, die meine Anweisungen ausführen. Bitte haben Sie die Freundlichkeit, sich von Mrs Frith zur Tür begleiten zu lassen."

„Das können Sie doch nicht machen!", erwiderte Miss Bradford. „Meine Mutter bedarf Ihrer …"

„Meine liebe Miss Bradford", unterbrach er sie kühl, „im vergangenen Jahr hatten hier viele Menschen Bedürfnisse, zu deren Befriedigung Sie und Ihre Familie imstande gewesen wären. Und doch waren Sie nicht hier. Bitte sagen Sie Ihrer Mutter freundlichst, sie möge meine

Abwesenheit gütigst im gleichen Maße tolerieren, wie dies Ihre Familie so lange bezüglich der eigenen für sich in Anspruch genommen hat."

Plötzlich fing sie aus heiterem Himmel zu weinen an. „Meine Mutter ist schwer krank. Sie befürchtet, sie wird daran sterben. Der Chirurg schwor, dass es eine Geschwulst sei, aber jetzt steht außer Frage … Bitte, Reverend Mompellion, sie redet nur noch davon, Sie zu sehen. Aus diesem Grund sind wir wieder hierher gekommen, damit Sie ihr vielleicht Trost spenden und dabei helfen können, dem Tod ins Antlitz zu schauen."

Eine lange Weile blieb er stumm. Als er wieder sprach, war sein Gesicht so traurig, wie ich es schon oft gesehen hatte. Nur seine Stimme klang fremd und rau. „Sollte sich Ihre Mutter von mir Absolution wie von einem Papisten erhoffen, dann hat sie eine lange Reise umsonst gemacht. Mit ihrer Bitte um Vergebung sollte sie sich unmittelbar an Gott wenden. Leider fürchte ich, dass sie in ihm einen schlechten Zuhörer finden könnte, wie es schon vielen von uns hier ergangen ist." Und damit drehte er sich um, stieg die Stufen zu seinem Zimmer hinauf und zog die Tür hinter sich zu.

Elizabeth Bradford streckte die Hand aus und suchte Halt am Treppengeländer. Ihre Schultern bebten unter einem Schluchzen, das sie mit aller Macht zu unterdrücken versuchte. Instinktiv trat ich zu ihr. Trotz meiner Abneigung gegen sie und ihrer Verachtung für mich sackte sie wie ein Kind in meine Arme. Ich führte sie in die Küche, setzte sie auf die Bank und bot ihr einen Becher Wasser an, den sie durstig trank.

„Ich sagte, die Familie sei wieder da, aber in Wahrheit handelt es sich nur um meine Mutter, um mich und unsere persönlichen Bediensteten. Seit mein Vater über ihren Gesundheitszustand Bescheid weiß, will er mit ihr nichts mehr zu tun haben. Meine Mutter hat keinen Tumor, aber auch das, was sie hat, wird sie in ihrem Alter möglicherweise umbringen. Und mein Vater sagt, es sei ihm egal. Er sagt die entsetzlichsten Dinge … Seine eigene Frau hat er Hure genannt …" Und hier hielt sie endlich inne. Sie hatte weit mehr gesagt, als sie eigentlich wollte. Sie erhob sich ganz plötzlich, straffte die Schultern und streckte mir ohne ein Dankeschön den leeren Becher hin. „Ich finde schon alleine hinaus", sagte sie, während sie an mir vorbeirauschte. Als die große Eichentür laut ins Schloss fiel, wusste ich, dass sie fort war.

Erst jetzt gestattete ich mir ein kurzes Erstaunen über das, was Mr Mompellion zu ihr gesagt hatte. Offenbar hatte sich sein Sinn sogar noch mehr verdüstert, als ich vermutet hatte. Leise stieg ich die Treppe hinauf. Ich klopfte sachte, und als von ihm keine Antwort kam, öffnete ich die Tür. Er saß da und hatte den Kopf in die Hände gestützt. Wie immer lag die Bibel neben ihm, ungeöffnet. Plötzlich stand mir wieder ganz deutlich vor Augen, wie er immer so dagesessen hatte, neben ihm Elinor, die ihm mit sanfter Stimme aus den Psalmen vorlas. Ohne ihn um Erlaubnis zu bitten, hob ich die Bibel auf und schlug eine mir wohl bekannte Stelle auf:

„Lobe den Herrn, meine Seele,
und vergiss nicht, was er dir Gutes getan hat!
Der dir alle deine Sünden vergibt
und heilet alle deine Gebrechen;
der dein Leben vom Verderben erlöst …"

Er erhob sich aus seinem Lehnstuhl und nahm mir das Buch aus der Hand. Seine Stimme klang tief und doch zerbrechlich. „Sehr gut gelesen, Anna. Ich sehe, ich kann die Liste von Elinors hervorragenden Fähigkeiten um die einer hervorragenden Lehrerin erweitern. Aber warum hast du nicht diese Stelle gewählt?" Er blätterte ein paar Seiten um und begann zu rezitieren:

„Dein Weib wird sein wie ein fruchtbarer Weinstock
drinnen in deinem Hause,
deine Kinder wie junge Ölbäume um deinen Tisch her."

Er hob die Augen und starrte mich durchdringend an, ehe er langsam und ganz bewusst die Hand öffnete. Das Buch glitt ihm aus den Fingern. Instinktiv stürzte ich vor, um es zu fangen, aber er packte meinen Arm. Mit einem dumpfen Knall fiel die Bibel zu Boden.

Da standen wir nun, von Angesicht zu Angesicht. Immer stärker umklammerte seine Hand meinen Unterarm, bis ich dachte, er würde ihn brechen. „Herr Pfarrer", sagte ich, wobei ich mich mit aller Macht um eine ruhige Stimme bemühte. Daraufhin ließ er meinen Arm fallen, als habe er sich daran verbrannt. Sein derber Griff hatte eine rote Druckstelle hinterlassen, in der es heftig pochte. Ich konnte spüren, wie mir Tränen in die Augen schossen, und wandte mich ab, damit er sie nicht sehen konnte. Diesmal ging ich unaufgefordert.

2

FRÜHLING, anno 1665

Der Winter nach Sams Tod in der Grube war der härteste meines bisherigen Lebens. Als daher im darauf folgenden Frühling George Viccars auf der Suche nach Logis an meine Türe klopfte, glaubte ich, Gott habe ihn gesandt. Später gab es welche, die sagten, es sei der Teufel gewesen.

Klein Jamie kam ganz aufgeregt zu mir gelaufen, wobei er über seine Füße ebenso stolperte wie über die Wörter. „Draußen, Mami, 'n Mann. Draußen, an 'er Tür, 'n Mann."

Als ich aus dem Küchengarten trat, zog George Viccars schwungvoll seinen Hut vom Kopf und richtete seinen Blick resepektvoll zu Boden.

„Wenn's beliebt, Mrs Frith, so hat man mir im Pfarrhaus erzählt, Sie hätten vielleicht ein Zimmer zu vermieten."

Störschneider sei er, sagte er, der seine Dienste den Kunden in deren Wohnungen oder Bauernhöfen zur Verfügung stelle. Seine eigene gute und schlichte Kleidung verriet, dass er Talent besaß. Gerade eben hatte er sich eine Stelle bei meinem Nachbarn, dem Schneider Alexander Hadfield, gesichert. Obwohl er schon den ganzen langen Weg von Canterbury zurückgelegt hatte, sah er sauber und ordentlich aus. Er wirkte bescheiden und unaufdringlich, und als er mir sagte, er sei bereit, wöchentlich einen Sixpence für die Dachkammer zu bezahlen, hätte ich ihn sogar genommen, wenn er schmutzig wie ein Schwein gewesen wäre. Ich vermisste die Einkünfte von Sams Grube schmerzlich. Da ich Tom immer noch stillte, konnte ich den kargen Ertrag vom Vieh nur wenig durch meine vormittägliche Arbeit im Pfarrhaus und gelegentliche Dienste im Herrenhaus aufbessern. Mr Viccars' Sixpence würde für unser Häuschen viel bedeuten. Aber am Ende der Woche hätte am liebsten ich *ihn* bezahlt, denn George Viccars brachte das Lachen wieder ins Haus. Und später, als ich über alles nachdenken konnte, war ich froh, dass ich die Erinnerung an jene Frühlings- und Sommertage hatte, an denen Jamie gelacht hatte.

Während meiner Arbeit passte die junge Tochter der Martins auf das Baby und Jamie auf. Sie war ein braves Mädchen und ließ die Kinder nicht aus den Augen, aber sie war eben eine Puritanerin, die Lachen für gottlos hielt. Jamie mochte ihre ernste Art nicht und war immer so froh, wenn er mich heimkommen sah, dass er zur Tür sauste und ganz fest meine Knie umklammerte. Am Tag nach George Viccars' Ankunft jedoch stand kein Jamie an der Tür, doch ich hörte Kinderlachen. Ich weiß noch genau, wie verwundert ich war. Hatte sich Jane Martin tatsächlich überwunden, mit ihm zu spielen? Als ich zur Tür kam, rührte Jane mit ihrer üblichen finsteren Miene im Suppentopf, während George Viccars auf allen vieren mit einem vor Begeisterung quietschenden Jamie als Reiter durchs ganze Zimmer kroch.

„Jamie! Steig sofort von dem armen Mr Viccars herunter!", rief ich, aber George Viccars warf nur lachend seinen Blondschopf zurück und wieherte. „Ich bin sein Pferd, Mrs Frith. Er ist ein ausgezeichneter Reiter und gibt mir kaum die Peitsche."

Als ich am nächsten Tag heimkam, waren die zwei gerade dabei, die Stühle mit Hafersäcken zu verhängen, um daraus ein Haus zu bauen. Ich sagte George Viccars, wie sehr ich seine Freundlichkeit schätzte, aber er tat meinen Dank nur ab. „Ach, er ist ein prächtiger Junge. Sein Vater muss sehr stolz auf ihn gewesen sein."

Da es damals in den Nachbardörfern keinen Schneider gab, hatte Mr Hadfield reichlich Arbeit für seinen neuen Gesellen. Mr Viccars saß am Feuer und nähte bis tief in die Nacht hinein. Manchmal suchte ich mir eine Beschäftigung in Herdnähe, um ihm ein wenig Gesellschaft zu leisten, was er mir mit vielerlei Geschichten aus jenen Orten vergalt, wo er schon gewesen war. Mr Viccars kannte die großen Städte London und York, das rege Hafenleben von Plymouth sowie den nicht enden wollenden Pilgerstrom in Canterbury. Ich lauschte seinen Geschichten mit Vergnügen.

Solche Abende hatte ich mit Sam nie gehabt. Er hatte sich für jegliche Informationen aus der winzigen Welt, an der ihm lag, auf mich verlassen. Er war's zufrieden, wenn er nur völlig erschöpft auf seinem Stuhl saß, der unter seinem mächtigen Körper ganz winzig aussah, und meinem belanglosen Geplänkel zuhören konnte. Sams Welt war ein feuchtdunkles Labyrinth aus Schächten und Stollen, fünf Klafter unter der Erde. Er wusste, wie man mit Wasser und Feuer Kalkstein sprengt, kannte den gegenwärtigen Wert eines Bleibarrens, wusste, wer wem irgendwelche Schürfrechte geklaut hatte. Soweit ihm die Bedeutung von Liebe bewusst war, wusste er, dass er mich liebte, umso mehr, nachdem ich ihm zwei Söhne geschenkt hatte. In diesen engen Grenzen verlief sein ganzes Leben.

George Viccars schien nie Grenzen gekannt zu haben. Beim Eintritt in unser Häuschen brachte er die große weite Welt mit. Er stammte aus dem Peak District. Allerdings hatte man ihn schon als Lehrling nach Plymouth geschickt, wo er im Hafen weit gereiste Seidenhändler kennen gelernt und sich mit Spitzenmachern angefreundet hatte, sogar mit verfeindeten Holländern. Und welche Geschichten er erzählen konnte: von barbarischen Seefahrern, die indigoblaue Turbane um ihre kupferfarbenen Gesichter wickelten oder von einem muselmanischen Kaufmann, dessen vier Frauen so tief verschleiert waren, dass jede nur mit einem Auge aus ihrer Hülle blinzeln konnte! Am Ende seiner Lehrzeit war er nach London gegangen, da die Rückkehr von König Karl II. für Aufschwung in jeglichem Gewerbe gesorgt hatte. Dort war er reichlich damit beschäftigt gewesen, Livreen für die Bediensteten der Höflinge zu schneidern. Und trotzdem war er der Stadt überdrüssig geworden.

„London ist etwas für die ganz Jungen und Schwerreichen“, sagte er. „Andere können dort nicht lange Erfolg haben.“

Angesichts der Tatsache, dass er noch nicht einmal 25 war, meinte ich lächelnd, auf mich wirke er aber noch jung genug.

„Schon möglich, Mistress“, erwiderte er. „Trotzdem wurde ich es leid, nicht weiter als bis zur rußgeschwärzten Wand auf der gegenüberliegenden Straßenseite sehen zu können und immer nur den Krach von Kutschenrädern zu hören. Ich sehnte mich nach mehr Platz und guter Luft, denn überall in London spucken die Kohlefeuer Ruß und Schwefel aus.“

Alexander Hadfield hatte aus London einen Ballen Stoff bestellt. Als das Paket eintraf, wollten viele im Dorf unbedingt wissen, welche Farben und Schnitte man derzeit in der Stadt trug. Weil das Paket feucht ankam – es hatte die letzte Wegstrecke in einem offenen Ochsenkarren im Regen zurückgelegt –, bat Alexander Hadfield seinen Gehilfen, sich um das Trocknen zu kümmern. Also zog George Viccars Leinen durch unseren Küchengarten und schlang die Stoffbahnen darum, wodurch jeder reichlich Gelegenheit hatte, sie sich anzusehen und sein Urteil abzugeben. Natürlich machte sich Jamie ein Spiel daraus, zwischen den flatternden Bahnen hin und her zu rennen und so zu tun, als sei er ein Ritter beim Turnier.

George Viccars hatte überreichlich Bestellungen. Umso überraschter war ich, als ich nur wenige Tage nach der Ankunft der Londoner Stoffe bei meiner Rückkehr von der Arbeit ein Kleid aus feinster Wolle zusammengefaltet auf dem Lager in meinem Zimmer vorfand. Es hatte die grün-goldene Farbe sonnengefleckter Blätter und einen schlichten, aber guten Schnitt, und Kragen und Manschetten waren mit Genueser Spitze verziert. So etwas Hübsches hatte ich noch nie besessen. Sogar für meine Hochzeit hatte ich mir von einer Freundin ein Kleid geborgt. Und seit Sams Tod hatte ich ein und denselben formlosen Kittel aus rauer Serge getragen, puritanisch schwarz und ohne jegliche Verzierung. Ich hielt das weiche Gewand vor mich hin, trat ans Fenster und versuchte, ein wenig von meinem Spiegelbild in der Scheibe zu erhaschen. Im Glas sah ich George Viccars hinter mir stehen und ließ das Gewand fallen, weil ich mich schämte, dass man mich bei hoffärtigem Tun ertappt hatte. Aber er strahlte mich an, und als er meine Verlegenheit bemerkte, senkte er höflich die Augen.

„Verzeihen Sie mir, aber schon beim ersten Anblick dieses Tuches habe ich sofort an Sie gedacht, denn das Grün entspricht genau Ihrer Augenfarbe."

Ich spürte, wie ich rot anlief. „Sie sind so freundlich, aber trotzdem kann ich dieses Gewand nicht von Ihnen annehmen. Sie wohnen hier bei mir zur Untermiete, und ich bin froh, jemanden wie Sie zu haben. Aber es muss Ihnen klar sein, dass es gefährlich ist, wenn Mann und Frau unter einem Dach wohnen. Ich fürchte, wir nähern uns zu sehr der Grenze zur Freundschaft …"

„Wenn's doch nur so wäre!", warf er leise ein und machte ein ernstes Gesicht. Seine Augen suchten mich. Nun lief ich erneut rot an und wusste keine Antwort mehr. Auch er wirkte ziemlich erhitzt. Ob auch er rot wurde? Aber als er dann einen Schritt auf mich zu tat, stolperte er ein bisschen und musste sich rasch mit einer Hand an der Wand abstützen, um sein Gleichgewicht wieder zu finden. Er hob seine Hände an die Stirn und rieb darüber, als ob er Schmerzen habe. „Behalten Sie das Gewand auf alle Fälle", meinte er leise. „Ich möchte Ihnen nur dafür danken, dass Sie einen Fremden in Ihrem Haus aufgenommen haben."

„Sir, ich danke Ihnen. Trotzdem kommt es mir nicht richtig vor", sagte ich.

„Warum holen Sie sich nicht morgen früh Rat, wenn Sie im Pfarrhaus sind?", fragte er. „Falls Ihr Pfarrer nichts Unschickliches daran findet, dann gibt's da wohl auch nichts dabei zu finden, oder?"

Ich fand seinen Vorschlag ziemlich weise und stimmte zu, denn eines wusste ich: Wenn ich auch in einer derartigen Angelegenheit mein Herz nicht dem Herrn Pfarrer ausschütten konnte, so wüsste doch Elinor Mompellion Rat. Außerdem entdeckte ich zu meiner Überraschung, dass in mir noch immer genug Weiblichkeit war, um dieses Gewand tragen zu wollen.

„Werden Sie's denn wenigstens anprobieren? Sollten Sie morgen erfahren, dass Sie dieses Geschenk nicht annehmen dürfen, dann haben Sie meine Mühen wenigstens damit vergolten, dass Sie mich sehen lassen, wie ich gearbeitet habe."

Da stand ich nun. Meine Neugierde, dieses Gewand am Körper zu haben, siegte über mein Gespür dafür, was sich schickte. Ich winkte Mr Viccars die Treppe hinunter, wo er auf mich warten sollte, und zog meinen groben Serge-Kittel aus. Erstmals seit Monaten fiel mir auf, wie verschmuddelt meine Unterwäsche war. Da ich es unschicklich fand, das neue Kleid über diese unsauberen Teile anzuziehen, schlüpfte ich auch aus diesen. Einen Augenblick stand ich da und betrachtete meinen Körper. Harte Arbeit und ein karger Winter hatten mir die weichen Polster geraubt, die von Toms Geburt zurückgeblieben waren. Sam hatte es gemocht, wenn ich etwas auf den Rippen hatte. Was gefiel wohl George Viccars? Der Gedanke erregte mich so, dass ich rot anlief. Ich hob das grüne Kleid auf. Weich glitt es über meine nackte Haut. Mein Körper fühlte sich so lebendig an wie schon lange nicht mehr, und ich wusste nur allzu genau, dass dies nur teilweise damit zu tun hatte, wie gut sich dieses Kleid anfühlte. Bei jeder Bewegung schwang der Rock mit, und am liebsten hätte ich getanzt wie ein Mädchen.

George Viccars hatte mir den Rücken zugedreht und wärmte sich die Hände am Feuer. Als er meine Schritte auf der Treppe hörte, drehte er sich um und hielt vor Bewunderung die Luft an. Dann strahlte er übers ganze Gesicht. Ich drehte mich im Kreise, und der Rock wirbelte um mich herum. Er klatschte in die Hände und breitete anschließend die Arme weit aus. „Mistress, Ihnen würde ich ein Dutzend solcher Gewänder machen, um Ihre Schönheit zu offenbaren!" Dann schwand der spielerische Ton aus seiner Stimme, sie wurde leiser, belegt. „Ich wünschte, Sie würden mich für wert halten, Sie in jeder Hinsicht zu umsorgen." Er kam durchs Zimmer auf mich zu, umfasste meine Taille, zog mich zärtlich an sich und küsste mich.

Ich will nicht behaupten, dass ich wüsste, was passiert wäre, wenn sich seine Haut bei der leisesten Berührung nicht derart heiß angefühlt hätte, dass ich zurückwich. „Aber Sie haben ja Fieber!", rief ich und legte ihm mütterlich die Hand auf die Stirn. Damit war der Zauber dieses Augenblicks gebrochen.

„Das ist wahr", erwiderte er, wobei er mich losließ und sich erneut die Schläfen rieb. „Schon den ganzen Tag hatte ich leichten Schüttelfrost.

Jetzt wird es schlimmer, mein Kopf dröhnt, und ein schrecklicher Schmerz wühlt in meinen Knochen."

„Gehen Sie zu Bett", sagte ich zärtlich. „Ich werde Ihnen ein kühles Getränk mit nach oben geben. Morgen, wenn Sie wieder ganz gesund sind, werden wir über diese Dinge sprechen."

Wie George Viccars in jener Nacht schlief, weiß ich nicht. Ich jedenfalls fand nur mühsam Ruhe, weil ich noch ganz durcheinander war von sich überschlagenden Gedanken und wieder erwachten Gefühlen. Lange Zeit lag ich im Dunkeln und lauschte den Atemzügen meiner Kleinen neben mir. Ich schloss die Augen und beschwor jenes Gefühl herauf, das ich empfunden hatte, als sich George Viccars' Hände zärtlich um meine Taille gelegt hatten. In der Dunkelheit umschloss meine ausgestreckte Hand Toms winzige Faust. Ich liebte die Berührung durch die Händchen meiner Kinder, und doch war da noch eine andere Art von Berühren, wonach mein Körper hungerte.

Am Morgen erhob ich mich noch vor dem ersten Hahnenschrei, um meine Haushaltspflichten zu erledigen, bevor George Viccars aus seiner Dachkammer herunterkam. Die Kinder ließ ich schlafend in einem Knäuel zurück, den Winzling Tom, der sich wie eine Nuss in ihre Schale kuschelte, und Jamie, der die dünnen Ärmchen weit über die Pritsche breitete. Beide Köpfchen, auf denen das zarte blonde Flaumhaar ihres Vaters spross, schimmerten hell in der Dämmerung. Zwischen meinen dunklen Haaren und ihren blassen Locken konnte es keinen größeren Unterschied geben. Allerdings meinte jeder, ihre kleinen Gesichter würden eher meinem ähneln als dem ihres Vaters. Ich drückte mein Gesicht in ihren Nacken und atmete ihren Hefegeruch ein. Gott warnt uns, wir sollen kein irdisch Gut mehr lieben als ihn, und doch erweckt er im Herzen einer Mutter eine so glühende Zuneigung zu ihren Kindern. Es ist mir unbegreiflich, wie er uns so hart prüfen kann.

Drunten fachte ich die Glutbrocken an, bis das Feuer wieder brannte, und ging dann nach draußen zum Brunnen, um die tägliche Wasserration zu holen. Ich setzte einen großen Kessel aufs Feuer und goss mir selbst eine Schüssel voll ein, um mich zu waschen. Dann schrubbte ich die Sandsteinplatten. Während sie trockneten, wickelte ich mich in mein Tuch, nahm Suppe und Brot in den Küchengarten hinaus und schaute zu, wie sich der Himmel am Rande rosig färbte. Genau der richtige Morgen, um über einen neuen Anfang nachzusinnen. Beim Anblick eines Braunkehlchens, das einen Wurm als Futter für seine Jungen heranschleifte, kam ich ins Grübeln. Sollte auch ich mich auf die Suche nach jemandem machen, der mir beim Aufziehen meiner Buben half?

Sam hatte mir zwar die Kate samt Schafherde hinterlassen, aber als man seine Leiche aus der Grube brachte, wurde sein Schürfrecht noch am selben Tag eingezogen. Jetzt gehörte die Grube Jonas Howe. Da er ein guter Mensch und ein Freund von Sam war, hatte er das Gefühl, er habe mich betrogen, obwohl man wohl kaum von Betrug reden kann, wenn hier ein striktes Gesetz gilt, dass niemand eine Grube behalten darf, wenn er nicht binnen drei Schichten einen Trog Bleierz fördern kann. Jonas meinte, er würde meine Buben zusammen mit seinen eigenen zu Bergarbeitern machen, sobald sie im richtigen Alter seien. Obwohl ich ihm für sein Versprechen dankte, hoffte ich inständig, sie nicht in jenem Maulwurfsleben zu sehen, wo sie an Felsen nagen und Wassereinbrüche, Feuer und einstürzende Schächte fürchten mussten. Da war das Schneiderhandwerk doch etwas ganz anderes. Das würde ich sie mit Freude lernen lassen. Außerdem war George Viccars ein guter Mensch mit rascher Auffassungsgabe. Ich genoss seine Gesellschaft. Und seine Berührung hatte mich nicht abgestoßen. Sam hatte ich aus weit geringeren Gründen geheiratet. Andererseits war ich auch keine 15 mehr, und Entscheidungen ließen sich nicht mehr so unbesonnen treffen.

Nach meinem Frühstück suchte ich unter den Sträuchern ein paar Eier, eines für George Viccars, das andere für Jamie. Meine Hühner waren widerspenstig und würden nie in ihren Nestern legen. Ich ging wieder ins Haus, um für das morgige Brotbacken Teig zu kneten, bedeckte ihn dann mit einem Tuch und stellte ihn in die Nähe des Feuers, damit er gehen konnte. Danach begab ich mich nach oben, um Tom an die Brust zu legen, damit ihn Jane Martin bei ihrer Ankunft mit vollem Bauch vorfinden würde.

Weit vor sieben Uhr war ich im Pfarrhaus, und doch befand sich Elinor Mompellion bereits in ihrem Garten. Mrs Mompellion bezeichnete ihren Garten als ihr kleines Eden, was Gott meiner Ansicht nach nicht missfiel. Im Gegensatz zu den meisten feinen Damen zauderte Mrs Mompellion nicht, mit eigenen Händen zuzupacken, sodass man sie nicht selten wie eine Putzfrau mit Dreckspuren im Gesicht antraf, weil sie achtlos Haarsträhnen zurückstrich, die sich beim Graben und Jäten gelöst hatten.

Mit 25 besaß Elinor Mompellion die zerbrechliche Schönheit eines Kindes. Sie hatte eine blasse Perlmutthaut, die so dünn war, dass man an ihren Schläfen die Adern sehen konnte. Ihre Haare umrahmten ihren

Kopf wie ein zarter heller Heiligenschein, ihre Augen waren blass und von einem weißlichen Blau wie ein Winterhimmel. Bei unserer ersten Begegnung erinnerte sie mich an die Pusteblume eines Löwenzahns, so schwerelos, dass ein Atemhauch sie forttragen konnte. Aber dieser fragile Körper war erfüllt von einem kraftvollen Geist, der zu Begeisterungsstürmen fähig und von einer treibenden Kraft besessen war. Da war etwas in ihr, was nicht die Unterschiede sehen konnte oder wollte, die alle Welt zwischen schwach und stark machte, zwischen Frau und Mann, Tagelöhner und Herr.

An jenem Morgen fand ich sie, wie sie auf Knien abgeblühte Gänseblümchen abzupfte. „Guten Morgen, Anna", sagte sie, als sie mich erblickte. „Wusstest du, dass der Tee aus dieser unscheinbaren kleinen Blüte fiebersenkend wirkt?" Mrs Mompellion ließ keine Minute verstreichen, ohne den Versuch zu unternehmen, mich zu unterrichten, und meist war ich eine willige Schülerin.

Schon immer hatte ich die Hochsprache geliebt. Meine größte Freude als Kind war der Kirchgang gewesen, nicht weil ich besonders fromm war, sondern weil ich mich danach sehnte, den schönen Gebetsworten zu lauschen. Jeden Sonntag machte ich mich ans Werk, die schönsten Messeteile auswendig zu lernen. Wenn es mir gelang, den Augen meiner Stiefmutter zu entwischen, trieb ich mich im Kirchhof herum und versuchte, die Formen der Buchstaben auf den Grabsteinen nachzuzeichnen. Wenn ich die Namen der Toten kannte, konnte ich die dort eingravierten Zeichen den Lauten zuordnen, die meiner Vermutung nach dafür stehen mussten. Als Stift benutzte ich einen angespitzten Stecken, als Tafel eine glattes Stückchen Erde.

Einmal ertappte mich mein Vater dabei, als er gerade eine Fuhre Brennholz zum Pfarrhaus karrte. Bei seinem Anblick zuckte ich derart zusammen, dass mir der Stecken unter der Hand zerbrach. Josiah Bont machte nicht viele Worte, und die meisten bestanden aus Flüchen. Ich duckte mich vor ihm in Erwartung eines Fausthiebs, denn er war ein großer Mann, dem schnell die Hand ausrutschte. Und doch setzte es keine Hiebe, weil ich mich vor meinen Aufgaben gedrückt hatte. Nach einem stummen Blick auf die Buchstaben, an denen ich mich versucht hatte, fuhr er sich mit der dreckigen Faust übers Stoppelkinn und ging seines Weges.

Erst später erfuhr ich, dass mein Vater an besagtem Tag sogar in der Bergarbeitertaverne mit mir geprahlt und gesagt hatte, er wünsche sich das Geld, mich zur Schule gehen zu lassen. Dies war leicht dahergeredet, da es in Dörfern wie unserem keine Schulen gab, nicht einmal für die Buben. Und doch wurde mir bei dieser Mitteilung ganz warm ums Herz. Noch nie hatte mein Vater mich gelobt. Und die Tatsache, dass er mich für klug hielt, erweckte in mir die Hoffnung, dass es tatsächlich so sein könnte. Ich wurde kühner und murmelte bei meiner Arbeit Psalmen vor mich hin, was als reiner Ohrenschmaus gedacht war, mich aber unverdienterweise in den Ruf einer religiösen Schwärmerin brachte, was wiederum zu einer Empfehlung für eine Stellung im Pfarrhaus führte. Dies eröffnete mir jene Tür zu dem Lernen, das ich so heiß ersehnte.

Binnen einem Jahr nach ihrer Ankunft hatte mir Elinor Mompellion die Buchstaben so gut beigebracht – leider blieb meine Handschrift unschön –, dass ich nur wenig Mühe hatte, fast alle Bände ihrer Bibliothek zu lesen. Oft kam sie nachmittags bei meiner Kate vorbei und gab mir eine Aufgabe, mit der ich mich beschäftigen musste, während sie ihren übrigen Besuchen bei Gemeindemitgliedern nachging. Auf dem Heimweg schaute sie dann nochmals vorbei, um zu sehen, wie ich damit zurande gekommen war. Manchmal hielt ich mitten im Unterricht inne und lachte aus purer Freude. Dann lächelte sie, denn meine Begeisterung fürs Lernen war so groß wie die ihre fürs Unterrichten.

Gelegentlich schlichen sich Schuldgefühle in mein Vergnügen, da ich meiner Ansicht nach all diese Aufmerksamkeit nur bekam, weil sie kein Kind empfangen konnte. Als sie und Mr Mompellion ganz jung und frisch verheiratet hier ankamen, beobachtete sie das ganze Dorf erwartungsvoll. Wochen vergingen, dann ganze Vierteljahre, aber Mrs Mompellions Taille blieb mädchenhaft schlank. Doch wir alle zogen Nutzen aus ihrer Unfruchtbarkeit. Sie bemutterte jene Kinder, die in den übervollen Katen nicht genug Mutterliebe bekamen, sie gab den Beladenen Rat und besuchte die Kranken, und sie wurde für alle unentbehrlich.

Nur mit ihrer Kräuterkunde wollte ich nichts zu schaffen haben. Wenn eine Pfarrersfrau solch ein Wissen besaß, war das eine Sache, aber bei einer verwitweten Frau meines Standes war das etwas ganz anderes. Ich wusste, wie rasch eine Witwe in den Köpfen der Leute zur Hexe wurde. Der erste Schritt in diese Richtung geschah meist, wenn eine Frau irgendwie in der Heilkunde herumdokterte. Als ich noch ein kleines Mädchen war, hatte es in unserem Dorf eine Hexenjagd gegeben. Die Angeklagte Mem Gowdie war genau jene weise Frau gewesen, die alle wegen Heilmitteln und als Hebamme aufsuchten. Es war ein grausames Jahr mit Missernten und vielen Fehlgeburten gewesen. Als ein Zwillingspaar, das am Brustbein zusammengewachsen war, tot zur Welt kam, hatte man begonnen von Teufelswerk zu reden. Die Blicke waren zur Witwe Gowdie gewandert und hatten sie zur Hexe gestempelt. Pastor Stanley erklärte sich persönlich bereit, die Angeklagte auf die Probe zu stellen, und nahm Mem Gowdie allein mit aufs Feld hinaus, wo er sich viele Stunden ernsthaft mit ihr auseinander setzte. Danach erklärte er feierlich, er habe sie jenes Übels gänzlich unschuldig befunden, und rügte alle, die sie bezichtigt hatten. Allerdings ging er auch heftig mit Mem ins Gericht und meinte, sie habe Gottes Willen getrotzt, als sie dem einfachen Volk erzählt hatte, man könne mit ihren Tees Krankheiten vorbeugen. Pastor Stanley glaubte, Gott schicke Krankheiten zur Prüfung und Züchtigung jener Seelen, die er erretten wolle. Mit jedem Versuch, diesen aus dem Weg zu gehen, würden wir uns jenen Lehren entziehen, die uns nach Gottes Willen auferlegt waren, und müssten stattdessen nach unserem Tod weit schlimmere Qualen erdulden.

Obwohl niemand je wieder die alte Mem auch nur im Flüsterton eine Hexe zu nennen wagte, gab es einige, die ihre junge Nichte Anys, die bei ihr lebte und ihr bei Entbindungen sowie beim Anbau, Trocknen und Mischen ihrer Kräuterarzneien half, schief anschauten. Meine Stiefmutter war eine davon. Aphra hegte einen großen Aberglauben und näherte sich Anys mit einer Mischung aus Angst und Ehrfurcht, ja vielleicht sogar mit etwas Neid. Ich war einmal in die Kate meines Vaters gekommen, als Anys mit einer Salbe gegen verklebte Augen gekommen war, worunter mitunter alle Kleinen litten. Zu meiner Überraschung sah ich, wie Aphra verstohlen eine weit geöffnete Schere, die wie ein Kreuz aussah, unter einem Stück Decke verbarg, das auf einem Stuhl lag. Den bot sie Anys an. Nachdem Anys gegangen war, schalt ich sie deswegen. Aber sie wischte meine Kritik einfach beiseite.

„Sag, was du willst, Anna, aber für eine arme Waise spaziert dieses Mädel viel zu stolz herum", hielt meine Stiefmutter dagegen. „Sie benimmt sich wie eine, die weitaus mehr weiß als wir." Nun ja, meinte ich, so sei's doch auch. Verstand sie denn nicht viel von Arzneien? Und profitierten wir denn nicht alle davon?

Aphra zog nur eine Grimasse. „Sieh nur, wie die Männer, alte und junge, um sie herumschnüffeln. Du magst das ja Arzneikunde nennen, aber meiner Ansicht nach braut sie in ihrer Kate mehr als nur Fruchtsäfte."

Ich wies darauf hin, dass man Männer wohl schwerlich verhexen musste, damit sie sich für eine Frau interessierten, die so gut gebaut war wie Anys und so ein hübsches Gesicht hatte. Als mich Aphra bei diesen Worten finster ansah, hatte ich das Gefühl, ins Schwarze getroffen zu haben.

Aphra hatte sich in eine Heirat mit meinem liederlichen Vater geschickt, nachdem sie die 26 überschritten hatte, ohne dass ihr ein Besserer einen Antrag gemacht hätte. Da keiner von beiden große Erwartungen hegte, kamen sie leidlich miteinander aus. Und doch sehnte sich Aphra meiner Ansicht nach noch immer tief im Herzen nach jener weiblichen Macht, die eine wie Anys ausüben konnte. Anys scherte sich zwar nicht um Konventionen, jedoch gab es andere, weniger Aufrichtige, die nicht so viel Missbilligung auf sich zogen wie sie. Aphras Getuschel fand viele willige Ohren unter den Dorfbewohnern, und manchmal machte ich mir deshalb Sorgen um Anys.

Ich ließ Mrs Mompellion weiter begeistert von der Wirksamkeit von Raute und Kamille erzählen und beschäftigte mich mit dem Jäten von Disteln. Bald darauf ging ich in die Küche, um meine eigentliche Tagesarbeit zu beginnen, und verbrachte die Vormittagsstunden mit dem Schrubben von Holzdielen und dem Absanden von Zinn. Es gibt ja einige, die sich die Arbeit eines Hausmädchens als stumpfsinnige Plackerei vorstellen, aber mir ist das nie so vorgekommen. Sowohl im Pfarrhaus wie im großen Herrenhaus der Bradfords hat mir die Pflege schöner Dinge viel Freude gemacht, vielleicht weil ich in einer nackten Kate aufwuchs und mit Holzlöffeln von groben Tellern aß.

Manchmal betrachtete ich beim Polieren der Mompellionschen Damaszener Truhe eingehend die feinen Einlegearbeiten und versuchte mir dabei den Handwerker vorzustellen, der sie in fernen Landen gefertigt hatte. George Viccars besaß einen prächtigen Stoff, den er Damast nannte. Hatte dieser Stoffballen etwa dieselbe lange Reise wie die Truhe von der Wüste in dieses feuchte Bergland gemacht? Der Gedanke an George Viccars riss mich aus meiner Tagträumerei und erinnerte mich daran, dass ich das Problem mit dem Kleid nicht bei Mrs Mompellion zur Sprache gebracht hatte. Erst dann merkte ich, dass es schon beinahe Mittag war. Tom würde nach seiner Milch jammern. Also verließ ich hastig das Pfarrhaus. Die Sache mit dem Kleid konnte man auch zu einem späteren Zeitpunkt erörtern.

Bei meiner Ankunft an der Kate herrschte drinnen dieselbe Stille wie in den Tagen, bevor George Viccars zu unserem Haushalt gestoßen war. In der Küche fand ich eine mürrische Jane Martin vor, die Tom mit einem Stück Pfeilwurz und Wasser ablenkte, während Jamie bedrückt allein neben dem Herd spielte. George Viccars' Schneiderwinkel war noch so, wie ich ihn am Morgen verlassen hatte: alle Garne und Schnittmuster ordentlich gestapelt und seit letzter Nacht unberührt. Die Eier, die ich für ihn dagelassen hatte, lagen immer noch da. Bei meinem Anblick wand sich Tom in Jane Martins Armen, und ich legte ihn an die Brust, ehe ich mich nach George Viccars erkundigte.

„Ich habe ihn nicht gesehen. Wahrscheinlich ist er schon ganz früh zu den Hadfields rüber."

„Aber sein Frühstück ist doch unberührt", erwiderte ich. Jane Martin zuckte die Schultern. Durch ihr Verhalten hatte sie klar gemacht, dass sie die Gegenwart eines männlichen Untermieters in diesem Hause nicht guthieß. Da uns aber Mr Mompellion George Viccars geschickt hatte, konnte sie nie offen dagegen protestieren.

„Er in Betti", sagte Jamie verzweifelt. „Ich gingst rauf, ihn suchen, aber er schreit ‚Geh weg!'."

Daraus schloss ich, dass George Viccars tatsächlich sehr krank sein musste. Kaum hatte ich Tom fertig gefüttert, holte ich einen Krug frisches Wasser, schnitt eine Scheibe Brot ab und kletterte zu George Viccars' Dachkammer hinauf. Schon beim ersten Tritt auf die Speicherleiter konnte ich ihn stöhnen hören. In meiner Sorge vergaß ich zu klopfen und öffnete einfach die Luke zu dem niedrigen Raum.

Beinahe hätte ich vor Entsetzen den Krug fallen lassen. Auf der Pritsche vor mir lag George Viccars mit einer glänzenden lila-gelben Beule aus pulsierendem Fleisch im Nacken. Wegen dieser Wucherung wandte er mir das Gesicht nur halb zu. Es war erhitzt und tiefrot. Seine blonden Haare lagen ihm als dunkelnasse Masse auf dem Kopf, und sein Kissen war schweißgetränkt. Ein süßlich stechender Geruch durchzog die Dachkammer, ein Geruch wie nach fauligen Äpfeln.

„Bitte, Wasser", flüsterte er. Ich hielt ihm den Becher an den ausgedörrten Mund, und er trank gierig. Wieder und wieder goss ich ein, bis der Krug leer war. „Danke", keuchte er, „aber jetzt flehe ich Sie an, gehen Sie weg, ehe diese üble Seuche Sie ansteckt."

„Nein", sagte ich, „erst muss ich dafür sorgen, dass es Ihnen besser geht."

„Mistress, das kann inzwischen außer dem Priester keiner mehr. Ich flehe Sie an, holen Sie Mompellion, falls er zu mir zu kommen wagt."

„Sagen Sie so etwas nicht!", schalt ich ihn. „Dieses Fieber wird sinken, und Sie werden schon bald wieder fast gesund sein."

„Nein, Mistress, ich kenne die Anzeichen dieser verfluchten Krankheit. Machen Sie nur, dass Sie von hier fortkommen, Ihren Kindern zuliebe."

Daraufhin ging ich, allerdings nur in mein eigenes Zimmer, um meine Decke und mein Kissen zu holen, das eine, um den Zitternden zu wärmen, und das andere, um es gegen das klatschnasse Etwas unter seinem Kopf auszutauschen. Er stöhnte, als ich wieder die Dachkammer betrat. Beim Versuch, ihn zu heben, um das Kissen an Ort und Stelle zu bringen, schrie er jämmerlich auf. Jener monströse Furunkel schmerzte schrecklich. Dann platzte dieses lila Ding urplötzlich wie eine Erbsenschote auf, und zähflüssiger Eiter quoll heraus. Der ekelhaft süßliche Apfelgeruch war verschwunden, stattdessen machte sich ein Gestank nach Wochen altem Fisch breit. Würgend beeilte ich mich, dem armen Mann die Schweinerei von Gesicht und Schulter zu wischen und seine suppende Wunde zu stillen.

„Um Gottes willen, Anna" – mit letzter Kraft mühte sich seine heisere Kehle ab – „mach, dass du hier fortkommst! Du kannst mir nicht helfen! Kümmere dich um dich!"

In meiner Angst, seine Erregung könnte ihn in diesem geschwächten Zustand umbringen, raffte ich das Bettzeug zusammen und verließ ihn. Drunten begrüßten mich zwei entsetzte Gesichter. Jamie hatte nur die Augen aufgerissen, ohne zu begreifen, Jane war schreckensbleich. Bei meinem Erscheinen hatte sie bereits ihre Schürze ausgezogen, um uns für den heutigen Tag zu verlassen, ihre Hand lag schon auf dem Türgriff.

„Ich bitte dich, bleib bei den Kindern, während ich den Herrn Pfarrer hole, denn ich befürchte, dass Mr Viccars' Zustand ernst ist", sagte ich, eilte einfach an ihr vorbei und ließ das Bettzeug im Vorübergehen im Vorhof fallen.

Da ich im Laufschritt die Augen auf den Weg heftete, sah ich den Herrn Pfarrer nicht, der auf dem Rückweg von einer Besorgung im nahen Hathersage auf Anteros angeritten kam. Aber er sah mich, drehte sich um, wendete das mächtige Pferd und lenkte es neben mich.

„Gütiger Himmel, Anna, was ist passiert?", rief er, wobei er aus dem Sattel glitt und mir zum Halt eine Hand reichte, während ich keuchend nach Luft rang. Stoßweise berichtete ich ihm, wie ernst George Viccars' Zustand war. „Das tut mir aber ehrlich Leid", sagte der Herr Pfarrer besorgt. Ohne weitere Worte zu verlieren, hob er mich aufs Pferd und stieg wieder auf.

Noch immer steht mir ganz lebendig vor Augen, welch ein Mann er an jenem Tag war. Ich weiß noch genau, wie selbstverständlich er die Sache in die Hand nahm und zuerst mich und dann den armen George Viccars beruhigte. Wie er den ganzen Nachmittag und auch noch den folgenden Tag an seinem Bett verbrachte. George Viccars delirierte, fluchte und schrie vor Schmerz. Die meisten seiner Worte waren unverständlich, aber von Zeit zu Zeit hörte er auf, sich auf seinem Lager herumzuwerfen, riss die Augen weit auf und rasselte: „Verbrennt alles! Um Gottes willen, verbrennt alles!“ Zu Beginn der zweiten Nacht schlug er nicht mehr um sich, sondern lag einfach da und starrte in die Luft, in einer Art stummem Kampf. Sein ganzer Mund war mit Schwären verkrustet. Stündlich träufelte ich ein wenig Wasser auf seine Lippen und tupfte sie ab. Daraufhin schaute er mich an, und seine Stirn runzelte sich, als er versuchte, seinen Dank auszudrücken. Die ganze Nacht wollte Mr Mompellion nicht von ihm weichen, nicht einmal, als George Viccars gegen Morgen in einen unruhigen Schlaf fiel. Sein Atem war flach und unregelmäßig.

Im Sterben hielt er noch das Bettlaken umklammert. Sanft löste ich jede Hand und streckte seine langen, welken Finger. Schöne Hände waren das! Tränen stiegen mir in die Augen. Du weinst wegen dieser Vergeudung, redete ich mir ein, weil diese geschickten Finger nie wieder etwas Hübsches gestalten werden. Vermutlich weinte ich auch wegen einer ganz anderen Vergeudung und plagte mich mit dem Gedanken, warum ich fast bis zu seinem Tod gewartet hatte, um die Berührung dieser Hände zu spüren.

Ich faltete sie auf George Viccars’ Brust zusammen, und Mr Mompellion legte seine eigene Hand zu einem letzten Gebet darüber. Mr Mompellion und George Viccars waren fast gleich alt. Der Pfarrer war eben erst 28 geworden. Und doch hatten sich über den Brauen Falten eingegraben und neben den Augen Lachfältchen – die Spuren eines Gesichtes, das beim Nachdenken oft die Stirn gerunzelt und in Gesellschaft viel gelacht hatte. Doch es war seine Stimme, die einen aufmerken ließ, nicht sein Gesicht. Schon beim ersten Wort klang sie so bezwingend, dass man sich mit allen Gedanken nur auf die Worte konzentrierte und nicht auf den Mann, von dem sie kamen. Es war eine Stimme voll Licht und Dunkel, ein Licht, das nicht nur schimmerte, sondern mächtig strahlte, ein Dunkel, das nicht nur Kälte und Furcht mit sich brachte, sondern auch Ruhe und Schatten spendete.

Danach blickte er mich an und sprach zu mir in einem seidigen Flüsterton, der sich wie ein wärmendes Tuch über meinen Kummer zu breiten schien. Er dankte mir für meine Hilfe.

„Es ist schwer“, sagte ich, „wenn ein Mensch unter Fremden sterben muss, ohne Familie, die um ihn trauert.“

„Der Tod ist immer schwer, und ein frühzeitiger Tod noch schwerer. Aber ich glaube, dass George Viccars seine letzten Wochen glücklich in deiner Familie verlebt hat. Du solltest dich mit der Freude trösten, die du ihm mit deinen Söhnen schenken konntest, und mit der Barmherzigkeit, die insbesondere du gezeigt hast."

3

Der Küster kam früh, um den Leichnam zu holen. Da es keine Verwandten gab, würde man ihn einfach und rasch beerdigen. „Je früher, desto besser, was, Mistress?", meinte der Alte, während er die Leiche auf seinen Karren hievte.

Wegen der langen Nachtwache bat mich Mr Mompellion, heute Morgen nicht ins Pfarrhaus zu kommen. „Ruh dich stattdessen aus", sagte er, als er im Frühlicht unter der Tür stehen blieb. Anteros war die ganze Nacht im Garten angebunden gewesen und hatte an dieser Stelle überall kleine Krater in den Boden gestampft. Ich nickte, obwohl ich wenig Hoffnung auf Ruhe hegte. Man hatte mich für den Nachmittag zum Auftragen beim Diner ins Herrenhaus befohlen. Vorher musste ich jedoch noch das Haus von unten bis oben schrubben und mich dann um Mr Viccars' Hinterlassenschaft kümmern.

Der Herr Pfarrer hielt beim Aufsteigen inne, als hätte er meine Gedanken gelesen. „Was George Viccars' Sachen anbelangt, so tätest du gut daran, seine Anweisungen zu befolgen", meinte er. „Er riet, alles zu verbrennen, und das könnte ein guter Rat sein."

Ich schrubbte immer noch auf Händen und Knien die abgetretenen Bodendielen im Speicher, als der erste Kunde von George Viccars an die Tür klopfte. Noch vor dem Öffnen wusste ich, dass Anys Gowdie draußen stand. Anys war im Umgang mit Pflanzen und deren Extrakten geschickt und wusste, wie man ihnen ihre duftenden Öle entzog. Diese trug sie dann auf der Haut, sodass ihr immer ein angenehm leichter Duft vorausging. Ich hatte für Anys immer Bewunderung gehegt. Sie besaß einen raschen Verstand und eine ebensolche Zunge. Nur wenige Frauen wollten im Wochenbett wegen ihrer liebenswürdig-ruhigen Art auf sie verzichten, außerdem zeigte sie große Geschicklichkeit bei schwierigen Entbindungen.

Sie schaute vorbei, um ein Kleid abzuholen, das George Viccars für sie gemacht hatte. Als ich ihr sagte, was ihm zugestoßen war, umwölkte sich ihr Gesicht vor Kummer. Und dann schalt sie mich aus. „Warum hast du nicht mich geholt anstatt Mompellion? Ein guter Aufguss hätte George mehr geholfen als das Gefasel eines Pfaffen."

Ich war daran gewöhnt, über Anys entsetzt zu sein, aber diesmal hatte sie es geschafft, sich selbst zu übertreffen. Aber ich war nicht nur über ihre offene Blasphemie entsetzt, sondern auch über die Vertrautheit, mit der sie von Mr Viccars sprach, den ich nie mit seinem Taufnamen gerufen hatte. Wie intim waren die beiden gewesen, dass sie ihn so nennen konnte? Mein Argwohn verstärkte sich noch, als wir beim Durchsuchen des Felleisens, wo er seine Arbeit aufbewahrte, das Kleid fanden, das er für sie gemacht hatte. All meine Kindheitsjahre, in denen die Puritaner hier das Sagen hatten, trugen wir als Oberkleidung nur so genannte Trauerfarben: in erster Linie Schwarz oder ein dunkles Braun, dessen Farbe „Tote Blätter" hieß. Seit der Rückkehr des Königs hatten sich zwar in die meisten Schränke allmählich wieder hellere Farben eingeschlichen, aber dennoch beschränkte die lange Gewohnheit bei den meisten die Auswahl. Nur bei Anys nicht. Sie hatte sich ein scharlachrotes Kleid schneidern lassen. Da ich George Viccars nie daran arbeiten gesehen hatte, kam mir der Gedanke, ob er es bewusst vor mir verheimlicht hatte. Bis auf den Saum war das Kleid fertig. Als sie es hochhielt, sah ich sie im Geiste vor mir: Hoch gewachsen und wunderschön stand sie mit ihrer langen honigfarbenen Haarpracht da, die Bernsteinaugen halb geschlossen, während George Viccars zu ihren Füßen kniete und sich seine langen Finger zärtlich vom Saum zu ihrem Knöchel vortasteten, erfahrene Hände auf duftender Haut …

Binnen Sekunden war ich so knallrot wie ihr verdammtes Kleid. „Mr Viccars sagte mir, ich solle seine Arbeit verbrennen, da er befürchtete, die Seuche könnte sich weiter ausbreiten", sagte ich und schluckte, um meine verkrampfte Kehle zu lockern.

„Das wirst du gefälligst bleiben lassen!", rief sie empört. Ich begann zu ahnen, welche Schwierigkeiten mich bei all seinen Kunden erwarten würden. Jeder, der für die Arbeit von Mr Viccars eine Vorauszahlung geleistet hatte, würde das haben wollen, was schon fertig war, egal, in welchem Zustand, und ich hatte kein Recht, es ihnen zu verweigern. Anys Gowdie ging mit ihrem zusammengefalteten Kleid unter dem Arm fort. Als sich die Nachricht von George Viccars' Tod herumsprach, wurde ich immer wieder von seinen Kunden unterbrochen, die Anspruch auf halbfertige Kleidungsstücke erhoben. Ich konnte dabei lediglich das weitergeben, was er in seinem Delirium gesagt hatte. Doch niemand erklärte sich damit einverstanden, sein Kleidungsstück dem Feuer zu überantworten. Am Ende verbrannte ich nur seine eigene Kleidung. Und zu guter Letzt brachte ich auch die Kraft auf, das grüne Kleid, das er für mich gemacht hatte, in den Kamin zu werfen.

ES WAR ein weiter Weg nach Bradford Hall, immer bergan. Als ich am selben Nachmittag dorthin zur Arbeit aufbrach, war ich müde wie noch nie. Und doch begab ich mich nicht direkt zum Herrenhaus, sondern lenkte meine Schritte in Richtung der Gowdie-Hütte. Weder Anys' „George" noch ihr scharlachrotes Kleid wollten mir aus dem Sinn.

Da George Viccars nun tot war, spielte es eigentlich keine Rolle mehr, wo er sich herumgetrieben hatte. Trotzdem hatte ich es mir in den Kopf gesetzt herauszufinden, was zwischen ihm und Anys gewesen war.

Die Hütte der Gowdies stand einsam am östlichen Ortsrand, hinter der Schmiede, kurz vor dem großen Riley-Hof. Sie lag direkt am Hügel, war schlecht gebaut und winzig, lediglich zwei übereinander gesetzte Zimmer. Man konnte die Hütte riechen, lange bevor man sie sah. Mächtige Schwaden von pflanzlichen Kräutermischungen und Fruchtsäften, manchmal süßlich, zuweilen ätzend, zogen übers Gelände. Zum Schutz der trocknenden Pflanzen herrschte drinnen immer Dämmerlicht. Zu dieser Jahreszeit schnitten die Gowdies ihre Sommerkräuter. Dicht an dicht hingen die Büschel in solch verschwenderischer Fülle, dass man nur noch gebückt gehen konnte.

Auf mein Klopfen hin regte sich nichts. Also ging ich um die Steinmauer herum, die den Arzneigarten der Gowdies abschirmte. Anys kniete gerade zwischen einem dichten Büschel glänzend grüner hoher Stängel. Als ich den mit Stroh bestreuten Pfad entlangkam, stand sie auf und klopfte sich die Erde von den Händen. „Komm mit hinein, und trink einen Schluck mit mir", sagte sie.

Wir betraten die Hütte, und Anys legte das Wurzelbündel auf einen Tisch. „Bitte, nimm Platz, Anna", sagte sie. Sie scheuchte einen Kater von einem wackeligen Stuhl und zog für sich einen Hocker heran. Ich war dankbar, dass ich Anys alleine angetroffen hatte. Was mir im Kopf herumging, hätte ich schwerlich in Gegenwart ihrer Tante anzuschneiden gewagt. Trotzdem wusste ich kaum, wie ich ein derart delikates Thema beginnen sollte. Sie reichte mir ein Gefäß mit einem stark riechenden Gebräu, von dem auch sie sich eines eingoss. „Brennnesselbier. Zur Blutstärkung", erklärte Anys. „Das sollte jede Frau täglich trinken."

Die ersten Schlucke schmeckten mild und wirkten auf meinen müden

Körper erfrischend. Ich hielt den Becher länger als nötig an die Lippen, da ich mit meinem peinlichen Thema nicht überstürzt beginnen wollte. Aber meine Besorgnis erwies sich als unnötig. „Also, ich nehme an, du brennst darauf zu erfahren, ob ich mit George geschlafen habe“, begann Anys in gleichmütigem Tonfall. Der Becher zitterte in meiner Hand, die grüne Flüssigkeit schwappte auf den Erdboden. Anys lachte kurz auf. „Natürlich habe ich das.“

In ihren Augen funkelte es amüsiert, während sie mich musterte. „Es war für uns beide nicht mehr als ein Mahl für einen hungrigen Reisenden.“

Sie beugte sich vor, um Blätter umzurühren, die neben dem Feuer in einem großen schwarzen Kessel weichten. „Mit dir hatte er andere Absichten. Wenn dich das umtreibt, dann sei unbesorgt. Er wollte dich als Eheweib, Anna, und ich sagte ihm, damit würde er gut fahren, falls er dich dazu überreden könnte. Denn wie ich sehe, hast du dich seit Sams Tod etwas verändert. Ich glaube, dir gefällt es zu kommen und zu gehen, ohne dass ein Mann dazwischenredet. Ich sagte ihm, am ehesten könnte er dich über deine Buben gewinnen. Im Gegensatz zu mir musst du dich ja um sie kümmern, das heißt, du kannst nie nur für dich leben.“

Ich versuchte mir vorzustellen, wie die beiden beieinander lagen und solche Dinge besprachen. „Aber warum“, platzte ich heraus, „hast du ihn denn nicht selbst geheiratet, wenn ihr schon so vertraut wart?“

„Ach, Anna!“ Sie schüttelte den Kopf und lächelte wie bei einem begriffsstutzigen Kind. Doch sie musste meine Seelenqual gespürt haben, denn sie hörte auf zu lächeln und schaute mich ernst an. „Warum sollte ich heiraten? Ich bin nicht dafür geschaffen, eines Mannes Eigentum zu sein. Überdies habe ich meine Arbeit, die ich liebe, und mein Zuhause, auch wenn's nicht groß ist, zugegeben. Und doch bietet es mir ausreichend Schutz. Aber darüber hinaus habe ich noch etwas, was nur wenige Frauen für sich beanspruchen können: meine Freiheit. Und die werde ich nicht leichtfertig opfern.“

Danach stand sie auf, um weiter ihrer Arbeit nachzugehen. So verließ ich sie noch verwirrter als bei meiner Ankunft. Sie war ein seltsames Geschöpf, diese Anys Gowdie, und eines musste ich zugeben: Ich bewunderte sie, weil sie mehr auf ihr eigenes Herz hörte, als ihr Leben von fremden Konventionen beherrschen zu lassen. Ich dagegen war unterwegs, um mich für den Nachmittag von Leuten beherrschen zu lassen, die ich verabscheute.

So stapfte ich weiter Richtung Bradford Hall und kam dabei am Rand der Rileyschen Wälder vorbei. Hell strahlte die Sonne an jenem Tag, die

Bäume warfen breite Schattenstreifen über den Pfad. Dunkel und hell: Genauso hatte man meinen Blick auf die Welt geformt. Nach Ansicht der Puritaner konnte alles Handeln und Denken nur zwei Seiten haben: göttlich und richtig oder satanisch und böse. Aber Anys Gowdie brachte Verwirrung in solches Denken. Zweifelsohne tat sie Gutes. Und doch stempelten ihre Unzucht und ihre Blasphemie sie in den Augen unserer Religion zur Sünderin.

Ich erreichte die Stelle, wo der Wald urplötzlich in die goldenen Felder des Riley-Hofes überging. Schon den ganzen Tag war man dort fleißig mit der Sichel am Arbeiten gewesen – 20 Mann für 20 Tagwerk. Die Hancocks, die das Land der Rileys bewirtschafteten, hatten selbst sechs kräftige Söhne und brauchten deshalb weniger Erntehelfer als andere. Müde folgten Mutter Hancock und ihre Schwiegertöchter ihren Männern und bündelten die losen Halme zu Garben.

Lib Hancock, die Frau des ältesten Bruders, war mit mir seit Kindertagen befreundet. Als sie sich einen Augenblick aufrichtete, um ihr Kreuz zu strecken, merkte sie, dass ich es war, die da am Feldrand daherkam, winkte mir zu und rief etwas nach hinten zu ihrer Schwiegermutter. Dann ließ sie ihre Arbeit liegen und kam quer übers Feld auf mich zu.

„Setz dich ein Weilchen zu mir, Anna!“, rief sie. „Ich muss mich unbedingt ausruhen.“

Da ich es nicht eilig hatte, zu den Bradfords zu kommen, spazierte ich mit ihr zu einer Grasböschung, auf die sie sich dankbar fallen ließ. „Ist wirklich ein Pech mit deinem Logiergast“, sagte sie. „Schien ein braver Kerl zu sein.“

„Das war er“, bestätigte ich. „Zu meinen Buben war er ungewöhnlich nett.“

„Ich glaube, meine Schwiegermutter hätte ihn gerne für Nell gehabt“, sagte sie. Nell, das einzige Mädchen der Hancock-Familie, wurde von ihren vielen Brüdern derart streng gehalten, dass wir oft scherzten, sie würde nie heiraten, da ihr kein Mann nahe genug käme, um festzustellen, wie sie aussah. Aufgrund meiner neuesten Erkenntnisse über George Viccars lachte ich trotz meiner Traurigkeit. „Gibt es eigentlich im ganzen Dorf eine einzige Frau, deren Gedanken sich nicht um das Bett dieses Mannes gedreht haben?“

Lib und ich hatten schon als Mädchen unsere Geheimnisse miteinander geteilt. Vermutlich verführte mich diese Gewohnheit zu meinen nächsten Worten: eine deftige Beichte meiner eigenen Lust, wozu ich jedes Recht hatte. Doch danach folgte etwas, wozu ich nicht berechtigt war, jene Neuigkeit, die ich selbst gerade erst erfahren hatte: dass Anys es mit meinem Logiergast getrieben hatte.

„Und jetzt, Lib“, sagte ich schließlich, während ich aufstand, um meinen Weg fortzusetzen, „habe ich eine Bitte: Tratsche meine Neuigkeiten heute Abend nicht im ganzen Hause Hancock herum.“

Darüber lachte sie. „Als ob ich vor Mutter Hancock und dieser Männerschar Bettgeschichten erzählen würde! Am Tisch der Hancocks fällt nur einmal ein Wort über Paarung: Wenn die Hammel zu den Mutterschafen getrieben werden!“ Daraufhin lachten wir beide und gingen wieder getrennte Wege.

Am Feldrand standen sattgrüne Hecken mit glänzendem Laub. Allmählich reiften auch schon die Brombeeren. Im üppigen Gras weideten fette Lämmer, deren Fell im Sonnenlicht golden leuchtete. Doch trotz aller Lieblichkeit war für mich die letzte halbe Meile dieses Weges immer unangenehm. Ich konnte die ganze Familie Bradford nicht ausstehen, und den Obersten fürchtete ich besonders. Außerdem konnte ich mich selbst nicht leiden, weil ich dieser Angst nachgab.

Allgemein hieß es, Oberst Henry Bradford sei ein tapferer Soldat und ungewöhnlich heldenmütiger Anführer seiner Männer gewesen. Die Art und Weise seiner Haushaltsführung ließ jedoch nicht die Spur von Weisheit erkennen. Offensichtlich bereitete ihm jede Demütigung seiner Frau eine perverse Freude. Sie stammte aus einer reichen Familie ohne Beziehungen. Nach den langen Jahren derartiger Behandlung war sie eingeschüchtert und nervös und sorgte sich ständig darum, was ihr Ehemann nun wieder an ihr auszusetzen hätte – und machte damit auch das Personal nervös. Ständig stieß sie die Tagesabläufe um.

Der Sohn der Bradfords war ein betrunkener Prahlhans und Schwerenöter, der sich glücklicherweise meistens in London aufhielt. Während seiner seltenen Anwesenheit im Herrenhaus ging ich ihm möglichst aus dem Weg.

Miss Bradford war, wie schon erwähnt, eine stolze und mürrische junge Frau, deren einziger Funken Güte echter Sorge um ihre unglückliche Mutter zu entspringen schien. In Abwesenheit ihres Vaters schien sie die Nerven ihrer Mutter beruhigen zu können. Dann konnte man dort auch ohne Angst arbeiten. Aber kaum war der Oberst wieder da, zuckte jeder wie ein Köter in Erwartung eines Fußtritts zusammen, angefangen von Mrs Bradford nebst Tochter bis hinunter zur niedrigsten Magd.

Da Bradford Hall über einigermaßen angemessenes Personal verfügte, wurde nur nach mir geschickt, wenn man Einladungen von gewisser Größe beziehungsweise Wichtigkeit gab. Im Herrenhaus befand sich ein großer Raum, der mit einer voll gedeckten Tafel sehr gut wirkte. Dann wurde der dunkle Eichenholztisch so lange poliert, bis er schwarz glänzte. Silbergeschirr schimmerte im tief stehenden Licht auf, Wein funkelte in großen Pokalen und wärmte selbst die kalten Bradford-Gesichter. Selbstverständlich dachte keiner je daran, mir zu sagen, wer die Gäste waren, deshalb war ich umso angenehmer überrascht, bei diesem abendlichen Diner die freundlichen Gesichter der Mompellions unter dem Dutzend Gäste zu entdecken.

Der stolze Oberst erfreute sich der Gegenwart von Elinor Mompellion an seiner Tafel, die an diesem Nachmittag in einem schlicht geschnittenen cremefarbenen Seidenkleid einfach bezaubernd aussah. Aber noch mehr als ihre zerbrechliche Schönheit schätzte Oberst Bradford ihre Herkunft. Sie gehörte einer der ältesten Großgrundbesitzerfamilien in der Grafschaft an. Man munkelte, mit ihrer Entscheidung für Mompellion habe sie einen anderen Verehrer verschmäht, der sie möglicherweise zur Herzogin gemacht hätte.

Als ich mit gesenktem Kopf ihren Suppenteller abtragen wollte, legte Elinor Mompellion, die zur Linken des Obersten saß, dem rechts von ihr sitzenden Herrn aus London leicht die Hand auf den Unterarm, um sein Geplapper zu unterbrechen. Dann drehte sie sich mit einem ernsten Lächeln zu mir um. „Hoffentlich fühlst du dich nach deiner schrecklichen Nacht wieder einigermaßen wohlauf, Anna." Der Oberst sog zischend die Luft ein. Ich hielt den Blick auf die Teller in meiner Hand gesenkt und wagte keinen Blick in seine Richtung. „Einigermaßen. Vielen Dank, Ma'am", murmelte ich eilends und glitt weiter, um den nächsten Teller abzutragen. Ich befürchtete, sie würde weiter mit mir plaudern, wenn ich ihr nochmals Gelegenheit dazu gab.

Im Herrenhaus hatte ich gelernt, mich nur auf meine Pflichten zu konzentrieren und den Gesprächen keine Beachtung zu schenken. An solch einer großen Tafel wechselten die meisten Leute Höflichkeitsfloskeln mit ihren unmittelbaren Sitznachbarn, und das Ergebnis war ein dumpfes Stimmengewirr. Jedenfalls war dem so, als ich den Raum mit den Fleischtellern verließ. Als ich jedoch mit dem Dessert zurückkam, hatte man schon alle Kerzen angezündet, und nur noch der junge Londoner, der neben Mrs Mompellion saß, redete. Er gehörte zu jener Sorte feiner Herren, von denen wir in unserem kleinen Dorf nicht viele zu sehen bekamen. Er trug eine derart üppige Perücke, dass sein weiß gepudertes Gesicht unter der Lockenpracht fast verloren wirkte. Bei jedem seiner ernsten Worte flatterten seine Hände wie weiße Motten aus den Spitzenmanschetten und warfen lange Schatten über die Tafel. Ringsum schauten ihn blasse und entsetzte Gesichter an.

„So etwas hat man auf den Straßen noch nie gesehen. Unzählige Reiter, Kutschen und überquellende Ochsenkarren. Ich sage Ihnen, jeder, der imstande ist, die Stadt zu verlassen, tut es oder hat es vor. Die Armen schlagen inzwischen in den Parks Zelte auf. Wer unbedingt zu Fuß gehen muss, geht genau in der Straßenmitte, um den ansteckenden Ausdünstungen der Häuser zu entgehen. Wer die ärmeren Viertel durchqueren muss, bedeckt das Gesicht mit Masken, die an große Vogelschnäbel erinnern und mit Kräutern gefüllt sind. Die Leute gehen wie betrunken durch die Straßen, wechseln von einer Straßenseite auf die andere, um an anderen Fußgängern nicht allzu dicht vorbeigehen zu müssen. Eine Droschke kommt leider auch nicht infrage, da mit dem Atem des letzten Fahrgastes vielleicht die Krankheit zurückblieb.“ Nun warf er einen Blick in die Runde und senkte die Stimme. Offensichtlich genoss er die Aufmerksamkeit, die seine Worte fanden. „Es geht das Gerücht, der König plane die Verlegung seines Hofstaates nach Oxford. Ich für meine Person zauderte nicht lange. Die Stadt entleert sich so rasch, dass sowieso wenig echte Gesellschaft übrig ist, denn weder Reichtum noch Beziehungen schützen vor der Pest.“

Das Wort fiel wie ein Amboss nieder. Ich blieb stocksteif stehen, bis ich mein Gleichgewicht wiedergefunden hatte, und versuchte, gleichmäßig zu atmen. Neben der Pest gibt es noch vielerlei Fieber, das einen Menschen töten kann. Außerdem war George Viccars schon über ein Jahr nicht mehr in die Nähe von London gekommen. Wie konnte ihn die Pest erreicht haben?

Oberst Bradford räusperte sich. „Na, na, Robert! Beunruhigen Sie nicht die Damen. Demnächst werden sie noch aus Furcht vor Ansteckung Eure Gesellschaft meiden!“

„Scherzen Sie nicht, Sir. An der Mautschranke nördlich von London stieß ich auf eine zornige Horde mit Mistgabeln, die jedem Reisenden aus London den Zutritt zu ihrem Dorfgasthaus verwehrte. Binnen kurzem wird sich jeder, der sich als Londoner ausgibt, damit keinen Gefallen erweisen.“

„Nun, dann war's ja gut, dass Sie rausgekommen sind, was?“, sagte der Oberst. „Saubere Luft hier droben, kein fauliges Fieber.“

Ich bemerkte, wie die Mompellions vielsagende Blicke wechselten. „Auch wenn man's kaum glauben möchte", fuhr der junge Mann fort, „aber einige wenige bleiben in der Stadt, obwohl sie leicht die Möglichkeit zur Abreise hätten. Lord Radisson hat verbreiten lassen, er halte es für seine Pflicht, zu bleiben und ‚ein Exempel zu statuieren'. Ein Exempel wofür? Höchstens für einen garantiert elenden Tod!"

„Bedenken Sie Ihre Worte", warf Mr Mompellion dazwischen. Seine Stimme – voll, laut, ernst – ließ das blasierte Lachen der Bradfords verstummen. „Wenn alle, die die Möglichkeit haben, bei jedem Ausbruch dieser Krankheit davonlaufen, dann wird die Pestsaat mit ihnen gehen und sich landauf, landab verteilen, bis auch die sauberen Orte angesteckt sind. Wenn Gott es für angebracht hielt, diese Geißel zu schicken, dann wäre es, glaube ich, sein Wille, dass sich ihr jeder mutig an seinem Platz entgegenstellt und damit das Übel in Schach hält."

„Ach?", meinte der Oberst hochnäsig. „Und wenn Gott einen Löwen schickt, der Sie zerfleischen möchte, werden Sie dann auch unverwandt stehen bleiben? Das glaube ich nicht. Vermutlich werden Sie genau wie jeder vernünftige Mann vor dieser Gefahr davonlaufen."

„Ihr Vergleich ist exzellent, Sir", sagte Mompellion. „Denn ich werde sicher stehen bleiben und mich dem Löwen stellen, denn das Untier würde mir folgen, wodurch es unweigerlich in die Nähe der Hütten von Unschuldigen kommen würde."

Als der Begriff Unschuldige fiel, flammte Jamies kleines Gesicht vor meinem inneren Auge auf. Was, wenn der junge Londoner Recht hatte? Jamie war George Viccars nicht mehr von der Seite gewichen. Noch den ganzen Tag vor dem ersten Anzeichen der Krankheit war Jamie auf seinem Rücken geritten und ständig um ihn herumgehüpft.

Der junge Mann unterbrach das Schweigen, das nach Mr Mompellions Worten herrschte. „Wacker pariert, Sir! Trotzdem muss ich Ihnen sagen, dass die besten Kenner dieser Krankheit – die Ärzte und Bader – besonders schnellfüßig die Stadt verlassen haben. Die Herren Ärzte haben uns hier ein klares Rezept ausgestellt, das wie folgt lautet: Davonlaufen ist die beste Arznei gegen die Pest. Und ich für meine Person beabsichtige, dieses Rezept gewissenhaft zu befolgen."

„Sie sagen ‚gewissenhaft', und doch halte ich Ihre Wortwahl für unzutreffend", entgegnete Mr Mompellion. „Wer von ‚gewissenhaft' redet, muss sich vergegenwärtigen, dass Gott die Macht besitzt, uns in Gefahren zu bewahren oder uns von ebenjener Gefahr ereilen zu lassen, egal, wie weit oder schnell wir laufen."

„In der Tat, Sir. Und viele, die daran glauben, fahren inzwischen als stinkender Leichnam durch die Stadt auf dem Weg zu den großen Gruben. Und wissen Sie, Sir, wer hinter den Ärzten am schnellsten die Stadt verließ? Na, die anglikanischen Pfarrer! Infolgedessen füllt sich manche Londoner Kanzel mit Nonkonformisten."

Mr Mompellion senkte den Blick. Eingehend musterte er seine Hände. „Wenn Ihre Worte tatsächlich wahr sind, Sir, dann tut mir das aufrichtig Leid. In diesem Falle sind meine Brüder im Glauben tatsächlich die schlechteren Menschen." Seufzend schaute er seine Frau an. „Vielleicht glauben sie, Gott predige nun der Stadt und ihr dürftiges Gestammel könne dem Donnerwort des Allmächtigen nichts hinzusetzen?"

IN JENER Nacht war Vollmond, was ein Glück war, denn sonst wäre ich sicher in einen Graben gefallen, wie ich so heimstolperte. Trotz meiner Erschöpfung rannte ich fast. Nur mühsam fand ich Worte für das Martin-Mädchen, als es schlaftrunken neben dem Herd hochfuhr. Ich warf den Umhang ab und stürzte die Treppe hinauf. Die beiden kleinen Körper waren in einen silbrigen Lichtfleck getaucht. Beide Jungen atmeten leicht. Jamie hatte seinen Arm um seinen Bruder gelegt. In entsetzlicher Angst vor dem, was mich erwarten könnte, legte ich ihm die flache Hand auf die Stirn. Sachte streiften meine Finger seine weiche Haut. Zum Glück war sie kühl.

„Danke", sagte ich, „oh, ich danke dir, mein Gott."

DIE WOCHEN nach George Viccars' Tod leiteten den schönsten September ein, an den ich mich erinnern kann.

Der Himmel war fast täglich strahlend blau, und die Luft blieb warm und trocken. Ich war so erleichtert, dass Jamie und Tom nicht krank waren, dass ich in jenen Tagen in einer Art Hochstimmung lebte.

Jamie hingegen war bedrückt, weil er seinen lieben Freund George Viccars verloren hatte, dessen Tod eine Leere hinterließ, die ich füllen wollte. So nahm ich mir die Zeit, unsere einfache Hausarbeit in eine Art Spiel zu verwandeln. Wenn ich also nachmittags die Schafherde überprüfen ging, nahm ich Jamie und Tom mit, und so trödelten wir langsam Richtung Weide und hielten bei jedem Stein und jedem hohlen Baum an, um herauszufinden, was sie uns zu erzählen hatten.

Unsere Herde war klein, nur 21 Mutterschafe. Im Frühjahr hatten wir eine gute Lammung gehabt. Deshalb hätte ich an jenem Tag nichts weniger erwartet als ein Mutterschaf in den Wehen. Aber zum Glück fanden wir es, wie es keuchend im Schatten einer Eberesche lag. Ich knöpfte das Tragetuch auf und legte Tom auf einen Flecken Klee. Jamie stand hinter mir, während ich mich hinkniete und die Hände ins Innere des Mutterschafes steckte. Ich konnte ein Stückchen Nase und einen harten Huf spüren, aber es gelang mir nicht, alle Finger hineinzuzwängen, damit ich es zu fassen bekam.

„Mama, kann ich helfen?", fragte Jamie. Nach einem Blick auf seine winzigen Finger bejahte ich. Mühelos glitten seine kleinen Hände ins Glitschig-Feuchte. Als er die knubbeligen Knie des Babys zu fassen bekam, stieß er einen Schrei aus. Ich stemmte mich mit den Fersen gegen das Mutterschaf, und dann zogen wir gemeinsam. Plötzlich flog mit einem mächtigen Schmatzgeräusch ein Bündel nasser Wolle heraus, und wir beide fielen rücklings ins Gras. Es war ein prächtiges Lämmchen, klein, aber kräftig. Das Mutterschaf war jung und hatte noch nie vorher gelammt, doch es machte sich sofort daran, seinem Jungen die Glückshaube vom Gesicht zu lecken. Schon bald bedankte sich das Lamm mit einem kräftigen Niesen. Wir lachten. Jamie hatte vor Stolz und Glück kugelrunde Augen.

Wir ließen die Mutter bei ihrem Jungen und wanderten ins Wäldchen, wo der Bach floss, um uns Blut und Schleim von Händen und Kleidung zu waschen. Weil es heute warm war, zog ich Jamie splitternackt aus und ließ ihn so herumplantschen, während ich seinen Kittel und meine Schürze auswusch und zum Trocknen über einen Busch hängte. Ich löste meinen Schulterkragen, band meine Haube auf und zog die Strümpfe aus. Dann setzte ich mich auf einen flachen Felsen, um Tom zu stillen. Ich streichelte den feinen Flaum auf seinem Kopf und schaute zu, wie Jamie im kühlen Wasser herumspritzte. Kürzlich hatte er ein Alter erreicht, in dem eine Mutter entdeckt, dass ihr Baby keines mehr ist: Die faltigen Beinchen hatten sich zu schlanken Gliedmaßen gestreckt, der Kugelbauch zu einem kerzengeraden Oberkörper gedehnt. Aus den Pausbacken hatte sich ein Gesicht herausgeschält. Nur allzu gerne betrachtete ich Jamies neues Ich. Dann schloss ich die Augen.

Einen Augenblick war ich wohl eingenickt, sonst hätte ich sicher die nahenden Schritte unter den Bäumen gehört. Aber so stand er fast schon über mir, als ich die Augen öffnete und seinem Blick begegnete, der sich von dem aufgeschlagenen Buch hob, das er in der Hand trug. Ich sprang auf und zerrte an meinem Mieder. Tom heulte empört, weil seine Mahlzeit unterbrochen wurde.

Der Pfarrer lächelte. „Er protestiert mit vollem Recht. Inkommodiere dich nicht, Anna. Tut mir Leid, dich derart überrascht zu haben, aber ich war dermaßen in mein Buch vertieft, dass ich mir der Anwesenheit eines anderen Menschen im Wäldchen nicht bewusst war."

Das plötzliche Auftauchen des Herrn Pfarrers hatte mich so verlegen gemacht, dass ich zu keiner höflichen Antwort fähig war. Noch mehr erstaunte es mich, als er sich auf einen Nachbarfelsen setzte und seine Stiefel auszog, um seinen Füßen Kühlung zu verschaffen.

Tom brüllte lauthals weiter. Mr Mompellion sah, wie er sich in meinen Armen wand, und griff dann herüber, um ihn zu nehmen. Verblüfft reichte ich ihn hinüber. Doch noch mehr erstaunte mich die geübte Art, wie ihn Mr Mompellion aufrecht gegen seine Schulter hielt und ihm kräftig auf den Rücken klopfte. Auf der Stelle hörte Tom mit dem Schreien auf und stieß einen lauten Rülpser aus. Der Pfarrer lachte. „Bei der Betreuung meiner kleinen Schwestern habe ich gelernt, dass mit Ausnahme von Mutter und Amme jeder ein Baby so halten muss, dann hört das Suchen nach der Brust auf." Ich muss sehr verwundert ausgesehen haben, denn Mr Mompellion lachte erneut. „Du musst nicht glauben, dass das Leben eines Geistlichen ausschließlich aus hehren Worten besteht." Er deutete mit dem Kopf in die Richtung, wo Jamie bachabwärts in den Bau eines Dammes vertieft war. „Wir alle sind am Anfang nackte Kinder, die im Schlamm spielen."

Mit diesen Worten gab er mir Tom zurück, stand auf und ging zu Jamie. Auf halbem Weg setzte er den Fuß auf einen moosbewachsenen Stein. Beim Versuch, sein Gleichgewicht wieder zu finden, ruderte er wie verrückt mit den Armen, und Jamie hüpfte im Wasser hoch und lachte so unverblümt schadenfroh, wie das nur Dreijährige können. Ich funkelte Jamie an, aber Mr Mompellion stimmte in das Lachen ein, während er mit ausgestreckten Händen durchs Wasser platschte, meinen quiekenden Kleinen schnappte und ihn hoch in die Luft warf. So spielten die zwei einige Zeit miteinander, ehe Mr Mompellion zu mir und Tom zurückkam und sich wieder in unserer Nähe auf die Böschung setzte. Seufzend schloss er die Augen. Ein leises Lächeln spielte um seine Lippen.

„Mir tun alle Stadtbewohner Leid, denen die Liebe zu all dem nicht beigebracht wird – zum süßen Duft von nassem Gras und den ganz gewöhnlichen Wundern der Schöpfung. Darüber las ich gerade, als ich dich störte. Möchtest du einige Zeilen aus meinem Text hören?"

Ich nickte, und er griff nach seinem Buch. „Das sind die Schriften des

Augustinus von Hippo, eines Mönchs, der vor langer Zeit an der afrikanischen Barbarenküste wegen seiner Theologie berühmt wurde. Hier fragt er sich selbst, was wir meinen, wenn wir von Wundern sprechen."

Ich kann mich nur noch an Bruchstücke von dem erinnern, was er las, aber ich erinnere mich genau, wie seine Stimme mit den Rhythmen des Baches zu verschmelzen schien. „Denke an den Wechsel von Tag und Nacht ... an das Absterben der Blätter und ihr Wiedererscheinen an den Bäumen im nächsten Frühjahr, an die unendliche Kraft in den Samen ... Und dann nenne mir irgendeinen Menschen, der diese Dinge zum ersten Mal sieht. Er staunt und ist von diesen Wundern überwältigt."

Es tat mir Leid, als er zu lesen aufhörte. Wenn nicht die Ehrfurcht vor ihm mich stumm gemacht hätte, hätte ich ihn gebeten weiterzulesen. Doch obwohl ich tagtäglich in seinem Hause arbeitete, fiel mir nur mit seiner Frau das Reden leicht. Nicht, dass er in irgendeiner Weise barsch war, aber oft wirkte er so in wichtige Dinge versunken, dass er die Kleinigkeiten seines Haushalts nicht wahrnahm. Ich gab mir alle Mühe, ihn durch meine Arbeit nicht zu stören. Deshalb saß ich nun stumm da. Ihm musste mein abwesender Blick gelangweilt erschienen sein, denn plötzlich stand er auf und ergriff sein Buch mit den Worten, er habe mich nun lange genug belästigt und müsse sich wieder um seine Arbeit kümmern.

Daraufhin fand ich tatsächlich zaghaft meine Stimme wieder und bedankte mich dafür, dass er diese großen Gedanken mit mir geteilt hatte. „Denn für mich ist es wundervoll, wenn ein erhabener Denker eine so enge Beziehung zu den ganz gewöhnlichen Dingen der Erde hat."

Er lächelte freundlich. „Mrs Mompellion hat mir von deiner Auffassungsgabe berichtet, die sie für außergewöhnlich hält. Und ich sehe, dass sie Recht hat." Daraufhin verabschiedete er sich und ging in Richtung Pfarrhaus. Ich blieb mit den Kindern noch eine Weile dort am Bach und dachte, wie sonderbar es doch sei, einen derart offenen und freundlichen Mann auf unserer Kanzel zu haben.

Schließlich rief ich Jamie zu mir, und wir machten uns auf den Heimweg. Die ganze Strecke pflückte Jamie die Blüten der späten Wildrosen. Als wir uns der Kate näherten, ließ er mich an der Türe warten. „Mami, mach die Augen zu!", rief er aufgeregt. Folgsam wartete ich, das Gesicht mit den Händen bedeckt, und hörte ihn die Treppe hinaufpoltern. Einige Augenblicke später ging droben der Fensterfügel auf. „Jetzt, Mami! Schau rauf!"

Als ich den Kopf zurücklegte und die Augen öffnete, fand ich mich in einem Regen aus samtenen Blütenblättern wieder. Der weiche, süße

Duftschauer streichelte meine Wangen. Ich zog meine Haube herunter und schüttelte meine langen Haare aus, damit sich die Blätter darin verfingen. Klein Tom gluckste vor Freude und hieb mit seinen fetten Fäustchen nach der leuchtenden Kaskade aus Rosa und zartem Gelb. Über mir beugte sich Jamie übers Fensterbrett und schüttelte die letzten Blütenblätter aus einem Betttuchzipfel. Dieser Augenblick, dachte ich und lächelte zu ihm hinauf, war mein Wunder.

4

Und so vergingen die wundersamen Tage unserer Gnadenfrist. Ich war beschäftigt mit den Vorbereitungen für den Winter. Leitern ragten durch die Apfelbäume, und überall wurden in Erwartung eines kühleren Tages Dreifüße zum Schweineschlachten aufgestellt. Da wir kein eigenes Schwein hatten, half ich immer den Hadfields und bekam dafür eine Portion Speck.

Alexander Hadfield war ein pingeliger Mann, der lieber Stoffe zuschnitt, als an Fleisch und Knochen herumzuhacken. Deshalb erledigte der älteste Sohn aus Marys erster Ehe das Schlachten. Jonathan Cooper war, wie sein verstorbener Vater, ein Riesenkerl und fackelte nicht lange herum, während sein kleiner Bruder Edward mit Jamie herumrannte. Immer wieder fanden sie Wege, sich um die Arbeiten zu drücken, die wir ihnen auftrugen. Jedes Mal wenn wir sie ein Holzscheit holen schickten, um das Wasser im Kessel am Kochen zu halten, verschwanden beide unter lautem Jauchzen hinter dem Holzstoß, weil sie schon wieder ein neues Spiel erfunden hatten. Bis schließlich Mary nachschauen ging, welchen Schabernack die zwei ausgeheckt hatten.

Als sie zurückkam, hatte sie beide Hände voll: Mit der einen hielt sie Edward am Ohr gepackt, die andere streckte sie so weit möglich von sich. Am Ende einer Schnur baumelte etwas Schwarzglänzendes. Als sie näher kam, konnte ich erkennen, dass es sich um eine tote Ratte handelte, ein kläglicher kleiner Körper mit einer hellroten Blutspur um die Schnauze. Hinter ihr spazierte ein verlegener Jamie mit einer zweiten im Schlepptau. In hohem Bogen warf Mary die eine, die sie trug, ins Feuer, und auf ihre Aufforderung hin tat es ihr Jamie gleich.

„Kannst du dir vorstellen, Anna, die beiden haben mit diesem ekligen Ungeziefer gespielt, als ob's junge Katzen wären. Anscheinend wimmelt es im Holzstoß nur so davon. Alle tot. Na ja, man muss schon für Kleinigkeiten dankbar sein."

Da wir unsere Arbeit nicht unterbrechen konnten, beauftragte Mary Alexander damit, sich um die Rattenplage zu kümmern. Im Stillen lachten wir beide, als ihr Mann, der sich zu fein war, um beim Schweineschlachten zur Hand zu gehen, nun stattdessen blutige Nagetierkadaver einsammeln musste. Während wir weiter im Wettlauf gegen das schwindende Tageslicht schufteten, um das Fett auszulassen und die Speckseiten zu salzen, erleichterte uns sein Anblick ein wenig die schwere Arbeit, die uns wie immer verhasst war. Aber ich konzentrierte mich im Geiste auf den Geruch von brutzelndem Speck in meiner Pfanne und dachte daran, wie sich Jamie in wenigen Wochen darüber freuen würde.

ALS SICH der Himmel endlich bewölkte, war es fast eine Erleichterung. Der Nieselregen wirkte auf die Augen erholsam und wusch die Landschaft rein. Leider brachte die Feuchtigkeit nach dieser Hitze eine Flohplage von ungeahntem Ausmaß mit sich. Es ist schon merkwürdig, wie alle möglichen Ungeziefer den einen Menschen appetitlich finden, während ihnen ein anderer gar nicht schmeckt. In meinem Haus fielen die Flöhe über meine zarten Kinder her. Erst verbrannte ich alle unsere Strohbetten, dann machte ich mich auf den Weg zu den Gowdies, um eine Salbe zu holen. Halb hoffte ich, Anys erneut allein vorzufinden, da ich mich mit ihr gerne weiterunterhalten hätte. Deshalb war ich enttäuscht, als mir auf der Treppe nur die alte Mem entgegenkam.

„Ach, Anna, den Gang hätte ich dir ersparen können, denn ich bin unterwegs zu den Hadfields. Der kleine Edward Cooper glüht vor Fieber, deshalb bringe ich ihm einen Trank." Beunruhigt über diese Nachricht machte ich mich mit ihr auf den Rückweg.

Als wir zur Kate kamen, war an der Stange neben dem Wassertrog ein fremder Schecke angebunden. Mary kam uns an der Tür entgegen. Sie war ganz erhitzt vor Sorge, und anscheinend auch vor Verlegenheit. „Danke, Mem, vielen Dank für dein Kommen, aber mein Mann hat nach Bakewell zum Bader geschickt, und der ist jetzt bei Edward."

Mem zog ein saures Gesicht. Von Badern hielt sie genauso viel wie diese von weisen Frauen wie ihr. Mit einer kühlen Verbeugung drehte sie sich um und ging. Aber ich war neugierig und blieb so lange, bis mir Mary bedeutete, ihr zu folgen. Der Bader hatte gebeten, das Kind nach unten zu bringen. Alexander Hadfield hatte seine Schneiderbank geräumt. Das arme Seelchen war mit zuckenden Blutegeln besetzt, deren saugende Mundwerkzeuge tief in seinen zarten Armen und im Nacken steckten. Vermutlich konnte man von Glück sagen, dass Edward im Fieberwahn nicht begriff, was man ihm antat. Mit sorgenvoller Miene hielt Mary die schlaffe Kinderhand. Alexander Hadfield nickte ehrerbietig zu jeder Äußerung des Baders.

„Da er ein zierliches Kind ist, müssen wir nicht allzu viel ablassen, um die Balance seiner Säfte wiederherzustellen“, erklärte der Bader.

Als er mit der verstrichenen Zeit zufrieden war, rief er nach Essig, den er auf die aufgeblähten Kreaturen träufelte, sodass sie noch heftiger zuckten. Um dem Reizerreger zu entgehen, öffneten sie ihre Mundwerkzeuge. Nach mehrmaligem heftigem Ziehen klemmte er sie ab. Anschließend schoss hellrotes Blut heraus, das er mit kleinen Leinenläppchen stillte. Jeden Blutegel reinigte er in einem Becher Wasser und ließ ihn dann in einen Lederbeutel fallen. „Sollte sich der Zustand des Kindes bis zum Anbruch der Nacht nicht verbessern, müsst ihr ihn entschlacken und auf Diät setzen. Ich werde euch ein Rezept für eine Tinktur geben, die seinen Darm entleert.“ Während sich Mary und ihr Mann bei ihm bedankten, packte er schon seine Tasche.

Ich folgte ihm auf die Straße hinaus. Als die Hadfields außer Hörweite waren, wagte ich eine kühne Frage. „Bitte, verzeihen Sie, Sir, aber dieses Fieber bei dem Kind, könnte es sich um die Pest handeln?“

Der Mann wedelte herablassend mit der behandschuhten Hand. „Unmöglich. Die Pest ist, dank Gottes Gnade, die letzten zwei Jahrzehnte nicht in unserer Grafschaft gewesen. Außerdem finden sich am Kinderkörper keinerlei Anzeichen dafür. Es handelt sich lediglich um Fieberfäule (Typhus). Wenn die Eltern meine Anweisungen befolgen, wird er am Leben bleiben.“ Er war so aufs Wegreiten versessen, dass er den Fuß bereits im Steigbügel hatte. Das Sattelleder knarrte, als er seinen breiten Oberkörper zurechtrückte.

„Aber, Sir“, fuhr ich fort, „wenn es hier in den letzten zwanzig Jahren keine Pest gab, dann haben Sie vielleicht auch keine Fälle gesehen, um den Zustand des Kindes richtig deuten zu können.“

„Unwissendes Weib!“, rief er. „Willst du damit sagen, ich verstünde meinen Beruf nicht?“

„Sind Beulen im Nacken keine Anzeichen für Pest?“, rief ich.

Jetzt sah er mir erstmals ins Gesicht. „Wo hast du so etwas gesehen?“, wollte er wissen.

„Auf dem Körper meines Logiergastes, der beim letzten Vollmond begraben wurde“, erwiderte ich.

„Und du lebst neben den Hadfields?"

„Im nächsten Haus."

„Dann möge Gott dich und dieses Dorf behüten", sagte er. „Und sag deinen Nachbarn, sie mögen mich nicht mehr rufen lassen!" Damit war er auch schon im gestreckten Galopp die Straße hinunter.

DER KLEINE Edward Cooper war noch vor Sonnenuntergang tot. Sein Bruder Jonathan lag einen Tag später darnieder, und Alexander Hadfield zwei Tage darauf. Binnen einer Woche war Mary Hadfield zum zweiten Mal Witwe, und ihre beiden Söhne lagen neben ihrem toten Vater auf dem Kirchhof. Ich war bei der Beerdigung nicht dabei, denn inzwischen hatte ich selbst genug Grund zur Trauer.

Mein Tom starb, wie es Babys tun, sanft und klaglos. Das Fieber stieg ganz plötzlich, noch vor Mittag, während ich im Pfarrhaus arbeitete. Jane Martin schickte auf der Stelle nach mir und nahm Jamie mit zu ihrer Mutter. Tom schrie eine Weile, wenn er zu saugen versuchte und keine Kraft dafür aufbringen konnte. Dann lag er nur noch in meinen Armen, starrte mich aus weit aufgerissenen Augen an und wimmerte ab und zu. Bald schweifte sein starrer Blick ins Leere, bis er schließlich die Augen schloss.

Lib Hancock kam und sagte mir tröstliche Worte, die in meinem Kopf zu Unsinn gerannen. Nachmittags kam meine Stiefmutter, um sie abzulösen. An ihre Worte erinnere ich mich noch, so tief haben sie sich in mir eingebrannt. „Anna, du bist eine Närrin. Warum gestattest du dir eine solche Liebe zu einem Wickelkind?" Erstaunt blickte ich auf. Als sie sah, wie mir die Augen überliefen, verlor ihre Stimme den herrischen Ton. Sie streckte ihre Hand aus und wollte mir die Schulter tätscheln, aber ich schüttelte sie ab. „Gott hat dein Herz verhärtet, Stiefmutter", sagte ich. „Dafür kannst du dich bei ihm bedanken. Mir hat er diesen Gefallen nicht erwiesen, denn ich habe Tom von jenem Augenblick an geliebt, als ich zum ersten Mal seinen Scheitel berührte, auch wenn er noch ganz nass und blutig war …" Nun weinte ich lauthals und konnte nicht mehr weitersprechen. Aphra gab mir einen Hexenstein und murmelte einige seltsame Worte darüber. Ich hielt ihn in der Hand, bis sie die Kate verließ, dann warf ich ihn in hohem Bogen ins Feuer.

Kurz darauf hörte ich Schritte im Vorhof. Es war Elinor Mompellion. Sie kniete sich neben uns und nahm uns in ihre Arme. Sie teilte meinen Kummer mit mir und linderte so mein Weinen und meine Wut. Später zog sie einen Stuhl ans Fenster und las mir *Unseres Herrn Worte über die Liebe zu kleinen Kindern* vor, bis es zu dämmrig wurde. Wahrscheinlich wäre sie die ganze Nacht geblieben, wenn ich ihr nicht gesagt hätte, ich würde Tom mit in mein Bett hinaufnehmen.

Beim Treppensteigen und während ich ihn auf unser Lager legte, sang ich ihm leise vor. Er blieb mit ausgebreiteten Armen liegen, wie ich ihn hingelegt hatte. Ich bettete mich neben ihn und zog ihn dicht an mich. Eine Zeit lang pochte sein kleiner Puls schnell, und sein winziges Herz klopfte, aber gegen Mitternacht wurde der Rhythmus unruhig und schwach, bis er zuletzt nur noch flatterte und schließlich erlosch. Ich sagte ihm, dass ich ihn liebte und nie vergäße. Und dann weinte ich, bis ich zum letzten Mal mit ihm einschlief.

Als ich erwachte, strömte Licht durchs Fenster, das Bett war nass, und eine Stimme heulte wild. Toms Lebensblut hatte sich über Hals und Darm aus dem kleinen Körper entleert. Wo ich ihn an mich gedrückt hatte, war mein eigenes Gewand klatschnass. Ich hob ihn von der blutigen Pritsche und rannte auf die Straße, wo schon alle meine Nachbarn standen. Alle Gesichter waren auf mich gerichtet, voller Trauer und Furcht. Einige hatten Tränen in den Augen. Aber die heulende Stimme war meine.

ALS ICH ein Kind war, erzählte mein Vater manchmal von seiner Zeit als Schiffsjunge. Normalerweise tat er dies zu unserer Abschreckung, wenn wir etwas angestellt hatten. Er erzählte uns von der Peitsche, und er sagte, der grausamste Bootsmann führte die Peitsche so, dass die Hiebe immer wieder auf dieselbe Stelle träfen.

Die Pest war genauso grausam. Immer und immer wieder fielen ihre Hiebe auf nacktes Leid, und noch ehe man einen geliebten Menschen betrauert hattte, hielt man schon den nächsten krank im Arm.

Jamie weinte noch bitterlich um seinen Bruder, als seine Tränen in fiebriges Wimmern übergingen. Mein Kleiner liebte sein Leben und kämpfte hart darum.

Elinor Mompellion stand mir von Anfang an zur Seite. An ihre sanfte Stimme erinnerte ich mich noch am besten aus jenen düsteren Tagen und Nächten. „Anna, ich muss dir gestehen, dass in meinem Michael bereits beim ersten Besuch an George Viccars' Krankenlager der Verdacht auf Pest aufgekeimt ist. Du weißt ja, dass er an der Universität Cambridge studiert hat. Deshalb hat er sofort seinen Freunden geschrieben und sie gebeten, durch Befragen der dort lehrenden Ärzte herauszufinden, was man über die neuesten Heilmittel weiß. Er hat eine Antwort bekommen von einem lieben Freund, der erklärt, dass die gelehrten Doktores bei der Bekämpfung der Pest große Hoffnung auf diese neuen Methoden setzen." Und so kam es, dass mein armer Junge mit höchster Autorität und besten Absichten einige Behandlungen über sich ergehen lassen musste, die am Ende vielleicht nur seine Qual verlängerten.

Während die Geschwulst bei George Viccars im Nacken ausgebrochen war, bildete sie sich bei Jamie unter der Achsel, sodass er vor Schmerzen jämmerlich schrie und sein Ärmchen seitlich weitab hielt, um den Druck auf sein eigenes Fleisch zu lindern. Mr Mompellions Freund hatte ein Rezept der medizinischen Fakultät aufgeschrieben, das ich mit Mrs Mompellions Hilfe ausprobierte. Dazu war es nötig, eine große Zwiebel auszuhöhlen, mit einer Feige, gehackter Raute und einem Schluck Venezianischem Sirup zu füllen und in der Glut zu rösten. Mem Gowdie hatte beides: die getrockneten Feigen und den Sirup, der aus einer Honigmixtur mit seltenen Ingredienzen bestand.

Diese Zwiebeln röstete ich, eine nach der anderen, obwohl sie so unangenehm auf die geschwollene Stelle drückten, dass mein Kind sich laut schreiend herumwälzte. Dem eigenen Kind wehzutun ist das Bitterste auf der Welt, sogar wenn man glaubt, man tue es zu seiner Rettung. Weinend band ich die verhassten Zugpflaster um, dann nahm ich ihn in den Arm, wiegte ihn und versuchte ihn so gut wie möglich zu trösten, indem ich ihn mit all seinen Lieblingsliedern und sämtlichen Geschichten ablenkte, die ich mir ausdenken konnte.

Am Morgen brachte Anys Gowdie eine kühlende, nach Minze duftende Salbe vorbei und fragte mich, ob sie diese dem Kind zur Fiebersenkung auftragen dürfe. Sie setzte sich mit dem Rücken zur Wand auf den Boden, zog die Knie an und legte seinen kleinen Körper so auf ihre Schenkel, dass sein Kopf auf ihren Knien ruhte, seine Füße auf ihren Hüften. Ohne abzusetzen, strichen ihre Hände zärtlich und ganz regelmäßig über seine Stirn und weiter hinunter über Körper und Gliedmaßen. Dazu sang sie leise: „Zwei Engel kamen von Osten herein. Der eine bracht Feuer, der andere Frost. Hinaus mit dem Feuer! Frost, komm herein! Lasst alle guten Geister der Mütter um uns sein."

Obwohl Jamie unruhig vor sich hin gewimmert hatte, beruhigte er sich unter ihrer Berührung. Schließlich fiel er in einen willkommenen Schlaf. Als ich ihn von ihrem Schoß nahm und auf die Pritsche legte, hatte seine Haut die fieberrote Farbe verloren und fühlte sich unter meinen Händen kühl an. Von ganzem Herzen dankte ich ihr für die Erleichterung, die sie ihm gebracht hatte.

Sie ergriff meine ausgestreckte Hand. „Du bist eine gute Mutter, Anna Frith. Deine Arme werden nicht für immer leer bleiben. Denke daran, wenn dir der Weg düster erscheint.“

Anys wusste nur allzu gut, dass ihre Fürsorge meinem Jungen nur kurz Erleichterung bringen würde, das verstand ich jetzt. Als die gute Wirkung der Salbe nachließ, stieg das Fieber erneut, Stunde um Stunde, und gegen Nachmittag fiel er ins Delirium. „Mami, Tom ruft nach dir!“, flüsterte er eindringlich.

„Ich bin hier, mein Schatz. Sag Tommy, dass ich ganz nahe bin.“ Ich versuchte, die Tränen zu unterdrücken.

Elinor Mompellion brachte mir Essen, aber ich brachte nichts davon hinunter. Sie saß bei mir und hielt meine Hand und flüsterte mir Worte zu, von denen sie dachte, ich könnte sie ertragen. Erst später erfuhr ich, dass sie nach langen Stunden bei mir zur nächsten Haustür ging, zu Mary Hadfield, deren Mutter gekommen war, um sie wegen ihres großen Verlustes zu trösten, und nun selbst krank darnieder lag. Und von dort über die Straße zu den Sydells, bei denen es drei Bettlägerige gab, und weiter zu den Hawksworths, wo die schwangere Janie krank neben ihrem Mann Michael lag.

Fünf Tage litt Jamie, ehe Gott es für richtig befand, ihn zu sich zu nehmen. Am Tag seines Todes erblühten seltsame Kreise auf ihm. Ringförmig zeichneten sich hellrote Striemen unter seiner obersten Hautschicht ab. Binnen Stunden wurden sie violett und dann schwarz und bekamen harte Krusten. Es sah aus, als würde sein Fleisch bereits sterben, während er noch atmete.

Beide Mompellions kamen, als sie erfuhren, dass diese neuen Pestzeichen aufgetreten waren. Jamie lag auf einem Notlager vor dem Herd, in dem ich ein kleines Feuer gegen die Abendkühle entzündet hatte. Ich saß am Kopfende, bettete Jamies Kopf in meinen Schoß und streichelte ihn. Der Herr Pfarrer kniete sich auf den harten Sandsteinboden und begann zu beten. Seine Frau glitt stumm vom Stuhl und kniete sich neben ihn. Ich hörte die Worte wie aus weiter Ferne. „Allmächtiger Gott und allergnädigster Vater, neige dein Ohr zu unserem Flehen. Siehe, wir rufen zu dir um Gnade. Rufe deinen Engel des Zorns zurück, und lass dieses Kind nicht unter dem schweren Hieb dieser entsetzlichen Pest fallen …“ Das Herdfeuer warf einen warmen Schein auf das kniende Paar, dessen Köpfe, dunkel und hell, sich dicht nebeneinander neigten. Erst am Ende des Gebetes hob Elinor Mompellion die Augen und sah mich an. Ich schüttelte den Kopf, während mir die Tränen übers Gesicht liefen. Da wusste sie, dass ihr Mann vergebens gebetet hatte.

An die folgenden Tage habe ich keine Erinnerung. Ich weiß, dass ich gegen den Küster kämpfte, als er kam, um Jamies Leiche fortzubringen, und dass ich in meinem verstörten Zustand unter lautem Schreien versuchte, Jamie die Leinenbinden abzukratzen, aus Angst, er könne nicht durch sie atmen. Ich weiß, dass ich viele Male zur Kirche ging und dass ich sah, wie Jamie dort neben Tom in die Erde gelegt wurde und dann Mary Hadfields Mutter und drei von den Sydell-Kindern und der Mann von Jane Hawksworth und danach ihr Sohn, der zu früh auf die Welt kam und einen Tag später tot war. Dann stand ich bei Lib Hancock, während ihr Mann begraben wurde. In unserem Kummer klammerten wir uns aneinander. Aber ich konnte nicht sagen, welche Worte in der Kirche oder am offenen Grabe fielen, bis auf eine Zeile: „Mitten im Leben sind wir vom Tod umfangen."

Nach ein, zwei Tagen fand ich einen Weg, mich erneut durch meine Arbeit zu quälen, obwohl ich mich nicht an eine einzige Tätigkeit in diesen zwei Wochen erinnern kann. Die Tage und Nächte glitten einfach vorbei. Ein dichter Nebel schien sich auf mich und alles ringsherum gelegt zu haben, und ich tastete mich von einer Pflicht zur nächsten, ohne etwas wirklich klar zu sehen.

Ich fürchte, dass ich mich weiterhin ganz der Trauer hingegeben hätte, wenn sich nicht eines meiner Herdentiere droben im Moor verlaufen hätte. Es geschah in der dritten Woche nach Jamies Tod. Ich hatte die Schafe vernachlässigt, und einige waren auf eigene Faust losgezogen, um nach besseren Weiden zu suchen, wohin ich sie längst hätte führen sollen. Zinngrau war der Himmel an jenem Nachmittag, und die Luft schmeckte metallisch nach erstem Schnee. Deshalb blieb mir nichts anderes übrig, als sie zu suchen, obwohl mir jeder Schritt bergan schier übermenschlich erschien. Ich verfolgte gerade oben an einer Klamm am Rande des Moores Spuren, von denen ich hoffte, dass sie von meinen Schafen stammten, als ich einen entsetzlichen Schrei hörte. Er drang aus einer nahe gelegenen Grube herüber, die vor gut sechs Jahren überflutet worden war.

An die zehn, zwölf Leute drängten sich dort und torkelten im Kreis. Ihre lauten Stimmen klangen, als wären sie betrunken. Auch Lib Hancock befand sich darunter, die unter den Nachwirkungen des Alkohols herumtaumelte, den sie, wie ich wusste, nicht gewöhnt war. In der Mitte lag Mem Gowdie auf dem Boden, die dünnen Arme mit einem Seil gefesselt. Auf ihrer Brust kniete Brad Hamilton, seine Tochter Faith hielt die alte Frau an den Haaren gepackt und zerkratzte ihr mit einem Weißdornstecken die Wange. „Und ich bekomm's doch noch, du Hexe!", schrie sie. „Dein Blut wird diese Krankheit aus dem Körper meiner Mutter vertreiben!" Jude, der älteste Sohn der Hamiltons, hielt seine Mutter in den Armen. Faith rieb Mem mit der Hand über die blutende Wange, ehe sie schwankend aufstand und ihrer Mutter das Blut auf die pochende Pestgeschwulst im Nacken schmierte.

Noch während ich die steile Klamm hinunterschlitterte, löste sich Mary Hadfield aus der Schar, warf sich neben Mem zu Boden und schob ihr wutverzerrtes Gesicht bis auf wenige Zoll an das der alten Frau heran. „Du hast meine Familie getötet, alte Hexe!" Mem zuckte zusammen und versuchte, den Kopf zu schütteln. „Ich habe doch gehört, wie du uns verflucht hast, weil er den Bader zu Edward gebracht hat! Ich hab's gehört, als du fortgingst! Deine Bosheit hat über meinen Mann und meine Mutter und meine Söhne die Pest gebracht!"

„Mary Hadfield!", schrie ich gellend, um mir über das betrunkene Gemurmel Gehör zu verschaffen. Einige Gesichter wandten sich um, als ich mich keuchend in den Kreis drängte. „Mem Gowdie hat so etwas nicht getan! Warum sagst du das? Ich stand mit ihr auf deiner Türschwelle, als dieser Quacksalber bei dir zu Hause war. Sie hat dein Haus stumm verlassen."

„Warum verteidigst du sie, Anna Frith? Verrotten deine eigenen Kinder vielleicht nicht wegen ihres Fluches unter der Erde? Du solltest uns lieber helfen. Verschwinde, wenn du nur stören willst!"

„Werft sie ins Wasser!", brüllte eine andere sturzbetrunkene Stimme. „Dann werden wir ja sehen, ob sie 'ne Hexe ist oder nicht!"

„Jawohl!", brüllte ein anderer zurück, und die von den Hieben halb bewusstlose Mem wurde zum Eingang der gefluteten Grube gezerrt.

„Wenn ihr sie hineinwerft, seid ihr alle Mörder!", brüllte ich und versuchte mich Brad Hamilton in den Weg zu stellen. Als ich ihn am Arm packte, sah ich, dass Alkohol und Kummer sein Gesicht verzerrt hatten. Da fiel mir wieder ein, dass er heute seinen Sohn John begraben hatte. Er stieß mich beiseite. Ich verlor das Gleichgewicht und schlug heftig hin, wobei mein Kopf gegen einen Stein knallte. Die Erde drehte sich, und es wurde dunkel um mich.

Als ich wieder zu mir kam, heulte Mary Hadfield gerade: „Sie sinkt! Sie sinkt! Sie ist keine Hexe! Gott verzeih uns, wir haben sie umgebracht!" Zuerst zerrte sie den einen Mann am Ärmel und dann den anderen und versuchte, sie zur Grube zu ziehen. Mühsam rappelte ich mich auf und spähte angestrengt ins Dunkel, aber außer dem verzerrten Spiegelbild meines eigenen blutverschmierten Gesichts, das mich von der Wasseroberfläche anstarrte, konnte ich nichts erkennen. Als ich merkte, dass keiner etwas unternehmen wollte, schob ich alle mit Gewalt zur Seite, warf mich über den Grubenrand und tastete nach dem ersten Tritt. Aber als ich meinen Stiefel darauf setzte, gab das morsche Holz nach und brach durch. Hilflos hing ich einen Augenblick über der Grube, ehe mich jemand hochzog.

Es war Anys Gowdie. Da sie den ganzen steilen Weg vom Dorf heraufgerannt war, atmete sie schwer und verschwendete kein Wort. Offensichtlich hatte ihr irgendjemand berichtet, was hier los war, denn sie hatte sich ein Seil um die Taille gebunden, das sie um die Rolle der alten Seilwinde schlang und am Göpel sicherte. Anschließend glitt sie ins glitschige Dunkel hinab. Die anderen waren vor ihr zurückgewichen, aber nun drängten sie vorwärts und lugten in die Grube hinunter, wo man lediglich die Haare von Anys ausmachen konnte, die sich hell vom schwarzen Wasser abhoben. Es platschte laut, dann begann sie mit dem Aufstieg. Ihre Tante hatte sie sich auf den Rücken gebunden. Zum Glück waren viele Trittbretter noch stabil genug, und als sie sich dem Rand näherte, griffen Mary Hadfield und ich nach unten, packten ihre Arme und zogen sie das letzte Stück hinauf.

Mary und ich legten Mem auf die Erde, und Anys drückte gegen ihre Brust. Dunkles Wasser sprudelte aus ihrem Mund. Die alte Frau atmete nicht. „Sie ist tot!“, jammerte Mary, und das verstörte Grüppchen stimmte ein. Anys beachtete sie gar nicht, sondern kniete sich neben den Körper, legte ihren Mund auf den ihrer Tante und atmete hinein. Nach dem dritten Mal hielt Anys inne. Mem Gowdies Brust hob sich von selbst. Stöhnend spuckte sie und schlug die Augen auf. Die Erleichterung, die ich empfand, hielt nur einen winzigen Moment an, denn dann begann Lib mit irrsinniger Stimme zu schreien: „Anys Gowdie hat die Tote wieder auferweckt! Sie ist die wahre Hexe! Packt sie!“

„Lib!“, schrie ich, erhob mich taumelnd und packte sie an beiden Armen. „Sei keine Närrin! Wer von uns hat noch nicht den Mund an ein frisch geborenes Lamm gelegt, das nicht atmete?“

„Halt du deinen Mund, Anna Frith!“, brüllte Lib, schüttelte meine Arme ab und machte einen Schritt auf mich zu. „Du hast mir doch selbst erzählt, diese Hexe habe mit dem Satansbraten verkehrt, der die Pest hierher gebracht hat! Weißt du denn nicht, dass Viccars ein Hexer war? Und sie war sein Weibsbild!“

„Lib!“, rief ich. „Red nicht so über die untadeligen Toten! Liegt nicht zweifellos der arme George Viccars genauso im Grab wie dein Mann?“

Hasserfüllt musterten mich ihre starren Augen. Mittlerweile ertönten aus jedem verzerrten Mund Schreie wie „Hure“ und „Schlampe“. Der Mob drängte dorthin, wo Anys neben ihrer Tante kniete, und fiel über sie her. Nur Mary Hadfield hielt sich mit entsetztem Gesicht zurück. Ich stieß Lib aus meinem Weg und versuchte, zu Anys durchzudringen. Anys war stark und wehrte sich, und ich bemühte mich, ihr zu helfen. Immer wieder packte ich einen um den anderen und zog sie weg, bis sich mir erneut alles im Kopf drehte. Dann schrie Urith Gordon los. „Ich kann mich nicht in ihren Augen sehen! Hexenzeichen! Sie hat meinen Mann verhext, damit er mit ihr schläft!“ Daraufhin begann John Gordon wie ein Besessener auf Anys loszugehen. Ich packte ihn am Arm und versuchte, ihn von ihr wegzuzerren, aber ich wusste, dass ich gegen seine Raserei machtlos war. Muss Mompellion holen, war mein letzter Gedanke. Aber noch während ich mich umdrehte, um fortzulaufen, versetzte mir jemand einen Hieb, dass ich der Länge nach hinfiel.

Stöhnend versuchte ich aufzustehen, aber meine Gliedmaßen wollten mir nicht gehorchen. Ich sah, wie die Schlinge um Anys’ Hals gelegt wurde, um sie mit ihrem eigenen Seil am Göpel aufzuhängen.

Doch dann hörte Anys Gowdie plötzlich auf, sich zu wehren, und richtete sich zu ihrer ganzen eindrucksvollen Länge auf. Ihre Haube war heruntergefallen, und ihre nassen Haarsträhnen umrahmten ihr Gesicht wie goldene Schlangen. Aus ihrem Mund rann ein hellroter Blutfaden.

„Ja“, rief sie, „ich bin ein Geschöpf des Teufels! Und eines merkt euch: Er wird mein Leben rächen!“ Die Männer, die sie festhielten, traten ein wenig zurück und schlugen das Kreuzzeichen und das andere, ältere Zeichen gegen starke Magie.

„Anys!“, stöhnte ich. „Sag doch nicht so etwas! Du weißt doch, dass das nicht stimmt!“

Mit einem gespenstischen Lächeln wanderte ihr Blick zu der Stelle hinüber, wo ich am Boden lag. In ihren Augen stand mein Urteil: Meine lose Zunge hatte zu ihrem Verrat beigetragen. Dann wandte sie den Blick ab und starrte ringsum ihre Verfolger an. Die Sonne, die soeben hinter dem Horizont verschwand, fand einen schmalen Schlitz in den finsteren Wolken, durch den urplötzlich ein einsamer Lichtfinger strahlte, der Anys erreichte und hell aufleuchten ließ. Gelb glitzerten ihre Bernsteinaugen wie die einer Katze.

„Ich habe ihm beigewohnt. Ja! Ich habe dem Teufel beigewohnt, und er ist mächtig, und seine Berührung ist kalt wie Eis. Aber ich habe ihm nicht allein beigewohnt! Nein! Jetzt sage ich euch: Ich habe eure Frauen bei ihm liegen sehen! Deine, Brad Hamilton, und deine, John Gordon, und deine auch, Martin Highfield!“

Mit Stöhnen oder lautem Geschrei machten die Frauen ihrer Empörung Luft, aber ihre Männer starrten Anys fassungslos an.

„Und wie gerne tun wir es, und ohne Scham, viele Male, eine nach der anderen. Im Vergleich zu euch ist er ein Hengst unter Wallachen.“ Dabei fixierte sie die Männer, die sie namentlich genannt hatte, und lachte.

Daraufhin brüllten die Männer wie Ochsen und zerrten am Seil, bis es straff war, und Anys' Gelächter verstummte. Ihre langen Beine zuckten über dem Abgrund.

Sie zuckten noch, als John Gordon das Seil fahren ließ und nach seiner Frau suchte. Die sah den Irrsinn in seinen Augen und begann voller Angst wegzurennen. John Gordon holte sie ein, streckte sie mit einem Fausthieb nieder, packte ihre Haare und schleuderte sie herum. „Ist das wahr?“, brüllte er und drosch ihr die Faust ins Gesicht. Blut strömte aus ihrer Nase.

Da donnerte plötzlich Michael Mompellions Stimme die Klamm herunter. „Im Namen Gottes, was habt ihr getan?“

John Gordons Arm sackte herunter. Er drehte sich um und starrte dem Pfarrer entgegen, der Anteros den steilen Abhang herunterjagte. Als ich sah, dass sich hinter ihm im Sattel Mary Hadfield duckte, wurde mir klar, dass sie so geistesgegenwärtig gewesen war, ihn zu holen. Zuerst ging er auf Brad Hamilton los, der dem Göpel am nächsten stand. Hamilton riss beide Arme hoch, als wolle er sich verteidigen, aber Anteros bäumte sich wie ein Schlachtross auf und trieb ihn zurück. Der Pfarrer wendete das Tier und glitt aus dem Sattel. Er zog ein Messer aus dem Gürtel, reckte die Hände, barg Anys mit der einen und durchtrennte mit der anderen das Seil. Ihr schönes Gesicht war jetzt dunkelrot und aufgedunsen, die Zunge hing heraus. Er zog seinen Umhang aus und bedeckte sie damit.

Einer – vermutlich Martin Highfield – war immer noch betrunken oder verrückt genug, dass er die Tat zu rechtfertigen versuchte. „Sie … sie hat's gestanden“, nuschelte er. „Sie hat mit dem Teufel geschlafen.“

Mompellions Stimme steigerte sich zu einem Brüllen. „Oh ja, heute Abend ist der Teufel hier gewesen! Aber nicht in Anys Gowdie! Unwissende Toren! Anys Gowdie hat euch mit der einzigen Waffe bekämpft, die sie zur Hand hatte – mit euren eigenen hässlichen Gedanken und üblen Zweifeln aneinander! Fallt auf die Knie, sofort!"

Sie sackten wie ein Mann zu Boden. „Betet zu Gott, dass er in seiner unendlichen Gnade eure erbärmlichen Seelen rettet." Dann holte er Luft und seufzte. Als er weitersprach, war der Zorn aus seiner Stimme verschwunden. „Gibt es in diesem Dorf nicht schon genug Leid? Gibt es hier nicht genug Tod für euch alle? Müsst ihr auch noch die Sünde des Mordes unter uns bringen? Betet, dass Gott von euch nicht den Preis einfordert, den die Taten dieses Tages verdienen!"

Wie aus einem Munde fielen die Stimmen ein: Einige murmelten undeutlich, andere riefen lauthals den Herrn an, wieder andere schlugen sich weinend an die Brust. Damals glaubten wir noch alle, dass Gott solche Gebete hört.

5

Der Schnee, den der Wind in jener Nacht hereintrieb, deckte das Dorf zu. Tiefe Stille senkte sich herab. Wie Verbannte gingen die Menschen gebückt und in ihre Tücher gehüllt auf den weißen Straßen. Das Hexenblut richtete bei Grace Hamilton nichts aus; noch in derselben Woche starb sie an der Pest und hinterließ ihre Kinder, Jude und Faith, auf dem Krankenlager. Wegen des Schlags auf den Kopf verschwamm mir alles vor den Augen. Ich schlief fast einen ganzen Tag und eine Nacht, ehe ich mich wieder kräftig genug fühlte, die Suche nach meinen verlorenen Schafen erneut aufzunehmen. Als ich die armen Tiere endlich fand – sie drängten sich im Windschatten eines Felsens aneinander –, hatte sich über ihnen eine hohe Schneewehe aufgetürmt, und sie waren steif gefroren. Im ersten Moment war ich froh, dass nun weniger Leben von meiner Fürsorge abhing. So verwirrt war ich damals.

Mr Mompellion zelebrierte den Beerdigungsgottesdienst für Anys so aufwändig wie möglich. Mem Gowdie war nicht dabei. Zwar war sie nicht ertrunken, hatte sich aber eine Lungenentzündung zugezogen. Nun lag sie bewusstlos im Pfarrhaus. Elinor Mompellion hatte darauf bestanden, dass man sie dorthin brachte. Wir pflegten sie gemeinsam. Als sie noch zum Sprechen fähig gewesen war, hatte sie um eine Kampfersalbe für ihr verletztes Gesicht gebeten, die wir mithilfe von sauberen

Leinenbinden auftrugen. Leider hielt der Verband schlecht auf ihren eingefallenen Wangen. An den Stellen, wo man sie geschlagen hatte, bekam ihre Haut blaurote und gelbe Flecken.

Sie starb nur fünf Tage nach Anys. Mit diesen beiden verschwand der Großteil an Heilkunde, auf die wir angewiesen waren, genauso wie die größte Chance, die unsere Frauen hatten, eine Geburt zu überleben und gesunde Babys in ihren Armen zu halten.

Der Friedensrichter aus Bakewell weigerte sich, auch nur in die Nähe unseres Dorfes zu kommen oder irgendwelche unserer Leute als Gefangene zu akzeptieren. Er meinte, im ganzen Bezirk würde sich niemand bereit erklären, sie bis zu den nächsten Gerichtstagen zu verwahren. Stattdessen schlichen die wenigen, die am Tod von Anys schuld waren, die die Pest nicht dahingerafft hatte, wie Spukgestalten herum und warteten auf Gottes Richtspruch. Am nächsten Sonntag waren lediglich fünf von dem Dutzend, das in jener Nacht in der Klamm gewesen war, noch so gut bei Kräften, dass sie Büßerhemden anlegen und barfuß zur Kirche gehen konnten, um dort um Vergebung zu beten.

Als der Sonntagmorgen heraufdämmerte, stapften wir alle durch den verkrusteten Schnee zur Kirche. John Gordon war einer von denen, die sich in den Büßerwinkel stahlen. Er vermied, jemandem in die Augen zu schauen, und beugte sich nur besorgt über Urith, die sich an seinen Arm klammerte. Auch Lib Hancock war da. Sie ging an mir vorbei, ohne mir in die Augen zu sehen.

Blass und schweigend nahmen wir unsere Plätze ein, die Trauernden und die Schuldigen. Dieses Dorf zählte an die 360 Seelen. Ohne die Kleinsten, die gebrechlichen Alten, die wenigen, die sogar am Tag des Herrn arbeiten mussten, und jene Hand voll Quäker und Nonkonformisten, betrug die Anzahl der Gottesdienstbesucher, die sich jede Woche in unserer Kirche versammelten, gut 220. Da unsere Sitzplätze nach einer alten Tradition festgelegt waren, war jeder leere Platz so herausstechend wie eine Zahnlücke. An jenem Sonntag sorgte die ständig wachsende Zahl von Toten und Kranken für viele leere Plätze.

Michael Mompellion verwendete seine Kanzel an jenem Sonntag nicht so, wie ich es erwartet hatte. Die ganze Woche hatte er angespannt wie eine Bogensehne gewirkt, als ringe er darum, einen entsetzlichen Zorn im Zaum zu halten. Als ich mich gegen Ende der Woche eines Abends mit einer Ladung Heu für die Schafe abmühte, entdeckte ich ihn mit einer gebeugten Gestalt im Obstgarten. Es war bitterkalt, und es erschien mir seltsam, dass der Herr Pfarrer eine solche Nacht für ein

Gespräch im Freien wählte. Aber dann erkannte ich die Gestalt an seiner Seite und begriff, warum er dieses Treffen geheim halten wollte.

Michael Mompellion beriet sich mit Thomas Stanley, jenem Puritaner, der am Bartholomäustag im Jahre unseres Herrn 1662 unsere Gemeinde verlassen hatte. Damals hatte uns Pastor Stanley erklärt, er könne nicht guten Gewissens der Anweisung folgen, das „Buch für das gemeinsame Gebet“ zu verwenden. Er sei nur einer von hunderten von Priestern, die an jenem Tag ihr Predigeramt niederlegten.

Nicht lange nach seinem Protest wurde ein Gesetz erlassen, nach dem Geistliche, die sich weigerten, die Staatskirche anzuerkennen, mindestens acht Kilometer Abstand zu ihren alten Gemeinden einhalten mussten, damit sie keine Unruhen heraufbeschwören konnten. Daher verließ Thomas Stanley das Dorf. Bis die Mompellions kamen, hatten wir beinahe zwei Jahre keinen Pfarrer. Doch dann war Thomas Stanleys Frau gestorben, sodass er allein unter Fremden zurückblieb. Es widersprach dem Wesen der Mompellions, den alten Mann von jenem Ort und den Leuten fern zu halten, die ihm am vertrautesten waren. Keine Ahnung, was gesprochen wurde, aber eines Tages war er wieder unter uns. Ohne Aufhebens war er auf ein kleines Pachtgrundstück auf dem Berghof der Nonkonformistenfamilie Billings zurückgekehrt. Als die Pest zu uns kam, war er schon fast ein Jahr wieder hier, ein alter Mann, der ganz zurückgezogen lebte und sich aus den Dorfbelangen heraushielt.

Aber nun hatte Mr Mompellion offensichtlich bewusst Mr Stanley aufgesucht. Den Grund dafür sollte ich erst am Sonntag herausfinden.

Mr Mompellion stieg die Kanzelstufen hinauf, doch statt des Stirnrunzelns, das er die ganze Woche gezeigt hatte, wirkte er an diesem Morgen heiter. Und dann begann er mit einer Predigt, die unser Schicksal besiegeln sollte. Aber er war schon bei der Hälfte, als uns allmählich dämmerte, worauf er hinauswollte.

„‚Niemand hat größere Liebe als die, dass er sein Leben lässt für seine Freunde.‘“ Nach diesen vertrauten Worten senkte er den Kopf und ließ die Textstelle so lange in der Stille wirken, dass ich schon befürchtete, er habe vergessen, was er als Nächstes sagen wollte. Aber als er aufblickte, strahlte er dermaßen übers ganze Gesicht, dass es plötzlich wärmer in der Kirche wurde. Dann flossen seine Worte. Leidenschaftlich sprach er über die Liebe Gottes, wie sie ausströmte, zu unserer Zeit, für jeden von uns. Er berauschte uns mit seinen Worten, führte einen jeden an den Ort seiner schönsten Erinnerungen.

Dann kam er endlich zum Punkt. Wären wir nicht verpflichtet, diese Liebe Gottes an unsere Mitmenschen weiterzugeben? Sogar um den Preis des eigenen Lebens, wenn Gott dies von uns forderte? „Liebe Brüder und Schwestern", sagte er, „wir wissen, dass Gott manchmal mit Schreckensstimme zu seinem Volk gesprochen hat, indem er schauerliche Plagen geschickt hat. Und von diesen ist die Pest eine der schrecklichsten. Und doch hat Gott uns zu Empfängern dieser Pest auserwählt, uns allein unter all den Dörfern unseres Bezirks. Dies ist eine Prüfung für uns, davon bin ich überzeugt. Er schenkt uns eine Möglichkeit wie nur wenigen auf dieser Erde. Hier können wir, arme Seelen dieses Dorfes, unserem Herrn nacheifern. Wer unter uns möchte eine solche Gelegenheit ausschlagen? Liebe Freunde, ich glaube, wir müssen dieses Geschenk annehmen. Es ist eine Schatulle voller Gold! Tauchen wir die Hände bis zum Ellbogen hinein, und tragen wir diesen Reichtum fort!"

Daraufhin senkte er die Stimme. „Einige möchten sagen, dass Gott uns dies nicht aus Liebe schickt, sondern im Zorn. Sie werden sagen, die Pest ist hier, weil wir sie mit unseren Sünden verdient hätten. Oh ja, sicher haben wir im Laufe unseres Lebens gesündigt, jeder von uns, viele Male. Hier ist keiner, der noch nicht gefallen wäre. Und doch schickt uns Gott diese Pest nicht zur Strafe für unsere Sünden. Nein!" Auf der Suche nach den Bergleuten und ihren Familien wanderten seine Augen über die Gemeinde. „Wie das Bleierz, das gänzlich eingeschmolzen werden muss, um reines Metall zu finden, so müssen wir im Feuerofen dieser Seuche geläutert werden." Fünf Reihen vor mir sah ich, wie sich der weiße Kopf von Alun Houghton, dem Bergmeister, langsam auf den massigen Schultern aufrichtete, als ihm allmählich die Bedeutung der Worte des Pfarrers aufging. Der streckte die Hand in seine Richtung. „Deshalb lasst uns nicht zaudern! Wählen wir nicht den matten Schimmer unseres Urzustandes, wenn Gott uns erstrahlen lassen möchte!"

„Amen!", polterte Houghtons tiefe Stimme. Vereinzelt stimmten andere Bergleute mit einem „Amen!" ein.

„Freunde", sagte Mr Mompellion weiter, „einige von uns haben die Möglichkeit zur Flucht, haben Verwandte in der Nähe, die ihnen gerne Zuflucht gewähren würden. Einige wenige von uns haben die Mittel, um sich weit weg von hier zu begeben – frei nach ihrer Wahl."

Die Bradfords in der allerersten Reihe wurden unruhig. „Wie aber würden wir die Güte dieser erwidern, die uns aufnehmen, wenn wir ihnen die Pestsaat mitbrächten? Welche Last würden wir tragen, wenn unsertwegen hunderte stürben, die vielleicht leben könnten? Nein! Nehmen wir dieses Kreuz auf uns! Tragen wir es in Gottes heiligem Namen!“ Die Stimme des Pfarrers war immer mächtiger geworden, bis sie wie eine Glocke dröhnte. Jetzt aber wurde er wieder leise. „Liebe Freunde, hier sind wir, und hier müssen wir bleiben. Lasst die Grenzen dieses Dorfes zu unserer ganzen Welt werden. Lasst keinen herein und niemanden hinaus, solange diese Pest wütet.“

Damit kam er zu den Einzelheiten seines Plans für unsere freiwillige Quarantäne, über die er offensichtlich bereits intensiv nachgedacht hatte. Er sagte, er habe in einem Brief an den Grafen im wenige Meilen entfernten Chatsworth House seinen Vorschlag erörtert und um Hilfe gebeten. Der Graf habe sich verpflichtet, im Falle einer freiwilligen Klausur uns alle auf seine Kosten mit Nahrung, Brennmaterial und Arznei zu versorgen. Diese Sachen würde man am Grenzstein am südöstlichen Dorfrand hinterlegen. Wer weitere Dinge kaufen wolle, müsse das Geld entweder in einem flachen Quellbrunnen nördlich von Wright's Wood hinterlassen, wo das fließende Wasser jede Pestsaat fortspülen würde, oder in den Höhlungen des Grenzsteins, die man mit Essig füllen würde, von dem man glaubte, dass er eine Ansteckung verhindere.

Dann senkte er den Kopf und fuhr sich mit der Hand über die Stirn. In der Kirche war es totenstill. Wir alle blickten wie gebannt auf den großen Mann, der dort mit gebeugtem Kopf auf der Kanzel stand, als sammle er die Kraft zum Weitersprechen. „Bleibt hier“, sagte er schließlich, „auf diesem Stück Erde, das euch bisher ernährt hat. Bleibt hier, dann wird die Liebe des Herrn mit uns sein. Bleibt hier, meine besten Freunde. Denn eines verspreche ich euch: Solange ich verschont bleibe, wird keiner in diesem Dorf dem Tod allein ins Antlitz schauen.“

Dann ermahnte er uns zum Gebet und sagte, dass er uns in Kürze um unsere Entscheidung bitten werde. Er stieg von der Kanzel, begab sich mit Elinor unter uns und unterhielt sich leise mit jedem, der ein Wort mit ihm wechseln wollte. Einige Familien blieben in ihren Bänken, im Gebet versunken. Andere standen auf, sammelten sich hier und dort in Grüppchen und suchten Rat bei ihren Freunden. Erst jetzt bemerkte ich, dass Thomas Stanley die Kirche betreten und einen Platz in der allerletzten Reihe eingenommen hatte. Nun trat er nach vorne und sprach leise mit allen, die zur Lehre der Puritaner geneigt hatten oder es insgeheim immer noch taten. Auf seine ruhige Art machte der alte Mann klar, dass der Jüngere seine Unterstützung hatte.

Zu meiner Beschämung sah ich, dass mein Vater und Aphra zu einer kleinen Gruppe gehörten, die mit Gesten und Kopfschütteln klar machten, dass sie nicht mit dem Plan des Pfarrers einverstanden waren. Auf diese Zauderer trat Mr Mompellion zu, und binnen kurzem stieß auch Mr Stanley zu ihnen. Mein Vater hatte sich mit seiner Frau ein wenig entfernt. Ich versuchte zu verstehen, was sie sagten, und ging deshalb etwas näher heran.

„Denk an unser Brot, Mann! Wer wird uns zu essen geben, wenn wir auf die Straße flüchten? Höchstwahrscheinlich werden wir dort verhungern. Hier, sagt er, bekommen wir es sicher."

„Ja, ja, ‚sagt er'. Nun, *ich* sage, dass man von ‚sagt er' nicht herunterbeißen kann. O ja, er und seine vornehme Frau werden schon ihr Brot von dem Grafen bekommen, da bin ich mir sicher. Aber wann haben sich schon solche wie die auch nur 'nen Penny um unsereins geschert?"

„Mann, wo bleibt dein Grips? Die werden ihr Wort nicht aus Liebe zu uns halten, sondern aus Angst um ihre eigene feine Haut. Eines steht fest: Der Graf will seinen Besitz pestfrei haben. Und wie ginge das besser, als wenn er uns einen Grund zum Hierbleiben gibt? Täglich ein paar lumpige Laibe Brot sind für den ein gutes Geschäft, darauf wette ich." Sie war eine schlaue Frau, meine Stiefmutter, trotz ihrer Neigung zum Aberglauben.

Dann sah sie mich und wollte mich schon zur Unterstützung ihrer Ansichten herüberwinken, aber ich wandte den Kopf ab. Ich wollte einzig und allein für meine eigene Entscheidung die Verantwortung tragen.

Als die Mompellions dort vorbeikamen, wo ich stand, ergriff Elinor Mompellion mit beiden Händen zärtlich meine, während sich der Herr Pfarrer an mich wandte und sagte: „Und du, Anna? Sag uns, dass du bei uns bleibst, denn ohne dich wär's um Mrs Mompellion und mich schlecht bestellt. Ich wüsste nicht, was wir ohne dich machen sollten."

Ich hatte meine Entscheidung getroffen. Und doch wollte mir meine Stimme nicht gehorchen. Auf mein Nicken hin umarmte mich Elinor Mompellion und drückte mich einen langen Augenblick an sich. Der Herr Pfarrer ging weiter und flüsterte ruhig Mary Hadfield zu, die ganz kläglich weinte und die Hände rang.

Als er erneut die Stufen hinaufschritt und uns Auge in Auge gegenüberstand, hatten er und Thomas Stanley jeden Zweifler überzeugen können. An jenem Tag legten wir alle in dieser Kirche vor Gott einen heiligen Eid ab, dass wir bleiben und nicht fliehen würden, egal, was uns bevorstünde.

Alle, bis auf die Bradfords. Sie waren unbemerkt zur Kirche hinausgeschlüpft und längst wieder im Herrenhaus, wo sie für ihre Flucht nach Oxfordshire packten.

An jenem Morgen verließ ich die Kirche mit einem seltsamen Glücksgefühl, und offensichtlich ging es allen so. Die ursprünglich abgezehrten und verhärmten Gesichter wirkten nun warm und lebendig. Wenn sich unsere Blicke trafen, lächelten wir im Bewusstsein der umfassenden Gnade, die unsere Entscheidung uns gebracht hatte. Deshalb war ich nicht auf den bedrückten Blick Maggie Cantwells vorbereitet, die vor meiner Tür auf und ab lief. Maggie war Köchin bei den Bradfords und infolge ihrer Tätigkeit heute Morgen nicht in der Kirche gewesen. Sie trug noch immer die große weiße Schürze, und ihr Mondgesicht war vor Anstrengung knallrot.

„Anna, sie haben mich vor die Tür gesetzt! Achtzehn Jahre, und dann von einer Minute zur andern hinausbeordert! Ich bin gekommen, um dich zu bitten, dass du mir hilfst, meine paar Habseligkeiten aus dem Herrenhaus zu holen, denn man hat uns erklärt, dass nach ihrer Abreise das Herrenhaus verschlossen wird und keiner von uns es mehr betreten darf. Stell dir vor, es war doch all die Jahre unser Zuhause!" Die ganze Zeit über hatte sie nervös an einem Schürzenzipfel herumgedreht. Jetzt hob sie ihn an die Wange und wischte sich die Tränen ab.

„Komm, Maggie, dafür haben wir jetzt keine Zeit", sagte ich. „Ich hole einen Handkarren, und dann packen wir sofort deine Sachen." Und so machten wir uns auf den Weg. Maggie war schon über 40 und untersetzt, da sie ihre eigene gute Küche gern genossen hatte. Mühsam rang sie nach Luft, während wir uns durch die Schneewehen den Hügel zum Herrenhaus hinaufkämpften.

„Stell dir mal vor", keuchte sie, „da stand ich gerade und bestrich den Braten fürs Sonntagsessen, als sie alle von der Kirche hereinstürmten. Ganz schön früh, denke ich mir, und dann: Oho, das setzt was, wenn das Essen nicht auf dem Tisch steht, wenn der Herr Oberst es will. Also beeile ich mich und scheuche Brand, meinen Küchenjungen, herum. Da kommt doch der Herr Oberst persönlich herein, und der hat bis auf den heutigen Tag noch nie 'nen Fuß in die Küche gesetzt. Und dann heißt's, Schluss für alle, einfach so. Kein Dankeschön oder Wie wird's euch denn gehen. Einfach nur: Essen auf den Tisch und dann raus."

Das Herrenhaus brummte wie ein aufgestörter Bienenstock. Pferde stampften in der Einfahrt, während Zofen und Lakaien, unter schweren Truhen gebückt, hinein- und herausstolperten. Wir betraten das Haus durch die Küche. Über uns konnten wir eilige Schritte vernehmen, dazwischen die herrischen Stimmen der Bradford-Damen. Da ich keinen besonderen Wert darauf legte, von ihnen bemerkt zu werden, schlich ich hinter Maggie über die rückwärtige Treppe zum Speicher hinauf, den sie mit den übrigen weiblichen Bediensteten teilte. In den winzigen Raum hatte man drei Betten gezwängt.

Auf dem einen kauerte mit weit aufgerissenen Augen ein blasses Mädchen namens Jenny, das versuchte, seine wenigen Habseligkeiten zu einem Bündel zu schnüren. In ihrer Hast hatte sie Mühe, einen Knoten zu machen. „Himmel, Köchin, sie sagt, wir sollen noch diese Stunde fort, gibt uns aber keine Zeit, uns um unsere eigenen Sachen zu kümmern. Ich bin nur noch auf den Beinen, um ihre Sachen zu holen und wegzubringen. Die nehmen keinen von uns mit, nicht mal Mrs Bradfords Zofe Jane, und die war ja schon bei ihr, als sie noch ein kleines Mädchen war. Jane hat geheult und sie angefleht, aber sie hat gesagt, wir alle hätten uns zu viel im Dorf herumgetrieben und vielleicht schon die Pest in uns. Also wollen sie uns einfach hier sterben lassen, und zwar auf der Straße, weil ja keiner von uns weiß, wohin er gehen soll!"

„Niemand wird auf der Straße sterben", sagte ich so ruhig wie möglich. Maggie hatte eine schmale Eichentruhe unter ihr Bett gequetscht. Ich zerrte sie hervor, während Maggie die Bettdecke faltete. Das war also ihr ganzes Hab und Gut, die Summe ihres Lebens. Es gelang uns, die Truhe die schmale Treppe hinabzutragen. In der Küche blieb Maggie stehen. Wieder stiegen ihr Tränen in die Augen. Mit ihren großen roten Händen strich sie über den zerkratzten Kiefernholztisch mit den Brandflecken. „Das da ist mein Leben", sagte sie. „Jede Kerbe kenne ich darauf und weiß, wie sie dahin gekommen ist. Und jetzt soll ich mich einfach umdrehen und mit nichts fortgehen." Sie ließ den Kopf hängen. Eine Träne fiel auf den Tisch.

In dem Moment drang vom Hof Lärm herein. Bei einem Blick aus der Küchentür konnte ich gerade noch sehen, wie Michael Mompellion Anteros zügelte, dass der Kies nur so aufspritzte. Noch ehe der verblüffte Pferdeknecht die Zügel aufgesammelt hatte, die der Pfarrer einfach hatte fallen lassen, war der schon vom Pferd herunter und die Treppe hinauf.

Er wartete nicht, bis man ihn angekündigt hatte. „Oberst Bradford!" Seine Stimme dröhnte so laut durch die Eingangshalle, dass auf der Stelle jedes Geklapper aufhörte. Die großen Möbelstücke im Herrenhaus waren bereits mit Tüchern abgedeckt. Verstohlen schlich ich hinter eine verhüllte Sitzbank. Im Schutz eines Deckenzipfels konnte ich den Obersten unter der Tür zu seiner Bibliothek auftauchen sehen. In der einen Hand hielt er ein Buch, in der anderen einen Brief. Oben auf der

Treppe erschien Miss Bradford mit ihrer Mutter. Beide blieben zögernd stehen, als wüssten sie nicht, was die Etikette für einen solchen Besuch vorsah.

„Hochwürden Mompellion!“, sagte der Oberst. „Sie hätten sich doch nicht persönlich hierher bemühen müssen, um uns Lebewohl zu sagen. Ich hatte beabsichtigt, mich von Ihnen und Ihrer Frau in diesem Brief zu verabschieden.“

Er streckte ihm die Hand mit dem Brief hin, den Mompellion geistesabwesend nahm. „Auf Ihre Verabschiedung lege ich keinen Wert. Ich bin hier, um Sie zu beschwören, Ihre Abreise nochmals zu überdenken. Ihre Familie ist die erste am Ort, die Dorfbewohner nehmen Sie als Vorbild. Wie kann ich sie bitten, tapfer zu sein, wenn Sie vor Angst zittern?“

„Ich zittere *nicht*!“, erwiderte der Oberst kalt. „Ich tue lediglich das, was jeder mit gesundem Menschenverstand tun muss: Ich bringe das meine in Sicherheit.“

Mr Mompellion trat einen Schritt auf ihn zu. „Aber denken Sie doch an diejenigen, die Sie damit in Gefahr bringen …“

Der Oberst trat zurück, um den Abstand zum Pfarrer einzuhalten. Seine Stimme nahm einen beiläufigen Plauderton an. „Ich glaube, Sir, dass wir diese Unterhaltung schon einmal geführt haben, genau hier in diesem Haus, damals allerdings in einem rein hypothetischen Zusammenhang. Nun ja, mittlerweile ist diese Hypothese bewiesen, und ich beabsichtige, das zu tun, was ich für diesen Fall vorausgesagt hatte, nämlich für mein Leben und das meiner Familie zu sorgen, was für mich weitaus wichtiger ist als ein mögliches Risiko für irgendwelche Fremde.“

Aber der Herr Pfarrer gab sich noch nicht geschlagen. „Wenn Sie schon nicht die Not Fremder rührt, dann bedenken Sie wenigstens, wie viel Gutes Sie hier tun könnten, unter jenen Dorfbewohnern, die zu Ihnen aufschauen. Ihr kluger Rat über das Vorgehen im Laufe der weiteren Ereignisse könnte mich vieles lehren. Und während es meine Pflicht ist, diesen Menschen so gut wie möglich Trost zu spenden, würde selbst die kleinste Geste von Ihnen und Ihrer Frau und von Miss Bradford unendlich viel mehr bedeuten.“

Droben auf dem Treppenabsatz unterdrückte Elizabeth Bradford ein höhnisches Schnauben. Ihr Vater warf einen Blick zu ihr hinauf. Beide wirkten amüsiert. „Wie schmeichelhaft!“, rief er mit zynischem Grinsen. „Mein lieber Sir, ich habe meine Tochter nicht erzogen, damit sie für den Pöbel die Amme spielt. Und wenn ich mich danach gesehnt hätte, den Mühseligen und Beladenen beizustehen, hätte ich es Ihnen gleichgetan und die Priesterweihe empfangen."

„Um Mensch zu sein, muss man kein Priester sein!", rief Mompellion. „Wenn Sie schon Frau und Tochter wegschicken müssen, dann beschwöre ich wenigstens Sie, hier zu bleiben und Ihre Pflicht zu tun."

„Maßen Sie sich nicht an, mir zu sagen, was meine Pflicht ist! Ich schreibe Ihnen ja auch nicht die Ihre vor, auch wenn ich sagen möchte, dass Sie gut daran täten, sich mehr um Ihre zarte Frau zu kümmern."

Bei dieser Bemerkung wurde Mompellion rot. „Was meine Frau betrifft, Sir, so will ich wohl eingestehen, dass ich sie schon beim ersten Verdacht auf das, was wir nun tatsächlich wissen, beschworen habe, diesen Ort zu verlassen. Aber sie lehnte mit der Bemerkung ab, es sei ihre Pflicht zu bleiben. Und mittlerweile sagt sie, ich müsse mich darüber freuen, da ich von anderen wohl kaum etwas verlangen könne, was ich meinen nächsten Anverwandten nicht auferlegt hätte."

„So, so. Offensichtlich hat Ihre Frau ein Händchen für falsche Entscheidungen. Sie hat darin ja schon einige Übung."

Diese Beleidigung war so grob, dass ich heftig schlucken musste, um nicht hörbar nach Luft zu schnappen. Mompellion ballte die Fäuste, es gelang ihm jedoch, einen gleichmütigen Tonfall zu finden. „Vielleicht haben Sie Recht. Aber es ist meine Überzeugung, dass Sie mit Ihrer heutigen Entscheidung einen Fehler machen. Wenn Sie das tun, wird man den Namen Ihrer Familie in den Katen auszischen. Die Menschen werden Ihnen nicht verzeihen, dass Sie sie im Stich gelassen haben."

„Und Sie glauben, mich interessiert die Meinung von ein paar verschwitzten Bergleuten samt ihren rotznäsigen Bälgern?"

Mr Mompellion sog hörbar die Luft ein und trat einen Schritt vor.

Der Oberst machte eine beschwichtigende Geste. „Schauen Sie, glauben Sie nicht, ich würde Ihre derzeitigen Bemühungen herabsetzen. Ich behaupte auch nicht, dass Sie etwas falsch machen, wenn Sie Ihrer Gemeinde das Gefühl geben, sie tue etwas Heiliges, indem sie hier bleibt. Im Gegenteil. Ich finde, das haben Sie sogar sehr gut gemacht. Da ihnen keine andere Wahl bleibt, verdienen sie auch ein wenig Trost."

Da ihnen keine andere Wahl bleibt. Ich spürte, wie ich aus der Höhe taumelte, auf die mich Mr Mompellions Predigt heute Morgen gehoben hatte. Welche Wahl hatten wir letztlich? Wenn meine Kinder noch gelebt hätten, hätte es vielleicht etwas zu entscheiden gegeben. Vielleicht hätte ich mich gezwungen gefühlt, über eine Flucht mit ungewissem Ausgang nachzudenken. Und doch zweifelte ich daran. Wie hatte Aphra zu meinem Vater gesagt? Es ist nicht leicht, ein sicheres Dach über dem Kopf und die Aussicht auf Brot gegen die Gefahren auf offener Straße einzutauschen. Aber da meine beiden Buben auf dem Kirchhof lagen, hatte ich gar keinen Grund zum Fortgehen mehr. Die Pest hatte mir bereits das Wichtigste geraubt, was ich zu verlieren hatte; und was mir vom Leben geblieben war, schien mir, im Moment jedenfalls, kaum schützenswert. Mein Schwur zu bleiben war eigentlich kaum von Bedeutung. Ich würde bleiben, weil ich nur noch wenig Überlebenswillen hatte und außerdem keinen Platz, wohin ich gehen sollte.

Der Oberst hatte sich vom Pfarrer abgewandt und schaute wieder in seine Bibliothek, wo sein Blick mit gespieltem Desinteresse über seine Bücherregale wanderte, während er weitersprach: „Hingegen habe ich, wie Sie schon so scharfsinnig angemerkt haben, tatsächlich eine Wahl. Und obendrein die Absicht, sie zu nutzen. Würden Sie mich nun entschuldigen? Sie werden verstehen, dass ich als Folge der großen noch zahlreiche andere Entscheidungen treffen muss, zum Beispiel, ob ich den Dryden einpacken soll oder den Milton. Vielleicht den Milton? Drydens Verse werden mit der Zeit langweilig, finden Sie nicht auch?“

„Oberst Bradford!“, donnerte Mompellions Stimme durchs Herrenhaus. „Wenn Sie schon diese Menschen nicht schätzen, so gibt es doch einen, der es tut. Und seien Sie versichert: Er ist es, dem Sie Rede und Antwort stehen müssen. Ich nehme das Jüngste Gericht nicht leichtfertig in den Mund, aber über Sie sage ich, dass sich die Kelche seines Zornes auftun werden und sich schreckliche Rache daraus ergießen wird! Fürchten Sie sie, Oberst Bradford! Fürchten Sie eine schlimmere Strafe als die Pest!“

Daraufhin drehte er sich um, stürmte in den Hof, sprang auf Anteros und galoppierte davon.

AUF DEN Straßen gab es kein Gezischel, als die Bradfordsche Kutsche zum Dorf hinausfuhr. Die Männer zogen ihre Mützen, und die Frauen knicksten, wie wir es immer getan hatten. Mit Ausnahme des Kutschers, der nach dem Eintreffen in Oxford entlassen werden sollte, hatten die Bradfords keinen einzigen ihrer Bediensteten behalten.

Zuletzt gab es noch ein paar tränenreiche Szenen, als die Leute, die keine Zufluchtsstätte hatten, neben der Bradfordschen Kutsche auf die Knie fielen, die Säume der Reisemäntel der Damen ergriffen und dem Obersten die Stiefelspitzen küssten. Anscheinend waren Mrs Bradford und ihre Tochter im Fall ihrer Zofen zum Einlenken bereit und wollten vom Obersten wissen, ob diese zwei, drei Frauen nicht doch in den Ställen oder im Brunnenhaus unterschlüpfen könnten, aber Oberst Bradford verweigerte ihnen selbst das.

Bei Anbruch der Nacht waren alle Bradfordschen Bediensteten bei der einen oder anderen Familie im Dorf untergekommen – alle außer Maggie und Brand, dem Küchenjungen. Beide kamen aus Bakewell. Da sie an den von uns inzwischen so genannten Sonntagseid nicht gebunden waren, beschlossen sie, dorthin zu reisen und zu sehen, ob ihre Verwandten sie aufnähmen. Der Herr Pfarrer gab ihnen Begleitbriefe mit, wie er sie an alle Dörfer in der nächsten Umgebung geschrieben hatte, denn alle sollten erfahren, wie wir weitermachen wollten. Aber das war auch schon fast alles, was sie mitnahmen. Nach der ganzen Hetze, Maggies Truhe zu holen, beschloss sie nun, sie doch hier zu lassen aus Furcht, ihre Verwandten in Bakewell könnten darin verborgene Pestsaat vermuten. Maggie und Brand gingen zu Fuß fort, die untersetzte Frau am Arm des mageren Jungen. Als sie sich am Grenzstein winkend umdrehten, haben vermutlich nicht wenige im Dorf sie beneidet.

Und so machte sich der Rest von uns daran, das Leben im frei gewählten grünen Kerker zu erlernen. In jener Woche wurde es wieder wärmer, und der Schnee schmolz zu Matsch. Normalerweise hätte ein solches Tauwetter lautes Getrappel auf den Straßen ausgelöst, wenn Fuhrleute, die der Schnee aufgehalten hatte, verspätete Lieferungen nachholten und sich Reisende auf den Weg machten. Aber diesmal brachte das Tauwetter kein solch geschäftiges Treiben mit sich. Allmählich wurden uns die Folgen unseres Eides immer klarer.

Ich wagte mich höchstens ein halbes Dutzend Mal im Jahr über jene Grenzen hinaus, auf die wir uns jetzt beschränkt hatten. Und doch ertappte ich mich an jenem Montagmorgen dabei, wie ich Richtung Grenzstein spazierte, der am Rande einer Hochwiese lag. Der schmale Weg, der zum Dorf Stoney Middleton hügelab führte, war vom vielen Begehen ausgetreten. Sehnsüchtig betrachtete ich den verbotenen Pfad.

Der Steinmetz Martin Milne bohrte unter der Aufsicht von Mr Mompellion Löcher für unsere seltsame neue Art des Warenaustausches in den Stein. Laut fiel der Vorschlaghammer auf den Meißel, sodass es den ganzen Weg bis zum Dorf zurückhallte. Angelockt durch dieses Geräusch, kamen mehrere Leute herbei, um der Arbeit zuzuschauen. Weit drunten im Tal konnten wir den wartenden Fuhrmann sehen, der erst auf das verabredete Signal hin näher kommen würde. Als ihm die Löcher genügend tief erschienen, füllte Mr Mompellion jedes mit Essig und legte die Münzen hinein. Die erste Lieferung bestand aus den üblichen Dingen: Mehl und Salz und ähnlichen Grundnahrungsmitteln. Bei der nächsten würden Sachen hinzukommen, die der Herr Pfarrer nach den Wünschen von Dorfbewohnern auf eine Liste geschrieben hatte, die neben dem Stein hinterlegt wurde. Dazu kam noch eine besondere Liste mit den Namen der Verstorbenen, denn in den umliegenden Dörfern wohnten viele Freunde und Verwandte, die unbedingt wissen wollten, wie es uns erging. Auf der Liste jenes ersten Tages standen drei Namen: die Gastwirtstochter Martha Brandy sowie die Geschwister Jude und Faith Hamilton, die letzten Folterer der Gowdies, die neben ihnen in die Erde gelegt wurden.

Als alles fertig war, winkte Mr Mompellion zum Fuhrmann hinunter. Dann zogen wir uns alle in sichere Entfernung zurück, während der Mann sein Lasttier den Abhang hinaufführte. Er entlud es so rasch wie möglich, nahm das Geld und die Listen und winkte dann beim Aufsteigen zu uns zurück. „Unsere Gebete und unser Segen seien mit euch allen! Gott vergelte euch eure Güte!“, schrie er und lenkte das Maultier Richtung Abhang. Wir standen da und schauten zu, bis die grauen Häuser von Stoney Middleton sie schließlich unseren Blicken entzogen.

Neben mir seufzte Michael Mompellion. Als er merkte, dass wir bedrückt wirkten, lächelte er und sagte so laut, dass es alle hören konnten: „Seht ihr? Dieser Mann hat uns seinen Segen gegeben, und ihr könnt sicher sein, dass ähnliche Gebete in den umliegenden Ortschaften auf den Lippen aller liegen. Und sicher wird Gott all diese Gebete erhören und uns seine Gnade schenken!“ Doch er blickte nur in ernste Gesichter, denn jeder von uns hatte mittlerweile Zeit gehabt, über die Tragweite unserer Entscheidung nachzudenken, und wusste wohl, was sie für uns bedeuten konnte. Mr Mompellion hatte das gespürt. Und während des Rückwegs zum Dorf, zu den Pflichten, die uns erwarteten, ging er von einem Grüppchen zum nächsten, um ihnen Mut zuzusprechen. Nach einem Gespräch mit ihm schienen die meisten ein wenig zuversichtlicher.

So erreichten wir die Dorfstraße. Da in Kürze mein Arbeitstag begann, ging ich mit Mr Mompellion zum Pfarrhaus. Elinor Mompellion begrüßte uns an der Tür. Sie habe mich schon erwartet, da sie etwas zu erledigen habe, wozu sie meiner Hilfe bedürfe. Noch ehe der Herr Pfarrer fragen konnte, wo wir denn hingingen, nahm sie mich beim Arm und schob mich fast den Weg hinunter.

„Randoll Daniels war heute Morgen hier“, sagte sie. „Seine Frau liegt in den Wehen. Da es die Gowdies nicht mehr gibt, wusste er nicht, wo er Hilfe finden sollte. Ich habe ihm erklärt, wir kämen direkt dorthin.“

Bei diesen Worten wurde ich blass. Meine eigene Mutter war im Kindbett gestorben, als ich vier Jahre alt war. Das Ungeborene hatte quer gelegen, und Mem Gowdie hatte sich vier Tage lang vergeblich bemüht, seine Lage zu ändern. Als schließlich meine Mutter vor Erschöpfung bewusstlos geworden war, war mein Vater nach Sheffield geritten und mit einem Bader zurückgekehrt, mit dem er als Junge zur See gefahren war. Der Mann benutzte einen Dachdeckerhaken. Mein Vater hatte so viel Grog getrunken, dass er nicht geistesgegenwärtig genug war, mich vom Zimmer fern zu halten. Als meine Mutter vor Schmerzen gebrüllt hatte, war ich hineingerannt. Mem hatte mich fortgetragen, aber nicht schnell genug: Ich hatte noch das abgerissene Ärmchen meiner tot geborenen Schwester gesehen.

Schon wollte ich Elinor Mompellion erklären, dass ich nicht mit ihr gehen könne und von Geburtshilfe keine Ahnung hätte, da fiel sie mir einfach ins Wort. „Egal, wie wenig du davon verstehst, es ist jedenfalls mehr als ich, die weder je geboren noch irgendwelchen Tieren auf die Welt geholfen hat. Aber du, Anna. Du wirst wissen, was zu tun ist, und ich werde dir dabei helfen, so gut es geht."

„Mrs Mompellion! Gebären ist eine Sache – Geburtshilfe etwas ganz anderes. Und ein Lamm ist auch keine lebendige Menschenseele. Sie wissen ja gar nicht, worum Sie mich bitten. Die arme Mary Daniels verdient Besseres als uns beide!"

„Das ist zweifellos wahr, Anna, aber wir sind alles, was sie hat. Also werden wir unser Bestes für Mary Daniels tun." Sie klopfte auf den Deckelkorb an ihrer Seite. „Sollte sie große Schmerzen leiden, so habe ich hier etwas Mohnsaft."

Daraufhin schüttelte ich den Kopf. „Mrs Mompellion, meiner Ansicht nach sollten wir ihr keinen Mohnsaft geben, denn wir wären übel dran, wenn sie einen Mohnrausch bekäme."

„Siehst du, Anna, und schon hast du mir geholfen, und Mary Daniels dazu! Du weißt eine ganze Menge mehr, als du dir zutraust."

Inzwischen waren wir bei der Kate der Daniels angekommen. Randoll Daniels öffnete die Tür, noch ehe wir angeklopft hatten. Mary saß mit dem Rücken an der Wand auf einer Pritsche und hatte die Knie an die Brust gezogen. Sie war ganz still. Nur die dicken Schweißperlen auf der Stirn und die Adern, die an ihrem Nacken hervortraten, verrieten, dass wir sie in einer heftigen Wehe angetroffen hatten.

Angesichts des kühlen Morgens hatte Randoll ein kräftiges Feuer angezündet und die Fensterläden geschlossen. Elinor Mompellion bat ihn um heißes Wasser. Ich hoffte, im Dämmerlicht würde Mary nicht sehen, dass meine Hände zitterten, aber als ich näher trat, schloss sie die Augen. Elinor Mompellion war meine Angst nicht entgangen. Zur Beruhigung legte sie mir eine Hand auf die Schulter, während ich mich hinkniete und die Decke von Marys Knien hob.

Mary Daniels war eine kleine, kräftige Frau um die 20. Ihr Fleisch fühlte sich unter meinen Händen fest und gesund an. Elinor Mompellion leuchtete mir mit einer Kerze, aber ich arbeitete nach Gefühl, nicht nach Augenschein. Was mir meine Finger erzählten, klang nicht gut. Eigentlich sollte ich dort einen harten Schädel spüren können, stattdessen streckte mir das zur Geburt bereite Kind weiches Fleisch entgegen. Zuerst wusste ich nicht, ob ich eine Pobacke oder einen Teil des Gesichts spürte. Also redete ich Mary leise zu und bat sie herumzugehen. Ich hoffte, wenn wir sie zum Gehen bewegen könnten, würde sich vielleicht auch das Kind bewegen, und zwar in eine bessere Lage. Mrs Mompellion und ich stützten sie, während wir in dem kleinen Zimmer auf und ab gingen.

Die Zeit verging, eine Stunde, vielleicht auch zwei oder drei. In dem dämmrigen Raum wurde der Lauf der Zeit einzig und allein durch jenen Abstand bestimmt, der zwischen Marys immer heftiger werdenden Wehen lag. Schließlich war der Schoß weit offen. Jetzt gab es keinen Zweifel mehr: Das Kind lag quer.

Eine Panikwelle wollte in mir hochsteigen. Doch dann geschah etwas Merkwürdiges. Es war, als stünde die trotzige Anys neben mir und flüsterte mir ungeduldig ins Ohr: „Jener Mann war Schiffsbader. Er zog Zähne und amputierte Gliedmaßen. Von weiblichen Körpern verstand er nichts. Im Gegensatz zu dir. Du kannst das, Anna."

Daraufhin betastete ich ganz sachte den winzigen Körper dieses ungeborenen Kindes. Vielleicht konnte ich mir etwas zusammenreimen. Ich fand etwas, was sich wie ein Fuß anfühlte. Wenn es mir gelänge, die Füße zurechtzurücken, würden doch sicher auch die Pobacken an die richtige Stelle schlüpfen, und die konnte man gut greifen.

Überzeugt davon, dass das, was ich da in meiner Hand hatte, ein Zeh war, zog ich jetzt. Das Kind bewegte sich ein wenig. Gemeinsam mit den Wehen in Marys Körper gab ich langsam nach und zog dann wieder. Nachgeben und ziehen. Mary hielt die Schmerzen gut aus, die sie inzwischen ununterbrochen hatte. Dann änderte sich das Tempo. Alles drängte voran. Mary wand sich schreiend. Ich schrie zurück und beschwor sie, noch fester zu pressen. Als sie unmittelbar vor der letzten

Anstrengung aufgab, war ich verzweifelt, denn ich spürte, wie das Kind wieder hineinrutschte. Endlich schoss eine blutige Masse heraus, und da war er – ein kleiner, glitschiger Junge. Und einen Augenblick später brüllte er auch aus vollem Hals.

Als Randoll das kräftige Schreien seines Sohnes hörte, platzte er herein. Seine großen Bergmannshände flatterten vom feuchten Kinderkopf zur erhitzten Wange seiner Frau und wieder zurück, als wüsste er nicht, wen er am liebsten berühren wollte. Elinor stieß die Fensterläden auf. Erst im Licht des schwindenden Tages sah ich, dass wir die Nabelschnur nicht durchtrennt hatten. Wir schickten Randoll um ein Messer und ein Stück Faden. Elinor Mompellion machte den Schnitt und band sie ab. Bei einem Blick auf die zerzauste und blutbespritzte Frau konnte ich mir vorstellen, dass ich selbst noch schlimmer aussah. Wir lachten. Und eine Stunde lang feierten wir mitten in dieser Todeszeit ein Leben.

Aber noch auf dem Höhepunkt dieser Freude wusste ich, ich würde das Neugeborene an der Brust seiner Mutter zurücklassen und in meine stumme Kate zurückkehren müssen. Nur in meiner Fantasie würde mich das Echo der Kinderschreie meiner beiden Buben begrüßen. Ehe wir uns von den Daniels verabschiedeten, suchte ich deshalb in Mrs Mompellions Deckelkorb nach der Mohnphiole. Verstohlen schloss ich meine Hand darum und vergrub sie in den Tiefen meines Kleiderärmels.

6

Maggie Cantwell kehrte auf einem Schubkarren zu uns zurück. Der Morgen war kühl, und drunten im Tal hing feuchter Nebel. Deshalb konnte man nur mit Mühe sehen, was auf dem Karren lag, der langsam hügelauf geschoben wurde. Dahinter ging eine winzige Gestalt, die sich unter der Last abplagte.

Der Witwer Jakob Merrill, der am nächsten zum Grenzstein wohnte, rannte aus seinem Haus, um die Gestalt fortzuwinken. Er dachte, es sei vielleicht ein Hausierer, der zu uns hertappte, weil er von den Gefahren dieses Ortes nichts wusste. Aber der Junge trottete weiter, und schließlich sah Jakob, dass das Bündel auf dem Karren menschliche Umrisse hatte. Es war schwierig, das Gesicht des Karrenschiebers zu erkennen, weil er von Kopf bis Fuß mit faulig-braunen Obstresten beschmiert war. Erst als er sich näher geschleppt hatte, erkannte Jakob, dass es der junge

Brand war. Und das Bündel auf dem Karren war Maggie. Als Brand den Stein erreichte, wäre er fast zusammengebrochen. Jakob schickte rasch seinen Sohn Seth mit der Neuigkeit zum Pfarrer. Er selbst setzte einen Kessel Wasser auf, damit Brand sich säubern konnte.

Ich war im Pfarrhaus, als das Kind mit der Nachricht eintraf. Während ich Mr Mompellion Hut und Mantel reichte, fragte ich, ob ich mitreiten könne. Ich wollte sehen, ob ich der armen Maggie beistehen könne. Als wir anhielten, lag Maggie immer noch auf dem Karren. Jakob Merrill war nicht kräftig genug, sie zu tragen. Zum Wärmen hatte er eine Decke über sie geworfen, aber als er sie entfernte, dachte ich zuerst, er habe einen Leichnam zugedeckt, denn sie war vor Kälte ganz blau, und ihre Gliedmaßen waren merkwürdig verzerrt. Der kleine Schubkarren vermochte ihren mächtigen Körper kaum zu fassen, sodass ihre fleischigen Waden und die schweren Arme seitlich über die Bretter hinausragten. Aber was mich am meisten schockierte, war ihr Gesicht.

Während die linke Seite unter der angetrockneten Obstpampe so lebendig wie eh und je wirkte, war die rechte ganz verzerrt. Das Auge war fast geschlossen und tränte, die Wange hing herunter, der Mund glich einer Fratze, aus der Speichel tropfte. Mühsam drehte Maggie den Kopf, um uns mit ihrem guten Auge anzuschauen. Als sie mich erkannte, stieß sie ein Stöhnen aus und streckte den linken Arm nach mir aus. Ich ergriff ihre Hand und versicherte ihr, alles werde gut, obwohl ich wusste, dass es wahrscheinlich nicht so werden würde.

Mr Mompellion machte sich mit Jakob Merrill daran, die arme Maggie vom Karren in die Kate zu schaffen. Der Pfarrer fasste sie mit beiden Armen um die Brust, während Jakob ihre massigen Beine packte. Um die demütigende Situation zu entschärfen, redete der Herr Pfarrer beschwichtigend auf die arme Maggie ein, während sie sie in das Häuschen hievten. Drinnen saß der inzwischen saubere junge Brand in eine raue Decke gewickelt vor dem Feuer. Jakob Merrills Tochter Charity reichte ihm einen Becher Hammelbrühe, den er mit beiden Händen festhielt. Charity hielt eine Decke als Vorhang vor, während ich Maggies besudelte Kleider auszog und sie badete. Inzwischen kauerte Mr Mompellion neben Brand und erkundigte sich, was passiert war.

Durch Stoney Middleton waren sie offensichtlich ohne Zwischenfälle gekommen. Die Leute dort hatten zwar sichere Distanz gewahrt, ihnen aber im Vorübergehen alles Gute gewünscht und am Meilenstein ein Paket mit Haferkuchen und eine Reiseflasche Bier hinterlegt. Ein Bauer hatte ihnen erlaubt, zwischen seinen Kühen im warmen Schober zu schlafen. Zu Schwierigkeiten war es erst in Bakewell gekommen. Bei ihrer Ankunft kurz vor Mittag war dort Markttag, und die Straßen waren dicht bevölkert. Plötzlich hatte jemand Maggie erkannt und lauthals losgebrüllt: „Eine Frau aus dem Pestdorf! Nehmt euch in Acht!"

Dann erschauerte Brand. „Gott verzeih mir, da bin ich fortgerannt und hab sie im Stich gelassen. Schon als kleiner Bub bin ich aus Bakewell fort. Seither habe ich mich so verändert, dass mich keiner mehr erkennen würde. Ohne Maggie, dachte ich, käme ich vielleicht doch heil zu meinen Verwandten." Aber Brand war noch nicht weit gekommen, da trieb ihn sein gutes Herz wieder zurück. „Ich konnte die Leute schon brüllen hören und musste unbedingt wissen, ob sie in Sicherheit war. Sie ist in diesem harten Haus gut zu mir gewesen. Deshalb bin ich wieder zurückgeschlichen und hinter einem Gemüsestand rausgekommen. Dann sah ich, was los war. Die hatten verdorbene Äpfel, die schon im Schweinetrog lagen, wieder rausgeholt und warfen sie auf Maggie. Dabei plärrten sie: ‚Raus! Raus! Raus!' Und glaubt mir, sie versuchte, so schnell's ging rauszukommen, aber ihr wisst ja, schnell bewegen tut sie sich nicht. Und sie kam ganz durcheinander und stolperte erst in die eine Richtung und dann in die andere. Jetzt bin ich zu ihr hin und hab sie am Arm gepackt. Und dann haben wir die Beine untern Arm genommen, während die uns weiter beworfen haben. Und dabei ist sie wohl unter 'nen schlechten Stern geraten. Denn dann lag sie plötzlich mitten auf der Straße, und ihr rechtes Bein war wie verdreht. Und das hat die Meute noch mehr in Fahrt gebracht. Zwei Kinder fingen an, mit Steinen zu werfen, und ich dachte, wenn das jetzt alle nachmachen, sind wir erledigt. 's wird Ihnen nicht recht gefallen, Mr Mompellion, wenn ich erzähle, was ich dann machte. Ich hab vom nächsten Stand den Karren geklaut und irgendwie die Kraft gefunden, sie hinaufzubugsieren. Der Händler hat mich zwar zur Hölle gewünscht, ist mir aber nicht nach. Vielleicht dachte der, ich hätte schon beim Berühren den Karren mit der Pest infiziert. Seither sind wir unterwegs. Hatte Angst anzuhalten, ehrlich. Sonst hätt' sich vielleicht noch 'ne Meute angesammelt, um uns zu holen." Jetzt zitterte er vor Erschöpfung und begann zu schluchzen.

Michael Mompellion legte dem Jungen einen Arm um die Schultern und drückte ihn an sich. „Brand, du hast ganz richtig gehandelt, selbst als du den Karren genommen hast. Mach dir deshalb keinen Kummer. Vielleicht kannst du ihn ja eines Tages zurückgeben. Sei versichert, du hast das Richtige getan. Du hättest weglaufen und dich selbst in Sicherheit bringen können, und doch hat dich dein treues Herz zum Gegenteil verleitet." Jetzt seufzte er. „Diese Pest wird aus uns allen Helden machen, ob wir wollen oder nicht. Aber du bist der erste."

Charity hatte auch für Maggie einen Becher Hammelsuppe gebracht. Zu zweit versuchten wir, sie aufzurichten und ihr etwas davon durch die heile Mundhälfte einzuflößen. Leider vergeblich. Offensichtlich konnte sie die Zunge nicht mehr heben, um die Flüssigkeit in die Kehle gleiten zu lassen. Stattdessen tropfte alles heraus und lief übers Kinn. In ihrem guten Auge bildete sich eine dicke Träne. Arme Maggie! Essen war der Inhalt ihres Lebens gewesen. Was sollte aus ihr werden, wenn sie nicht mehr essen konnte?

„Gott verfluche diese Bradfords!" Unversehens rutschten mir diese Worte heraus.

Mr Mompellion schaute mich an, allerdings nicht mit dem erwarteten Tadel. „Sei unbesorgt, Anna, das hat er, glaube ich, längst getan."

DIE PFLEGE von Maggie Cantwell schien für den armen Jakob Merrill eine zu große Last – hatte er doch schon alle Mühe, ein zehnjähriges Mädchen und einen Buben großzuziehen, der noch nicht mal sechs war. Trotzdem meinte er, er würde Brand ein Dach über dem Kopf geben, bis der Junge etwas Besseres finden könne. Ich sagte, ich würde Maggie in meine Kate nehmen. Zuvor müsste ich mir allerdings erst ein besseres Beförderungsmittel für den Transport beschaffen. Wir vereinbarten, sie bis morgen früh bei den Merrills zu lassen, damit sie erst mal eine Nacht lang warm und ruhig liegen konnte.

Mr Mompellion bestieg Anteros, um ins Pfarrhaus zurückzureiten, und ich machte mich zur Bergarbeiter-Taverne auf, um mich zu erkundigen, ob ich ihren Pferdewagen für den nächsten Tag bekommen konnte. Es war so kalt, dass mir der Atem in Wölkchen vor dem Gesicht stand. Damit mir warm wurde, lief ich schneller.

Die Bergarbeiter-Taverne war ein wichtiger Ort, wo man sich traf, nicht nur für alle, die den Krug liebten, sondern sie beherbergte auch die Versammlungen der Bergarbeiter und das bergamtliche Gericht, wo alle wichtigen Entscheidungen über die Förderung und den Verkauf unseres Erzes getroffen wurden. Die Taverne hatte einen großen Gerichtssaal und einen Schankraum. Verständlich, dass ich mich an einem derart bitterkalten Tag beeilte, in den Schankraum zu kommen.

Drinnen brannte ein mächtiges Feuer. Für einen Werktagsvormittag hatte sich eine ordentliche Menge versammelt, darunter auch mein Vater. Offensichtlich hatte er dem Krug schon eine Weile zugesprochen.

„Hierher, Tochter, du siehst verfroren aus! Ich geb dir ’n Bier aus, damit du wieder Farbe in die Backen kriegst. Bier ist doch das wärmste Mantelfutter für ’nen nackten Mann, was?“

Ich schüttelte den Kopf und meinte, ich hätte noch im Pfarrhaus zu tun.

„Aaach, Himmelarsch, Mädel! Dein Vater lädt dich ein. Und deinem Faselpfaffen kannst gleich ein paar Weisheiten mitbringen. Sag ihm, heute hätteste gelernt, dass in ’nem Fass Bier mehr Gutes steckt als in allen vier Evangelien.“

Keine Ahnung, warum ich den nächsten Satz aussprach. Mein Leben mit meinem Vater hätte mich eines Besseren belehren sollen, als ihn vor seinen Freunden zu rügen. Aber ich hatte, wie erwähnt, den Kopf randvoll mit der Heiligen Schrift. In diesem Moment schienen sich einige Zeilen aus dem Epheserbrief als Antwort auf diese Gotteslästerung zu verselbstständigen. „‚Lasset kein faules Geschwätz aus eurem Munde gehen, sondern redet, was gut ist.‘“

Auf seine Äußerung hin waren die Männer um ihn herum in schallendes Gelächter ausgebrochen, aber nach meiner kalten Antwort wurde er zur Zielscheibe ihres Lachens.

„He, Joss Bont, dein Junges weiß aber, wie man beißt!“, sagte einer. Bei einem Blick auf die Miene meines Vaters hätte ich sie am liebsten alle zum Schweigen gebracht. Die Zornesröte stieg ihm ins Gesicht, sein Mund verzog sich zu einem Fletschen.

„Glaub ja nicht, du bist jetzt was Bessres, du mit deinen überspannten Sätzen, nur weil dieser Pfarrer und seine Angetraute so viel Tamtam um dich machen.“ Bei diesen Worten packte er mich an den Schultern und zwang mich mit Gewalt vor sich auf die Knie. „Du wirst tun, verdammt noch mal, was ich dir sage. Holt mir mal ’ne Schandmaske, damit ich dieser Beißzange das Maul stopfe!“

In mir stieg Angst hoch. Ich sah das Gesicht meiner Mutter zwischen den Eisenstäben vor mir, den verzweifelten Ausdruck in ihren Augen, die unmenschlichen Geräusche, die aus ihrer Kehle drangen, als das Eisen hart gegen ihre Zunge drückte. Er hatte ihr die Schandmaske angelegt, nachdem sie ihn in aller Öffentlichkeit wegen seiner Trinkerei verflucht hatte. Der Anblick ihres Kopfes in diesem schrecklichen Käfig hatte mich, die ich damals noch ganz klein gewesen war, so erschreckt, dass ich weggelaufen war und mich versteckt hatte. Als mein Vater sich bis zur Bewusstlosigkeit betrunken hatte, hatte irgendeine gute Seele den Lederriemen durchgeschnitten, mit dem dieses Unding an ihrem

Kiefer hing. Inzwischen hatte sie eine ganz wunde Zunge, die so angeschwollen war, dass es Tage dauerte, bis sie wieder reden konnte.

Schwer drückten die Hände meines Vaters auf meine Schultern. Irgendwie bildete ich mir ein, er habe sie mir um den Hals gelegt und würge mich. Mein Nacken versteifte sich. Am liebsten hätte ich ihn angespuckt. Aber da ich ihn gut genug kannte, konnte ich mir ausmalen, dass er mich bewusstlos schlagen würde. Bei ähnlichen Vorfällen in meiner Kindheit war Aphra nur dabeigestanden und hatte es geschehen lassen. Nur wenn er mich im Gesicht traf, war sie laut geworden. „Wenn du sie da verletzt, werden wir sie nie verheiraten können."

Als mich Sam Frith Jahre später aus dieser Unglückshütte geholt hatte, hatten seine Hände beim Streicheln den Knoten an meiner rechten Schulter gefunden, wo die Knochen hinten am Nacken schief zusammengewachsen waren. Leider beging ich den Fehler, ihm zu berichten, wie mich mein betrunkener Vater wütend gegen die Wand geworfen hatte, als ich ungefähr sechs Jahre alt gewesen war. Anschließend bat Sam mich, von allen anderen Prügelszenen zu erzählen. Und während ich das tat, wurde er vor Zorn ganz steif. Kaum hatte ich das letzte Wort gesagt, war er schnurstracks zu meinem Vater gegangen. „Schöne Grüße von einem Kind, das zu klein war, um es selbst zu tun", hatte er gesagt und meinem Vater mit seiner Riesenfaust so ins Gesicht gedroschen, dass er mit einem Schlag flachlag.

Aber inzwischen hatte ich keinen Sam mehr. Plötzlich spürte ich, wie mir etwas Heißes über die Schenkel schoss. Vor Angst hatte mich mein Körper verraten, genau wie damals als Kind. Ich sackte vor den Füßen meines Vaters zusammen und bat ihn mit kläglicher Stimme um Verzeihung. Daraufhin lachte er. Ich war zutiefst gedemütigt, damit war sein Stolz gerettet. Der Druck seiner Hände ließ nach. Er rammte mir seine Stiefelspitze in die Seite, gerade so, dass ich in meine eigene Brühe fallen musste. Ich zog meine Schürze aus und tunkte möglichst viel von der Pfütze auf. Dann stürzte ich aus dem Raum. Vor Scham vergaß ich, den Gastwirt nach seinem Pferdekarren zu fragen. Unter Tränen rannte ich nach Hause. Kaum hatte sich die Tür hinter mir geschlossen, riss ich mir jedes schmutzige Kleidungsstück vom Leib und schrubbte mich ab. Ich war noch immer in Tränen aufgelöst, als der kleine Seth vor meiner Türe stand, um mich zu Maggie zu holen.

Ihr Anblick riss mich aus meinem Selbstmitleid. Maggie Cantwell würde morgen früh keinen Wagen brauchen. Während meines Aufenthalts in der Taverne hatte sie einen zweiten Schlaganfall erlitten, der auch ihre gesunde Seite gelähmt hatte. Nun lag sie in einem tiefen, unnatürlich wirkenden Schlaf, aus dem sie kein Wort und keine Berührung wecken konnten. Ich ergriff ihre Hand, die gänzlich verdreht auf der Decke lag. Maggie Cantwell starb noch vor Mitternacht.

KAUM einen Tag nachdem Elinor Mompellion und ich das Kind der Daniels entbunden hatten, reute mich schon mein Diebstahl. Ich nahm das gestohlene Fläschchen Mohn ins Pfarrhaus mit und wollte es wieder in den Deckelkorb fallen lassen, ehe man sein Verschwinden bemerkte. Aber jedes Mal wenn sich die Gelegenheit ergab, versagte mein Wille. Schließlich brachte ich es wieder mit nach Hause und versteckte es schuldbewusst in einem Tontopf. In der Nacht, als Maggie Cantwell starb, starrte ich die kleine gelbbraune Harzscheibe an und überlegte, welche Dosis wohl nötig wäre, um mir ein paar süße Träume zu gewähren. Schließlich brach ich ein klebriges Stückchen von dem Zeug ab und steckte es in den Mund. Es war zum Würgen bitter. Ich halbierte die Scheibe, umhüllte sie mit Honig und spülte alles mit einem Schluck Bier hinunter. Dann schürte ich das Feuer und starrte in seinen schwachen Lichtstreifen.

Ich kam an einem Ort heraus, wo die Sonne so blendete, dass ich die Augen schließen musste. Irgendwo heulte eine Eule. Der Ton dehnte sich zu dem endlos vollen Klang eines Jagdhorns, aus dem 20 Hörner wurden, die alle in schönster Harmonie ertönten. Die Sonne brach sich glitzernd in den Instrumenten. Und dann konnte ich die Noten sehen, die wie goldene Regentropfen herabfielen. Wo sie den Boden berührten, erhoben sich Wände und himmelhohe Bogen und formten sich zu einer schimmernden Stadt aus glänzenden Türmen. Ich sah mich selbst durch das Straßenlabyrinth wandern. Meine Kinder, glückliche kleine Gestalten, klammerten sich an meine Hände. Von den hohen weißen Mauern strahlte die Sonne und dröhnte wie ein Glockenklöppel.

Das langsame Geläut unserer Kirchenglocke weckte mich. Wieder einmal galt es den Toten. Ein blasser wintriger Lichtfinger schien mir durch ein beschlagenes Fenster direkt ins Gesicht, das ich gegen den Steinfußboden gepresst hatte. Die ganze Nacht war ich an der Stelle gelegen, wo ich vom Hocker gerutscht war. Von der Kälte tat mir jeder Knochen weh. Ich war so steif, dass ich mich kaum aufrichten konnte. Mein Mund war staubtrocken. Ich stocherte das Feuer wieder an.

Und doch war mein Sinn so heiter wie noch nie seit jenem warmen Tag, an dem ich am Bach gesessen war und Tom gestillt hatte, einen lachenden Jamie neben mir. Der Lichtwinkel verriet mir, dass ich zehn Stunden geschlafen hatte, der erste ungestörte Schlaf, an den ich mich seit langem erinnern konnte.

Ich wusch mein Gesicht und zupfte die Nester aus meinem Haar. Gegen das zerknitterte Aussehen meines Kittels konnte ich nicht viel tun, aber wenigstens legte ich einen frischen Kragen um. Ich hoffte, die kalte Luft auf meinem Weg zum Pfarrhaus würde einen rosigen Schimmer auf meine Wangen zaubern. Während ich auf die Straße hinaustrat, klammerte ich mich an den letzten Hauch von betäubter Heiterkeit, doch ich hatte noch keine sechs Schritte getan, als ich wieder an dem dunklen Ort unserer neuen Wirklichkeit landete.

Sally Maston, das gerade mal fünf Jahre alte Nachbarmädchen, stand mit weit aufgerissenen Augen stumm im Eingang ihrer Kate. Sie hatte ein dünnes Nachthemdchen an, auf dessen Vorderseite sich das Blut aus ihrer aufgeplatzten Pestbeule rosenförmig abzeichnete.

Ich lief zu ihr hin und nahm sie in die Arme. „Ist ja gut, ist ja gut. Wo ist deine Mama?"

Sie antwortete nicht, ließ sich aber schwer in meine Arme fallen. Ich trug sie in die dämmrige Kate zurück. Das Feuer war über Nacht ausgegangen, der Raum eiskalt. Sallys Mutter lag auf einer Pritsche, blass und kalt und schon seit vielen Stunden tot. Sallys Vater kauerte auf dem Boden neben ihr und hielt ihre Hand, die leblos vom Lager gefallen war. Er hatte Fieber und rang mühsam nach Atem. Aus einer hölzernen Krippe neben dem Herd drang das matte Wimmern eines Babys.

Konnte es an einem einzigen Tag so viel Elend geben? Und es sollte noch nicht alles sein. Vor Sonnenuntergang hatte die Heimsuchung sage und schreibe vier Familien getroffen. Die Mompellions taumelten von einer schmerzlichen Szene zur nächsten. Während der Herr Pfarrer mit den Sterbenden betete, ihren letzten Willen niederschrieb und sie tröstete, half ich Mrs Mompellion dabei, die Waisen zu versorgen und Verwandte für sie zu finden, die sich ihrer annehmen wollten – was nicht einfach war, zumal wenn das Kind bereits krank war. Wie selbstverständlich hatten wir unsere Last auf diese Weise untereinander aufgeteilt: Der Herr Pfarrer kümmerte sich um alles, was mit dem Sterben zu tun hatte, während seine Frau und ich die Dinge der Überlebenden regelten.

An jenem Tag bestand meine Arbeit darin, die Maston-Kinder, so gut ich konnte, zu versorgen. Außerdem richtete ich den Leichnam ihrer Mutter für den Küster her. Für den Vater konnte ich nur wenig tun. Er lag bewusstlos da und atmete kaum. Als der alte John Millstone mit seinem Karren kam und merkte, dass der Mann noch nicht tot war, hörte ich ihn leise vor sich hin fluchen. Ich muss ihm wohl einen strengen Blick zugeworfen haben, denn er riss seine schmutzige Kappe vom Kopf und fuhr sich mit der Hand über die Stirn. „Ach, Verzeihung, Anna, aber diese Zeiten, die machen aus uns allen Ungeheuer. Ich bin einfach so hundemüde, dass ich schon kaum den Gedanken ertragen kann, den Gaul zweimal anzuschirren, wenn einmal auch genügt hätte."

Daraufhin bat ich ihn, sich zu setzen, und ging in meine Kate, um einen Becher Suppe zu holen, denn die Arbeit des Alten ging weit über seine Kräfte. Bis ich wieder zurück war und er die heiße Brühe getrunken hatte, gab es doch noch zwei Leichen für seinen Karren.

Ich lauschte seinen Schritten nach und richtete mich auf eine trostlose Nacht ein. Das Kind klammerte sich kaum an das Leben, und Sally warf sich in ihrem Fieber unruhig herum. Am Abend tauchte eine blasse Mrs Mompellion unter der Türe auf. „Anna", meinte sie, „ich komme gerade vom Hancock-Hof. Swithin, der jüngste Sohn, ist tot, und Lib liegt schwer krank darnieder. Anna, ich weiß, dass sie dir einmal sehr lieb gewesen ist. Wenn du möchtest, bleibe ich hier, während du zu ihr gehst."

Wegen geringerer Gründe wäre ich den Kindern nicht von der Seite gewichen, aber die Kluft zwischen Lib und mir war eine Wunde, die ich gerne heilen wollte. Doch bis ich mich mühsam zum Hancock-Hof geschleppt hatte, war meine alte Freundin bereits zu schwach zum Sprechen. Ich saß bei ihr, streichelte ihr Gesicht und wollte sie zum Aufwachen zwingen, damit ich wenigstens ein Wort sagen könnte, um den Bruch zwischen uns zu heilen, aber nicht einmal diese kleine Erleichterung wurde mir gewährt.

Als ich zurückkam, um Mrs Mompellion in der Maston-Kate abzulösen, war es schon spät. Bald darauf fing es zu schneien an. Es war ein wilder Schneesturm, der durch jede Ritze zwischen den Steinen fuhr. Ich schürte das Feuer und deckte die Kinder mit jedem Stück Stoff zu, das ich finden konnte.

Der Sturm hatte sich jedoch rasch ausgetobt. Schon kurz nach Mitternacht ließ der Wind nach, und in der darauf folgenden Stille starb das Baby. Sally hielt noch bis zum folgenden Nachmittag durch, starb aber im frühen Dämmerlicht. Nachdem ich ihren schmalen Körper gebadet und in sauberes Leinen gewickelt hatte, ließ ich sie allein, bis John Millstone Zeit finden würde, sie zu holen. „Tut mir Leid, Kleine", flüsterte ich, „aber ich muss meine Kraft für die Lebenden sparen."

Und so trottete ich bei hereinbrechender Dunkelheit nach Hause. Beim Schafpferch blieb ich nur so lange stehen, um meiner dezimierten Herde etwas Heu hinzuwerfen. Ich selbst wollte nichts essen, sondern schüttete mir stattdessen kochendes Wasser über das restliche Mohnharz, rührte Honig hinein und nahm den Becher mit in mein Bett hinauf. In jener Nacht atmeten die Berge in meinen Träumen wie schlummernde Bestien, und ein geflügeltes Pferd flog mich über schimmernde Wüsten aus goldenem Glas und durch Gefilde von Sternschnuppen.

Wieder erwachte ich am Morgen herrlich ausgeruht. Doch dann traf mich eine Erkenntnis: Von nun an hatte ich keine Möglichkeit mehr, mir ein solches Vergessen zu sichern. Während ich so dalag und zu meiner Balkendecke hinaufstarrte, fiel mir mein letzter Besuch bei den Gowdies ein. Da mussten doch gewiss auch Mohnkapseln zwischen getrockneten Kräuterbündeln gehangen haben? Vielleicht gab es sogar schon sorgfältig zubereitete Tinkturen oben in den Regalen? Oder solche Fläschchen mit Harz, wie ich eines von Mrs Mompellion gestohlen hatte? Ich beschloss, auf der Stelle hinzugehen und nachzuschauen.

An der dem Wind ausgesetzten Seite von Felsen und Bäumen hatte sich der Schnee aufgetürmt. Meine Hennen duckten sich mit aufgeplusterten Federn in einer Gartenecke. Ich packte ein paar Hände voll Heu und stopfte damit meine Stiefel aus, um meine Füße während des langen, feuchten Weges trocken und warm zu halten. Aus dem tief hängenden schwarzgrauen Himmel drohte weiterer Schneefall.

Ich trottete los und bahnte mir einen Weg über das gefrorene Gras, wobei ich versuchte, den aufgetauten Matschstellen auszuweichen.

Plötzlich fiel mir auf, dass ich etwas vermisste. Um diese Stunde müsste eigentlich aus der Talbotschen Schmiede ölig-schwarzer Rauch von der frisch entzündeten Esse dringen und in der stillen, kalten Luft ins Tal treiben. Aber die Esse war kalt und in der Kate der Talbots alles still. Schweren Herzens schlug ich den Pfad zum Schmiedehaus ein. Ich wusste nur allzu gut, was mich dort erwarten würde.

Kate Talbot öffnete die Tür. Sie presste eine Faust in ihr schmerzendes Kreuz. Sie war mit ihrem ersten Kind hochschwanger, das zur Fastnacht kommen sollte. Wie erwartet, roch es im ganzen Haus nach fauligen Äpfeln. Aber es roch noch nach etwas anderem: nach verbranntem Fleisch, das in Verwesung übergegangen war. Richard Talbot, der stärkste Mann in unserem Dorf, lag ausgezehrt auf seinem Bett und wimmerte wie ein kleines Kind. Das Fleisch in seiner Lende war schwarz versengt und bereits verwest.

Als Kate sah, wie ich die schreckliche Wunde ansah, rang sie die Hände. „Er hat verlangt, dass ich's tue“, flüsterte sie heiser. „Vor zwei Nächten ließ er mich die Esse anheizen und das Brandeisen rot glühend erhitzen. Anna, ich brachte es nicht fertig, es ihm aufzulegen. Da hat er es mir trotz seiner Schwäche aus der Hand gerissen und tief in sein eigenes Fleisch gedrückt. Danach lag er zitternd und in kaltem Schweiß eine Stunde da. Er meinte, wenn wir die Pestbeule ausbrennen, würde gewiss auch die Krankheit verschwinden. Aber seitdem hat sich sein Zustand nur noch verschlechtert.“

Ich murmelte ein paar hohle Trostworte, denn eines wusste ich genau: Richard Talbot würde wahrscheinlich noch vor dem Abend sterben, wenn nicht an der Pest, dann an der Fäulnis. Ich blickte mich um; vielleicht gab es etwas zu tun. Kalt war es im Raum. Kate sagte, sie habe solche Kreuzschmerzen, dass sie jeweils nur ein Holzscheit habe hereintragen können. Das Feuer war bereits bis auf die Glut erloschen. Ich ging nach draußen, um einen Riesenkorb Holz zu holen. Beim Hereinkommen sah ich, wie sich Kate über Richard beugte und ein kleines Pergamentdreieck aufhob, das sie dicht neben seine Wunde gelegt hatte. Sie war zwar schnell, aber trotzdem sah ich deutlich, was sie zu verstecken versuchte. Es war ein Zauberspruch:

ABRACADABRA
BRACADABR
RACADAB
ACADA
CAD
A

„Kate Talbot!“, schalt ich. „Du weißt es doch eigentlich besser als diese dummen Toren!“ Da fing sie an zu weinen. „Nein, nein“, sagte ich, denn sofort bedauerte ich meine barschen Worte. „Tut mir Leid, was ich gesagt habe. Ich weiß ja, dass du nur deshalb bei so etwas Zuflucht suchst, weil du nicht weißt, was du sonst noch tun sollst.“

„Oh, Anna“, schluchzte sie, „in meinem Herzen glaube ich wirklich nicht daran. Und doch habe ich dieses Amulett gekauft, denn das, woran ich glaube, hat mich im Stich gelassen. Unsere Gebete bringen keine Hilfe. Deshalb flüstert mir die Stimme des Teufels zu: ‚Wenn Gott dir nicht helfen will, dann vielleicht ich …‘“

Zuerst wollte sie nicht sagen, wie sie an das Amulett gekommen war, denn jener Scharlatan, der sie dafür um einen ganzen Schilling geprellt hatte, hatte ihr erklärt, ein Todesfluch träfe sie, wenn sie auch nur ein Wort verrate. Aber ich drang in sie und versuchte, ihr klar zu machen, dass dahinter ein böser Trick steckte.

Endlich schluckte sie heftig. „Nein, Anna, das war kein Trick. Gottlos, ja, aber doch echte Magie. Denn dieses Amulett hat mir der Geist von Anys Gowdie gegeben."

„Blödsinn!", platzte ich heraus. Aber sie war so blass wie draußen die Schneewehen. Etwas zurückhaltender bohrte ich weiter: „Warum sagst du so etwas?"

„Ich habe gestern Nacht ihre Stimme im Wind gehört, als ich draußen ein Holzscheit holen ging. Sie sagte, ich solle einen Schilling auf die Schwelle legen, dann würde am Morgen dort ein mächtiges Amulett liegen."

„Kate", sagte ich sanft, „Anys Gowdie ist tot. Und wenn sie noch lebte, würde sie nicht mit wertlosen Amuletten kommen. Du weißt doch, dass ihre Arznei immer aus praktischen Dingen bestand, Kräutern und Wurzeln. Kate, wirf dieses Papier weg. Denn eines werden wir ganz sicher herausfinden: Die Stimme, die du gehört hast, ist die eines Dorfbewohners, der korrupt und habgierig, aber höchst lebendig ist."

Zögernd öffnete sie die Hand und ließ das Pergament ins Feuer fallen. „Und jetzt mach dir's bequem", sagte ich. „Nach ein wenig Ruhe sieht die Welt vielleicht etwas heller aus."

Nachdem ich mein Möglichstes getan hatte, setzte ich meinen eigenen Weg fort. Ein steifer Wind war aufgekommen. Um die Kate der Gowdies lagen knietiefe Schneewehen. An der Tür blieb ich stehen und kämpfte gegen das Schuldgefühl an, das ich beim Eindringen in das Eigentum von Verstorbenen verspürte. Während ich noch dastand und versuchte, allen Mut zusammenzuraffen, tropfte mir geschmolzener Schnee vom Strohdach direkt ins Genick. Mit meinen klammen Händen begann ich, ungeschickt gegen die Tür zu kämpfen, die durch die Feuchtigkeit aufgequollen war. Endlich gab sie nach und öffnete sich so weit, dass ich hineinschlüpfen konnte. Vorsichtig schlich ich mich ins Dunkel.

Draußen pfiff der Wind ums Haus, es hörte sich an, als würden hundert Stimmen seufzen. Ich fühlte, wie ich zitterte, und sagte mir, das könne bloß an der Kälte und der Feuchtigkeit liegen. Also musste ich unbedingt zum Aufwärmen ein Feuer anzünden. Außerdem wollte ich auch etwas sehen. Da die Gowdies zu arm waren, um sich Fensterglas kaufen zu können, besaß die Kate lediglich eine Luke unter dem Giebel, die seit den ersten kühlen Herbsttagen mit Schilf zugestopft war. In dem rußgeschwärzten Zimmer war es so düster, dass ich auf dem ganzen Herd nach Feuerstein und Zunder tasten musste. Als ich sie gefunden hatte, zitterten meine Hände so sehr, dass ich keinen Funken schlagen konnte.

Plötzlich flammte hinter mir Licht auf. „Bleib vom Herd weg, Anna."

Vor Schreck verfing ich mich mit dem Fuß in einer losen Herdplatte und rutschte mit dem Gesicht voraus auf den gestampften Erdboden. Entsetzt hob ich den Kopf. Das Licht, das vom Geist der Anys Gowdie ausging, blendete mich. In einem weißen Gewand schwebte sie strahlend über mir.

„Alles in Ordnung?", erkundigte sich Elinor Mompellion, während sie mit einer Kerze in der Hand die Speicherleiter herunterstieg.

Urplötzlich überfielen mich Erleichterung und Scham mit solcher Macht, dass ich in Tränen ausbrach.

„Hast du dir wehgetan?", fragte Mrs Mompellion, wobei sich ihr Gesicht, das vom Schein der Kerze erleuchtet wurde, über mich beugte.

„Nein, nein", sagte ich, während ich mühsam um Fassung rang. „Ich bin nur auf mein Handgelenk gefallen. Ich … ich habe nicht erwartet, jemanden hier anzutreffen."

„Anscheinend hatten wir beide den gleichen Einfall", meinte sie. In meiner Verwirrung dachte ich, auch sie sei auf der Suche nach Mohnsaft hierher gekommen. „Ich kam gestern am späten Abend hierher", fuhr sie fort, „weil wir sämtliche Arzneien, die die Gowdies hinterlassen haben, sichten müssen. Meiner Überzeugung nach muss sich der Schlüssel zur Bekämpfung der Pest hier befinden, in der Heilkraft von Pflanzen, die man zur Stärkung derer einsetzen kann, die noch gesund sind. Wir müssen unsere Körper kräftigen, damit wir auch weiterhin der Ansteckung widerstehen können." Inzwischen hatte sie meinen Platz am Herd eingenommen und eine beachtliche Flamme entfacht. „Ich hatte mich so sehr ins Sortieren der Pflanzen vertieft, dass ich nicht auf das schwindende Tageslicht geachtet hatte. Und als ich mich schließlich auf den Heimweg machen wollte, begann es zu schneien. Ich hielt es für das Beste, die Nacht hier zu verbringen, anstatt mich bei solchem Wetter auf den mühsamen Weg zum Pfarrhaus zu machen. Mr Mompellion würde glauben, man würde mich die Nacht über an einem Krankenlager brauchen. Tatsächlich habe ich so gut geschlafen, dass ich es vermutlich noch täte, wenn mich nicht dein Kampf mit der Tür geweckt hätte. Und jetzt müssen wir uns an die Arbeit machen, denn hier liegen tatsächlich

Schätze!“ Dann zählte sie jene Pflanzen auf, die sie bisher identifiziert hatte, und berichtete über die Heilkräfte von Säften, die wir zubereiten könnten.

Während ich ihren Plänen lauschte, spürte ich, wie erbärmlich mein egoistisches Streben nach Flucht in ein falsches Vergessen war. „Mrs Mompellion, ich …“

„Elinor“, unterbrach sie mich, „wir beide können nicht unter den derzeitigen Bedingungen zusammenarbeiten und mit den alten Formen weitermachen. Du musst Elinor zu mir sagen.“

„Elinor … Ich muss dir etwas beichten. Ich bin nicht gekommen, um nach Kräutern für andere zu suchen, sondern nur für mich selbst.“

„Ach ja“, sagte sie leise, „du suchst diese hier.“ Mit einem Griff zum Dachsparren band sie ein Bündel reifer Samenkapseln los. „Die alten Griechen haben sie die Blumen Lethes genannt. Lethe – der antike Fluss des Vergessens. Sobald die Seelen der Toten sein Wasser kosteten, vergaßen sie ihr vergangenes Leben. Wenn jeder Tag randvoll von Traurigkeit ist, ist der Wunsch nach Vergessen ganz natürlich. Aber diese Seelen vergaßen auch alle, die sie je geliebt hatten. Und das möchtest du doch sicher nicht, oder? Anna, du musst deinen Kindern ein liebevolles Andenken bewahren, bis du sie im Himmel wiedersiehst.“

„Ich habe in der Kate der Daniels den Mohn aus deinem Deckelkorb genommen.“

„Ich weiß“, sagte sie. „Und, hat er dir schöne Träume geschenkt?“

„Ja“, flüsterte ich, „die schönsten, die ich je hatte.“

Sie nickte. Der Feuerschein zauberte einen Strahlenkranz um ihre feinen Haare. „Ja“, meinte sie, „ich erinnere mich noch gut daran.“

„Du?“, fragte ich verblüfft. „Du hast dieses Zeug mal genommen?“

„Ja, Anna, auch ich, denn es gab eine Zeit, in der auch ich vieles nur noch vergessen wollte.“ Sie stand auf, griff in ein Tongefäß in der Ecke, entnahm ihm getrocknete Kamille und gab sie in einen Topf. Der Wasserkessel über dem Herd hatte zu dampfen begonnen. Daraus nahm sie gerade so viel Wasser, um einen kräftigen Tee aufzubrühen. „Erinnerst du dich noch, Anna, was ich unterwegs zu den Daniels zu dir gesagt habe? Dass ich nie ein Kind geboren hätte?“

Ich nickte benommen, da ich mir nicht vorstellen konnte, worauf sie hinauswollte.

„Dass ich nie schwanger war, habe ich nicht gesagt.“

Ihre Worte verwirrten mich. Schließlich hatte ich für Elinor Mompellion gearbeitet, ihre Wäsche gewaschen, seit sie als frisch Vermählte in unser Dorf gekommen war. Wenn sie schwanger gewesen wäre, hätte ich das gewusst.

Jetzt streckte sie eine Hand aus und drehte mein Gesicht so, dass ich sie direkt ansah. „Anna, das Kind, das ich unter dem Herzen trug, war nicht von Mr Mompellion.“ Aus meiner Miene erkannte sie, wie schockiert ich war. Ihre Hand suchte nach meiner. „Es ist eine sehr schmerzvolle Geschichte, aber ich erzähle sie dir, weil ich möchte, dass du mich kennst. Ich habe schon viel von dir verlangt, Anna, und bis diese schreckliche Zeit vorüber ist, werde ich dich möglicherweise um noch viel mehr bitten müssen. Ich will, dass du weißt, wer dir das alles aufbürdet.“

Nun wandte sie ihr Gesicht dem Feuer zu. Während sie weitersprach, schauten wir beide in die Flammen. Ihre lange Geschichte begann auf einem riesigen Landsitz in Derbyshire. Sie war die einzige Tochter eines Edelmannes mit großem Vermögen. Sie wurde verwöhnt – verzogen, sagte sie –, besonders nach dem Tod ihrer Mutter. Ihr Vater und ihr älterer Bruder waren liebevoll gewesen, aber oft nicht da, und hatten sie der Obhut einer Gouvernante anvertraut.

Elinors Kindheit war erfüllt von Vergnügen und dem Streben nach Wissen. „Wenn ich mir irgendetwas – ob Griechisch oder Latein, Geschichte, Kunst und Naturkunde – in den Kopf gesetzt hatte, musste ich es lediglich erwähnen, und schon wurden all diese Schätze vor mir ausgebreitet. Aber über das Leben, Anna, und über die menschliche Natur – darüber habe ich nichts gelernt.“ Ihr Vater hielt es für besser, sie vor der Welt zu schützen, deshalb verließ sie den Besitz nicht und bewegte sich auch nur in einem sehr ausgewählten Gesellschaftskreis. Sie war gerade mal 14, als ein Nachbar, ein 20-jähriger Mann und Erbe eines Herzogtums, ihr nachzulaufen begann.

„Ich war von dem jungen Mann und seinen Aufmerksamkeiten hingerissen. Er schmeichelte mir, er brachte mich zum Lachen, er horchte jeden im Haushalt darüber aus, was mir gefiel, und richtete sein ganzes Verhalten danach aus. Als mein Vater nach einiger Zeit der Abwesenheit zurückkam und entdeckte, dass wir beide fast täglich allein ausgeritten waren, erklärte er mir, das müsse sofort aufhören, weil ich für derart enge Freundschaften noch viel zu jung sei. Was mir mein Vater nicht sagte, waren seine ernsthaften Zweifel an Charles' Charakter.“

Anfänglich hatte Elinor, die ihren Vater liebte, seinen Wünschen entsprochen, aber als ihn seine Geschäfte einen Monat später wieder von seinem Besitz fortführten, stellte ihr der junge Mann erneut nach. „Er flehte mich an, mit ihm fortzulaufen, und versprach, später würde er sich bestimmt mit meinem Vater einigen, der sicher nichts gegen unsere Heirat hätte, wenn er erst einmal den Glanz unseres neuen Standes sehen würde. Meine Gouvernante entdeckte den Plan und hätte ihn vereiteln können, aber Charles ließ seinen ganzen Charme spielen und erkaufte sich ihr Schweigen mit einem Geschenk. Mit ihrer Hilfe stahlen wir uns mitten in der Nacht fort. Ich dachte, wir würden, wie geplant, die Fleet Street ansteuern, wo man jederzeit ohne Lizenz eine Heiratsurkunde kaufen konnte. Leider hatte ich London noch nie gesehen. Als nun Charles vorschlug, wir sollten uns zuerst noch amüsieren oder den einen oder anderen Ausflug machen, war ich sofort einverstanden.

Du wirst längst vermuten, was nun kommt: Die Vereinigung wurde noch vor dem Segen vollzogen. Und danach dämmerte allmählich sogar mir, dass er keinerlei Absichten hegte, sie überhaupt segnen zu lassen. Aber, Anna, ich war im Feuer meiner Begierden so gefangen, dass es mir noch nicht mal etwas ausmachte." Sie erzählte weiter, wie sie mit Charles über 14 Tage zusammengelebt hatte, bis er eines schönen Abends einfach nicht mehr in das Gasthaus zurückkehrte, wo sie sich versteckten. Er hatte sie sitzen lassen.

„Tagelang wollte ich es mir selbst nicht eingestehen und redete mir ein, er sei krank geworden. Es dauerte einige Zeit, bis ich mich der Tatsache stellte, dass ich am Ende war, und mich an jene Menschen wandte, die mich trotz allem immer noch liebten." Vater und Bruder, die bereits nach ihr gesucht hatten, kamen prompt. Sie brachten sie nach Hause, wo über die ganze Sache Gras hätte wachsen sollen. Doch leider war sie schwanger.

Elinor liefen Tränen über die Wangen, aber sie wischte sie mit dem Handrücken weg und erzählte weiter. „Ich war verstört, völlig verzweifelt. Und so habe ich meinen Körper mit einem heißen Eisen traktiert."

Bei diesem Satz sog ich die Luft ein und barg das Gesicht in meinen Händen. Schon die Vorstellung von so viel Leid war mir unerträglich.

„Mein Vater konsultierte den besten Arzt. Das hat mir das Leben gerettet. Leider nicht meinen Schoß. Sie gaben mir Mohn, zuerst gegen die Schmerzen, später vermutlich, um mich ruhig zu halten. Und wenn es Michael nicht gegeben hätte, würde ich vielleicht noch immer wie verloren in jenen leeren Träumen herumirren."

Und so erfuhr ich, dass Michael Mompellion nicht, wie ich immer gedacht hatte, der Spross einer Familie von bedeutenden Geistlichen war. Sein Vater war zwar ein Mann der Kirche gewesen, aber nur ein Vikar.

Beim Ausbruch des Bürgerkrieges war Michael ein kleiner Junge. Der Vater wurde in die Kriegswirren hineingezogen. Am Ende war die Familie mittellos, und Michael wurde dem Verwalter des Familienbesitzes von Elinor anvertraut. So wuchs er mit Pflügen und Heumachen auf, mit dem Zureiten junger Pferde und dem Beschlagen von Stuten. Er lernte die umfangreiche Gutsarbeit in allen Einzelheiten kennen.

„Nach kurzer Zeit machte er bereits Verbesserungsvorschläge für die Verwaltung. Mein Vater wurde auf Michael aufmerksam und nahm sich seiner weiteren Ausbildung an. Er besuchte die besten Schulen, wo er brillierte, und ging von dort nach Cambridge. Als er heimkam, fand er mich geschwächt von meiner langen Krankheit. Täglich trug man mich in den Garten hinaus, wo ich in Trauer und Reue versunken saß. Michael bot mir seine Freundschaft an und später seine Liebe."

Jetzt lächelte sie verhalten. „Er brachte die Heiterkeit in meine trübe Welt zurück. Leid war ihm nichts Fremdes, da er es am eigenen Leib erfahren hatte. Er machte mir klar, wie nutzlos es ist, sich im Bedauern über unabänderliche Dinge zu suhlen, und wie man selbst die schwersten Sünden sühnen kann. Sogar meine, Anna."

Dank seiner Unterstützung wurde sie wieder kräftiger. Bis zum inneren Frieden dauerte es länger. „Anfänglich borgte ich mir seine Heiterkeit und benutzte sie als Licht auf meinem Weg, und allmählich entzündete sich das Licht in meinem Inneren wieder von selbst." Kurz nachdem er zum Pfarrer geweiht worden war, heirateten sie. „Nach außen hin schien es, als hätte ich mich zu einer Heirat mit ihm herabgelassen", sagte sie, „aber in dieser Ehe bringt einzig und allein mein lieber Michael Opfer, mehr, als sich alle vorstellen können."

Eine Weile saßen wir da und starrten ins Feuer, bis plötzlich ein Holzscheit verrutschte und einen Funkenregen auf den Boden sprühte. Daraufhin stand Elinor abrupt auf und strich ihre Schürze glatt. „Und jetzt, Anna, wo du alles weißt, willst du da immer noch mit mir arbeiten?"

Ich war noch zu benommen, um etwas zu sagen, deshalb stand ich einfach von meinem Hocker auf, ergriff ihre Hände und küsste sie. Wie wenig, dachte ich, wissen wir doch von den Menschen, mit denen wir leben. Vieles am Herrn Pfarrer schien mir jetzt viel klarer – seine körperliche Kraft, sein lockerer Umgang mit Geschäftsleuten und allen Bevölkerungsschichten, auch Elinors Freundlichkeit und ihre Zurückhaltung, über die Fehler anderer Menschen zu urteilen.

Elinor umarmte mich. In diesem Moment war ich sicher, dass ich für diese Frau alles tun würde, worum sie mich bitten würde. „Gut", sagte sie und löste sich aus der Umarmung, „denn es gibt noch viel zu tun. Schau dir das mal an." Sie griff in ihre Schürzentasche und zog ein gefaltetes Blatt Pergament heraus. „Ich habe eine Liste aller bisherigen Pestopfer erstellt und diese dann auf eine Karte, auf der alle Gehöfte verzeichnet sind, übertragen. Daraus können wir meiner Meinung nach ablesen, wie sich diese Pestilenz verbreitet und auf wen."

Da lag es, unser pestverseuchtes Dorf, mit den Namen all seiner 360 armen Seelen. Annähernd 50 Namen hatte Elinor schwarz unterstrichen.

„Schau dir die Namen der Opfer an. Was fällt dir dabei zuerst auf?" Stumm starrte ich auf die Karte. „Kannst du's nicht sehen? Die Pest macht keinen Unterschied zwischen Männern und Frauen. Und *doch* macht sie einen Unterschied: Sie wählt eher die ganz Jungen als die Alten. Fast die Hälfte unserer Toten war noch nicht einmal 16. Der Rest sind Menschen in den besten Jahren. Bisher war noch kein Silberhaariger darunter. Warum, Anna, warum? Meiner Ansicht nach haben die Alten in diesem Dorf lange gelebt, weil sie Krankheiten gut bekämpfen können. Was müssen wir also tun? Wir müssen die Kinder stärker machen – sie besser ausrüsten. Vergeblich haben wir versucht, die Kranken zu heilen. Von allen, die sich mit der Pest angesteckt haben, hat nur eine länger als eine Woche überlebt – die alte Margaret Blackwell."

Margaret, die Frau des Hufschmieds Blackwell, war gleichzeitig mit den Sydells erkrankt. Und obwohl sie es noch immer war, schien es ihr bestimmt zu sein, ihr Martyrium zu überleben. Inzwischen bezweifelten einige, dass sie überhaupt die Pest hatte. Ich allerdings hatte die Schwellung an ihrer Leiste gesehen und sie gepflegt, als die Geschwulst aufbrach. Und damit wäre Margaret vielleicht unsere erste Überlebende.

„Wir müssen Folgendes tun", fuhr Elinor fort, „sämtliche Kräuter mit stärkender Wirkung finden und zu einem Saft mischen, der die Gesunden stark macht."

Und so hockten wir den ganzen restlichen Tag über den Büchern, die Elinor aus dem Pfarrhaus angeschleppt hatte. Zuerst suchten wir nach Namen der Pflanzen, die eine kräftigende Wirkung auf einen jener vielen Körperteile hatten, die von der Pest befallen wurden. Es war ein mühsames Vorgehen, denn die meisten Bücher waren in Latein oder Griechisch geschrieben. Elinor musste sie mir übersetzen. Schließlich entdeckten wir den besten Band: das Buch eines gewissen Avicenna, eines muselmanischen Arztes, der vor langer Zeit seine gesamte Erfahrung in einem umfassenden Kanon niedergeschrieben hatte. Als wir die Namen der Pflanzen hatten, gingen wir die Kräuterbüschel durch und versuchten, zu den Beschreibungen in den Büchern die passenden getrockneten Blätter und Wurzeln zu finden. Am Nachmittag hatten wir alles zusammen: Brennnessel fürs Blut, Astern und Veilchenblätter für die Lunge, Gänsefingerkraut zum Fiebersenken, Kresse für den Magen, Löwenzahn für die Leber und Eisenkraut für den Hals. In Säckchen sammelten wir so viele Büschel, wie wir nur tragen konnten, um sie in die Pfarrhausküche zu schaffen.

Gerade wollte ich das Herdfeuer löschen, da hielt Elinor meine Hand zurück. „Und was ist damit, Anna?“ Sie hielt mir die Mohnkapseln hin. „Was sollen wir damit machen?“

„Aber die brauchen wir doch sicher, um den vielen Betroffenen hier beizustehen“, sagte ich, obwohl mir dabei sofort eher meine eigenen Bedürfnisse durch den Kopf geschossen waren als die der Sterbenden.

„Anna, die Gowdies waren sich der Gefahren dieser Pflanze wohl bewusst. Sie haben hier nur so viel, wie sie brauchten, um wenigen schweren Fällen Erleichterung zu verschaffen. Wie sollen wir entscheiden, wessen Schmerzen gelindert werden und wer leiden muss?“

Wortlos griff ich nach dem Bündel und wollte es eigentlich ins Feuer werfen, merkte aber, dass ich nicht genug Willen besaß, die Hand zu öffnen. Hier hielt ich meine einzige Chance, unser Dorf und seine Todesqualen zu verlassen. Aber dann begriff ich, dass dies nicht wahr war. Es gab noch unsere Arbeit. Heute Nachmittag hatte ich erlebt, dass es möglich war, mich ganz darin zu verlieren. Und doch war dieser Verlust des eigenen Ichs kein selbstsüchtiges Vergessen. Aus diesem Lernen und seiner praktischen Anwendung konnte viel Gutes kommen. Aber ganz sicher brauchte ich es ohne klaren Kopf gar nicht erst zu versuchen. Daher packte ich das Bündel und warf es ins Feuer. Einen Augenblick zischte es auf, dann platzten die Kapseln, und ihre winzigen Samenkörner verschwanden in der Asche.

7

Als wir uns dem Pfarrhaus näherten, sahen wir Mr Mompellion im Kirchhof stehen, ohne Rock, mit aufgekrempelten Hemdsärmeln und nass geschwitzten Haaren. Er hob Gräber aus. Drei lange Gruben hatte er schon fertig, an der vierten arbeitete er gerade.

Rasch lief Elinor zu ihm und wollte ihm die Stirn abwischen, aber er winkte ihre Hand fort. Vor Erschöpfung war er ganz grau im Gesicht.

Sie beschwor ihn, aufzuhören und sich auszuruhen, aber er schüttelte den Kopf. „Ich kann nicht aufhören. Wir brauchen heute sechs Gräber, und eines davon für den armen John Millstone.“ Unser betagter Küster war heute Morgen gestorben. Der Pfarrer hatte ihn gefunden, wie er halb drinnen, halb draußen vor dem Grab lag, an dem er gerade gearbeitet hatte. „Sein Herz hat versagt. Er war zu alt für die schwere Arbeit, die ihm in letzter Zeit aufgebürdet wurde.“

Bei einem Blick auf Mr Mompellion befürchtete ich, auch er könnte zusammenbrechen. Offensichtlich hatte er die letzte Nacht nicht geschlafen, sondern war von einem Totenbett ans nächste geeilt. Sein Versprechen, keiner müsse alleine sterben, war eine schwere Last für ihn geworden. Es war klar, dass er es nicht überleben würde, wenn er nun auch noch die Arbeit des Küsters übernahm.

„Sir, diese Arbeit schickt sich nicht für Sie“, sagte ich. „Lassen Sie mich dazu einen der Männer aus der Taverne holen.“

„Und wer wird kommen, Anna? Die Bergleute versuchen alles, um genug Bleierz aus ihrer Ader zu holen, damit ihre Schürfrechte nicht eingezogen werden. Die Bauern werden immer weniger, sodass sie weder Getreide ernten noch ihr Vieh melken können. Wie könnte ich ihnen da noch diese Arbeit aufbürden?“

Und so arbeitete er bis zum sinkenden Tageslicht weiter. Dann ließ er den verschiedenen Häusern ausrichten, sie könnten ihre Toten zum Begräbnis bringen. Es war eine armselige Prozession. Inzwischen bemühte sich niemand mehr um Särge, die Familien trugen ihre Lieben einfach in leinenen Tüchern zum Grab. Mr Mompellion sprach über jedem ein Gebet und half anschließend, die Erde wieder in die Gräber zu häufen. Während er sich noch auf dem Kirchhof abmühte, erreichten ihn die Bitten zweier Familien, er möge ihnen in ihrer Not beistehen. Als er heimkam, brachte Elinor ihm heißes Wasser zum Waschen und holte ihm frische Wäsche, während ich ein nahrhaftes Mahl zubereitete. Er aß rasch, zog dann seinen Mantel an und ritt fort, um sein Wort zu halten.

„So kann er nicht weitermachen“, sagte ich, während das Getrappel von Anteros’ Hufen schwächer wurde.

„Das weiß ich“, erwiderte sie leise. „Sein Körper ist stark, und doch befürchte ich, dass sein Wille weitaus stärker ist. Er kann ihn zu Taten, guten und schlechten, treiben, die kein normaler Mensch fertig bringt. Glaub mir, ich habe es schon gesehen.“

In jener Nacht fand der Herr Pfarrer nur wenig Schlaf, und auch der nächste Tag brachte keine Ruhepause.

Daher ließ ich meinen Stolz fahren und nahm stattdessen meinen Mut zusammen. Ohne Elinor mein Vorhaben mitzuteilen, machte ich mich auf den Weg zur Hütte meines Vaters. Ich hoffte, ihn nüchtern vorzufinden. Zum Glück waren Aphra und ihre Kinder gesund, auch wenn die Kleinen wie immer unterernährt wirkten. Mir fiel auf, dass ihr Ältester, Steven, einen bösen Striemen auf der Wange hatte. Wie er dahin gekommen war, musste ich nicht fragen.

Ich hatte einige von den Kräutern dabei und zeigte Aphra, wie sie daraus jenen Saft machen konnte, den Elinor und ich uns zur Stärkung ausgedacht hatten. Mein Vater, der sich bisher noch nicht von seinem Lager erhoben hatte, begann sich während unserer Unterhaltung zu regen. Dann stand er auf und fluchte über seinen Brummschädel.

In einem respektvollen Ton, nach dem mir eigentlich gar nicht zumute war, erklärte ich die Not im Pfarrhaus und flehte ihn an zu helfen. Wie erwartet, meinte er fluchend, er hätte schon mehr als genug, woran er Hand anlegen müsse. Außerdem täte es meinem „schwafelnden Pfaffen" mächtig gut, sich seine weißen Hände schmutzig zu machen. Deshalb bot ich ihm ein Lamm seiner Wahl aus meiner Herde für den nächsten Sonntagsbraten an und ein weiteres zu Neumond. Das war ein großzügiges Angebot. Mein Vater feilschte zwar fluchend weiter, aber schließlich einigten wir uns doch. So erkaufte ich Mr Mompellion eine Erholungspause vom Kirchhof.

Die Wochen dieser kalten Jahreszeit machten aus mir ein Gespenst. Jede Minute wurde etwas von mir verlangt. Ich stahl mir meinen Schlaf, so gut ich konnte, an der Bettkante von Sterbenden oder auf einem Hocker in der Pfarrhausküche. Die Weihnachtszeit verging, ohne dass wir es recht merkten. Zu Fastnacht entband ich Kate Talbot von einem gesunden Mädchen. Als ich ihr das Kind in die Arme legte, hoffte ich, es könnte ihre Trauer über den Verlust ihres Mannes mildern. Eine Woche später war ich Hebamme bei Lottie Mowbray, einer einfachen Frau, die es fertig brachte, ihr Kind unter so wenig Jammern und Schwierigkeiten zu gebären, wie es mir bisher nicht untergekommen war.

Leute wie Kate Talbot, die von ihres Mannes Hände Arbeit gelebt hatte, oder Lottie und ihr Mann Tom, die schon in guten Zeiten ums Überleben hatten kämpfen müssen, wären in diesem Winter ohne Versorgung durch den Grafen von Chatsworth verhungert. Getreu seinem

Versprechen versorgte er uns weiterhin. Jeden Tag kamen die Fuhrleute mit ihrer Ladung zum Grenzstein oder an den Quellbrunnen, der bei uns inzwischen nur noch *Mompellions Brunnen* hieß. Nur von den Bradfords, die sicher in ihrem Oxforder Hafen saßen, von denen wir wenigstens ein kleines Zeichen des Mitgefühls erwartet hätten, erhielten wir weder irgendein Almosen, geschweige denn ein mitfühlendes Wort.

In der Pfarrküche sah es allmählich aus wie in einem Alchemistenkabinett. Saft von gehackten Blättern tropfte auf meine schön geschrubbte Tischplatte und färbte das Holz grasgrün. Elinor las sich beim Studium diverser Bücher die Augen rot. Hauptsächlich aber lernten wir durch Taten: unsere Versuche, die pflanzlichen Heilkräfte auf diese oder jene Weise zu extrahieren. Einige Blätter weichten wir in zähflüssigem Öl ein, andere in Alkohol und wieder andere in Wasser, um herauszufinden, mit welchem Element wir die besten Ergebnisse erzielten. Aus unseren getrockneten Kräutervorräten kochten wir Tees. Einige Tees verdampften wir zu kräftigen Destillaten. Wenn sie zu bitter waren, träufelten wir Honig hinein und machten daraus Sirup. Und dann ging es wieder ans Kleinhacken. Bündelweise hatten wir dem gefrorenen Boden Wurzeln abgetrotzt. Sobald die Heilkraft einer Pflanze meiner Meinung nach erschöpft war, griff ich mit den Händen in den seidigen Brei und knetete so lange ein Stück Bienenwachs hinein, bis ich eine Salbe zum Auftragen auf böse Pestbeulen hatte. Unsere Arbeit verfolgte zwei Ziele: die Leiden der Erkrankten zu lindern und die Abwehrkräfte der Gesunden zu stärken. Letzteres war zwar weitaus wichtiger, der Erfolg jedoch umso ungewisser.

Elinor und ich verteilten unsere Präparate, aber uns war klar, dass wir möglicherweise erst in vielen Wochen einen Erfolg sehen würden. Als die Tage länger wurden, verbrachten wir viel Zeit bei den Gowdies. Wir versuchten, die Anordnung des Arzneigartens zu verstehen, studierten die aufbewahrten Samenpäckchen und bereiteten den Boden vor, damit uns der Vorrat an stärkenden Kräutern auch künftig nicht ausging.

Nur sonntags unterbrachen wir unseren stetigen Kreislauf aus Sammeln und Gartenarbeit, Arzneimittelherstellung und Krankenbesuchen. Und am Sonntag zeigte sich an den fehlenden Gesichtern in der Kirche, dass unser Bemühen, das Wüten der Pest einzudämmen, gescheitert war.

Trotzdem sollte ich erzählen, dass es auch ein paar neue Gesichter gab. Seit dem Sonntagseid hatte Mr Stanley auch weiterhin die Gottesdienste besucht, und inzwischen waren sogar die Familie Billings und einige andere Nonkonformisten gekommen. Auch wenn sie nicht alle Lieder mitsangen und Gebete mitsprachen, so war es doch ein Wunder, dass sie sich überhaupt zu uns gesellten. Offensichtlich war ich nicht die Einzige, die darüber froh zu sein schien.

Am ersten Märzsonntag schloss Michael Mompellion die Kirche. An jenem Morgen stand er auf der Kanzel, wo er sich mühsam abstützte. Weiß hoben sich seine Knöchel vom Eichenholz ab. Elinor hatte darauf bestanden, dass ich ihre Bank teilte. Sie meinte, mittlerweile sei ich ein Teil der Pfarrfamilie. Deshalb war ich nahe genug, um zu sehen, wie er am ganzen Körper vor Erschöpfung zitterte, und ich sah auch die tiefen Falten in seinem Gesicht, während er mühsam seine Stimme zu kontrollieren versuchte.

„Meine lieben Freunde", sagte er, „Gott hat uns in diesen Monaten auf eine sehr harte Probe gestellt. Ihr habt seine Prüfung mutig angenommen. Seid eures Lohnes dafür gewiss. Wie wir alle hatte auch ich zu hoffen gewagt, dass diese Prüfung nicht so lange und nicht so hart ausfallen würde. Aber wer ist so vermessen, Gottes Gedanken zu lesen? Wer kann seinen Plan verstehen?"

Jetzt hielt er inne und versuchte, seine Kräfte zu sammeln. „Meine lieben Freunde, Gott schickt uns eine neue Prüfung, vielleicht die härteste bisher. Denn schon bald wird es hier wieder wärmer, und diese Pest – das wissen wir aus alten Berichten – gedeiht in der Wärme prächtig. Wir können nur beten, dass sich ihr Wüten hier bereits verausgabt hat; darauf bauen können wir nicht. Meine geliebten Freunde, das Schlimmste steht uns vielleicht noch bevor."

Während seiner Predigt stöhnten Menschen auf. Jemand begann zu weinen. Als er sagte, er müsse die Kirche schließen, begann auch Mr Mompellion zu weinen. In seiner Erschöpfung konnte er nicht mehr gegen die Tränen ankämpfen. „Verzweifelt nicht!", rief er und rang sich ein Lächeln ab. „Eine Kirche ist nicht nur ein Gebäude! Unsere Kirche werden wir behalten! Mitten in Gottes Schöpfung. Wir werden uns unter dem Himmelszelt treffen und dort miteinander beten, im Cucklett Delf! Freunde, im Steinbruch können wir in sicherem Abstand voneinander stehen, damit die Kranken nicht die Gesunden anstecken."

Sein Gesicht verhärmte sich noch mehr, als er zum schlimmsten Teil seiner Botschaft kam. „Geliebte im Herrn, wie unsere Kirche müssen wir auch unseren Kirchhof schließen. Inzwischen ist es unmöglich, unsere Toten rechtzeitig zu begraben. Und mit dem Anbruch des warmen Wetters wird das zur Gefahr. Geliebte im Herrn, wir müssen die bittere

Bürde auf uns nehmen, dass jeder seine Toten so rasch wie möglich in der nächstliegenden Erde begräbt."

Jetzt heulten viele laut auf und schrien entsetzt: „Nein!"

Er hob die Hand und bat um Ruhe. „Geliebte im Herrn, ich weiß, ihr befürchtet, Gott wird keinen finden, den man außerhalb geweihter Erde zur Ruhe bettet. Aber ich sage euch: Ihr habt durch euer Opfer den ganzen Boden dieses Dorfes geweiht. Gott *wird* euch finden!"

Jetzt war die Anstrengung zu viel für ihn. Er griff nach dem Kanzelgeländer, um sich daran festzuhalten, verfehlte es aber. Alle Kraft hatte ihn verlassen. Ohnmächtig sank er zu Boden.

Elinor und ich stürzten nach vorne, während die Gemeinde in Wehklagen ausbrach. Der junge Brand eilte dem benommenen Pfarrer zu Hilfe und stützte ihn auf seinem Weg die Kanzelstufen hinab und zur Kirchentür hinaus Richtung Pfarrhaus.

Dort wurde uns klar, dass wir ihn nur schwer die Treppe hinaufschaffen konnten. Deshalb liefen Elinor und ich ins Schlafzimmer und brachten einige Decken hinunter, um ihm in der Wohnstube ein Lager zu bereiten. Brand half ihm noch, sich hinzulegen, dann drehte sich der Pfarrer um und überließ sich endlich dem Schlaf der Erschöpften.

AM NÄCHSTEN Nachmittag raffte er sich auf, zwei Sterbelager zu besuchen, während Elinor und ich übereinkamen, ihm eine weitere Neuigkeit zu verheimlichen, die eher die Lebenden betraf. Angesichts von so viel Tod rings um uns war es schwer, irgendeinen Gedanken an die Zukunft zu verschwenden, und doch belastete mich die Zukunft eines Kindes schon seit langem: die Zukunft eines neunjährigen Mädchens namens Merry Wickford.

George und Cleath Wickford, ein junges Quäkerpaar mit drei Kindern, hatten sich vor gut fünf Jahren in einer verlassenen Hütte am Dorfrand angesiedelt. Sie stammten aus dem Tiefland und waren wegen ihres Glaubens von ihrem Pachthof vertrieben worden. Bis zu einer Sommernacht vor einem Jahr hatten sie ein bettelarmes Leben gefristet. George Wickford war damals noch spät draußen herumgelaufen. Die Sorge ließ ihn nicht schlafen. Da sah er, wie ein brennender Drache blitzartig über den Himmel flog. Hier sagt man, ein brennender Drache am Nachthimmel würde mit seiner Flugbahn den Verlauf einer verborgenen Bleierzader markieren. Deshalb wartete George Wickford nicht einmal bis Tagesanbruch, sondern eilte zu der Stelle, wo seiner Meinung nach die Route des Drachen übers Moor verlief. Am Morgen hatte er bereits sein Kreuz zur Markierung seines Schurfs aus dem Torf gestochen und sieben Stämme für den Göpel geschlagen. Laut Gesetz kann sich jedermann auf diese Weise einen Schurf abstecken, ohne Rücksicht auf den Besitzer dieses Landes. Anschließend hat er neun Wochen Zeit, dem Bergmeister einen Zentner Bleierz zu zeigen. Und danach darf ihm keiner seinen Schurf wegnehmen, solange er etwas abwirft.

Unermüdlich hatten George Wickford, seine Cleath und ihre drei Kinder auf ihrem Schurf herumgegraben. Die übrigen Bergleute lachten Wickford aus. Es gab nichts, was in diesem Landstrich auf ein unterirdisches Bleierzvorkommen hindeutete. Aber Wickford lachte als Letzter, denn noch weit vor den vom Bergmeister verlangten neun Wochen hatte er seinen benötigten Zentner Bleierz – und noch viel mehr. Sein Schurf entpuppte sich als eine mit Bleierz durchzogene Ader, die ein unterirdischer Strom vor langer Zeit ausgewaschen hatte. Seither galt Wickford als Glückspilz.

Doch das war, bevor die Pest zugeschlagen hatte, und George Wickford war einer der Ersten gewesen, die der Seuche zum Opfer gefallen waren. Dann raffte sie seinen Ältesten dahin, einen Burschen von zwölf Jahren. Cleath und ihre beiden jüngeren Kinder hatten mühsam weitergeschürft, aber dann war der Junge krank geworden. Die Mutter hatte binnen drei Wochen nicht mehr die vorgeschriebene Erzmenge aus ihrer Grube holen können. David Burton, ein benachbarter Bergmann, hieb die erste Kerbe in ihre Göpelspindel. Im Dorf wurde viel darüber geredet, ob das rechtens sei, und als David Burton am Ende der sechsten Woche seine zweite Kerbe einschlug, am selben Tag, an dem Cleath Wickford ihren zweiten Sohn zu Grabe trug, gab es noch mehr Gerede. Es hieß, der Schock darüber habe ihren eigenen Tod beschleunigt, denn die Pest raffte sie schneller dahin, als wir es bisher bei irgendjemand erlebt hatten. Morgens begrub sie ihren Sohn, und bei Anbruch der Nacht war sie tot, ihre Leiche von den rosigen Ringen der Pest gezeichnet.

Damit war nur noch das Mädchen übrig, jenes Kind Merry, dessen Name – „die Glückliche“ – inzwischen wie ein grausamer Scherz wirkte. Sie blieb unter üblen Umständen zurück, da George Wickford außer seinem Namen nur die Grube besessen hatte, und die würde Merry in einer Woche verlieren, wenn nicht jemand einen Zentner Bleierz für sie fördern würde. Ich lag jedem Bergmann in den Ohren, ob nicht einer von ihnen einer Waise diesen Gefallen tun würde. Doch alle hielten zu David Burton, weil er einer der ihren war. Und so rückte das

Ende der neunten Woche näher, bis schließlich nur noch ein Tag zwischen ihr und einer trostlosen Zukunft im Armenhaus lag.

Vermutlich hätte ich es besser wissen und diesen Fall nicht mit Elinor besprechen sollen. Oder sagen wir, der darauf folgende Vorschlag hätte mich nicht überraschen sollen. „Anna, du verstehst etwas von den Gruben. Du und ich, wir werden diesen Zentner für das Kind herausholen."

Doch dieser Vorschlag stieß bei mir auf noch taubere Ohren als ihre Aufforderung, bei Mary Daniels Hebamme zu spielen. Schon bevor die Grube meinen Sam holte, habe ich mich davor gefürchtet. Für düsterfeuchte, stickige Orte bin ich nicht geschaffen. Aber Elinor hatte jenen entschlossenen Gesichtsausdruck, den ich inzwischen nur allzu gut kannte, und ich wusste, dass wir auf die Wickford-Grube zusteuern würden, ob ich wollte oder nicht.

Wir brachen früh auf, denn die Grube lag weit vom Dorf entfernt. Ich hörte Elinor in der Bibliothek mit Mr Mompellion sprechen und ihm sagen, wir gingen auf die Suche nach Kräutern. Als sie aus dem Zimmer kam, fiel mir auf, dass ihre durchsichtige Haut ganz erhitzt war. Unter meinen Blicken griff sie sich unwillkürlich an den Hals. „Nun gut, Anna, dann werden wir also Taschen mitnehmen, um unterwegs geeignete Pflanzen zu sammeln. Denn du weißt ja", fügte sie hinzu, „wenn er von unserem wahren Plan für heute Wind bekommt, wird er versuchen, diese Arbeit selbst zu machen. Und das wäre vermutlich sein Ende."

Zuerst begaben wir uns zur Wickfordschen Hütte, um Merry von unserem Vorschlag zu erzählen. Als wir den matschigen Pfad zu ihrer Hütte hinaufkletterten, stürzte sie freudestrahlend aus der Tür. In welch merkwürdigen Zeiten lebten wir, in denen wir ein so kleines Kind einfach allein ließen! Irgendwie gelang es ihr zu überleben. Selbst jetzt sah sie blühend aus: mit rosigen Pausbacken und einem dunklen Lockenschopf. Drinnen in der Hütte sah ich auf dem Tisch die Reste ihres Frühstücks: einen irdenen Schmalztopf, daneben Eierschalen, deren Inhalt sie roh ausgesaugt hatte, und eine Zwiebel, die sie wie einen Apfel angebissen hatte. Nicht sehr fein vielleicht, aber nahrhaft.

„Deine Mutter wäre sehr stolz auf dich, Merry, wenn sie sähe, wie gut du hier zurechtkommst", bemerkte Elinor.

„Glauben Sie?", sagte Merry ernst. „Ich danke Ihnen für diese Worte. Ich spüre, dass Mutter immer noch auf mich aufpasst, genau wie Vater und meine Brüder. Ich danke Ihnen beiden, dass Sie mich besuchen. Es ist schwer für mich, den Verlust meiner Familiengrube allein mit ansehen zu müssen."

„Wir wollen, dass du nichts dergleichen mit ansehen musst“, platzte ich heraus, plötzlich froh, dass mich Elinor zu dieser Tat überredet hatte.

Merrys Dankbarkeit verwandelte sich in helle Freude, als wir erklärten, dass wir nicht nur gekommen waren, um sie zu besuchen, sondern auch, um ihre Grube zu retten. Das tapfere kleine Mädchen bestand darauf, mitzukommen und seinen Teil dazu beizutragen.

„Merry, du kannst uns genauso helfen wie deinen Eltern“, sagte ich. „Du wirst alle Hände voll zu tun haben, die Erzbrocken zu sortieren und das Erz auszuwaschen. Und wir verlassen uns darauf, dass du uns drunten benachrichtigst, wenn wir einen Zentner voll haben. Aber denk daran, dass es ein ordentlicher Zentner sein muss, denn David Burton wird vom Bergmeister ein exaktes Maß verlangen.“ Merry nickte. Sie kannte die Ausmaße der großen Waagschale des Bergmeisters nur allzu gut.

Trotzdem wirkte das Kind besorgt und beteuerte, es sei schon früher mit in der Grube gewesen und wolle uns führen. Wir machten ihr klar, dass wir sie oben brauchten, falls etwas schief gehen sollte und wir bis zum Nachmittag nicht wieder auftauchten. Dann und nur dann, warnte Elinor, solle sie stracks ins Pfarrhaus laufen und Mr Mompellion benachrichtigen.

Nach Sams Tod hatte ich sein Werkzeug in einen Fetzen gewickelt und aufgehoben, um es eines Tages einem bedürftigen Bergarbeiter zu schenken. Aber als die Wickfords damals ihre Ader gefunden hatten, war ich so sehr mit meinen eigenen Problemen beschäftigt gewesen, dass ich meine Absicht ganz vergessen hatte. Jetzt, beim Auspacken, spürte ich, wie schwer die Geräte waren. Beim Gedanken an Sams dicke Armmuskeln kamen mir Bedenken, ob ich damit überhaupt arbeiten konnte. Ich wählte drei unentbehrliche Werkzeuge aus: Keilhaue, Schlägel und Eisen.

Merrys Familie hatte aus Sparsamkeit ein anderes Werkzeug verwendet: ein gebogenes Metallstück, das an einem Ende durch einen Hammer im Gleichgewicht gehalten wurde und wahlweise als Picke oder Vorschlaghammer eingesetzt werden konnte. Damit würde Elinor arbeiten, da dieses Werkzeug leichter, aber auch weniger wirkungsvoll war. Elinor war so schlank, dass sie Lederhose und Wams des älteren Wickford-Sohnes tragen konnte. Ich nahm George Wickfords Lederhose. Um sie passend zu machen, schnitt ich mit einer Wollschere von den Beinen ein Drittel ab. Dann nahmen wir noch die Lederhüte mit breiter Krempe für die Talgkerzen, die uns den Weg durchs Dunkel beleuchten würden.

So brachen wir auf. Merry ging voran. Meine Füße waren wie aus Blei, so belastete mich das, was vor uns lag. Schon der Gedanke an einen Ort ohne Luft brachte mich zum Keuchen.

Wickford hatte seinen Schacht gut gebaut. Man konnte jedoch zunächst nicht sehen, wie weit es in die Tiefe ging. Eines wusste ich jedoch: Je länger ich zauderte, desto schwerer würde mir das Weitermachen fallen. Deshalb schwang ich mich über den Rand und tastete nach der ersten Sprosse. Wie sich herausstellte, war der Schacht an die sechs Faden tief, bevor er dann im rechten Winkel zur Seite abging. Klugerweise hatte Wickford einen gut 18 Fuß langen Steigerschacht getrieben, bevor der Schacht erneut nach unten führte. Dadurch konnte man den Kübel mit dem Hauwerk leichter in Einzelabschnitten ans Tageslicht befördern. Als wir kein Licht mehr vom Einstiegsloch hatten, war es so dunkel, dass ich stehen blieb und meine Kerze anzündete. Ich tropfte Talg auf meine Hutkrempe, um die Kerze darauf zu befestigen. Im zitternden Lichtschein schob ich mich langsam vorwärts. Merry hatte gesagt, am Grunde dieses zweiten Schachtes würde ich den Höhleneingang finden, und so war es. Der Boden fiel steil ab und war außerdem schlammverschmiert und glitschig. Nach wenigen Minuten verlor ich mein Gleichgewicht und landete unsanft auf der Erde. Obwohl es nur wenige Schritte bis zum Schacht waren, regte sich in der abgestandenen Luft kein Hauch. Ich schnappte panisch nach Atem. Aber nun war Elinor hinter mir, und ich spürte, wie mir ihre Hand aufhalf.

„Alles ist gut, Anna“, flüsterte sie. „Du *kannst* atmen. Hier *gibt* es Luft. Du darfst dich nicht von deinen Ängsten beherrschen lassen.“ Bald schon war mein Kopf wieder klar, und ich konnte weitergehen. So kamen wir zollweise voran, manchmal gebückt auf zwei Beinen, dann wieder auf Händen und Knien, und zuweilen robbten wir auf dem Bauch.

Schließlich tauchte im flackernden Licht eine Wand auf. Elinor und ich banden unser Handwerkszeug los und fingen an zu arbeiten. Die Anstrengung, die Hiebe richtig zu setzen, vertrieb die Ängste. Mein ganzes Leben hatte ich schwer gearbeitet, aber dies, Fels dem Felsen abzuringen, war das Härteste, was ich je gemacht hatte. Nach einer halben Stunde zitterten meine Arme. Für Elinor musste es noch viel schlimmer gewesen sein. Ich konnte sehen, wie rasch sie unter dieser Belastung ermüdete, weil ihren Hieben immer längere Pausen folgten. Einmal schlug sie sich mit dem Hammer auf den Daumen und stieß einen Schrei aus. Sie wickelte einen Fetzen um die Wunde, dann hieb sie langsam weiter. Ihr schweißnasses Gesicht wirkte so hart wie der Stein.

Was mich betraf, so kostete es mich am meisten Mühe, meine Panik im Zaum zu halten. Ich versuchte, mich auf die Arbeit zu konzentrieren und nicht auf die Wände, die Dunkelheit oder die erstickend feuchte

Luft und auch nicht auf das Gewicht der Erde, die sich über mir türmte. Jedes Mal wenn der Schlägel auf den Felsen prallte, fuhr es mir durch alle Knochen. Die Kälte machte meine Finger klamm, sodass sie, anstatt mehr Geschick zu bekommen, immer fahriger wurden. Stunden verstrichen. Vor Schmerz und Enttäuschung hätte ich am liebsten geheult, denn sosehr wir die Schlägel auch schwangen, das gelöste Gestein neben uns wuchs nur zollweise.

Elinor sprach aus, was ich nicht wagte. Trotz aller Bemühungen hatte sie lediglich ein paar klägliche Steinbröckchen gelockert. Sie ging in die Hocke und ließ die Keilhaue schwer neben sich auf den Felsen fallen. „So werden wir bis Tagesende keinen Zentner fördern", flüsterte sie.

„Ich weiß", bestätigte ich, wobei ich die tauben Finger rieb. „Was für ein törichter Gedanke, wir könnten an einem einzigen Tag Dinge lernen, die starke Männer erst nach jahrelanger Übung meistern."

„Ich kann dem Kind nicht in die Augen sehen", murmelte Elinor, „seinen enttäuschten Blick nicht ertragen."

Wortlos sammelte ich meine Werkzeuge ein. Stumm machten wir uns auf den Rückweg durch den Tunnel. Meine Arme waren so müde, dass ich mich kaum an den Sprossen festhalten konnte. Während ich dankbar die kühle Luft einatmete, redete ich mir ein, dass wir angesichts unserer Erschöpfung nie und nimmer Erfolg gehabt hätten, auch wenn ich Elinor gebeichtet hätte, was ich sonst noch wusste.

Was mich umwarf, war Merrys Gesicht, ihr hoffnungsvoller Blick, als wir aus dem Tunnel kletterten. Jedoch beim Anblick des kläglichen Hauwerks, das wir gefördert hatten, verschwand ihr strahlendes Lächeln, und ihre Lippen bebten. Und doch weinte sie nicht, sondern dankte uns mit beherrschter Stimme für unsere Bemühungen.

Ich schämte mich meiner Feigheit. „Es gibt noch einen Weg, das Bleierz herauszuholen", platzte ich heraus. „Sam griff zuweilen darauf zurück. Aber genau dafür hat er schließlich mit dem Leben bezahlt." Nun erzählte ich Elinor alles, was ich über diese Methode gehört hatte, die entgegengesetzten Kräfte von Feuer und Wasser zu nutzen, um die Arbeit vieler Bergleute zu tun.

Elinor lehnte sich gegen den Göpel. „Anna, in diesen Tagen hängt unser aller Leben an einem Faden. Wer heute verschont wird, den rafft vielleicht morgen schon die Pest dahin. Ich meine, wir sollten einen Versuch wagen … Aber nur, wenn du willst."

Merry wirkte besorgt. Bergmannskinder lernten rasch, wovor sich Bergleute fürchteten. Und im Zusammenhang mit Feuer gab es vieles zu fürchten: Rauchschwaden konnten die letzte atembare Luft entziehen, der Knall verstecktes Wasser freisetzen, das die Grube überflutete. Oder der darüber liegende Boden konnte unter dem Druck einbrechen und dich darunter begraben.

Ich sammelte möglichst rasch Zweige. Zunder war schwieriger zu finden, da es jüngst geregnet hatte. Schließlich rannte Merry zu ihrer Hütte zurück, um vom Herd welchen zu holen. Nachdem wir wieder in den Schacht geklettert waren, ließ Merry in einem Ledereimer kaltes Wasser aus dem Bach herunter.

Auf der Suche nach Rissen tastete ich die Felsoberfläche ab und erweiterte diese mit dem Keil. Als die Spalten groß genug waren, zeigte ich Elinor, wie wir in jeden Winkel Zweige stecken und so tief wie möglich hineinklopfen mussten. Anschließend verteilte ich das trockene Holz über die ganze Felswand. „Du musst jetzt wieder nach oben", sagte ich zu Elinor.

„Oh nein, ich werde dich hier unten nicht allein lassen", widersprach sie.

Das konnte eine lange Diskussion werden. Deshalb sagte ich scharf: „Elinor! Dafür haben wir jetzt keine Zeit. Verstehst du nicht, dass du mir von draußen mehr helfen kannst, wenn das hier schief geht? Besser, du gräbst nach mir, als wenn du hier gemeinsam mit mir erstickst."

Meine Worte erfüllten ihren Zweck. „Wie du meinst", sagte sie und ging.

Jetzt machte ich mich daran, das Holz anzuzünden, ehe es dafür zu feucht wurde, aber meine Hände zitterten. Lieber sterbe ich an der Pest, dachte ich, als hier unten im Dunkeln. Aber dann flammte das Feuer auf, und es war nicht mehr dunkel. Der Zunder begann zu brennen. Der Saft zischte. Dann der erste Knall, als ein Fels unter dem wachsenden Druck zerbarst. Warten war so schwer, während Rauch die Luft füllte. Ich hielt mir einen nassen Lappen vor den Mund, kauerte mich zitternd hin und zwang mich, den nächsten Schritt nicht übereilt zu tun. Wenn der Fels nicht heiß genug war, wäre die ganze Mühe vergebens. Als ich schließlich glaubte, meine Brust würde zerspringen, griff ich blind nach dem Eimer und schüttete in hohem Bogen Eiswasser gegen den heißen Fels. Es folgte ein Zischen und Dampfen, dann klang es, als würde ein Dutzend Musketen abgefeuert. Schichtweise fiel das Erz herunter.

Blind vor Rauch, versuchte ich, mich in Sicherheit zu bringen. Ich hustete so, dass ich dachte, es würde mir die Kehle zerreißen. Ein scharfer Splitter traf mich an der Schulter, dann landete ein schwerer

Brocken direkt in meinem Kreuz und warf mich mit dem Gesicht in den Dreck. „Aufhören!“, betete ich. „Oh bitte, aufhören!“ Aber das Knallen hörte nicht auf, und jedem Knall folgte ein neuer Steinregen. Ich schlug mit den Armen wild um mich. Doch die Last wurde immer schwerer und schwerer, bis ich mich schließlich nicht mehr bewegen konnte.

Und so, dachte ich, endet hier doch noch alles. Tot, im Dunkeln, wie bei Sam. Ich spürte, wie der ganze schwere Abhang in Bewegung geriet, als Stein gegen Stein rutschte, und wie sich die Erde in jede neue Spalte ergoss. Schlamm presste sich in meinen Mund. Ich hörte das Blut in meinen Ohren hämmern, lauter als der tosende Fels.

Doch dann geschah etwas Merkwürdiges. Die Panik wich von mir. In meinem Inneren stiegen Bilder meiner Buben auf. Ich hörte auf zu kämpfen und atmete die angehaltene Luft aus. Inzwischen gab es keine Luft mehr zum Atmen. Ich schmiegte meine Wange an den Fels, der mir Grabhügel und Grabstein sein würde.

Irgendwie war es schon richtig. Dieses Ende konnte ich ertragen. Das Bild meiner Buben bekam einen dunklen Rand. Ich zwang es zurück: Noch nicht. Lass sie mich noch ein paar Augenblicke sehen. Aber das Dunkel breitete sich nach innen aus, und ihre Gesichter verschwammen. Mit dem Dunkel kam gnädige Stille. Plötzlich war es vorbei mit dem Hämmern meines Blutes und dem Donnern des Felsens.

WAHRSCHEINLICH wäre ich tot, wenn Elinor meine Anweisungen befolgt hätte und den Schacht hinaufgeklettert wäre und wenn Merry uns beiden gehorcht hätte. Aber Elinor hatte sich knapp 100 Meter von der Stelle, wo ich das Feuer entzündete, hinter eine Steinsäule gekauert, und Merry war bis zum Höhleneingang heruntergeklettert. Als sie das Knallen hörten, waren beide herbeigestürzt, um mich zu retten. Als ich wieder zu Bewusstsein kam, war ich zwar noch immer bis zum Hals begraben, aber sie hatten mein Gesicht freigeräumt.

Die Stille, die mich überwältigt hatte, war real gewesen. Das Donnern hatte aufgehört und damit auch der Gesteinsregen. Als sich der Rauch allmählich verzog, konnten wir sehen, was geschehen war: Es war mir gelungen, einen Berg glänzenden Bleierzes zu lösen, der Merry Wickford heute ihren Zentner sichern würde und, wenn nötig, noch viele weitere Tage. Gemeinsam räumten Elinor und Merry das Gestein von mir, bis ich schließlich mit ihrer Hilfe unter Schmerzen zum Schacht kroch und mich langsam an die Oberfläche arbeitete.

Keine Ahnung, wie ich wieder zurück ins Dorf getaumelt war. Mir tat alles weh. Wir beeilten uns, sosehr wir konnten, es war ein Wettrennen gegen das schwindende Tageslicht. Mit dem einen Arm stützte Elinor mich, mit dem anderen hielt sie einen Zipfel des Sackleinens, in dem sie mit Merry das Bleierz schleppte. Wir begaben uns schnurstracks in die Kate des Bergmeisters Alun Houghton.

Schon möglich, dass der alte Alun über unseren Anblick – schlammverschmiert, zerschrammt und rußgeschwärzt – schockiert war, doch er erholte sich rasch und waltete seines Amtes, indem er David Burton und möglichst viele Männer des Bergrats als Augenzeugen in die Taverne holen ließ. Während sich die Bergleute versammelten, ließ Elinor das Pfarrhaus benachrichtigen.

Schon kurze Zeit später hörte ich das helle Geklapper von Anteros' Hufen. Elinor hatte mich bei Alun Houghton vor den Herd gesetzt und wusch meine Schürfwunden mit angewärmtem Wasser. Um ihr eigenes Aussehen hatte sie sich nicht gekümmert. Als nun der Herr Pfarrer die Kate betrat, erhob sie sich zu seiner Begrüßung so, wie sie eben war. Ihren Hut hatte sie irgendwann während meiner Rettung verloren und stand nun barhäuptig da. Ihre feinen Haare waren schlammverkrustet und fielen ihr in Strähnen ins Gesicht.

Der Herr Pfarrer blieb wie angewurzelt im Eingang stehen. Einen langen Augenblick schwieg er, dann lachte er laut auf und klatschte in die Hände. Danach erkundigte er sich ausführlichst nach unserem Tagewerk, und seine Stimme floss über vor Stolz.

Zu meiner Erleichterung begleitete uns der Herr Pfarrer zur Taverne. Ich wusste nicht so recht, wie Elinors guter Ruf die heutigen Vorfälle überstehen würde – immerhin waren sie weit entfernt von dem, was sich für eine Frau schickte, insbesondere für eine vornehme Dame. Aber bei unserem Anblick erhoben sich die Männer im Gerichtssaal von ihren Bänken. „Ein Hoch auf die neuen Bergarbeiter!“, rief eine Stimme, und fast einstimmig ließ man uns hochleben. Nur David Burton schwieg. Der Bergmeister hängte seine große Waagschale auf. Dann trat Merry vor. Nur mit Mühe konnte sie den Sack schleppen. Der Bergmeister half ihr auf einen Tisch, damit sie die Waagschale erreichen konnte. Sorgfältig schichtete sie das Bleierz hinein, bis die Schale voll war. Daraufhin brach die Versammlung erneut in Jubel aus.

„Freunde“, sagte Alun Houghton, „die junge Merry Wickford behält weiterhin die Schürfrechte an der Grube. So bleibt es, bis irgendwann einmal drei Kerben in ihrem Göpel sind.“ Jetzt wanderte sein Blick unter den eindrucksvollen buschigen Augenbrauen durch den ganzen Raum. „Und ohne ein Wort über das Recht dazu zu verlieren, würde ich doch jedem Mann raten, lang und fest nachzudenken, ehe er irgendwelche Kerben in den Göpel dieses Kindes haut."

In jener Nacht musste ich auf meinem aufgeschürften Gesicht schlafen, weil mein Rücken ein einziger blauer Fleck war. Trotzdem schlief ich besser als seit jenen mohnsaftgetränkten Nächten. Seit dem Ausbruch der Pest war so viel Mühe vergeblich gewesen, so viele Leben konnten nicht gerettet, so viele Wunden nicht geheilt werden. Aber wenigstens ein einziges Mal hatte ich das befriedigende Gefühl, etwas getan zu haben, was sich letztlich als richtig erwiesen hatte.

8

In den folgenden Tagen bekam ich eine Ahnung, wie es sein würde, alt zu sein, falls ich bis dahin noch lebte. Viele Tage tat mein Körper bei jeder Bewegung weh. Einen Tontopf von einem hohen Regal herunterzuheben kostete unendliche Mühe, einen Eimer Wasser heraufzuziehen bedeutete Höllenqualen.

Daher war ich eines schönen Morgens, als ich zum Kampf mit dem Brunneneimer ins Freie trat, ungewöhnlich froh über das Erscheinen meines Vaters. Ich konnte mir nicht vorstellen, dass er mir nicht zur Hand gehen würde. Er taumelte daher, heute allerdings nicht vom Alkohol, sondern weil ihn die Last, die er schleppte, aus dem Gleichgewicht brachte. Es war ein großer Sack, in dem es bei jedem Schritt klirrte. Als ich ihm einen guten Tag entbot, hob er den Kopf und winkte. Als er den Sack absetzte, hörte ich das Scheppern von Metall.

„He, Mädel, und was für 'n guter Tag das ist! Die Witwe Brown hat mich mit Zinn für die Gräber von Mann und Sohn bezahlt. Sollt mich wahrscheinlich bei dir bedanken, weil du mir beigebracht hast, dass man heutzutage mit Löchergraben Geld machen kann."

Da mir darauf keine Antwort einfiel, bat ich ihn, mir beim Wasserholen zu helfen. Er tat es. Allerdings konnte er sich nach einem kurzen Blick auf mein Gesicht die Bemerkung nicht verkneifen, ich sähe „schlimmer aus als ein Kuhfladen". Als er seinen Sack schulterte und weiterging, starrte ich ihm nach und überlegte, welches kranke Verhalten meine guten Absichten hier wohl ausgebrütet hatten.

Im Laufe dieser Woche fiel mir auf, dass Nachbarn ihre Gespräche unterbrachen, wenn ich mich näherte. Allmählich wurde mir bewusst, dass man über meinen Vater redete, und zwar schlecht.

Mein Vater hatte sich zum Totengräber für die Verzweifelten ernannt. Von allen, die zu krank oder zu schwach waren, um ihre Toten zu begraben, forderte er eine hohe Gegenleistung. Er nahm das Kostbarste, was Haus und Feld hergaben, sei es das Fass Heringe, die trächtige Sau oder den kostbaren Messingleuchter. Jeden Tag beendete er in der Taverne, wo er trank, bis er kaum noch heimtorkeln konnte. Als ich ihm diese Arbeit vorgeschlagen hatte, hatte ich erwartet, er würde wenigstens etwas auf sein Äußeres achten, um Aphra und seine Kinder nicht der Pestsaat auszusetzen, die er vielleicht von den Leichen mitbrachte. Aber Tag für Tag sah ich ihn in derselben erdverkrusteten Hose kommen und gehen. Wie konnte selbst er so nachlässig sein?

Bei einer Begegnung mit Aphra am Grenzstein flehte ich sie an, darauf zu bestehen, dass er mehr Sorgfalt walten ließ. Aber sie lachte nur und meinte, mein Vater entpuppe sich zum ersten Mal in seinem Leben als guter Ernährer und sie denke nicht daran, ihn dafür zu schelten.

Obwohl sich Mr Mompellion seit seinem Zusammenbruch in der Kirche etwas erholt hatte, war ihm inzwischen klar, dass er zu seiner eigenen Arbeit nicht auch noch die des Küsters erledigen konnte. Daher gebot niemand der wachsenden Gier meines Vaters Einhalt.

Sonntags versammelten wir uns auf Geheiß des Herrn Pfarrers im Cucklett Delf. Wie ich so in dem steilen Kessel stand, erkannte ich die große Weisheit hinter der Tat des Herrn Pfarrers. Keine fehlenden Gesichter quälten uns hier. Wir stellten uns so, dass zwischen allen Familien jeweils knapp drei Meter Abstand waren, was wir für ausreichend hielten, um die Übertragung der Infektion zu verhindern. Der Herr Pfarrer hatte einen großen Kalksteinbrocken als Kanzel ausgewählt. Von dort aus versuchte er süße Worte als Balsam für unsere Seelen zu finden, und ihre Musik vermischte sich mit dem Plätschern des nahen Baches.

Mein Vater kam nicht zum Steinbruch, weder am ersten Sonntag noch an den folgenden. Normalerweise hätte man ihn für ein solches Benehmen auf den Dorfanger geschleppt und an den Pranger gestellt. Aber inzwischen hatte keiner mehr die Kraft oder den Willen, solche Dinge zu ahnden. Die Folge war, dass er im Laufe der Wochen noch niederträchtiger wurde. Inzwischen hatte er seine Nachmittage beim Bierkrug so lieb gewonnen, dass er kundtat, nach dem Mittagsläuten werde er niemanden mehr begraben. In seiner Gefühllosigkeit klopfte er an die

Türen der Kranken mit den Worten, wenn sie ein Grab haben wollten, dann werde er es jetzt sofort graben oder gar nicht. So kam es, dass ein Mensch, der noch am Leben war, von seinem Krankenlager aus den Spatenstichen meines Vaters lauschen musste. Ich glaube, dass sein herzloses Verhalten mehr als einen schneller unter die Erde brachte.

Und dann beging er schließlich eine so scheußliche Tat, dass sich selbst unsere geschrumpfte und erschöpfte Dorfgemeinschaft endlich zum Handeln gezwungen sah. Neun Tage war Christopher Unwin, der letzte überlebende Sohn einer ehemals zwölfköpfigen Familie, auf seinem Krankenlager gelegen, weitaus länger als die meisten, wenn sie erst einmal befallen waren. Ich hatte ihn mehrmals besucht, genau wie die Mompellions. Inzwischen beteten wir schon, er möge, wie Margaret Blackwell, die Pest überleben.

Doch dann fand ich eines Morgens, kurz nachdem ich Sülze und Haferkuchen für das Frühstück der Mompellions aufgetragen hatte, einen aufgeregten Randoll Daniels im Küchengarten vor. Mary und das Baby sind krank, war mein erster Gedanke, und mein Herz wurde mir schwer.

„Nein, Gott sei Dank“, sagte Randoll, „sind beide wohlauf. Nein, es geht um meinen Freund Christopher Unwin. Er meinte, er spüre seine Kräfte schwinden. Er bat mich, schnell den Herrn Pfarrer zu holen.“

„Danke, Randoll, ich werde es Mr Mompellion sagen.“

Doch ich wollte damit warten, bis er mit dem Essen fertig war. Aber Elinor hatte im Garten Stimmen gehört und rief mich, um sich nach Randolls Anliegen zu erkundigen. Nun blieb mir nichts anderes übrig, als es zu erzählen. Der Herr Pfarrer schob sofort seinen noch unberührten Teller weg und stand müde vom Tisch auf. Auch Elinor wollte aufstehen, aber an jenem Morgen sah sie noch blasser aus als sonst. Deshalb schlug ich vor, Mr Mompellion zu begleiten, während sie sich um unsere Kräuter kümmerte.

Gemeinsam gingen wir zum Haus der Unwins. Unterwegs erkundigte sich der Herr Pfarrer, wen ich gestern besucht hätte und wie es den Leuten gehe. Während der letzten Wochen hatte ich meine Scheu in seiner Gegenwart verloren und konnte mich ohne Vorbehalt mit ihm unterhalten. Er erzählte mir von den Leuten, die er besucht hatte, und seufzte tief. „Wie merkwürdig ist es doch, Anna. Den gestrigen Tag habe ich als guten Tag im Gedächtnis behalten. Er war übervoll mit tödlicher Krankheit und Trauer. Und doch war es ein guter Tag, weil keiner gestorben ist. Wirklich, wir leben in einem Mitleid erregenden Zustand, wenn wir das Gute mit einem so kurzen Zollstock messen.“

Wir hatten das Tor der Unwins erreicht. Viele Jahre hatte die Familie großen Wohlstand aus ihrer Bleierzader gewonnen. Stattliche Anbauten hatten ihr Haus zu einem der schönsten im Dorf gemacht. Der Pfarrer öffnete die Haustür und rief zu Christopher hinauf, der allein in jenem Zimmer lag, das er bis vor kurzem mit seiner Frau und dem kleinen Sohn geteilt hatte. Mit schwacher Stimme antwortete der junge Mann.

Während ich einen Becher holte, um dem Kranken etwas Fruchtsaft einzugießen, ging der Pfarrer nach oben ins Schlafzimmer. Als ich wenige Augenblicke später folgte, stand er am Fenster und starrte auf das Feld der Unwins hinaus. Jetzt drehte er sich um, dabei schaute er finster unter zusammengezogenen Augenbrauen hervor.

„Wie lange geht das schon?“, wollte der Herr Pfarrer von Christopher wissen, der weniger krank aussah, als ich erwartet hatte.

„Seit kurz nach Sonnenaufgang. Das Geräusch seines Spatens hat mich geweckt.“

Nun trieben mir Scham und Zorn gleichermaßen die Röte ins Gesicht. Ich trat ans Fenster. Unten sah ich meinen Vater bis zum Bauch in der halb ausgeschaufelten Grube stehen. Ich war überzeugt: Schon die Tatsache, dass mein Vater draußen grub, hatte den jungen Mann dazu gebracht zu glauben, sein Zustand hätte sich verschlechtert. Doch seine Mimik war rege, er hatte eine gesunde Hautfarbe, und ich konnte keinerlei Pestzeichen an ihm erkennen.

„Ich werde gehen und mit meinem Vater reden“, erklärte ich dem Pfarrer. „Ich werde ihn auf der Stelle fortschicken, denn ich glaube nicht, dass der junge Herr solcher Dienste bedarf, weder heute noch in den nächsten Tagen.“

„Nein, Anna, du bleibst hier und kümmerst dich um Mr Unwin. Die Sache mit Josiah Bont übernehme ich.“

Ich widersprach nicht, sondern fühlte mich erleichtert. Gerade als ich Christopher Unwins Gesicht in ein wenig Lavendelwasser badete, drangen von unten erregte Stimmen herauf. Mein Vater verfluchte Michael Mompellion aufs Übelste. Er wollte nicht hören, dass der junge Mann drinnen keineswegs des Grabes bedurfte, das er ausgehoben hatte. Auch der Herr Pfarrer stand nicht stumm dabei, sondern antwortete meinem Vater in einer ungewöhnlich derben Sprache, wie ich sie noch nie von ihm gehört hatte. Mein Vater bellte, da er ja auch dafür geschuftet habe, werde er sich seine Bezahlung holen, „egal, ob Unwin heute noch im Dreck liegt oder nicht“.

Als ich nun ans Fenster trat, sah ich meinen Vater mit geschwellter Brust dicht an dicht mit dem Herrn Pfarrer am Grabesrand stehen. Er machte schon Anstalten, aufs Haus zuzusteuern – wahrscheinlich, um sich seine Beute zu sichern –, da packte ihn der Herr Pfarrer. Mein Vater versuchte, sich aus dem Griff zu befreien. Als er merkte, dass es nicht ging, wirkte er völlig überrascht. Er hob die Faust. Michael Mompellion wartete so lange, bis mein Vater mit voller Wucht zuschlug, um dann im allerletzten Moment geschickt zur Seite auszuweichen, sodass mein Vater ins Leere schlug. Mein Vater taumelte, und jetzt versetzte ihm der Herr Pfarrer rasch einen Nackenhieb. Einen Augenblick hing mein Vater mit wild rudernden Armen über dem Grab, dann stürzte er hinunter. Ich sah, wie der Herr Pfarrer ins Loch schaute. Vermutlich wollte er sich vergewissern, dass mein Vater nicht schwer verletzt war. Als sich der Herr Pfarrer wieder dem Haus zuwandte, wich ich vom Fenster zurück. Vermutlich wollte er nicht, dass es für diese Szene einen Zeugen gab.

Ich ging in die Küche, um für Christopher etwas zu essen herzurichten. Er meinte, er verspüre etwas Appetit. Als ich wiederkam, aß er wie der gesunde junge Mann, der er schon bald wieder sein würde, während der Herr Pfarrer mit ihm scherzte und meinte, heute Morgen hätten sie nicht nur dem Tod ein Schnippchen geschlagen.

Am nächsten Tag erhob ich mich kurz vor Tagesanbruch wie erschlagen und ging zum Wasserholen an den Brunnen. Es war einer jener seltenen Tage im frühen April, in denen uns die Natur den kommenden Frühling kosten ließ. Ich atmete den Duft der langsam wärmer werdenden Erde ein. Der Himmel war wunderschön, überall flauschige Wolkengebilde. Flüchtig dachte ich daran, die Schafe vor dem Sturm, den dieser wunderschöne Himmel ankündigte, in den Pferch zu bringen.

Plötzlich wurde ich durch lautes Gebrüll aus meinen Tagträumen gerissen. Eine Gestalt aus einem Albtraum tauchte auf, mit einer klaffenden Wunde am Schädel und blutverkrusteten, verfilzten Haarsträhnen. Sie war von Kopf bis Fuß mit Dreckbatzen und Lehm verschmiert und bis auf die zerfetzten Reste eines Leichentuchs, das sie hinter sich herzog, nackt. Wieder schrie die Gestalt, sie rief den Namen meines Vaters. Mein erster Gedanke war, dass eines der Gräber meines Vaters einen von den Toten ausgespuckt hatte. Aber allmählich dämmerte mir die Gewissheit, dass es sich bei der Gestalt in dem zerrissenen Leichentuch um Christopher Unwin handelte.

Auf Christophers Geschrei hin waren meine Nachbarn aus ihren

Katen gekommen. Auf ihren Gesichtern stand blankes Entsetzen. Ich lief zu ihm hin und beschwor ihn, mit hineinzukommen, wo ich seine Wunden versorgen könne. „Nein, Mistress, ich will nicht. Was mich am meisten schmerzt, liegt außerhalb Ihrer Heilkunst. Ihr Vater hat heute Nacht versucht, mich im Schlaf umzubringen. Als ich in meinem Bett erwachte, sah ich gerade noch, wie sein Spaten auf mich herabfuhr. Und wie ich dann erneut zu mir kam, lag ich in meinem Grab! Dieser Satansbraten hat mich einfach dorthin gelegt. Zu meinem Glück hat er mich wegen seiner Faulheit nur mit einer dünnen Schicht Erde bedeckt, die nicht genügte, um mich ganz zu ersticken. Trotzdem musste ich wie ein Maulwurf graben, um freizukommen. Eines sage ich euch: Er wird noch heute Dreck fressen und nie wieder das Morgenlicht sehen!"

„Genau!", schrie einer gellend. „Höchste Zeit, dass man diesem Schurken das Handwerk legt!" Inzwischen sammelten sich immer mehr Menschen. Irgendjemand hatte einen Umhang geholt und ihn Christopher übergeworfen. „Ich danke dir", stieß er zwischen seinen blutverkrusteten Lippen hervor. „Dieses Schwein hat nicht nur versucht, mir mein Leben zu rauben, sondern mir sogar die Kleider genommen, in denen ich schlief."

Wie gelähmt sah ich zu, wie zehn oder zwölf der Umstehenden in Richtung der Hütte meines Vaters davoneilten. Ich warnte ihn nicht, holte nicht Mr Mompellion, unternahm nichts zu seiner Rettung. Ich stand nur da und dachte an den stechenden Schmerz seiner Faust und seinen stinkenden Atem. Und als der Mob über den Hügel und außer Sichtweite war, ging ich nach drinnen und rüstete mich für meine Tagesarbeit.

AM FRÜHEN Nachmittag fegte der Sturm herein, der sich am Morgen angekündigt hatte. Von Nordosten blies er, mit Schneeschauern, die in Wellen durchs breite Tal trieben. Ich betrachtete das Schauspiel vom Obstgarten aus.

Dort war ich auch, als eine Schar Bergleute, angeführt von Alun Houghton, mich suchen kam. Wie in jener Nacht, als Sam starb, stapften sie durch die Bäume hügelan. Man wolle mich, meinte Alun, als Zeugin vor dem Berggericht haben, für das, was ich im Haus der Unwins gesehen hatte. „Und um deinen Vater zu verteidigen, wenn du willst."

„Bergmeister, ich möchte nicht gehen." Nach Alun Houghtons tiefer Stimme wirkten meine Worte seltsam gewichtslos. Der Wind trug sie fort. „Es gibt nichts, was ich sagen möchte. Alles, was ich gesehen habe, haben andere auch gesehen. Bitte, verlangen Sie das nicht von mir."

Aber Houghton ließ sich nicht abweisen. Und so machte ich mich mit diesen Männern auf den Weg, während wütendes Schneetreiben über uns hereinbrach. Sie würden über das Schicksal meines Vaters entscheiden – an keinem geringeren Ort als der Taverne.

Im Innenhof versammelten sie sich, wo zwei lange Taverntische standen. Als die Gruppe um den Bergmeister in den Hof kam, verkrochen sich die Männer an den Taverntischen tief in ihre Umhänge. Alle machten grimmige Gesichter. Ich suchte mit meinen Blicken Aphra, fand sie aber nicht. War sie zu eingeschüchtert, um zwischen diesen zornigen Männern zu erscheinen? Der Schneefall schien jedes Geräusch zu dämpfen, selbst die dröhnende Stimme von Alun Houghton, der am Kopfende des größeren Tisches Platz genommen hatte. „Josiah Bont!"

Mein Vater stand mit gefesselten Händen am anderen Tischende. Zwei Bergarbeiter hielten ihn fest. Als er dem Bergmeister keine Antwort gab, versetzte Henry Swope, der größere von beiden, meinem Vater mit der Hand einen heftigen Schlag auf den Hinterkopf. „Wirste wohl dem Bergmeister mit ‚Anwesend' antworten!"

„Anwesend", murmelte mein Vater mürrisch.

„Josiah Bont, die Verbrechen, die Ihn an diesen Ort gebracht haben, sind Ihm wohl bekannt. Er ist kein Bergarbeiter, und in normalen Zeiten hätte dieses Gericht mit einem seinesgleichen nichts zu schaffen. Aber wir sind der letzte Rest Gerechtigkeit an diesem Ort, und Gerechtigkeit werden wir hier walten lassen. Alle hier Versammelten müssen außerdem wissen, dass dieses Berggericht nicht für versuchten Mord zuständig ist. Und deshalb ziehen wir Josiah Bont nicht dafür zur Verantwortung. Aber für alles Weitere tun wir es. Zum Ersten wird Er bezichtigt, am dritten Apriltag im Jahre unseres Herrn 1665 das Haus von Christopher Unwin, Bergarbeiter allhier, betreten und daraus einen silbernen Wasserkrug entwendet zu haben. Was sagt Er dazu?"

Wieder schwieg mein Vater. Sein Kopf war auf die Brust gesackt. Swope riss ihn hoch und zischte: „Schau Er dem Bergmeister dort ins Auge, Joss Bont, und sprech Er deutlich Ja oder Nein, sonst setzt's was!"

Die Stimme meines Vaters war kaum hörbar. „Ja", sagte er schließlich.

„Zum Zweiten wird Er bezichtigt, am selben Tag aus selbigem Haus ein silbernes Salzfass entwendet zu haben. Was sagt Er dazu?"

„Ja."

„Zum Dritten wird Er bezichtigt, am selben Tag dem Christopher Unwin in persona ein Nachthemd entwendet zu haben. Was sagt Er dazu?"

Bei diesem letzten Satz schien sich sogar mein Vater zu schämen. Gedämpft fiel sein „Ja" auf seine Brust.

„Josiah Bont, da Er diese Verbrechen gesteht, befinden wir Ihn für schuldig. Hat jemand den Wunsch, für diesen Mann zu sprechen, bevor ich seine Strafe verkünde?"

Jetzt wandten sich aller Augen zu der Stelle, wo ich rechts hinter Alun Houghton an der Wand stand. Aller Augen, auch die meines Vaters. Zuerst starrte er mich hart und hochmütig an, aber als ich seinen Blick stumm erwiderte, wurde daraus Verblüffung, dann Verwirrung, und als er schließlich begriff, dass ich nichts sagen würde, fiel sein Gesicht zusammen. Wut konnte ich darin lesen, aber auch ein trauriges Verstehen. Ich musste wegschauen, denn dieser Ausdruck von Kummer war mehr, als ich ertragen konnte. Oh, ich wusste: Für mein Schweigen würde ich bezahlen. Und doch konnte ich nicht für ihn sprechen, oder, besser gesagt, ich wollte es nicht.

Füße scharrten, Gemurmel machte sich breit, denn nun begriffen auch die Männer, dass ich stumm blieb. Alun Houghton forderte mit erhobener Hand Schweigen. „Josiah Bont, Diebstahl ist für Bergarbeiter ein wunder Punkt. Mühen sie sich doch oft fernab ihrer Behausungen ab und müssen zuzeiten ihr schwer errungenes Erz unbewacht an einsamen Orten zurücklassen. Deshalb steht in unserem Kodex darauf eine so grimmige Strafe, dass selbst gierige Hände zurückschrecken. Daher belegt dich dieses Gericht mit diesem uralten Rechtsmittel: Man schaffe ihn von hier zur Grube der Unwins, wo man ihn mit einem Messer durch beide Hände an deren Göpel anpfähle." Dann schüttelte Houghton seinen massigen Schädel und sagte: „So sei's denn!", wobei seine Stimme nichts mehr vom feierlichen Gestus eines Bergmeisters an sich hatte. Es war nur noch die eines traurigen alten Mannes.

Im schwindenden Tageslicht schafften sie meinen Vater fort. Später erfuhr ich, dass er beim Anblick des geschwärzten Göpels, der sich aus der Schneekruste auf dem Moor erhob, wimmerte. Er habe vergebens um Gnade gefleht und wie ein Tier aufgeheult, als ihm der Dolch das Fleisch spaltete.

Nach alter Tradition ließ man den Verurteilten unbewacht zurück, nachdem das Messer an Ort und Stelle war. Man ging davon aus, dass binnen kurzem einer seiner Verwandten kommen würde, um ihn zu befreien. Ich glaubte, Aphra würde dies tun.

In jener Nacht ging der Schnee in Regen über. Gegen Morgen schüttete es mit solcher Macht, dass die Erde von den Hügeln rutschte und sich in die Flüsse ergoss, bis sie über die Ufer traten. Den ganzen nächsten Tag prasselte das Wasser gegen meine Fenster. Jeder Schritt ins Freie durchnässte uns bis auf die Haut. Deshalb ging jeder nur im äußersten Notfall irgendwohin.

Wahrscheinlich starb mein Vater, während er auf Aphra wartete und bis zum letzten Augenblick auf sie hoffte. Sonst hätte er es sicher wie ein Wolf gemacht, hätte sich die eigenen Hände zerfetzt und sich von der Klinge Fleisch und Sehnen durchtrennen lassen, um sich so seine Freiheit zu erkaufen – und sein Leben.

Aber Aphra kam nicht. Sie konnte nicht. Drei ihrer vier Kinder waren an jenem Tag an der Pest erkrankt. Die dreijährige Faith war die Einzige, die es nicht getroffen hatte. Und so entschied Aphra, ihre Kinder nicht in der einsamen Hütte zu lassen, während der Regen durch das Strohdach drang und das Feuer ausging. Sie entschied, sich nicht auf den langen Weg hinauf ins Moor zu dem Mann zu machen, dem sie die Schuld dafür gab, dass sich ihre Kinder angesteckt hatten.

Den ganzen langen Tag und auch am nächsten kam niemand in ihre Nähe. Ich auch nicht, und dafür werde ich mir ewig Vorwürfe machen. Denn aus unserer Fahrlässigkeit und ihrer Einsamkeit erwuchs ein großer Zorn. Großer Zorn, Irrsinn und – ein Übermaß an Leid. Für Aphra. Und für uns alle.

GEGEN Ende der zweiten Nacht ließ der Regen nach. Am Morgen wehte dafür ein steifer Wind. Und so war mein Vater schon drei Tage tot, ehe ich erfuhr, was aus ihm geworden war.

An jenem Morgen erschien Aphra vor meiner Tür. Erde klebte an ihren Händen und an ihrem Kittel. Sie trug ihr kleines Mädchen Faith, das sich an sie klammerte. „Sag mir, dass er hier ist, Anna“, flüsterte sie.

Zuerst hatte ich keine Ahnung, wovon sie sprach. Mein verständnisloser Gesichtsausdruck beantwortete ihre Frage. Wie ein Tier heulte sie auf, warf sich zu Boden und trommelte mit den Fäusten gegen den Herd. „Dann ist er immer noch dort! Hol dich der Teufel, Anna! Du hast ihn dort sterben lassen!“ Das verschreckte Kind stimmte in das Geheul ein.

Als mir die Tragweite ihrer Worte dämmerte, wurde mir speiübel. Im tiefsten Herzen hoffte ich, mein Vater habe sich selbst befreit und sei einfach weggelaufen. Zu so etwas war er durchaus fähig.

Es dauerte eine Weile, ehe mir aus ihren wirren Klagen klar wurde, dass all ihre Buben tot waren. Sie hatte sie heute Morgen begraben. Das Grab hatte sie so groß gemacht, dass sie sie nebeneinander hineinlegen konnte, Hand in Hand. Ich dachte im Stillen, die Sache mit meinem Vater sei das Letzte, womit sie sich nach dem Begräbnis ihrer Buben beschäftigen sollte. Denn sollte er dort oben tatsächlich schon seit drei Tagen tot sein, würde er einen grausigen Anblick bieten. Ich sagte, ich würde Brand oder einen anderen jungen Mann hinauf zur Unwin-Grube schicken, aber bei diesem Vorschlag fing sie erneut an zu klagen.

„Die hassen ihn alle! Die lass' ich nicht in seine Nähe! Du hasst ihn auch. Brauchst dich gar nicht zu verstellen. Lass mich los, damit ich ihm die letzte Ehre erweisen kann." Da ich ihr in ihrem gequälten Zustand nicht widersprechen konnte, beschloss ich mitzugehen. Allerdings brachte ich sie dazu, das Kind bei Mary Hadfield zu lassen, damit wenigstens der Kleinen das erspart bliebe, was uns dort erwarten würde.

Wie groß dieses Entsetzen sein würde, war mir leider nicht klar, sonst hätte ich es vielleicht auch mir erspart. Die wilden Tiere hatten reichlich Zeit gehabt, ihr Werk zu vollenden. Was nun noch am Göpel hing, hatte mehr Ähnlichkeit mit einem grob geschlachteten Stück Fleisch als mit den sterblichen Überresten eines Menschen.

An diesen zerfetzten Körper heranzutreten war einer der schwersten Schritte meines Lebens. Allein der Anblick ließ mich stocken. Schon wollte ich mich wieder umdrehen, um jemand anders um diese Tat anzuflehen, da ging Aphra einfach weiter, geradewegs an den Göpel. Sie zerrte an dem Dolch herum, der die Überreste meines Vaters hielt, aber er steckte zu fest im Holz. Erst als sie sich gegen den Pfosten stemmte, glitt das Messer heraus. Dann schnitt sie damit lange Haarlocken von ihm ab, stopfte sie in ihre Tasche, riss ihm ein Stück vom Wams ab, wickelte die Klinge hinein und steckte sie in ihren Gürtel.

Wir hatten weder Hacke noch Schaufel mitgebracht. Da der Boden dort oben selbst nach solchen Regengüssen steinhart war, wäre es auf alle Fälle töricht gewesen, ein einigermaßen ordentliches Loch graben zu wollen. Trotzdem schreckte mich der Gedanke, diese Leichenreste auch nur einen Schritt weit zu tragen. Ich befürchtete, Aphra würde ihn neben ihren Buben begraben wollen. Aber sie sagte, sie ließe ihn an Ort und Stelle liegen, neben der Grube der Unwins, damit Christopher Unwin für alle Zeit an den Preis für seine Gerechtigkeit erinnert würde. Und so verbrachte ich die nächste Stunde damit, Steine für einen Grabhügel zu sammeln. Als er hoch genug war, fing Aphra an, nach Ästen zu suchen, die sie mit Fetzen aus dem Saum ihres Unterrocks zusammenband. Ich dachte, sie wolle ein Grabkreuz bauen, aber als sie fertig war, sah ich, dass sie stattdessen eine Figur geformt hatte, die an eine Gliederpuppe erinnerte. Diese legte sie oben auf den Hügel. Ich betete das Vaterunser und dachte, sie würde leise einstimmen. Aber als ich Amen sagte, murmelte sie weiter. Und das Zeichen, das sie zum Schluss machte, hatte keine Ähnlichkeit mit einem Kreuz.

AN JENEM Nachmittag weinte ich um meinen Vater. Ich war in die Pfarrküche gegangen, um für Elinor eine Schale Eisenkrauttee zu kochen. Während ich dastand und darauf wartete, dass das Wasser kochte, kamen mir die Tränen und flossen, ohne dass ich ihnen Einhalt gebieten konnte. Das Schlimme mit dem Weinen ist, dass, wenn es einmal angefangen hat, es fast unmöglich ist, es zu stoppen. Seit Beginn der Pest hatte ich nicht genügend Raum zum Trauern gehabt, weder um meine Buben noch um mein zerstörtes Leben, das ich mir so schön ausgemalt hatte.

Trotz meines nassen Gesichts und bebender Schultern versuchte ich, den Tee zuzubereiten. Ich hob den Kessel vom Kamineinsatz und stand dann wie erstarrt da, unfähig, mich zu erinnern, was ich als Nächstes tun musste. Als Elinor hereinkam, stand ich immer noch da. Sie nahm mir den Kessel aus der Hand, setzte mich hin, fuhr mir übers Haar und hielt mich fest. Als mein Schluchzen verebbte, flüsterte sie: „Erzähl's mir."

Und das tat ich. Alles. Das volle Ausmaß seiner Brutalität. Jede Vernachlässigung und jeden Missbrauch aus meiner einsamen Kindheit. Danach erzählte ich ihr, was ich über die Hintergründe seiner Verderbtheit in Erfahrung gebracht hatte: Wie ihn als Junge die groben Kerle auf See vergewaltigt hatten, wie er gelernt hatte, so lange Rum zu schlucken, bis es ihm egal war. Wie er seine Lehrzeit überlebt und endlich an Land gekommen war, nur um von einer Patrouille aufgegriffen und mit Gewalt wieder auf See geschafft zu werden.

Irgendwie reinigte dieses Erzählen meinen Sinn und ließ mich wieder klar denken. Das Bündeln und Sortieren meiner eigenen Empfindungen brachten mich schließlich so weit, dass ich einen Maßstab fand, um das Wesen meines Vaters zu ermessen und eine Balance zwischen meinem Ekel vor ihm und dem Verständnis für ihn zu finden; meine Schuld an seinem Tod gegen seine Schuld, wie er sich mir gegenüber verhalten hatte. Als alles abgeschlossen war, fühlte ich mich von ihm befreit.

Eine Weile saß Elinor still da. „Ich habe mich stets gefragt", sagte sie schließlich, „warum er sich durch den Sonntagseid an diesen Ort gebunden hat. Denn auf mich machte er immer den Eindruck eines Menschen, der bei der erstbesten Gelegenheit flieht, um seine eigene Haut zu retten. Vermutlich hatte das mit seiner Angst vor den Patrouillen zu tun."

„Vielleicht. Inzwischen glaube ich aber auch, dass er sich beschützt fühlte", sagte ich. Jetzt erzählte ich ihr von Aphras merkwürdigem Benehmen am Grabhügel meines Vaters. „Aphra war schon immer abergläubisch. Wahrscheinlich hat sie meinen Vater davon überzeugt, dass ihre Zaubersprüche sie vor der Ansteckung schützen würden."

„Wenn das tatsächlich so ist", meinte Elinor, „dann stehen sie damit nicht allein da." Sie ging zu ihrem Deckelkorb und holte ein ausgefranstes Stoffstück hervor, das sie mir zeigte, ehe sie es ins Herdfeuer warf. Auf dem Stoff standen ungelenke Zeichen, als ob die Hand, die sie geschrieben hatte, das Schreiben nicht gewohnt sei. Soweit ich noch erkennen konnte, bevor die Flammen alles einschwärzten, bildeten die Wörter eine Vierergruppe, die keinen Sinn ergab: AAB, ILLA, HYRS, GIBELLA.

„Dies habe ich von Margaret Livesedge, die gestern ihre kleine Tochter verlor. Eine ‚Hexe', angeblich der Geist von Anys Gowdie, habe es ihr gegeben. Diese Worte seien Chaldäisch, erklärte ihr der Geist, ein mächtiger Bannspruch von Zauberern, die bei jedem Vollmond Satan anbeteten. Der Geist wies Margaret an, dieses Tuch dem Kind an der Stelle um den Hals zu wickeln, wo sich die Pestbeule befinde. Mit abnehmendem Mond werde dann auch die Pestbeule schwinden."

Daraufhin erzählte ich ihr, wie ich an jenem Schneetag, an dem wir einander unerwartet in der Gowdie-Hütte begegnet waren, bei Kate Talbot dieses ABRACADABRA gefunden hatte.

„Wir müssen Mr Mompellion davon berichten", meinte sie. „Er muss die Leute davor warnen, auf diesen Aberglauben hereinzufallen."

Der Herr Pfarrer war noch nicht da, aber bald schon hörten wir Anteros im Stallhof schnauben. Elinor ging hin, um ihn zu begrüßen. Unterdessen bereitete ich ein wenig Brühe und Haferkuchen vor. Als ich es in die Bibliothek trug, waren beide ins Gespräch vertieft.

Elinor wandte sich zu mir. „Auch Mr Mompellion ist schon auf solche Talismane gestoßen. Anscheinend verbreitet sich der Irrsinn genauso rasch unter uns wie die Krankheit."

„In der Tat", sagte er. „Eigentlich bin ich gekommen, um eine von euch zur Hütte der Mowbrays mitzunehmen. Dort bedarf das Kind eures Kräuterwissens."

„Dann handelt es sich nicht um die Pest, Herr Pfarrer?“, fragte ich.

„Nein, nein, wenigstens nicht bisher. Aber ich fand die törichten Eltern des Säuglings draußen auf dem Rileyschen Feld, wie sie sich das arme Kind immer wieder nackt durch eine Brombeerhecke zureichten. Bis ich bei ihnen war, war sein zartes Körperchen schon ganz zerkratzt, während diese Narren behaupteten, damit hätten sie es vor der Pestsaat bewahrt.“ Er seufzte. „Sie erzählten mir, diese Anweisungen hätten sie vom Geist der Anys Gowdie. Ich habe das Kind in meinen Umhang gewickelt und ihnen gesagt, sie sollten es heimtragen. Dann würde ich eine von euch mit einer Salbe für seine Kratzer direkt dorthin schicken.“

Da ich zur Ablenkung eine sinnvolle Beschäftigung brauchte, erklärte ich Elinor, ich würde gehen, und bereitete die Salbe schnellstmöglich zu. Im Blatt der Brombeere steckt etwas, womit sich Wunden von ihren Dornen beruhigen lassen. Deshalb zerstieß ich einige Blätter zusammen mit Beinwell, Gänsefingerkraut und Minze und band den Brei mit Mandelöl zu einer süß duftenden Salbe, deren Geruch an meinen Händen haften blieb.

Als ich mich der Hütte der Mowbrays näherte, wurde dieser Duft allerdings durch einen scheußlichen Gestank vertrieben. Lottie Mowbray hielt das arme Kind hoch in die Luft, sodass sein dünner Urinstrahl direkt in einen Kochtopf fiel, den sie offensichtlich gerade erst vom Feuer genommen hatte. Dieser Topf mit Urin musste bereits einige Zeit gekocht haben, denn die ganze Hütte stank danach. Bei meinem Eintreten schaute sie mit leerem Blick auf.

„Lottie Mowbray, welche neue Narretei ist denn das?“, wollte ich wissen, während ich ihr das wimmernde Kind sachte aus den Händen nahm. Genau diesen Buben hatte ich kurz nach Fastnacht entbunden. Schon damals hatte ich mir Sorgen gemacht, wie Lottie, die selbst noch in vielerlei Weise ein Kind war, es schaffen würde, für ihn zu sorgen. Tom, der Vater, war auch nicht viel mehr als ein Einfaltspinsel, der als Pflüger oder Berghelfer mühsam sein Leben fristete.

„Die Hexe hat uns gesagt, wir sollen die Kinderhaare in seinem Pipi kochen, weil das die Pest von ihm abhält“, rechtfertigte sich Tom. „Und weil der Herr Pfarrer wegen dem Brombeerzauber so böse auf uns war, dachte ich, wir probieren mal diesen.“

Ich hatte aus meiner Kate ein Lammfell mitgebracht, das ich vor dem Feuer ausbreitete. Darauf legte ich den Kleinen und schälte ihn aus den schmutzigen Tüchern, in die ihn Lottie gewickelt hatte. Er stieß einen kläglichen Schrei aus, denn an einigen Stellen klebte der Stoff an den blutenden Kratzern. „Und wie viel“, fragte ich in möglichst ruhigem Ton, „hat euch die Frau für diesen Rat abgenommen?“

„’n Dreier für den ersten und zwei Pence für den zweiten“, erwiderte Lottie.

Da Tom Mowbray manchmal für Sam gearbeitet hatte, wusste ich zufällig, dass sein Wochenlohn selbst in guten Zeiten nur fünf Pence betrug. Nur mühsam konnte ich an mich halten. Schließlich konnte man Einfaltspinseln wie den Mowbrays keine Vorwürfe machen, wenn sie auf solchen Aberglauben hereinfielen. Aber in mir pochte der Zorn auf dieses räuberische Weib, egal, wer es war. Ich wusch die Kratzer des Säuglings aus und bestrich sie mit meiner Salbe. Dann wickelte ich den Buben in das saubere Leintuch, das mir Elinor gegeben hatte, und bettete ihn mit dem Lammfell in den ausgehöhlten Baumstamm, der den Mowbrays als Wiege diente. Danach trug ich den Topf zur Tür und schüttete seinen Inhalt in hohem Bogen in den Hof hinaus.

Als Lottie dabei laut aufschrie, packte ich sie an den Schultern und schüttelte sie sanft. „Hier“, sagte ich und streckte ihr die Salbe hin. „Sie kostet dich nichts. Wenn der Raum am Morgen warm genug ist, lässt du ihn eine Weile nackt. An der Luft heilen seine Schnitte besser. Dann bestreichst du sie genauso mit der Salbe, wie du’s bei mir gesehen hast. Füttere ihn, so gut es geht, und meide jeden, von dem du weißt, dass er krank ist. Das ist alles, was wir gegen die Pest tun können. Das und Gott um Erlösung bitten.“ Ich seufzte. Ihr leerer Blick verriet mir, dass das reine Zeitverschwendung war. „Sieh zu, dass du diesen Topf gründlich scheuerst, ehe du wieder darin kochst“, sagte ich. „Füll ihn mit Wasser, und lass ihn heute Nacht über dem Feuer auskochen. Verstehst du?“ Nun nickte sie stumm. Töpfe scheuern, wenigstens etwas, was sie begreifen konnte.

Als ich die Hütte verließ, blieb ich mit der Zehe an einem Stein hängen und stolperte, wobei ich mir die Hand aufschürfte, mit der ich den Sturz abfangen wollte. Während ich die Schürfwunde aussog, fragte ich mich, warum wir alle, vom Herrn Pfarrer auf seiner Kanzel bis zur dummen Lottie in ihrer Hütte, ganz versessen darauf waren, die Pest unsichtbaren Mächten zuzuschreiben. Warum sollte sie eine von Gott gesandte Probe für unseren Glauben oder das böse Werk des Teufels auf Erden sein? Vielleicht schickten weder Gott noch der Teufel die Pest. Vielleicht war sie nichts weiter als ein Teil der Natur, genau wie jener Stein, an dem wir unsere Zehen stießen.

In dem Moment wurde mir klar, dass, wenn wir die Zeit, die wir mit dem Nachdenken über solche Fragen verschwendeten, eher darauf verwenden würden zu begreifen, wie sich die Pest ausbreitete und unser Blut vergiftete, wir vielleicht der Rettung unseres Lebens sehr viel näher kommen würden. Und wenn wir uns gestatten könnten, die Pest lediglich als etwas Natürliches zu betrachten, dann könnten wir uns damit auseinander setzen wie ein Bauer, der sich abmüht, sein Feld von unerwünschten Wicken zu säubern, und wir wüssten: Wenn wir erst die nötigen Mittel und Methoden gefunden hätten, würden wir uns aus eigenen Stücken befreien können, egal, ob wir ein Dorf voll Sünder oder ein Hort von Heiligen wären.

9

Mit einer Mischung aus Hoffnung und Angst begrüßten wir den Mai: mit jener Hoffnung, die sich vermutlich ganz natürlich am Ende eines harten Winters einstellt, und mit der Angst, das milde Wetter würde zu einem verstärkten Aufflackern der Krankheit führen.

Dank des schönen Wetters lammten meine Schafe leicht. Welch ein Segen angesichts meiner sonstigen Mühen. Manchmal rührte mich der Anblick dieser winzigen Geschöpfe, deren Fell sich blendend weiß vom üppigen frischen Gras abhob. In ihrer Lebensfreude sprangen sie mit allen vieren in die Luft. Staunend betrachtete ich sie. Würde ich es noch erleben, wie sie groß wurden? In solchen Momenten verspürte ich eine törichte Wut auf ihr dummes Herumtollen. „Blödes Vieh!“, stieß ich dann hervor. „Ist froh, hier zu sein, an einem der verfluchtesten Orte dieser Welt.“ Dies geschah immer dann, wenn mir ein neuer Krankheitsfall zu Ohren gekommen war, und noch einer, und noch einer.

Denn das warme Wetter brachte mehr Tod mit sich, als wir für möglich gehalten hatten. Nicht einmal der Cucklett Delf, über und über mit Weißdornblüten bedeckt, konnte in seiner neu erwachten Schönheit unsere geschrumpfte Zahl verbergen. Jeden Sonntag wurden die Lücken zwischen uns größer, verringerte sich die Entfernung zwischen der Felsenkanzel des Pfarrers und der letzten Reihe von Gläubigen.

Am zweiten Junisonntag hatten wir einen traurigen Punkt erreicht: Nun lagen ebenso viele unter der Erde, wie noch auf ihr wandelten. Die

Totenrolle zählte jetzt 180 Seelen. Wenn ich manchmal abends auf der Hauptstraße durchs Dorf ging, spürte ich den Druck ihrer Geister. Mir fiel auf, dass ich mittlerweile beim Gehen den Kopf einzog und die Arme seitlich eng an den Leib presste, als wolle ich ihnen Platz lassen. Wurde ich allmählich wahnsinnig? Vom ersten Moment an hatte es Furcht gegeben, aber was bisher vertuscht wurde, war nun in nacktes Entsetzen umgeschlagen. Wer von uns noch übrig war, fürchtete den Nächsten und die Ansteckung, die vielleicht jeder insgeheim schon in sich trug. Verstohlen huschten die Leute herum und versuchten zu kommen und zu gehen, ohne einer anderen Seele zu begegnen.

Ich brachte es nicht mehr fertig, einem Nachbarn ins Gesicht zu schauen, ohne ihn mir tot vorzustellen. Anschließend ertappte ich mich bei der Vorstellung, wie wir ohne seine Handwerkskunst zurechtkommen würden. Längst gab es in allen Gewerben große Lücken. Hufschmied und Steinmetz fehlten uns ebenso wie Zimmermann, Dachdecker und Schneider. Viele Felder wurden nicht mehr bearbeitet. Häuser standen leer. Ganze Familien waren ausgestorben und damit auch Namen, die man hier seit Jahrhunderten kannte.

Jeden von uns packte die Furcht anders. Der Mälzer Andrew Merrick zog sich, lediglich in Begleitung seines Hahns, in eine Hütte zurück, die er sich selbst nahe dem Gipfel des Sir William Hill erbaut hatte. Im Dunkel der Nacht stahl er sich zum Mompellion-Brunnen hinunter, um seine Wünsche niederzulegen. Da er nicht schreiben konnte, hinterlegte er einfach einen Becher mit einem Rest der benötigten Dinge: ein paar Haferkörner oder Heringsgräten.

Einige betäubten ihre Schrecken mit Alkohol und ihre Einsamkeit in schamloser Umarmung. Aber auf den seltsamsten Weg führte die Furcht John Gordon. Gordon, der seine Frau in jener Nacht, als Anys Gowdie ermordet wurde, geschlagen hatte, war schon immer ein Einzelgänger gewesen. Deshalb war niemand überrascht, als er mit seiner Frau im Frühjahr nicht mehr zum Sonntagsgottesdienst kam. Da die beiden am hintersten Dorfende lebten, hatte ich John schon seit vielen Wochen nicht mehr gesehen. Nur Urith hatte ich kurz gesprochen. Daher wusste ich, dass sie dem Steinbruch nicht aus Krankheitsgründen fernblieben. Mir war aufgefallen, das Urith dünner als sonst aussah, aber das traf auf die meisten von uns zu.

Da war das völlig veränderte Aussehen von John Gordon etwas völlig anderes. Eines Abends war ich zum Brunnen gegangen, um einen für die Pfarrküche bestellten Sack Salz zu holen. Im schwindenden Tageslicht dauerte es eine ganze Weile, ehe ich die gebeugte Gestalt erkannte, die sich auf einem steilen Pfad langsam bergan bewegte. Trotz des kühlen Abends war der Mann bis zur Taille nackt und hatte sich nur ein Stück Sackleinen um die Hüften geschlungen. Er war bis zum Skelett abgemagert. In der Linken hielt er einen Stab, auf den er sich schwer stützte. In der Rechten trug er eine geflochtene Lederpeitsche, durch deren Enden kurze Nägel getrieben waren. Während John Gordon den Pfad hinaufstieg, sah ich, wie er ungefähr alle fünf Schritte stehen blieb und die Peitsche hob, um sich selbst zu schlagen. Einer der Nägel war wie ein Angelhaken gekrümmt, sodass er bei jedem Schlag ein winziges Stück Fleisch herausriss.

Nun ließ ich den Salzsack fallen und lief unter lautem Rufen auf ihn zu. Aus der Nähe konnte ich erkennen, dass er nur noch aus Schorf und blauen Flecken bestand. Frisches Blut tröpfelte in die getrockneten Spuren früherer Verletzungen. „Bitte“, rief ich, „hör damit auf! Bestraf dich doch nicht selbst so! Komm mit, und lass mich deine Wunden salben!“

Gordon starrte mich nur an und murmelte weiter: *„Te Deum laudamus, te judice … “* Im Takt seines Gebetes geißelte er sich. Er schob sich an mir vorbei, als wäre ich gar nicht da, und ging weiter Richtung Edge.

Ich nahm das Salz und lief eilends ins Pfarrhaus. Mr Mompellion war in der Bibliothek und arbeitete an einer Predigt. Aber als ich Elinor von meiner Begegnung berichtete, bestand sie darauf, dass diese Nachricht keinen Aufschub duldete. Auf unser Klopfen hin erhob er sich sofort, denn er wusste, dass wir ihn wegen einer Kleinigkeit nicht stören würden. Als ich ihm berichtete, was ich gesehen hatte, hieb er mit der Faust auf den Tisch. „Flagellanten! Ich hab's befürchtet.“

„Aber wie kann so etwas hier auftauchen, wo wir doch so weit von den großen Städten entfernt sind?“, fragte Elinor.

Er zuckte die Achseln. „Wer weiß das schon? Gordon kann lesen und schreiben. Anscheinend verbreiten sich gefährliche Ideen sogar mit dem Wind und suchen uns heim, genau wie die Krankheitssaaten.“

Ich hatte keine Ahnung, wovon die Rede war. Elinor, die meine Verwirrung spürte, wandte sich zu mir. „Flagellanten gehören seit je zu den Schreckgespenstern, die zusammen mit der Pest umgehen, Anna“, sagte sie. „Zu Zeiten des schwarzen Todes tauchten sie manchmal auf. Nach ihrem Glauben kann man durch schmerzhafte Selbstbestrafung Gottes Zorn brechen. Sie betrachten die Pest als Gottes Strafe für menschliche Sünden. Sie sind arme Seelen …“

„Arme Seelen und doch gefährlich“, warf Mr Mompellion ein, der aufgeregt auf und ab lief. „Meistens beschädigen sie nur sich selbst. Allerdings gab es auch schon Zeiten, wo sie den Sünden anderer die Schuld an der Pest gaben. Bei einem ähnlichen Wahnsinnsanfall haben wir die Gowdies verloren. Noch eine Seele werde ich *nicht* verlieren.“

Nun hielt er inne. „Anna, bitte pack Haferkuchen und ein paar von deinen Salben und Heilgetränken zusammen. Ich glaube, wir müssen die Gordons noch heute Nacht besuchen. Ich dulde nicht, dass sich dieses Kredo hier verbreitet.“

Wie gebeten, füllte ich einen Korb und legte noch Würste und die Reste eines großen Puddings dazu, den ich heute zum Abendessen zubereitet hatte. Draußen hob mich der Pfarrer auf Anteros, und dann ritten wir schweigend zum Hof der Gordons.

Als wir dort ankamen, weigerte sich Urith zuerst, uns zu öffnen. „Mein Mann duldet es nicht, wenn ich in seiner Abwesenheit Männerbesuch empfange“, sagte sie mit bebender Stimme.

„Sorge dich nicht, Anna Frith ist hier bei mir. Es kann doch sicher nicht unschicklich sein, den Ortsgeistlichen und seine Dienerin zu empfangen? Wir haben ein wenig Proviant mitgebracht.“ Daraufhin öffnete sich die Tür einen Spalt. Beim Anblick meines Korbes leckte sich Urith die Lippen. Zitternd öffnete sie die Tür. Sie trug eine grobe Decke, die sie mit einem Strick um die Taille gebunden hatte. „In Wahrheit“, sagte sie, „bin ich am Verhungern. Mein Mann hat mich vierzehn Tage fasten lassen, mit nur einer Schale Brühe und einem Ranken Brot täglich.“

Beim Betreten der Kate schnappte ich nach Luft. Sämtliche Möbel waren verschwunden. Stattdessen füllten grob gezimmerte Holzkreuze jeden Winkel. Einige große lehnten an der Wand, kleinere Astkreuze hingen an Schnüren von den Deckenbalken.

Urith bemerkte meinen starren Blick. „Damit verbringt er mittlerweile seine Zeit. Nicht auf dem Feld, sondern mit Kreuzen.“

Drinnen in der Kate war es kälter als draußen im Freien. Offensichtlich hatte im Herd schon einige Zeit kein Feuer mehr gebrannt. Ich legte Haferkuchen, Würste und Pudding auf die Tücher, in die ich sie eingewickelt hatte. Urith kniete sich auf den Boden und verschlang alles. Da es keinen Stuhl zum Hinsetzen gab, standen wir da und schauten ihr zu.

Als sie fertig war, rappelte sie sich hoch und sah uns ängstlich an. „Ich flehe euch an, sagt meinem Mann nichts davon, er ist bereits schwer gekränkt, weil ich nicht so halb nackt herumlaufen will wie er. Erstmalig habe ich mich ihm widersetzt und wurde dafür schwer bestraft. Wenn er erfährt, dass ich ihm auch beim Fasten den Gehorsam verweigert habe …“ Hier brach sie ab. Was sie meinte, war offensichtlich.

Ich sammelte die Tücher ein und suchte den Boden nach Krümeln ab, um ihr Geheimnis nicht zu verraten. Unterdessen erkundigte sich Mr Mompellion vorsichtig danach, wie ihr Mann zu den Lehren der Flagellanten gekommen war.

„Wie, weiß ich nicht“, meinte sie. „Aber irgendwann mitten im Winter bekam er ein Traktat aus London. Danach wurde er sehr merkwürdig. Er sagte, es sei falsch von Ihnen, wenn Sie die Leute ermuntern, in der Pest etwas anderes als den leibhaftig gewordenen Zorn Gottes zu sehen. Er sagte, Sie sollten uns zu einer öffentlichen Beichte unserer Sünden anregen. Dabei würden wir dann vielleicht auf jene Verfehlung kommen, die Gottes Zorn über uns gebracht hat. Es genügt nicht, sagt er, unsere Seele zu erforschen, wir müssten auch unser Fleisch geißeln. Er begann zu fasten, wobei er immer strenger wurde. Dann verbrannte er alle unsere Strohsäcke und bestand darauf, dass wir auf dem nackten Stein schliefen.“ Er arbeitete nicht mehr auf dem Feld und beschimpfte sie, wenn sie selbst Hand an den Pflug legte. „Schließlich zerrte er vor einer Woche Tisch und Bänke hinaus und verbrannte sie und warf auch seine beiden Anzüge ins Feuer.“ Ihr hatte er dasselbe befohlen, aber sie hatte sich geweigert, weil sie seine Art Kleidung unanständig fand. „Daraufhin verfluchte er mich, zog mich nackt aus und verbrannte meine Kleidung.“ Er erklärte, ihre Schwäche werde sie zwingen, ihr Fleisch umso stärker abzutöten. Er fertigte die Lederpeitsche an und trieb Nägel hinein. Zuerst schlug er sie, dann sich selbst. Seither geißelte er sich täglich. „Herr Pfarrer, Sie können schon versuchen, mit ihm zu reden, aber ich bezweifle, dass er Ihnen zuhört.“

„Wo könnte ich ihn heute Nacht finden? Was glaubst du?“

„Um die Wahrheit zu sagen, ich weiß es nicht“, sagte sie. „Allerdings hat er sich angewöhnt, möglichst nicht zu schlafen. Um sich wach zu halten, läuft er durchs Moor, bis er zusammenbricht. Oder er legt sich am Edge auf einen Felsvorsprung. Er behauptet, die Angst vor dem Herunterfallen hilft ihm, bis Tagesanbruch wach zu bleiben.“

„Als ich ihn sah, ging er Richtung Edge“, murmelte ich.

„Tatsächlich?“, sagte der Herr Pfarrer. „Nun, dann muss auch ich mich dorthin auf den Weg machen.“

Mr Mompellion legte Urith sachte eine Hand auf die Schulter. „Versuch dich ein wenig auszuruhen. Ich werde mein Bestes tun, die Qualen deines Mannes zu lindern.“

„Danke schön", flüsterte sie. Und so ließen wir sie in jener trostlosen Kate zurück. Ich machte mich auf den Weg zu meinem eigenen warmen Herd und der Herr Pfarrer auf die Suche. Wie Urith Gordon auf diesen nackten, rauen Steinen Ruhe finden sollte, hätte ich beim besten Willen nicht sagen können.

Mr Mompellion fand John Gordon in jener Nacht nicht, obwohl er auf Anteros am Edge hin und her ritt, bis der Mond aufging. Auch am nächsten Tag konnte er kein Zeichen von ihm entdecken, und auch am übernächsten nicht. In der Tat verging eine ganze Woche, ehe Brand Rigney auf der Suche nach einem vermissten Lamm aus einer Merrillschen Herde zufällig die Leiche erblickte, die am Fuß der steilsten Edgewand lag. Es gab keine Möglichkeit, den zerschmetterten Körper zu bergen, ja nicht einmal zudecken konnte man ihn, denn um in die Nähe zu kommen, musste man einen Weg benutzen, der von Stoney Middleton her kam. Und das wiederum hieß, durch die Stadt zu gehen, wogegen unser Eid sprach. Deshalb wurde John Gordons Fleisch der unbarmherzigen Natur überlassen.

Am nächsten Sonntag hielt der Herr Pfarrer im Steinbruch eine Predigt zum Andenken an John Gordon, voller Liebe und Verständnis. Er sagte, Gordon habe Gott wohlgefällig sein wollen, auch wenn er dabei ein Verhalten annahm, das Gott nicht gefiel. Urith war da, in Kleidung, die ihr andere Dorfbewohner geschickt hatten, als sie von ihrer Not erfuhren. Trotz ihres Verlustes sah sie ein wenig besser aus, denn in den Tagen seit dem Tod ihres Mannes hatte sie wieder ordentlich essen können. Die Leute aus dem Dorf hatten ihr Essen und Bettzeug geschickt.

Leider konnte sie nur kurz aufatmen, denn schon in der nächsten Woche raffte sie die Pest dahin. Während ich darüber nachgrübelte, ob die Pestsaat mit den guten Absichten jener Leute in ihr Haus getragen worden war, die ihr Strohsack und Kleidung geschenkt hatten, zogen andere einen anderen Schluss: dass vielleicht John Gordon doch den richtigen Weg gegangen war. Die meisten gaben nichts auf dieses Gerede. Aber binnen einer Woche hatte Martin Miller seine Familie in Sackleinen gewandet und sich eine Geißel angefertigt. Randoll Daniels tat es ihm gleich. Wenigstens verlangte er dies nicht von Frau und Kind. Gemeinsam forderten Randoll und Miller andere auf, sich an ihrer blutigen Selbstkasteiung zu beteiligen.

Im Pfarrhaus schwankte Mr Mompellion zwischen Wut und Selbstvorwürfen. Wann immer ich zum Putzen in die Bibliothek ging, fand ich viele dicht beschriebene Seiten mit Streichungen und neuen Einfügungen vor. Mit jeder Woche schien er mehr Mühe zu haben, Worte für seine Predigten zu finden, die uns Mut machen sollten. Während dieser Zeit begannen seine Treffen mit seinem alten Freund Mr Holbroke, Pfarrer von Hathersage. Dazu begab er sich an einen Platz oberhalb des Brunnens, wo er auf seinen Amtsbruder wartete. Mr Holbroke näherte sich so weit wie möglich, dann begannen sie sich mit lauten Zurufen zu unterhalten. Wenn Mr Mompellion dem Grafen oder Elinors Vater einen Brief schicken wollte, diktierte er ihn Mr Holbroke. Auf diese Weise würde sich der Briefempfänger keine Gedanken machen müssen, ein Blatt aus einer Hand zu erhalten, die Pestopfer berührt hatte.

Manchmal kehrte Mr Mompellion von diesen Begegnungen ein wenig zuversichtlicher zurück. Bei anderen Gelegenheiten schien ihn der Kontakt mit der Außenwelt sogar noch mehr zu bedrücken. Während ich meiner Arbeit nachging, hörte ich, wie ihm Elinor mit leiser Stimme versicherte, er sei für uns alle der Urheber vieler guter Dinge, egal, wie dunkel gegenwärtig die Tage auch scheinen mochten.

An einem solchen Nachmittag war ich mit einem Tablett Erfrischungen vor der Tür gestanden, hatte ihre leisen Stimmen gehört und mich davongestohlen, um sie nicht zu stören. Als ich kurze Zeit später mit dem Tablett wiederkam und nichts hörte, öffnete ich die Tür einen Spalt und spähte hinein. Elinor war in ihrem Stuhl eingeschlafen. Hinter ihr stand Michael Mompellion und beugte sich leicht über sie. Seine Hand schwebte in der Luft, knapp über ihrem Kopf.

Er will ihre Ruhe nicht stören, dachte ich, nicht einmal für eine Zärtlichkeit. Ist je ein Paar so miteinander umgegangen? Herrgott, ich danke dir, dass du sie füreinander bewahrt hast, dachte ich. Doch dann überfiel mich ein durch und durch niederträchtiges Gefühl. Warum sollten sie einander haben, während ich niemanden hatte? Ich war auf beide eifersüchtig. Auf ihn, weil Elinor ihn liebte und ich nach einem größeren Teil ihrer Liebe hungerte, als ich mir je erhoffen konnte. Und ich war auch auf sie eifersüchtig, weil sie von einem Mann so geliebt wurde, wie eine Frau geliebt werden soll.

Es war einer jener milden Sommertage, wie der Flaum der Pusteblumen, die auf der nach Geißblatt duftenden Brise dahintrieben. Nach Besuchen, diesmal bei den Gesunden, waren wir im hellen Abendschein auf dem Rückweg zum Pfarrhaus. Elinor hatte bei den acht alten Leuten vorbeischauen wollen, die die Pest überlebt hatten, obwohl ihre kräftigen Söhne und Töchter ihr zum Opfer gefallen waren.

Bis auf einen hatten wir alle wohlauf angetroffen. James Mallion, eine zahnlose, gebeugte Seele, war im Dunkeln gehockt, halb verhungert und niedergeschlagen. Gemeinsam hatten wir ihn hinaus an die warme Luft getragen und gefüttert. Ich hatte mir die Mühe gemacht, das Essen so fein zu zerstoßen wie für ein kleines Kind. Während ich ihm den weichen Brei einlöffelte, hatte er mich am Arm gepackt und mit zittriger Stimme gefragt: „Warum wird einer wie ich verschont, der seines Lebens müde ist, während die Jungen im unreifen Zustand gepflückt werden?“ Kopfschüttelnd hatte ich seine Hand getätschelt, weil ich ihm nichts zu antworten wusste.

Darüber unterhielten Elinor und ich uns auf dem Rückweg zum Pfarrhaus. Noch immer waren wir der Sache nicht auf den Grund gekommen, warum die Pest die einen mitriss, andere dagegen nicht. Jene wenigen, die sich wie Andrew Merrick auf ein Leben in Hütten oder Höhlen fernab von Mitmenschen zurückgezogen hatten, waren der Ansteckung entkommen. So viel wussten wir: Die Nähe zu Kranken brachte Krankheit. Dennoch blieb die Frage, warum einige am Leben blieben, die mit anderen lebten und mit den Kranken Essen, Bettzeug, ja sogar dieselbe Atemluft teilten. Ich sagte, Mr Stanley meine, dass uns diese Auswahl nur deshalb zufällig erscheine, weil sie ganz bei Gott liege.

„Das weiß ich“, erwiderte Elinor. „Mr Stanley hat seit jeher geglaubt, dass Gott jenen Leid zuteil werden lässt, denen er nach dem Tode das Fegefeuer ersparen möchte. Anna, diese Ansicht kann ich nicht teilen.“

Wir verfielen in Schweigen. Ich versuchte, meinen Kopf von diesen Unwägbarkeiten auszuruhen, indem ich den Turmfalken bei ihren trägen Runden zuschaute und den Rufen der Wachtelkönige lauschte. Als Elinor hustete, redete ich mir ein, ich hätte einen Wachtelkönig gehört. Wenige Minuten später hustete sie erneut. Von Hustenkrämpfen geschüttelt, blieb sie stehen und presste ein Stück Spitze auf den Mund. Ich legte ihr zur Stütze einen Arm um die Schultern. Sie musste an meinem Gesicht mein Entsetzen gesehen haben, denn sie versuchte, trotz des Hustens zu lächeln. Als der Anfall vorbei war, schob sie mich von sich und meinte leichthin: „Aber, Anna, nun begrab mich doch nicht gleich wegen einem bisschen Husten!“

Ich legte ihr die Hand aufs Gesicht. Da der Abend warm und wir schon ziemlich lange unterwegs waren, konnte ich nicht feststellen, ob ihre erhitzte Stirn ein Anzeichen für Fieber war oder nicht. „Setz dich hin“, sagte ich und deutete auf einen großen Stein im Schatten einer Eberesche, „ich laufe voraus und hole Mr Mompellion.“

„Anna!“, widersprach sie. „Das wirst du nicht tun! Ich spüre, dass ich vielleicht eine leichte Erkältung bekomme, und ich möchte nicht, dass du deswegen so ein Aufhebens machst und mich in Panik versetzt! Sollte ich wirklich krank werden, wirst du der erste Mensch sein, der es erfährt. Bis dahin wag ja nicht, Mr Mompellion damit zu beunruhigen.“

Forschen Schrittes ging sie weiter und ich hinterdrein. Als ich sie eingeholt hatte, griff ich nach ihrem Arm. Sie ließ es geschehen. Im Gehen trübten sich meine Augen, Tränen liefen mir ungehindert übers Gesicht.

Elinor blieb stehen und schaute mich mit einem leisen Lächeln an. Sie hob die Hand mit dem kleinen Spitzentaschentuch und wollte mir schon die Tränen damit abwischen, da hielt sie mitten in der Bewegung inne, zerknüllte es und barg es tief in ihrem Korb.

Das sagte mir alles. Jetzt weinte ich erst richtig. Mitten auf dem Feld.

ELINORS Fieber stieg. Michael Mompellion und ich versuchten, sie zu trösten. Ich war so oft an ihrer Seite, wie es Taktgefühl und Pflicht erlaubten. Selbstverständlich war es ihr Mann, der in erster Linie ihre letzten Stunden beanspruchte, während es meine Aufgabe war, ihm möglichst viel von seiner eigenen Arbeit abzunehmen. Aber einige Dinge konnte ich nicht tun. Von Zeit zu Zeit wurde er weggerufen, um seine Pflicht an anderen Sterbebetten zu erfüllen. Und so fand ich mich allein mit Elinor wieder.

Für mich war sie so vieles geworden, worauf ein Dienstbote kein Anrecht hatte. Durch sie hatte ich die Wärme mütterlicher Fürsorge kennen gelernt, eine Fürsorge, die ich wegen des Todes meiner Mutter nie erfahren hatte. In ihr hatte ich eine Lehrerin gehabt und war nicht mehr unwissend, sondern konnte lesen und schreiben. Manchmal hatte ich während unserer gemeinsamen Kräuterarbeit vergessen, dass sie meine Herrin war, ja, ihr sogar Anweisungen erteilt, wie sie mit diesem oder jenem Kniff eine Pflanze bestimmen oder einen Absud herstellen konnte. Nie erinnerte sie mich an meine Stellung. In meinem Herzen konnte ich es flüstern: Sie war meine Freundin, und ich liebte sie.

Jedes Mal wenn Michael Mompellion kam, um bei ihr zu sitzen, verließ ich wütend das Zimmer, weil er mehr Anrecht auf den Platz an ihrer Seite hatte. Anfänglich zog ich mich nur bis kurz hinter die Tür zurück, um ihr möglichst nahe zu sein. Als mich Mr Mompellion dort entdeckte, erklärte er mir unmissverständlich, dass ich mich hier nicht herumtreiben dürfe. Ich solle mich lieber in meine Kate zurückziehen, bis er mich rufen lasse.

Um mich lange von ihr fern zu halten, hätte es mehr bedurft als dieser Worte. Als ich ihr am nächsten Tag die kühlenden Tücher auf die Stirn legte, war es, als hätte sie meine Gedanken gelesen. Sie lächelte und flüsterte matt: „Das tut so gut." Leicht lag ihre Hand auf meiner. „Ich kann mich glücklich schätzen, weil ich in meinem Leben so geliebt wurde … Weil mir ein Mann wie Michael geschenkt wurde und eine so liebe Freundin wie du, Anna. Weißt du eigentlich, wie sehr du dich verändert hast? Vielleicht ist das das einzig Gute an diesem Schreckensjahr. Oh, der Funke war schon damals klar in dir zu erkennen, als du das erste Mal zu mir kamst. Aber du hast dein Licht verborgen, als hättest du Angst, was geschehen würde, wenn es jemand sah. Du glichst einer Flamme, die der Wind schon fast ausgelöscht hatte. Ich musste dich lediglich mit einem Glas bedecken. Und sieh, wie du jetzt leuchtest!"

Sie schloss die Augen, und nach einiger Zeit verlangsamte sich ihr Atem, sodass ich dachte, sie sei eingeschlafen. Doch als ich leise aufstand, begann sie erneut, mit geschlossenen Augen zu sprechen: „Anna, hoffentlich wirst du in deinem Herzen auch Platz finden, um Mr Mompellion eine Freundin zu sein … Denn mein Michael wird einen Freund brauchen." Das Schluchzen in meiner Kehle hinderte mich am Antworten. Aber anscheinend brauchte sie auch keine Antwort, denn nun schlief sie tatsächlich ein.

Ich war kaum zehn Minuten fort gewesen, aber bei meiner Rückkehr erkannte ich sofort, dass sich ihr Zustand verschlechtert hatte. Ihr Gesicht war noch stärker gerötet. Ich legte ihr kühle Tücher auf, aber sie schüttelte meine Hand ab. Als sie mit einer hohen Mädchenstimme zu sprechen begann, begriff ich, dass sie im Fieberwahn lag.

„Charles!", rief sie kichernd. Ein beschwingtes Lachen strafte ihren ernsten Zustand Lügen. Sie atmete heftig, als liefe sie. „Charles?" Noch immer klang der Ton, mit dem sie diesen Namen rief, hoch und kindlich, diesmal aber bekümmert, aufgeregt, wehklagend.

Ich war froh, dass ich die Augenzeugin hier war und nicht ihr Mann. Inzwischen stöhnte sie. Ich ergriff ihre Hand und rief sie an, aber ich konnte sie nicht erreichen. Und dann änderte sich plötzlich ihr Gesichtsausdruck. Ihre Stimme wurde wieder die vertraute Erwachsenenstimme. Was sie dann sagte, geschah in einem so intimen Flüsterton, dass ich rot wurde. „Michael, wie lange noch? Bitte, mein Liebster …"

Er hatte die Tür geöffnet und war ins Zimmer getreten, ohne dass ich es gehört hatte. „Das genügt, Anna“, sagte er mit einer merkwürdig kalten Stimme. „Wenn sie etwas braucht, werde ich dich rufen.“

„Herr Pfarrer, es geht ihr viel schlechter. Sie liegt im Fieberwahn.“

„Das kann ich selbst sehen!“, fuhr er mich an. „Du kannst gehen.“

Zögernd stand ich auf und zog mich in die Küche zurück. Dort saß ich, erschöpft und besorgt, und wartete. Dabei muss ich eingeschlafen sein, denn als ich erwachte, sangen die Vögel, und Sonnenschein strömte durch die hohen Fenster. Leise schlich ich nach oben. Vor ihrem Schlafzimmer blieb ich stehen und lauschte auf Geräusche von drinnen.

Alles war still. Sachte schob ich die Tür einen Spalt auf. Elinor lag in ihren Kissen, von der Röte in ihrem Gesicht war nichts mehr zu sehen. Michael Mompellion lag am Fußende ihres Bettes und hatte die Hände nach ihr ausgestreckt, als wolle er ihre flüchtige Seele erhaschen.

Der Aufschrei, gegen den ich drei Tage angekämpft hatte, entrang sich mir nunmehr als lautes Stöhnen. Michael Mompellion regte sich nicht, aber Elinor schlug die Augen auf und lächelte mich an.

„Das Fieber ist gebrochen“, flüsterte sie. „Ich liege hier schon seit einer ganzen Stunde wach und dürste nach einer Gewürzmilch. Ich konnte aber nicht nach dir rufen, weil ich meinen armen, müden Michael nicht wecken wollte.“

Ich flog die Treppe hinunter, um die Milch zu kochen. Während ich sie erhitzte, hätte ich am liebsten gesungen. An jenem Tag stand Elinor kurz aus ihrem Bett auf. Ich setzte sie in einen Sessel am Fenster. Am nächsten Tag meinte sie, sie fühle sich wohl genug für einen Rundgang durch den Garten. Mr Mompellion schaute sie so unverwandt an, als sähe er eine Vision. An jenem Tag und an den folgenden wirkte Michael Mompellion wie neugeboren. Er hatte den federnden Schritt der Jugend und widmete sich seinen Pflichten mit neuer Energie.

Elinor saß in der frischen Luft auf einer Bank im Garten. Ich hatte ihr einen Becher Brühe gebracht, und sie hatte mich zu einer Plauderei bei sich behalten, wie sie es schon seit langem nicht mehr getan hatte. Dabei ging es um schöne Belanglosigkeiten, wie zum Beispiel die Frage, ob man die Irisbüschel wieder einmal teilen sollte.

Mr Mompellion sah uns dort sitzen und kam rasch aus dem Stallhof herüber. Er war gerade vom Hof der Gordons zurückgekehrt. Den Nachbarn war bei all den Kreuzen, die Gordon gebaut hatte, nicht wohl gewesen. Der Herr Pfarrer hatte es für nötig gehalten, sie unter Gebeten zu verbrennen, und hatte sich persönlich darum gekümmert.

An diesem Tag war es sehr warm. Als er neben Elinor auf der Gartenbank Platz nahm, sagte sie in gespieltem Ernst zu ihm: „Mr Mompellion, du riechst höchst intensiv nach Rauch und Pferdeschweiß! Lass dir von Anna ein bisschen Waschwasser aufwärmen!"

„Ja gut", sagte er, wobei er wieder lächelnd auf die Beine sprang. Ich entfernte mich, um ihren Wunsch zu erfüllen. Während ich mich ins Pfarrhaus zurückzog, hörte ich, wie er sich angeregt mit Elinor unterhielt. Als ich dann bald darauf eine Waschschüssel mit einigen Lappen hinaustrug, sagte er gerade wild gestikulierend: „Keine Ahnung, warum mir das nicht schon früher eingefallen ist. Wie ich aber so dastand und ein Gebet über diese brennenden Kreuze sprach, erkannte ich es so klar, als hätte mir Gott selbst die Wahrheit ins Herz gesenkt!"

„Beten wir, dass dem so ist", sagte Elinor aufgeregt. Dann stand sie auf, und beide spazierten, Seite an Seite, den Gartenpfad entlang und ließen mich dort stehen. Sie hatten mich einfach vergessen! Nach einem Augenblick begab ich mich wieder an meine Arbeit. Egal, was sie so gefesselt hat, dachte ich, während ich einen Putzlumpen in einen Eimer warf, ich werde es dann erfahren, wann sie es für richtig halten.

DER NÄCHSTE Tag war ein Sonntag, und ich erfuhr es mit allen anderen im Dorf. „Um unser Leben zu retten, meine Freunde, müssen wir, so glaube ich, hier einen großen Brand entzünden. Wir müssen uns von unseren weltlichen Gütern trennen – von allem, was unsere Hände berührt und was wir am Körper getragen haben. Lasst uns diese Dinge hierher bringen und anschließend unsere Häuser scheuern, wie es den Hebräern geboten wurde, um das Fest ihrer Errettung vor Pharao zu feiern. Danach wollen wir uns heute Abend hier versammeln und Gott unsere Güter mit unseren Gebeten zu unserer Erlösung opfern."

Ich sah Kopfschütteln ringsum im Steinbruch. Die Menschen hatten bereits so viel verloren, dass sie der Gedanke an weitere Opfer nicht begeisterte. Ich dagegen dachte daran, wie George Viccars auf seinem Totenbett gekrächzt hatte: „Verbrennt alles!" Wie viele von uns wären vielleicht verschont geblieben, wenn ich all die halbfertigen Kleidungsstücke verbrannt hätte?

Dieser Gedanke quälte mich so, dass ich mich nicht auf Mr Mompellions Worte konzentrieren konnte. Deshalb kann ich auch nicht sagen, wie er den Dorfbewohnern ein Einverständnis abrang. Ich weiß, dass er von der reinigenden Kraft des Feuers sprach. Wie immer sprach er beredt und kraftvoll. Und doch waren wir der Worte müde, wir alle.

Im Laufe des Nachmittags wuchs der Scheiterhaufen nur langsam. Selbstverständlich gingen der Herr Pfarrer und Elinor mit gutem Beispiel voran und schafften viele ihrer Besitztümer hinaus. Als aber die Bibliothek an der Reihe war, schreckte selbst Elinor zurück und erklärte, sie bringe es nicht übers Herz, die Bücher zu verbrennen. „Und wenn sich darin auch Pestsaaten verbergen mögen, so steckt in ihnen vielleicht auch das Wissen, uns von der Pest zu befreien. Möglicherweise haben wir nur noch nicht genug Verstand, um sie richtig zu deuten."

Ich sammelte meine wenigen Habseligkeiten zusammen, um sie den Flammen zu überantworten. Doch es gab ein Ding, von dem ich mich nicht trennen konnte: jenes winzige Wams, das ich für Jamie in seinem ersten Winter gemacht und für Tom aufgehoben hatte. Dieses versteckte ich. Seltsam, am Tag des Herrn zu schrubben und zu fegen, aber der Herr Pfarrer hatte so überzeugend gesprochen, dass einem selbst eine Alltagsarbeit wie Hausputz irgendwie heilig vorkam. Kessel um Kessel kochte ich ab, zuerst im Pfarrhaus, dann in meiner Kate, überbrühte Tische und Stühle, jedes Brett und jeden Stein.

Als wir uns zur Dämmerung im Steinbruch versammelten, starrte ich erschöpft das traurige Häuflein Habseligkeiten an – die Summe unseres kärglichen Lebens. Wir waren tatsächlich völlig entblößt. Unten am Scheiterhaufen stand die Krippe – mit so viel Liebe und freudiger Erwartung geschnitzt –, in der das Kind der Livesedges gestorben war. Da lagen Hosen, in denen einst die muskulösen Waden junger Bergarbeiter gesteckt hatten. Viel Bettzeug gab es, Strohsäcke, die einmal für süße Ruhe gesorgt hatten. All diese einfachen Gegenstände erzählten mir von anderen Verlusten: von täglichen Gesten der Zärtlichkeit zwischen Mann und Frau, vom Frieden im Herzen einer Mutter beim Anblick ihres schlafenden Kindes, von den ganz persönlichen Erinnerungen an die vielen Toten.

Michael Mompellion stand in der Nähe des Felsens, der ihm als Kanzel diente. Mit der Rechten hielt er einen flammenden Ast hoch. „Herr, allmächtiger Gott!", rief er. „So, wie es dir einst gefiel, von deinen Kindern Israels Brandopfer anzunehmen, so bitten wir dich, empfange diese Dinge von uns, deiner leidenden Herde. Nimm dieses Feuer, um unsere Herzen wie unsere Häuser zu reinigen, und erlöse uns endlich vom Zorn jener Krankheit, die uns bestürmt."

Er stieß den brennenden Ast in das Stroh, das aus einer Matratze quoll. Gierig leckten die Flammen hoch. Es war eine klare Nacht, trocken und windstill. In einer rotgoldenen Säule schraubte sich das Feuer in die Höhe, heiße Funken sprühten wild umher, als wollten sie hinauf zu den Sternen.

Dann sangen wir, gegen das Prasseln des Feuers, jenen Psalm, den wir seit Ausbruch der Pest schon unzählige Male gesungen hatten:

> Dass du nicht erschrecken musst
> vor dem Grauen der Nacht,
> vor den Pfeilen, die des Tages fliegen,
> vor der Pest, die im Finstern schleicht …

Wegen des Gesangs und des Knisterns des Feuers hörten wir die Schreie der Frau erst, als sie mitten unter uns stand. Hinter mir wurde es unruhig. Als ich mich umdrehte, sah ich, wie der junge Brand und Robert Snee, der nächste Nachbar der Merrills, eine sich heftig wehrende Gestalt zum Feuersrand zerrten. Die Frau war ganz in Schwarz gekleidet und trug einen schwarzen Schleier, der ihr übers Gesicht fiel. Als die zwei jungen Männer sie vor Michael Mompellion zu Boden stießen, brach der Gesang urplötzlich ab. Brand streckte die Hand aus und zog den Schleier zurück. Es war Aphra.

„Was soll das bedeuten?", wollte der Herr Pfarrer wissen, während sich Elinor bückte, um Aphra aufzuhelfen. Aphra sah sich wild um, als suche sie nach einer Fluchtgasse durch die Menge, aber Brand legte ihr eine Hand hart auf die Schulter.

„Hier ist der ‚Geist', dessen Heimsuchungen uns alle genarrt haben!", rief Brand. „Ich habe sie in diesen schwarzen Kleidern hier in den Wäldern nahe beim Grenzstein erwischt. Dort hat sie versucht, meiner Schwester Charity Angst einzujagen, damit sie ihr einen Schilling gibt für ein Amulett, das den kleinen Seth vor der Pest bewahren soll." Er hielt einen Stoffstreifen hoch, der ganz mit fremden Wörtern bekritzelt war, ließ ihn fallen und stampfte ihn mit seinem Stiefel in den Dreck.

„Schande!", schrie gellend eine Frauenstimme aus der Menge. Ich sah, dass es Kate Talbot war. Ihr Gesicht war tränenüberströmt. „Diebin!", schrie Tom Mowbray. Jetzt explodierte die ganze Gemeinde. Als Speichel und Erdklumpen zu fliegen begannen, fiel Aphra auf die Knie und barg ihr Gesicht in den Händen. „Ersäuft sie!", rief einer. „An den Pranger!", brüllte eine andere Stimme.

Wir waren wie verwundete Tiere, die jeden anspringen würden, besonders eine, die sich so böse verhalten hatte wie Aphra. Abscheu und Zorn stiegen in mir auf. Ich verspürte den Zwang, sie anzuspucken. Da sah ich am Rand der Menge die winzige, verheulte Gestalt von Aphras Tochter Faith. Jetzt drehte ich der johlenden Menge den Rücken, rannte zu dem Kind und barg es in meinen Armen. Ich wollte keinesfalls, dass dieses kleine Mädchen, das immer noch meine Halbschwester und die einzige noch lebende Blutsverwandte war, mit ansehen musste, was auch immer noch im Steinbruch geschehen würde. Das Kind stand zu sehr unter Schock, um sich zu wehren, als ich es forttrug.

Wir waren schon halb auf den Berg geklettert, da erhob sich die Stimme des Pfarrers über die lärmende Menge. „Ruhe! Entweiht nicht diesen heiligen Platz mit solch unheiligem Fluchen!“

Zu meiner Überraschung verstummten alle. Ich wandte mich um, um seine nächsten Worte zu hören. „Die Anklage gegen diese Frau wiegt in der Tat schwer. Man wird sie anhören, und sie wird sich dafür verantworten müssen. Aber nicht hier, nicht jetzt. Das machen wir morgen. Geht jetzt nach Hause, und betet zu Gott, auf dass er unser Flehen um seine göttliche Gnade erhört.“

Trotz ärgerlichen Gemurmels folgten die Leute seinen Worten. Gehorsam waren sie gewöhnt. Ich nahm Faith mit in meine Kate, wo sie sich die ganze Nacht wimmernd hin und her warf. Ich versuchte mühsam zu schlafen und erwachte vom Geruch glimmender Asche.

10

Wer bin ich, dass ich Michael Mompellion die Geschehnisse jener Nacht vorwerfen dürfte? Kein Mensch kann stets in allen Dingen ein gerechtes Urteil abgeben, egal, wie weise er ist oder welch gute Absichten er hegt. In jener Nacht irrte er bitter, und bitter musste er dafür bezahlen.

Da Brand und Robert Aphras Untat entlarvt hatten, sollten sie sie im Auftrag des Pfarrers bis zur Verhandlung am nächsten Tag in Gewahrsam nehmen. Ihnen zu sagen, wie sie sie einsperren sollten, daran dachte er ebenso wenig, wie sie zu ermahnen, ihre Bestrafung nicht selbst in die Hand zu nehmen. Leider war der Zorn der jungen Männer so heftig, dass ihnen die Idee, die Robert einfiel, passend erschien.

Robert Snee war ein guter Bauer und hatte sich viele schlaue Methoden zur Steigerung seines Ertrags ausgedacht. Eine seiner Neuerungen war, die Hinterlassenschaften der Schweine zusammen mit dem verbrauchten Stroh in eine tiefe Kalksteinhöhle auszumisten, die am Hügelhang lag. Auf der niedrigen Höhlenseite hatte er eine Rinne eingebaut, über die er den gut verrotteten Dünger zum Ausbringen direkt in seinen Karren leiten konnte.

Genau in diese stinkende Grube warfen Brand und Robert Aphra. Als ich mir später den Ort ansah, konnte ich mir nicht vorstellen, wie sie die Nacht dort überlebt hatte. Der Gestank war ätzend. Der Dung schwappte bis hoch in den Kalkstein hinauf, vermutlich so hoch, dass Aphra den Kopf hatte schief legen müssen, damit ihr nicht bei der kleinsten Bewegung die Dreckbrühe in den Mund spritzte. Stillstehen war aber unmöglich. Wenn sie nicht immer tiefer sinken wollte, musste sie ständig an der schleimigen Felswand Halt suchen. Aphra musste sich mit allerletzter Willenskraft gezwungen haben, nicht das Bewusstsein zu verlieren, sonst wäre sie erstickt und ertrunken.

Die Frau, die man am nächsten Morgen aus der Grube zerrte und zum Dorfpranger brachte, war ein lallendes, gebrochenes Etwas. Die zwei jungen Männer hatten versucht, sie zu säubern, indem sie eimerweise eiskaltes Brunnenwasser über sie geschüttet hatten. Nun war sie klatschnass und zitterte, stank aber trotzdem noch. Überall auf ihrer Haut waren Blasen. Zum Stehen zu schwach, lag sie zusammengekrümmt und wimmernd wie ein Neugeborenes im Gras.

Elinor weinte bei ihrem Anblick. Mr Mompellion ballte die Fäuste und ging auf Brand und Robert los. Ich dachte schon, er wolle sie schlagen. Brand war weiß wie ein Gespenst. Sogar Robert, ein wesentlich härterer Mann, schaute schuldbewusst zu Boden.

Einige Dutzend Dorfbewohner hatten sich auf dem Anger zusammengefunden, um Aphras Bestrafung mit anzusehen. David, der Witwer von Margaret Livesedge, war da. Zweifelsohne erinnerte er sich noch allzu gut an die vergebliche Hoffnung, die seine Frau auf das „Chaldäer-Amulett“ gesetzt hatte; Kate Talbot, deren Abracadabra-Zauberspruch ihr den Ehemann nicht hatte retten können; die Merrill-Kinder und die Mowbrays. Einfaches Volk auf der Suche nach einfacher Gerechtigkeit. Sollte der so genannte „Geist“ auch andere um ihre Kupfermünzen geprellt haben, so waren nicht alle bereit, dies zuzugeben.

Vermutlich hatten sich diese Ankläger in Erwartung einer harten Bestrafung versammelt, aber als Brand und Robert Aphra in ihrem erbärmlichen Zustand anschleppten, schien allen der Appetit darauf vergangen zu sein. Der Herr Pfarrer kauerte sich neben Aphra und redete leise auf sie ein. Er bat sie, das betrügerisch erworbene Geld zurückzugeben, und legte ihr eine Buße auf. Ob sie von seinen Worten irgendetwas verstand, konnte ich nicht sagen. Der Herr Pfarrer bat um einen Karren, um sie nach Hause zu schaffen. Elinor und ich fuhren mit. Wir mussten sie aufrecht halten, so schwach war sie. Da sie nach ihrer Tochter Faith schrie, hielten wir bei meiner Kate an, um sie zu holen. Den Rest des Weges kauerte das Kind stumm neben seiner Mutter und klammerte sich an sie.

In Aphras Hütte erhitzten wir Wasser und versuchten, sie zu baden und ihre eiternden Wunden zu salben. Kurze Zeit ließ sie sich unsere Pflege gefallen, aber mit der allmählichen Rückkehr ihres Verstandes flammte auch ihr Zorn wieder auf. Sie schleuderte uns wüste Beleidigungen entgegen und befahl uns zu gehen.

Wegen ihres Zustands wollte ich das Mädchen Faith nicht bei ihr zurücklassen. „Aphra", sagte ich ruhig, „ich bitte dich, lass mich das Kind ein, zwei Tage zu mir nehmen, bis du wieder bei Kräften bist."

„Oh nein, du hinterhältiges Flittchen!", kreischte sie, wobei sie sich an das erschrockene kleine Mädchen klammerte. „Die Pocken über dich und deine listigen Pläne! Du denkst, ich weiß es nicht?" Sie dämpfte ihre Stimme und starrte mich an. „Ich kann dich durchschauen! Du bist doch längst nicht mehr meine Stieftochter. Oh nein! Für eine wie mich bist du dir doch viel zu fein. *Ihr* Geschöpf bist du." Sie deutete mit einem zittrigen Finger auf Elinor. „Diese unfruchtbare Vogelscheuche will mir auch noch mein letztes Kind stehlen, stimmt's?"

Elinor zuckte zusammen. Aphras Stimme wurde wieder lauter. „Darauf seid ihr aus, ich weiß das. Ich lass mich doch nicht von euch bei meiner eignen Tochter anschwärzen." Mir war klar, dass Aphras Erregung Faith nur noch mehr verwirrte. Ich gab Elinor ein Zeichen, und wir gingen. Obwohl wir uns um einen friedlichen Abschied bemühten, flogen uns Flüche hinterher.

Den ganzen Vormittag sorgte ich mich um das Kind. Nachmittags machte ich mich erneut auf den Weg zu ihrer Hütte, mit einem Essenskorb und mehr Salben für Aphras Wunden. Sie weigerte sich, mir die Tür zu öffnen, und verfluchte mich aufs Übelste, bis ich schließlich das Essen auf der Türschwelle stehen ließ und fortging. Am nächsten Tag war es das Gleiche, und am übernächsten auch. Jeden Tag stand Faith am Fenster und betrachtete mich mit großen, traurigen Augen. Aber am dritten Tag sah ich das Kind nicht mehr. Und als ich Aphra fragte, wo Faith sei, war ihre einzige Antwort ein durchdringend hoher Gesang in einer rätselhaften Sprache.

Weder am nächsten Tag noch am übernächsten sah ich ein Zeichen von Faith. Deshalb machte ich mich im Dunkeln auf den Weg zur Hütte. Ich hoffte, dass mir die Überraschung, Aphra unversehens aus dem

Schlaf zu reißen, ein paar Momente gäbe, um mir inzwischen ein Bild von Faiths Zustand zu machen.

Aber Aphra schlief nicht. Schon von weitem konnte ich sehen, dass ein kräftiges Herdfeuer die Hütte erleuchtete. Beim Näherkommen sah ich durchs Fenster Schatten herumspringen. Als ich noch näher heranging, sah ich, dass Aphra in wilden Sprüngen vor ihrem Feuer herumtanzte. Mit fast bis auf die Kopfhaut geschorenen Haaren sprang sie in einem verdreckten Hemd herum, unter dem sich ihr ausgemergelter Körper abzeichnete, und bellte dabei einen Singsang, der sich zu einem markdurchdringenden Schrei steigerte: „Arataly, rataly, ataly, taly, aly, y…iiiiiii!“ Dann hob sie flehentlich die Arme. Anscheinend zog sie von den Deckenbalken etwas zu sich herunter, was, konnte ich anfänglich nicht sagen. Mit beiden Händen hielt sie den dunklen Gegenstand. Leider drehte sie mir den Rücken zu, sodass ich nur erkennen konnte, dass er sich zu bewegen schien.

Ich gestehe, jetzt bekam ich Angst. Ich glaube nicht an Hexerei, aber an böse Gedanken und – an Wahnsinn. Und als die Schlange aus Aphras Händen glitt und sich um ihre Mitte wand, wollte ich im ersten Impuls so schnell und leise wie möglich davonlaufen.

Und doch stand ich wie angewurzelt da. Ich hatte nur einen verzweifelten Wunsch: Faith von jener Wahnsinnigen fortzuschaffen. Ich warf mich gegen die Tür, bis sie nachgab. Da stand ich nun, vor mir Aphra und die Schlange.

Bei meinem Anblick schrie sie gellend auf. Vielleicht hätte auch ich geschrien, hätte mir nicht ein unsäglicher Gestank die Luft geraubt. Ohne einen Blick auf die Leiche wusste ich, dass das Kind schon lange tot war. In einer Ecke hatte Aphra den Körper von Faith wie eine Puppe an Handgelenken und Fesseln mit Schnüren an den Deckenbalken gebunden. Sie hatte versucht, das tote schwarze Pestfleisch unter einer Art Kalkpaste zu verstecken.

„Hab Erbarmen, Aphra, schneid sie herunter und lass sie in Frieden ruhen!“

„Erbarmen?“, kreischte sie. „Wer hat Erbarmen? Und wo, bitte schön, findet man Frieden?“ Dann ging sie mit der Schlange in der Hand auf mich los. Normalerweise habe ich vor Schlangen keine Angst, aber als sich roter Feuerschein in diesen zwei glitzernden Augen brach und mich die gespaltene Zunge anzischte, zitterte ich vor Angst. Ich konnte nichts mehr tun, weder für Faith noch für Aphra. Deshalb floh ich von diesem Ort, so schnell mich meine Beine trugen.

Der Herr Pfarrer begab sich noch in jener Nacht zur Hütte, und am nächsten Morgen wieder in Begleitung von Elinor. Aber inzwischen hatte Aphra die Tür verbarrikadiert und das Fenster zugehängt. Sie unterbrach auch ihren rasenden Gesang nicht mehr, um sie zu beschimpfen, sondern tanzte einfach weiter, als wären sie nicht da. Der Herr Pfarrer stand draußen und sprach Gebete für Faiths Seele.

Im Pfarrhaus wurde darüber diskutiert, ob eine Schar Männer die Tür aufbrechen und die Kinderleiche herausbringen sollte, aber der Herr Pfarrer entschied sich dagegen. Angesichts von Aphras Irrsinn und dem bereits in Verwesung übergegangenen Leichnam erschien ihm das Risiko für die Männer zu groß.

„Schließlich können wir für das Kind nichts weiter tun, als es zu begraben“, sagte er. „Und dazu ist auch dann noch Zeit, wenn sich Aphras Raserei erschöpft hat.“

Noch etwas beunruhigte ihn, ohne dass er darüber sprach. Nur Elinor gestand es mir vertraulich. Michael Mompellion wollte nicht jenen Ängsten und Gerüchten Vorschub leisten, die Begegnungen mit einer Hexe und ihrem züngelnden Haustier aufbringen konnten.

Ich ging nicht wieder zu Aphras Hütte. Mein Herz flüsterte, ich solle Aphra nicht ihrem Wahnsinn überlassen, aber ich hörte nicht darauf. In Wahrheit hatte ich nicht das Gefühl, meinen eigenen Verstand so fest im Griff zu haben, dass ich dem Schrecken jenes Hauses gewachsen war. Mittlerweile liegen schon viele Tage und Nächte hinter mir, in denen ich mir wegen meiner Entscheidung Vorwürfe machte.

In kurzer Zeit gelang es mir, jeden Gedanken an Aphra zu vermeiden. Dabei half mir, dass es sonst viel Grund zum Nachdenken gab. Denn während jener 14 Tage nach dem großen Brand geschah etwas im Dorf. Zuerst fiel es keinem von uns auf. Und dann sprach keiner darüber. Aberglaube, Hoffnung, Nicht-glauben-Können – all das verbündete sich mit unserer alten Freundin, der Angst, und hielt uns davon ab.

Wie gesagt, etwas geschah. Doch in Wahrheit fiel mir eher auf, dass gewisse Dinge *nicht* geschahen. Nach dem letzten Julisonntag hörten wir nichts mehr von neuen Fieberanfällen oder Pestbeulen. Die erste Woche bemerkte ich das gar nicht. Noch immer machte mir eine ganze Anzahl Leute Sorgen, die schon seit Tagen krank waren und deren Ende sich nun abzeichnete. Aber bei unserer nächsten sonntäglichen Versammlung im Steinbruch zählte ich, wie gewohnt, alle Anwesenden und entdeckte zu meiner Überraschung, dass alle wieder hier waren, die auch bei unserem letzten Gottesdienst anwesend gewesen waren. Zum ersten Mal seit fast einem Jahr gab es niemanden, den man vermisste.

AM NÄCHSTEN Morgen ging ich auf der Suche nach Eiern in meinen Hof, wo ich einen fremden Hahn vorfand, der meine Hühner durcheinander brachte. Er war ein kühner Kerl und wich nicht von der Stelle, als ich ihn scheuchte, legte seinen schönen roten Kamm schief und musterte mich seitlich aus einem Auge.

„Na, jetzt schlägt's aber dreizehn! Du bist doch der Hahn von Andrew Merrick, wenn ich mich nicht irre!" Noch während ich das sagte, flatterte er auf die Brunnenhaspel und krähte lauthals. „Sag mal, mein gefiederter Freund, was machst denn du hier, während dein Herr oben auf dem einsamen Gipfel hockt?" Er gab mir keine Antwort, sondern flog davon, in Richtung von Merricks lange verlassener Kate.

Woher wusste der Vogel, dass er sicher in sein altes Hühnerhaus zurückkehren konnte? Das wird für immer ein Geheimnis bleiben. Allerdings kam im Laufe dieses Tages auch Andrew Merrick heim, mit einem langen, buschigen Bart. Er komme, meinte er, weil er dem Urteil seines Vogels vertraue.

Soll ich sagen, dass wir jubelten, als Mensch wie Tier immer überzeugter wurden, dass die Pest wahrhaft fort war? Nein, von Jubel konnte keine Rede sein. Dazu gab es viel zu viele Verluste, zu tief waren die Verletzungen unserer Seele. Denn für jeden von uns, die wir immer noch auf Erden wandelten, lagen zwei darunter. Obendrein waren wir alle völlig erschöpft. Hatte doch jeder Lebende im Laufe des Jahres die Pflichten und Aufgaben von zwei oder sogar drei Toten übernommen.

Trotzdem soll das nicht heißen, dass es nicht auch dem Bedrücktesten ein wenig leichter ums Herz wurde, als es einem nach dem anderen dämmerte, dass unsere Verluste endlich aufhörten und wir selbst verschont geblieben waren. Denn das Leben ist eben doch nicht nichts, nicht einmal für den Trauernden. Bestimmt wurde die Menschheit so geschaffen. Wie sollten wir sonst weitermachen?

IM PFARRHAUS kam es zwischen Michael Mompellion und Elinor zu einer Meinungsverschiedenheit, der ersten, die mir je aufgefallen war. Sie vertrat die Ansicht, er solle einen Dankgottesdienst für unsere Erlösung halten, während er dagegenhielt, dafür sei die Zeit noch nicht reif.

„Welche Wirkung hätte es, wenn ich mich irrte?“, hörte ich ihn zu ihr sagen, während ich am Wohnzimmer vorbeiging. „Wenn wir hier überhaupt etwas erreicht haben, dann dass wir diese Qual auf unser Gebiet begrenzt haben. In ganz Derbshire gibt es keinen Fall von Pest, der sich auf unser Dorf zurückführen lässt. Warum also unsere Opfer für ein oder zwei hastig vorgezogene Wochen riskieren?“

„Aber, mein Liebster“, erwiderte Elinor mit sanfter, aber nachdrücklicher Stimme, „warum musst du dieses Leid verlängern, wenn du glaubst, dass die Pest vorbei ist? Hier gibt es Menschen, die jedem Mitglied ihrer Familie ins Grab nachschauen mussten. Sie sollten keinen Tag länger als nötig hier verweilen. Es sollte ihnen freistehen, zu ihren Verwandten zu gehen, damit sie vielleicht ein wenig Liebe und Trost und ein neues Leben finden können.“

„Glaubst du nicht, dass ich an sie denke?“ Seine Stimme hatte eine bittere Schärfe. „Die Verzweiflung ist eine Höhle unter unseren Füßen, auf deren Rand wir taumeln. Gesetzt den Fall, die Pest ist immer noch bei uns – möchtest du, dass ich diese Leute in hoffnungslose Untiefen stürze, aus denen ich sie nie wieder herausholen kann?“

Ich hörte ihr Kleid rascheln, als sie sich umdrehte und zur Tür ging. „Wie du es für richtig hältst, mein Gemahl. Trotzdem flehe ich dich an, lass diese Menschen nicht ewig warten. Nicht jeder besitzt so viel unbeugsame Entschlossenheit wie du.“

Als sie aus dem Zimmer kam, zog ich mich schnell in die Bibliothek zurück. Sie sah mich nicht, als sie vorbeieilte, aber ich sah, dass ihr hübsches Gesicht ganz verzerrt war. Nur mühsam konnte sie die Tränen zurückhalten.

KEINE Ahnung, wie es schließlich zur Entscheidung gekommen war, doch nur wenige Tage nachdem ich diese Unterhaltung belauscht hatte, flüsterte mir Elinor zu, der Herr Pfarrer habe sich für den zweiten Sonntag im August entschieden, unter dem Vorbehalt, dass bis dahin nicht noch neue Fälle auftauchten. Auch ohne offizielle Ankündigung sprach sich das rasch im ganzen Dorf herum. Als der festgesetzte Tag endlich kam, versammelten wir uns im Steinbruch und hofften inständig, es wäre das letzte Mal. Ohne Scheu traten die Leute näher, schüttelten einander die Hand und plauderten unbeschwert, während sie auf den Pfarrer warteten.

Endlich kam er, bekleidet mit einem weißen Chorhemd. Auch Elinor neben ihm war ganz in Weiß gekleidet: ein schlichtes Kleid aus Baumwolle, zart bestickt. Ihre Arme waren voller Blumen aus ihrem Garten:

rosa Malvenblüten und dunkelblauer Rittersporn, hohe Lilienkelche und duftende Rosen. Als der Herr Pfarrer zu sprechen begann, strahlte sie ihn an. Ihr Gesicht war von innen erleuchtet, und das Sonnenlicht brachte ihre blassgoldenen Haare rings ums Gesicht wie eine Krone zum Strahlen. Sie sieht wie eine Braut aus, dachte ich.

„Lasst uns Dank sagen" war alles, wozu Michael Mompellion noch Zeit blieb. Als Antwort kam ein gellendes Gekreische, das ringsum von den Steinbruchwänden widerhallte. Erst nachdem es aufgehört hatte, begriff ich, dass sich in diesem Lärm Wörter verbargen.

„Wofüüüüüür?", kreischte es erneut.

Beim ersten Schrei hatte Mompellion ruckartig den Kopf gehoben. Jetzt drehten wir uns alle um und schauten in Richtung seines Blicks.

Jeder von uns hätte Aphra aufhalten können. Das Wüten ihres Wahnsinns hatte sie zum Strich abmagern lassen. Zwar hielt sie in der Rechten ein Messer, mit dem sie wie wild herumfuchtelte. Ich erkannte das große Bergarbeitermesser wieder, das sie aus den Händen meines toten Vaters gezerrt hatte. Doch ihr anderer Arm umklammerte den Leichnam ihrer Tochter. Deshalb wäre es ein Leichtes gewesen, sie von links abzufangen. Aber statt über sie herzufallen, schraken wir alle zurück und stolperten vor Hast über die eigenen Füße.

„Mom-pell-ion!", schrie sie.

Er wich als Einziger nicht zurück, sondern verließ seinen Felsen und schritt auf sie zu wie einer, der seine Liebste begrüßt. Aphra rannte jetzt, dabei schwang sie die Klinge über ihrem Kopf. Er schnitt ihr den Weg ab, und seine Arme packten sie. Obwohl ich ihrem angespannten Unterarm ansah, dass sie sich alle Mühe gab, war er so stark, dass sie keine Chance hatte, sich loszureißen. Elinor rannte auf die beiden zu, ließ den Blumenstrauß fallen und breitete die Arme weit aus.

Mompellion redete auf Aphra ein. Seine Stimme hatte einen tiefen, beruhigenden Ton. Was er sagte, konnte ich nicht verstehen, aber langsam schien die Anspannung aus ihrem Körper zu weichen. Als er seinen Griff lockerte, konnte ich erkennen, dass ihre Schultern vor Schluchzen bebten. Elinor streichelte mit der Linken Aphras Gesicht, während sie ihre Rechte ausstreckte, um ihr das Messer abzunehmen.

Alles hätte gut gehen können. Alles hätte hier enden können. Aber der Arm des Herrn Pfarrers, mit dem er Aphra so fest hielt, umfasste auch die Überreste von Faiths Leiche. Das war für die zarten Knochen zu viel. Ich hörte es knacken, dann sprang der kleine Schädel vom Rückgrat und fiel ins Gras, wo er hin und her rollte.

Angeekelt wandte ich mich um. Deshalb sah ich auch nicht genau, wie es zu den Messerstichen kam, die Aphra in einem neuen Anfall wilden Wahns austeilte. Nur eines weiß ich: Die Tat dauerte lediglich einen Augenblick. Einen Augenblick, um zwei Leben zu nehmen und ein weiteres zerstört zurückzulassen.

Die Wunde an Elinors Hals war eine Sekunde lang nur ein schmaler roter Strich, der sich wie ein Lächeln nach oben zog. Dann aber spritzte in einem grellroten Schwall Blut hervor und färbte ihr weißes Kleid rot. Sie sackte zu Boden, wo sie die verstreuten Blumen aus ihren Armen wie eine Bahre empfingen.

Dann hatte Aphra das Messer gegen sich gewendet und es bis zum Heft in die Brust gestoßen. Dennoch schleppte sie sich zu der Stelle, wo der Schädel ihres Kindes lag. Dort fiel sie auf die Knie, barg ihn mit äußerster Zärtlichkeit in beiden Händen und drückte ihn an ihre Lippen.

11

HERBSTZEIT, anno 1666

Sie begruben Faith im Garten bei meines Vaters Hütte, neben ihren Brüdern. Ich bat sie, auch Aphra dort zu begraben, aber keiner wollte ihren Körper innerhalb des Dorfgeländes haben. Schließlich kam mir der junge Brand zu Hilfe. Gemeinsam schafften wir ihren Leichnam zum Moor hinauf, wo Brand unter großen Mühen in der felsigen Erde neben dem Grabhügel meines Vaters ein Grab aushob.

Elinor beerdigten wir auf dem Kirchhof. Da die Pest vorüber war, sprach nichts mehr dagegen. Am Grab betete Mr Stanley. Michael Mompellion war dazu nicht imstande. Seine letzte Kraft hatte sich erschöpft im Kampf gegen jene, die ihn schließlich von Elinors Leichnam fortbringen wollten. Bis zum Anbruch der Nacht hatte er sich an sie geklammert. Schließlich befahl Mr Stanley den Männern, ihn mit Gewalt zu entfernen, damit man sich um Elinors Körper kümmern konnte.

Dies tat ich. Und danach diente ich ihr weiter, so gut ich konnte. *Sei meinem Michael eine Freundin,* hatte sie auf ihrem Krankenlager gesagt, als wir alle gedacht hatten, sie habe die Pest. Wie hatte sie glauben können, er würde das je zulassen? Stattdessen tat ich, was in meiner Macht lag: Ich diente ihm. Die meiste Zeit hätte ich aber auch ein Schatten sein können, so wenig nahm er mich wahr.

Wenigstens ermöglichte es mir die Sorge für den trauernden Mr Mompellion, mit meiner eigenen Trauer fertig zu werden. Täglich ging ich Wege, die Elinor gegangen war, und stellte mir vor, was sie tun oder sagen würde. Diese Übung brachte mir ein gewisses Maß an innerem Frieden. Solange ich meine Tage mit dem Nachahmen von Elinor füllen konnte, musste ich mich weder mit meinem eigenen Zustand beschäftigen noch mit meiner dunklen Zukunft.

Am Tag nach ihrem Tod verließ er das Pfarrhaus. Ich folgte ihm aus Angst, er wolle sich in seinem düsteren Zustand vom Edge stürzen. Stattdessen ging er ins Moor oberhalb vom Mompellion-Brunnen, wo ihn bereits sein Freund Mr Holbroke erwartete. Keine Ahnung, wie sie dies abgesprochen hatten. Dort diktierte er seine letzten Briefe aus dem Pestjahr. Im ersten teilte er dem Grafen mit, dass die Pestilenz seiner Ansicht nach endlich geflohen sei, und bat darum, die Straßen ins Dorf wieder zu öffnen. Der zweite war an Elinors Vater gerichtet, in dem er ihm ihren Tod meldete. Danach begab er sich wieder ins Pfarrhaus.

Am zweiten Morgen, als ich zur Arbeit kam, fand ich ihn nicht in seinem Zimmer. Auch deutete nichts darauf hin, dass hier jemand geschlafen hatte. Ich suchte nach ihm in der Bibliothek, im Wohnzimmer und schließlich im Stall. Erst am späten Vormittag fand ich ihn. Er stand in Elinors Schlafzimmer und schaute unverwandt auf die Stelle, wo ihr Kopf gelegen hatte, als könne er dort noch immer etwas erkennen. Als ich die Tür öffnete, rührte er sich nicht. Seine Beine zitterten, vielleicht wegen der Anstrengung, so lange reglos gestanden zu haben. Auf seiner Stirn sah ich Schweißperlen. Wortlos trat ich neben ihn und führte ihn in sein eigenes Zimmer. Mit einem tiefen Seufzer sank er in einen Sessel. Ich holte einen Krug mit dampfendem Wasser und wusch sein Gesicht.

Seit dem Tag, als Elinor starb, hatte sich der Herr Pfarrer nicht mehr rasiert. Zögernd fragte ich ihn, ob ich das für ihn tun solle. Er gab keine Antwort. Also holte ich die notwendigen Dinge und machte mich an die Arbeit. Ich stand hinter seinem Sessel, beugte mich über ihn und trug sachte mit den Fingern den Rasierschaum auf. Anschließend nahm ich die Klinge zur Hand. Zwischen unseren Gesichtern lag höchstens ein Zoll. Während meiner Arbeit löste sich eine Haarsträhne, fiel aus meiner Haube und streifte seitlich seinen Hals. Er schlug die Augen auf und erwiderte meinen Blick. Ich fuhr zurück. Unversehens spürte ich, wie ich rot wurde. So konnte ich unmöglich weitermachen. Ich gab ihm die Klinge und brachte einen Spiegel, damit er sich fertig rasieren konnte. Anschließend entfernte ich mich mit den Worten, ich würde einen Teller Brühe holen. Erst nach geraumer Zeit hatte ich mich so weit gefasst, dass ich sie ihm bringen konnte.

Danach hörte jeder Rundgang durchs Haus auf. Tag und Nacht blieb er nur noch auf seinem Zimmer. Am Ende der ersten Woche holte ich Mr Stanley in der Hoffnung, das brächte etwas Gutes. Äußerst erregt verließ der alte Mann das Zimmer des Herrn Pfarrers. Als ich ihm seinen Hut brachte, begann er sich vorsichtig nach dessen geistigem Zustand zu erkundigen.

Ich fand, es stehe mir nicht zu, über Mr Mompellions Verhalten zu sprechen. Nicht einmal mit Mr Stanley, der es gut mit ihm meinte. „Das kann ich sicherlich nicht beurteilen, Sir."

„Meiner Ansicht nach hat ihn der Kummer ruiniert, jawohl", murmelte der alte Mann. „Warum würde er sonst meinen Rat verlachen, er solle sich in Gottes Willen schicken?"

Mr Stanley kam am nächsten Tag wieder, aber Mr Mompellion verbot es, dass ich ihn einließ. Als er ein drittes Mal kam, ging ich nach oben, um den Herrn Pfarrer davon zu benachrichtigen. Vor Ärger vertieften sich seine Mundfalten. „Ich hätte gerne, dass du Mr Stanley etwas ausrichtest, falls du dazu imstande bist. Bitte, Anna, wiederhole diesen Satz: *Falsus in uno, falsus in omnibus.*"

Ich wiederholte den lateinischen Satz. Dabei fiel mir plötzlich auf, dass ich ihn verstehen konnte. Noch ehe ich meine Zunge bremsen konnte, platzte ich laut heraus: „Falsch in einer Sache, falsch in allen."

Mr Mompellion fuhr abrupt auf und zog die Augenbrauen hoch. „Um alles in der Welt, *wie* kannst du das wissen?"

„Herr Pfarrer, ich habe ein bisschen Latein aufgeschnappt, ein ganz klein bisschen, während wir uns im letzten Jahr hier so ins Lernen vertieft hatten … Sehen Sie, die Medizinbücher sind meistens auf Lateinisch, und wir, das heißt …"

Jetzt unterbrach er mich. Er wollte nicht, dass ich ihren Namen aussprach. „Verstehe. Dann kannst du es ja Mr Stanley ausrichten und ihn bitten, er möchte so freundlich sein, mich nicht mehr zu besuchen."

Die Bedeutung von Wörtern zu kennen ist eine Sache, ihre Absicht zu verstehen etwas ganz anderes. Ich hatte keine Ahnung, was Mr Mompellion dem alten Mann zu übermitteln versuchte. Aber als ich die Botschaft ausrichtete, wurde Mr Stanleys Miene streng. Er ging auf der Stelle und kam nicht wieder.

NEBEN meiner Arbeit im Pfarrhaus hatte ich viel zu tun. Außer der Betreuung meiner Schafe musste ich den Garten der Gowdies pflegen, wo ich in jeder freien Minute die Sommerkräuter schnitt und zum Trocknen aufhängte, weil sich die Dorfbewohner immer öfter wegen Tränken und kleinen Heilmitteln an mich wandten.

Mit der Öffnung der Straßen sprang das Leben nicht urplötzlich wieder an. Zwar flohen einige von hier, so schnell es ging, die meisten aber blieben, und kaum jemand von außerhalb hatte den Mut zu einer Reise zu uns. Gegen Sommerende wagten sich einige wenige Verwandte von Verstorbenen hierher, um Anspruch auf ihre Erbschaft zu erheben, aber bei den meisten war die Angst zu groß, dass die Pest sich insgeheim doch noch in unserem Dorf herumtreiben könnte.

Einer der Ersten, die kamen, war Mr Holbroke. Freudig begrüßte ich ihn in der Hoffnung, die Anwesenheit eines so alten Freundes würde dazu beitragen, Mr Mompellions Melancholie zu mildern. Aber nicht einmal ihn wollte der Herr Pfarrer sehen. Tag um Tag saß er in seinem Sessel, aus dem er sich nur erhob, um im Zimmer herumzulaufen. Seine Trauer dauerte Wochen, dann Monate, und als der Sommer langsam dem Herbst wich, war es schon ein ganzes Vierteljahr.

Viele Wochen suchte ich nach Wegen, ihn aufzurütteln, indem ich ihm zum Beispiel kleine gute Neuigkeiten brachte: die Verlobung meiner verwitweten Nachbarin Mary Hadfield mit dem beliebten Hufschmied aus Stoney Middleton oder die schwesterliche Freundschaft, die sich allmählich zwischen der optimistischen kleinen Quäkerin Merry Wickford und der strengen Jane Martin entwickelte. Aber nichts von allem berührte ihn auch nur im Geringsten.

Ich bat ihn, wenigstens an sein Pferd zu denken, das unruhig im Stall herumscharrte, weil es auf einen Ausritt hoffte. Mit dem Vorschlag, dieser oder jener würde sich vielleicht über ein Wort, einen Rat oder ein Gebet von ihm freuen, versuchte ich, ihn bei seinem Pflichtgefühl zu packen. In Wahrheit trafen nur selten Bitten um geistlichen Beistand ein. Anfänglich dachte ich, dies sei nur Zurückhaltung aus Respekt für sein großes Leid. Aber dann wurde mir klar, dass ihn viele Leute im Dorf wegen der Dinge nicht liebten, die er während unseres Martyriums hier getan hatte. Einige gingen sogar so weit, ihm insgeheim die Schuld an ihren großen Verlusten zu geben. Diese Ungerechtigkeit schmerzte mich und half mir, behutsam mit ihm umzugehen.

Und so machten wir weiter, bis ich zuletzt glaubte, dass ich nur, durch Elinors Wunsch gebunden, auf den Augenblick wartete, bis Mr Mompellion in seinem Zimmer dahinschwand, mit mir als einziger Zeugin.

UND DANN, zur Apfelernte, kehrten die Bradfords ins Dorf zurück. Ich habe bereits geschildert, wie meine erste Begegnung mit Elizabeth Bradford verlief und wie ihre Forderung, er solle ihrer leidenden Mutter beistehen, erneut das ganze Ausmaß seines Zorns entfachte, den er damals empfunden hatte, als diese Familie ihre Pflichten vergaß und von hier geflohen war. Und auch das habe ich beschrieben: wie mein Versuch scheiterte, ihm Trost zu bringen, und er die Bibel zu Boden warf.

Es fiel mir sehr schwer, nicht wegzulaufen, nachdem ich die Tür zu seinem Studierzimmer geschlossen hatte. Wo er mich am Unterarm gepackt hatte, zeichnete sich eine grellrote Druckstelle ab. Ich war wütend über mich selbst, aber auch sehr verwirrt. Durch die Küchentür verließ ich das Pfarrhaus und ging in Richtung Stall.

Bevor er die Bibel hatte fallen lassen, hatte er jene wunderschönen Psalmworte fast gezischt:

> Dein Weib wird sein wie ein fruchtbarer Weinstock
> drinnen in deinem Hause
> deine Kinder wie junge Ölbäume um deinen Tisch her.

MAN HATTE seine Frau vor seinen Augen niedergemetzelt. Meine Olivenzweige wurden zerstört. *Warum?* Seine stumme Frage dröhnte in meinem Schädel. Schon zu viele schlaflose Nächte hatte mich genau dieses *Warum* gequält. Aber dass auch er sich diese Frage stellen sollte … Glaubte er mittlerweile tatsächlich, all unsere Opfer, alles Leid und alles Elend seien umsonst gewesen?

Für eine Weile wollte ich allein sein, ich konnte die Bürde meiner Verwirrung nicht mehr ertragen. Also öffnete ich die Tür zum Pferch von Anteros und glitt hinein. Das Pferd bäumte sich auf, dann stand es schnaubend da und musterte mich aus einem seiner großen braunen Augen. So verharrten wir viele Minuten. Als ich glaubte, er würde mir nichts tun, ließ ich mich langsam ins Stroh gleiten.

„Nun, Anteros, leider muss ich dir mitteilen, dass er nun doch verloren ist“, sagte ich. „Sein Verstand hat ihn restlos verlassen.“ Sicher, das war es: Er war verrückt. Eine andere Erklärung konnte es nicht geben.

„Auf ihn zu warten nützt nichts mehr, mein Freund“, fuhr ich fort. „Wir beide werden akzeptieren müssen, dass er sich der Dunkelheit überlassen hat.“ Da saß ich nun und atmete den schweren, süßlichen Geruch von Pferd und Heu ein. Anteros senkte seinen massigen Schädel auf meinen Nacken und beschnupperte mich. Langsam hob ich die Hand und streichelte seine lange Schnauze. „Da wären wir zwei also am Leben“, sagte ich. „Also müssen wir unser Bestes daraus machen.“ Er scheute vor meiner Berührung nicht zurück, sondern drückte sich gegen meine Hand, als wollte er um noch mehr Liebkosungen betteln. Dann hob er den Kopf, als versuche er, die Luft im Freien zu wittern.

„Dann lass uns gehen“, flüsterte ich. „Gehen und leben. Wir haben keine Wahl.“ Langsam stand ich auf und hob das Zaumzeug vom Haken. Er wich dabei nicht zurück, sondern senkte den Kopf, und ich streifte es ihm möglichst sachte über. Während ich den Riegel zur Stalltür zurückschob, hielt ich ihn gut fest, da ich wusste, wenn er jetzt ausbrechen würde, hätte ich keine Chance, ihn aufzuhalten.

Draußen im Hof saß ich ohne Sattel auf, wie ich als Kind reiten gelernt hatte. Ich machte mich auf alles gefasst und nahm mir vor, mich so lange anzuklammern, wie es ging. Aber er tänzelte nur ein bisschen, als er mein Gewicht auf seinem Rücken spürte, und wartete auf mein Signal. Als ich mit der Zunge schnalzte, ging es in einer geschmeidigen Bewegung vorwärts. Wie eine gelenkige Katze nahm er die Mauer. Ich spürte kaum, wie er wieder aufkam.

Ich lenkte ihn Richtung Moor, und wir galoppierten los. Der Wind riss mir die Haube vom Kopf und löste meine Haare, sodass sie wie ein Banner hinter mir herwehten. Im Takt zum mächtigen Hufgetrappel pochte mir das Blut im Kopf. Wir leben, wir leben, wir leben, sagten die Hufschläge, und mein Pulsschlag gab ihnen Antwort. Ich war lebendig, und ich war jung, und ich würde weitermachen, bis ich einen Sinn darin fand. Bei diesem Morgenritt begriff ich: Während unser Martyrium Michael Mompellion gebrochen hatte, hatte es mich stark gemacht.

Ich ritt nur um der Bewegung willen, egal, wohin. Nach einer Weile fand ich mich auf dem Feld um den Grenzstein wieder. Jener Pfad, den wir während unseres Pestjahres so tief ausgetreten hatten, war schon fast wieder zugewachsen. Zwischen den hohen Gräsern war der Stein selbst fast unsichtbar. Ich brachte Anteros zum Stillstand und blickte nach Stoney Middleton hinunter. Da fiel mir wieder ein, wie gerne ich dort hinab geflohen wäre. Jetzt band mich kein Eid mehr. Wir galoppierten in hohem Tempo den Hang hinunter und weiter durchs Dorf, kaum weniger schnell, und im gestreckten Galopp wieder auf die dahinter liegenden Felder hinaus. Erst als die Sonne schon hoch am Himmel stand, wendete ich Anteros. Am Grenzstein verlangsamten wir das Tempo. Das kräftige Pferd fiel in einen angenehmen Trab. Als wir zum Pfarrhof kamen, schritt er so gesittet wie ein Kutschenpony.

Mit großen Schritten trat Michael Mompellion aus der Tür. Sein Gesicht wirkte verärgert und ungläubig. Er rannte zu uns hin und packte das Zaumzeug. Seine grauen Augen musterten mich. Plötzlich wurde mir bewusst, dass es nicht besonders anständig aussah, wie ich dahergeritten kam: im Herrensitz, den Rock bis über den Unterrock hochgezogen, bis zur Taille offene Haare, die Haube irgendwo im Moor verloren.

„Hast du denn völlig den Verstand verloren?"

Ich schaute vom hohen Rücken von Anteros auf ihn nieder. Zum ersten Mal zuckte ich unter seinem bohrenden Blick nicht zusammen. „Und Sie?", lautete meine Antwort.

Der Herr Pfarrer starrte zu mir herauf. Dann wandte er unversehens den Blick ab, ließ das Pferd los, hob die Hände zum Gesicht und drückte sich die Handballen in die Augen. „Ja", sagte er schließlich, „ja, wahrlich, ich glaube, ich habe tatsächlich den Verstand verloren." Mit diesen Worten fiel er auf die Knie, mitten im schmutzigen Hof.

Als ich ihn so zusammenbrechen sah, galt mein Gedanke Elinor, ich schwöre es: wie ihr sein zutiefst kläglicher Anblick das Herz brechen würde. Ehe ich noch recht wusste, was ich da tat, war ich schon vom Pferd und nahm ihn in die Arme, wie es sicher auch Elinor getan hätte. Er vergrub seinen Kopf an meiner Schulter, und ich hielt ihn fest. Durch den dünnen Hemdstoff konnte ich seine harten Rückenmuskeln spüren. So hatte ich seit über zwei Jahren keinen Mann mehr gehalten. Und dann passierte es: Plötzlich durchzuckte mich heftiges Begehren, und ich stöhnte auf. Daraufhin wich er zurück und schaute mich an. Seine Finger streiften mein Gesicht und wanderten in meine zerzausten Haare. Er packte mich fester und zog meinen Mund an den seinen.

So fand uns der Stallbursche. Aus Angst, man würde ihm die Schuld an meinem wilden Ausritt geben, hatte er sich in der Sattelkammer versteckt. Jetzt stand er mit weit aufgerissenen Augen da. Wir fuhren auseinander, der eine vor die massige Gestalt von Anteros, der andere dahinter. Aber was er gesehen hatte, hatte er gesehen.

Irgendwie brachte ich meine Stimme einigermaßen unter Kontrolle.

„So, da sind Sie also, Master Richard. Hätten Sie die Güte, sich um Anteros zu kümmern? Er wird Wasser wollen. Außerdem wird er sich nach so langer Zeit nun wieder einmal bürsten lassen."

Mit bebenden Händen übergab ich ihm den Zügel und ging dann Richtung Küche. Ich wagte es nicht, mich umzudrehen. Bald darauf hörte ich, wie die Tür auf- und wieder zuging, dann Schritte auf der Treppe. Ich presste die Hände gegen die Schläfen und versuchte, ruhiger zu atmen. Schließlich raffte ich meine widerspenstigen Haare zusammen und verknotete sie am Hinterkopf, so gut es ging. Gerade als ich mich in der glänzenden Oberfläche einer Pfanne betrachtete, um zu sehen, wie mir dies gelungen war, erblickte ich sein Spiegelbild hinter mir.

„Anna."

Ich hatte ihn nicht wieder die Treppe herunterkommen gehört. Nun stand er unter der Küchentür. Ich machte einen Schritt auf ihn zu, aber er streckte die Hände aus, ergriff meine Handgelenke – diesmal zärtlich – und hielt mich auf Distanz. Er sprach so leise, dass ich ihn kaum hören konnte. „Ich weiß mir keine Erklärung für mein Verhalten draußen im Hof. Trotzdem entschuldige ich mich."

„Nein!", unterbrach ich ihn, aber er ließ eines meiner Handgelenke los und legte mir einen Finger auf die Lippen. „Ich bin nicht bei Sinnen, das weißt du besser als sonst jemand. Du hast in den letzten Monaten gesehen, wie ich bin. Ich kann nicht klar denken. Eigentlich kann ich die meiste Zeit gar nicht denken. Da ist nur dieses Gewicht in meinem Herzen, ein formloses Grauen, das sich in Schmerz verwandelt …"

Ich vernahm kaum seine Worte. Was ich dann tat, wollte er nicht, ich weiß. Aber in mir war so starkes Begehren, dass es mir egal war. Ich hob meine Hand zu der Stelle, wo die seine noch immer auf meinen Lippen lag. Dann öffnete ich den Mund und fuhr mit meiner Zunge sachte über seine Fingerspitze. Er stöhnte auf und zog mich mit der anderen Hand, die noch immer um mein Handgelenk lag, an sich. Wahrscheinlich hätte uns nichts aufhalten können. Dann fielen wir auf den Steinboden. Als mir die rauen Steinplatten die Haut aufschürften, schien der Schmerz jenem in meinem Herzen zu gleichen.

Keine Ahnung, wie wir nach oben kamen, aber später lagen wir zusammen auf dem nach Lavendel duftenden Bett. Jetzt waren wir zärtlich und widmeten uns einander wunderbar aufmerksam. Danach sprachen wir leise über all die Dinge, die wir vor dem Wüten des vergangenen Jahres geliebt hatten, während der Regen leicht gegen die Fenster klopfte. Über das Pestjahr selbst fiel kein Wort.

Als er am späten Nachmittag in einen leichten Schlummer gefallen war, schlich ich mich aus dem Bett, zog mich an und ging meine Schafe füttern. Es hatte zu regnen aufgehört, ein leichter Wind flüsterte im nassen Gras. Eben beförderte ich mit der Gabel Heu vom Heuboden, da trat er näher.

„Lass mich das machen", sagte er und nahm die Heugabel. Dann hielt er inne und zupfte mir das Stroh vom Kleid. Mit geübten Handbewegungen schaffte er das Heu hinunter und schleppte die Ladung unter meiner Anleitung aufs Feld hinaus, wo die Herde im Schutz eines Wäldchens graste. Gemeinsam waren wir mit dem Verteilen rasch fertig. Als er einen dichten Heuballen zerstieß, duftete es plötzlich intensiv nach weißem Klee. Er hob ein Büschel auf und atmete seinen Duft tief ein. Als er wieder aufsah, war sein Gesicht von einem Lächeln erhellt, wie ich es seit über einem Jahr nicht mehr bei ihm gesehen hatte.

„Das duftet wie meine Kindheitssommer", sagte er. „Weißt du, eigentlich hätte ich Bauer werden sollen. Vielleicht werde ich's ja jetzt."

Im sinkenden Tageslicht stiegen wir wieder den Hügel hinab. Als wir uns meiner Kate näherten, nahm er mich bei der Hand. „Anna, darf ich heute Nacht in deinem Bett liegen?"

Ich nickte. Wir gingen hinein. Unter dem niedrigen Türstock musste er den Kopf einziehen. Ich begann, die Glut im Herd wieder anzufachen, aber er unterbrach mich. „Heute möchte ich dich bedienen", sagte er, führte mich zum Stuhl und legte mir fürsorglich einen Schal um die Schultern. Dann bückte er sich zum Herd. Als das Feuer knisterte, stellte er aus Käse und Äpfeln, Haferkuchen und Bier ein einfaches Mahl zusammen, das wir mit den Händen aßen, vom selben Teller. Wir redeten nur wenig, während wir dem knisternden Feuer zuschauten, aber es war eine freundliche Stille. Als wir endlich in mein Bett hinaufgeklettert waren, lagen wir lange Zeit da und schauten einander tief in die Augen, wir schienen nicht einmal zu blinzeln, bis uns plötzlich die warme Welle unserer Lust durchschoss. Als wir uns schließlich voneinander lösten, fiel ich in einen erschöpften Schlaf, aus dem ich erst am Morgen erwachte.

Durch die Glasscheiben fiel Licht auf seinen langen, reglosen Körper. Auf einen Ellbogen gestützt, schaute ich ihn an und zeichnete mit einer Fingerspitze die hellen Winkel auf seiner Brust nach. Dadurch erwachte er, regte sich aber nicht, sondern beobachtete mich, wobei seine Augen Lachfältchen bekamen. Beim Anblick meiner abgearbeiteten roten Hand dachte ich an Elinors zarte Finger. Jetzt griff er nach meiner Hand und küsste sie. Ich zog sie zurück, weil ich mich für ihr Aussehen schämte, und platzte mit dem Gedanken heraus, der mir durch den Kopf ging. „Wenn du bei mir liegst“, flüsterte ich, „denkst du dann an Elinor?“

„Nein“, sagte er, „solche Erinnerungen habe ich nicht. Ich habe nie bei Elinor gelegen.“

Ich starrte ihn an. Seine grauen Augen betrachteten mich, undurchschaubar wie Rauchglas. „Wie kannst du so etwas sagen? Ihr – wart drei Jahre verheiratet. Ihr habt einander geliebt …“

„Ja, ich habe Elinor geliebt“, sagte er leise. „Und deshalb habe ich nie bei ihr gelegen.“ Plötzlich fiel es mir wie Schuppen von den Augen: Die ganze Zeit, die ich in ihrer Nähe verbracht hatte, hatte ich keine einzige Berührung zwischen ihnen gesehen.

Ich zog die Beine an und schlang das Tuch um meinen Körper. Nun redete er in einem geduldigen Tonfall, wie man einem Kind etwas erklärt. „Anna, versteh doch: Elinor hatte Bedürfnisse, die das Körperliche weit überstiegen. Elinor hatte eine verstörte Seele. Sie bedurfte der Sühne, und ich musste ihr dabei helfen. Als Mädchen hatte Elinor eine große Sünde begangen, von der du nichts wissen kannst …“

„Aber ich weiß davon“, warf ich ein. „Sie hat es mir erzählt.“

„Tatsächlich?“, sagte er. Jetzt drehte er sich zu mir und sah mich stirnrunzelnd an. Seine grauen Augen verdunkelten sich. „Offensichtlich gab es mehr zwischen euch beiden – mehr, als mir bewusst war. Mehr, sollte ich sagen, als vielleicht schicklich war.“

Mir schoss flüchtig durch den Kopf, dass ausgerechnet er, der nackt auf meinem Bett lag, wohl kaum in der Lage war zu beurteilen, inwieweit meine Freundschaft mit seiner Frau schicklich war oder nicht. Aber ich war viel zu aufgewühlt, um diesem Gedanken nachzuhängen. „Elinor hat mir von ihrer Sünde erzählt. Aber sie hat doch bereut. Sicher …“

„Anna, zwischen Reue und Sühne ist ein großer Unterschied.“

Er setzte sich auf und lehnte sich rücklings gegen die raue Holzwand. Jetzt saßen wir uns auf dem Lager gegenüber. „Elinors Lust hat ihr ungeborenes Kind das Leben gekostet. Was konnte sie als Sühne für das Leben geben, das wegen ihrer Taten nie gelebt werden konnte? Weil Lust die Ursache für diese Sünde gewesen war, hielt ich eine Sühne in der Form für nötig, dass sie einen Teil ihres Lebens mit ungestillter Lust leben sollte. Bei meiner Elinor *musste* ich sicher sein, dass sie zuerst geläutert war, sonst hätte ich riskiert, sie in Ewigkeit zu verlieren.“

„Und du?“, fragte ich mit erstickter Stimme.

„Ich?“ Er lachte. „Ich nahm mir ein Beispiel an den Papisten. Weißt du, wie die Papisten ihre Priesterzöglinge lehren, ihrer Gelüste Herr zu werden? Wenn sie eine Frau wollen, üben sie sich darin, an all die üblen Körperflüssigkeiten zu denken. Ich habe mir keinen Blick auf Elinor gestattet, bei dem ich ihr schönes Gesicht wahrnahm oder ihren frischen Duft einatmete. Nein! Bei jedem Blick auf dieses reizende Geschöpf zwang ich mich, an Gallensaft und Eiter zu denken …"

„Genug!", schrie ich und hielt mir die Ohren zu. Mir war übel.

Sein Körper ist stark, und doch befürchte ich, dass sein Wille weitaus stärker ist. Er kann ihn zu Taten treiben, die kein normaler Mensch fertig bringt, besseren und schlechteren. Glaube mir, ich habe es schon gesehen. Das hatte Elinor vor vielen Monaten zu mir gesagt. Jetzt wusste ich, was sie damit gemeint hatte.

Inzwischen kniete er auf dem Bett. Seine Stimme hatte den eindringlichen Kanzel-Ton angenommen. „Ich habe meine Lust in heiliges Feuer verwandelt! Ich brannte aus Leidenschaft für Gott!"

Und dann lachte er, ein freudloses Lachen, fiel rücklings auf den Strohsack und schloss die Augen. Sein Gesicht zuckte, als verspürte er plötzlich große Schmerzen. Seine Stimme wurde zu einem heiseren Flüstern. „Und nun, scheint es, gibt es keinen Gott, und ich habe mich geirrt … In allem, was ich von Elinor gefordert habe und von mir … Denn natürlich habe ich sie geliebt und begehrt. Darin habe ich geirrt. Und noch mehr in dem, was ich von diesem Dorf gefordert habe. Meinetwegen sind viele tot, die sich sonst vielleicht hätten retten können. Wer war ich, sie ins Verhängnis zu stürzen? Ich dachte, ich spräche für Gott. Ich Narr! Mein ganzes Leben, all meine Taten, jedes Wort, jedes Gefühl beruhen auf einer Lüge. Falsch, in allem. Aber nun habe ich wenigstens endlich gelernt, das zu tun, was mir gefällt!"

Er griff nach mir, aber ich entglitt seiner Hand und rollte mich vom Lager. Blindlings packte ich die nächstbesten Kleidungsstücke und floh aus dem Zimmer. Während ich die Treppe hinunterstolperte, zerrte ich meinen Kittel über den Kopf. Ich hatte nur einen Gedanken: fort.

Wie blind taumelte ich Richtung Kirchhof. Ich wollte zu Elinor, wollte sie halten und streicheln und ihr sagen, es tue mir Leid, dass er sie so behandelt hatte. Meine wunderschöne Freundin, eine Frau voller Zärtlichkeit, zur Liebe geschaffen. Ich hatte gehofft, wenn ich bei ihm lag, würde mich das auch ihr näher bringen. Aber stattdessen hatte ich sie, indem ich mir durch seinen Körper Vergnügen bereitete, bestohlen – um das, was rechtmäßig ihr gehört hätte: um ihre Hochzeitsnacht. Ich ging zu ihrem Grabstein und legte mich der Länge nach darauf und schluchzte, bis der Stein tränennass war.

Dort lag ich also, ausgestreckt auf ihrem Grabstein, als ich ihn nach mir rufen hörte. Ich wollte ihn nicht sehen. Plötzlich widerte mich der ganze Mensch an: jenes Gesicht, das mich so bewegt hatte, jener Körper, den ich begehrt hatte. Ich glitt vom Stein hinunter und rannte über das klumpige Gras auf die Kirchentür zu.

Seit jenem Märzsonntag, als sie der Pfarrer für uns alle geschlossen hatte, war ich nicht mehr hier gewesen. Ich drückte gegen die Tür, und sie ging auf. Verstohlen glitt ich hinein und zog sie leise hinter mir zu.

Drinnen roch es abgestanden. Ich glitt nach vorne, wobei ich aus Gewohnheit leise auftrat. Meine Hände strichen über das alte steinerne Taufbecken. Ich musste an die beiden Freudentage denken, als ich die Babys zur Taufe hergebracht hatte. Sam hatte so über beide Backen gestrahlt, dass sein Gesicht aussah, als würde es gleich platzen.

Einfacher Sam. Manchmal hatte ich mich dafür geschämt, dass ihm die Gefühle ganz offen ins Gesicht geschrieben standen. Wie hatte ich Elinor beneidet! Um das zart fühlende Benehmen ihres Mannes, um seinen subtilen Geist. Wie konnte ich nur so wenig begriffen haben? Andererseits, wie sollte überhaupt jemand so etwas begreifen: dass sich unter der Maske sanfter Zurückhaltung eine höchst unnatürliche Kälte verbarg, dass sich subtile Gedanken ins Perverse verkehren konnten?

Wachsgeruch, feuchtes Gemäuer, leere Kirchenbänke. Ich stellte mir die Gesichter vor, die sie gefüllt hatten. Hier hatten wir gesessen und ihm gelauscht und an ihn geglaubt wie Elinor. Wir vertrauten darauf, dass er uns sagte, was richtig war. Jetzt waren zwei Drittel dieser Gesichter nicht mehr. Ich stand da und wollte ein Gebet für sie sprechen, aber es kam keines. Dann versuchte ich es mit den alten auswendig gelernten Wörtern. „Ich glaube an Gott, den allmächtigen Vater, Schöpfer des Himmels und der Erde." Mein Echo flüsterte und erstarb mitten im trockenen Kratzen von huschenden Mäusen.

„Wirklich, Anna? Glaubst du noch immer an Gott?"

Die Stimme kam aus der Bradfordschen Kirchenbank. Elizabeth Bradford erhob sich von dem Platz, wo sie gekniet hatte. Wegen der hohen Rückenlehne hatte ich sie nicht gesehen. „Meine Mutter tut es. Auf ihre Bitte hin bin ich hierher gekommen, obwohl ich bezweifle, dass es ihr viel nützen wird. Seit gestern Abend liegt sie in den Wehen, einen ganzen Monat vor der Zeit, und der Chirurg gibt sie auf. Er meint, wenn eine Frau ihres Alters schwanger wird, sei das ein Flirt mit dem Tod, da sie nicht mehr gebären kann. Und kaum hatte er diese grausige Prognose verkündet, saß er auch schon auf seinem Pferd, Richtung Heimat." Jetzt sank sie auf die Bank, ihre Stimme wurde zum Flüstern. „Das Blut, Anna! Noch nie habe ich so viel Blut gesehen." Einen langen Augenblick vergrub sie ihr Gesicht in den Händen. Dann sah ich, wie sich ihr Rücken straffte. „Na schön", meinte sie, „ich habe getan, worum sie gebettelt hat. Ich habe für sie gebetet, in dieser ach so heiligen Kirche, die ihr alle durch euer Tun geweiht habt, ihr geliebten Kinder Gottes. Und jetzt muss ich zurück und wieder ihr Schreien anhören."

„Ich werde mit Ihnen kommen", sagte ich. Ich hatte so viel Tod gesehen, dass ich versuchen würde, jedes Leben zu retten. „Mit Geburten habe ich ein wenig Erfahrung. Vielleicht kann ich ihr helfen."

Etwas flackerte in ihrem Gesicht auf, ein Augenblick der Hoffnung. Dann erstarrte ihr Gesicht wie gewohnt zu einem höhnisch-stolzen Lächeln. „Also weiß die Hausmagd mehr als der Londoner Chirurg? Ich glaube nicht. Aber wenn du willst, komm. Sterben wird sie sowieso. Und vielleicht befriedigt es dich ja, Mompellion zu berichten, wie Gott seine Prophezeiungen über meine Familie erfüllt hat."

Ich folgte Elizabeth Bradford und versuchte, den Ärger niederzukämpfen, der in mir aufstieg. An der Kirchentür hielt ich inne und sah mich suchend nach dem Pfarrer um. Da von ihm nichts zu sehen war, folgte ich Miss Bradford zu der Stelle, wo ihre Stute angebunden stand, und saß hinter ihr auf.

Schweigend ritten wir den Hügel zum Herrenhaus hinauf. Dort stieg Miss Bradford ab und reichte mir den Zügel, da sie annahm, ich würde die Stute in den Stall bringen. Wortlos gab ich ihr den Zügel zurück und ging auf das Hauptportal zu. Sie stieß einen Laut aus, halb zischend, halb seufzend, dann führte sie die Stute zu den Stallungen. Selbst draußen konnte ich die Schreie ihrer Mutter hören. Als Miss Bradford wiederkam, traten wir ein. Vorbei an den verhüllten Möbelstücken stiegen wir die Treppe zum Schlafgemach ihrer Mutter hinauf.

Mit dem Blut hatte sie nicht übertrieben. Überall lagen gebrauchte Leinenbündel herum. Das junge Mädchen, das sich um Mrs Bradford kümmerte, war mir fremd. Sie packte ein frisches Handtuch, um den unaufhörlichen Blutstrom zu stillen. Rasch gab ich ihr knappe Anweisungen für alles, was ich brauchte: „Bring mir alles, was an Brühe oder Sülze da ist, dazu etwas guten Wein und ein bisschen warmen Toast zum Eintunken. Wenn sie einen derartigen Blutverlust überleben soll, braucht sie dringend etwas Kräftiges. Bring mir außerdem einen Kessel kochend heißes Wasser und eine Schüssel." Das Mädchen stürzte aus dem Zimmer, als könnte es nicht schnell genug wegkommen.

Bei unserem Eintreten hatte Mrs Bradford zu schreien aufgehört. Matt streckte sie die Hand nach ihrer Tochter aus. Elizabeth lief zu ihr und küsste sie zärtlich. Offensichtlich wollte sie ihre Mutter in ihrer Todesangst beruhigen, egal, wie wenig sie wirklich von meinen Künsten hielt. Mit besänftigender Stimme erzählte sie von dem hohen Lob, das sie über meine Fähigkeiten als Hebamme gehört hätte, und dass jetzt alles gut werde. Mein Blick wanderte über den Körper ihrer Mutter zu ihr hinüber. Ich schüttelte leicht den Kopf. Ich wollte niemanden im Irrtum über die verzweifelte Lage lassen. Elizabeth hielt meinen Blick fest. Ihr Nicken bedeutete, dass sie sehr wohl verstand.

Kaum hatte ich das heiße Wasser, wusch ich mir die Hände und entfernte das durchnässte Handtuch zwischen Mrs Bradfords Beinen. Jetzt arbeitete ich rasch. Schließlich wollte ich sie nicht verlieren, bevor ich das Kind gerettet hatte. Meine Hände ertasteten die Lage des Kindes. Alles deutete auf eine einfache Steißlage hin. Warum hatte der Chirurg diesen Fall als hoffnungslos abgetan? Wäre er hier geblieben, hätte er das, was ich nun versuchte, ganz einfach tun können. Doch dann begriff ich: Offensichtlich war er hier mit der Anweisung zu nachlässigem Handeln eingetroffen.

Da das Kind noch nicht ganz ausgereift war, konnte ich es fast mühelos drehen. Die Frau war zu schwach, um zu pressen. Eine Weile befürchtete ich, wir würden deshalb scheitern. Aber irgendwie holte sie genau jenes winzige Maß an Kraft aus sich heraus, das wir brauchten. Ein perfektes kleines Mädchen glitt in meine Hände.

Bei einem Blick in ihre tiefblauen Augen sah ich ein Spiegelbild meines eigenen neuen Lebens. Dieses winzige, einzigartige Wesen gerettet zu haben – das allein schien mir Grund genug zum Leben zu sein. Nun wusste ich, dies war mein zukünftiger Weg: weg vom Tod und hin zum Leben, von Geburt zu Geburt, vom Samen zur Blüte, ein Leben unter Wundern.

Kaum war die Nabelschnur durchtrennt und verknotet, verlor Mrs Bradford nur noch tropfenweise Blut. Mühelos glitt die Nachgeburt heraus. Dann brachte sie es fertig, ein bisschen Brühe zu sich zu nehmen. Insgeheim verfluchte ich den Chirurgen, weil er diese Frau im Stich gelassen hatte. Hätte er sie bereits vor Stunden entbunden, wäre sie nicht blutend dagelegen. Jetzt würde Mrs Bradford ein Wunder brauchen, um einen derart enormen Blutverlust zu überleben. Trotzdem wollte ich unbedingt um sie kämpfen. Ich sagte Elizabeth Bradford, sie solle unverzüglich zu meiner Kate reiten, und erklärte ihr, wo sie ein Fläschchen

Nesselsaft finden könnte, von dem ich hoffte, dass ihre Mutter dadurch vielleicht wieder zu Kräften käme.

„Nesseln?“ Sie sprach das Wort aus, als hinterließe es einen schlechten Geschmack in ihrem Mund. „So etwas kann ich nicht finden, davon bin ich überzeugt.“ Zärtlich legte sie eine Hand auf die Stirn ihrer Mutter, und beim Anblick dieses Gesichts wurde ihr harter Blick weich. „Ich hätte ja gerne, dass sie bekommt, was du für nötig hältst, aber dazu musst du schon selbst gehen. Ich habe Angst, meine Mutter allein zu lassen. Am Ende stirbt sie noch in meiner Abwesenheit.“

Das erschien mir vernünftig, deshalb stimmte ich zu und zeigte dem Mädchen, wie es das Neugeborene baden und dann möglichst rasch seiner Mutter an die Brust legen sollte. Ich war schon fast bei den Stallungen, als ich merkte, dass mir durch und durch kalt war, weil ich nichts außer dem dünnen Kittel trug, den ich am Morgen schnell gegriffen hatte, als ich vor Michael Mompellion geflohen war. In der Absicht, mir Elizabeths Reisemantel auszuborgen, kehrte ich um. Da die Küchentür am nächsten lag, lief ich hastig darauf zu und stürzte hinein.

Elizabeth Bradford drehte mir den Rücken zu, dennoch genügte ein Augenblick, und ich wusste, was sie tat. Auf der Bank vor ihr stand ein Eimer voll Wasser. Darin steckten ihre Unterarme, und ich sah, wie ihre Muskeln angespannt waren, weil sie Mühe hatte, das Kind unter Wasser zu halten. Mit einem Schritt war ich bei ihr und stieß sie mit einer Kraft beiseite, die ich mir gar nicht zugetraut hätte. Das Kind entglitt ihr, als sie zur Seite fiel. Ich fuhr mit beiden Armen in den Eimer, zog den winzigen Körper heraus und drückte ihn fest an mich. Da das Kind vom Wasser ganz kalt war, rieb ich es fest ab, wie ich es tat, um ein neugeborenes Lämmchen ins Leben zurückzuholen, das in einer kalten Nacht zur Welt kam. Das Baby spuckte, blinzelte und stieß dann einen empörten Schrei aus. Gott sei Dank war ihm nichts geschehen.

Elizabeth Bradford rappelte sich wieder auf. „Es ist ein Bastard, das Ergebnis eines Ehebruchs. Mein Vater wird es nicht in seiner Nähe dulden.“

„Das mag sein, trotzdem haben Sie kein Recht, ihr das Leben zu nehmen!“

„Siehst du das denn nicht ein?“, klagte sie nun. „Ein Schlussstrich unter diese Sache ist die einzige Chance meiner Mutter auf einen Neuanfang. Andernfalls ist ihr Leben vorbei. Glaubst du wirklich, ich töte es gern? Das Kind meiner Mutter, meine Blutsverwandte? Ich tu’s doch nur, um meine Mutter vor dem Zorn meines Vaters zu bewahren!“

„Geben Sie mir das Kind“, sagte ich, „und ich werde es liebevoll aufziehen.“

Nachdenklich stand sie da, dann schüttelte sie den Kopf. „Nein, das wird nicht gehen. Wir können nicht zulassen, dass unsere Familienschande zur Schau gestellt wird und sich alle die Mäuler darüber zerreißen.“

„Nun denn“, sagte ich, kälter jetzt und so berechnend wie sie. „Geben Sie mir die nötigen Mittel, dann bringe ich sie von hier fort und verspreche, dass Sie nie wieder ein Wort von uns beiden hören werden.“

Bei diesen Worten zog Elizabeth Bradford die Augenbrauen hoch und kniff abwägend die Lippen zusammen. Meine Augen suchten in ihrem Gesicht nach einer Spur Mitgefühl, aber da fand sich nur kalte Berechnung. Mein Blick wanderte zu dem Neugeborenen hinunter. Ich versuchte, ein Gebet für es zu sprechen. Ein einziges Wort formte sich in meinem Kopf: *Bitte.* Doch dann fiel mir beim besten Willen nichts mehr ein: kein Bittgebet, kein Bibelvers, kein Stückchen Liturgie. Sämtliche Psalmen und Gebete, die ich in- und auswendig gekannt hatte, waren mir entfallen. Nach so vielen nicht erhörten Gebeten hatte ich das Beten selbst verlernt.

„Ja“, sagte Elizabeth Bradford schließlich, „ja, das könnte gehen.“

Ich wickelte das Kind warm ein. Dann setzten wir uns an Maggie Cantwells geliebten alten Küchentisch und feilschten um die Details, was nicht allzu lange dauerte, da ich in meinen Forderungen nicht nachgab und Elizabeth Bradford mich unbedingt rasch loswerden wollte.

Als wir uns über die Bedingungen einig waren, stieg ich die Treppe zu ihrer Mutter hinauf. Sie hatte die Brühe getrunken und ein Stück eingeweichtes Brot hinuntergewürgt. Beim Anblick des Kindes glitzerten Tränen in ihren blutunterlaufenen Augen. „Sie lebt ja noch!“, rief sie bebend.

„Das tut sie und soll es auch weiterhin.“ Nun berichtete ich ihr, was ich mit Elizabeth vereinbart hatte.

Mühsam richtete sie sich aus ihren Kissen auf und klammerte sich mit matten Fingern an meinen Unterarm. Ich dachte schon, sie wollte protestieren, aber stattdessen küsste sie meine Hand. „Oh, danke! Danke! Gott segne dich!“ Doch dann weiteten sich ihre Augen, ihr Flüstern wurde eindringlich. „Du musst fort, rasch, noch heute, ehe mein Sohn oder sein Vater erfahren, dass das Kind lebt.“

Damit deutete sie auf eine Truhe am Fußende ihres Bettes. Drinnen schimmerten in einer Geheimschublade auf dunklem Samt ein Smaragdring und ein passendes Halsband. „Nimm sie. Verkauf es für sie, wenn nötig, oder gib es ihr, wenn sie erwachsen ist. Sag ihr, dass ihre Mutter sie geliebt hätte, wenn man es ihr erlaubt hätte …“

Aus einem ihrer schönen Wollschals knotete ich rasch ein warmes Tragetuch und wickelte das Neugeborene hinein. Dann kniete ich mich neben ihr Bett, ergriff ihre weiße Hand und legte sie auf den seidigen Kinderkopf. „Sie wird stets liebevoll umsorgt sein, seien Sie dessen versichert.“

Ich schritt die Treppe hinab und ging nach draußen, wo Elizabeth mit dem Pferd wartete. Zu dritt ritten wir zu meiner Kate. Dort übergab ich Elizabeth ein Fläschchen Nesselsaft nebst Anweisungen, wie er für ihre Mutter am besten zu dosieren sei. Dafür bekam ich von ihr eine Börse mit mehr Goldstücken, als ich mir je hätte träumen lassen.

MEINE Kuh beäugte mich vorwurfsvoll, als ich mit meinem Eimer in ihren Stall trat. „Tut mir Leid, dass ich dich warten ließ“, sagte ich, „aber heute habe ich gute Verwendung für deine Milch.“ Zurück in der Kate, entrahmte ich die fette Kuhmilch und verdünnte den Rest mit ein wenig Wasser. Ich legte das Kind in meine Armbeuge. Inzwischen schrie es kläglich mit weit aufgerissenem Mund, wie es alle Neugeborenen tun. Ich streichelte seine weiche Wange, bis es sich zu meinem Finger drehte, mit dem ich ihm tropfenweise so lange Flüssigkeit einflößte, wie es sie annahm. Die Kleine hörte zu weinen auf und wurde augenblicklich schläfrig. Ich legte sie auf ein Büschel Stroh neben dem Herd und machte mich daran, die paar Habseligkeiten zusammenzusammeln, die ich mitnehmen wollte. Es war ja nur noch wenig übrig: Das kleine Winterwams, das ich für Jamie gemacht und vor dem großen Feuer bewahrt hatte; eines von Elinors Medizinbüchern, über dem wir in langen Stunden gemeinsam gebrütet hatten, bis uns die Augen wehtaten. Das war alles, was ich zur Erinnerung mitnahm.

Doch dann verbannte ich die Gedanken an das letzte Jahr und versuchte, an die Zukunft zu denken. Ich beschloss, meinen Grund und die Kate Merry Wickford zu geben, dann hätte sie ein sichereres Dach über dem Kopf als eine Pächterhütte. Die Herde würde ich Mary Hadfield im Tausch gegen ihr älteres Maultier geben. Es würde uns sicher aus dem Dorf tragen. Wohin? Ich hatte nicht die geringste Ahnung.

Noch immer besaß ich jene Schiefertafel, auf der mir Elinor das Schreiben beigebracht hatte. Ich holte sie heraus und kritzelte gerade meine Anweisungen, als die Katentür aufging. Er hatte nicht geklopft. Im plötzlichen Lichteinfall konnte ich sein Gesicht nicht erkennen.

Ich sprang von meinem Hocker auf und brachte den Tisch zwischen uns.

„Anna, weich doch nicht vor mir zurück. Was zwischen uns passiert ist, tut mir Leid, alles tut mir Leid. Mehr, als du ahnen kannst. Aber deswegen bin ich nicht hergekommen. Ich weiß ja, dass du noch nicht bereit sein kannst, mich in dieser Sache anzuhören. Jetzt bin ich nur gekommen, um dir von hier fortzuhelfen."

Offensichtlich hatte ich ein verblüfftes Gesicht gezogen, denn er fuhr hastig fort: „Ich weiß, was heute Morgen auf Bradford Hall vorgefallen ist – alles." Als ich ihn unterbrechen wollte, hob er die Hand. „Mrs Bradford lebt und erholt sich zusehends. Gerade komme ich von ihr. Ich habe heute Gewissensforschung betrieben. Du, Anna, hast mir wieder in Erinnerung gerufen, was meine Pflichten sind. Ich beabsichtige nicht, mich wie bisher in meiner Trauer zu suhlen. Denn auch du trauerst, und trotzdem lebst du und bist nützlich und bringst anderen neues Leben. Man muss kein gläubiger Mensch sein, um Trost zu bringen. Meiner Ansicht nach hast du heute mehr als zwei Leben gerettet." Er machte einen Schritt, als wolle er um den Tisch herumgehen, dorthin, wo ich stand. Mein Gesichtsausdruck ließ ihn verharren.

„Anna, ich bin nicht hergekommen, um dir das alles zu sagen. Ich bin gekommen, weil du in großer Gefahr schwebst. Schon bald wird es Elizabeth Bradford dämmern, dass du die einzige Augenzeugin für ihren Mordversuch bist. Ihr Vater wünscht dem Kind schon längst den Tod. Für einen solchen Mann ist es eine Kleinigkeit, auch noch dein Leben auf den Schuldschein zu setzen. Ich möchte, dass du Anteros nimmst", einen Augenblick flackerte es in seinen Augen belustigt auf, „schließlich wissen wir ja beide, dass du mit ihm zurechtkommst."

Ich stotterte einige Worte des Protestes, aber wieder brachte er mich zum Schweigen. „Du musst schnell sein. Durch einen glücklichen Zufall bin ich gerade Ralf Pulfer begegnet, einem Erzhändler aus Bakewell. Er bricht noch heute zum Hafen von Liverpool auf. Wenn du vor seiner Abreise nach Bakewell kommst, wäre er damit einverstanden, dir bis zu Elinors Vater Geleit zu geben. Sein Besitz liegt unmittelbar an Pulfers Weg. Ich habe ein Empfehlungsschreiben aufgesetzt, das deine Situation erläutert. Er ist ein feiner Mensch, und sein Besitz ist riesig. Irgendwo wird er sicher einen Platz für dich finden – vielleicht sogar in seinem eigenen Haushalt. Die Bradfords werden wohl kaum daran denken, dich dort zu suchen. Sie werden eher auf der Straße nach London nach dir Ausschau halten. Aber jetzt musst du fort."

Und so verließ ich mein Zuhause. Kaum blieb mehr Zeit für einen letzten Blick auf die Räume, die die Summe meiner Lebensfreuden beherbergt hatten und auch meine größte Trauer.

Das Baby erwachte nicht, als ich das Tuch wieder hochhob und fest um mich band. Draußen im Garten gab es einen peinlichen Moment, als Michael Mompellion einen Arm ausstreckte, um mir beim Aufsitzen zu helfen. Doch ich drehte ihm den Rücken zu und stieg ohne Hilfe auf. Eine ungraziöse Kletterei war mir lieber als die Berührung seiner Hand.

Ich war in langsamem Galopp schon halb die Straße hinunter, als mir klar wurde, dass ich es so nicht enden lassen konnte. Also drehte ich mich im Sattel um und sah ihn dort stehen. Seine grauen Augen waren unverwandt auf mich gerichtet. Ich hob die Hand zum Gruß. Er erwiderte ihn. Und dann war Anteros auch schon an der Kurve, die zur Straße nach Bakewell führt. Jetzt musste ich mich umdrehen und mich ganz auf den Galopp hügelabwärts konzentrieren.

12

EPILOG

Groß ist dieses Haus und sehr prächtig. Es ist in die Mauern der Zitadelle eingelassen, die hoch oben auf dem Berg liegt, der unmittelbar hinter dem weiten Bogen des Golfs aufsteigt.

Ich habe hier mein eigenes Zimmer, wo ich in Ruhe meiner Arbeit nachgehen kann, weit weg vom endlosen Geplapper und den lärmenden Kindern im Frauentrakt. Mein Zimmer ist kreisrund und hat ein Fenster, von dem aus man auf den Garten schaut, hinter dem sich die Dächer der Unterstadt erstrecken, und schließlich aufs Meer. Ich kann zusehen, wie Schiffe aus Venedig und Marseille – und noch ferneren Häfen – Glas und Zinnwaren und Teppiche entladen und für ihre Rückfahrt eine Fracht aus Goldstaub, Straußenfedern, Elfenbein und manchmal hoch gewachsenen Afrikanern, in Ketten gelegt, einladen. Sie dauern mich ob ihrer Schreckensfahrt.

Was mich betrifft, so glaube ich nicht, jemals wieder irgendwohin zu reisen. Und wenn doch, dann sicher nicht auf dem Seeweg. Die Wellen, die mich von England forttrugen, waren zerklüftete Felsen aus einer Albtraumlandschaft. Während die Planken ächzten und die Seeleute über zerfetzte Segel fluchten, musste ich den Gestank von Teer und Erbrochenem riechen und erwartete jeden Augenblick meinen Tod. Tatsächlich war ich so krank, dass ich ihn oft herbeisehnte. Nur der Gedanke an das Kind gab mir den Willen zum Weitermachen.

Aber ich möchte mich nicht länger bei den Schwierigkeiten auf dem Herweg aufhalten. Kurz gesagt: Anteros trug mich mühelos nach Bakewell, wo ich für das Neugeborene eine Amme einstellte, ehe wir mit Mr Pulfer und seiner Ladung Erz aufbrachen. Als wir aber an jene Abzweigung kamen, die uns zur Heimat von Elinor gebracht hätte, erklärte ich Mr Pulfer, ich wolle ihn nicht damit belasten, uns dorthin zu begleiten, sondern stattdessen mit ihm zum Hafen weiterreisen. Selbst heute weiß ich nicht wirklich, was mich dazu getrieben hat, aber damals schien es mir richtig, jede Bindung an mein altes Leben zu kappen. Es war Zeit, einen Ort zu suchen, wo ich gemeinsam mit dem Kind etwas ganz Neues aufbauen konnte.

In einem Gasthaus am Hafen belegte ich ein Zimmer. In den nächsten Tagen sollte mich mein übereilter Entschluss noch öfter reuen, denn die Entscheidung, welchen Kurs ich einschlagen sollte, erwies sich als überaus schwierig. Letztlich traf weniger ich die Entscheidung, eher *wurde* sie für mich getroffen. Der Gastwirt, ein anständiger Mensch, schlug eines Morgens noch vor Sonnenaufgang gegen meine Tür. Er war sehr aufgeregt und sagte, ein junger Edelmann habe sich schon in der ganzen Stadt nach meinem Aufenthaltsort erkundigt. „Der tönt überall rum, Sie hätten seiner Familie Juwelen geklaut. Ich hab das ja nicht geglaubt, müssen Sie wissen. Wer stellt sich schon mit seinem eigenen Namen vor, wenn er ’n Dieb ist! Und dann noch was Komisches: Besonders nach dem Kind hat er immer weiter gebohrt. Da schien er viel wilder drauf zu sein als nach den Klunkern. Ich misch mich ja nicht gern in die Sachen meiner Gäste, Mistress, aber das is ’n ungemütlicher Kerl. Und wenn ich Sie wäre, würd ich das nächste Schiff nehmen, egal, welches, und egal, wohin.“

Zufällig war eine Karacke nach Venedig, voll beladen mit Bleierz aus den Gruben am Peak, das einzige Schiff, das an jenem Tag auslief. Also bezahlte ich einen Teil des Bradfordschen Goldes für eine kleine Kabine. Noch mehr benötigte ich für die Amme, die jammerte, von einer Seereise sei nicht die Rede gewesen. Und so reiste ich aus meiner Heimat ab – auf einem Frachter, voll beladen mit genau jenem Erz, über das meine Füße mein Leben lang gelaufen waren. Während ich mit dem Säugling im schwankenden Bett hin und her schaukelte, verlor ich bald jedes Gefühl für Tag und Nacht. Ich dachte schon, unsere Geschichte würde hier enden, das meergrüne Wasser durch die Planken brechen und uns in die Tiefe reißen.

Doch dann erwachte ich eines Morgens bei glatter See und würziger, warmer Luft. Ich nahm das Kind und ging an Deck. Nie werde ich das blendende Sonnenlicht vergessen, das in den weißen Mauern und goldenen Kuppeln funkelte, nie den Anblick der Stadt, die sich über den Berghang ergoss und die breite blaue Bucht umfing. Ich erkundigte mich beim Kapitän nach dem Namen dieses Ortes, und er erklärte mir, wir seien in Algerien im Hafen von Oran gelandet.

In meinem Gepäck befand sich Elinors Buch, jener kostbare letzte Band von Avicennas „Kanon der Medizin". Trotz seines Gewichts hatte ich ihn zur Erinnerung an sie und unsere gemeinsame Arbeit eingepackt. Eines Tages werde ich alles auf Lateinisch auswendig lernen, was dieses großartige Buch enthält, dachte ich mir. Voll Bewunderung hatten Elinor und ich festgestellt, dass ein Ungläubiger schon vor so langer Zeit so viel wunderbares Wissen besessen hatte. Dann musste ich an all die Dinge denken, die muselmanische Ärzte seit seinem Erscheinen entdeckt haben könnten. Und plötzlich hatte ich den Eindruck, mich hätte es nur deshalb in diese sonnendurchflutete Stadt verschlagen, damit ich die Möglichkeit hätte, mehr über jene Kunst zu lernen, zu der ich mich berufen fühlte. Ich zahlte die Amme aus und sorgte für ihre Rückfahrt. Vermutlich konnte ich in so einer großen Stadt eine neue finden.

Der Kapitän des Schiffes versuchte mir auszureden, von Bord zu gehen. Als er aber sah, dass mein Entschluss feststand, half er mir. Der Kapitän hatte von Ahmed Bey gehört, was nicht weiter verwunderlich war, denn seine Schriften hatten ihn zum berühmtesten Arzt im Barbarenland gemacht. Angesichts meines Zustands war es wirklich erstaunlich für mich, wie schnell der Bey den Entschluss fasste, mich aufzunehmen. Erst später, als wir einander besser kannten, erzählte er mir, er sei gerade vom Mittagsgebet gekommen, in dem er Allah angerufen hatte, er möge sich eines müden alten Mannes erbarmen und ihm eine Hilfe senden. Dann hatte er die Frauengemächer betreten und mich dort beim Kaffeetrinken mit seinen Frauen vorgefunden.

Heute bin ich eine seiner Frauen, wenn auch nicht körperlich, so doch dem Namen nach. Er meinte, das sei der einzige Weg, wie er mich in seinen Haushalt aufnehmen könnte, der akzeptiert werden würde. Da ich offensichtlich keine Jungfrau mehr war, benötigte der Mullah nicht die Einwilligung eines männlichen Vormunds, somit war mit einem einfachen Ritus der Sache Genüge getan. Seither haben wir oft über den Glauben gesprochen: über jenen unerschütterlich festen, der dem Doktor jeden Augenblick als Maßstab dient, und jenes dürftige zerfledderte Etwas, das von meinem eigenen Glauben übrig geblieben ist. Ich habe Ahmed Bey erklärt, ich könne nicht behaupten, dass ich noch einen Glauben hätte. Hoffnung vielleicht. Wir sind übereingekommen, dass dies vorerst genügen müsse.

Meiner Ansicht nach ist der Bey der weiseste Mensch, den ich je gekannt habe, ganz sicher aber der behutsamste. Ahmed Beys Medizin ist nicht darauf angewiesen, dem Körper mit schmerzhaften Untersuchungen und Schröpfköpfen zuzusetzen. Seine Methode dient der Kräftigung und Stärkung, wobei er ununterbrochen den gesunden Körper studiert und die Art der Krankheit: Wie sie sich ausbreitet, wen sie befällt und wie sie bei unterschiedlichen Personen verläuft.

Vermutlich hatte zurzeit meiner Ankunft seine Verzweiflung ein gewisses Ausmaß erreicht. Seit vielen Jahren hatte ihn die Zahl der muselmanischen Ehemänner beunruhigt, die lieber ihre Frauen sterben ließen, als ihn zu Hilfe zu rufen. Deshalb hätte er vermutlich jede normal intelligente Frau genommen, die bereit war, von ihm zu lernen. Ich habe sein Vertrauen dadurch vergolten, dass ich viele heil durch ihre Wehen gebracht und ihnen gezeigt habe, wie sie ihre Gesundheit und die ihrer Kinder erhalten können. Indem ich hier weiter lerne und studiere, hoffe ich, hier eine würdige Lebensarbeit schaffen zu können. Inzwischen lese ich Avicenna oder Ibn Sînâ, wie es richtig heißen muss. Und ich lese ihn nicht auf Lateinisch, sondern auf Arabisch.

Jetzt ist es die Zeit des Sonnenuntergangs, und von Hunderten von hohen Minaretten ertönen die eindringlich-beschwörenden Aufrufe zum Gebet. In der Stunde nach dem Abendgebet gehe ich am liebsten in der Stadt spazieren, denn dann wird die Luft langsam kühler. Inzwischen kennen mich viele Frauen und grüßen mich, wenn ich durch die Straßen gehe. Sie kennen mich unter dem Namen meines Erstgeborenen, wie es bei ihnen so Sitte ist. Deshalb heiße ich hier nicht mehr Anna Frith, sondern Umm Jamee – Mutter von Jamie. Es gefällt mir, dass mein kleiner Junge auf diese Weise in Erinnerung bleibt.

Ich brauchte lange, um einen Namen für das Bradford-Mädchen zu finden. Vermutlich hatte ich ihr während jener schrecklichen Seereise deshalb keinen Namen gegeben, weil ich überzeugt war, wir würden nicht überleben. Als wir hierher kamen, schlug Ahmed Bey Aisha vor, sein Wort für „Leben". Später erfuhr ich, dass die Frauen auf dem Markt dieses Wort auch für Brot benutzen. Ein passender Name, denn sie hat mich am Leben erhalten.

Jetzt erwartet sie mich im Frauenhaus. Sie schleift ihren weißen Haik durch den Staub, als sie auf mich zuspringt, schnurstracks durch den kleinen Garten, wo Maryam, Ahmed Beys älteste Frau, Pflanzen zum Parfümieren ihres Tees kultiviert. Obwohl Maryam einen Schwall von Schimpfwörtern loslässt, verraten die Fältchen in ihrem tätowierten Gesicht leise Belustigung. Ich lächle der alten Frau zu und grüße sie mit *Salaam*, ehe ich nach meinem eigenen Schleier greife, der an einem Haken neben der Tür zur Straße stets bereithängt.

Dann schaue ich mich nach der anderen um. Sie versteckt sich hinter dem blau gefliesten Brunnen. Mit einer Neigung ihres Kopfes weist mich Maryam darauf hin. Ich tue so, als hätte ich sie nicht gesehen, und spaziere direkt an ihr vorbei, wobei ich ihren Namen rufe. Dann drehe ich mich blitzschnell um und reiße sie in meine Arme. Sie gluckst vor Begeisterung. Ihre weichen Händchen tätscheln meine Wangen, während sie mir feuchte Küsse gibt.

Hier habe ich sie geboren, im Harem. Ahmed Bey half bei ihrer Entbindung. Für ihren Namen brauchte ich seine Unterstützung nicht. Als ich ihr den kleinen Haik über den Kopf werfe, zieht sie ihn so gekonnt zurecht, dass ich nur noch ihre großen grauen Augen sehen kann. Sie hat die Augen ihres Vaters.

Wir winken Maryam zum Abschied zu und schieben die schwere Teakholztür auf. Die warme Luft packt unsere Schleier und bläht sie hinter uns auf. Aisha ergreift eine Hand, Elinor umklammert die andere, und dann stürzen wir uns gemeinsam ins dichte Gewühl unserer Stadt.

GERALDINE BROOKS

Foto: Gerrit Fokkema

Das Pestdorf gibt es wirklich ...

Es heißt Eyam und liegt im Peak District in der englischen Grafschaft Derbyshire. Die Autorin entdeckte es ganz zufällig bei einem Ausflug. Neugierig geworden, machte sie Halt und betrachtete fasziniert das mittelalterliche Szenario: das Haus, in dem George Viccars gestorben war, Mompessons Brunnen, die Gräber von Catherine und William Mompesson (so ihr richtiger Name) und ein Pestmuseum, in dem bis heute alles aufbewahrt wird, was an die Pestjahre erinnert.

Was die Autorin schließlich reizte, die Geschichte des Pestdorfs aufzuschreiben, war die Herausforderung, sich in das Leben einer mittelalterlichen Dorfgemeinschaft hineinzudenken. Wie mochte der Alltag dieser Menschen ausgesehen haben, die 90 Prozent unserer ganz alltäglichen Gegenstände noch gar nicht kannten? Und wie hätten diese Menschen, deren Denken und Fühlen noch gänzlich von Glauben und Aberglauben bestimmt waren und die nichts von den medizinischen Ursachen der Pest wussten, auf einen solchen Schicksalsschlag reagiert? Besonders die mutige Anna, die sich Schritt für Schritt aus dem mittelalterlichen Denken löst und ihre Berufung findet, wuchs Geraldine Brooks beim Schreiben richtig ans Herz.

Geraldine Brooks, 1955 in Sydney geboren, arbeitete elf Jahre als Auslandskorrespondentin des *Wall Street Journal*. Heute lebt sie mit Mann und Sohn im amerikanischen Waterford.

Übersetzer:
Der Rächer: Rainer Pfleiderer
Ein ganzes Leben lang: Cécile G. Lecaux
Das Pesttuch: Eva L. Wahser

Illustrationen und Fotos:
Der Rächer: S. 4 (links), S. 6/7/8: Gesicht: Hubertus Moll; Insel: Premium; Haus: Corbis
Ein ganzes Leben lang: S. 4 (rechts), S. 154/155/156 und Kapitelvignetten: Silhouetten: Photodisc; Pavillon: Veit Müller
Schwaben-Angst: S. 5 (links), S. 262/263/264: Kreidezeichnung: Pöhlmann/Mauritius; Illustration: Ralf Kramp
Das Pesttuch: S. 5 (rechts), S. 417/418 und Kapitelvignetten: Bildarchiv Preußischer Kulturbesitz

Die ungekürzten Ausgaben von *Der Rächer, Ein ganzes Leben lang, Schwaben-Angst* und *Das Pesttuch* sind im Buchhandel erhältlich.